第九行诗

上

时衿 / 著

百花洲文艺出版社
BAIHUAZHOU LITERATURE AND ART PRESS

目 录

content

001 PART 1 脸红什么呀

049 PART 2 小气鬼四条腿

113 PART 3 咬耳朵

157 PART 4 牵起她的手

223 PART 5 我们昨天，吻过吧？

299 PART 6 我喜欢他很多年了

347 PART 7 醋味太重
385 PART 8 《征服男神那些年》
429 PART 9 哥哥带漂亮姐姐回来了!
461 PART 10 微信备注：老公
507 PART 11 第一次吻你的地方
551 PART 12 叶·小骗子·珈蓝
595 PART 13 《请和我结婚》
661 番 外
662 番外一：论人工呼吸的练习方法
669 番外二：唐·男朋友·遇
674 番外三：小包子成长日记

PART 1 脸红什么呀

纸上字迹清晰漂亮，叶珈蓝看见上面他的名字：唐遇，遇见的遇。

1

早上九点半整，骤雨初歇。

叶珈蓝查完房回科室的十分钟内，接到了一通电话。

北城即将入秋，疾风骤雨过后，日光穿破云层打过来，明亮又晃眼，瞬间驱散开整个清晨郁积下来的湿气。

叶珈蓝站在窗边接听：“妈。”

电话那头，女人声音温和缓慢：“吃早饭了没？”

“吃了。”

叶珈蓝眯了下眼，伸手把办公室的窗户推开一条缝，窗帘被拉上一截，堪堪将那烈日骄阳的火力削减了大半。

然后余秋华的声音响起，瞬间又把火力开足：“午休的时候抽个空，去见见你刘阿姨的侄子。”

陈述句，是通知她的语气。

每隔半载必出现的话题，叶珈蓝沉默几秒，然后乖顺地应了声。

电话很快挂断，余秋华发了时间地址过来。

消息再往上滑，是会面对象的姓名和联系方式。

外加一张日常照，照片上的男人看起来温文尔雅，斯文帅气。

同事许恋从病例中抬了下头："又被逼婚了？"

两人同一批进的科室，年纪又差不多大，共事几年，默契和感情都比其他人强了不少。

叶珈蓝点头，手机屏幕一熄，她拉了椅子坐下，翻开刚才查房记录好的病例："第五次了。"

二十五岁生日以后，余秋华就把她的婚姻大事提上了日程。

半年一次，一次不落。

许恋盯着她的脸叹了口气。

叶珈蓝这会儿背对窗户坐着，光只在她左侧脸颊晕开，衬得那小半张脸越发清澈通透，她长发简单扎起垂在背后，露出的一截脖颈纤细白皙。

温柔秀气。

也难怪追求她的人上到各科室的男医生，下到陪病人过来看病的家属。

许恋作为一个女人都觉得有些心猿意马，弯了一双眼睛色眯眯道："男人没几个好东西，弯弯，要不我们两个凑合——"

叶珈蓝的小名叫弯弯，是余秋华给取的，没什么寓意，就是她出生那天晚上，头顶悬的明月弯弯一牙。

名字就这么得来。

许恋话音未落，叶珈蓝瞥她一眼："不凑合。"

她把病例翻到其中一页，拿了夹子固定住，然后整理了一下白大褂领口，起身往门口走。

许恋转头："干什么去？"

叶珈蓝回身冲她笑了下："前几天那个一直抱着拖鞋睡觉的病人，昨天终于肯跟我说话了，我再过去看看。"

话音落下，关门声响起。

叶珈蓝去看的是一个患了妄想症的女人。

这个病人上周入的院，不哭也不闹，白天对着镜子说自己是嫦娥，晚上抱着拖鞋当月兔睡觉。

她沉浸在自己的世界里，不肯和任何一个医生说话。

叶珈蓝这几天把跟嫦娥相关的人物都角色扮演了个遍，直到昨天下午，她总算看见那病人破天荒地把视线从镜子转移至窗外，手指一抬指着天空说了句："飞机。"

蓝天广袤空旷，哪里有飞机的影子。

不过好歹算是有所好转。

叶珈蓝抓住机会再接再厉，又去病房陪嫦娥聊了一个小时的天。

虽然这一个小时里，大部分时间只有她在说话。

十一点多，叶珈蓝从病房里出来。

科里实习的小护士刚好和她撞了个正着，抓住她的胳膊气喘吁吁道："叶医生……301 的病人不肯吃药。"

"怎么了？"

"她非说我们是恶毒王后，每天给她吃的药都是毒药。"

住在 301 病房的小姑娘叫云欢，每天都把自己打扮得漂漂亮亮，病房的拖鞋都能被她穿出水晶鞋的高贵来。

整个科室都知道，那个病人平时最听叶医生的话。

叶珈蓝微微皱了眉，转了方向开始往 301 走："她今天状态怎么样？"

小护士松了口气，连忙跟上去："十点前还挺正常，十点多钟开始说自己是公主，她的白马王子马上要来接她了……"

叶珈蓝听得头疼。

301 病房距离不远。

不到半分钟，叶珈蓝在门口站定，抿唇调整好面部表情，然后推门进去。

云欢正躺靠在病床上。

二十来岁的小姑娘白净漂亮，而此刻，她正恶狠狠地瞪着跟前端着水准备喂她吃药的两个护士。

叶珈蓝抬起手腕看了眼表。

十一点二十五，距离会面时间还有三十五分钟。

她呼了口气，接过水杯和药片，走过去床头坐下："该吃药了，小公主。"

"公主只喝露水。"

叶珈蓝于是配合地轻晃了下玻璃杯："露水给你接来了。"

女孩子视线一转，不说话，她胸口别了个蝴蝶结，妆也化得精细，一垂眼睫毛长得像洋娃娃。

"吃了药给你买糖吃好不好？"

她还是不说话。

这小姑娘今天像是着了魔，不太听话。

叶珈蓝在床头待了二十分钟，连哄带骗，威逼加利诱，也没能把药给她喂进去。

十一点四十五分，许恋过来接她的班。

余秋华女士提醒她不要迟到的消息同一时间发了过来，叶珈蓝叹口气，脱了白大褂递给许恋："有情况给我打电话。"

许恋给她比了个 OK 的手势："Good luck！"

会面地点就在医院对面的一家西餐厅。

叶珈蓝赶过去的时候，比约定时间早了两分钟。

对方已经坐在靠窗的桌边等她，叶珈蓝快步过去，歉意满满：“宁先生，等很久了吗？”

男人抬头看她，微微一笑，“我也才刚到。”

相亲对象叫宁致，长相要比照片上更好看周正一些，说话也温和有礼，叶珈蓝笑了一下，抚了下衬衫袖口，然后坐下。

“医院工作很忙吧？”

“还好。”

比起其他科室，精神科已经轻松了不少。

叶珈蓝低头往咖啡里放了颗方糖，拿起勺子搅拌的时候，开始在心里盘算待会儿要怎么有礼貌又不动声色地脱身。

宁致视线落在她脸上：“工作的时候是不是会遇到很多有意思的人？”

相亲五次，他是第一个这么问的人。

叶珈蓝不由得抬头多看了他一眼。

宁致弯唇：“我猜的。”

叶珈蓝点了下头，也跟着微微一笑：“确实。”

这话不假，各行各业都会碰到有意思的人。

两人有一搭没一搭地闲聊，气氛一度尴尬又不失礼貌。

一点半多，午休即将结束。

互相留了微信以后，叶珈蓝和宁致分道扬镳。

回到医院，叶珈蓝在办公室坐班，放在口袋里的手机一直没拿出来过。

中途科里来了个焦虑不安的病人，诊治完开了处方之后，已经是下午七点多。

上午去叫她的那个小护士推门进来，贴在墙上一脸生无可恋：“叶医生，公主还不肯吃药，估计又要强制鼻饲了。”

“还在等她的白马王子吗？”

小护士点头：“可不是嘛，等了一天了。”

叶珈蓝抬手揉了揉太阳穴，她之前相完亲回来的时候去看了一眼。

当时应该是刚刚鼻饲完，那姑娘一边抹眼泪一边翻童话书，眼妆都哭花了，黏在眼周跟国宝一样。

委屈巴巴的。

叶珈蓝起身：“我再去看看。”

301 病房，许恋抱着胳膊和云欢互相瞪了有十分钟。

一直到叶珈蓝敲了下门，那小姑娘总算把视线转开，开口就是一声惊雷：“叶医生，我的白马王子来了。”

“……”

叶珈蓝表情差点没控制好。

“你带我去见他，我就吃药。”

她也只跟叶珈蓝谈条件。

叶珈蓝和许恋对视一眼：“你先吃药，我再带你去见他。”

公主头一瞥，哼了声。

她的妆已经重新化好，换了一件粉红色大裙摆的小裙子，腰上系了个大大的蝴蝶结，活脱脱一个从画里走出来的洛丽塔。

如果不是精神不大正常，倒真像是一个公主。

叶珈蓝盯着她看了半秒，然后转头问许恋：“饭吃了没？”

“一天没吃了。”

她于是又把视线转回来：“先吃饭。”

小姑娘一脸委屈，但是为了自己的白马王子，还是乖乖吃起饭来。

许恋趁机蹭到门边，轻轻撞了下她的胳膊：“相亲相得怎么样？”

忙了一下午，快下班了才想起这一茬。

还能怎么样，叶珈蓝低头看了眼自己脚上的白色鞋面：“就那样。”

“长得帅不帅？”

“还行。”

知道许恋好奇，叶珈蓝干脆拿出手机给她翻宁致的照片。

点开微信一看，余女士的消息五条，无关人士七条。

还有一个新的联系人申请。

备注宁致。

叶珈蓝快速通过申请，然后点了之前余秋华发的照片，把手机递给许恋。

半分钟后，许恋对着照片质疑：“这叫还行？”

“……不太行？”

许恋简直想把手里的病历夹拍她脸上：“这叫非常帅好吗！”

叶珈蓝：“……”

“他可以在我见过的男人里排前三了。”

“有这么夸张吗？”

许恋叹气：“怎么觉得谁都入不了你的眼呢？”

叶珈蓝唇角弯了下，没搭话。

又过了五分钟，那小姑娘下床，跳到她们跟前。

就这几分钟的时间，她吃了一碗面之余，还有时间抹了个口红。

小姑娘理了下头发，挽住叶珈蓝的胳膊就往外走：“走，我们去见王子。”

云欢大多数时候都很听话，不听话的时候也只是闷声不吭不吃药，攻击人的情况还没出现过。

所以叶珈蓝才放心带她出去。

三人一起乘电梯下楼。

云欢一路东张西望，直到到了大堂，她视线才突然定在医院门口：“叶医生快看，我的白马王子！”

她霎时间心花怒放：“光看背影就知道是个极品！”

“……”

云欢正常的时候比她都要正常，还知道欣赏美色。

叶珈蓝往外头瞥了一眼，没看太清。

云欢已经凑近她耳边，小声说了几句话。

说完也不等叶珈蓝回答，她食指一收，捻了裙摆就往门口跑去。

云欢目的明确，就是门口那个白衣黑裤的高个子男人。

她跑起来像只猫，速度飞快。

叶珈蓝刚跟出门，还没来得及叫住她，伴随着一声尖锐的“啊”，那小姑娘就以迅雷不及掩耳之势，碰瓷一样扑倒在了地上。

叶珈蓝目瞪口呆：“……”

愣了半秒，她才想起云欢刚才托她帮忙和王子搭讪的事——

“这位先生……”

叶珈蓝视线上移。

“你女朋友……”

越往上移，她声音就越轻，到了最后一个字，几乎已经梗在了嗓子眼里。

两人距离不到两米。

他背对着她，中间还横了一个倒地不起的云欢。

叶珈蓝插在白大褂口袋里的手一点点收紧，然后她看见那人偏了下头，侧脸弧度分明流畅。

男人嘴里咬了支烟，有红色火星在夜里明明灭灭。

叶珈蓝呼吸一滞，指甲差点就要横空折断。

然后，他完全转过身来。

叶珈蓝怔怔发愣："唐——"

话音一出，又很快戛然而止。

那人低了下头，再抬眼看过来的时候，他眼角微微眯起。叶珈蓝像是受了蛊惑，不由自主又把后面一个字接上："遇。"

她声音轻，风吹过就散开。

唐遇看她半秒，然后唇角轻轻歪向一侧松开，没抽完的那半支烟便掉落在地，火星溅开几厘米，又很快蹍灭在他脚底。

云欢躺在地上狂躁地打手语提醒她，可惜叶珈蓝根本没心思看，她眼睛一眨不眨，盯着跟前这人越走越近。

夜间清洁工的扫把从他刚才站的位置扫过，卷走那半支烟蒂。

距离半米的时候，他停住。

身后有车辆鸣笛的声音响起。

空气仿佛凝滞，流通缓慢。

叶珈蓝眼眶发热，那人唇角反倒微微勾起，轻轻嗤了一声。

他人长得好看，笑起来的时候，唇角半弯，似乎连右眼下方那颗痣都能轻易迷了别人的眼。

熠熠生辉，又太温柔。

"我女朋友，"唐遇微微俯下身看她，距离拉进，女孩子身上又甜又涩的淡香涌入鼻息，和很久以前如出一辙，他把声音放轻，"怎么……"

他声线干干净净，也实在不像会抽烟的人。

四目相对，叶珈蓝能看清他睫毛在眼底打下的阴影，她神思一点点地往回收，话也一点点地往外挤："掉地上了。"

你女朋友掉地上了——这是云欢不知道从哪里学来的搭讪方式。

身后车笛再次响起。

唐遇没说话，他视线从跟前女人雾蒙蒙的眼睛下移，掠过她微启的红唇和小巧的下颌，然后停在下方露出的小半截锁骨上。

他眼神暗了暗，然后，不咸不淡地"嗯"了一声。

叶珈蓝的最后一句话，他其实没听清。

2

但是云欢听清了，她不仅听清了叶珈蓝的那句话，还听清了唐遇的那声"嗯"。

她满心欢喜地躺在地上，闭着的眼睛弯成了两个小月牙，就等着她的白马王子绅士优雅地抱她起来。

结果等了好一会儿，王子毫无动静。

睁眼一看，正前方叶医生的眉毛微微皱了起来。

叶珈蓝生了一双标致的柳叶眉，细而长，弧度温柔，秀眉下方眼眸似水。

她同样毫无动静。

云欢心下一急，使眼色不管用，她干脆就用力咳嗽了一声。

声音不小，有那么一瞬，甚至把周围车辆驶过的声音盖过去了半分。

然后唐遇微微皱眉，垂眸瞥了过来。

云欢终于有机会认认真真和她的王子对视了一眼。

王子眼尾微微上扬，眼皮垂下来的时候弧度越发地柔和勾人，鼻梁也生得高挺漂亮。

再往下看，唇红齿白。

连头发丝都是她心仪的长度。

妄想症发作，连唐遇看她的这一眼，云欢都觉得他是在暗送秋波。

也不枉她在地上躺了这么久。

云欢咽了口口水。

她心里有小鹿横冲直撞，这会儿恨不得把自己也变成小鹿，然后一头撞到王子的怀里。

行动派云欢立刻付诸行动，结果刚要爬起来，就又一屁股栽了下去——

她两腿光裸，和冰凉的地面接触时间太长，刚才又用力过猛，抽筋了。

云欢疼得面部扭曲，小腿绷直动都不敢动一下。她长得小家碧玉，但是叫喊起来堪比杀猪，号叫声直直划破夜空："叶叶叶……叶医生！"

叶珈蓝猛地回神。

她也顾不得想唐遇刚才那声"嗯"是什么意思，连忙蹲下身，抬了一只手轻按住云欢的脚踝，另一只手按住她抽筋的那只脚掌，然后往里一推。

她动作干脆利落，半分犹疑停顿都没有。

下一秒，筋骨活动的声音响了一下。

像是杀猪到了高潮，云欢的眼妆很快又晕成了熊猫。

旁边已经有护士搭了担架过来，七手八脚抬起云欢放上去，然后再快步抬回医院。

叶珈蓝抬腿快步跟上，几步之后，她又转头。

身后刚才那人站过的地方空荡荡一片。

唐遇应该已经上了车。

闹市区车笛声绵延不断，叶珈蓝捏紧了口袋的手渐渐松开。

猝不及防地重逢，然后再猝不及防地又久别。

叶珈蓝轻轻呼了口气。

旁边许恋轻撞了下她的肩膀："看傻了？"

不等她回答，许恋又道："我也看傻了。"

怪不得她刚才这么安静。

叶珈蓝视线收回来，不回她，迈开步子重新往医院里面走。

身后许恋话音压根就没断过："我宣布，你今天的相亲对象排不上前三了。"

顿了顿，像是觉得不太好，许恋又加了一句："不过你的相亲对象也挺好的。"

叶珈蓝按了按眉心，没接话。

许恋回到正经问题上："这次真不打算试一下？"

"暂时没打算。"

"为什么啊？"

"不喜欢。"

每答一个问题，叶珈蓝脚步就慢下来一分。

许恋不自觉又走到了她前面，她问："有你喜欢过的吗？"

叶珈蓝完全停住。

她又转头看了眼。

路边停的那辆黑色卡宴像是在等绿灯，车窗降下，那人坐在副驾有一下没一下地按着打火机。

冷色调的蓝光亮了又灭，闪烁几次之后，他偏了下头，隔了不远，叶珈蓝看见男人嘴角微微勾起，似有若无笑了一下。

她把视线收回来，几不可闻地回了句：“有啊。”

那人就在几米开外的车上，不知道对着谁笑得颠倒众生呢。

小公主生了几天的闷气。

药照常吃，但是不爱跟人说话，也不爱下床走动。

她在床上躺了三天。

第四天是周六，轮到叶珈蓝值班。

下午的时候，她特地带了云欢平时爱吃的奶糖去和她聊天，结果那丫头根本不理她，侧躺在床上翻童话书看。

叶珈蓝捏了糖纸在她眼前晃：“欢欢……”

“不要叫我欢欢。”

总算有反应了，叶珈蓝呼了口气。

“像狗的名字。”

“……”

云欢根本不屑于看她的糖，她一个二十岁的小姑娘，像是看童话书上了瘾，一页一页翻得认真。

翻到某一页的时候，她吸了吸鼻子，小声嘟囔：“命都给他……”

叶珈蓝没听明白，拿了纸巾给她擦眼泪，“给谁？”

云欢继续翻书，眼泪也继续流：“我的王子。”

“……”

一个下午，叶珈蓝用了一整盒抽纸。

六点多，有同事来接她的班。

叶珈蓝收拾好东西下班，刚出医院门口，许恋的电话就打了过来："弯弯，你记得我们科今天晚上和隔壁科室聚餐吧？"

"记得。"

医生们工作压力太大，年轻人难免想隔三岔五地放松一下。

这还是从两周前，三个科室的医生们一个个对着值班表商量出来的。

叶珈蓝记得是记得，但她不太想去。

她伸手按了按后颈，低头的时候长发顺着脖子垂到胸前，她拖长了调子回她："恋恋，我今天有点累。"

"你不过来的话，咱们科就我一个女的了。"

"……"

"你忍心看我被隔壁的一群野狼包围吗？"

精神科的隔壁是神经内外科，内科还好，外科出了名的女人少。

整个神经外科，只有一个女医生，年龄在四十岁以上。

"过来吧，"许恋那头有高跟鞋的声音响起，"正好隔壁来了一个新同事，大牛今天费了不少劲才把他也给叫来了。"

"哪个隔壁？"

"外科啊！"顿了顿，许恋又问，"你不过来认识认识吗？"

"不了。"

叶珈蓝觉得没必要，医院就这么大，迟早会碰到。

"你能不能对男人上点心？"

许恋语气里的恨铁不成钢已经从听筒里溢了出来："知不知道内科有两个小护士为了看新同事，特地调了班过来？"

也就叶珈蓝像一尊大佛，话里话外都是没兴趣。

"我把地址发你，现在立刻马上过来。"

刚说完，许恋挂断电话，强势得根本由不得她拒绝。

地址随之发过来。

吃饭喝酒 K 歌一条龙的场所，就在医院附近。

叶珈蓝想了几分钟，最后还是决定去拯救许恋那只狼群里的羔羊。

她走路过去，到地方的时候不到七点。

菜点好了，还没上全。

包厢里稀稀拉拉坐了八九个人，一张张全是熟悉的面孔，新同事没到。

两个特地为了新同事而来的小护士一脸郁闷，一直到吃完饭，她们都没等到目标人物出现。

八点出头，一行人去 KTV 定了个包间。

叶珈蓝不是唱歌的料，刚才她又喝了几杯酒，进去不到半个小时，她在那两个泄愤一样的小护士的鬼哭狼嚎声中，靠在许恋肩膀上睡着了。

这觉睡得不踏实。叶珈蓝被包间里的空调冷风冻醒，她抱了抱胳膊，眯了眼睛问许恋："几点了？"

她声音不大，又温又软，许恋没听见："什么？"

叶珈蓝于是趴到她耳边重复一遍。

"九点半，"许恋看了眼表，"也就你在科里工作了几年，声音还是这么温柔。"

叶珈蓝轻哼一声，重新闭上眼睛。

这次还不到五分钟，整个包厢的鬼哭狼嚎声骤然停下，下一秒，叶珈蓝的胳膊突然被人用力掐住。

"……我去。"

许恋声音就响在她耳边，很低，但是压抑不住地激动。

叶珈蓝拧了眉，把她的手抽回来，然后睁眼，抬头。

包厢门打开又合上，有人姗姗来迟。

爱情买卖的歌曲伴奏还放着，那两个小护士却没再唱，放了半分多钟，其中一个伸手按了暂停。

包厢里回音荡了半秒，然后安静下来。

拉新医生过来的隔壁科的牛医生咳了一声：“给大家介绍一下新同事，这个就是我们主任骗了三年才骗回国的唐医生。”

那人在沙发一端坐下，声音不大，语调漫不经心：“唐遇。”

算是一个简单的自我介绍。

旁边有人给他倒了杯酒，他不拒绝，但是也没喝。

气氛明显变了。

那两个鬼哭狼嚎型选手，突然开始点起柔情曲目了。

许恋坐在旁边，把叶珈蓝的衬衣袖子攥出了一把褶皱：“他上次去医院，应该是入职体检。”

叶珈蓝“嗯”了一声，把自己的袖子从她手里往外抽。

那边有男同事为了活跃气氛，热闹又狂躁地晃了晃骰子：“问大家一个有点隐私的问题。”

有人把伴奏按了暂停。

“尤其女孩子，”男同事神秘兮兮，脸上表情略显诡异，“你们的初吻是什么时候？”

都是成年人，也没人藏着掖着。

一圈人下来，答案五花八门，很快轮到了这一头。

许恋：“大一。”

“叶医生呢？”

叶珈蓝手指在袖口上的雕花扣子上磨，磨了几下之后，她答：“忘了。”

一群人起哄，有视线似乎在她身上停了几秒。

叶珈蓝没抬头，倒了杯水慢慢喝干净。

五分钟后，一通电话让她从嘈杂中解脱出来。

电话是宁致打来的，约她去看电影。

叶珈蓝随便找了个理由拒绝，她是医生，拒绝起人来总有数不清的借口。

挂断电话以后，她沿着走廊逛了一圈，直到心跳完全平复下来，才又往包厢门口走。

然后走得越近，她步子迈得越小。

包间门口站了个人，轻靠在门边的墙上接电话。

也不知道电话那头说了什么，他头一偏，视线掠过跟前的叶珈蓝，停顿半秒，然后瞥向门上的门牌标志。

唐遇呼吸声极轻，微微眯了眼，盯着那个门牌号不出声。

他近视。

叶珈蓝抿了抿唇，本着和新同事友好相处的想法轻声提醒他："D50。"

KTV 的包厢号。

唐遇视线一转，垂眸睨她。

叶珈蓝刚平复下来的心跳又开始慢慢加快，她深呼吸一口，收回视线，伸出手去开门。

右手刚碰上门把手，垂在身侧的左手手腕就被人攥住。

叶珈蓝握着门把的手一点点收紧，视线一低，看见男人那只手。

腕骨精致，手指干净漂亮。

唐遇指尖有些凉，就贴在她纤细的腕上，轻轻摩挲了几下。

叶珈蓝手腕发痒，控制不住地想往回收，结果刚缩了一下，那人手一用力，突然将她转了个身，然后低头吻了下来。

淡淡的酒香扑面而至，来自唐遇身上——

这个平时滴酒不沾一喝就醉的人，喝了酒。

叶珈蓝手指攥紧，拇指指甲几乎要掐进中指皮肉里。

下一秒，包间门突然被人拉开，里头的音乐声和人声一起涌过来，叶珈蓝呼吸一停，还没反应过来，那人手伸过来，越过她身侧一把拉过门把手。

“砰”的一声，门重新合上。

叶珈蓝听见里头有人说了句“见鬼了”，她手指一松，不自主地屏住了呼吸。

男人的唇从她唇上辗转而过，吻过她的侧脸，然后轻轻落在她的耳边，他开口，声音同样轻轻：“想起来了吗？”

他问的是初吻时间。

就这么小半分钟的时间，叶珈蓝费尽心思压在心底的记忆抽丝剥茧地往外涌，她不仅想起来了时间，还想起了前因经过和后果。

她上学时那么乖的一个人，在唐遇第一次吻了她之后，和云欢这几天的状态差不多。

被勾了魂一样，想把命给他。

3

时间倒转数年。

高二升高三前夕，班上来了一个新同学。

叶珈蓝收到同桌苏锦珂消息的时候，正坐在学校附近的理发店里接受托尼老师的时尚洗礼。

苏锦珂：【班里要来新同学了！】

叶珈蓝当时正闭着眼，没看见。

再睁开眼的时候，打开手机一看，整屏的“啊啊啊”，苏锦珂

的激动已经从屏幕里溢了出来：【我枯燥的高中生活啊，终于开始有新鲜的血液注入了！】

叶珈蓝垂着眼睛给她打字：【你有病吧？】

【说不定是个帅气小哥哥呢！】

【然后和你展开一场王子和灰姑娘的旷世恋爱？】

苏锦珂一脸猥琐样：【嘿嘿嘿！】

叶珈蓝想到苏锦珂塞了半个课桌的言情小说，以及她上次月考把《陈情表》写成了《陈书表》的语文卷子，一盆冷水兜头给她浇过去：【五三写完了吗？】

【叶弯弯！】

【离骚会背了吗？】

每日一问。

苏锦珂好奇：【弯弯，你眼里除了屈原还有别的男的吗？】

【有啊。】

【谁？】

【王后雄。】

王后雄，是某本练习册的主编。

苏锦珂知道她开玩笑，但还是磨了磨牙骂她一句：【赶紧滚！】

叶珈蓝嘴角一翘，话题终止。

和苏锦珂的聊天框一关，她看见班级群里的消息新增了几十条。

点进去一看，一群人七嘴八舌的讨论，围绕的全是新同学——

【内部消息，我们班今天要来一个新同学！】

【怎么这个时候来，刚好赶上期末考试？】

【我猜是个学渣，对期末考试无所畏惧，所以想什么时候来什么时候来。】

【胡扯，学霸也无所畏惧啊！】

……

这个群里讨论得热火朝天。

而班主任老吴在的那个群，长年累月安静如鸡。

叶珈蓝默默窥屏，直到有人提到了她一句：【老吴没跟班长说吗？】

她垂着眼打字：【没有。】

有人又把话题转了回去：【猜猜新同学男的女的？】

【赌一包辣条，是个狂拽酷炫的小哥哥。】

【我赌两包辣条，是长头发大眼睛的软妹子，像我们班长一样。】

【赌辣条多没意思啊，要赌就赌个大点的。】

很快有人问：【赌什么？】

【赌一个礼拜的物理作业！】

这赌注果然大了不少。

连平常神龙见首不见尾的群主都冒了出来：【我猜是和我一样英俊潇洒、风流倜傥，玉树临风的男同学。】

【不要脸。】

叶珈蓝："……"

越说越没谱。

叶珈蓝没继续往下看，收了手机装回口袋，闭上眼睛假寐了片刻。

五分钟后，托尼老师拍了拍她的肩膀："同学，剪好了！"

叶珈蓝睁眼，然后看见前方镜面上映出的少女的那张脸。

白白净净，明眸皓齿，再往上看，刘海被剪到了眉毛以上，参差不齐得像是一把锯齿。

有点惨不忍睹。

她表情僵住，眉头轻拧咳了声。

托尼老师显然对自己的成果非常满意，一边解她身上用来遮衣服的黑布，一边笑嘻嘻地问：“同学，你看这发型是不是特别好看？”

叶珈蓝险些把黑布拽下盖到他脸上。

年轻的理发师尚在自我感觉良好，一开口，南方口音极重：“你长得还好看，配上这个刘海，简直跟漫画里的病娇萝莉一模一样！”

叶珈蓝：“……”

还病娇萝莉——他给自己手抖找的借口还挺好听。

叶珈蓝实在接不了这茬，她伸手拨开垂到耳边的头发丝，然后低头，看了眼手机上显示的时间。

下午两点二十分。

还有十分钟，第一节课就要开始了。

从理发店到南城一中，还要横穿一条马路，叶珈蓝绝了跟理发师理论一番的心思，只能认栽。

付钱那半分钟，理发师还跟在旁边念叨：“你这样去学校，回头率绝对百分之百！”

这话说得当真对。

叶珈蓝进学校的时候，连看门老大爷的狗都多看了她一眼。

包括老吴在内，用了半分钟的工夫确认是她，然后才又很快扬了手让她进来。

才一进门，班上有人吹了声口哨。

老吴怒目瞪过去：“老实点儿！”

这一句话下去，口哨声是止住了，但是班上窃窃私语依旧毫不间断，叶珈蓝还以为是自己头发的毛病，刚要抬手去挡一下天杀的刘海，老吴就咳了一声："班长来得正好，认识一下新同学。"

"……"

叶珈蓝差点就忘了这茬。

她刚好走到讲台正前方，老吴话音一落，她配合地一转头，然后迎面和老吴旁边站着的新同学视线撞了个正着。

老吴伸手指了指她，介绍的时候表情和语气欣慰又自豪："我们班班长，叶珈蓝同学。"

那人浅浅望过来。

他刚才应该是在填信息表，这会儿还是半低着头的姿势，抬眼看过来的时候，眼尾微微上扬，双眼皮轮廓显得尤其地深。

两人就这么对视了半秒。

半秒过后，少年视线上移，在她狗啃式刘海上停了一瞬，然后移开，他唇角轻勾"嗯"了声："唐遇。"

叶珈蓝："……哦。"

有点耳熟。

下去的时候，叶珈蓝听见有个女生小声跟同桌说了句："怎么连说个名字都这么让人心动啊……"

说的当然不可能是老吴。

"我心跳快得像是刚跑完八百米。"

"……"

还好。

刚才和新同学对视那半秒，叶珈蓝心跳只快了半拍。

似乎是班上多了个新成员的缘故，这天的课间，教室里格外热闹。

连平时比较安静的女同学话都多了不少。

晚自习下课的时候，一群人聚在一起，开始讨论起中午的那场聚众赌博——

“幸亏我猜的是男同胞，不然就要替别人写物理作业了。”

“今天回家就去群里统计一下，看有哪些猜软妹的分摊我们的作业。”

那时候的消息还没有撤回这个功能，证据没办法销毁。

一瞬间有人兴奋有人哀号，八点多的教室，嘈杂声一片。

叶珈蓝伸手捂了捂耳朵。

耳边太吵，她看不下去书。

隔着个过道，就连旁边的两个女同学声音都没断过。

她听见一个女生恨铁不成钢地问了句：“你怎么像个色狼一样一直看新同学？”

“这不该分班了嘛……我得趁现在多看他几眼，不然分了班说不定就见不到了……”

无比寻常的一个分班，被她说得像是生离死别。

叶珈蓝往那边瞥了一眼，顿住，然后又转头看向教室后方。

她倒要看看，新同学有什么魔力。

那块是男生聚集地，视线稍微一转，就看到靠近后门的新同学。

班里另一个男生拖了把椅子凑在新同学桌边，好像是拿了张前几天刚拍好的班级合照，在给他介绍班里的同学。

男生叫谢景非，是下午在群里自卖自夸的群主。

谢景非刚好介绍到了她：“这个是我们班长，特别乖。”

再往下，没别的话了。

他和叶珈蓝同班一年，但其实不怎么熟。

谢景非对她的印象停在最表面的层次上：长得漂亮，说话声音不大，像是一个很典型的乖乖女。

但是叶珈蓝不知道这些，她刚要把视线收回来，就突然看见唐遇抬了下眼。

就一眼，他把视线收回去的时候，唇角一扯，像是笑了一下。

漫不经心又不动声色，但是偏偏又像是能晃了人的眼。

叶珈蓝的眼被晃了一下，还觉得他这要笑不笑的表情有些莫名其妙，胳膊就被人拎住，苏锦珂一把把她拖起来："跟我去书店一趟。"

晚二和晚三中间的休息时间是二十分钟，所以不少同学出去走圈透气。

叶珈蓝转头看她："又去买霸道校草的小甜心？"

苏锦珂瞪她一眼："不是。"

"转性了？"叶珈蓝觉得不可思议。

苏锦珂简直想把那本小甜心拍她脸上，但是碍于现在在教室，有贼心没贼胆，只好拧着她的胳膊往外面走："去买追夫三十六计。"

"那是什么东西？"

"哎……就是追小哥哥的嘛！"

叶珈蓝睁大眼睛看她，她说话声音本来就不大，用太大力气的时候，尾音有点颤，听着格外柔软，她问苏锦珂："追谁？"

苏锦珂笑眯眯："你猜。"

"……"

不用猜了。

除了新同学那个妖孽，估计也没别人这么快能让她半天转性。

一转头，后排的新同学已经先她们一步出了教室。

他高高瘦瘦，肩宽腿长，走路的时候像是带了一阵风，楼道里不少女生驻足侧目。

叶珈蓝抿了抿唇，视线收回，一脸不情愿地被苏锦珂拖了过去。

到了书店，苏锦珂在里面色眯眯地跟挑小黄书一样翻起了书。

叶珈蓝实在没眼看，她在里面站了没半分钟，就提前出来等她。

书店距离教学楼不远不近，路两边种了整排的高树。

这边尚且有灯光晕开，树林那边枝叶繁茂，几乎要把路灯光完全遮住，光亮只透过去一星半点。

早恋情侣约会圣地。

叶珈蓝在外面等得无聊，步子抬起，不知不觉就迈出了十几步。

那头光线越来越暗，只能依稀辨出来人影。

有两个人，一高一矮。

她步子一停，听见一道甜得有些发腻的女声响起："同学，你……有女朋友了没？"

叶珈蓝："……"

她居然真的现场撞破了一起约会。

那边女声娇滴滴地说着话，像是有点害羞，越到后面声音越小，到了最后直接被掩在了风里。

男生没出声，他半低着头，在看手里那张纸。

光线寡淡，所以他看得极慢，直到女生的甜言蜜语说得差不多了，他才把那张纸折起收进信封，抬手递过去。

这边树多蚊子也多，嗡嗡嗡地在耳边上绕，叶珈蓝烦不胜烦地抬手摸了摸胳膊。

下一秒，她还没听到男主角的回答，一道强光就突然打了过来。

女生接的时候手不稳，信封陡然掉下。

那对男女被光照亮。

拿着手电筒的教导主任站在光亮后头，更年期男人沉着一张脸，像是恐怖片里经常出现的场景："干什么呢你们两个？"

叶珈蓝趁着还没被人发现，轻手轻脚地退到树影地下，她视线一转，看向那两个当事人。

女生面带桃花，脸还红着，她明显被突然出现的教导主任吓得不轻，这会儿眼睛睁大，支支吾吾半天，出了一个“我”字，再没能说出一个别的字眼来。

教导主任阴沉沉的脸转向男主角：“你说。”

叶珈蓝也跟着转了转眼。

手电光下，那人侧脸被照得明暗交叠，脸部线条轮廓分明。

然后他低了下头，右脚轻抬把跟前地上的信封压下，然后又不紧不慢地往回轻收。

再抬头的时候，他眼睛微微眯了下。

他说：“做题啊。”

做、题、啊。

教导主任气得吹胡子瞪眼，刚要说一句“放屁”证明自己的智商，少年突然就偏了下头。

叶珈蓝终于看见他的正脸。

五官精致，眼尾有颗痣。

是班上新转来的同学。

叶珈蓝往后挪了一步，和他视线对视不到半秒，刚要转身撤离现场，就看见唐遇一侧嘴角微微勾起。

他笑起来的时候眼尾微微上扬，眉梢一挑，眉眼都像是含了情，温柔又干净。

然后他开口，是和那张脸上美好的表情极不相符的一句话，措辞简单，有点不怀好意：“她看见了。”

叶珈蓝脚步瞬间僵在那里，一时间进也不是退也不是。

4

教导主任犀利的目光扫过来，手电筒一转，把她整个人上下照了个遍，显然已经把她从旁观者的区域划分到了局内人。

两女一男。

主任活了一大把年纪，各种各样的早恋都抓多了，但是像今天这种神似三角恋的还没怎么碰到过。

他把手电筒往后一收：“都跟我去办公室！”

“我倒要看看，你们三个做的是什么题！”

上课铃打响，隐隐回荡。

主任转身走在前面问：“都是几班的？”

那女生先开的口，声音弱弱的，像是要被吓哭了：“高二十七班……”

高二年级十七到二十班是特长生班级，早恋率最高。

意料之中。

女生不仅声音不大，迈的步子也小，弱柳扶风，我见犹怜。

叶珈蓝不由得转头看了眼被告白的当事人。

光线寡淡，她只能勉强看见他的面部轮廓，不硬朗也不柔和，像是罩了一层碎光，五官隐匿在黑暗当中，看不真切。

唐遇没看她，长腿一抬迈开步子。

叶珈蓝看见刚才被他压在了白色鞋底的那个信封，精致小巧，上头还贴了一个大大的桃心。

粉红色的，少女表白专用。

叶珈蓝视线多停了几秒，还没收回来，前头的人突然停下脚步，唐遇转头看她一眼，轻声问：“几班？”

主任：“……”

不知道自己几班的，他也是第一次见。

叶珈蓝连忙收回视线跟上去：“高二一班。”顿了顿，她又解释了句，“主任，他是今天新转来的。”

教导主任猛地停住：“……”

这算什么事，刚来第一天他玩早恋。

气氛僵住，半晌，主任才转身继续往前走，愤怒地骂了一声。

“现在的学生真是胆子越来越大了！”

没人接腔。

从小树林到主任办公室，教导主任给他们三个上了一路的教育课。

直到到了办公室，主任的气才消下去不少，他先喝了杯茶水润了润嗓子，然后才转身看向身后的三个同学。

刚才光线不好，他又是在气头上，所以没来得及仔细看。

现在头顶灯光明亮，把三个人的长相都照得无比清晰。

清晰，而且养眼。

尤其是那个男同学，眉眼和脸型都生得精致，好看得过了头。

更像是两女争一男的三角恋戏码了。

主任刚降下去的火气又噌噌往外冒，把茶杯往桌子上一搁，茶水溅出来几滴，他沉声问：“说说你们刚才做的是什么题。”

他先瞥向那个艺术生。

女生头低了低，长直发散开披在身后，她咬唇答：“数……数学题。”

主任递了纸笔过来：“把题目写上。”

叶珈蓝心一跳。

转头一看，新同学微微皱了眉，眼睛轻眯，眼底朦朦胧胧，像是困了。

他不为所动，仿佛今天被抓的是她和那个艺术生一样。

那女生颤着手接过笔，她鼻尖上都冒出了汗，头一低，一个题目写了有好几分钟。

主任也不着急，又抿了口茶水："现在说实话也不晚。"

没人说话。

又过了几分钟，女生的题目终于写完。

主任就是教数学的，瞥了眼纸上的数学题，差点笑出声来。

"学艺术的同学文化课成绩可能不太理想，想找同学请教问题我能理解，"他把本子往另两人面前一横，话音陡然一转，"既然是做题，你们两个当中总得有一个会做吧？"

他这话说得别有深意。

"谁来给这位同学讲讲？"

"……"

"讲明白了，我就相信你们三个是在做题了。"

根本没法讲，叶珈蓝看了一眼，那女生题目都出错了。

两个人都站在原地没动。

主任："没人会做？"

话音刚落，那女生就吸了吸鼻子，她心理素质明显不太行，直接被教导主任给吓哭了："主任……是我跟唐遇同学表白的……"

教导主任看向唯一的男生。

"但是他没答应我……"

表白失败，还被教导主任抓了个现行。

女生又是委屈又是丢人，眼睛一眨，眼泪像断了线的珠子一样往下砸，很快就哭得上气不接下气。

这女生长得漂亮，哭起来的时候更是让人不忍心说重话，教导主任女儿跟她差不多大，皱眉看她良久，才叹了口气："再有两个月你们就正式升高三了，这种事放在毕业以后不好吗？"

那女生哭得更厉害。

"这种事情我不希望再看到第二次，"教导主任把手机递过来，"把你家长号码输进来，再有下次就直接叫家长。"

他还算通情达理。

说到底还是因为这两人没有到木已成舟的地步。

女生抽着鼻子按了几个数字，很快把手机递了回来。

教导主任这才摆了摆手："回去吧，把这种心思放在学习上，也不至于出出来一道错题。"

他很快又看向那两人："你们两个先留下。"

"……"

那女生闷声应，直到出了门都没敢再看唐遇一眼。

门很快又合上，办公室重新恢复安静。

主任拿笔点了点桌子："说说你们两个怎么回事。"

这两人倒是默契，谁也不说话。

"上次月考考了多少名？"

他这话问的是叶珈蓝。

叶珈蓝："第一名。"

"……"

旁边唐遇偏头看了她一眼。

主任随手翻了翻成绩单，看见第一名的名字："叶珈蓝同学？"

他表情好了不少，几乎瞬间多云转晴：“你大晚上去小树林干什么？”

叶珈蓝实话实说：“路过。”

谁知道他会搞个突袭。

教导主任指着唐遇咳了一声：“那他说你看见他们两个……咳……做题的时候，你怎么不解释？”

叶珈蓝低了低头，没说话。

她和唐遇是一个班的，家丑不可外扬，她不大好拆穿。

小姑娘头一低，整个人都显得怯怯的。

教导主任不知道她想什么，还以为她是害怕所以不敢反抗，视线一转，瞪了她旁边的男生一眼：“你是不是欺负女同学？”

唐遇掀了掀眼皮，他几天都没睡好，没听进去。

“女同学这么可爱，是用来好好照顾的。”

尤其是理科班学习这么好的女生，简直是人间瑰宝一样的存在。

这句话倒是听清了。

唐遇侧眸睨了叶珈蓝一眼，她垂着头站得规规矩矩，双手放在身前拽在了一起。

以前也没见她这么乖过。

几秒后，他不咸不淡地“嗯”了一声。

教导主任又说了几句，全是叮嘱他们把心思放在学习上的话。

没几分钟，晚三的下课铃打响后不久，他终于放了两个人出去。

晚自习全部结束，已经接近十点。

叶珈蓝跟在唐遇身后出办公楼的时候，偷偷看了眼手机，苏锦珂的消息涌过来几条——

【弯弯，你怎么半路找不到人了？】

【老吴说你被教导主任叫去了？他叫你干吗？觊觎你的美色吗？】

觊觎美色也轮不到她啊。

前头有一个比她好看的男同学呢。

叶珈蓝回复：【没事儿。】

【小哥哥晚三也不在。】

叶珈蓝手指一僵，正不知道回什么，苏锦珂又发了一条消息过来：【不过谢景非也不在，应该是和他一起翘课了。】

苏锦珂：【谢景非这个大傻叉，干吗要带坏新同学！】

叶珈蓝："……"

还带坏新同学，开玩笑。

新同学自己压根就不是什么好人，就在刚才，还把她一个无辜人士往火坑里拉来着。

叶珈蓝没再回复苏锦珂，把手机装回口袋里。

时间已经不早，教学楼的灯熄得没剩几盏，抬头一看，六楼整个楼层全暗。

她打算直接回家。

也就抬了下头几秒钟没看路的空当，再收回视线的时候，叶珈蓝一个没留意，脚下不知道被什么东西绊了一下。这一绊，把她压在嗓子眼里的骂人字眼也给绊了出来，她小声抱怨了三个字——

"王八蛋。"

流年不利。

莫名其妙被训了一顿不说，这会儿连树枝都跟她作对，不绊前面那个办坏事的人，偏偏要绊她。

叶珈蓝话音不稳，刚落下，跟说人坏话遭到的报应一样，她重心都一歪，往前扑过去的时候，下意识就捏住了前头男生的白T下摆。

这才没栽下去。

有惊无险，叶珈蓝松了口气。

下一秒，前头那人停下，侧过头垂眸看了她一眼。

叶珈蓝一口气又提了上来。

唐遇视线定在她脸上半秒，然后下移，落到她捏着他衣服的手上。

叶珈蓝这才反应过来，她自中学以后很少跟男生有这种接触，这会儿被唐遇这么一看，耳根不自觉就热了一下。

刚要收回手，指尖还没松开，那人动作更快，轻握住她的手腕，微微用力，把她往前拉了半步。

她从他身后被拉到了身侧。

唐遇的手很快松开。

叶珈蓝手腕上还熨帖着唐遇指尖的热度，就在那儿一点渐渐蔓延开，一直到脸颊和耳朵。

耳边热浪鼓过，不知道是来自盛夏晚间燥热的风，还是身边少年温热的呼吸。

旁边零零星星几个同学经过，唐遇微微低头，他声音压得很低，带了些微气声轻轻问："谁王八蛋？"

5

你王八蛋。

叶珈蓝看他一眼，抿了下嘴角，又把这几个字给吞了回去。

这种话也就只能在心里想想。

抛开友爱同学是班长的职责不说，新同学才来半天，脾气她都没摸透，万一真运气不好这是个阴晴不定表里不一的主，惹怒了他肯定要吃不了兜着走。

玛丽苏小说迷妹苏锦珂说得好："越是长得好看的男生，可能就越变态。"

叶珈蓝垂眸，快速瞥了眼唐遇刚刚收回去的手，那只手五指修长匀称，腕骨微凸，形状漂亮。

刚才握她手腕时的姿势一定很好看。

叶珈蓝多少受了苏锦珂的思想熏陶，她害怕新同学真的是个变态，下意识就往后退了半步，然后一低头，踢了踢刚才绊倒她的一截树枝："它，王八蛋。"

这话也没错。

它和唐遇都是王八蛋。

只不过她机智地省略了一个主语。

叶珈蓝说完抬了下头，新同学嘴角还似有若无地勾着，一双桃花眼深而亮。

当真是温柔多情的眼形，眨下眼都能勾了人的心魂。

她手腕上被他碰到的地方隐隐发烫，热度似乎穿过皮肉，直直烫到了骨髓中。

叶珈蓝下意识把手背到了身后，她整张脸都染上了层绯色，靠近唐遇的那只右耳更甚。

唐遇视线在她侧脸上停了几秒，然后轻"嗯"了声："自己回去？"

听他这意思，要是她真自己一个人，他还打算送她不成？

叶珈蓝刚被他坑了一次，根本不敢让他送，她摇了摇头，手指一抬冲校门口指了指："我朋友在外面等我。"

她指的是苏锦珂。

校门口有个大爷开了家小报亭，平时十点半左右才收摊。

叶珈蓝晚自习被各科老师叫过去的次数数不胜数，苏锦珂有经验，只要晚自习下课见不到她的人，就自觉跑到报亭里蹲守。

等她的时候，苏锦珂还能顺便看几分钟的言情小说，一举两得。

唐遇眉梢一挑。

叶珈蓝把苏锦珂的名字报上去："我同桌。"

"嗯。"

他没印象。

叶珈蓝不再看他，低头把那截树枝踢到路边，防止它再祸害别人。

然后她拍了下手，抬眼看他："走吧。"

再不走，学校大门就要关了。

话音落下，唐遇视线收回，转身先一步往校门口走去。

叶珈蓝跟在他身后两步远的距离，她视力不错，而且离校门口越近路灯光越强，所以眼睫一低，就能看见唐遇身上白色T恤的下摆。

幸运的是，她抓得及时，所以没有跌倒。

不幸的是夏天闷热，她手指上沾了汗，稍微一用力就给那件白色T恤上添了两道明显的手指印。

叶珈蓝抬手摸了摸耳朵，抬脚往前又跟了半步："唐遇同学。"

唐遇回头看她一眼。

"不好意思啊，你的衣服……"叶珈蓝没好意思抬头看他，"我今天拿回家帮你洗一下吧。"

"今天？"

"今天不行吗？"

唐遇没立刻答她，眉目敛了敛，然后突然俯下身来。

距离不远不近，安全范围之内，但是架不住这个姿势温柔暧昧，两人视线瞬间在同一水平面撞到一起，叶珈蓝吓了一跳，不自觉咽了口口水。

唐遇微微眯了眼："你想让我现在脱给你吗？"

"……"

她明明不是那个意思。

"那你明天……"

"不用。"

叶珈蓝抬眼看他。

"那你自己洗吗？"

唐遇眼角轻挑，慢条斯理吐出两个字："扔了。"

"……"

她就知道，和谢景非那种人玩得好的，都是资本主义的毒瘤。

叶珈蓝干脆闭了嘴不再说话。

唐遇直起身，重又转身，走出校门。

叶珈蓝安安静静跟在后面，一出门口，两人就分道扬镳。

往左一转，她很快看见报亭外头小桌子旁边坐着的苏锦珂。

她头顶有个不知道多少瓦的灯泡随风飘荡，光线也一直在飘，朦朦胧胧，叶珈蓝过去的时候叫了她一声："珂珂，走了。"

苏锦珂眼睛都不抬一下，粗暴地掀了页胳膊肘底下压着的小说："再等我两分钟！"

叶珈蓝走近，抬起苏锦珂的胳膊，看了一下书名：《邪魅校草爱上我》。

苏锦珂："我正在为拿下唐遇小哥哥做充足的准备。"

叶珈蓝："……"

幸亏唐遇跟她不顺路，刚才已经上了一辆黑色轿车。

叶珈蓝伸手拍拍苏锦珂的肩膀：“赶紧。”

她从报亭大爷那里买了几根棒棒糖。

苏锦珂快速扫完最后一行字，合上书放回原位，她伸了个懒腰，咬过叶珈蓝递过来的棒棒糖一转头，然后“哎”了一声：“那不是谢景非家里的车吗？”

叶珈蓝也跟着转了下头，入目的是一辆黑色轿车，是唐遇刚才上的那一辆。

“资本家。”她小声嘀咕了句。

苏锦珂没听清，只要一想到谢景非，她就叹了口气：“他今天肯定是带小哥哥翘课去打球了！”

“他没翘课。”

“什么？”

“唐遇没翘课。”

叶珈蓝拉过她的胳膊，回家路上把经过简单跟她讲了一遍。

几句话的事，很快讲完。

到了路口等绿灯的时候，苏锦珂刚好听完起因经过，她气得绕着叶珈蓝转了一圈：“那个特长生动作也太快了吧！”

叶珈蓝咬着棒棒糖没说话。

她也觉得快。

“长得好看吗？”

“还行。”

苏锦珂咬牙切齿：“小妖精！”

不知道指的特长生，还是指的唐遇。

红绿灯转换，叶珈蓝没再理会苏锦珂的牢骚，拉着她从人行道过马路。

穿过路口，两人的身影渐渐缩成两个白点。

是她们校服的颜色。

纯白，只袖口处有两道清新的浅黄色。

而此刻的校门口，那辆黑色轿车上，谢景非一支烟刚刚抽完。

车窗开着，所以烟味不算太重，谢景非从后视镜里看了眼后座的人，刚要开口问他今天什么情况，后头那人手就往前递了一下。

谢景非以为他要牵自己的手，受宠若惊地刚要把手伸过去，唐遇就抬了下眼："烟。"

"……"

谢景非小小地失望了一下，不过很快，他又像发现了新大陆一样把烟盒递过去："哇，我们遇遇……遇哥要学抽烟了？"

他和唐遇穿开裆裤的时候就认识，有的狐朋狗友小学初中就开始学抽烟，也只有他从来没碰过，与众不同得跟个变态一样。

唐遇没理他。

他左手指腹上有独属于女孩子身上的味道，味道不大，甜中带涩。

唐遇半低着头，从烟盒里磕出一根烟出来，然后捏在拇指和食指之间，微一用力，那支还没点燃的烟就折断在他手里。

烟草捻碎，味道辛辣刺鼻，盖住了他指尖上残留的女儿香。

唐遇心底难得躁动一次，短短几分钟又平息下去。

谢景非嘟囔一句："……浪费。"

他不敢说唐遇神经病。

唐遇也不反驳，只微微眯了眯眼睛："少抽点儿。"

"啊？"谢景非又开始受宠若惊，"因为对身体不好吗？"

"嗯。"

谢景非星星眼："遇遇……"

“杀精。”

“……”

小树林事件之后，叶珈蓝整整一周没再和唐遇有什么交集。

如果不是在同一间教室，偶尔回头的时候能看见他趴在桌子上睡觉，叶珈蓝估计会忘了班上前几天多出一个新同学。

新同学大多数时候都很安静。

他喜欢睡觉，而且不分课上课下。

周日午休的时候，教室里只剩下几个人。

下午第二节以后是自由活动时间，叶珈蓝中午没回家，在食堂吃了午饭后回教室睡了一觉，再从桌子上爬起来的时候，本来是想看眼后墙上挂的表，结果一转头，看到有个女生悄悄往后排新同学的桌子里塞了一个粉红色信封。

她站在那里调整了半天信封的位置，像是怕他看见，又像是怕他看不见。

叶珈蓝把视线收回来。

下午第二节下课铃一打响，高二一班的同学做鸟兽散。

叶珈蓝从后门出去，经过垃圾桶的时候，看见那个粉红色信封惨兮兮地躺在里面。

她只瞥了一眼，然后跟着对此一无所知的苏锦珂出了教室。

叶珈蓝到家里的时候，下午四点半出头，余秋华正在厨房里包饺子。

余秋华是市医院的儿科主任，今天休白班，所以这会儿还在家里。

叶珈蓝在玄关处换拖鞋，还没进去已经喊了声：“妈，你今天怎么包起饺子来了？”

擀面杖滚动的声音不间断，余秋华在里面回她：“一会儿有客人来家里吃饭。”

“哪个客人啊？”

“你唐蓉阿姨还记得吧？”

叶珈蓝“嗯”了一声。

“他儿子搬到我们家对面了。”

怪不得前几天有人往对面的空房间里添置家具。

叶珈蓝：“……哦。”

她早就忘记唐蓉的儿子是谁了。

余秋华跟唐蓉是大学时期的挚友，毕业后唐蓉嫁人搬到了国外，联系才少了一些。

唐蓉身体一直不大好，生过孩子情况更糟，早在前些年就香消玉殒了。

叶珈蓝一颗棒棒糖快要吃完，嘴里甜腻腻，她倒了杯水喝，多少有点诧异：“妈，都这么多年了，你还能认出唐阿姨的儿子来？”

“那孩子跟你唐阿姨长得像，我出门扔垃圾的时候刚好看他开门，随口一问他叫什么，这不就刚好对上了！”

话音落下，门铃声响起。

余秋华在厨房扬声：“弯弯，去开下门。”

叶珈蓝重又把棒棒糖咬回嘴里，起身趿着拖鞋去开门。

门打开，她一抬眼，愣住。

余秋华从厨房里探了下身：“小遇来了吧？”

她看了眼站在门口有些呆怔的叶珈蓝：“弯弯，你小时候还把小遇欺负哭过，这就忘了？”

“……”

她转而问外面的人：“小遇还记得吗？”

“记不清了。”

叶珈蓝微微松了口气。

唐遇瞥了眼门内，余秋华又进了厨房。

他微微低头，声音陡然压低，轻得只有他们两个人能听见：“你也信？”

叶珈蓝一僵，嘴巴下意识微张了张，牙齿轻咬着的棒棒糖就这么从嘴里滑出，“啪”的一下砸到唐遇白得发光的鞋面，然后滚到地上。

“……”

完了。

她的死期估计到了。

6

叶珈蓝小的时候不太乖。

确切地说，应该是太不乖。

当时叶家还不住在现在这种公寓楼，那会儿的烟雨小巷街坊邻里众多，每家几乎都有一个混世小魔王。

叶珈蓝不一样，她是大魔王。

方圆几里的小魔王们都对她俯首称臣，乖乖地叫她一声“蓝姐”。

被她欺负过的小可怜众多，欺负哭过的一只手也数不过来，所以饶是余秋华给她缩小了范围，叶珈蓝还是没想起唐遇是哪个来。

被她用水枪喷的是个偷摘别人家桃子的鼻涕虫。

被她扒过裤子的是个欺负妹妹的小哭包。

唐遇哪个都不像，他精致得过分，光是站在那里，即使一句话不说，都自带了一种撩人的矜贵。

叶珈蓝想象不到他被自己欺负哭是什么场景。

她视线低着，落在唐遇被她那颗棒棒糖砸到的白鞋上，半天没敢抬起来。

唐遇垂眸看她。

女孩子眼睫微垂，睫毛长而密，往下是小巧剔透的鼻尖，再往下，她嘴巴轻抿了下，上排牙齿轻咬住下唇，然后松开。

血色涌上来，一片艳丽的绯色。

她这模样，比以前乖得不是一点半点。

唐遇莫名想到昨天他指尖沾上的味道。

他把视线收回，然后低头，瞥了一眼自己的鞋面，语气无波无澜："没想起来？"

叶珈蓝："……"

太多了，根本不知道是哪一个。

叶珈蓝嘴巴一抿一松，上下唇都覆了层水光，她特别有诚意地道歉："不好意思……我小时候不太听话。"

"那现在呢？"

叶珈蓝抬眼看他，一双眼睛通透干净，隐隐有波光倒映，她没听明白："……现在怎么？"

唐遇嘴角微微勾起："听话吗？"

叶珈蓝吓得往门里退了半步。

唐遇上次把她坑进教导主任办公室的时候，就是这种表情。

表情干净得跟天使一样，偏偏干的都是魔鬼才能做出来的事。

叶珈蓝脑袋里有根弦绷断，手上动作先于大脑的思考，还没反应过来，手就伸过去摸到门把手。

砰的一声。

她把唐遇关在了门外。

厨房忙活的余秋华听见这震天响，探出头来看了一眼："怎么关门这么大声？"

紧接着她视线掠过整个客厅也没见到唐遇的人影："小遇呢？"

叶珈蓝总算反应过来。

她心跳还没平复下来，指缝间有汗冒出来，黏黏腻腻的，面不改色道："他回家拿东西了。"

幸亏余秋华没质疑，转头又进了厨房。

叶珈蓝呼了口气，给自己又做了半分钟的思想工作，才又伸手去开门。

这次开门动作缓慢，幅度细微。

她就差扒在门缝上观察外头的动静了，光开门就用了十几秒，然后门一打开，跟前的人直直地站在外面。

他在打电话，手握着手机抬起头来的时候，腕骨似乎更明显了些，他瞥了一眼门里的人，然后挑眉，扯唇："哪里乖了？"

那头谢景非没听明白："谁不乖啊？"

"……"

叶珈蓝不知道这句话是跟谁说的，又是指的谁。

她手一抖，差点又要把门拍在唐遇跟前。

所幸余秋华开口开得及时："你们两个别在门口站着了，快过来吃饭了！"

唐遇视线还落在叶珈蓝的脸上。

她生得白，一双眼睛还不太会隐藏情绪，眼底又是惊异又是懊恼，纯得不得了。

"挂了。"

他没答，收回视线，同时把电话挂断。

叶珈蓝已经松开门把手，转身进了客厅。

没多久，饭菜都上了桌。

叶珈蓝和唐遇面对面坐下。

余秋华递了碗过来："小遇刚才回家拿什么了？"

叶珈蓝刚进了嘴的饺子一噎，在喉咙里哽了几秒。

对面那人看她一眼，依旧漫不经心："换了双鞋。"

"……"

他换个了屁。

鞋还是那双鞋，可能还沾着她的口水。

叶珈蓝低着头，磕了一个鸡蛋。

剥皮的时候，余秋华把问题抛向了她："弯弯，想起小遇是谁了没？"

叶珈蓝："……"

"你这孩子，居然还真忘了……"余秋华叹了口气，"你忘了你十岁的时候，你唐阿姨带着小遇来家里，你把他踩哭了的事儿了？"

"……"

余秋华这话有很直接的引导指向作用。

叶珈蓝脑袋里有什么东西晃过。

想起来了。

但是还不如想不起来。

唐蓉那次难得回国一趟，这一回来难免要和余秋华这个闺中密友聚一次。

她带着唐遇来南城待了几天。

叶珈蓝那年刚好十岁，正好是最淘气的年纪。

唐遇来的那天，刚好是她和小伙伴约好去打水漂的日子。

下午小弟扒在门口叫人，叶珈蓝满心都是打水漂这事儿，一着急，狂风一样卷出去的时候，一不留意就在唐遇鞋上踩了一脚。

这人从小就喜欢穿白鞋。

叶珈蓝停下一看，觉得一只鞋脏了，另一只鞋还白着实在不大美观。

她十分有大姐大派头地拍了拍他的肩膀，然后一脚下去，在那只干净的鞋上也留了一个黑鞋印子。

“不用谢。”

刚说完，唐遇眼睛一抹，哭着跑走了。

把九岁的唐遇踩哭了的结果就是，叶珈蓝那天不仅没能去打水漂，还被余秋华教育了一顿。

唐蓉在旁边劝她：“小孩子玩玩而已，说两句就行了。”

余秋华不听，手一伸指向洗手间：“去，把弟弟的鞋给刷干净！”

于是当天晚上，叶珈蓝委屈巴巴地蹲在洗手间给唐遇刷鞋，一转头就能看到外头那人光着小脚丫在看电视。

风水轮流转，哭的人变成了她。

唐遇这人，从小就有点恶劣。

不过跟别人恶劣的性质不一样，他恶劣得优雅。

往事不堪回首。

这件尤其。

叶珈蓝神思收回，抬头看了对面的人一眼。

少年五官都长开了不少，除了眼角那颗小泪痣，其他地方简直脱胎换骨。

漂亮是一样的漂亮，但是感觉完全不一样了。

她是越长大越收敛，性子也越发柔软，而唐遇好像恰恰跟她相反。

叶珈蓝盯着那张脸，不自觉咬了咬筷子。

唐遇没看她，视线微垂，不紧不慢地喝了口水。

余秋华给两人都盛了汤。

“妈晚上去医院值班，你和小遇学的可能不一样，待会儿给他说一下。”

叶珈蓝上了初中突然就转了性子，除了学习别的基本都不放在心上。

一直到高二这年，她连考第二的次数都寥寥无几。

余秋华对她无比放心：“听见了没？”

叶珈蓝咬着筷子点头。

一顿饭吃到了六点多，六点半的时候，余秋华被医院同事提前叫走。

叶珈蓝去厨房收拾碗筷。

一刻钟后出来的，家里已经空荡荡一片，电视还开着，不过声音调小了一些。

余秋华去医院前特别交代让她去给唐遇核对课程，她不敢不听，又在家里磨蹭了一会儿，一直到过了七点，她才拿了钥匙准备出门。

走到玄关的时候，她看见鞋柜上头放了一串钥匙。

下面压了一个纸条。

上头字迹清晰漂亮，简单几个字：“自己开门。”

叶珈蓝看见下头他的名字，遇见的遇。

叶珈蓝把纸条折起装进口袋，随手拿了一本英语书，带上钥匙出门，然后打开对面的门进去。

客厅里没人。

东南角的浴室灯开着，有水声哗哗响起。

叶珈蓝在沙发上找了个地方坐下，翻开英语书背了几个单词。

正要翻页的时候，电脑里消息提示音响了一下。

叶珈蓝抬了抬眼，看向正对面茶几上的电脑。

她刚才一直没怎么注意那台笔记本，这会儿视线扫过去，距离不远，聊天框还开着，上头的内容清晰地映入眼帘——

【都是我这几天收集的经典。】

【够不够你看？】

【不够我这里还有。】

这条消息之后，底下图片和视频一个接一个地发过来。

叶珈蓝看了一眼，瞬间被上头白花花的肉体刺激到，她耳根一热，脸上迅速烧红。

那头谢景非浑然不觉，还在继续发。

不远处浴室水声不知道什么时候停下。

叶珈蓝反应过来的时候，浴室的门被打开，那人抬脚过来。

她下意识要把笔记本合上，刚碰到盖子还没来得及收回来，唐遇手就按到上头，笔记本合上的动作戛然而止。两人指尖轻轻碰了一下，他微微皱眉：“你脸红什么？”

“……”

还能脸红什么？

前方屏幕上视觉冲击太大，但是好奇心驱使之下，叶珈蓝又不自觉地要往那边看。

唐遇这才觉得不对劲儿。

他视线一转，从她脸上转到电脑屏幕上，就一眼，唐遇眼神一暗，他喉结轻轻滚了一下，抬手遮住叶珈蓝的眼睛，声音低而轻：“别看。”

PART 2

小气鬼四条腿

唐遇抬了下眼，声音轻轻，一字一顿：“你的心上人？”

7

叶珈蓝视野瞬间漆黑一片，透不过光来。

身边有少年身上清冽的沐浴露香味氤氲开来，她眼睛紧紧闭上，但还是控制不住地想起屏幕上的画面。

辣眼睛。

叶珈蓝呼吸一烫，手指轻轻蜷曲了下。

电脑屏幕上，谢景非总算消停下来。

视频和图片没再增多，他发了句话过来:【夏夏，你怎么不接收？】

他叫的是夏夏，而不是遇遇。

唐遇左手还在叶珈蓝眼睛上遮着，视线落在屏幕上，没回他。

没几秒，那头又问：【你待会儿能把聊天记录删除吗？不然被遇遇看见我给你发这种东西，我肯定见不到明天的太阳了……】

唐遇眉头皱得越发地深，他上身微倾，右手越过跟前女孩子的肩膀打字，这个姿势有点暧昧，但实际根本没有太多的肢体接触。

他向来有分寸。

【滚。】

唐遇在键盘上敲了一个字，然后关闭聊天框，同一时间松开遮住叶珈蓝眼睛的手。

叶珈蓝呼吸还微微发着热，一双眼睛转了下，视线无处安放。

“行了。”

叶珈蓝这才强作镇定地把视线定住。

屏幕上已经没了对话框，这会儿简单整洁。

唐遇捏了支钢笔靠坐到沙发上，他头发还没干，刘海半长不长地搭在前额，眼睫低垂，不看她，也不开口说话。

气氛一度陷入尴尬的沉闷当中。

叶珈蓝坐立难安，自动把唐遇的这种反应归结为未成年少男观看大尺度电影被同班同学撞破后产生的懊恼和尴尬情绪。

她低头捏了捏手指，然后又抬头：“那个……”

唐遇手里轻转的钢笔陡然一停，他抬眼看她。

叶珈蓝硬着头皮继续说：“我能理解。”

他们这个年纪的少男少女本身就比较早熟。

平时班上有几个男生也讨论过这种问题，只不过叶珈蓝以前只是听他们讨论，这次是实打实地撞上了。

她越想越觉得难为情，低了头咳了一声：“我可以当作没看见。”

唐遇视线一抬，看到她裸露出来的光洁莹白的额头。

叶珈蓝是嫌丑，所以前几天干脆把那排病娇萝莉的刘海一股脑用卡子全别了上去。

唐遇视线一转，“嗯”了一声。

“我也不会出去乱说的。”

唐遇眼神又转了回来，没再出声。

叶珈蓝抬眼，看见他的表情。

不好也不坏。

唐遇眉眼都生得精致，眼睛弧度柔和，但是眉峰又很凌厉，他微微皱着眉，唇线抿得有些直。

叶珈蓝有一种他下一秒就会恼羞成怒杀人灭口的错觉。

她呼了口气，没再敢继续这个话题，弯腰去拿放在茶几上的英语书："那我们现在……来划重点？"

唐遇盯着叶珈蓝拿书的手看了眼。

少女指尖葱白细腻，手背上隐隐能看见青色血管的纹路，她手指有些颤，刚才拿书的时候还差点没拿稳。

被撞破尴尬现场的人明明是他，结果这丫头反倒一副担惊受怕的样子。

小心翼翼得有点可爱。

也不知道早前那个嫌他两只鞋脏得不对称，又踩了一脚的小魔王跑哪儿去了。

这边叶珈蓝拿书用了五秒，翻书用了七秒，翻完之后她才想起来问："你有书吗？"

"没有。"

"……"

叶珈蓝手指搁在书页左侧，又问了一个问题："那你英语好吗？"

"一般。"

距离高三分班考试还有不到一个月。

叶珈蓝有点郁闷地抓了抓头发："偏科吗？"

唐遇第一次被人问这种问题，他微微眯了眼："不偏。"

哦，那就是都一般。

叶珈蓝更郁闷了，这根本让她无从下手。

"高二分班的时候会分重点班和普通班，按照这次的期末考试成绩来分……"

两种班简直有着天壤之别。

叶珈蓝指甲抠了抠英语书页："你是一本书都没有吗？"

她以前还真没关注过这个问题。

唐遇眉梢一挑，没说话。

这等同于默认的回答方式让叶珈蓝叹了口气。

"那你这几天先用我的英语书复习吧，"她把英语书合上，又重新放回到茶几上，空气中尴尬因子持久不息，叶珈蓝只能继续找话题打破沉默，"还有什么不清楚的可以问我。"

唐遇的眼神无声无息，带了几分不动声色的侵略性，他指间的钢笔又轻轻转开："暂时没有。"

叶珈蓝没去深思这个"暂时"的深意。

此地不可久留，她深呼了口气，然后起身："那我先回去了。"

唐遇不说话。

直到叶珈蓝走到了门口，他才开口："钥匙。"

叶珈蓝这才发现自己两手空空，自己家里的钥匙忘了拿，她站定，然后转身。

那人食指勾着她的钥匙串走近，到跟前的时候叶珈蓝自觉地把手伸过去，掌心摊开。

然后唐遇手腕一抬，把钥匙放在她的掌心的时候，食指收得不及时，在她掌心轻轻蹭了一下。

有些痒。

叶珈蓝不自觉地收紧手指攥住钥匙，这一攥，连带着少年那支修长干净的手指也攥在了掌心。

她呼吸一顿，下意识抬头看了眼。

唐遇就站在她面前，距离不足半米，他微低着头看她，终于有了她进屋以后的第二个表情。

那人唇角半勾似笑非笑，食指在她掌心勾了下，轻而缓慢："干什么。"

叶珈蓝猛地松手。

就这一秒，她突然就想起苏锦珂前些日说的那句"小妖精"来。

叶珈蓝觉得这三个字代指的是唐遇。

毕竟美色难挡。

她抿了抿唇，尽量让自己的目光淡下来，她声音很轻，听着没多少力气："谢谢。"

唐遇唇线似有若无地扬了半分，没接话。

叶珈蓝也没再等他开口，她垂了眼转身，然后出门。

门很快在跟前关上。

唐遇视线收回，这才看了眼不知道来了多少通电话的手机，他伸手按了接听："说。"

谢景非的声音瞬间传过来："遇遇……遇哥，我知道错了。"

唐遇没说话，走到沙发边坐下。

坐的位置刚好是叶珈蓝刚才待的地方，余香未散，他上半身微倾，从烟盒里抽了支烟出来。

"是夏夏让我给她发的，"借他十个胆子他也不敢主动给她发啊，谢景非郁闷不已，"不信你可以看聊天记录。"

他指的是夏至。

唐遇手里的烟捻断。

谢景非："夏夏什么时候来的啊？"

"不记得。"

从叶珈蓝家里出来之后，一直到刚才在浴室里洗澡的那段时间，唐遇完全没有印象。

他的记忆一片空白，属于他的时间也被占用了二十分钟。

就和那天晚上在小树林的时候一样。

夏至和唐遇是截然不同的两种性格，她那天拿着那特长生的情书偷偷过去赴约，本来是想指责那人情书里的错别字，结果教导主任的手电筒一照过来，她直接怂得躲了起来。

“夏夏怎么总是在这种关键时刻……”谢景非恨铁不成钢地叹了口气，他没敢说“掉链子”三个字，声音一顿话题一转，“不过遇哥，你也到了可以看的年纪了……”

“滚。”

叶珈蓝现在估计以为他是欲求不满的大色狼了。

电话被唐遇挂断。

他把手机放到一边，清空了所有聊天记录，然后关闭电脑。

叶珈蓝的英语书就在旁边放着，唐遇随手翻开一页，上头女生字迹清秀工整，不知道是李雷还是韩梅梅的人物形象被画了一个假发和一条浮夸的裙子。

应该是她上课时候的无聊之作。

唐遇手指在那页上停顿半秒，然后合上放在一边，拉开茶几抽屉拿了个本子出来。

是一本少女粉的日记本。

翻开一看，上头字迹同样清秀漂亮。

和他写字完全不一样，却又真真实实出自他的手——

“遇遇这个名字多可爱，他怎么不喜欢呢！”

“幸亏我是在夏至那天来的，不是在大暑小暑，不然名字就太难听了。”

他身体里住着的另一个人，叫夏至，是个跟他性格截然相反的女孩子。

这是一种伴随解离性失忆的身份识别障碍。

换一种说法，叫双重人格。

再往下翻，是小树林那天记的一段话。

“今天遇遇又收到了一封情书，那人居然连江水为竭的竭都写错了，遇遇那个变态要是喜欢这种学渣，我给非非直播吃键盘！”

“……”

神经病。

唐遇把日记本合上又塞回抽屉里，然后起身上楼。

那本叶珈蓝留下给他复习的英语书，他只看了两眼。

叶珈蓝第二天拿回自己英语书的时候，发现某一页沾了烟味。

味道不重，但是她鼻子向来敏感，所以轻而易举就闻了出来。

英语课的时候，她对着英语课本皱了整节课的鼻子，苏锦珂在旁边戳了戳她的胳膊：“弯弯你怎么了，身体不舒服吗？”

这会儿还没下课，叶珈蓝看了眼讲台的英语老师，摇了摇头没说话。

好不容易挨过了五十分钟，上课铃一打响，叶珈蓝跑到楼上的小卖部买了瓶花露水。

她决定常备着。

每借唐遇一次书，回来她就来回喷一遍。

出了小卖部下楼，她在教室门口看见了让她课本染上烟味的罪魁祸首，他和谢景非以及另外两个外班的男生站在那里，长相和身高都占了不少的优势。

走廊里有经过的女同学频频回首。

叶珈蓝从后门进去，经过他身边的时候还是小声说了句：“抽烟对身体不好。”

她声音不大，只有唐遇身边的谢景非听到了，他“哎”了一声，随口一问："班长，那什么对身体好啊？"

8

叶珈蓝一时语塞，没回答上来。

抬头一看，旁边唐遇靠墙站着，伸手朝她勾了勾手指。

叶珈蓝往前挪了半步，两人身高差距不小，唐遇微微侧了脸，把声音压低，尾音勾人："接吻对身体好。"

他一本正经得像是在单纯地提醒她什么对身体好。

叶珈蓝整个人愣住，只听见前两个字就觉得大脑发热。

她用了两秒钟时间消化这句话，两秒钟后，她后退了半步，唇线抿直一瞬然后松开，调子无意识拖长了些："哦……"

话题有点儿尴尬，叶珈蓝想不到别的回答方式。

唐遇垂眸睨她，半晌，盯着她微红的耳垂"嗯"了声。

他没有在女孩子面前说这种话的习惯，刚才纯属鬼使神差下的意外。

唐遇收回视线："进去吧。"

话音一落，谢景非就讶道："你们刚才说什么了啊？"

叶珈蓝没在门口逗留，推了后门往里走。

进去的时候门本来就没关严实，又被风吹开大半，外头几人的说话声也随着风一起飘进来——

"让我猜猜，根据我学了十几年的唇语，我看懂了后面几个字是'对身体好'。"

“前面呢！”

“跑步？多吃水果和蔬菜？不对啊，好像没这么多字……”

叶珈蓝脚步放缓了些。

她听见谢景非问了句：“到底是什么啊？”

没几秒，后头有脚步声响起，那人在门口停了一秒，回头：“做题。”

又是做题。

不知道的还以为他是多热爱学习的好学生呢。

明明自己连本书都没有。

叶珈蓝蓦地想起什么，她还站在教室后方，脚步顿住转头看了一眼唐遇的位置。

他长得高，桌子被放在最后一排，桌面整个干干净净，只有两根笔和一个笔记本。

没有书。

他同桌是班上的学习委员，眼镜厚度堪比啤酒瓶底，标准的学霸，就连下课这十分钟都在埋头学习。

不用想也知道，唐遇根本没有和这个学霸看一本书的习惯。

教室前门语文老师走进来：“待会儿上课默写《离骚》。”

整个班的气氛顿时不像刚才那样萎靡不振了，趴在桌子上睡觉的都被这个噩耗吓醒，短短几秒，教室里就被背书声盈满。

叶珈蓝快步回到座位，翻开语文书后看了两行，然后回了下头。

唐遇的学霸同桌正好把书往他那边挪了挪，她看见那人眉梢轻挑，掀了掀唇说了两个字。

叶珈蓝唇语比刚才教室外头胡乱猜测的人好，一眼就看了出来。

是“不用”。

果然，他不和别人看一本。

叶珈蓝皱了皱眉，然后翻开课表看了一眼。

苏锦珂急得团团转，背来背去都是那一句话："长太息以掩涕兮，哀民生之多艰……"

再往下，她不会了。

苏锦珂实在不是背书的料子，作为一个理科女，她理化生要比语文强得多，两分钟过去，她干脆不垂死挣扎了，也改为和叶珈蓝一样慢悠悠一行一行地看。

看完第一行，苏锦珂拖着椅子往那边凑了凑："弯弯，你会背了吗？"

叶珈蓝点了下头。

"心里有屈原的人果然不一样。"

苏锦珂感叹，看完第二行，她把脸凑了过去："弯弯，唐遇同学没书啊。"

叶珈蓝抬了下眼，然后继续点头。

"那我今天应该不是默写最差的了。"

叶珈蓝没说话。

翻过一页之后，她才小声说了句："万一他会背不需要书呢？"

苏锦珂："……"

事实证明，叶珈蓝大话说得太早。

这节语文课刚下课，她就听见过道右侧的语文课代表小声跟她同桌议论了句："新同学居然交了一张白卷。"

她去收卷子的时候看见的："那卷子比我脸都白。"

"……"

叶珈蓝捏了捏耳朵，从笔记本上撕了页纸下来，抄起了课程表。

当天晚自习九点四十分下课。

下课铃一打响，苏锦珂就捂着肚子猫腰站了起来，她另一只手在叶珈蓝胳膊上晃了晃：“不行了，我憋不住了，弯弯你等会儿，我马上回来！”

铃声还没停下来，她就飞奔出了教室。

叶珈蓝视线跟着她跑了一圈，然后才又转回来，安安静静地对着课表整理明天上课需要的书。

五分钟后，教室的人已经走得差不多。

高二危机感还没有高三强，尤其这会儿临近放假，教学楼规定了十点前熄灯，有晚上复习的同学基本也都各自回了宿舍或者家里继续看书。

叶珈蓝转头看了眼表，快五十了。

苏锦珂还在厕所战斗，没回来。

后排空荡荡一片，那帮男生也都不在。

叶珈蓝微微松了口气。

教室里这会儿只剩下她一个人，安静到了极点，只有头顶的风扇在转，带出摩擦声和风声。

叶珈蓝把书摞成了一摞，然后掀开最上面一本，把抄好的课表夹了进去。

五十分整，她抱着几本书起来走到后排，然后在唐遇桌子前停下，刚要放下去，斜后方就有声音传来：“干什么？”

叶珈蓝吓了一跳。

她明明是日行一善，结果被这种紧张的气氛搞得像做贼一样，眼睛睁大了些，下意识转头看过去。

唐遇也不知道是去而复返，还是压根就没走，这会儿正轻轻靠在门框上，眯了眼睛看她。

他站得不直，语气和姿势都带了半分懒散。

叶珈蓝越长大越不禁吓，心跳一快，手劲儿都松了不少。

下一秒，“砰”的一下，她刚要放下去的一摞书砸到桌子上，叶珈蓝手收回得不及时，右手小指就这么跟着被砸了一下。

她倒吸了口冷气，忙把手抽回来。

叶珈蓝就是典型的耐疼不耐吓。

小指指尖又疼又麻，她也只是微微皱了眉，声音轻颤半分：“你不是没书吗？”

唐遇直起身从门口进来。

“你先用我的，我和我同桌看一本就行。”

那人拉开椅子坐下，拿了只笔转开，微微抬了头看她。

叶珈蓝继续说：“笔记都是全的，复习起来也比较快。”

唐遇视线下移，落到她的手上。

女生的手和男生完全不一样，骨架小，白白净净，连指甲都修得整整齐齐，那截小指因为被书砸了一下，透出充血的红。

再往上，她手腕纤细。

握起来肯定很舒服。

唐遇收回视线，指间转动的笔渐渐收住。

叶珈蓝：“那我先回家了。”

“嗯。”

“你也早点回去。”

“好。”

叶珈蓝小指还有些疼，她轻动了动，走出教室前又回了下头：“唐遇……”

“怎么。”

“你能不能别抽烟？”

她不喜欢书上沾烟味，有点呛人。

叶珈蓝这句话问得纠结，总觉得不管唐遇回答什么都有点不对劲儿。

答“不能”的话，她这句话不仅白说了，而且十分有可能造成一种尴尬的情形。

答“能”的话，她让他不抽他就不抽……那就更不对劲儿了。

他干什么要听她的话。

事态发展似乎陷入了一种两难的境地。

叶珈蓝觉得自己冲动了，刚要当作什么都没问过一样出门，唐遇就答了句：“能啊。”

他也不多解释，嘴角微微勾起：“那你能不能别总这么看我。”

“什么？”

叶珈蓝没反应过来。

唐遇手指在下颌上轻轻一碰，声音依旧干净清冷得过分：“我自制力不太好。”

他说这句话的时候，谢景非刚好从门口冲进来喊道：“遇哥，喝冰阔落！”

唐遇的话就这么被盖了过去。

叶珈蓝没听清，她也没打算再问，瞥一眼谢景非，然后转身出了教室。

谢景非把可乐放到他桌子上，这才又转了下头：“班长怎么这么晚才走？”

他和叶珈蓝平时交流实在太少。

一个乖乖女，一个二世祖，没有能交流的地方。

谢景非没在她身上放太多心思，很快把视线收回来，落到唐遇桌子上的书上：“哪儿来的书啊？”

外封干净，但还是能看出来是别人用过的。

谢景非说着就要伸手去摸，还没碰到，唐遇左手就压在了上头，他眼前晃过少女白皙纤细的手腕，他垂了垂眼，指间用力，然后“啪”的一声过后，右手的笔一折而断。

“……”

谢景非吓得立刻把手缩了回来。

居然连碰都不让他碰一下！

小气鬼，四条腿。

9

叶珈蓝给唐遇送书的秘密工作进行了一周。

她不敢不秘密，唐遇就是一块肥肉，不少狐狸眼巴巴地盯着呢。

一周后，这种工作终于要进入尾声——马上就要期末考试了。

考试前一天，各班班主任被教导主任叫去开会。

晚一的时候轮到叶珈蓝执勤，她坐在讲台前面做物理题，快下课的时候，安静的教室突然开始有人窃窃私语。

叶珈蓝没抬头：“安静。”

刚说完，有人像是故意跟她作对一样，扬着声音说了句：“高二一班的新同学，你有女朋友了没啊？”

话从教室门口响起。

叶珈蓝皱眉看了眼，外头站着的是个长发女生，长得挺漂亮，她这会儿笑得正开：“没有的话能不能考虑一下我啊？”

跟唐遇告白的人向来不少，以往都是偷偷摸摸往他课桌里塞情书的。

谨慎又小心翼翼。

叶珈蓝没想到有人会大张旗鼓到这种地步。

班上的窃窃私语声越发大了些，甚至开始有男生冲门外的女生吹起了口哨。

明明还有几分钟才下课，这会儿几乎整个班都要闹腾起来。

叶珈蓝唇角抿直，两条秀气的眉拧得越发地深，随手抓了只粉笔头就冲那男生扔了过去。

那男生被砸中头顶，连忙捂住脑袋转头看了前面一眼："班长，你砸我干什么？"

他还挺委屈。

"你这么激动干什么，是跟你告白的吗？"叶珈蓝面无表情，"老实看自己的书。"

教室里闷笑声不断，但是至少没人敢顶风作案了。

叶珈蓝把视线转开。

那女生斜斜靠在门口，她没穿校服，红得闪眼睛的上衣衣领有些偏低，下身是一件牛仔短裤。

看着无比清凉。

而距离女生不足一米的当事人，这会儿趴在桌子上，在睡觉。

不知道是认床还是水土不服的原因，他转来这段时间，好像一直没休息好。

叶珈蓝视线在唐遇身上停了半秒，然后收回来，起身从前门出了教室。

那女生还倚在后门门框上，看她出来掀了掀眼皮，没说话。

叶珈蓝皱了下眉，怕打扰到教室里的同学学习，刻意把声音放得轻了又轻："这位同学，你能下课再找他吗？"

她这样已经严重干扰到了班里的上课秩序。

那女生瞥她一眼，然后又低头，百无聊赖地看了一眼自己新做的指甲。

她看起来十分不愿意和叶珈蓝说话。

叶珈蓝也不愿意多说，这人不是他们班上的，她点到即止，刚要转身进教室，那女生就轻哼了一声："不能呀。"

她声音娇俏，傲气都明目张胆地表现在了那双好看的眼睛里。

叶珈蓝："……"

"你是不是也喜欢唐遇？"

她声音不大不小，靠近门口的几个人刚好能听见。

连谢景非都被这句话给吓醒，揉了揉鸡窝头转头看了门口一眼，下一秒，他低低爆了句粗。

教室里，谢景非把铁皮卷尺拉长，正在往唐遇桌子那边伸，隔了一条过道，尺子碰到他桌角的时候，他轻轻敲了下。

他不走寻常路地试图叫醒唐遇。

那人没反应。

女生见她不答，语气更加恶劣："不说话就是默认了？"

叶珈蓝转了下头："你想多了。"

"那你刚才那么生气干什么？"

叶珈蓝："……"

什么逻辑。

叶珈蓝没打算理她，转身进教室。

这头谢景非叫人服务正进行到兴头上，瞅见有人影过来，一个没注意手一松，卷尺"咻"的一下收回，刚好在要从这边回讲台的叶珈蓝胳膊上擦过。

铁尺收回的速度极快，夏季校服又是短袖，白嫩的胳膊没遮没掩，像是被一把钝的小刀割过。

再钝也是刀子。

叶珈蓝胳膊被那卷尺擦破了皮，有血慢慢渗出来。

她下意识把胳膊往回缩了缩，脸色瞬间变白，低低“啊”了一声。

下课铃打响，谢景非立马从座位上起身：“班长，你没事吧？”

叶珈蓝低头看了眼胳膊，口子不短，但是好在伤口不大深，过几天估计也就没事了，她皱着眉摇了摇头：“没事。”

被划伤的是左手，她刚抬了右手要去捂伤口，手腕就被人握住。

叶珈蓝抬了下眼，唐遇也不知道什么时候醒的，皱了眉看她：“别碰。”

她也不想碰。

但是伤口这会儿又痒又疼，像是有蚂蚁在上面轻轻啃噬，叶珈蓝呼吸都有点抖：“你先把手松开吧。”

班上已经有人看过来，站在门口的那女生更是皱了眉：“喂，你不要借机占新同学的便宜。”

叶珈蓝：“……”

唐遇把手松开。

旁边谢景非立刻凑过来：“班长，我知道错了，我送你去医务室吧！”

叶珈蓝扯了扯唇：“不用了。”

充其量算是个毛细血管壁破裂，没什么大事。

这会儿连那股子疼劲儿都渐渐消下去，只剩下微微的痒。

叶珈蓝没再看那几人，从讲台上拿了自己的练习册，然后回座位。

门口的女生嘟了嘟嘴：“唐遇，你能不能出来一下啊？”

唐遇面无表情：“不能。”

他视线一转，瞥了一眼还拿着卷尺玩的谢景非：“找死是不是。”

谢景非吓得立刻把卷尺收了回来。

那女生还要再说话，老吴的声音传来："这位女同学，你找我们班上的谁啊？"

后面没了动静。

唐遇瞥了一眼前头和同桌说话的叶珈蓝，她右胳膊搭在桌子上，伤口周围泛起了一圈红，他微微眯了眯眼，想起女孩子刚才的眼睛来。

干净透彻，氤氲着水汽，像是要哭出来。

他收回视线，翻了一页物理书。

谢景非偷偷瞄了一眼，他发现，唐遇最近脾气越发不好了。

他手里的笔又断了一支。

再这样下去，谢景非要给他去文具厂搞批发了。

他呼了口气，又转头看了眼刚才被他伤害到的班长，感叹一句："班长胳膊也太白了。"

话音落下，那截断了的笔朝他砸了过来。

谢景非："……"

当晚叶珈蓝到家以后，谢景非私聊她给她连着道了好几次歉:【班长，要不我请你吃饭赔罪吧。】

叶珈蓝：【不用了，谢谢。】

刚回完，书房的灯灭了。

余秋华从楼下喊她："弯弯，停电了，我把你的蜡烛拿出来点上了啊。"

叶珈蓝："……"

余秋华指的，大概是她前段时间和苏锦珂一起买的几个香薰蜡烛。

她打开书房的门。

果然，客厅的茶几上、冰箱旁边的柜子上都点上了她的蜡烛，火光不强，但是也能勉强照亮东西。

叶珈蓝眉心跳了一下。

“医院有点事儿叫我过去，妈刚才给你熬了绿豆汤，你待会儿给小遇也送点过去，天热去去暑。”

关门声响起。

叶珈蓝下楼，又给谢景非发了条消息：【有唐遇的联系方式吗？】

很快，谢景非发了一串电话号码过来。

叶珈蓝输入号码，然后编辑了条短信：【我妈熬了绿豆汤，让我给你送过去。】

【？】

【你能过来拿吗……外面太黑了，我不敢出去。】

这次那头没回。

叶珈蓝等了两分钟，然后后知后觉地意识到她根本没说自己是谁。

刚把名字打上去，还没发过去，敲门声响起。

叶珈蓝扬声问：“谁啊？”

她怕黑，尤其自己一个人的时候，连带说话声音都颤了些。

手机屏幕亮了一下，唐遇的消息进来，简短一个字。

【我。】

叶珈蓝忙去开门。

楼道里黑漆漆一片，叶珈蓝把手机屏幕按亮，抬了抬手把手机举高了些以照亮跟前的人，苏锦珂的消息刚好在这时候发送过来：【弯弯，你的心上人跟他第七任女朋友分手了！】

唐遇眉角轻挑，似笑非笑看她一眼。

苏锦珂：【我找了朋友问他的联系方式，要不要给你发过去？】

门外那人出声：“不让我进去？”

叶珈蓝立刻移开，等他进来之后关上门。

她这才看到苏锦珂的消息，犹疑了几秒之后，她回了苏锦珂一个字：【要。】

其实算不上心上人，就是有点崇拜加好感。

叶珈蓝把手机放在茶几上，然后去厨房盛绿豆汤。

唐遇坐在沙发上等她的几分钟，她手机屏幕又亮起，是苏锦珂给她发的电话号码以及一系列联系方式。

客厅里弥漫着香薰散发出来的水果甜涩味道，和叶珈蓝身上的差不太多。

唐遇唇角轻轻勾了下，然后，鬼使神差地，他把这条记录了叶珈蓝心上人的消息给删了。

10

叶珈蓝的心上人叫季燃，和上次跟唐遇表白的那个特长生同班。

说巧也巧，说不巧也不巧，毕竟唐遇的爱慕者可能遍布了整个学校。

叶珈蓝盛了两碗绿豆汤从厨房出来，把左手那碗递过去：“加糖了。”

唐遇微微皱眉。

叶珈蓝很快明白这个表情的意思。

他不喜甜。

叶珈蓝于是把那碗挪到了自己这边，伸了右手把另一只碗放到了他跟前：“这碗没放。”

唐遇“嗯”了声：“有医药箱没？”

“你受伤了？”

那人偏了下头，抬眼看她。

少年眼底清冷干净，不显山也不露水。

叶珈蓝被他这么一看，余下的话不自觉咽了回去，她拿了手机起身：“我去给你找。”

家里有余秋华这么一个医生，医药箱肯定少不了。

但是叶珈蓝平时不常用，所以找起来还是废了几分钟的工夫。

等她好不容易找到，已经是十点半多。

苏锦珂的消息中途发过来一条：【弯弯，不要怂就是上！】

叶珈蓝：“……”

这条消息的前后左右，都没有写季燃联系方式的那条。

她怎么上？

叶珈蓝发了个问号过去，然后提着医药箱下楼。

唐遇已经由坐在沙发上的姿势变为了轻靠在沙发背上，而他跟前的那碗绿豆汤，好像一口都没少。

叶珈蓝把药箱递过去。

坐下的时候，苏锦珂刚好又发了消息过来：【我相信你可以的！】

有病。

叶珈蓝没再理她。

刚把手机放下，右手手腕就被人握住，然后轻扯过去。

叶珈蓝一口气滞了一瞬才又呼出来，一低头，那人的左手就覆在她的手腕上，食指伸得平直，其余四指微微屈起，干净修长，指骨并不突出。

她突然想起上次从教导主任办公室出来的时候，唐遇也握过她的手腕。

现在亲眼所见，姿势果然很好看。

叶珈蓝不自觉抿了抿唇。

那人右手捏着的棉签已经沾了消毒酒精蹭在她胳膊上的伤口上，冰凉一点，稍带刺激性的味道很快蔓延开。

唐遇轻声开口：“景非应该不是故意的。”

敢情是给谢景非处理烂摊子。

要是被苏锦珂知道被谢景非弄伤，唐遇会亲自给她处理伤口，她估计会亲自拿着一把小刀过去自愿被他划伤。

叶珈蓝点了下头：“我知道。”

唐遇嘴角扯了一下，没再说话。

酒精挥发，没几秒就盖过香薰的味道，叶珈蓝皱了皱鼻子，抬眼看着跟前人的脸。

她第一次这么近距离地看他。

少年眼睛微垂，睫毛很长，烛光从左侧照过来，睫毛的阴影就在右脸上拉得很长，一根一根交错重叠。

这人长得是真好看。

比她见过的所有人都好看。

她盯着这张脸走了几秒钟的神，然后还没反应过来，伤口处就有微微的刺痛感传来。

唐遇比刚才用了几分的力。

叶珈蓝下意识要把手缩回去，那人指尖却没松开，他把那根用完的棉签随意扔进垃圾桶，然后翻了一个创可贴出来，撕开，再给她贴上。

唐遇的动作温柔，但是开口时语气又带着凉意：“我是不是跟你说过——”

叶珈蓝抬眼看他，一双眼睛明亮水润，黑白分明。

唐遇松开她的手腕，指尖一收合了医药箱的盖子，他食指在上面轻扣两下，然后抬起，掌心轻轻遮住她的眼睛："别这么看我。"

下一秒，叶珈蓝还没反应过来，他把手松开。

像是掐准了时间一样，客厅里灯光骤然亮起。

唐遇起身，长腿一抬，往玄关处走去。

叶珈蓝看了眼那碗绿豆汤："你还没喝——"

回答她的是门轻轻合上的声音。

叶珈蓝上眼帘还有少年掌心的温度，她用力眨了眨眼，在客厅里坐了好一会儿，最后才熄了蜡烛上楼。

当晚，她一边等苏锦珂那条始终没发过来的消息，一边喝着绿豆汤背英语单词。

结果一锅绿豆汤都被她喝完了，苏锦珂还是没把最重要的消息发给她。

叶珈蓝一晚上上了四次厕所，最后一直到凌晨两点多才辗转入睡。

第二天就是期末考试。

下午考数学的时候她还因为睡眠不足集中不了精力，最后直接空了后两道大题，趴在桌子上睡了过去。

身后头有人踢了一脚她的椅子。

叶珈蓝把椅子往前挪了挪，没理他。

没过多久，收卷铃声打响，后排同学开始往前一张一张地收卷子。

谢景非的声音从后座传来："班长，你不舒服吗？"

叶珈蓝转了下头，"没睡好。"

"真巧。"

"……"

"遇遇也没睡好。"

“……”

“我猜他昨晚熬夜看教育片了。”

距离下一门考试还有半小时，叶珈蓝拧开瓶盖喝了口水：“什么教育片？”

“成人教育片啊！”

“……”

那是什么东西。

叶珈蓝没再理他，继续趴到桌子上补觉。

高二年级的期末考试耗时两天。

叶珈蓝这两天基本一出考场就回家补觉，大事小事都没心思和时间管。

一直到最后一门英语考完，叶珈蓝出考场的时候，苏锦珂已经在门口等她。

考试这两天学校没要求穿校服，所以整个楼道里五颜六色，穿了校服的叶珈蓝尤其显眼，苏锦珂抓过她的胳膊：“你这两天怎么都不找我聊天？”

叶珈蓝打了个哈欠：“困。”

“因为跟季燃畅谈了一个晚上？”

“……”

对了。

叶珈蓝转头看她：“你上次没给我发他联系方式啊。”

“发了啊。”

“没有。”

叶珈蓝给她看了眼记录。

苏锦珂拍了下脑门：“难道是出 bug 了，所以你没收到？”

“还是你不小心删了？”

“没有。”

她压根就没看到，怎么删。

“被别人删了？”

叶珈蓝脚步一顿，然后，特别肯定地摇了摇头：“不可能。”

唐遇不可能办出这种事来。

两人继续往学校门口走，出校门的时候，苏锦珂戳了戳她的胳膊：“你看你心上人，今天形单影只的，他已经空窗期五天了。”

“……”

“抓住机会赶紧上啊弯弯！”

叶珈蓝：“……”

怎么说得她跟个接盘侠一样。

叶珈蓝看了门外身形高挑的季燃一眼：“再说吧。”

好感是有的，但是她还真没特别喜欢季燃。

也就是之前有次开学典礼的时候，季燃抱着吉他在台上弹了首情歌，让她心跳了那么一下。

用苏锦珂的话来说，特长班的同学有种特殊的魅力。

她这种乖乖女尤其容易被吸引，但是远远不到沦陷的地步。

苏锦珂笑嘻嘻：“回头我再发给你。”

叶珈蓝把视线收回，没应声也没拒绝。

校外有卖棉花糖的，各种颜色，软绵绵蓬松松像天上的云彩一样。

叶珈蓝喜甜，拉着苏锦珂停下买了两支棉花糖。

师傅在那里做的空当，她想起谢景非的话，转头问苏锦珂：“成人教育片是什么意思？”

她随口一问。

苏锦珂一愣，然后表情又开始变得色眯眯：“你真想知道？”

叶珈蓝：“……”

好猥琐。

师傅递了两支棉花糖过来。

叶珈蓝接过，然后轻抿了一口在舌尖，转身要走。

她不想知道了，但是苏锦珂又跟了上来，她“嘿嘿”笑了一声：“就是嗯嗯啊啊雅蠛蝶的意——”

下一秒，她话音猛然顿住。

叶珈蓝瞥她一眼，然后顺着她的视线转头，也跟着顿住。

唐遇和谢景非两个人就在距离她们两个不到一米的地方。

苏锦珂的那句话应该是被听得清清楚楚，谢景非“扑哧”一声笑出来：“班长，你不知道教育片的意思可以问我啊。”

叶珈蓝：“……”

“我还可以免费教……”

叶珈蓝耳根一热，被粉红色的棉花糖挡住的那半张脸，也迅速变成了粉红色。

唐遇眼睛眯起瞥他：“滚。”

叶珈蓝没听清，她耳边嗡嗡一片，连忙扯过苏锦珂赶紧走了。

唐遇声音顿了半秒，然后放轻：“别带坏她。”

“……”

谢景非立刻察觉出不同寻常来，眼睛亮了亮，刚要开口问，那人眼神轻飘飘扫过来：“闭嘴。”

叶珈蓝晚上终于睡了个好觉。

暑假第一天，她睡了个自然醒，一直到十点多才被窝里爬起来。

下午四点半，余秋华给她在砂锅里炖了冰糖雪梨，去医院之前还特地嘱咐让她和唐遇一起吃。

叶珈蓝在客厅里换了半个小时的电视节目，一直到五点，她才拿提着装了冰糖雪梨的保温盒出去。

对面的门没关，这会儿只轻轻掩着。

叶珈蓝敲了敲门，里头很快有男声回，尾音轻曳，带了些许的鼻音：“进。”

她推门进去。

少年背对着她，这会儿支着胳膊不知道在干什么。

然后叶珈蓝走近几步的时候，听见他说了句：“怎么长得这么好看。”

“……”

叶珈蓝以为他是在看电影，结果再往前走，她也没看见任何让他夸的人或物。

他是对着镜子说的。

叶珈蓝一愣，保温盒放到桌子上的时候没控制好力道，重重响了一声。

跟前的人这才转头看她一眼。

明明还是那张脸，但是眼神里的清冽和侵略性都弱了不少，少年上下打量她一眼：“姐姐，你长得也好看。”

他话音一转：“但是没我好看。”

姐姐？

唐遇上一次叫她姐姐，还是在七八年前。

叶珈蓝：“……”

她怎么觉得，有哪里不太对。

11

叶珈蓝愣了好一会儿。

然后她想起了唐遇不喜甜。

保温盒就在桌子上放着，即使扣着盖子，也隐隐透了丝丝甜味出来。

叶珈蓝刚要问他要不要喝，夏至已经转了头过去，她没再看镜子，而是对着手机打了一行字。

内容没瞧见，但是她看见上头的备注：谢景非。

少年的声音随之响起，干干净净，难得温柔了不少："放着吧，我回来喝。"

今天的唐遇，不正常得连话都肯和她多说几个字了。

叶珈蓝觉得不对劲儿，但是又想不出哪里不对来。

她站在那里，盯着唐遇的侧脸看。

那张脸眉目依旧好看熟悉，但是嘴角弧度柔和，他对着屏幕笑了一下。

再转头看过来的时候，可能是瞧见叶珈蓝还没走，夏至又抬眼问了她一句："我一会儿要和景非去篮球场，你去吗？"

他本来就长得好看，温柔起来的时候看着更养眼不少。

叶珈蓝随口问了句："打篮球吗？"

"不打。"

叶珈蓝眼睛一抬，然后听见他接着说了句：“看。”

打篮球这种剧烈又粗鲁的运动，不适合她。

夏至把手机一收：“对了姐姐，我不知道篮球场在哪里。”

连说话的腔调好像都跟平时不大一样。

但是叶珈蓝没时间细想，就听他又道：“你带我过去行吗？”

“……”

“不说话我就当你同意了。”

下一秒，根本来不及回答，被同意的叶珈蓝被拉着出了房门。

南城一中是省内重点中学，也是南城百年名校。

自从叶珈蓝中学时候转了性之后，余秋华像是料定了她会上南城一中一样，搬家的时候就把地方挑在了学校附近。

步行五六分钟，骑行更快。

学校的体育场在校外，隔着一个天桥的距离，更加靠近他们所在的小区。

叶珈蓝和唐遇从家里走到体育场，一共用了三分钟。

体育场的内侧有几个小型篮球场。

正好是傍晚热闹的时候，篮球场上不少和他们差不多年纪的男孩子挥汗如雨，风一样跑来跑去。

叶珈蓝伸手指了指旁边的看台：“可以去那边坐着。”

顿了顿，她还是不大确定地问：“你真的不打吗？”

一个男孩子坐在这里看别人打球，好像怎么看都不太对。

那人看她一眼，直接用行动回答了她。

夏至在看台第一排找了个地方坐下，位置和角度都良好，但是又隐隐藏着些危险性。

叶珈蓝伸手指了指正对面正打得热火朝天的一帮人，小声提醒他："坐这里的话，容易被飞过来的球砸到。"

这个设计本来就不大科学，但是后来学校觉得没有人傻到坐在这里被球砸，也就没把这一排座位给撤掉。

简单来说，就是嫌麻烦。

夏至单手支着下巴，视线定在篮球场上一个个飞奔的身影上，半点都没移给她，"这里视野好。"

"……"

待会儿被砸晕过去视野就不好了。

叶珈蓝没办法，也只能跟着在旁边坐下。

叶珈蓝十几年的体育废材，篮球半点看不懂，所以基本就是陪旁边的人安安静静地坐着。

坐了半分钟，她给苏锦珂发了条消息：【你的小哥哥现在在学校篮球场，你要过来来个偶遇吗？】

那头很快回：【不了不了，等他把嗯嗯啊啊雅蠛蝶的事情忘了再说。】

叶珈蓝差点笑出声来。

转头一看，旁边人的视线依旧没有丝毫偏移。

苏锦珂又问：【你怎么在篮球场？】

她看消息看得不及时，看到这条的时候那头已经又发了一条过来：【你去看季燃的？】

叶珈蓝抬了下眼，刚要回复"不是"，就看见一道无比熟悉的身影。

这叫什么？说曹操曹操到。

可能是因为是音乐特长生的原因，季燃看起来比周围的几个人要更清瘦一些，长相也偏清秀，他站在人群当中，仿佛有一种艺术家孤独的气质。

叶珈蓝当时就是被这种气质吸引。

她正盯着那个身影走神，旁边安静了几分钟的人突然说了句："长得挺帅。"

叶珈蓝转眼，然后顺着他的视线看过去，眉角轻轻跳了下。

唐遇说的是季燃。

这个世界简直玄幻了。

一个长得很好看的人说一个长得不如自己好看的同性帅。

叶珈蓝抿了抿唇角，不知道怎么应。

又过了半分钟，季燃开始运球。

叶珈蓝起身去旁边卖零食的小摊上买了两瓶水，回来坐下的时候递了一瓶过去。

夏至依旧是看都不看她一眼，接过水放到旁边的座位上。

叶珈蓝诧异："你不喝吗？

问完连她自己都沉默。

她今天也不知道怎么回事。

唐遇不正常也就算了，连她好像都不太正常。

伺候前伺候后，絮絮叨叨地跟个老妈子一样。

叶珈蓝拧开瓶盖喝水，决定闭紧了嘴不再乱说话。

一口水刚进嘴里，她就听见旁边的人抬了下食指虚虚一指："留给他喝。"

他指的是季燃，眼底放光，嘴角像是抿出了一朵花。

叶珈蓝一口水呛在嗓子眼里，因为转头不及时，有小半口吐在了脚边那只白鞋上。

唐遇今天穿的又是一双白鞋。

叶珈蓝恨不得立刻在地上刨个洞钻下去，她脸一偏，低着头细细地咳，声音不大，但是很连续。

唐遇回过神来，第一眼看见的就是弯着腰咳嗽的叶珈蓝。

他莫名其妙地出现在了体育场的看台上，鞋上还不知道什么时候多了一摊水。

不用想也知道是夏至干的好事。

唐遇微微皱了眉，一低头，就能看见女孩子弯腰时倾斜下去的衣领，锁骨露出来大半，底下肌肤雪白。

有经过的男生看过来。

唐遇眉头皱得更深，右手食指钩住她的衣领，然后轻轻往上拉了拉。

"……"

叶珈蓝反应过来，连忙直起腰来。

也不知道是因为刚才咳得时间太长呼吸不畅，还是因为刚才唐遇的动作，她整张脸都染上一层绯色，耳垂小巧，红得更甚，像是要滴出血来。

她后知后觉地道歉："对不起……我不是故意的。"

唐遇低头瞥了一眼自己的鞋，没说话。

完了，生气了。

要是被余秋华知道，估计要扣她生活费去给唐遇买新鞋。

这人一看就是资本家，一双鞋估计得几千块。

这么一算，她至少要被扣好几个月的生活费。

要是算上上次被她棒棒糖玷污的那双，她可能整整一年都要在艰苦中度过余生了。

叶珈蓝搅了搅手指，越想越觉得害怕："唐遇……"

她刚想说能不能先打个欠条，不远处就有人喊了一声："小心！"

风声越来越近，叶珈蓝话音一止，然后转头，看见一只篮球迎面朝着她砸了过来。

叶珈蓝耳边完完全全安静下来，还没反应过来，她的腰就被人揽住一带，下一秒，她整个人都栽进一个怀抱里。

那颗篮球就擦着她的短袖袖口飞出去，砸在身后的墙上发出不小的声响。

这要是刚才砸在身上，她估计能直接被砸晕过去。

叶珈蓝惊魂未定，埋在唐遇怀里半天没反应过来。

唐遇的手很快从她腰间松开，微微低着头看她："傻了？"

叶珈蓝眨了眨眼，脸色发白，没说话。

支撑在她腰上的力移开，为了不让自己倒下去，她只能抓住跟前人的上衣衣领。

唐遇的锁骨生得漂亮，他一低头，唇角微微抿了下："干什么。"

叶珈蓝："……"

比起刚才，现在的唐遇简直太凶了。

她还来不及开口。

旁边有人先一步出声，来自那颗飞来横球的主人："季燃，你刚才用力太猛了，不知道的还以为你和这个小美女有仇呢。"

唐遇抬了下眼，声音轻轻，一字一顿："你的心上人？"

12

叶珈蓝开始根本没反应过来。

想了几秒，她才想起苏锦珂常用这三个字来形容季燃。

她也说不好什么心理，反正唐遇这三个字一落在耳边，她全身的血液仿佛都齐齐地往脸上涌，憋得慌。

叶珈蓝下意识摇了摇头否认："不是。"

和苏锦珂可以这么不着边际，但是和别人还是解释清楚的好。

更何况以刚才的情况来看,跟前这人对季燃……好像有点不同寻常。

这么一想，叶珈蓝越发觉得唐遇这种反应是吃醋的表现。

不过吃的不是她的醋。

叶珈蓝指尖一松，立刻松开手，单手撑在唐遇腿边，老老实实地坐回原位。

这种行为落在唐遇眼里，明显是她不想被季燃看见她和别的异性亲近，他嘴角轻轻一扯，微微嗤了声。

那边打篮球的几个人都停下，三三两两聚了过来。

叶珈蓝瞬间成为全场的焦点。

其中一个皮肤有点黑的高瘦男生说了句："小美女，你没事吧？"

叶珈蓝听出这声音，是刚才说话的男生。

她还来不及摇头，季燃的声音响起，他拨开前面挡住路的两个人走过来："这位同学，刚才没砸到你吧？"

叶珈蓝抿了抿唇，然后摇头："没有。"

唐遇转头看过来。

她刚才差点被篮球砸到的时候脸色还是白的，就这么一会儿，不知道怎么又红了起来。

变色龙一样。

唐遇把视线转开，瞥见不远处跑跳着过来的谢景非。

他视力不大好，所以看不清谢景非的表情，但是光看他的动作也知道他一张脸肯定咧成了花。

他高兴个屁呢。

少年和少女都生得干净漂亮，坐在一起更是爽心悦目，金童玉女一样。

季燃看了一眼叶珈蓝被篮球蹭脏的袖子，抱歉道："不好意思，刚才没看见这边有人，不小心把球砸了过来。"

要是放在平常，也根本没人在这里坐，所以他们开始都以为这里没有人。

黑皮肤拍了拍季燃的肩膀："小美女多担待，他最近失恋所以打球的时候状态不好，不是故意要砸你的。"

季燃没理他："需要送你去医务室吗？"

刚说完，就被刚才那人撞了一下："没看见人家男朋友在这里吗？哪用得着我们送……"

"男朋友"三个字落在耳边，叶珈蓝脸上表情僵了一瞬。

她不是太主动的性子，也不说话，侧了头看向唐遇，等他开口澄清。

结果等了几秒，那人抬了下眼，不咸不淡"嗯"了一声："我送她去。"

"……"

那黑皮肤笑嘻嘻地又道了歉，然后推了推季燃回篮球场："走了走了，继续，你失个恋至于吗……"

声音越来越远，那边的篮球已经再次运了起来。

叶珈蓝手指轻轻攥起："他刚才好像说你是我男朋友了……"

唐遇低头看她一眼，然后漫不经心地回："没听见。"

叶珈蓝微微松了口气。

下一秒，有只手拍在了她的肩膀上："班长，遇……"

谢景非一手搭到一个人的肩上，派头足得跟大哥大一样。

唐遇偏头，眼皮微掀瞥了他一眼。

谢景非立刻察觉到不对劲儿，咽了口口水道："遇哥。"

他没想到就这么几分钟，夏至就又不见了。

明明十分钟前，她还给他发消息让他赶紧过来的。

唐遇眼神淡淡："手。"

谢景非立马把搭在他肩上的手缩回来，半秒后，他在唐遇的眼神示意下，又默默把叶珈蓝肩膀上的那只手也收了回来。

两个人认识时间长，唐遇情绪对不对他一眼就能看出来。

他也不在叶珈蓝面前提夏至的事，一屁股坐到唐遇旁边，试探道："你们两个今天穿的情侣装吗？"

叶珈蓝："……"

谢景非这么一提，她才注意到自己的衣服和鞋子也都是白的。

远远看过去，可能还真像是情侣装。

唐遇抬了抬眼，没说话。

指不定又没听见。

叶珈蓝也不指望他解释了，扯了扯衣摆，轻声说了句："随便穿的。"

"哦，那就是心有灵犀！"

叶珈蓝："……"

谢景非把唐遇拉到另一个篮球场打了场球。

他认识的人众多，没几分钟就又叫了几个人过来陪他们打。

篮球场外围围了一圈女生，叶珈蓝重新又找了个安全的地方坐下，有一眼没一眼地看他们打球。

她坐的地方不显眼，也不像旁边的女生们一样为他们呐喊加油，就安安静静地坐着，偶尔拿着手机跟苏锦珂聊几句。

旁边有女生喊得累了，喝口水降了声音跟同伴问："那个是不是一班新来的同学啊？"

"啊啊啊……他冲我笑了一下！"

旁边女生一巴掌拍她脑门："醒醒，他是冲我笑的。"

"……"

无聊。

叶珈蓝抬头看了一眼，唐遇视线没落在这边，侧着脸和谢景非说了句什么，他唇角轻勾着，确实在笑。

而且这个笑，比一般人要好看。

叶珈蓝视线转到另一边，落到另一侧篮球场上的季燃身上。

不知道是不是真的像那个黑皮肤说的失恋影响，季燃今天明显不在状态，一连几次都没有进过球。

她收回视线，给苏锦珂发了条消息：【我在篮球场真的碰到季燃了。】

【怎么样，打球帅吗？】

【还行。】

没有旁边那个帅。

叶珈蓝没打算再继续这个话题，还没来得及结束，苏锦珂又发了一条消息过来。

是季燃的联系方式。

【前几天忙着打游戏，忘记发了。】

隔了几秒，苏锦珂：【我上次真的给你发了啊，怕你删除聊天记录，特地用短信发的。】

叶珈蓝："……"

发没发她不知道，她是真的没看见。

苏锦珂：【你确定真的没人给你误删了？】

叶珈蓝："……"

放在几天前，她肯定还是确定的。

但是到了今天……叶珈蓝犹豫了几秒，然后一字一字地敲，敲完之后觉得文字说不太清楚，干脆一通电话拨了过去。

那头苏锦珂很快接听："真被人删了？"

"如果一个男生删了你手机里另一个男生的联系方式，那可能是因为什么？"

苏锦珂一拍桌子："因为喜欢你，看不得你眼里有别人！"

怎么可能。

"除了这个？"

苏锦珂思考了几秒，然后摸着下巴回："他是你爸爸。"

"……"

敢情她还把这个问题当成脑筋急转弯了？

叶珈蓝的爸爸现在正在国外，说不定已经进入梦乡了。

她咳了一声："认真点。"

"他喜欢那个男的？"

叶珈蓝："……"

她不敢往下想，又说了几句之后，直接挂断电话。

叶珈蓝又坐了一会儿，期间她背了四十六个英语单词。

一直到太阳落山，那群男生终于从篮球场过来。

旁边的女生们都争先恐后地跑去小摊上买水，叶珈蓝看了眼旁边的两瓶水，一瓶新的，一瓶自己喝过的，念在谢景非和自己同班一年的分上，她也给谢景非去买了一瓶。

回来的时候坐下去不久，那两人抬脚过来。

叶珈蓝旁边的女生们跃跃欲试，但是没有一个把手伸出去的。

然后唐遇和谢景非走得越近，落在叶珈蓝身上的视线越火热。

直到那两人停在跟前。

叶珈蓝硬着头皮递了瓶水过去，她指尖葱白圆润，像是怕拿不稳，用了两只手拿水瓶。

唐遇以前打完球也有不少女生给他送水，高的矮的胖的瘦的。

但叶珈蓝跟别的女生不一样。

她连递水的动作，都比别人要乖要好看。

唐遇眼尾微微一弯："谢谢。"

他伸手接过，然后拧开瓶盖，微仰着头喝水的时候喉结明显。

旁边有女生后悔不迭："早知道我就先给他送了，我以为他不喝女生的水……"

谢景非出声："班长，你这也太区别对待了吧？我们可是有一整年的同学情……"

叶珈蓝这才想起他来，一转头，准备那瓶新的给他，接过定睛一看，她整个人愣住。

放在她座位边上的两瓶水，都是满的。

她把自己喝过的那瓶……给了唐遇。

而且他，已经喝了。

叶珈蓝觉得她可能随时被自己的唾沫给噎死，她抿紧唇角，心跳陡然加快。

思考几秒之后，她决定不告诉唐遇。

不然以唐遇那种洁癖到变态的性格，很有可能会杀了她。

她耳尖泛红，随手递了一瓶给谢景非。

回去的时候，三个人的方向截然相反。

谢景非家在南，而叶珈蓝和唐遇往北。

两个男生有话要说，所以叶珈蓝自己先往回走。

走了几步之后，叶珈蓝收到谢景非的消息：【班长，今天遇遇

没什么不对的地方吧？】

当然有。

叶珈蓝想了一下，然后回复：【他今天叫我姐姐，还夸季燃长得帅。】

十米开外，刚和唐遇分别的谢景非差点被石头绊倒。

他用了半分钟编了一个天衣无缝的理由：【是这样的班长，遇遇这个人期末考试可能没考好，所以有点不正常，医学上好像把这种现象叫作表演型人格障碍。】

顾名思义，就是喜欢表演呗。

但是叶珈蓝没自己胡乱猜测，她直接把这几个字百度了一下。

很快，上头出来一行字，对于这种人格的通俗解释，就四个字：俗称装叉。

"……"

她对着这行字愣了几秒，屏幕刚暗下去，有人从背后倾身靠近。

唐遇声音极低，呼吸温温淡淡洒在她耳侧："景非的水怎么是满的。"

13

叶珈蓝本来低着头垂着眼，听见这句话的时候，第一反应不是两人距离过近的羞涩，而是惊恐地抬了下眼。

唐遇又不是苏锦珂，可以随时随地喝她喝过的水。

越想越觉得惊恐。

叶珈蓝抬了下眼，微微用力吞咽了一口口水，然后强装淡定道：

“因为你的水……我开瓶盖的时候不小心弄洒了点。”

理由有点牵强，但也不是完全说不过去。

她丝毫不敢提她没喝过的事儿。

不然这种强调，绝对有此地无银三百两的作用。

叶珈蓝往前挪了半步，然后转头。

唐遇刚好直起身来，他盯着她的眼睛，然后微微眨了下眼。

也不知道是信还是没信。

手机刚好在掌心轻震了下，谢景非的消息又发过来：【班长，我刚才说错了，不是表演性人格！】

【你千万不要和遇遇说啊！】

谢景非神经粗，说完了才想起去问专业人士，结果这么一问，跟他心里想象的遇到挫折就反常完全不一样。

他可不能随意抹黑唐遇，赶紧又解释了句。

两人谈话围绕的中心人物，这会儿就站在跟前，叶珈蓝下意识抬了下眼，开口问他，顺便转移话题：“你知道表演性人格障碍是什么意思吗？”

话音落下，她看见唐遇微微皱了眉。

少年生了一张温柔的脸，皱起眉来的时候，眉眼间的疏离隐隐又透了出来。

看得出来，他并不是很喜欢这个新的话题。

叶珈蓝抬手摸了摸耳朵，刚要再开口，就听见唐遇说了句：“知道。”

“……”

他居然知道。

“怎么？”

叶珈蓝这回倒是有些接不下去话了。

想了几秒，她才“哦”了一声：“刚才看见了一个新闻，上面写有的人有表演性人格障碍。”

岂止是有的人有，有这种症状的人简直太多了。

叶珈蓝心想，要是唐遇问她是哪条新闻，她就直接把刚才百度出来的给他看，结果等了几秒，她没听见唐遇说话，倒是谢景非没等到她的回复，声音远远传了过来：“班长，我刚才真的说错了……”

唐遇眼睫一垂，轻哂出声：“新闻他写的？”

叶珈蓝：“……”

这人到底什么脑子，这都能看得出来。

叶珈蓝觉得万分对不起谢景非，刚要否认，唐遇就抬了下眼，他的眸光有些深，似有若无地在她唇上停留半秒，然后开口：“刚才给我的水，是不是你自己的？”

“……”

她费尽心思想要转移的话题，就这么轻而易举地被他转了回来。

叶珈蓝做贼心虚，不说话的样子基本等同于默认。

唐遇俯身，微微偏了头，两人呼吸交错而过，他附在她耳边轻声：“甜的。”

少年声音干净，但是语调又总带着一种引人遐想的暧昧。

叶珈蓝耳郭上沾了那人呼吸的地方迅速飞起一抹红，她的反射弧骤然拉长，用了好几秒，她才意识到这个词是形容水的。

“……水本来就是甜的。”

唐遇侧眸看她，距离拉开了些，他在她的视线之外轻轻舔了下唇角：“你也是。”

“……”

叶珈蓝疯了。

回去的一路，叶珈蓝都有些心不在焉。

进小区的时候，她相信了谢景非说的话。

表演型人格障碍的前半部分——他是因为期末考试没考好，所以才这么反常。

因为除了这个，她实在想不到别的理由。

到家门口的时候，叶珈蓝做了个决定。

她要在唐遇恢复正常之前跟他保持距离。

结果刚决定好，拿钥匙开门的时候，她翻遍了全身上下的口袋，也没能把钥匙翻出来。

叶珈蓝对着门口看了几秒，然后转身：“唐……遇。”

唐遇刚开了门，看都没看她一眼：“进来的时候把门关上。”

叶珈蓝赶紧跟了进去。

唐遇刚从篮球场上下来，身上带了汗，回家以后的第一件事就是洗澡。

楼上楼下都有一间浴室。

他去了楼上。

叶珈蓝呼了口气，直到看见他的身影消失在楼梯口，她才坐到了沙发上。

茶几上海放着她的一本物理书，书页翻到了扉页，上头写着她的名字，字迹清秀大方。

叶珈蓝手机电量很快就要耗完，反正待着无聊，她也没有乱动别人家东西的习惯，干脆就翻起了自己的书，又把高二下学期的知识从头看了起来。

唐遇从浴室出来的时候，是在十五分钟以后。

他给谢景非发了条消息：【我来南城以后，夏至来了几次？】

因为夏至在的时候他完全没有记忆，所以不能完全确定。

但是谢景非不一样，夏至每次来基本第一个找的人都是他。

果然，谢景非道：【三次。】

隔了几秒：【已经过了夏至了啊，夏夏怎么还一直出现。】

谢景非像是发现了一个规律：【遇遇，好像是到了南城以后，夏夏出现的频率才变高的。】

放在以往，夏至基本一年才出现个三四次。

结果到了南城之后，才一个多月就出现了三次。

谢景非见他不说话，又啰啰嗦嗦地说了一大堆。

关键信息只有一句话：【不过这段时间，她每次来都没超过半个小时。】

前两年的话，夏至一来，少则半天，多则三四天。

谢景非又开心又痛苦。

用一句话来概括：那就是痛并快乐着。

快乐的原因是夏至对他比唐遇温柔，痛苦的原因是谢景非怕唐遇再也回不来。

唐遇把手机放在一边，没再回复谢景非。

他开了电脑，把这段时间的作息和夏至出现的频率和时间编辑成一个邮件，给一个备注为“白医生”的联系人发了过去。

发送成功以后，唐遇拿起手机出门。

刚走到门边，电话就打了过来。

备注同样是白医生。

唐遇开门，然后接听。

电话里头男声明显有些激动：“哇小祖宗，你居然主动给我发你的近况了！”

唐遇嘴角一扯，没说话。

白医生全名白亦，前两年担任了他的主治医师。

唐遇这个人性子冷惯了，平时倒也不是不配合治疗，但就是没像今天这么主动地跟他沟通过。

白亦连班都不想下了，在办公室跷起了脚：“我刚才看了你发给我的邮件。”

唐遇嗯了声。

“夏至出现的频率高也不完全是坏事，我们说不定可以找到成因。”

白亦喝了口水，手指滑动鼠标又看了眼她最近停留的时间：“时间比以前短了很多，可能是因为你年纪大……不，成熟了，所以心理承受能力和自制力都比小的时候强了。”

“不过可能还有一个原因，”顿了几秒，白亦又问，“小遇，你有喜欢的人吗？”

下一秒，不等唐遇回答，那头又很快自我否定道：“我收回这句话，肯定没有。”

“小白以前就说了，他们家小少爷从来都只有被别人追的份。”

唐遇走到楼梯口，手肘轻轻在栏杆上搭了下：“再废话我挂了。”

白亦立刻又回归正题，正经问：“说真的，有没有喜欢的人，这个问题很有可能影响到你潜意识的心理状态。”

唐遇眼睫一垂，往楼下客厅扫了一眼。

叶珈蓝这会儿正安安静静地坐在沙发上看书，客厅里一圈大灯一圈小灯，她开了小的那一个。

灯光不算太亮，把她整张脸照得越发柔和。

唐遇手指在栏杆上轻点了下，他眼底深深，语调却有些漫不经心："谁知道呢。"

14

白亦翘在办公桌上的脚一晃，整个人差点从椅子上跌下来。

他跟唐遇接触了几年，本身对他的性格就比较了解，加上本身就是学精神心理类的，所以对这些言辞极为敏感。

唐遇这个人，否定拒绝别人的时候向来喜欢说得干脆利落。

像刚才这种模棱两可的说法，基本就是肯定的意思。

他居然有了喜欢的人！

白亦痛心疾首："小祖宗，你还是祖国的花朵，早恋影响身心健康。"

之所以痛心疾首，是因为他中学的时候没有早恋的机会。

唐遇站直了身，目光收回，上移，在天花板上的灯饰上扫了一圈，他反问："我说我要早恋了吗？"

"……"

白亦沉默，隔了几秒，他又想起什么来："哎不对啊小遇，你不跟她交往的话，就不怕小姑娘跟别人跑了？"

唐遇把"别人"两个字替换成了季燃。

他嘴角扯了下，又重复："再废话我挂了。"

白亦把脚收回来，强忍着好奇心，又把话题拉了回来："你以前去过南城几次？"

"一次。"

被叶珈蓝踩哭了的那次。

“多大的时候？”

“九岁。”

那时候夏至还没有出现，他又是第一次被女孩子欺负哭，所以记得清清楚楚。

白亦拿了笔唰唰地在笔记本上做记录：“有什么特殊的记忆没？”

“有。”

“可能导致你受到刺激的？”

“没有。”

白亦又记了一句：“那也有可能是南城这个地方对夏至比较特别，所以在特定的地点，她容易出现。”

但是为什么特别呢？

唐遇没印象，白亦也暂时想不出来。

他把笔放下，神经渐渐松懈下来，随口问了句：“行吧，说个题外话，你今天为什么主动联系我？”

唐遇对双重人格这种病的治疗，难得积极了一次。

毕竟在他眼里，时间向来不是多么宝贵的东西，被夏至占用一时半会儿也没什么影响。

今天的情况，像是太阳打西边出来了。

总得有一个理由。

白亦等了半分多钟，以为唐遇又要把电话挂断的时候，听见他说了句：“她今天见到夏至了。”

那头人很快反应过来，猜到了这个“她”指的谁。

白亦：“发现不一样了？”

“暂时还没有。”

那就是迟早会发现，白亦叹了口气：“你怕她发现你有……

有……”

“有病。”

“……”

白亦这边还没措辞好，那头男声已经响起，他似乎有意拉长了些调子，每个字尾音都微微缱绻：“也不是。”

唐遇视线收回，走到阳台接上后半句话：“就是不想跟她在一起的，不是我。”

即使是住在他身体里的另一个人格，也不行。

白亦脚底一滑。

他从唐遇刚才那句话里，听出了隐隐透出来的占有欲，即使已经被他掩盖到淡得不能再淡。

白亦更好奇是何方人物了，刚想着下次和小白来南城的时候会一会，结果直到电话他才想起来，他还没问小姑娘叫什么。

他懊恼地皱了皱眉，对面隔了一张办公桌坐着的女病人支着下巴看他，“白医生，你是在表演和移动客服打电话吗？”

白亦：“……”

唐遇接完电话下楼，叶珈蓝已经靠在沙发上睡着了。

那本物理书摇摇欲坠，像是马上要从手里滑下去。

她清醒的时候安安静静，睡着了更显得安静乖巧，连呼吸声都轻不可闻。

唐遇过去把书拿下放回茶几上。

客厅里开着空调，凉风打过，他拿书的时候无意间碰到了叶珈蓝的手，指尖微微发凉。

唐遇把空调调高了几度，又扯了条毯子给她盖上。

然后他视线一转，落到茶几上头的那本物理书上。

书页还停在叶珈蓝翻开的那一页，就这半个多小时，她看了十来页物理书，然后到了某一页夹的纸上，她在上头那道题上卡了一下。

这么一卡，困意源源不断地涌上来，她睡了过去。

唐遇看了两眼。

上头白纸黑字，题是他写的，好像是前几天嫌谢景非太吵，给他随便出了道题让他做，做不出来别来烦他。

然后谢景非拿到题后整整三天，都可怜巴巴地只敢看着唐遇，没敢跟他说话。

他出的是选修课本上的题。

唐遇视线落在那张纸上，几秒后，他拿起旁边放着的笔，在纸上写了几行简单的解题过程。

两分钟后，他起身关了灯。

谢景非的消息很快发过来：【遇哥，班长说你今天叫他姐姐了！】

唐遇皱了下眉。

【班长还说你夸季燃长得帅！】

【季燃你知道吧，就是一个特长生，不重要。】

怎么不重要？

唐遇扯了下唇角。

谢景非：【我看班长的反应，应该还没这么快猜到你和夏至……】

叶珈蓝也不是专业学医的，对这些本身就一知半解，短时间内肯定想不到这些和她生活相差十万八千里的病。

唐遇回了一个字：【嗯。】

【班长回家了没？】

【在我家。】

【啊？】

【睡着了。】

【啊！】

谢景非：【四舍五入就是你们一起睡觉了啊，恭喜恭喜！】

【滚。】

唐遇懒得再理他，熄了手机屏幕，几秒后，等他适应了夜里的亮度之后，又走回沙发旁，坐到了叶珈蓝的旁边。

两人间距离不远不近，身边女孩子身上的味道似有若无飘过来。

唐遇抬手按了按眉心，坐远了些，味道淡了不少，但还是有。

连她呼吸过的空气，似乎都是甜的。

唐遇伸手去拿烟，手伸到一半又收回来——唐遇的衣角被拽住。

叶珈蓝还没醒，黑暗中的自然反应，她无意识地往这边凑了一下。

唐遇刚刚和她拉开的距离就这么又被她拉近。

叶珈蓝这会儿稍微有了几分转醒的趋势，她以为是在自己家里，余秋华在给她盖被子，手指在他衣角上攥了几秒，然后松开，转而摸到唐遇的小指，再轻轻攥住。

唐遇微微皱了眉，轻声问："怎么了？"

叶珈蓝倒是听见了，不过她没分辨出是谁的声音，只下意识说了句："太黑了……"

她怕黑，这几年还好。

年纪再小一点的时候，基本每天晚上睡觉都要开着睡眠灯睡着。

不然就和余秋华一起睡。

否则根本睡不着。

叶珈蓝又把那人手指攥紧了些，像是在寻找安全感，寻到了以后才又沉沉睡了过去。

叶珈蓝当晚没再醒。

唐遇是在半夜把她抱到客房床上的，然后他自己去了客房隔壁的书房。

叶珈蓝美梦一晚，而唐遇在书房做了一晚上的数学题。

他冷静了一晚上，一直到第二天，谢景非给他发消息：【昨天睡得怎么样啊？】

唐遇把他骂了一顿。

再出书房的时候，隔壁的门也刚好打开。

叶珈蓝头发已经梳理过，只衣服睡出了褶皱，她拽了拽上衣，然后一抬头，整张脸都后知后觉地红了起来。

“我昨天好像不小心睡着了……”

不过好在她衣服完整，睡的床上床单被罩都是新的，一看就没睡过人。

唐遇瞥她一眼：“睡得好吗？”

叶珈蓝抿了下唇，点头：“挺好的。”

半夜没有被噩梦惊醒，而且一觉睡到天亮。

叶珈蓝刚要感谢一下他家的床，就看见唐遇扯了下嘴角，似有若无笑了一下：“但我睡得不太好。”

“……”

难道她霸占的是他的床？

叶珈蓝道谢的话一哽，轻轻咽了口口水。

她觉得唐遇的眼神，看起来，像是要吃了她。

15

唐遇确实想吃了她，不过也只是想想。

他嘴角的笑微微敛起，转了话题："会做饭吗？"

叶珈蓝点了点头。

余秋华在医院工作，值班是常事，经常饭点都在医院，叶珈蓝自力更生，早在前几年就学会了做饭。

唐遇视线在她右眼眼角停了一秒，因为一晚没睡，他声音有些发哑："饿吗？"

这句话落在叶珈蓝的耳朵里，自动转换成了"我饿了，给我做早饭"，她又点了点头，眨下眼犹豫地问了句："你想吃什么？"

她总是有一万种曲解唐遇话的方式。

他明明不是这个意思。

唐遇想的是，如果她不会做饭的话，就顺便让待会儿要过来的谢景非多带一份早餐过来。

结果到了她的眼里，完全变成了另外一个意思。

唐遇嘴边刚收起的笑又荡开半分，他也没解释，顺着她的问题回了两个字。

"随便。"

"……"

有那么两秒，她想把这两个字拍在眼前这张好看的脸上。

两秒过后，叶珈蓝冷静下来，打算真的随便做点东西吃，她"嗯"了一声，刚转了下身，手腕就被人轻握住。

少女手腕纤细，唐遇注意了几次，总觉得跟易碎品一样一折就断。

他也没敢太用力，指尖在她滑腻的手腕上碰触一瞬就松开。

叶珈蓝诧异地转了下头，她反应极为敏感，就这么一下，耳垂好像又红了，她眼光微闪：“干……什么？”

话音刚落，那人低头凑近了些，左手抬起，食指伸过来，指腹在她右眼眼角轻蹭了下。

叶珈蓝呼吸都慢了几瞬。

她注意到唐遇的右眼下方生的那颗痣，浅浅的，小小的。

应该和他手指在她眼角停的位置差不多。

唐遇应该是真的没睡太好，连看她时候的眼神都柔了几分，他一双眼睛生得漂亮，被眼角那颗痣一衬，颜色更重。

就在这一秒，叶珈蓝想的是，如果唐遇真的对季燃有意思，那战争还没开始，对方就已经吹响了胜利的号角。

她丝毫没有胜算。

叶珈蓝走神半秒，直到唐遇指尖收回，指腹沾了一根睫毛。

是刚刚从她眼底蹭下去的。

唐遇凑近时手指上淡淡的香皂味还停在鼻息间，她回过神，轻声道了声谢，然后转身又回了客卧。

客卧里东西齐全，一次性用品不少。

叶珈蓝简单洗漱了下，下楼做饭前，靠着手机仅剩的百分之八的电量看了一次信息。

有余秋华的一条——

【弯弯你早午饭自己做点吃，妈妈下午回家。】

还有苏锦珂的一条，简单一句话：【卧槽居然出成绩了！】

叶珈蓝各回了一个“好”，然后下楼做饭。

厨房明显不常开火，东西齐全，而且基本都是新的。

叶珈蓝简单做了两碗青菜面，然后又煎了两个鸡蛋，端上桌子的时候，唐遇换了衣服下楼。

两人对面而坐。

叶珈蓝一边吃饭一边盘算起从现在到余秋华回家这段时间，她应该怎么度过。

去找苏锦珂，或者干脆回学校看一下成绩单，然后再去医院等余秋华下班。

计划完美。

叶珈蓝抿了下唇角，一口面刚进嘴，就听见对面那人轻轻出了声：“姐姐？”

“……”

姐姐——

叶珈蓝拿着筷子的手一抖，有根筷子就从嘴里滑了出来。

那口面就在喉咙里卡了一下，然后还没来得及咀嚼，就咽了下去。

唐遇视线落在她脸上。

她皮肤白，这会儿被面的热气染红了些，眼睛睁得大大地看过来，明显是被吓得不轻。

昨天夏至叫她姐姐的时候，她应该也是这种表情。

勾引别人勾引得毫无意识。

唐遇嘴角弯了下：“你好像很怕我。”

叶珈蓝：“……”

她和男生平时不太接触，唐遇又长得比一般男生都好看，他一靠近她就容易脸红。

如果说起怕不怕这个问题，她也只有在唐遇用那种眼神看她的时候才觉得害怕。

比如刚才在书房门口，再比如，现在。

带了点儿想把她拆吃入腹的侵略性。

叶珈蓝觉得唐遇这个人爱记仇，从他记了七八年的踩鞋事件就能看出来。

她咬了咬筷子："也没有很怕……"

唐遇不说话。

叶珈蓝看他几秒，见他是真的没有再继续这个话题的意思，才松了口气，她继续低下头，把剩下的半碗面也慢慢吃下。

唐遇确实爱记仇。

他没再动筷子，视线轻飘飘落在对面女孩子的脸上，想：慢慢还。

他没睡的一个晚上，总能让她变本加厉地还回来。

叶珈蓝洗完碗之后就离开了唐遇家里。

她决定去找苏锦珂。

出小区门口的时候，刚好和谢景非撞了个正着，对方冲她眨了眨眼，要不是那张脸好看，活脱脱一个猥琐不良少年："班长，昨晚睡得好吗？"

叶珈蓝："……"

她瞥他一眼，没理他，快步出了小区。

她怕唐遇，但是不代表她怕谢景非。

这两人压根就不像一类人，能走到一起也是一大奇事。

苏锦珂家就在她家附近，叶珈蓝过去用了还不到五分钟。

给她开门的是苏母，眉开眼笑地把她迎进屋，下一秒，河东狮吼几乎要掀翻房顶："珂珂，弯弯来家里了！"

苏锦珂还在睡觉，磨磨蹭蹭半天，一直到十点，才穿好了衣服出来。

十点半的时候，两人去了学校一趟。

苏锦珂没叶珈蓝学习好，站在老吴办公室没敢进去，她站在门口，等叶珈蓝出来才恹恹地问了句："怎么样？"

叶珈蓝："还可以。"

苏锦珂拿过两人的成绩条一看。

她还好，比平时多了几十分；而叶珈蓝，比平时成绩差不多少了三十分。

不过再差也是年级前几的命。

苏锦珂心情转好："没有名次啊？"

"没有。"

老吴说是分班以后排新班级的名次。

为了庆祝发挥超常，苏锦珂出了大手笔请叶珈蓝吃了烤肉。

下午两点多，叶珈蓝还剩百分之五电量的手机苟延残喘，余秋华发了消息过来。

问她现在在哪儿。

叶珈蓝呼了口气，在外漂泊一整天，她从烤肉店出来，和苏锦珂在她家小区门口分别，然后回了自己家。

对面的门紧闭，也不知道里面有没有人。

叶珈蓝看了两秒，然后才敲了自家的门进去。

夏季渐盛，外头太阳越发毒辣。

南城这几日没雨，出去基本能晒掉一层皮。

叶珈蓝几乎整个暑假都窝在家里，出家门的时候，基本都是应余秋华女士的要求，去叫对面的唐遇过来吃饭。

其余活动，基本只剩下她在家吹着空调，被苏锦珂拉着做瑜伽。

暑假前期，叶珈蓝还接到了一通越洋电话。

来自大洋彼岸的她的亲爸爸，叶景。

"弯弯，来不来爸爸这里玩几天？"

余秋华和叶景一个是医生，一个是工程师，都是大忙人，长时间分居感情淡了，早在叶珈蓝出生后不久就协议离婚了。

算是和平分手，没离婚的时候经常吵架，离婚以后双方反倒还能心平气和地聊几句。

叶景早些年再婚找了位美国妻子，但是余秋华平时实在忙，再加上没这种心思，直到现在还是单身。

叶珈蓝掰着手指头数了数，那会儿暑假还剩了不到两周。

她拒绝了。

然后下一秒，她听见那头同父异母的混血弟弟撕心裂肺地哭出了声：“姐姐，你不爱我了吗？你都好久不来看我了！”

小孩子中文发音不大标准，叶珈蓝又是心疼又是好笑，哄了好一会儿，承诺了寒假去看他才把人给哄好。

挂断电话，她翻了几页日历。

时间过得真快，已经八月了。

高三年级在八月中旬开学。

暑假放了不到二十天，一群学生又顶着烈日回到学校。

开学第一天，分班名单贴在了各班门口。

叶珈蓝在一班看见自己的名字，根据姓氏字母排的。

围在门口的人实在太多，叶珈蓝还没来得及看清楚别人，就被挤着进了教室。

教室人不多，讲台上贴着一张按照成绩排的名次表。

学校也是不怕麻烦，光是名次表都用了几种形式排。

叶珈蓝从最后一个往上看，一个一个挨着看过去，看到大概十几个熟悉的名字。

苏锦珂不在，但是谢景非居然吊车尾地出现在后面。

再往上，她看见自己的名字，在第二名。

既是意料之中，也是意料之外。

叶珈蓝屏住呼吸，怀着一种近乎对学霸的敬佩的虔诚心态再往上看，然后，她看见一个无比熟悉的名字：唐遇。

再一看成绩，比她高了五十分。

叶珈蓝：“……”

这还是人考的成绩吗？

16

叶珈蓝当了这么多年第一，难得被人挤下来一次。

而且还是以这么大的差距被挤了下来。

她对年级前几名的成绩都有底，平时的第二名再怎么流水，她也是铁打的第一，每次基本和第二名都会差二十几分。

所以当时答数学的时候她就在想，就算有几道题没写，成绩出来她应该也是在前几名，而且肯定和前面几名差距不大。

谁想到半路杀出来个程咬金。

叶珈蓝视线下移，落到后排谢景非的名字上，轻轻皱了眉。

她记得谢景非说过唐遇是因为这次没考好，所以才反常来着。

她又看了眼唐遇的各科成绩。

除了语文，其他几科不是满分就是接近满分。

这要是还叫没考好，那怎么叫考得好？

越想越觉得谢景非当时是随便扯了个理由搪塞她的。

叶珈蓝看成绩的几分钟，讲台上围过来的人越来越多。

她从人群中退出来，又回到了自己占的座位上。

因为还没排座，所以位置都是随便坐的，按照身高来看参差不齐。

将近九点钟，班上同学基本都到得差不多了，有原本就认识的老同学在一起聊天，还有不认识的在互相认识。

也有几个重量级学霸不受外界影响在看书。

叶珈蓝揉了揉耳后的地方，心不在焉地翻开物理选修三看了眼。

有高一高二同过班的同学过来跟她打招呼，叶珈蓝也不管还能不能把每个人都对得上号，为了避免尴尬，都一视同仁地弯着嘴角冲他们一笑。

有个女生坐到她旁边："班长，我待会儿能跟你坐一起吗？"

刚说完，班主任从门口进来："大家安静一下。"

叶珈蓝嘴角动了动，跟旁边女生眼神示意了一下，没开口接话。

新班主任是个女老师，姓简，教英语，年纪看起来刚过三十岁，打扮得年轻又活泼。

几句简单的自我介绍下来，底下已经有同学自来熟地叫她"小简"。

班级气氛良好。

班主任站在讲台扫了一圈底下的同学，然后拍了下手："我们这个班都是从年级里挑选出来的好同学，所以就不按照成绩排座位了，同学们去走廊里根据身高站成两列，男女同学各一列，我待会儿喊进的时候，两个人一组往里面进。"

她说完做了一个全体起立的手势。

叶珈蓝收拾好东西，跟着旁边的女生一起出去，然后在楼道里贴着墙站着。

谢景非和唐遇晚了几分钟才到，他一看这个阵仗，惊了一下："哎，全体罚站啊？"

他人脉广，好学生也认识几个。

有几个和他熟的男生立刻告知："排座位呢！"

谢景非"哦"了声，和唐遇干脆顺势站在了最后面，他往对面瞅了一眼，然后吹了声口哨："班长，你也在一班啊？"

叶珈蓝看了眼他，不想说话。

她今天尤其不想和谢景非旁边的人说话。

谢景非转头问旁边的另一个男生："男女一桌？"

他站的地方正好和叶珈蓝并排。

那男生回他一个白眼："想得美。"

谢景非松了口气，总算不用和旁边这位大爷换位置了。

他又看了眼叶珈蓝："班长，你没睡醒吗，怎么看起来心情不太好？"

叶珈蓝："……"

她把头转过去，正对着墙。

队伍前移的速度快，很快就轮到了后面几个。

叶珈蓝个子在女生里面算高的，所以在最后几个。

她没能和刚才那个女生成为同桌。

因为那女生一米五五，比她矮了半个头。

叶珈蓝的新同桌是个高高瘦瘦的女生，她把课本在桌子上放好以后，转头看了她一眼，准备打个招呼。

有点眼熟，再看一眼，叶珈蓝就想起来了。

是上次那个晚自习去找唐遇告白的女生。

叶珈蓝打招呼的话在嗓子里哽了一下，没说出来。

后门有人进来，紧接着后桌有椅子被拉开的声音响起。

那女生情敌众多，明显不记得叶珈蓝是哪号人了，她抬了抬下巴，轻飘飘扫过来一眼，"我叫付桐。"

叶珈蓝点了点头："叶珈蓝。"

她心想，冤家路窄。

刚要转头看一眼让这位付桐心猿意马的人在哪里，斜后方就有人叫了她一声：“班长，我们在这儿呢！”

那人说话时一口北方口音。

谢景非在她斜后桌，那唐遇，百分之九十就在她后桌。

叶珈蓝把脸偏向过道，也没转头去证实。

不用证实，同桌的付桐媚眼早就斜飞到她后面那人身上了。

谢景非又叫她：“蓝姐，你怎么不跟我说话啊？”

叶珈蓝：“……”

她仿佛瞬间回到了多年前，被簇拥着当大姐大的时候。

简直黑历史。

叶珈蓝老脸一热，微微偏了下头，轻声说了句：“该上课了。”

她声音本来就不大，旁边几桌又都在互相认识，轻而易举就被盖了过去。

谢景非没听见，往前倾了倾身：“什么？”

还没凑近，唐遇偏头瞥他一眼：“话怎么这么多？”

谢景非嘟嘟囔囔地又坐了回去。

真小气，连话都不让他跟叶珈蓝说了。

期末考试卷子是在上午最后一节课发下来的。

这天中午放学，叶珈蓝没回家吃饭。

反正余秋华中午不在家，她也懒得回家再做饭，干脆和苏锦珂一起去食堂解决了午饭。

午休时间，苏锦珂来一班观摩。

班里的人大都回宿舍或者家里休息了，这会儿安安静静，叶珈蓝把空调的风调小了些，刚要趴桌子上眯一会儿，苏锦珂就“哎”了一声：“弯弯，唐遇同学学习这么好吗？”

“……”

叶珈蓝睡不着了。

她“嗯”了声，顿了顿，又道：“珂珂，我问你一个问题。”

“什么问题？”

“如果你给一个同学补课，那个同学也不拒绝，后来考完试，你发现那个同学甩你几条街，你觉得你给他补课的时候，他是怎么想你的？”

“你觉得我能给谁补课啊？连谢景非考得都比我好……”

叶珈蓝抬眼看她。

苏锦珂立刻转了口：“他可能觉得我是沙雕吧。”

毕竟这种行为看起来挺自作多情。

叶珈蓝：“……”

她困意全无，拿出练习册，做起了物理卷子。

一点多的时候，苏锦珂回自己班午睡了。

班上就剩下叶珈蓝一个人，她做题做得无聊，又把空调风调大了些。

两点半上课，她决定还是睡会儿，睡意酝酿出来刚趴在桌子上，后门就被人推开：“今天真……”

话音一顿，“蓝姐，你怎么没回家？”

叶珈蓝：“……”

她又从桌子上爬起来，轻飘飘回了句：“外面太热，不想回去。”

“也对……”谢景非立刻又要从后门出去，“蓝姐，我去给你买冰阔落！”

“……”

还来不及拒绝，谢景非已经狂风一样卷了出去。

叶珈蓝这次是真的睡不着了，她打算去洗把脸，结果刚站起来，后门又进来一个人。

那人应该也是刚洗完脸，额前的短发半湿，遮住了小半边眉，他偏了下头，有水滴就顺着下颌滴下。

叶珈蓝又想坐回去了。

她站在原地几秒，低头一瞥，看见唐遇桌子上的卷子。

基本见不到红色的叉。

她抿了下唇，话还没过完大脑，已经脱口问了出来：“你学习这么好……我借你书复习的时候为什么说成绩一般？”

她还记得当时问他英语怎么样来着。

他说一般。

事实上——一般个屁。

叶珈蓝越想越觉得郁闷，怕是真应了苏锦珂刚才那句话，“沙雕”两个字就在她眼前飘，她皱了下眉：“你是不是觉得我傻……”

后面一个字没说出来，她不会说脏话。

唐遇走近几步，他视线掠过那几张卷子，然后又回到叶珈蓝脸上。

她看起来太委屈了。

唐遇轻轻歪了下嘴角，“不是。”

他居然还笑。

叶珈蓝深呼几口气，勉强平静下来，刚要从他身边过去，唐遇就又往前迈了半步。

她抬起的脚不得不收回来。

唐遇就站在她跟前十几厘米的地方。

他微微俯身，左手越过叶珈蓝身侧，指尖在她课桌上轻点了下，“因为——”

然后，叶珈蓝听见他在耳边开口，像是轻轻笑了一下：“想要你……的书。”

PART 3
咬耳朵

唐遇确实不早恋。

因为他今天，成年了。

17

唐遇话音顿的那半秒，叶珈蓝呼吸也跟着轻轻顿了一下。

两人距离近，连空调的冷风打过来都被跟前的人挡住，力度削弱了不少。

外界因素加上内部干扰，叶珈蓝鼻尖有细密的汗渗出来，她卡了一下壳：“你要我的书……干什么？”

唐遇没回。

他一低头就能看到女孩子近在咫尺的耳朵，耳垂小巧，又红得剔透。

如果再凑近一点——

他可能会控制不住，一口咬下去。

唐遇嘴角扯了下，他视线偏开一些，指尖一移，带出了叶珈蓝压在物理练习册下的那张纸。

声音细微，但是盖过了空调声。

叶珈蓝眉梢一敛，刚要转头去看，唐遇已经收回手，他往身后轻轻一靠，随意倚在了他自己桌子的桌沿。

少年身形已经差不多长开，一双腿笔直修长。

他连今天穿的校服都比别人好看。

叶珈蓝视线停了一瞬，然后上移，看到他手里拿的那张卷子。

是她期末考试分数最低，空了几道题的数学卷子。

唐遇微微垂着眼，没看她，视线就在那张卷子上快速掠过。

叶珈蓝考试的时候状态不大好，抛开没做的题不说，连错的题都比平时多了几道。

她看见唐遇把卷子随手翻到了反面，然后就看了一眼，他抬眼看她。

“怎么没写？”

写了也没你高。

叶珈蓝心想，但还是老老实实地回：“那天不太舒服。”

唐遇眼睛微微眯了下。

他那天考完试听谢景非提过。

谢景非太了解他，向来知道他想听什么不想听什么，一下了考场就跟他说了句：“今天班长答数学的时候身体不舒服，居然提前几十分钟趴在桌子上睡着了。”

提前十几分钟还可能，提前几十分钟，卷子基本是答不完的。

果然，谢景非又加了句：“收卷子的时候我瞥了一眼，她后面半页卷子都没答。”

“学霸就是学霸，空一半都比我全写上分数高。”

唐遇觉得是考试前一天她没收到季燃联系方式的原因，他皱了眉，眼神也凉下来：“闭嘴。”

谢景非真的闭了嘴。

后面第二天考的三科，唐遇其实每一科都空了两道题没写。

他有意放水，但是没放太多。

但是叶珈蓝不知道。

幸亏她不知道，不然她可能会被打击到怀疑人生。

唐遇把卷子放到自己桌子上，用右手轻轻压住，语调有些漫不经心："没睡好？"

"嗯。"

叶珈蓝又想到了那条短信。

想了几秒，她还是决定旁敲侧击地确认一下："你那天有没有看到我手机上的短信？"

唐遇抬了下头，侧眸看她。

他眼底很深，眼尾微微弯起，似笑非笑。

叶珈蓝受不住这种眼神，立刻又怂了起来："没看见就算了……"

刚说完，她听见唐遇回了句："看见了。"

叶珈蓝眼睛睁大了些。

"被我删了。"

"……"

他这毫不掩饰的措辞，就像是光明正大地跟叶珈蓝宣战。

战利品是季燃。

对手太强大，叶珈蓝看见自己对季燃仅剩的那半点喜欢，像是细小的火星，不仅没燎起原来，这会儿又被一盆冷水给浇灭了。

她咳了一声："你是不是……喜欢季燃？"

这么一确认，连唐遇这次超她几十分她都能理解了。

肯定是想给她一个下马威，用事实告诉她不管是论美貌还是论智商，她都比不过他。

叶珈蓝长发从肩膀上垂过一缕，她抬手轻拽了下，刚要再说一句"我不跟你抢"，唐遇就轻轻嗤了声。

她话又憋了回来，了然地点点头："我懂我懂。"

时代在发展，科技在进步。

男男现在也不是什么新鲜事了。

叶珈蓝觉得唐遇只是不好意思承认，很有眼力见儿地没再继续这个话题，她伸手去拿自己的卷子，但是那人没松手。

卷子就在他们两个的指尖底下挣扎了几秒，叶珈蓝实在抽不出来，抬眼看过去。

她耳根的红晕还没完全褪去，一双眼睛总是湿漉漉的："手。"

唐遇眸光沉沉，盯着她小巧红润的唇勾了下嘴角："你懂什么了？"

她还能懂什么？

叶珈蓝还没想好措辞，门外有人哼着歌进来。

谢景非买了一瓶冰镇可乐，一瓶矿泉水，两瓶一起拍在自己桌子上："遇哥，蓝姐，小弟请你们喝水！"

叶珈蓝："……"

她发现自从新换了班，她不是班长之后，谢景非对她的称呼都变了。

叶珈蓝手还扯在自己卷子上，没去拿那瓶可乐。

谢景非慢了半拍才注意到两人的姿势，不算太近，但是也肯定算不上远。

更关键的是，他们两个人的重心仿佛都在一张卷子上，他看一眼唐遇，又看一眼叶珈蓝，最后决定问温柔不少的后者："你们两个……怎么了？"

叶珈蓝又扯了扯自己的卷子，那张卷子已经脆弱到仿佛再用一点力，就会腰斩一样。

她抿了下唇角，干脆就松了手，她闷声："没什么。"

谢景非觉得气氛不大对。

他连忙推了那瓶可乐过来。

叶珈蓝没伸手去拿，她把椅子又拉开："不用了，谢谢。"

刚要转身坐下，手腕就被人扯了下，身后那人已经坐回去，他的手还没松开："卷子不要了？"

叶珈蓝："……"

她要拿的时候他不松手，她这回不要了他居然还能问出这种话？

叶珈蓝完全摸不清他在想什么，她有点气，说话时声音带了点鼻音："不要了。"

看着更委屈了。

唐遇嘴角不动声色地勾了下，又把她卷子翻了半页，然后指尖一落，点在那张卷子上往她这头移了移："再做一遍。"

他指的是叶珈蓝做错的题。

前两个月还都是叶珈蓝在给他辅导，结果过了两个月之后，两个人的身份就调换了过来。

叶珈蓝盯着卷子上头几个显眼的红叉，"哦"了一声，这次再去拿卷子，唐遇依旧没松手。

"在这里做。"

旁边的谢景非看得目瞪口呆："遇哥，你是不是太区别对待了？"

唐遇可从来不主动教他做题。

虽然也有谢景非自己不愿意做的原因。

唐遇没理他，头一偏，看着眼前站着的女孩子。

她生得温柔漂亮，外头这么毒的太阳，她的胳膊依旧白皙干净，像是会发光一样。

叶珈蓝拧眉，几秒后，她屈服于唐遇的淫威之下，把椅子掉转了个，拿了笔在唐遇的桌子上做起题来。

谢景非往唐遇这边凑了凑："班长，你学习为什么这么好啊？"

叶珈蓝没理他。

这个问题不是问他旁边那个更直接吗？

"班长，你写字也好看！"

“……”

她以前跟谢景非接触少，都不知道他话这么多。

叶珈蓝继续埋头算题。

总共做错了四道题，有两道题是因为计算错误，一道是因为当时脑袋不好使，写公式的时候写错了个符号。

最后的一道错题，她不会。

叶珈蓝碰上难题时喜欢咬笔头，结果这次刚咬上去，谢景非就“哎”了声：“蓝姐，这是遇遇的笔。”

“……”

她立刻松开嘴巴，头低得更低。

这道填空题她耗时将近十分钟，终于还是做了出来。

这期间教室一直安安静静，连开始打搅她的谢景非都趴在桌子上睡着了。

唐遇轻靠在椅背上，和她拉开了一些距离。

从他这个距离看过去，还能看见她垂下来的睫毛，但是不太清晰。

然后下一秒，他看见叶珈蓝抬了下眼，把卷子往前一推：“写完了。”

她用了半张纸演算。

唐遇这才又倾身过来，在结果上看了眼，然后又回头去看她的过程。

过程没问题，但是稍微有点烦琐。

他把笔从叶珈蓝掌心抽回来，然后在旁边写了两个公式：“下次用这个算。”

“……嗯。”

干净清冽的男性气息掠过鼻息，叶珈蓝心跳快了几拍，她眼睫又垂下，应得有些漫不经心。

“不看题也不看我，你嗯什么呢？”

“……”

叶珈蓝这才把视线转到题上面去。

她发现自己最近有点不大正常。

每次唐遇一靠近，甚至不用特别近，她就觉得心跳开始加速，像是刚跑完了八百米一样。

和唐遇来的第一天，旁边女生说得差不多。

那女生当时形容这种感觉是心动，但叶珈蓝觉得不是，她坚定地认为是因为自己接触的男生少，所以属于正常反应。

她决定下次找苏锦珂的弟弟试验一下。

刚这么想完，跟前一本练习册推了过来。

唐遇的书都是新到的，上头干干净净，一个字都没有。

叶珈蓝看见他在上头勾了几道题，和她刚才做的那道是同一类型，底下的答案比她的过程简单不少。

她伸手摸了摸那瓶冰可乐，瓶子上带着凉意的水珠沾满了手指，她又把手指贴到耳朵上降起温来，低头认认真真地看题。

旁边谢景非的呼噜声响起，这会儿极具催眠功效。

叶珈蓝看到第三道的时候没撑住，趴在桌子上睡了过去。

整间教室就剩下唐遇一个清醒的人。

他把叶珈蓝还握在手心里的笔拿开，凑近的时候听到她浅浅的呼吸声。

果然，她连呼吸都是甜的。

18

唐遇唇线扬了扬，和那次把她手机里的短信删除时一样，鬼使神差地，他微低了下头，然后在女孩子耳垂上，轻轻咬了一口。

完全是下意识的动作。

唐遇没用力，牙齿刚刚碰到她的耳垂就反应过来。

少女头发上有洗发水味道，淡淡的柠檬香，酸涩中又泛着甜。

唐遇明明比谁都清醒，但就是鬼迷心窍地没有立刻松开。

他之前注意到叶珈蓝耳朵上都穿了耳洞，但是好像没怎么戴过耳钉，他齿间微微用了力，可能轻轻碾过了耳洞的地方，唇边女孩子轻轻哼了一声。

但是没醒过来。

唐遇牙齿一松，他退开些距离，然后视线稍微一转，看见叶珈蓝被他咬过的那只耳朵飞起了一抹红。

上头依稀有个很浅的牙印，微不可见。

叶珈蓝这会儿还趴在桌子上，刚才那哼声过后，她始终安安静静，眉头皱着，像是做了一个不太好的梦。

唐遇嘴角扯了下。

幸亏没醒。

要不被她撞上这个场景不太好。

显得他像个变态一样。

唐遇视线偏开，他需要降温，刚伸手去拿自己的那瓶冰水，就看见旁边的谢景非正瞪大眼睛看着自己。

他也不知道什么时候醒的，这会儿正贴墙靠着，像是怕发出什么声音来，还用手捂了下嘴。

唐遇："……"

"我刚才是在做梦吗？"

谢景非怕吵醒叶珈蓝，所以把声音压得极低，又克制又激动。

他刚才看见了什么！

他居然看见了唐遇咬人家小姑娘的耳朵，还是用的那种眼神。

温柔又露骨。

唐遇还没完全从刚才的温柔乡里抽身出来，他拧开瓶盖喝了口水，语调轻轻："没有。"

谢景非凑过来些："遇哥，你这么喜欢蓝姐吗？"

瓶盖已经又被拧上。

唐遇的手指在矿泉水瓶身上轻搭，然后又渐渐收紧，水瓶皱起来，发出很轻的声响。

他垂了垂眼，没回。

谢景非了解他的性子，知道问不出什么来，刚要转头给他传授一下追女孩子的秘诀，就看见唐遇眼皮掀了下。

他眼型极漂亮，眼睛没睁太开的时候弧度温柔得紧："不然我亲她干什么？"

谢景非："……"

难道他刚才的动作不是咬吗？

他视线一转，刚瞄了一眼叶珈蓝耳朵上那个牙印，就听见唐遇又问了句："我怎么不亲你？"

"……"

谢景非差点惊得从椅子上摔下去。

他还是别亲他了。

夏至的时候他都接受不了，更别说唐遇本尊了。

这张脸长得再好看……也不是他的取向啊。

谢景非唯恐他再谈起这个话题，没敢再跟他说话，又默默地转了回去。

五分钟后，他猫在墙根给白亦发了条消息：【大白，遇遇他今天居然咬了一个小姐姐的耳朵！】

隔了几分钟，白亦给他回了句：【是咬还是亲？】

【咬。】

白亦差点哭出来：【他还能分裂出狗的人格吗？】

"……"

谢景非这才又打了行字解释：【就是很温柔的那种咬，跟亲差不太多。】

隔了几秒：【我确定是他本人。】

【很温柔那种？】

【你奔三的人了，没看过教育片？】

【……】

上课前半个小时，叶珈蓝被谢景非给叫醒。

已经有同学陆续进教室，为了避免误会，她做贼一样拿着自己的卷子转了回去。

晚上九点四十分，放学铃声准时打响。

叶珈蓝还在座位上收拾东西，付桐就抬脚轻踢了下她的椅子腿："班长同学，能让我出去吗？"

第四节课是班会，班主任安排了职位给她。

叶珈蓝拖着椅子往前挪了挪。

付桐手里拎着一个饮料空瓶，她不愿意挤，又踢了踢她的椅子腿："再里面一点呗，我出不去。"

“……”

她是猪吗?

叶珈蓝皱了皱眉，再往前腰就要卡到桌子了。

刚要回头看看空隙多大，身后就有摩擦声响了一下。

后头那人把桌子往后移了移。

付桐唇角一弯，甜丝丝地笑了一下：“谢谢唐同学。”

她抬脚出去，把饮料瓶扔进垃圾桶，再转头要回座位继续跟唐遇说几句话感谢的时候，叶珈蓝已经收拾好了东西。

桌面整洁，叶珈蓝拿了校服外套穿上，刚要出教室，袖子就被人拽了下。

叶珈蓝脚步顿住，一回头，唐遇正偏了头看过来。

这人正是青春的时候，周身都带着一种这个年纪该有的少年感，他唇角一歪：“我饿了。”

付桐：“……”

她想起自己桌子里面一堆巧克力，赶紧回去找。

叶珈蓝心跳又快了一拍。

这会儿班上人虽然不多，但是到底是有一堆虎视眈眈盯着唐遇的女同学，比如她的同桌。

叶珈蓝没敢在这边浪费太长时间，从口袋里摸了一颗棒棒糖就搁在了他的桌子上，然后快步走出教室。

付桐已经找到一盒巧克力递过去，她挑了一缕长发在指尖绕了一圈：“巧克力热量高。”

最适合这个时候吃。

唐遇抬眼看她，眼神凉下来：“我不吃甜。”

付桐脸上的笑僵了一下。

她从唐遇转学过来第一天就对他上了心，直到现在才有机会跟他多接触，她也不气馁，收回巧克力的时候又笑了一下。

不吃甜下次就准备不甜的。

付桐眼光闪了闪，反正她有信心能把他拿下。

唐遇确实不喜甜。

但是出校门口的时候，他还是把那颗棒棒糖的包装纸撕开，咬在嘴里尝了一口。

谢景非差点以为自己又出现幻觉了，愣了愣才试探性地问了句："夏……夏夏？"

夏至是喜欢吃糖的。

唐遇一记眼神浅浅扫过来，谢景非立刻了然，他这次更吃惊了："你怎么也吃上糖了？"

"好吃吧？是不是开辟了新大陆？"

"……"

"夏夏可喜欢吃糖了！"

"……"

刚说完，那颗糖就被唐遇扔进了垃圾桶。

谢景非："……"

糖是草莓味的，甜味过重。

他吃不惯。

好像还没有叶珈蓝的耳朵好吃。

唐遇把糖扔了好一会儿，嘴里还残留着那种味道，他轻舔了下唇角，突然觉得有点口渴。

九月一日以后，正式步入高三。

班上的气氛越发紧张起来。

高三年级基本一周一小考，一月一大考。

大大小小考试接连不断。

九月底的时候，学校即将进行第一次月考，考完就是国庆节假期。

高一高二年级放七天，而高三年级只有屈指可数的三天。

讲台前面已经挂上了距离高考还有多少天的牌子，叶珈蓝负责每天去改天数。

时间仿佛就这么从她指尖流过，到了后面，她越改越觉得心烦。

周考不算成绩，但是月考算。

还没考试，叶珈蓝已经开始估算起自己和唐遇会差多少分了。

一想到这个，她手里的记号笔用力过猛，在写字板上拖出了长长的一道。

苏锦珂站在门口“哎”了一声：“弯弯，你激动什么？”

叶珈蓝擦掉重写，随口扯了个理由：“突然想到了我同桌。”

“她又怎么了？”

苏锦珂听叶珈蓝说过几次付桐，知道她对唐遇动机不纯，所以一提起她苏锦珂就来气：“她装晕往唐遇身上靠了，还是故意在唐遇面前湿身了？”

“……”

她果然是小说看多了。

这两样付桐倒是都没干过。

她也就是每次和唐遇说话的时候都压着嗓子一样，娇滴滴的，听得她头疼。

开始还觉得没什么，后来越听越觉得不舒服。

关键是唐遇居然也能听得下去。

叶珈蓝把笔放回去，眉头拧了下：“明天考试，今天早点回去。”

她拿了锁头，关灯，然后锁门。

月考时间安排得紧凑。

两天排得满满当当，考完第一天还要留校上晚自习。

第二天考完试以后，班主任交代了几项假期注意安全的事项以后，就宣布放学。

九月底的南城，还踩在夏天的尾巴上。

下午六点多，天光还大亮着，室外温度依旧在三十度上下。

叶珈蓝带了物理和数学书回家复习，和苏锦珂出校门的时候，正犹豫着要不要买个棉花糖吃，身后就有人叫了她一声："班长。"

声音不大，是个女孩子。

叶珈蓝递给师傅两块钱买了个棉花糖，然后转头。

叫她的女孩子小跑着过来，她脸颊微红，递了个粉红色的信封过来："班长，给你。"

"……"

女生是她班上的新同学，平时文静得很，不像是在高三这一年掉链子的人。

苏锦珂看得诧异无比："哇，弯弯，你这是男女通杀啊！"

叶珈蓝："……"

她已经看见信封上的署名。

是给唐遇的。

她也就是个邮递员的存在。

旁边师傅把做好的棉花糖递过来。

苏锦珂把情书拿过去看了眼："吓死我了……我以为是真给你的。"

叶珈蓝舔了口棉花糖，"想太多了你。"

苏锦珂还挺好奇，就差把信封拆开来看了。

结果一抬头，她看见情书的收件人过来了。

谢景非在不远处叫她："苏锦珂你过来会儿，我有事跟你说。"

她看了眼叶珈蓝，后者还站在棉花糖摊旁边，眼睛都没抬一下：“过去吧，我在这边等你几分钟。”

苏锦珂跑了过去。

没出两分钟，叶珈蓝听见身后有人问了句：“甜吗？”

甜啊。

叶珈蓝转了下头：“你要尝尝吗？”

那人没拒绝。

叶珈蓝刚要再递两块钱过去，让师傅再做一个，唐遇就低了下头，在她的棉花糖上轻舔了下。

他“嗯”了声，声音低低，鼻音浅浅：“一口就行。”

19

叶珈蓝吃棉花糖的时候喜欢转着吃。

她不敢想唐遇吃的地方自己有没有吃过。

没有的话还好，有的话……怎么都觉得不太对。

叶珈蓝睁大眼睛看他，隔着一朵棉花糖，她似乎能闻到对面那人浅浅的呼吸，合着淡淡的甜味一起，她心跳陡然加速。

旁边有路过的同学往这边看了眼，起哄似的吹了声口哨。

叶珈蓝抿了下嘴角，甜味在舌尖化开，直直渗进更深的地方。

唐遇真的只尝了一口，前后大概也就几秒钟的时间，几秒过后，他抬头，又把距离拉开。

依旧是糖精的味道。

但是好像跟上次的不大一样。

气氛不大对。

直到旁边有人挤过来买棉花糖，叶珈蓝的肩膀被人轻撞了下，她才反应过来，攥紧了棉花糖的竹签，刚要退到旁边人少的地方，没拿着棉花糖的那只手腕就被人攥住，往前拽了下。

叶珈蓝差点跌进他怀里。

幸亏她反应够快，及时收住了脚。

唐遇松手松得也快，叶珈蓝甚至还没站稳，下意识又反手拽住他的手腕。

可能是受了惊吓没控制好力度的原因，等叶珈蓝站稳了松开手的时候，看见唐遇手腕上多了几点指痕。

应该是她刚才掐出来的。

叶珈蓝咳了一声，转头再一看自己手腕上也多出的那圈红痕，道歉的话又收了回来。

这就叫一报还一报。

正好扯平了。

叶珈蓝视线一偏，又看了一眼手里不属于自己的东西，然后抬手，把情书递了过去。

“宋琳给你的。”

唐遇微微皱了眉，没说话。

叶珈蓝寻思着他肯定还不记得宋琳是谁，于是耐心地解释了句：“就是北排第三桌靠近走廊的女生。”

“……”

见他不接，叶珈蓝又把手往他那边挪了挪。

唐遇终于抬眼看她一眼，“干什么。”

叶珈蓝重复：“给你的。”

“给我干什么。”

“……”

叶珈蓝竟无言以对。

唐遇舌尖轻碰了下嘴角：“我不早恋。”

叶珈蓝：“……”

她懂了。

这封情书她估计送不出去了。

唐遇不肯收，叶珈蓝也不能往他手里硬塞，她轻轻“哦”了一声，把手收回来的时候，莫名其妙松了口气。

身后谢景非和苏锦珂已经谈好了事，两人一起回来，玩笑打闹的声音就响在身后。

叶珈蓝听见谢景非说了句：“你跟我蓝姐天天在一起，怎么差那么多？”

苏锦珂很快还击：“那你怎么不说你和唐遇同学怎么差那么多。”

简直云泥之别。

苏锦珂气不顺：“还有，别一口一个蓝姐，我们弯弯被你叫得像是混社会的！”

“……”

谢景非吵不过她，干脆趁早脱离战场，大步过来拽着唐遇一起走了。

她不就是想看唐遇吗？

他偏偏不让她看。

而叶珈蓝这边，那两人已经走到了十米开外，苏锦珂还恶狠狠地瞪了一眼谢景非的背影。

“他刚才跟你说什么了？”叶珈蓝随口一问。

“他问我答了几道题。”

苏锦珂越想越气：“这个人是魔鬼吗？”

“你怎么说的？”

“当然说都答上了啊！”

“语文默写这次填了几句歌词啊？”

苏锦珂气势不足：“也就……三分之二吧。”

她说完叹了口气，刚要低头啃一口叶珈蓝的棉花糖，棉花糖就被她眼疾手快地收了回去。

苏锦珂一脸茫然无助：“我连吃棉花糖的资格都没有了吗？”

叶珈蓝耳根发热，她又不能跟苏锦珂明说，只能把自己那边转过去：“你吃这边。”

苏锦珂一脸狐疑。

“怎么了？那边难道被谁吃过了？”

“没有。”

叶珈蓝说完怕她不信，轻轻咬了一口，下一秒，她嘴里的甜味还没化开，就听见苏锦珂嘿嘿笑了一声：“我刚才看见了。”

“看见什么了？”

“唐遇吃了你的棉花糖。”

“……”

“你们这样算不算间接接吻了啊？”

“……”

“哇塞这么一想，我就觉得好浪漫啊，纯情又色情。”

苏锦珂几乎快要猥琐地笑出声。

她对唐遇本来就不是那种喜欢，刚才看见他和叶珈蓝站在一起的时候，她居然觉得前所未有的欣慰。

“弯弯，你好好珍惜啊！”

她珍惜个屁。

刚才跟她说“不早恋”的人，也不知道是谁呢。

叶珈蓝没再理她，一盆冷水浇过去："别想太多，他就是想尝一口。"

"他怎么不尝我的？"

"因为你没有。"

"……"

苏锦珂想没想多叶珈蓝不知道，但是她自己有点想多了。

假期的三天，她连家门都没怎么出，就怕一出去就碰上对面的某个人。

唐遇可能不怎么在乎，但是叶珈蓝一想到苏锦珂那句"间接接吻"，就觉得头晕耳鸣。

尤其这几天日子有点特殊，她觉得自己再憋下去可能会憋坏。

连余秋华都发现了她的不对劲儿，连着几天都在问她是不是身体不舒服。

叶珈蓝全部否认。

假期最后一天的时候，家里做了一桌子的菜，叶珈蓝旁边的位置上还多摆了一双碗筷。

叶珈蓝埋着头吃饭，等着余秋华开口。

果然，第二口米饭下咽，余秋华叹了口气："要是你姐还在家，过了今天就二十五岁了。"

叶珈蓝喉咙一哽，眼眶微微有些发热。

她大多数时候是忘了自己其实是有个姐姐的，随母姓，叫余莹。

不过在三年前乘船出国的时候，船触礁沉了海，整个船上的乘客生还的人数好像还不足十人。

其他上百人不是身亡就是不知所踪。

叶珈蓝的姐姐是后者。

当时新闻出来的时候，余秋华刚下了夜班，本来就劳累过度，再加上这个噩耗，当即就晕了过去。

余秋华那阵子大病了一场，本来要评的职称都搁置了一年。

这也是叶珈蓝和唐遇同级一年，但是比他大了点的原因。

她中考那年出的事，后来考试都没能参加，所以高中比别人读晚了一年。

苏锦珂也晚了一年，但是她和叶珈蓝不一样，她是完全凭借自己的实力留的级。

三年的时间，一家人都默契地有意把这件事给淡化。

也只有在余莹生日的时候会再挖出来，没人愿意承认她已经沉眠海底的事，都只当她是到了另一个地方继续生活。

叶珈蓝也这么想。

她就当余莹还在北方读大学，只是平时太忙，疏于和家里联络。

虽然有点自欺欺人，但是这么一想，每个人都觉得心里舒服不少。

叶珈蓝给余秋华夹了一块排骨："妈，我姐今天肯定也吃了一顿大餐。"

余秋华笑了笑。

"说不定她只是失忆了，然后凑巧被阿拉伯王子给救了……"

余秋华差点拿筷子来敲她："行了吧你，妈早就想通了。"

反正没成定局之前，她就只往好的方面想。

再说这么多年过去了，情绪已经淡下来不少。

余秋华把菜都往小女儿那边挪了挪："吃完出去透透气，都憋家里几天了。"

她还以为叶珈蓝是因为余莹的事难受。

今天听她说了几句话，倒是又放心不少。

人啊，谁都是要往前走的。

余秋华递过来两张电影票："下午叫珂珂一起去看电影，珂珂没空的话叫其他同学，或者小遇也行。"

叶珈蓝忽略了最后一句，乖乖应了声。

苏锦珂果然没空。

她要陪弟弟去游乐场玩一天。

叶珈蓝把那两张电影票来回翻了个遍，是一部动画片。

还不如干脆去大街上找两个小朋友送了。

叶珈蓝拿了两张电影票出门，结果刚关上门，对面的门紧接着就要打开。

她吓了一跳，准备在那人出来之前赶紧溜下楼，脚才抬起来，就被身后那人叫住："姐姐？"

"……"

叶珈蓝差点脚底打了滑。

唐遇每次叫她姐姐，好像都不一样。

叶珈蓝捏了捏上衣一摆，不情不愿地转了下头。

女孩子心思细腻敏感，这一转头，她轻而易举就发现唐遇今天的眼神也不大一样，她盯着看了好几秒，一直到那人弯着眼睛笑了下："你也觉得我长得好看吧？"

叶珈蓝想到哪里不一样了。

现在的唐遇眼底情绪丰富了不少，以前他的眼神大多数时候是凉的，但是现在，是温的。

叶珈蓝脑海里有什么东西若隐若现，几乎要呼之欲出。

她还不能确定自己的想法，但是知道肯定不是谢景非说的考不好就容易反常。

叶珈蓝和谢景非还没有和唐遇熟，没到那种可以质问别人的程度，所以她之前看完成绩诧异归诧异，但是也没跟谢景非提过这事儿。

现在这种情况又来了一次。

叶珈蓝有些晃神，不由自主地轻轻咽了口口水。

那人又走近了半步："你胆子大吗？"

叶珈蓝回神，慢吞吞地从嘴里挤出两个字："还……行。"

不大不小，就是怕黑怕鬼。

她盯着少年的眼睛看，试探性地问了句："唐……遇？"

"非非没跟你说过吗？"

非非……谢景非？

唐遇有这么肉麻吗？

果然，少年微微笑了下，露出几颗雪白的牙齿："姐姐，我不是唐遇。"

叶珈蓝想到了自己那次搜索表演性人格障碍时的关联词，其中有一个好像是人格分裂。

她没办法不往这方面联想，尤其是那人下一句话出来之后，几乎肯定了她的猜测，她说："我叫夏至。"

"……"

叶珈蓝不知道应该用什么表情回应这句话。

"吓傻了？"

自称是夏至的人，这会儿顶着唐遇的脸，抬手在她额头上轻叹了下："也没发烧。"

叶珈蓝这才反应过来，憋出来两个字："你……好。"

夏至嘴角弧度弯得更大："真可爱。"

她之前是看到谢景非给唐遇的那张班级合照，后头标了每个人的名字。

叶珈蓝的用了大一号的字体，下面还写了"班长"两个字。

小姑娘长得漂亮，一张脸又温温柔柔，还挺合夏至的眼缘。

所以她上次来的时候，才愿意拉着叶珈蓝一起去篮球场。

夏至偏头看了看她："姐姐，你跟我去一个地方吧？"

叶珈蓝到了地方就后悔了。

她如果知道夏至要去的地方是鬼屋，她绝对打死也不过来。

夏至票都准备好了，到了门口就由不得她拒绝，拉着她就排起了队。

队伍前面隔了两个人的位置，叶珈蓝看见了一个熟悉的身影。

是季燃。

他旁边还跟了几个男男女女，也不知道有没有他的新任女友。

叶珈蓝晃了下神的工夫，已经被夏至拉了进去。

里头光线忽明忽暗，还响着诡异到让人头皮发麻的音乐，凉风不时从四面八方冒出来。

叶珈蓝刚一进去就出了一身冷汗，旁边那人比她反应更大，捏着她手指的手力度大得像是要把她的手指给折断。

"……"

这是什么操作？

敢情是一个胆小鬼，带了另一个胆小鬼来鬼屋找刺激？

叶珈蓝心跳加快，耳边刚好有为了营造气氛放大的心跳的"扑通扑通"的声音，越往里走越瘆人。

开始有带毛的东西往她腿上蹭，叶珈蓝吓得眼泪都出来了，攥着旁边人的手小声开口："唐……夏至，我们出去吧？"

太可怕了。

刚说完，夏至也不知道被什么鬼怪刺激到，攥着叶珈蓝的手收紧，另一只手也往前一伸，抓住了前头人的衣服寻求安全感。

前面的人是季燃。

下一秒，刺啦一声，季燃的衣服，扯了——

20

在背景音乐的衬托下，这声衣料撕裂的声音更显得诡异了几分。

叶珈蓝尾音都没收完整就顿住，她嘴角轻轻抿紧，眼睛一眨不眨地盯着现在还攥在季燃衣服上的那只手。

依旧是那只漂亮的手，但是手的主人已经换了人。

时间仿佛静止。

前面的季燃也怔住，几秒后，和他同行的一个男生狐疑地问了句："你们刚才有没有听见什么声音？"

立刻有人抬手搓了搓暴露在凉气中的胳膊："别瞎说别瞎说，人吓人吓死人……"

季燃还站着没动，没继续往前走，但是也没回头看。

叶珈蓝快速瞥他一眼，赶紧趁着还没被受害者发现反手拽了一下身边的人，暗示他先把季燃的衣服松开。

夏至明显也是吓得不轻，往常这种时候说不定会狂喜自己抓了心上人的衣服，但是这会儿脸上吓到没多少表情，她唇线微微抿直，特别配合又听话地松了手。

季燃那件白衬衫衣摆被扯成了两片布料，刚才被夏至拽在手里的那一片这会儿飘飘摇摇地又落回去，半遮半掩地盖住少年年轻的肉体。

叶珈蓝把眼睛撇开。

她都把应对措施想好了，如果季燃这时候回过头来，她就说是她不小心扯裂了他的衣服。

夏至现在毕竟还顶着唐遇的脸，要是被前面几个人知道他干出了这种事来，那唐遇这个名字明天绝对会响遍整个南城一中。

不是因为长得好看。

纯粹是因为他去鬼屋扯坏了同性的衣服。

叶珈蓝虽然还挺期待看见这个场面，但是到底也没敢这么办。

她又低头看了眼季燃的衣服，连自首的念头都出来了，结果前面那人手攥成了拳，抬脚快步跟到了同伴的身边。

叶珈蓝听见季燃压低了的声音，隐隐发颤："你们别离我太远……刚才好像是鬼屋里的鬼扯到了我的衣服。"

"……"

她还真没看出来，连季燃都怕这个。

前面一行人走了左边的那条路。

直到他们人影都看不见了，叶珈蓝才抬手指了指右边那一条："我们走那边。"

她怕场景重现。

再来她一次，她说不定会突发心脏病。

夏至没有反应。

后面又有人推推搡搡地进来，惊叫声和小声啜泣声不断，就在他们旁边滑过。

叶珈蓝把夏至的胳膊往旁边拉了拉，抬手在她跟前晃了晃。

还是没有反应。

除了微微皱了眉，少年一张脸上甚至看不出多大表情。

这是……吓傻了？

时隔多日，叶珈蓝仿佛再次老妈子上身，想在他跟前再晃几下，结果刚抬起手来，五指连同半个掌心就被就被他握住，然后拉下。

叶珈蓝松了口气，又把刚才的话重复了一遍。

那人这次总算有了反应，轻轻“嗯”了声。

叶珈蓝把手抽回来，先往前面走了几步。

因为可能时不时就冒出奇怪的东西来，叶珈蓝只敢贴着墙根走。

依旧有毛茸茸的像尾巴一样的东西在她脚踝上扫，她今天穿的短裤，那条尾巴就一直往上，到她膝盖回弯的时候才又停住。

叶珈蓝吓得腿一软，差点往前跌过去。

下一秒，腿上让她毛骨悚然的触感消失，身后有个男声响起：“不要拽不要拽……”

鬼屋里扮鬼的工作人员把尾巴从皱着眉的少年手里拽回来，委屈巴巴：“这是道具，拽坏了要赔钱的……”

他以前就听说有扮厉鬼吓人的同事，因为演得过于逼真，被客人暴揍了一顿的事。

没想到今天就被他碰上了。

刚才差点把他尾巴拽掉的少年看起来斯文清贵，但是手劲儿还真不是一般的大，怪不得刚才把前面的一个男生衣服都给拽破了。

工作人员光是想想就觉得害怕。

他没敢在这边多待，灰溜溜地抱着尾巴跑到了另一头吓别的玩家了。

叶珈蓝心跳还没平复下来。

似乎还有千万只尾巴在她腿上扫，她并紧了两条腿不敢动，直到耳边熟悉干净的男声响起：“走了。”

话音落下，叶珈蓝的手被拉住。

对方用力不轻不重，手指似乎在她掌心轻勾了下，然后和她十指相扣，抬脚拉着她往前走去。

叶珈蓝跟在后面，一抬眼就能看到前面男生高高瘦瘦的背影。

虽然他身体里住了一个比她还胆小的灵魂，但是叶珈蓝这会儿被他牵着，又莫名地安下心来。

叶珈蓝觉得夏至是被刚才的突发状况吓坏了。

本来进去之前她都定好了路线，立志把整个鬼屋的路口都给走一遍，结果出了季燃事故之后，两人直接就从那条通道出来了。

还是下午，外头光线正足。

左手边是兴致勃勃吵着进去的，右手边是吓得脸色苍白泪流满面出来的。

叶珈蓝是后者。

在里面的时候还好，一出来仿佛重见天日，后劲儿发作得厉害，刚一见到太阳，眼泪就落了下来。

旁边有一对儿小情侣出来，女生哭哭啼啼地正往男生怀里靠。

叶珈蓝没有男生可靠，夏至不过来往她身上靠就行了。

一想到这个，她才想起一路上夏至都没再开过口。

别是吓得说不出话来了。

叶珈蓝抬手抹了抹眼睛，转头看了他一眼："你没事吧？"

那人依旧不咸不淡地"嗯"了一声。

外头比里面温度高了不知道多少度，才出来没几分钟叶珈蓝鼻尖上就渗出了一层汗，食指抬起轻轻一抹："吃冰淇淋吗？"

她看见不远处有家卖冰淇淋的店。

唐遇微微眯了眼："不吃。"

"那你吃冰糕吗？"

"不吃。"

"……"

一如既往地挑剔。

叶珈蓝过去给自己买了支冰淇淋。

往这边走的时候上面的帽子已经被舔平，她喜欢甜食，尤其是这种热天，吃一根冰淇淋简直赛神仙。

叶珈蓝走到唐遇跟前，又扬手晃了晃："真的不吃吗？"

刚说完，出口处出来一行人。

其中一个嚷嚷了句："哎阿燃，你衣服怎么扯了？还这么长的一条？"

话音落下，一群人稀稀拉拉地笑了起来。

刚从鬼屋出来，惊吓过度之后，季燃的衣服成了他们唯一快乐的源泉。

叶珈蓝突然有点同情季燃。

她舔着冰淇淋往那边看了眼："你这么喜欢季燃的衣服吗？"

喜欢到上手撕了。

唐遇皱了眉，他想起刚才自己有意识的第一秒，看见的就是手里攥着的季燃的衣服。

夏至这人贼心大，但是贼胆小，闯完祸之后最长干的事就是躲起来。

留了一堆烂摊子等着他收拾。

那边季燃的脸色黑得似要滴出墨来。

旁边有朋友憋着笑建议："要不我们去找工作人员调监控录像看看……让撕你衣服的赔你一件新的。"

叶珈蓝成功地被这句话吓了一跳。

她转头看了眼唐遇："要不我现在过去跟他说是我不小心扯坏了他的衣服……"

唐遇垂眸睨她："然后跟他要联系方式，借着还衣服的机会跟他聊几句？"

"……"

这语气越听越不对。

叶珈蓝反应了几秒，才想到夏至好像对季燃是不太一样的。

她“哦”了一声：“那我到时候把他联系方式给你，让你跟他聊？”

叶珈蓝说完就抬了下头，结果一对上他的眼神就愣了下。

这人的眼神是凉的。

叶珈蓝眼眶微微撑大了些，冰淇淋化开不少，在嘴角蹭了一点，她连忙几口吃掉，还没完全咽下去就试探性地问了句：“唐……遇？”

“嗯。”

“你……你什么时候回来的？”

“什么？”

“刚才不是夏……”叶珈蓝怕被别人听见，压低了声音道，“夏至吗？”

唐遇偏了偏脸。

他唇线紧绷，眉间隐隐透出些不耐来。

唐遇当然不耐。

夏至就这么毫无征兆地暴露在了叶珈蓝跟前，不知道有没有把她吓到。

安静几秒后，他答：“把他衣服扯坏之后。”

“……”

怪不得他刚才半天没吭声。

粘在嘴上的冰淇淋干掉不大舒服，叶珈蓝舔了下嘴角，她眼眸晶亮，这会儿盯着他不说话。

她实在不知道该说什么。

网上说人格分裂也是精神疾病的一种。

叶珈蓝把唐遇的这种表情当成了被人发现秘密时的懊恼和羞愧，

她轻轻咬了下牙，在唐遇意味不明的视线当中停顿了几秒，还没想好怎么当好知心姐姐帮他开导，就听见他说了句："我不喜欢男的。"

"……"

叶珈蓝："……哦。"

那就是夏至，这么一来就全能对上号了。

两人都不再说话。

旁边季燃几个人经过，吵吵闹闹——

"刚才有个黏糊糊的东西一直往我背上贴。"

"有个带毛的在我腿上扫。"

叶珈蓝又回忆起那种触感来。

她头皮发麻，然后又听见那边又有人说了句："行了，你们谁有季燃厉害啊！"

几人不约而同地看向季燃的衣服，然后心照不宣地笑了起来。

季燃沉着脸先走了。

"……"

几个人形容得绘声绘色，叶珈蓝仿佛又置身鬼屋，肩膀轻颤了下，她心跳速度还没缓下来，眼底有水汽聚在一起渗出眼眶，还没把视线收回来，眼角就被微凉的指尖轻轻碰了下。

少年声音干净清朗，隐隐柔和："吓到了？"

21

叶珈蓝当然吓到了。

蟑螂老鼠她倒是不怕，但就是怕这些鬼神类的东西。

叶珈蓝连恐怖片都没怎么看过。

每次苏锦珂叫她一起看鬼片，她一边心痒痒，一边又无比坚定地拒绝。

心痒是因为她骨子里藏着的那点叛逆好奇的性子；拒绝是为了她的生命安全着想。

叶珈蓝和那些标准意义上的坏女孩截然不同。

在家长和老师眼里，她是从来不让人操心的乖乖女，但其实背地里，她在初中就背着余秋华和苏锦珂偷偷去打了耳洞。

而且每只耳朵上都穿了两个。

高中刚入学的时候，苏锦珂又拉着她去了文身店。

苏锦珂文了一朵玫瑰花，她在后背蝴蝶骨的地方文了一只蝴蝶。

现在一看，跟杀马特一样。

叶珈蓝青春期的叛逆，全都体现在了这种小事上。

后来再长大了些，这些叛逆又通通收敛起来。

叶珈蓝没再想过这些事，直到今天夏至叫她来鬼屋。

她之所以没拒绝得太彻底，是因为自己本身就存了半分心思，当然最主要的原因是……她以为夏至不怕这些东西。

结果没想到一进去，夏至抖得比她都厉害。

叶珈蓝手指刚才被夏至掐得太用力，这会儿低头一看，指缝都还是红的，隐隐泛着疼。

她五指曲了曲，刚才垂眼的时候余光瞥见唐遇手上也有浅浅的掐痕。

两个人情况看着都不大好，像是在里面打过了一架。

叶珈蓝瞬间又记起夏至在鬼屋里的样子，她不由自主抿了抿唇："本来是挺怕的，后来发现你比我更害怕……"

她还是没完全适应唐遇偶尔会变成夏至这件事，话说完才发现不对劲儿，又连忙把称呼给改回来："我是说夏至。"

唐遇不像是会怕这些的人。

毕竟就在刚刚，他还把一直往自己腿上蹭的尾巴给拽开了。

唐遇微微歪了下头，盯着她看了几秒，然后头一低，又伸手轻拉住她的手。

他用力不重，指腹在她微红的指缝间轻轻蹭了下，声音和动作同样轻：“我问的是，你被我吓到了？”

叶珈蓝一愣，反应过来之后又立刻摇了摇头。

她还真没被他的另一个身份给吓到，最多也就是好奇和诧异。

诧异他这样的人也会生这种病。

好奇他是因为什么原因生的病。

余秋华是医生，叶珈蓝小的时候经常一有空就去医院，病人她见得多了，各种各样的人群和症状。

人格分裂也没什么大不了的。

只不过这不是普通意义上的身体疾病，它病的地方不一样。

叶珈蓝微微仰着脸去看唐遇，少年背光站着，脸上半点阴郁的表情都没有。

其实他和夏至也有一样的地方，比如最深处的那种干净和纯粹。

她心底突然就柔软起来，唇角微微弯起：“夏至很可爱。”

“怎么？”

就凭夏至把叶珈蓝的手攥成那样，唐遇就觉得她可爱不起来。

“她叫我‘姐姐’的时候，特别可爱。”

虽然顶着的是唐遇的脸。

但是声音柔柔软软，又带着少年与生俱来的一种清冷和干净，像是夏夜微风，徐徐往她心里吹。

叶珈蓝耳边似乎还有那声音在轻轻地荡，荡了几秒，她听见一声真真实实响在自己耳边的声音：“姐姐。”

唐遇俯身和她平视：“这样？”

“……”

叶珈蓝喉咙轻咽了下。

她把头撇开，又发现了一点唐遇和夏至不一样的地方。

不一样，完全不一样。

夏至拉着她手的时候，她的感觉和被苏锦珂牵着差不多。

但是唐遇不一样，他稍微一凑近，她心脏就像是加了一个马达，跳得热烈。

叶珈蓝晚上被苏锦珂叫过去给她辅导语文阅读理解。

苏锦珂语文基本没及过格，这次月考，又以距离及格线一分的成绩光荣挂科。

苏父苏母都不在家，苏锦珂的弟弟正在客厅的沙发上打游戏。

他刚刚上高中，但是已经比叶珈蓝高出了一节。

晚上九点多，苏锦珂趴在茶几上做题。

叶珈蓝靠在沙发上翻起了《无人生还》。

这本书烧脑，她今天又没带多少脑子，看了几页干脆放下，朝着苏锦珂的弟弟苏岩勾了勾手：“小岩你过来点。”

苏岩不明所以地拿着游戏机往这边挪了挪。

“再过来点。”

距离太远，她没办法试验。

苏锦珂正在抓头发，一抬头，看见她的好友正对着自己的弟弟虎视眈眈。

她吓得差点从板凳上栽下去，下一秒，她就听见叶珈蓝又说了句：“再近点。”

两人半臂之隔。

苏岩不敢过去了："弯弯姐，你不会是觊觎我的美色吧？"

叶珈蓝懒得跟他废话，他不肯过来，她干脆自己凑了过去。

距离二十厘米左右的时候她停下。

心跳正常，完全没因为和异性接近而加速。

叶珈蓝呼了口气，一头栽进沙发里，随手拿了一个抱枕捂住了脸。

苏岩："弯弯姐，你不会因为得不到我的心，伤心欲绝想要闷死自己吧？"

叶珈蓝一个枕头砸了过去。

苏岩噤声，苏锦珂丢了卷子凑过来："你怎么回事今天？"

叶珈蓝摇了摇头。

"想谈恋爱了？"

好像对季燃的心思消停了一阵子之后，又突然对异性起了兴趣。

叶珈蓝继续摇头："我也不早恋。"

"也？"

"……"

"还有谁不早恋？"

叶珈蓝眼前晃过唐遇那张脸，她揉了揉眼睛，生硬地转移了话题："你这次进步了没？"

"前进了三名。"

苏锦珂又问："你呢？"

"不知道。"

成绩单是今天下午学习委员发到班级群里的，叶珈蓝还没看。

苏锦珂嘿嘿一笑，知道她对唐遇有点阴影，干脆直接拿过了她的手机翻起来。

两秒后，她"哎"了声："第一啊。"

叶珈蓝抬眼看她，反应了几秒才又问："他呢？"

她指的是唐遇。

苏锦珂："第二啊。"

不可能吧。

叶珈蓝直觉不对劲儿，拿回手机自己看了眼。

上头白纸黑字排得清清楚楚，第一名叶珈蓝，第二名唐遇。

分数差了四分。

苏锦珂感叹："我们弯弯的宝座又回来了。"

"……"

"要是唐遇同学这次故意放水的话，就太浪漫了。"

叶珈蓝皱了皱眉。

她也说不好唐遇是不是故意的。

下一秒，苏锦珂："我已经脑补出了十万字的情节。"

"什么情节？"

"学霸小哥哥为了不让考第二的学霸小姐姐不开心，考试的时候故意少写了几道题，甘愿考第二，就为了看小姐姐笑一下！"

"……"

叶珈蓝白她一眼："神经病。"

叶珈蓝当晚回家以后，考虑了半个小时，在十一点的时候还是发了条消息给谢景非。

是一条关于人格分裂的百度百科链接。

谢景非当时正在打游戏，十一点半才看见。

他刚刚赢过了一场的热情都被浇灭，隔了好一会儿才回了句：【蓝姐，你这发的什么啊？】

人格分裂毕竟也是一种精神类疾病，容易被人误解，而且排斥，谢景非不太想让别人知道。

唐遇那种人，天生就应该被人宠的。

时间不早了，叶珈蓝也不跟他兜圈子：【我今天看见夏至了。】

谢景非完全没了主意。

他绕着桌子转了好几圈，然后才回了句：【遇遇知道吗？】

【知道。】

叶珈蓝没跟唐遇多问，是看出他不想说。

但是她想知道。

她今天不知道怎么回事，就是莫名地想更了解这个人。

谢景非没辙了：【……你想问什么？】

【他为什么会这样？】

为什么呢。

原因用文字来说的话不太好表述，谢景非打了电话过来，第一句话就直入主题："他三年前溺过水。"

"因为这个？"

"也算是吧，大白……就是遇遇的主治医师觉得可能和这个有点关系。"

叶珈蓝沉默，安安静静地听他继续说。

"夏至第一次出来是在两年前，那年有个女孩子失足落水，遇遇跳下去救人……遇遇以前不是溺过一次水吗，那之后他家里人就让他学了游泳。

"但是可能还是有点儿阴影吧，遇遇那天把人救上来之后整个人状态都不大好，后来还高烧了几天。

"病好了之后，我去医院看他，就看到了夏至……"

谢景非那年也还没转到南方上学，那天抱了一个大果篮去看望唐遇。

结果那人一睁眼，第一句话就把他砸了个严严实实："你是谁？

进我房间干什么？男女授受不亲不知道吗？”

谢景非：“……”

他开始以为唐遇烧坏脑子失忆了，后来再仔细一想，觉得“男女授受不亲”这几个字实在太过诡异。

而那天，刚好是夏至节气。

谢景非过了几天才知道，原来唐遇的身体里，住了另外一个人。

白亦给的结论是，第一次溺水对他产生的阴影太大，只不过发作得晚了一阵子而已。

谢景非见她一直不说话，难免有些着急：“蓝姐，这事儿您能不能别和别人说啊？”

被别人知道了，说不定会戴着有色眼镜看待唐遇。

叶珈蓝轻轻“嗯”了声。

谢景非这才松了口气，他连语气都轻松了不少，话也开始不过脑子地往外冒：“蓝姐，遇遇其实很喜欢你的……他上次在教室给你讲题的时候，还偷偷咬……哦不，亲你耳朵了。”

22

话音落下，两边都是长时间的沉默。

谢景非明显已经意识到自己说了什么，愣了好半晌，他才轻咳了一声：“那个……蓝姐，这个你也不要跟别人说。”

顿了顿，他像是怕自己表述得不清楚，又特地加了一句：“尤其不能和遇遇说。”

“……”

叶珈蓝把电话给挂断了。

谢景非的声音还在耳边荡，意外地和苏锦珂之前那句“那就太浪漫了”重合在一起。

叶珈蓝知道唐遇咬的是哪只耳朵，也知道到底是亲还是咬。

她那天睡醒发现耳垂上有个浅浅的红印的时候，只当是趴桌子上午睡不小心被东西给硌到了，根本没往这方面想。

苏锦珂那天晚自习和她一起回家，还特地问过耳朵怎么了。

她脑洞大，而且喜欢把每件事都往魔幻浪漫的方向想：“是不是被谁给咬了？”

那会儿叶珈蓝耳朵上的痕迹已经越发的浅，苏锦珂整个人都要贴上来才看得见。

叶珈蓝伸手，轻轻揉了下耳朵：“可能被蚊子给咬了吧。”

苏锦珂白她一眼：“一点浪漫情怀都没有。”

叶珈蓝笑笑不说话，撕了个棒棒糖塞进嘴里。

她本来就是写实派现实主义。

现在再一看，她好像是过于现实了。

叶珈蓝左耳耳垂这会儿仿佛被一根细针轻轻扎了下，微麻的痛感过后，是被火烫过一般的火热。

她抬手摸了摸耳朵，然后去洗手间洗了把脸。

这一晚，叶珈蓝辗转到十二点半，才迷迷糊糊地睡了过去。

青春期的少女有一点最好的地方，不管晚上睡得多晚多好，第二天再一起来，对着镜子一看，还是满脸的胶原蛋白。

叶珈蓝皮肤状态不错，除了眼底有浅浅的青黑色。

余秋华夜班，这会儿还没回来。

家里安安静静，只能听到公寓楼外面清脆的鸟鸣声。

叶珈蓝在洗手间反复洗了几次脸，直到完全清醒，然后才咬了片吐司去了学校。

班上有比她去得更早一点的，正赶在英语早自习前发月考的英语卷子。

重点班闹腾的同学本身就不多，这个点又实在太早，大多数人都趴在桌子上补觉。

高三紧张的阶段，每个人都是能多睡一分钟就多睡一分钟。

叶珈蓝晚上没睡好，眼睛还有些发涩，但是她睡不着觉，干脆起身和语文课代表一起发起了卷子。

教室安安静静，一时间只有卷子翻折的声音。

叶珈蓝发了七份卷子。

回到座位上的时候瞥见后桌上放着的卷子，她不由得多看了几眼。

卷子不是正面，所以看不见分数。

但是叶珈蓝视线范围之内，又分明看见那卷子的最后一面，空了一道作文题目。

耳边又不合时宜地冒出苏锦珂的浪漫主义来。

叶珈蓝抿了下唇，意外地觉得，好像确实，有那么一点的……浪漫。

简单纯粹到不易察觉的浪漫。

叶珈蓝本来以为她这天上课肯定要走神，结果一天下来，她注意力都集中在课堂上。

最后一节晚自习的时候，唐遇又趴在桌子上睡了一节课。

班主任不在，谢景非就趴在桌子上，光明正大地翻起了漫画书。

叶珈蓝坐在讲台上执勤，距离下课十分钟的时候，她轻咳了一声。

后排俩男生全然不觉。

叶珈蓝视线轻抬一下，看见后门的玻璃上年轻女班主任的一张脸，她眼神幽幽，像是死亡视线。

她又咳了一声："谢景非同学，你注意一下。"

谢景非点点头，但是手上的动作依旧没停。

身后的门悄无声息地被打开，班主任静静地站到了他们两个的身后。

后排目睹全程的同学有人小声笑起来。

谢景非肩膀被一支笔戳了戳，他往旁边挪了挪："班长，你别对我动手动脚的，遇遇……"

他一转头，"还在我旁边睡觉呢"几个字戛然而止。

叶珈蓝头低了低。

谢景非这个大嘴巴，差点就把她和唐遇给一起牵扯出去了。

虽然到目前为止，她和唐遇还是清清白白的。

班主任一把扯过他的漫画书："谢景非同学，你月考考得太好了是吗？"

谢景非觉得这涉及歧视。

旁边的唐遇睡觉半点事儿都没有，他就挨了一顿批评。

班主任："漫画书先没收，等你什么时候进了班级前十名，什么时候来拿。"

谢景非"哦"了一声。

也不是很困难。

他这次考试成绩，也就和第十名差了三十四个名次。

"唐遇同学身体不舒服吗？"

谢景非点点头。

班主任恨铁不成钢地又看了谢景非一眼，又从后门走了。

叶珈蓝满脑子都是那句"唐遇身体不舒服"。

她咬了咬笔尖，有些心烦意乱地把练习册合上，"啪"的一声，整个班的同学齐刷刷地抬头看过来。

包括刚才还在睡觉的唐遇。

他眼角有被书页硌出的红痕，微微皱了眉："怎么了？"

谢景非想起刚才班主任的区别对待就觉得郁闷，他妄图让唐遇也不开心一次，不怀好意地打击报复道：“蓝姐肯定生你的气了。”

唐遇瞥他一眼。

“整个班上就你一个人在睡觉。”

“……”

叶珈蓝这天回家回得格外早。

余秋华给她准备了夜宵，一碗面和一个荷包蛋。

叶珈蓝吃了小半，然后一溜烟跑回了房间，从医药箱翻了一堆药出来。

再出来的时候，余秋华看着她一脸惊讶：“大半夜的，你还打算出去卖药啊？”

叶珈蓝扯了下装药的袋子，声音有些含糊：“唐遇好像身体不舒服。”

“那你也不能拿这么多药过去吧？”

不知道的还以为她要搬家。

余秋华过来翻了翻药：“知道哪里不舒服吗？”

叶珈蓝摇头。

她刚才问谢景非，他说不知道。

多余的话他倒是提醒了叶珈蓝一句：【遇遇家里没药。】

所以她才拿了这么多药。

余秋华叹了口气：“行吧，你先都拿过去，体温计也带上一支。”

叶珈蓝点点头，提着一袋子药敲响了对面的房门。

没敲几声，门被打开。

唐遇站在门内看她。

走廊的灯是声控的，几秒没有声音就又暗下去。

叶珈蓝往灯光强的那边挪了挪，主动解释了句："谢景非说你不舒服，我妈让我给你拿药过来。"

她一瞎说就容易脸红，所幸外面光线暗看不清。

唐遇知道她怕黑，往里退了半步："进来说。"

叶珈蓝赶紧跟进去。

里头灯光明亮，叶珈蓝过去把袋子打开，一边把药往外拿一边解释："这个是治感冒的，"

里头乱七八糟的药一大堆。

叶珈蓝连用法用量都记得清楚："这个是管肠胃不好的……"

话没说完，被一道男声打断："叶珈蓝。"

叶珈蓝动作一顿。

她好像是第一次听唐遇叫她全名。

唐遇微微歪着头看她："今天生气了？"

叶珈蓝不知道他指的是哪一茬。

她摇了摇头："我为什么生气？"

因为他偷偷咬了她的耳朵？

叶珈蓝下意识摸了摸耳朵，然后她眼睫一抬："你是不是真的，咬了……"

唐遇视线一偏，看见叶珈蓝手底下的那只耳朵又渐渐红起来，他轻轻舔了下唇角："咬了。"

而且，还想再咬一口。

话音刚一落下，不远处的上方突然有人咳了一声，正要下楼的男人咳了一声："对不起，我马上上去。"

PART 4
牵起她的手

下一秒，一只手从旁边伸过，绕过她的肩膀一侧，用像是半搂着她的姿势，轻轻捂住了她的眼睛。

23

这一声响得突兀，而且陌生。

叶珈蓝摸着耳朵的手指无意识用力，耳垂一下子就被捏得生疼，女孩子细致的五官疼得皱了起来，一抬眼，她就看到正前方的楼梯上站的男人。

男人穿着白衬衣黑西裤，戴了一副细边眼镜，斯斯文文，这会儿正端着一个玻璃杯喝水。

虽然嘴上说着“马上上去”，但他还是伸手推了推眼镜，似有若无地把她打量了一遍。

半点没有要转身上楼的意思。

唐遇转头看他一眼：“不是要上去？”

白亦又喝了口水：“马上。”

他还是没动。

没过几秒，又有人从楼上的房间推门出来：“站在这儿干吗呢？”

白亦手指轻扣水杯，眯着眼睛笑得像只狐狸一样：“小白快看，你们家小少爷的心上人。”

他声音不高不低，丝毫不懂得压制，每个字都被底下这两人听得清清楚楚。

叶珈蓝耳根发烫，尤其是刚才用力捏过的那块，像是马上要烧起火来。

而对面那人面不改色心不跳，只微微皱了眉：“别瞎说。”

白亦再想开口，唐遇又加了后半句：“她还小。”

叶珈蓝：“……”

他好像比她还小来着。

白亦明显也是这么想的，这次不仅没上去，反倒优哉游哉地从楼梯上下来了：“有多小，比你还小吗？”

叶珈蓝手里还拿着一盒药，手指收紧的时候纸盒也跟着皱紧。

下一秒，她刚要起身，就听见那男人又说了句：“我怎么觉得看着有点眼熟？”

另一道男声接上：“你看长得好看的都眼熟。”

白亦：“……”

话是这么说，但是跟前这个小姑娘，看着还真的像是一个见过的人。

白亦皱眉看了眼唐慕白：“小白，你不觉得眼熟吗？”

后者已经坐到唐遇的那侧沙发上，眼皮一掀扫过了少女的侧脸，然后淡淡回：“不觉得。”

长得好看的女孩子他见得多了。

白亦摸了摸下巴，想了半分多钟，没想起来。

叶珈蓝屁股一点点地往前挪，和沙发接触的地方变得少之又少，那三个人的视线似乎都落在她身上，而且丝毫没有要转开的意思。

她硬着头皮起身：“你们聊，我先回去了。”

说完抬脚就走，走了几步之后才发现手里那盒胃药还没有放下，顿了几秒，她又返回去放到茶几上。

叶珈蓝步子迈得快，开门的时候听到最开始那个男声打趣了句：“年轻就是好，稍微说几句就脸红了……”

她把声音关在了门内。

走廊里声控灯亮起，叶珈蓝心跳渐渐缓和下来，她深呼口气，然后拿钥匙开了家里的门。

五分钟后，叶珈蓝收到唐遇的消息。

【第一个下来的是我的主治医生。】

叶珈蓝趴在床上搂着枕头，回了一个字：【哦。】

【第二个下来的是我舅舅。】

居然是舅舅。

叶珈蓝开始还以为是他哥哥……好奇归好奇，她也没多过问，还是敲了一个字过去：【哦。】

【还有一个。】

叶珈蓝：“……”

还有一个？

她明明只在唐遇家里看到了三个人，还有一个……是鬼吗？

叶珈蓝几乎要被这个想法吓出了一身的冷汗，她手指也跟着颤，字还没打出来，那头的人又发了几个字过来：【是我未来女朋友。】

叶珈蓝手指更颤了。

她语文学得向来好，文字游戏一听就懂。

倒不是她自恋地主观觉得唐遇喜欢她，实在是因为他暗示得太过明显。

叶珈蓝没敢回。

她有点纠结。

一方面谨记着余秋华和历任班主任的话上学期间不能有歪心思，觉得自己以后应该和唐遇保持距离；但是另一方面……她又不太想和他保持距离。

叶珈蓝纠结地拽掉了好几跟头发，最后装作自己没有看到的样子，她把这条消息给删了。

叶珈蓝从唐遇家里离开了半个小时之后，白亦才把话题从她身上转了回来，他神色收敛起来，拿了笔记本记录起来："夏至昨天去了鬼屋？"

唐遇"嗯"了声，简单几句把叶珈蓝当时跟他说的话又转述了一遍。

白亦用笔敲了敲额头："这么说夏至怕黑，或者怕鬼。"

"还有别的没？"

唐遇嘴角扯了下，没说她把季燃衣服扯坏了的事："没了。"

"如果高考以后还是分析不出来具体准确的原因，那就只能催眠了。"

催面也是治疗人格分裂的一种方式。

让副人格暂时代替主人格，这样也能更直观地了解到副人格的特点。

白亦转头看了眼旁边的男人："小白，你觉得呢？"

唐慕白"嗯"了声。

白亦叹了声："其实我怕催眠不成功。"

唐遇上半身前倾，手指轻抬把茶几上放着的那本书拿了过来。

是唐慕白拿过来的一本人体解剖学。

他随手翻开一页："不成功也得催。"

白亦一看到那本书，立刻就懂了。

唐遇向来目的性强。

前几年确定了要学医之后，这几年就已经看起了大学初期的医学课本。

人格分裂这种病算不上轻，普通职业可能还没问题，但是医生这个职业根本就容不得出任何差错。

万一将来在手术室的时候突然变成了夏至……那画面白亦简直不敢想。

他又拿笔戳了戳额头："你这段时间要注意休息，神经也不要紧绷。"

唐遇"嗯"了声。

他的手指停在某一页，上头是关于人体各器官的详解图。

唐遇嘴角轻勾了下，突然就想起叶珈蓝来。

少女眉眼干净明朗，胳膊和腿似乎比别人都要再白几分。

白亦被吓得不轻，他伸手拍了拍唐慕白："他笑什么呢？"

盯着人体解剖图还能笑得出来的，唐遇还是第一个。

简直丧心病狂。

唐慕白抬了下眼，他太了解唐遇了，嘴角一扯，开口平淡又暧昧："大概是在想把刚才那位绑在床上研究一下。"

白亦没明白："研究什么？"

"看什么研究什么。"

白亦："……"

他不是很想再和这个小变态靠得那么近，默默地往唐慕白那边挪了挪。

叶珈蓝没再碰上唐遇家里的那两位。

她每天早上六点出门，晚上十点回家。

一连好些天，她都一直这样三点一线，除了学校就是交流。

唐遇和她前后桌，虽然她有意不想记起他那句"未来女朋友"，但是每次一看到他那张脸，还是不受控制地会想起来。

一想起来她就觉得脸红心跳。

这个月下来，叶珈蓝又找苏锦珂的弟弟试验了几次，最后得出来的结论，她不是很满意。

她好像只对唐遇有这种感觉。

十月底的时候，高三年级第二次月考如期来临。

这次考完之后只放了一天半的假。

十月三十一号一天，十一月一号上半天。

十月份一过，南城也就入了秋，连温度都降下来不少。

十一月一号下午，高三同学收假返校。

叶珈蓝和苏锦珂一起进校门口，刚进去没几分钟，身后突然有人叫了她一声："班长？"

两人脚步同时顿住，互相对视一秒，然后才又转过头去。

付桐穿了一件艳红色的连衣裙，裙摆不长，还在膝盖上面一点。

本身就不是校服，加上这种颜色太亮眼，她站在一堆白加黑的校服当中格外扎眼。

不少人都在往这边看。

门卫大爷叫了她一句："这位同学你怎么不穿校服？过来登记一下！"

付桐没过去，偏了头冲那边扬声："高三一班付桐。"

那个门卫没了声。

他记得这个名字，是学校一个副校长家里的千金。

付桐从包里掏出一个信封来，颜色和她这件裙子的颜色一致，都是明晃晃的红色，她抬了抬下巴："班长，能不能帮个忙？"

她这个表情，不像是求人帮忙的。

倒像是被人求的那一个。

“帮我把这个带给唐遇。”

苏锦珂已经冷哼了一声：“自己没长手吗？”

付桐瞥她一眼，反问：“我让你帮忙了吗？你多什么嘴？”

她在学校无法无天，谁都不避谁也不顾及，想说什么就说什么。

叶珈蓝看了眼那个信封。

这好像是这个月的第七封了。

一个月来，她替自己班上和其他班的女生送了六封情书。

每次都是被唐遇毫无例外地原路退回。

他给的理由通用：不早恋。

叶珈蓝皱了下眉：“不能。”

“什么？”

“不能帮忙。”

叶珈蓝弯着眼睛笑了下。

别的女同学她可能还会帮忙送一下，但是付桐就不一样了。

她刚才那样跟苏锦珂说话，她要是还肯帮她忙就奇了怪了。

叶珈蓝说完转身就走。

付桐还没懂怎么回事，她极少被别人拒绝，追上来问：“为什么不帮啊？”

进了教学楼。

到楼梯口的时候人少了不少，叶珈蓝停住，转头看她一眼：“你自己没长手吗？”

付桐：“……”

她皱了眉，刚要发作，就瞧见走廊那边走过来的人。

少年越走越近，她把唇抿出了一个最好看的弧度，还真就把那封情书递了过去：“唐遇同学——”

叶珈蓝愣了下。

付桐正对着唐遇，看着他停在叶珈蓝的身侧，然后轻轻抬了下手。

她心下一喜，刚要把信封再往那边递一下，下一秒，那只干净漂亮的手，牵起叶珈蓝的手，上了楼。

24

那人的动作自然，而且没有丝毫停顿。

付桐站在原地，愣了几秒才反应过来，刚要抬脚追上去，却被人扯着胳膊拽了回来。

苏锦珂没跟着上楼，直到那两人的身影消失在楼梯口才松开手。

她向来看不惯付桐这种人，仗着家里有背景就不正眼看人。明明高中还没毕业，就打扮得跟个妖精一样。

苏锦珂看她一眼，语调轻快，似嘲非嘲："看来有人长了手也送不出去啊。"

付桐用力拍掉她的手，白眼一翻，抬脚上了楼。

她明显是气得不轻，鞋踩在台阶上，"噔噔"作响。

付桐不开心她就开心，苏锦珂心情大好，嘴角一勾，刚要上楼，又突然想起什么，她头一抬，然后看到二楼楼梯口的墙角上，一个摄像头正在慢悠悠地转动。

"……"

苏锦珂在心里为唐遇和叶珈蓝默默祈祷了几秒。

直到到了二楼，叶珈蓝才完全反应过来。

她把手往回抽了抽，唐遇用的力气不大，所以她轻而易举就把手抽了回来。

有上楼的脚步声响起，叶珈蓝曲了曲手指，她没看唐遇，快步上了楼。

高三一班在六楼。

叶珈蓝爬楼爬得快，最后到教室的时候心脏狂跳，她一时竟分不清是因为剧烈运动的原因，还是刚才被人牵过手的原因。

班主任在讲台上敲了敲桌子："班长过来发一下成绩单。"

叶珈蓝还没坐下，又过去把十月的月考成绩单给每个同学都发了一遍。

到了高三，每次考试的名次变动都不小。

尤其是重点班每个同学的差距本身就不算太大，稍微发挥得好或者差都容易来个大洗牌。

叶珈蓝撕了一颗棒棒糖的糖纸放进嘴里，把上次的成绩单也拿出来看了眼。

两张一对比，她意外地发现，除了第一和第二名，其他所有人的名次都发生了变化。

她粗略地看了几眼，还没把成绩单收起来，付桐就轻踢了下她的椅子腿："我进去。"

叶珈蓝往前挪了挪。

付桐回座位的几秒钟，她听见她说了句："不就是第一吗，有什么了不起的？"

叶珈蓝重新把成绩单摊开，一个一个名字地往下找付桐的名字。

付桐知道她的用意，她这次考得不好，成绩几乎垫了底，恼羞成怒之下当即就把她的成绩单给拽了过来："你什么意思啊？"

唐遇刚才当着她的面牵了叶珈蓝的手，这比打付桐一巴掌还难受。

付桐心里本来就憋着气，用的力也大了不少，一不小心就把那张纸给撕了。

讲台上班主任注意到这边的动静："后排的女同学怎么回事？"

她没明说，但是已经有不少人往这边看过来。

虽然还没上课，但是这会儿班主任在，没人敢大声喧哗。

付桐咬了咬下唇，低头翻了页书。

第一节课不是英语，班主任见这边消停下来，很快出了教室。

再学习气氛好的班级都有休息时间，教室里立刻又热闹起来。

叶珈蓝手底下还压着那被扯剩下的半张成绩单，她慢条斯理地揉成了一团，学着付桐刚才的语气说了句："不就是被唐遇牵了下手吗，有什么了不起的。"

付桐气得险些说不出话来："……"

她大小姐脾气严重，叶珈蓝和她做同桌两个多月，平时也就睁一只眼闭一只，付桐要是不太过分，她所有的行为叶珈蓝都只当没看见。

但是今天触犯到了朋友，叶珈蓝怎么想怎么觉得过分。

她冲付桐眨了下眼，然后起身，刚要把那团废纸扔进垃圾桶，就看见不知道什么时候站在了门口的唐遇。

垃圾桶靠近后门门口，因为夏天热容易有味道，所以平常不让扔带汤带水的东西进去。

叶珈蓝也不知道唐遇刚才听到了她的话没有，她心一虚，差点把垃圾扔到垃圾桶的外面。

那人瞥她一眼，然后从门口进来。

叶珈蓝松一口气，刚要等他坐下之后再回座位，垂在身侧的手就被人轻轻碰了下。

像是无意的碰，又像是有意的牵。

叶珈蓝一口气又提上来。

幸亏该上课了，没人从后门走，也没人闲得没事干往后看，不然被别人看见指不定得出什么幺蛾子。

挺奇怪的事。

他们两个明明不是恋爱关系，在这种时候，叶珈蓝居然有一种脸红心跳的紧张心虚感。

她对着垃圾桶上方的后黑板眨了眨眼，上头写了化学的元素周期表，她看了几眼，居然……没看懂。

为了证明自己心态正常，叶珈蓝晚自习的时候，背了半节课的元素周期表。

晚三临下课前不久，教导主任从后门悄无声息地走了进来。

他两手背在身后，神色悠闲地看了一圈全班的同学，然后走到了前门口，他咳了一声："北排后两桌靠近过道的两个同学跟我来一下。"

叶珈蓝反应了几秒，然后想起自己是北排倒数第二排靠近走廊的同学。

教导主任叫的是她和唐遇。

全班同学的视线都集中过来。

叶珈蓝有些茫然地摸了下脖子，然后跟唐遇一起，从后门出了教室。

"你们两个跟我去办公室。"教导主任走在前头，走了几步才又回了下头，"怎么又是你们两个？"

主任的语气隐隐有些恨铁不成钢的成分。

他对这两人有印象，一个是新转来的同学，家里有钱有势，上个月还捐了钱给学习修建图书馆；还有一个更了不得，万年不变的年级第一。

当然还有一个重要的原因，这两人都长得好看。

过目难忘的好看。

主任一边走一边叹气。

后头两人不吭声，叶珈蓝还知道紧张，唐遇脸上表情淡得跟上次被主任抓差不多，有种事不关己的漫不经心。

半分钟后，教导主任推开办公室的门进去。

他把灯打开："你们两个怎么回事？"

叶珈蓝没听明白，"没怎么回事啊。"

主任皱眉看她一眼，干脆直接回到办公桌上，打开电脑里二楼的监控视频给她看："是你们俩吧？"

叶珈蓝垂眼一看。

视线范围之内，穿着校服的男生牵着女生正在上楼。

不知道是不是角度问题，这个视频里，唐遇的动作显得格外温柔。

视频短短几秒，因为被截取下来，不按暂停就一直循环播放。

叶珈蓝看到第三遍的时候，主任把电脑屏幕给转了回去："好看吗？"

……还挺好看的。

长得好看的人，连上楼的姿势都比别人养眼。

叶珈蓝没敢这么说，她视线收回，低下头没说话。

教导主任只记得他们两个的长相，但是早就忘了名字。

他把高三一班的成绩单拿出来，坐下戴上老花镜："都叫什么？"

"叶珈蓝。"

声音落下几秒，唐遇抬了下眼："唐遇。"

教导主任推了推眼镜："第一和第二啊？"

而且两次月考都是这样。

他把成绩单放下："第一第二更不应该早恋啊。"

叶珈蓝解释了句："老师，我们不是那种关系。"

"那你们两个拉小手干吗？还是在学校里头有摄像头的地方！"

叶珈蓝："……"

怎么被他说得像是没有摄像头的地方就可以了一样。

唐遇垂眸看了眼叶珈蓝垂在身侧的手，她的校服袖子有点长，这会儿遮住了半截的手背，黑色校服底下，那只手被衬得越发地白皙。

他视线转开："没看见。"

教导主任："没看见什么？摄像头吗？"

"嗯。"

教导主任想生气，但是一看这两人的成绩，又觉得怎么都生不起气来。

"你们两个真没有早恋？"

叶珈蓝没指望唐遇回他，应了一声："真没有。"

为了让他相信，叶珈蓝特地解释了一句："老师，其实是因为我们两个是邻居，所以关系可能比普通同学好一点，他比我小，我都是把他当弟弟看的。"

她语气无辜，眼神真诚。

教导主任点了点头，又把视线转向唐遇："是这样吗？"

少年唇角轻勾："是。"

叶珈蓝不由得转头，抬眼一看，唐遇嘴角依旧是半勾的弧度，他的后两个字放得极轻，轻到只有他们两个人能听见。

他说的是："是个屁。"

叶珈蓝觉得自己说的也不完全是鬼话，

起码有一半都是真的。

高三同学时间宝贵，教导主任也没教育他们多久。

晚自习下课前两分钟，就放了他们两个出去。

这会儿还没下课，走廊里安安静静，有前后门开着的教室，往里面看一眼，还能看到几个趴在桌子上睡觉的同学。

叶珈蓝快步回教室。

刚拉开椅子坐下，下课铃打响，身后椅子摩擦地面的声音被掩盖下去。

谢景非好奇地问了句："遇哥，主任叫你们干什么去了啊？"

叶珈蓝右手边，付桐恨不得竖着耳朵听了。

结果半分钟过去，唐遇回了句："问她。"

他下巴轻抬了下，指的是叶珈蓝。

叶珈蓝觉得谢景非真可能问出来这种话，当即连桌子都不收拾了，刚出了门口，谢景非就追了上来："蓝姐，怎么回事啊？"

"……"

"你跟遇哥是不是背着我做了什么？"

25

幸亏这会儿是放学时间，走廊里人声嘈杂，没人往这边看。

叶珈蓝脚步没停，权当没有听见谢景非的话。

谢景非越看她的反应，越觉得她和唐遇两个人肯定有什么。

这种感觉像是被人隔绝在外了一样。

明明是三个人的电影，他却始终没有姓名。

谢景非寸步不离地跟她下楼："你是不是和遇遇……"

叶珈蓝猛地停下："没有。"

像是为了提高可信度，她这句话的声音比平时大了不少。

旁边路过的同学有人往这边看了眼，叶珈蓝皱了下眉，把声音放轻："什么都没有。"

谢景非："……"

叶珈蓝转身下楼。

谢景非没再跟过来。

叶珈蓝在校门口的报亭买了两颗糖，一边无聊地翻杂志，一边等苏锦珂。

还差五分钟十点的时候，苏锦珂才小跑着从门口出来。

叶珈蓝把杂志合上，然后把糖递过去。

苏锦珂拆开糖纸含进嘴里："弯弯，你说谢景非是不是有病，刚才非拽着我问你和唐遇怎么回事。"

叶珈蓝脚步一顿。

"你怎么说？"

"我说——你傻啊，这都看不出来，当然是互相喜欢，但是屈于老师家长的淫威之下不敢在一起的关系。"

"……"

叶珈蓝在她颈后捶了下："少说两句。"

到家门口的时候，叶珈蓝嘴里的糖刚好化完。

她从口袋里翻出钥匙，刚低头要开门，楼道里的声控灯就熄了。

漆黑一片，叶珈蓝咳了一声。

声控灯又重新亮起来。

楼道瞬间又亮堂堂一片。

叶珈蓝把钥匙插进锁孔，还没来得及转动，露在锁孔外的半截钥匙就被两根手指轻捏住。

那人手指修长，腕骨漂亮，用力不大，但就是能让她没办法开门。

叶珈蓝轻咽口口水，嘴里的甜味久久不散，到最后都转成了淡淡的涩，她小声提醒：“手。”

唐遇手没拿开，他微微低了头，也小声问：“把我当弟弟吗？”

叶珈蓝耳根一热。

下一秒，声控灯又熄灭。

唐遇看不清她的表情，但是能听到她微不可闻的呼吸声。

两人距离其实不算近，但是在这种暗不透光的环境下，所有的感官都被放大。

气氛烘托，显得两个人的姿势暧昧了不少。

如果这个时候，余秋华女士开门等她回家，或者出门扔个垃圾，那后果简直不堪设想。

叶珈蓝没出声。

唐遇嘴角一勾：“但我没把你当姐姐。”

话音落下，他替叶珈蓝把门打开。

客厅里开着灯，光泻出来，把走廊照亮了半分。

叶珈蓝把钥匙抽出，然后进去关门，一气呵成。

余秋华正拎着垃圾出来：“今天怎么比平时晚了这么久？”

叶珈蓝倒了杯水：“等珂珂来着。”

苏锦珂成了她的万能挡箭牌。

余秋华开门扔垃圾。

门轻轻掩上，叶珈蓝瞥过去一眼，把整杯水一口喝到了底。

刚才那种口干舌燥的感觉总算消下去不少。

叶珈蓝把水杯放在一边，耳边似乎还回荡着“姐姐”和“弟弟”几个字眼。

她呼了口气，然后又从冰箱里拿了一瓶冰水。

叶珈蓝晚自习被教导主任叫过去说的那几句为他们两个开脱的话，一半真一半假。

真的是他们确实是邻居。

假的是，她好像也没把唐遇当弟弟看。

她还没见过哪个姐姐在弟弟面前会脸红心跳的。

真正像弟弟的应该是苏锦珂的弟弟苏岩那种，而唐遇就是简单的同龄异性。

十月一过，距离高考时间已经不足 200 天。

每个同学的时间都像是被安装上了加速器，过得飞快。

连付桐都比刚开学的时候收了不少心。

叶珈蓝一度以为她改邪归正了，结果两个月后，十二月月考的最后一科试卷刚收上去，付桐就把椅子往后挪了挪，转头问后面的人："唐遇同学，你打算考哪里的大学啊？"

"……"

敢情是为了追平唐遇的成绩。

叶珈蓝翻出上次月考的成绩单看了眼。

付桐和唐遇的名字中间，隔了二十七个人。

叶珈蓝也挺好奇。

她几乎要竖起耳朵，等着听唐遇的回答。

结果那人没说话，倒是谢景非替他答了句："考国外的啊。"

付桐又把头转到谢景非那里。

她十分懂得随机应变，对着谢景非笑了一下："国外哪所学校啊？"

出国留学嘛，她家里的条件完全允许。

谢景非笑眯眯："剑桥。"

付桐：“……”

“哈佛。”

叶珈蓝：“……”

敢情他自己都是乱猜的。

付桐翻给他一个白眼，又把头转了回来。

因为月假和元旦赶在了一起的原因，学校这次还多放了一天假。

连着元旦一起，就是整整三天假期。

叶珈蓝也不听谢景非胡扯了，往书包里装了几本书，刚要把笔也放进去，付桐就凑了过来：“班长，你考哪里啊？”

叶珈蓝看她一眼。

可能是因为唐遇和她最近没有什么亲密举动，付桐已经忘了上次的牵手事件，对叶珈蓝的态度友善了不少。

她把笔塞进书包：“北城吧。”

叶珈蓝的姐姐余莹就是在北城上的大学。

付桐“哦”了声：“你不出国啊？”

叶珈蓝：“……”

看样子是她想多了。

人家根本没忘了唐遇那一茬儿。

付桐凑得更近，她把声音放低，不知道的还以为她们两个关系好在说悄悄话：“异地恋分手的都不少，更别说异国恋了。”

后头谢景非一脸惊讶：“她们两个什么时候关系这么好了？”

顿了几秒，他又道：“情敌见面，不是应该分外眼红吗？”

唐遇看他一眼，“情敌”两个字，让他眼尾不自觉轻挑了下。

这个词，他意外地挺受用。

付桐没把谢景非的话放在心上，她对着叶珈蓝笑了一下：“不管现在他和谁在一起，等上了大学以后，他肯定还会是我的。”

有病。

天还没黑做什么梦呢。

叶珈蓝面无表情地起身，拿着书包出了教室。

身后头，谢景非还在一惊一乍：“哎蓝姐怎么那个表情？”

叶珈蓝脚步一顿，转头看他：“什么表情？”

“……被抢了男人的表情。”

叶珈蓝：“……”

谢景非话音落下，唐遇从门口出来。

四目相对仅仅半秒，那人走近，然后从她身边擦肩而过的一瞬，他轻声说了几个字：“抢不走。”

叶珈蓝眼睫轻垂，嘴角轻轻弯了下。

26

第二天就是元旦。

南城入了冬，天气就越发地潮湿阴冷。

房间里开了空调，温度适中，和外面像是天差地别的两个世界。

叶珈蓝窝在家里不愿意出去。

元旦这天晚上，苏锦珂给她发了条消息：【弯弯，明天出来玩吗？】

叶珈蓝有点感冒，她吸了吸鼻子，喝了几口热水才回：【我不想出去。】

苏锦珂：【你是不是忘记明天什么日子了？】

叶珈蓝记得苏锦珂的生日在春天。

怕自己记混了，她又去翻了一遍日历：【不是你生日啊。】

【你再仔细看看。】

叶珈蓝于是又仔细看了一眼。

看完阳历看阴历，看到第二秒的时候，她恍然大悟。

确实不是苏锦珂的生日。

是她自己的生日。

叶珈蓝是十二月出生的，但是今年过年晚，她的生日就到了第二年的一月份。

前段时间余秋华还提过一次来着，叶珈蓝只当是还有一阵子，结果没想到就在明天。

她把日历放到一边。

苏锦珂又发了消息过来:【把自己生日忘了的,我还是第一次见。】

叶珈蓝确实不爱记这些。

余秋华平时忙，她长这么大，也没正经过几次生日。

苏锦珂：【我们明天晚上吃完饭去游乐场吧？】

她发了几张图片过来，全都是游乐场的夜景。

【晚上的时候可漂亮了，虽然这么浪漫的地方第一次应该和男朋友去，但是看在我们家弯弯明天成年的分儿上，我就勉为其难地陪你去吧。】

【那谢谢您厚爱了。】

【不谢不谢，应该的。】

叶珈蓝没再回复，她翻出一盒感冒药，抠了一粒药塞进嘴里，就着热水吞了下去。

药片裹着一层糖衣，咽下之后嗓子却又涩得不行。

叶珈蓝多喝了几口水，她没再复习，合上书就上了床。

感冒药吃了容易犯困没精神。

叶珈蓝第二天一直睡到了十一点多才醒，余秋华早就去了医院上班，她还记得叶珈蓝生日，发了短信提醒她中午会有人过来送蛋糕。

时间定的是十二点整。

再一看现在的时间，十一点十五分。

叶珈蓝没在床上赖着，吃了药睡了一晚之后，身上出了不少汗，她先去浴室冲了个澡，出来换了一件套头的毛线衫和一条牛仔裤。

手机收到几条短信。

都是祝她生日快乐的。

上头言辞大体一致，不用想也知道是从百度上复制粘贴过来的。

叶珈蓝一一道谢。

十二点整的时候，果然有人送了蛋糕过来。

她给苏锦珂发消息：【来我家吃蛋糕吗？】

余秋华给她订的蛋糕尺寸虽然不大，但是一个人吃的话，估计也能吃到明天去。

苏锦珂很快回复：【我刚起床……你给我留一块吧。】

叶珈蓝切了一半给她留着。

剩下的一半又被她一分为二，她自己吃了一口，然后用了一次性的纸盘子装了另外一块，出门去敲对面的房门。

敲了三下，没人应。

第四下的时候，房门终于被人打开。

叶珈蓝刚把蛋糕递过去，就听那人问了句："姐姐，你生日吗？"

依旧是熟悉的男声，但是语调跟平时相差不小。

她伸出去的手僵了一瞬，然后抬眼，看到那人左耳上戴了一颗耳钉，是特别简单的纯黑色。

唐遇以前没戴过耳钉，所以叶珈蓝甚至不知道他耳朵上也有一个耳洞。

她抿了下唇角："……夏至？"

虽然是疑问的语气，但是她心里基本上已经确定了七八分。

果不其然，她看见夏至点了点头："姐姐，我们是不是见过？"

"……"

当然见过。

虽然距离他们两个上次见面，已经过了有两个月了。

叶珈蓝只当是他们见面次数少，夏至又不记得她了，特别耐心地解释了句："上次和你去鬼屋的就是我。"

"不是那次，"夏至轻皱了下眉，"以前没见过吗？"

以前……那就是把他踩哭的那次了。

但是听谢景非的意思，夏至这个人格是在两年前才出现的，所以应该也不是那次。

叶珈蓝摇了摇头。

她想不起来。

夏至也只是觉得她眼熟，她本来就是第二人格，思考得过多就容易头疼，她索性也不再往深里去想，抬手按了按眉心。

几秒钟后，夏至眼底的光亮微微闪了一下："姐姐，你现在有空吗？"

叶珈蓝摇头，想到和苏锦珂约定的时间是晚上，她又点了点头。

"和我去一个地方吧。"

叶珈蓝想起上次不太愉快的经历，这会儿头皮还有些发麻，她下意识问了句："鬼屋吗？"

"这次不去了。"

夏至拿叉子戳了一块叶珈蓝捧在手里的蛋糕放进嘴里："去看电影吧。"

叶珈蓝盯着那张脸看了几秒。

就这么几秒钟，她突然就有一种吃她生日蛋糕的人是唐遇的错觉。

想想也奇怪，夏至和唐遇性格明明完全不一样，但是她偏偏又没办法把他们当成完全独立的两个人来看。

像是一个人，又不像是一个人。

复杂又矛盾。

叶珈蓝微微出神。

直到跟前的人叉了一块蛋糕递过来，她才回神：“干什么？”

“姐姐，你也吃一口。”

叶珈蓝摇头：“我刚才吃过了。”

她是真的吃过了，蛋糕这种东西跟糖不一样，奶油吃多了容易腻。

但是夏至明显不这么认为，她眉头皱得更紧，嘴角轻轻一撇，怎么看怎么委屈：“你是嫌弃我吗？”

叶珈蓝：“……”

夏至又把蛋糕递了过来。

叶珈蓝这次实在不好意思再拒绝，张嘴把那口蛋糕咬了下去。

夏至很快又叉了另外一块放进自己嘴里，她嘴角轻勾，看起来心情不错。

然后下一秒，叶珈蓝听见了让她心情不错的原因：“要是被遇遇知道他和女生用了一个叉子吃东西，他估计会被气死。”

叶珈蓝：“……”

好像似乎也不是……没用过一个。

因为是元旦假期，电影院里人满为患。

电影院建在商场的六楼，外头坐在椅子上等的人就有上百人。

叶珈蓝看了眼今天排的片子，扯了下夏至的袖子问她：“你想看什么啊？”

都是新上映的电影，种类多样，有喜剧片、战争片，还有文艺小清新的爱情片。

叶珈蓝觉得她和夏至看爱情片不大合适，于是提议了句：“你喜欢看战争片吗？”

“不喜欢。”

夏至咬着吸管喝了口可乐，她近视，所以要眯着眼睛才能看清楚。

他视线下移，一个个地掠过前面的几个电影名字，然后停在了最右边那个宣传图上：“看那个吧。”

叶珈蓝顺着她的视线看了一眼。

《叫魂》。

一看就不是个正经电影，叶珈蓝眼角微微抽了下：“你是不是没看清啊？”

“看清了。”

夏至说完把可乐放在一边，挤到人群里去买电影票了。

叶珈蓝又看了眼宣传图上的剧照，上头男女主角面色苍白，七窍流血。

而右下方，电影类型标了两个字：恐怖。

“……”

夏至这到底是什么癖好。

明明胆子小得跟老鼠一样，偏偏净喜欢看这些惊恐的东西。

叶珈蓝肩膀缩了缩，视线一转，看到那边正在买票的夏至，因为顶了一张唐遇的脸，这会儿卖她票的姐姐都快笑成了一朵花。

她又把视线收回来，去旁边买了爆米花和水。

电影是两点四十场的。

两人在外面等了没几分钟就检票入了场。

两点三十八分，苏锦珂问她：【弯弯，我现在跟小岩在电影院，你要过来跟我们一起看电影吗？】

前面已经开始播放片头，叶珈蓝回：【我也在电影院。】

【看的什么电影啊？哪场的？】

【叫魂，两点四十的。】

苏锦珂：【你带了速效救心丸吗？】

【没有。】

苏锦珂知道她胆子不大，好奇道：【你跟谁去的啊？】

叶珈蓝看了眼旁边坐着的人，回了两个字：【唐遇。】

她半句没提到夏至的事。

苏锦珂放心不少：【那就好，你要是害怕就掐唐遇的手就行了。】

叶珈蓝：“……”

她不被掐就是好的。

【开始了，等会儿再说。】

叶珈蓝发完这条就直接熄了手机屏幕。

再一抬头，大屏幕上男女主都是正常人类的装扮，这会儿正站在湖边的树下拥抱。

画面正常，而且一眼看过去竟然还挺唯美。

叶珈蓝往椅背上靠了下，轻轻攥住了旁边的水瓶。

整部电影剧情紧凑而且新颖，加上题材是恐怖悬疑爱情片，所以电影院里的气氛一直安静得有些诡异。

电影的前半部分就是简单的文艺爱情片，到了后半部分，画风才急剧突变。

除了丧尸就是鬼魂。

三点四十分，叶珈蓝手里的矿泉水瓶被捏得有些扁，已经濒临破裂的边缘。

三点四十五分，叶珈蓝听到影院里有女生小声抽泣和惊呼的声音。

三点五十分，叶珈蓝实在不敢看下去了，她心跳剧烈，带动耳膜都轻微震动，她眼睛一垂，然后听到旁边人吸鼻子的声音。

她的左手边，坐的是夏至。

叶珈蓝愣了下，一转头，看到旁边的夏至，这会儿顶着唐遇的脸，正在用手抹眼泪。

“……”

幸亏其他人都专注于看电影，没人注意到这里。

不然他们两个可能会一直被众人围观到电影结束。

叶珈蓝从口袋里拿了一包纸巾递了过去。

夏至伸手接过，她还在吸鼻子，但是眼睛一刻都没有离开过屏幕。

没过几秒，电影院的音效突然被放大。

不少女生的惊呼声也跟着被放大，气氛诡异恐怖到了极点，叶珈蓝没忍住转了下头。

屏幕上男女主的眼睛从脸上滚落下来，满脸的血，画面血腥得让人不敢看。

叶珈蓝愣了几秒，耳边上有细细的尖叫声，但她不一样，她嗓子像是被人堵住了，连叫都叫不出来。

只有心跳速度在持续飙升。

叶珈蓝心想，她果然需要准备一瓶速效救心丸了，不然很有可能，她会死在夏至的手上。

这个念头刚冒出来，电影达到最后一个高潮点。

叶珈蓝不敢看，但是视线又像是黏在了上面，怎么都收不回来。

下一秒，一只手从旁边伸过，绕过她的肩膀一侧，用像是半搂着她的姿势，轻轻捂住了她的眼睛。

27

那掌心干燥温热，腕间似乎还沾了一种淡不可闻的甜味，离得近了才能闻到。

用脚指头猜也能猜到是夏至弄的。

此时此刻，前面的大屏幕上，电影已经进入片尾。

结局大概不大美好，耳边上各种心有余悸的惊吓声过后，只剩下阵阵的唏嘘声。

可惜叶珈蓝的眼睛被人捂着，看不到结局。

她眼前一片漆黑，明明十几年都是怕黑的性子，这会儿整个人却又莫名安定下来。

连心跳都渐渐平稳下来。

叶珈蓝瞬间就把速效救心丸的事抛到了脑后。

她整个上半身都被那人的动作往那边轻带过去，脑袋自然地轻靠在了唐遇的肩膀上。

姿势暧昧，即使她脑袋和他肩膀接触的地方可能还不足三厘米。

叶珈蓝肩膀绷直，她维持着这个姿势没敢乱动，半天都没放松下来。

隔了两分多钟，片尾曲从四面八方响起，柔和轻缓，和影片的基调极不相符。

影院里的观影者陆续离场。

因为两个人买票的时间晚，所以位置在角落里，没有影响到其他人出去。

叶珈蓝微微屏着呼吸，直到耳边的人声和脚步声都弱下来，她才伸手去拉唐遇搁在自己眼睛上的手："可以了。"

唐遇的手就这么被她拉了下来。

电影院里的灯光不知道什么时候亮了起来，寡淡的橙黄色，但是又能看得清楚东西。

叶珈蓝坐直了身子，视线一低，然后看到唐遇右手还拿着她递过去的那张纸巾，上头隐隐约约沾了点水渍。

想想都觉得神奇。

夏至哭都没哭完，就又突然变成了唐遇。

人的大脑果然是个神奇的部位。

叶珈蓝刚才脖子歪了几分钟，这会儿还有些不舒服，她松开唐遇的手，边按着后颈前后左右转动了几下，边开口问他："结局是什么啊？"

少年喉结微微滑动了下："没看。"

他当然没看。

捂着叶珈蓝眼睛的那几分钟，他的视线全落在了她的身上，赤裸，又不加任何掩饰。

女孩子没被挡住的鼻子和嘴巴小巧精致，弧度温柔，应该是被吓得不轻，鼻尖上还渗出了一层细细的薄汗。

她近在咫尺，一低头就能碰到的距离。

唐遇也确实低了头，只不过在距离她脸颊不到一厘米的地方，又停了下来。

然后他脸一偏，本来该落在叶珈蓝脸上的那个吻，落在了自己的手指。

他不着急，反正以后机会多得是。

苏锦珂看的是四点半的那场《叫魂》。

因为和她约定了晚上七点去游乐场，叶珈蓝也懒得再回家一趟了，她在电影院外面站了几分钟，和苏锦珂姐弟俩打了个照面之后，最后实在觉得干等着无聊，干脆又去售票处买了两张电影票。

这个点儿排的只有两场电影，一场动画片，一场文艺青春片。

叶珈蓝选择了后者。

前台售票的姐姐二十来岁，看她刚从电影院出来就过来买票，特别暧昧地笑了笑："没看够啊？"

叶珈蓝权当没看见她的眼神，点了靠边的两个座位："要在这边等会儿朋友。"

售票员一副我都懂的表情。

这种小年轻她见多了，一天都恨不得黏在电影院的也不在少数。

她把打好的票递过来："跟男朋友一起来的吗？"

"不是。"

叶珈蓝也没多说，拿了票从人群中挤了出来。

唐遇站在人少的地方，正在打电话。

应该是打给上次的医生的。

因为叶珈蓝听见他提了几句夏至。

五分钟后，唐遇挂断电话的时候，正好赶上检票。

叶珈蓝跟在他身后捏着两张票进去，等到坐下以后才觉得有点不对劲儿。

整场好像都是年轻情侣。

她和唐遇从进场就没有亲密的动作，在前后左右一群腻歪的男女当中显得格外与众不同。

片头过完之后，苏锦珂刚好发了条消息过来：【弯弯，你们还在外面等吗？】

叶珈蓝拍了张照片给她发了过去。

【你跟唐遇去看爱情片了？】

叶珈蓝翻出票根看了眼。

电影开始，里面熄了灯，她只能借着前面屏幕的光亮看上面的字。

类别果然是爱情。

再一抬头，第一幕就是男女主角多年之后重逢难以自已滚在一起的画面。

叶珈蓝往嘴里塞了一粒爆米花，细嚼慢咽。

苏锦珂：【听说这部片子尺度不小，当时还差点没过审。】

叶珈蓝："……"

早知道她就买动画片的票了。

苏锦珂：【弯弯，你给我拍几张剧照吧。】

她胆子大，《叫魂》这种对她基本没有多大吸引力，看了没几眼就开始犯困：【早知道我也跟你们去看爱情片了。】

叶珈蓝没回。

她又看了眼屏幕。

这部电影时间不长，所以节奏一直很快。

重逢后就开始了高中年代的回忆。

看得出主演年纪都不大，高中的情节也算得上纯洁，叶珈蓝微微松了口气，给苏锦珂发了条消息：【尺度好像也没有很大。】

除了片头男女主滚在一起的场面有点露骨以外。

刚说完，像是和她对着干一样，画面陡然一转，又转回了重逢后滚在床上的场景。

后头有个女生小声发出"嘿嘿嘿"的声音。

叶珈蓝头皮发麻，连忙把视线收了回来，转头一看，旁边的人正面无表情地盯着屏幕。

她视力 1.0，所以体会不到近视眼的世界。

也不知道隔了这么远的距离，他能不能看清。

叶珈蓝又不能问，她不再看屏幕，低下头给苏锦珂又发了条消息：【我收回上一句话。】

她连接个吻都觉得尺度大。

苏锦珂：【照片呢？】

叶珈蓝抿了下唇，抬手拍了张照片。

镜头里，男主上半身裸着，正在脱女主的衣服。

她拍得正是时候。

快门键按下的时候，旁边那人侧眸看了她一眼。

叶珈蓝没看见，她只看见苏锦珂意味不明的一句话：【我猜你请唐遇看这种电影，他会误会你在暗示他。】

“……”

说得好像她愿意看这种电影一样。

叶珈蓝后面干脆都没再抬过头。

这部电影获得了除了叶珈蓝之外的一众年轻情侣的好评。

出了电影院之后，叶珈蓝甚至听见不少情侣都开始计划晚上去哪家宾馆了。

她也不是三岁小孩子，再没接触过也知道去宾馆意味着什么。

毕竟电影里男女主就是在宾馆完成第一次爱的升华的。

叶珈蓝恨不得把耳朵堵上。

也不知道是不是电影院里空气太闷的原因，她始终觉得呼吸不通畅，出来之后过了好几分钟才缓过来些。

而旁边的唐遇，一张脸上始终没多大表情。

他眼神淡得像是刚才看了一场大尺度爱情片的人不是他一样。

叶珈蓝越看越觉得他刚才是没看清。

这么一想，叶珈蓝心里的石头刚落了地，就听见这人问了句：“今天生日？”

叶珈蓝愣了一秒，然后点了点头。

她差点忘了人格分裂患者的各人格的记忆是不互通的。

唐遇嘴角似有若无勾了下：“十八了？”

叶珈蓝继续点头。

爆米花吃多了，她这会儿口渴得不行，不大想开口说话。

唐遇侧眸看她片刻，然后突然抬手，在她左侧唇角轻轻碰了下，他眼尾微微扬起半分，轻声开口：“可以谈恋爱了。”

“……”

当晚的游乐场唐遇没去。

像是最后的一场狂欢，叶珈蓝和苏锦珂姐弟俩玩到了十点多，才一起回了家。

元旦收假以后，就彻底进入了新的一年。

三点一线的时间过得越发地快，转眼就是一个多月过去。

一月份没有月考，和二月中旬的期末考试并在了一起。

期末考试后就是寒假。

腊月二十四放假，大年初七开学——高三年级的寒假也少得可怜，只有不到两周。

叶珈蓝应混血弟弟之邀，年前飞到美国住了几天。

回来的时候刚好是大年三十，苏锦珂晚上给她送了新年礼物过来：一副毛线手套。

她知道叶珈蓝想去北方上大学，特地花了一个月给她织了手套。

叶珈蓝对着那双歪瓜裂枣似的手套，感动得差点哭出来：“你跟谁学的啊？”

“跟你同桌。”

叶珈蓝差点以为自己听错了。

紧接着她就听苏锦珂解释了句："我看她前几天给唐遇送了一副自己织的手套。"

叶珈蓝皱了下眉。

"要不你也给他织一副？"

"……"

她不觉得唐遇会收这种东西。

"他要了？"

"肯定没有啊。"

果然。

苏锦珂："但是你送他的话，他肯定就要了。"

叶珈蓝没理这一茬，把从国外带回来的礼物递过去。

"弯弯，你俩真不打算踩一下早恋的尾巴吗？"

叶珈蓝："……"

"你说你上次暗示完他怎么就没下文了啊？"

她指的大概是上次的文艺片事件。

"是男人早就上了，他还是不是个男人啊？"

"……"叶珈蓝叉起一块蛋糕堵住她的嘴，"闭嘴。"

苏锦珂前一晚刚说完付桐这个人。

大年初一晚上的时候，叶珈蓝就收到一条陌生号码发来的短信：【你跟唐遇住一个小区是吧？】

叶珈蓝回了个问号过去。

然后那头发过来两个字：付桐。

叶珈蓝当即就不想回她了。

但是耐不住付桐阴魂不散，她又发了一条消息过来，大概是有

求于人，她这次加了一个前缀：【班长，你下楼一趟吧，我有东西要送给唐遇。】

外面又湿又冷。

叶珈蓝这会儿只穿了一套毛绒睡衣，根本不想出去。

她简单解释了句：【唐遇不在家。】

他和谢景非都回北方过年了。

叶珈蓝点开短信的收发件箱看了眼，她一个小时前群发出去的新年祝福，那两人都还没回。

她说的是真话，但是付桐不肯信：【你不下来我就不回去了。】

叶珈蓝："……"

她是为了一个男的失了智。

叶珈蓝呼了口气，思考几秒后，还是套了一件外套下了楼。

付桐不知道她家的楼号，所以等在了小区门口的保安室。

叶珈蓝穿的衣服不多，也懒得跟她多说，拿了东西就马上回了家。

前后用时不到五分钟。

七点四十五分，付桐又发了一条消息过来：【谢了。】

叶珈蓝掂了掂那个盒子，不重，也不知道装了什么。

她没回，把手机放到一边，去浴室洗了个澡的工夫，手机里多出来两条消息。

一条来自谢景非，发于一刻钟前：【蓝姐新年快乐。】

还有一条来自唐遇，发于一分钟前，就一个字：【嗯。】

——新年快乐。

——嗯。

……嗯？

28

叶珈蓝怕自己看漏，还特地又把收件箱翻了一遍。

唐遇的消息，的的确确就只有这么一条。

翻来覆去地看，也就这一个“嗯”字。

简单得有点冷淡。

尤其在谢景非那条长达五十个字的短信对比之下，这个字简直可以称得上是敷衍。

叶珈蓝拿着毛巾吸了吸头发上的水，心头上像是有小石子一颗颗地滚下来，压得她有点透不过气来。

心情不大好。

再转头瞥一眼付桐的礼物，心情就更不好了。

叶珈蓝把毛巾扔到一边，一手拿起吹风机打开，另一只手给谢景非发了条消息：【你跟唐遇在一起吗？】

吹风机的“嗡嗡”声中，谢景非很快回复过来：【不在一起啊，怎么了？】

【没事，随便问问。】

叶珈蓝放下手机，专心吹起头发。

她头发长，冬天也不比夏天，尽管吹风机风力不小，把头发吹到半干已经是七八分钟以后。

谢景非的消息又发过来：【蓝姐，你的新年祝福是群发的吧？】

不等她回复，那边又发了一串消息：【我刚才和遇遇坐车的时候，一起收到的消息，然后他把我手机里那条删了。】

叶珈蓝：“……”

谢景非：【你给多少人发了啊？】

叶珈蓝：【七八个吧。】

谢景非：【……】

他没再说别的，叶珈蓝也就没再搭腔。

虽然群发了七八条，但是只有谢景非和唐遇是男生。

她可是连季燃都没发一个字。

身上的睡衣滴了不少头发上的水，沾在身上不大舒服，叶珈蓝重新换了件衣服，刚用手指梳了下头发，手机屏幕就亮了一下。

【开门。】

叶珈蓝愣了下：【开什么门？】

那头没回。

叶珈蓝心跳突然就快了些，心底里有什么东西像是马上要破土而出，她呼吸微微摒了一秒，然后把手从半湿的头发中抽出，挪着步子往门口走去。

手机没拿，那人再发的一条消息她没看见。

上头五个字，作为对她刚才那个问题的回复：【你房间的门。】

叶珈蓝没看见，所以她只当是唐遇让她开她家的大门。

她手指在睡衣上轻攥了下，打开房门之后也没抬头，刚要转身下楼，就被人扯着胳膊又拽了回来。

叶珈蓝的拖鞋在地上蹭了下，差点从脚上掉下去。

她张了张嘴，一声“妈”都差点喊出来，结果一转头，看到那人熟悉又张扬的脸。

不是余秋华。

叶珈蓝用力眨了眨眼，确认自己没看错字之后才怔怔问了句：“你怎么进来的？”

刚问完，余秋华的声音就从楼底下传来：“弯弯，你先和小遇一起待一会儿，你们两个也有一阵子没见了吧？”

这个时间，余秋华正在厨房熬祛除寒气的姜汤。

叶珈蓝嗓子被哽了一下，“嗯”的一声极轻。

楼下很快又没了动静。

叶珈蓝猜出是余秋华给唐遇开的门，她动了动胳膊，又换了个问题：“你什么时候回来的啊？”

她记得今天才初一，年都还没过完。

果不其然，那人轻声答：“刚才。”

叶珈蓝又不动声色地往回抽了抽胳膊：“怎么这么早就回来了啊？”

刚有收回来的趋势，那人手就顺着她的手肘向下，一把攥住了她的手腕。

刚才尚且还有一层睡衣隔着，这会儿直接肌肤碰触，叶珈蓝能明显感受到唐遇比她凉了几个度的指尖。

他身上裹挟进来的凉气还没完全散开。

叶珈蓝不自觉低了下头。

少年手指骨节匀称，大概是因为外面温度低，他指节的地方还微微泛了一层红色。

叶珈蓝还没看太清楚，下一秒，那人手腕一用力，突然轻拽过她把她抱在了怀里，唐遇的声音就响在耳侧，因为压得低而显得暧昧朦胧几分：“想你。”

叶珈蓝：“……”

她差点被唐遇吓得咬到舌头。

叶珈蓝心跳得愈加剧烈，不敢深呼吸，就怕把他身上的味道吸进去，然后就忘不了。

她总感觉这么长时间以来，她和唐遇中间隔的那张窗户纸，好像有一点点被他戳破的趋势。

叶珈蓝还没忘记他们两个现在正处于高中最关键最紧张的阶段，任何可能影响到他们高考发挥的都要不得，一想到这些她就立刻回过神来。

刚伸手推了一下他，叶珈蓝就听见他开口：“别动。”

“……”

不是她想不想动的问题。

“我妈……”

叶珈蓝想说余秋华好像上来了，因为她似乎听到了上楼的脚步声。

她神思微微恍惚，神经越发紧绷，果然下一秒，她就听见余秋华的声音：“弯弯，叫小遇下来喝碗姜汤，这种天儿容易生病。”

他们两个站的地方隐蔽，刚好被栏杆给挡住了，所以余秋华还没注意到这边的情况。

余秋华的脚步还在持续靠近：“弯弯，听见了没？”

叶珈蓝连忙应声：“听见了，马上就下去。”

顿了顿，她实在不放心，又说了句：“妈你不用上来了。”

要是被余秋华看见这场面，指不定要掀起什么风浪来。

叶珈蓝说着又伸手推了推跟前的人：“你先松开我，我妈要上来了……”

刚说完，余秋华的声音都比刚才大了些：“我正好上楼拿个东西。”

她的声音近得像是下一秒就会出现在他们跟前，然后看见正抱得难分难舍的两个人。

叶珈蓝光是想想就觉得害怕，她咽了口口水，刚要再伸手去推他，那人就微微松了轻搭在她腰上的手，然后握着她的手腕一拉，直接把她拽回了她刚才出来的房间。

门很快被轻轻掩上，余秋华的声音也被掩去大半：“弯弯，你们在学习吗？”

她知道唐遇学习好。

叶珈蓝回得有点心虚：“……对。”

唐遇还是半抱着她的姿势，叶珈蓝轻轻靠在墙上，他下巴就轻轻搭在她的肩膀上：“学习怎么早恋吗？”

叶珈蓝：“……”

她可没说她和唐遇在早恋。

虽然光看行为的话，好像确实有那么一点儿的少儿不宜。

叶珈蓝反驳了句：“你不是说过你不早恋吗？”

唐遇脸微微侧了下，轻声：“嗯。”

他确实不早恋。

不然现在肯定就不只是抱抱这么简单。

他松开攥着叶珈蓝手腕不让她乱动的手，叶珈蓝相当于重获自由身，她轻轻动了下，眼睛眨了几下，但到底还是没从唐遇怀里钻出去。

叶珈蓝垂在身侧的手揪紧了睡衣衣摆，老老实实地由着他抱着。

空气仿佛都抹了一层蜜，带着丝丝的甜。

天时地利人和。

好像这种时候就适合拥抱。

叶珈蓝抿了下唇，嘴边刚漾出了半分的笑来，就又听见唐遇问了句：“群发？”

他指的应该是那条短信。

他声音不咸不淡，听不出高不高兴来。

叶珈蓝想起谢景非的那串省略号来，觉得自己这么办可能确实容易让人误会，于是解释了句：“我就发了你和谢景非两个男生。”

唐遇轻轻哂：“发给他干什么？”

叶珈蓝："……"

还能干什么。

为了不让唐遇发现她只发给了他一个人，所以找了个挡箭牌出来。

这就相当于群发了所有人，但是真正想给看的只有一个人。

其他人都是陪衬。

叶珈蓝也觉得这种心思别扭，但是当时发消息的时候还是顺手把谢景非的名字也给勾上了。

不过她也没解释，只抿唇轻轻笑了下："顺手。"

当晚九点，唐遇回了自己的家之后，叶珈蓝才想起来付桐的礼物忘记给他了。

她当然不可能愿意帮付桐送东西。

抛开付桐跟她关系本来就不好不说，就收礼的人来说，她就不是很愿意帮忙。

之所以还是把东西拿回来了，其实有很大一部分的原因是她想看看唐遇有什么反应。

九点十分，叶珈蓝拿了东西敲他家的门。

唐遇给她开门的时候，正在打电话，他看她一眼，然后对着电话那头道："七点多到的。"

叶珈蓝把盒子递过去。

唐遇没接："你的？"

叶珈蓝摇头："付桐给你的。"

唐遇没理她，转身进去："家里来人了，我先挂了。"

他说完直接挂断电话。

叶珈蓝刚把盒子搁在茶几上，唐遇就偏了下头，他唇角一扯："不要。"

他视线从盒子上移开，落到她脸上：“你的呢？”

叶珈蓝：“……”

她倒是从美国带了东西回来，但是想来想去也没想到适合他的，她只能摇了摇头：“我没有。”

叶珈蓝把盒子又收回来。

回绝付桐的说辞她都想出来了。

唐遇不早恋。

这真是个拒绝别人的万用理由。

唐遇转身看她。

他开的是最亮的灯，头顶灯光打下来，把他睫毛在眼底的眼影拉长，明暗分割得越发明显，他视线落在她眼睛上，一秒，然后下移。

“嗯。”

像是对她的回应，又像是一个简单的象声词。

他视线再下移，停在叶珈蓝的嘴唇上。

因为刚刚喝过水，这会儿嘴角似乎还沾了一滴水珠。

唐遇没看清。

他跟叶珈蓝想的完全相反，他觉得这一刻既不天时也不地利。

时间过得真慢。

他还没成年。

高考还没结束。

唐遇喉结轻轻滚了下：“那先欠着。”

29

叶珈蓝也只能欠着。

但是具体欠的什么东西，连她自己都说不清楚。

唐遇和谢景非不一样，他要难伺候得多，根本不是一条祝福短信就能哄的人。

更何况，那条短信因为是群发，好像也没能让他多高兴。

当晚回到自己房间以后，叶珈蓝在床上滚了几圈都没想通应该送什么，最后干脆发了条短信跟苏锦珂取经：【男生的话，送什么礼物比较好？】

【送给谁？】

苏锦珂大概是跟身为男生的苏岩问了，几秒后又发了一条过来：【苏岩说他想要一双梅西穿过的球鞋，他让我谢谢你。】

叶珈蓝："……"

这姐弟俩可能都有一定程度的幻想症。

叶珈蓝解释了句：【苏岩的以后再说，我这次要送的不是苏岩。】

苏锦珂跟她向来心有灵犀，一点就通：【是我想的那个吗？】

【是。】

苏锦珂：【我觉得那位像是神仙下凡，什么东西都不好配他……换句话说，正常人喜欢的东西他肯定不喜欢。】

【少废话。】

【你得投其所好啊，要不干脆就把自己送给他？】

取经失败。

叶珈蓝关了手机。

年过完后，属于自己放松的时间少之又少。

不管学习好坏，气氛感染之下，似乎每个高三生都一夜之间收了心，连付桐都不像之前一样每次课间就扭头往后看表了，她铆足了劲儿学习，似乎下定了决心要和唐遇考到一所学校去。

叶珈蓝观察了几个月，然后她发现了一个道理。

使人进步的不一定是虚心。

成功的母亲也不一定是失败。

两者归结到一处，可能都是爱情的魔力。

即使只是付桐单方面的爱情。

五月底最后一次模拟成绩出来，付桐成绩进步了整整二十个名次。

叶珈蓝和唐遇的成绩稳定。

年级第一和第二，从高二升高三的那次期末考试都没变过。

高考这事儿没人敢轻视。

这段日子时间又晃得飞快，叶珈蓝没敢在没用的事情上花太多心思，她每天除了学习就是休息，和唐遇始终保持着不远不近的距离。

即使她心里清楚，自从唐遇初一晚上抱过她之后，所有的东西都发生了变化。

潜移默化，但是又真真切切是在变的。

可能用不了多久，量变积累到了一定程度，就会变成质变。

不过叶珈蓝没想那么远。

她既希望这段时间快点过，又希望这段日子过得慢一点。

慢一点，再慢一点。

前方充满了未知和不确定性，比如她和唐遇真的可能变成付桐口中的异国恋；再比如，她和唐遇可能根本没机会在一起。

五月底六月初的时候，叶珈蓝心里这种感觉越发强烈，她连续几晚都睡得不大好，不过好歹没耽误学习。

她心里还记挂着唐遇的礼物。

从年后的深冬到五六月的初夏，每逢周末，叶珈蓝都会拉着苏锦珂一起去各种精品店和商场逛。

几个月下来，她们两个把南城大大小小的礼品店几乎逛了个遍，也没能敲定一件能送的东西。

给别人买礼物确实是个困难活。

尤其对方是个什么都不缺什么也不想要的有钱人。

六月一号的时候，学校放了一天假。

不知道是为了给他们过儿童节，还是怕他们压力太大最后集体发挥失常给的短暂假期，反正是有了自由活动的一天。

儿童节晚上，叶珈蓝又拉着苏锦珂去了一次商场。

苏锦珂啃着冰淇淋跟在她旁边："弯弯，我早就说了你得投其所好。"

她说着指了指旁边精品店里一个用来系在盒子上的蝴蝶拉结："你就准备一个大号的蝴蝶结，等唐遇生日的时候系在自己身上，把自己当成礼物送给他。"

苏锦珂拍了拍手，"我真是太机智了。"

叶珈蓝瞥她一眼。

苏锦珂："你知道唐遇生日是什么时候吧？"

"这个月。"

苏锦珂又问："几号啊？"

叶珈蓝摇头。

再具体她就不知道了。

连六月这个大概的数字都是她前段时间旁敲侧击跟谢景非问的，谢景非当时说得含糊，叶珈蓝脸皮又薄，让她再问一次多少有点困难。

两个人继续往前走。

精品店的前面，是一整排的金银店铺。

真应了苏锦珂早前的那句话，好像什么东西都和唐遇不大配。

不过这次至少不算毫无收获。

她们两个从下午六点逛到近九点，最后总算是在一家卖饰品的地方挑了一款戒指。

铂金的，单价四千多。

苏锦珂差点看花眼："弯弯，你送这么贵的戒指，到时候万一……的话，你可得想着把戒指要回来。"

她省略的几个字是"分手"，叶珈蓝心里清楚。

她扯了下唇，拿着那枚戒指对着自己的手指比画了下，她手指纤细，套上去大了几圈。

柜台的姐姐端着一张微笑脸："大小不合适的话，可以拿着票据来免费换。"

叶珈蓝又看了眼上头的标价。

苏锦珂盯着上头的4099道："我可以借你一个零头。"

叶珈蓝把戒指递回去："装一下吧，谢谢。"

她四千都能花出去，就肯定不差这种九十九块钱。

苏锦珂眼睛睁大，语气有些夸张："弯弯，你也太有钱了吧！"

之所以夸张，是因为她本身就知道叶珈蓝不差钱。

她虽然是跟余秋华生活，但是余秋华大大小小也是一个大医院的主任医师，工资不算少。

更何况，她还有个富豪爸爸，光是过年的红包都没低过几万。

苏锦珂咬着吸管喝掉最后一口奶茶："这回觉得合适了吧？"

叶珈蓝摇头。

当然不合适。

再贵的东西，好像都配不上他。

不过叶珈蓝没说这句话，她接过收银台递回来的票据之后，转头捏了下苏锦珂的脸："待会儿请你吃夜宵，想想吃什么？"

苏锦珂很快被她转移了话题："吃虾饺吧，不长肉。"

叶珈蓝："……"

神逻辑。

欠好的礼物买好之后，叶珈蓝心里的那块石头总算落了地。

很快就到了六月七号。

前一天晚上学校难得没上晚自习，叶珈蓝八点就睡了觉。

第二天闹钟六点半响起，关掉手机闹铃之后，叶珈蓝看到谢景非给她发的消息：【蓝姐，加油考省第一啊！】

叶珈蓝抿唇笑了下。

她八点检查好东西，出门前给苏锦珂发了条消息：【今天不和你一起去学校了。】

苏锦珂的咆哮体仿佛是被渣男抛弃了一样：【你是不是为了男人不和我一起走的？！】

叶珈蓝：【是。】

【……】

苏锦珂：【你连骗我的心思都不肯花了是吗？叶珈蓝，你好像一个渣男。】

叶珈蓝：【……】

苏锦珂：【我发现上一句还挺押韵的。】

叶珈蓝没再理这个神经病。

她把手机关了机，出门敲了两下对面的房门。

门很快打开。

那人穿了一件最简单的白色T恤，上头明明半点图案都没有，但偏偏被他穿出了一种金贵来。

叶珈蓝摸了摸头发："夏至今天不会出来吧？"

"应该不会，"唐遇关上门，"出来也没关系。"

虽然就这么一句话，叶珈蓝还是能轻而易举听明白他的意思——夏至大概也是个学霸，所以对成绩基本没多少影响。

叶珈蓝没再继续这个话题，又换了个问题问："你前几次考试是不是故意空了几道题没写的？"

唐遇偏头看了她一眼。

他眼神干净，嘴角轻轻勾了下："没有啊。"

没有才怪。

叶珈蓝收回视线，边往前走边开口道："你这次不要空题了。"

唐遇没说话。

叶珈蓝等了几秒也没听到他回答，干脆停下脚步转头看他。

虽然唐遇给她放水，她心里也偶尔会有那么丁点儿的甜蜜。

但高考毕竟是人生大事。

唐遇的前途和未来都不能因为那几道题耽误了，叶珈蓝下巴轻抬了下："听见了没？"

"嗯。"

"那你不要空题了，"叶珈蓝声音弱下去半分，"不空题说不定也没我分高。"

这句话说出来，连她自己都不信。

唐遇垂眸看她，半晌，他"嗯"了一声。

叶珈蓝微微松了口气，她转头继续往前走，几步后她停在电梯门口，按了下楼键："唐遇。"

电梯在上升。

对面电梯门里映出两人的身影，不清晰，甚至有点扭曲模糊。

叶珈蓝也不转头看他，她视线落在上面，怎么都收不回来："你这次好好考，我有礼物要送给你。"

她不怕唐遇想不开。

就怕这么多次考试之后，他形成了一种每次都空几道题的习惯，她不放心，恨不得一直提醒到进考场。

电梯门打开。

两人一前一后进去，唐遇视线微低，目光随着叶珈蓝按关门键的手轻轻移了下，然后再一抬，落到她脸上，他微微眯了眯眼睛："你吗？"

他的"你"是宾语。

但是叶珈蓝理解的是主语，她点了点头："考完试给你。"

她表情认真，一双眼睛隐约泛着水光。

唐遇盯着看了几秒，然后视线再下移，落到她的嘴巴上，半晌，他才轻轻弯了下唇角："好。"

高考的两天过得最快。

似乎眼睛一睁一闭，这两天就这么过去了。

叶珈蓝发挥正常，如果没有唐遇的话，她应该还是稳妥的第一名。

各科答案在考完的第二天就出得齐全了。

高二和高三的班级群里，两个班主任都在里面发言：【同学们不要对答案，先好好放松几天。】

话是这么说，但是当天下午就有一堆人对了答案。

叶珈蓝连答案都没搜。

她心里有底，加上看得也透，不想因为这个影响心情。

在她看来，有对答案的时间，还不如去拜拜佛求个高分扭转乾坤来得更实际一点。

结果当天晚上，苏锦珂就发了一张在寺庙里拜佛的图片过来：【弯弯，我来拜佛了。】

叶珈蓝：【……】

苏锦珂：【放心，我也替你拜了。】

叶珈蓝点开照片看了眼。

再退出去的时候，苏锦珂又发了条消息过来：【你礼物送出去了没？】

【没有。】

倒不是她不想送，实在是唐遇不在南城。

昨天考完试的时候，她看见有辆车停在了校门口等他。

主驾上的人她有印象。

是国庆节在唐遇家里碰上的其中一个，好像是唐遇的舅舅来着。

长得好看的人一般都让人印象深刻，加上他和唐遇的长相有几分像，所以叶珈蓝看到他第一眼就认了出来。

然后到了昨天晚上，叶珈蓝发现对面一直没人回来。

她这才知道他又回了北城。

这一回，也不知道要过多久再回来。

叶珈蓝叹了口气，又给苏锦珂发了条消息：【谢景非在南城吗？】

那边隔了一会儿：【不在。】

【什么时候回来？】

【起码得几个礼拜吧。】

叶珈蓝突然就心烦意乱起来。

她把手机放下，翻了日记本出来。

叶珈蓝有写日记的习惯，每天都会写，但是每次内容都不多，大多数时候只记录一两句话。

就连到了高三，她都保持着这个习惯。

日记本都被她写完了一个，昨天才刚刚换了一个新的，叶珈蓝拿了支笔出来，在上头写了日期。

六月九号，星期四，阴天。

客厅里电视开着，正在播放暑期大型连续剧《情深深雨蒙蒙》，剧里桥段刚好播到女主角在写：“书桓走的第一天，想他。”

叶珈蓝视线落在屏幕上，也不知道是受了什么的蛊惑，她一下笔，不自觉也写成了这句话。

等反应过来低头一看，“书桓”两个字被替换了，其余半个字都没差。

叶珈蓝觉得自己疯了。

她手在那页纸上搁了几秒，要撕下来的前一刻，她又把日记本给合上了。

上头的字被盖住，完完整整——

“唐遇走的第一天，想他。”

叶珈蓝闷在家里整整一周，完完全全地大门不出，二门不迈。

这一周里，她写了七篇日记。

千篇一律，但是也有差别，比如第一天变成了第二天。

以此类推。

到了第二周的时候，她睡个午觉的工夫，醒过来一看手机，班级群像被炸弹炸过了一样，消息多得看都看不过来。

叶珈蓝往上拉了几页，最后实在懒得看，特地发了一条消息问怎么回事。

很快有人回复：【班长，我们在商量过几天的同学聚会。】

底下有人附和：【这不是趁着成绩还没出来，再最后狂欢一次嘛！】

再有一周多成绩出来，肯定有人欢喜有人忧。

一个班的人再想聚全，难上加难。

同学 A：【打算在班里搞，就是不知道学校那边……】

毕竟是最有意义的一年。

谁都想在高中班级里留下点美好的回忆。

男同学的话戛然而止。

叶珈蓝没太睡醒，她盯着手机屏幕看了好一会儿，才堪堪将这句话消化完。

他们都是毕业生，连学校都不太能自由出入，更别说是教室了。

所以看他们的意思，是打算让她这个当班长的去征求班主任的同意借用教室。

叶珈蓝揉了揉眼睛，转头给班主任发了消息过去。

不出五分钟，班主任同意的短信发了过来，同时还特别贴心地给出了时间：明天整天都可以。

这个消息很快在班级群里传开了。

整个高三一年，群里都没这么热闹过。

叶珈蓝盯着屏幕叹了口气，然后又编辑了一条消息：【班里明天聚会，你们回来吗？】

唐遇和谢景非两个人，她发了后者。

谢景非回得也快：【明天几号？】

【十五号。】

【回去啊！当然回去！】

叶珈蓝："……"

她没搞懂谢景非突然兴奋的点，不过这几个字映入眼帘，她还是轻轻松了口气，抿了唇角浅浅笑了下。

组织聚会的任务很快分布下来。

叶珈蓝写字漂亮，所以负责在教室前后两个黑板上写点烘托气氛最好能让人潸然泪下的文字。

她语文不错，但是随意写了几句又觉得太肉麻，最后干脆拿了个本子出来，随便在网上摘抄了几句。

隔天上午，叶珈蓝睡了个自然醒。

高考后的第二周，她觉得异常无聊。

想做的事暂时没有，想见的人还见不到。

叶珈蓝又看了眼时间，上午九点半。

她该去教室煽情了。

叶珈蓝穿好衣服，进洗手间洗漱完以后出来的时候再一看表，九点四十五分。

叶珈蓝把笔记本装进书包里，纠结了几秒之后，她给唐遇发消息问：【你回来了没？】

【嗯。】

【现在在家吗？】

【嗯。】

这感觉，有点像自动回复。

叶珈蓝皱了下眉，又问：【你能跟我去一趟学校吗？】

那边总算不是“嗯”了：【好。】

他居然也不问去学校干什么。

叶珈蓝盯着手机屏幕，光是看着这个字，嘴角都控制不住地往上扬了下。

半分钟后，屏幕的光暗下去。

叶珈蓝这才收回视线，把前两周买的戒指盒子也一起装进了书包里。

一周不见，唐遇好像又好看了一点。

叶珈蓝有这个认知的时候，正在教室里对着黑板写诗。

黑板是护眼的绿色，写着写着，上头像是印了一张张唐遇的脸，然后她写的每一个字，都印到了他的脸上。

叶珈蓝晃了晃头，揉了几下眼睛才继续写。

唐遇刚才去了洗手间，所以教室里只有她一个人，安安静静，只有粉笔划过黑板时发出的声音。

因为这边的教室不是考场，所以桌子还都是并在一起的，椅子摞在桌子上头，放眼望去，更显得整个教室空荡荡的。

早晨的阳光从窗口照进来，空气中细微的灰尘飞扬，再往下，桌椅腿下打下了大片的阴影。

一道一道，横平竖直地交织在一起，杂乱无章。

叶珈蓝往后黑板上写最后一段话的时候，有人推门进来，她连头都没抬一下，踩了把椅子上去，一笔一画地往上写字："我书包里有一本《鬼吹灯》，无聊的话可以先看看。"

书是苏锦珂送的。

她知道叶珈蓝不爱看邪魅校草，所以千挑万选买了一本有深度的。

可惜叶珈蓝也不爱看。

她怕唐遇跟她过来无聊，所以顺手把这本书塞到了书包里。

那人没说话。

窗户还大开着，初夏的风从窗口涌进来，带着不远处那方小池塘的水汽，闷热又潮湿。

叶珈蓝写完最上排的字，轻轻巧巧地从椅子上跳下来，轻咳了一声："唐遇？"

“嗯？”

唐遇声音不大，尾调上扬，轻轻落落。

叶珈蓝拿着粉笔的手一僵，她的第六感告诉她，这人下一句不会说出什么好话来。

果然，她又听见身后那人轻轻笑了一声：“这是什么？”

“……”

叶珈蓝心跳加快，然后转身。

那人也没看她，他视线微低，不偏不倚地落在她带过来的那个笔记本上，因为靠近窗户，笔记本被风翻开了几页。

而那页敞开的纸上，非常不和谐地写了一行字——

唐遇走的第一天，想他。

叶珈蓝：“……”

她居然把笔记本和日记本用混了！

叶珈蓝全身的血液似乎都在这一刻往脸上涌，她手指的力道几乎要把那根粉笔掰成几节，站在那里怔怔地不说话。

唐遇终于抬头看她，这人长得好看，唇红齿白，眼尾微微上挑起来看人的时候，总带着少年惯有的张扬：“这么想我吗？”

不等她回答，唐遇又接了一句：“我不早恋。”

叶珈蓝愣了几秒，就几秒，她下意识地岔开这个话题：“忘了抄到哪儿了，把本递给我。”

唐遇就半坐在课桌上，一脚着地，另一只脚搭在叶珈蓝刚才踩的椅子上，手指轻抬在桌沿上点了点，嘴角一扯：“自己拿。”

叶珈蓝呼了口气，伸手过去拿的瞬间，唐遇突然伸手按在了那个笔记本上。

他的动作干脆利落，叶珈蓝甚至还没反应过来，腰就突然被人搂着往前带了一下，然后唐遇一偏头，无比准确地亲在了她的嘴角。

叶珈蓝心跳陡然加快，只眨了个眼的工夫，她听见身后椅子被踢开撞到墙的声音。

很轻很纯的一个吻。

叶珈蓝被吓了一跳，下一秒，不等她推开，揽着她腰的那只手松开："成年礼物。"

她没理解唐遇这句话的意思。

直到那人出去等她以后，她在自己笔记本上头看见了一张身份证。

唐遇的。

上头的男孩子眉眼精致，连最普通的身份证件照都拍得要比一般人好看。

而照片的旁边，出生年月日写得清清楚楚：6 月 15 日。

怪不得谢景非听到十五号的时候，会突然兴奋起来。

原来是唐遇的生日。

他确实不早恋。

因为他今天，成年了。

30

叶珈蓝的目光随着他一直到门口。

教室的后门开着，从她这个角度还能看到外面走廊地板上打下来的太阳光。

明媚得有些晃眼睛。

唐遇的人影看不见，但是他在地板上映出来的影子拖出了长长的一道。

叶珈蓝盯着看了几秒，手里的粉笔碎渣有些硌得掌心不舒服，她摊开手扔进垃圾桶，从书包里抽了张纸巾擦干净手。

苏锦珂的消息发过来：【弯弯，你去学校了吗？】

她对叶珈蓝的行踪了如指掌，知道她今天有班级聚会。

叶珈蓝看了眼时间。

十点四十分，苏锦珂这会儿应该是刚起床。

她回：【现在在教室。】

【我去找你？】

叶珈蓝想都没想，立刻拒绝：【不用了。】

【？】

【有人跟我一起过来了。】

苏锦珂一猜即中：【唐遇？】

叶珈蓝没回，又去拿了根粉笔。

苏锦珂：【他回南城了？】

隔了几秒，不等叶珈蓝回复，她又自问自答似的来了句：【哦对，差点忘了你们班今天聚会了。】

苏锦珂：【天时地利人和，你可以把礼物送出去了。】

她打字快，叶珈蓝转头写了一行字工夫，她已经又发了一长串消息过来——

【不过是他主动跟你过去的吗？】

【他过去干什么啊，帮你写字吗？】

【男生写字不都很丑吗？】

三连问。

叶珈蓝只回了一个字：【不是。】

是她叫唐遇过来的。

唐遇也不是来帮她写字的。

唐遇写的字，也比一般男生漂亮。

苏锦珂：【他不是去帮你写字，你叫他过去……嘿嘿嘿干什么啊？】

整句话都因为中间三个字变得不和谐起来。

叶珈蓝没回，关了聊天框继续写字。

她不在状态，一行字写写擦擦了几分钟。

本来十一点能写完的字，她硬生生多写了一刻钟。

为什么叫一个不帮忙的人过来呢？

叶珈蓝低了下头，抬手碰了下嘴角，嘴角温度似乎比手指要高不少，她弯了弯唇。

因为想见他啊。

毫无理由不可理喻，就是想见他。

叶珈蓝一整天都不在状态。

那人倒好，搅乱了她一池春水之后，跟没事人一样，中午居然还坐在她家饭桌上面不改色地吃了一顿饭。

叶珈蓝食之无味，胃口比平时差了不少。

余秋华又想给她盛饭，被她立刻拒绝：“妈，我吃饱了。”

对面的人抬眼看她，唇角似有若无漾起了半分笑。

叶珈蓝连忙收回视线，推开椅子起身，一言不发地回自己房间。

身后余秋华不解的声音响起：“这孩子今天怎么回事，吃得这么少。”

“脸还这么红，不会是发烧了吧？”

余秋华就差找个体温计出来了。

唐遇端起水杯抿了口水：“可能早上吃过了。”

“……”

叶珈蓝差点一脚踩进垃圾桶里。

她进屋，然后反手关门。

“砰”的一声，关门动静巨大，余秋华盯着紧闭的房门看了眼，然后轻轻叹了口气。

……别是早恋未遂被人拒绝了吧。

叶珈蓝不知道余秋华想的什么，她趴在床上抱着枕头滚了几圈，睡不着。

今天反常，连困意都比平时来得晚。

叶珈蓝干脆拿出手机玩起游戏来。

她手机上游戏不多，翻来覆去都被她玩了个遍，一直从十二点半玩到三点多，困意才渐渐袭来。

这一觉睡得不太踏实，但是时间又不短。

叶珈蓝做了几个梦，全是一个个的小片段。

醒来的时候是五点多，叶珈蓝摸了摸睡觉睡出的一额头的汗，竟然半点都想不起来梦里的场景了。

谢景非发消息问她：【蓝姐，你来了没？班上的人都快到全了。】

叶珈蓝简单回复了句：【马上。】

她去洗手间用凉水洗了把脸，然后又换了件裙子，出门之前想了想，还是把那个书包一起背上了——

戒指在书包里。

大概是最后一次狂欢的缘故，聚会的气氛热烈异常。

高三的班费没用完，这次用的东西基本都是用班费买的。

叶珈蓝到班里的时候是六点多。

天还没黑，但是班里的灯已经全部亮起，外头罩了一层透明彩纸，灯光五颜六色，气氛烘托得恰到好处。

谢景非一眼看到她，抬手招呼了句："蓝姐坐这边！"

班级热闹，叶珈蓝只听了个尾音。

谢景非的左手边是唐遇，右手边是班里的另一个男生。

教室里准备了一堆花哨的东西，气球水果占了不少地方，剩余人活动的地方不多。

叶珈蓝本来还在犹豫，结果硬是经过几个同学推推搡搡地挤了过去。

然后那人抬眼，两人对视了几秒。

叶珈蓝站着，唐遇坐着，几秒之后，他把叶珈蓝要坐的椅子往后轻轻踢了下，握了她的手腕拉她坐下。

谢景非趴在桌子上看她："哇塞，你们今天又穿的情侣装吗？"

"……"

之所以说是情侣装，不过是颜色都是白色。

叶珈蓝抬头看了眼四周，然后指了指另一头的某个男生："他穿的也是白衣服。"

谢景非："……"

没人配合，他转过头不说话了。

唐遇瞥了眼叶珈蓝刚才指的那个男生，就一眼，他把视线收回来，然后压低，看到自己还握在叶珈蓝腕上的手。

他扯了下唇，本来该松开的手下移，握住了她的手指。

叶珈蓝不大适应这种接触。

她心跳漏掉几拍，大脑运行缓慢，直到旁边的椅子被人拉开，有人坐下，她才反应过来，下意识转头看了眼。

冤家路窄，坐到她旁边的是付桐。

付桐这种天之骄女不大会掩饰自己的表情，瞅见两人牵在一起的手，不屑和厌恶都表现在了脸上。

叶珈蓝刚把头转回来，就听见付桐压低声音说了句：“不属于你的东西迟早会被人抢走，不信我们走着瞧。”

叶珈蓝权当没听见。

那边谢景非那群男生也聊得热火朝天，大概是注意到叶珈蓝在听，谢景非止住刚才的话题，转头问她：“蓝姐，我问你个问题。”

“什么问题？”

“有一次小明被一个贼打劫，他不但不怕，反倒兴高采烈地要去扒他的裤子，你知道为什么吗？”

叶珈蓝摇头：“……为什么？”

她是真的不知道。

男生这些荤段子她基本没接触过。

“因为贼几……”

话还没说完，唐遇一脚踹了过去：“闭嘴。”

谢景非是不出声了，但还是用口型偷偷给叶珈蓝说了后面几个字：“把好看。”

叶珈蓝抬手摸了摸耳朵，没搞明白：“什么好看？”

话音刚落，唐遇转头看过来，他眼睛微眯了下：“想知道我回去告诉你。”

叶珈蓝：“……”

她好像不太想知道了。

这次聚会没有节目，但是又好像全都是节目。

有故事库坐到中间讲起了故事，还有同学即兴上台唱起了歌。

手机伴奏一开，教室静下来，那位同学就这么开起了一个演唱会。

演唱会完毕，所有同学都捧场。

高三年级是单独的一栋教学楼，所以只要不是在班里蹦迪，几乎不会影响到其他楼的同学学习。

叶珈蓝也被感染，心情不错，脸都笑得有些发僵。

快八点的时候，外面天暗下来。

班里有人开始给每个人倒酒，气氛一起来，会喝的不会喝的都喝了点。

叶珈蓝喝了一口，旁边的唐遇喝了半杯。

再往旁边，其他男同学基本都喝了满满一杯。

叶珈蓝不大喜欢喝这种酒，她喜甜，但是普通的白酒和啤酒都只有辛辣和苦涩的味道，半点甘都回不了。

她喝了一口之后，又赶紧灌了一杯果汁下去。

嘴里的苦涩这才压了下去。

没过半会儿，有人组织大家玩起了游戏。

说是游戏，其实更像是一次深入交流。

游戏规则极其简单，就是每个同学都写两个自己的优点传给右边的同学。

很快有人发了纸下来，笔从组织者那边传过来，每个人依次写好。

就几个字的事，笔很快传到了他们这边。

叶珈蓝视力好，看见谢景非传给唐遇的纸条，上头写了三个字：帅，有钱。

她嗤地笑了一下，又端起杯子喝了口果汁。

再放下杯子的时候，刚一低头，就看见旁边那只骨节分明的手伸过来。

那人长指间夹了一张纸条递过来。

上头简短五个字，外加几个标点符号——

“听话，不粘人。”

叶珈蓝：“……”

这不像优点，像一种潜意识的表白，如果后面再跟一句“缺男朋友吗”的话。

旁边谢景非还在关切地问他，他喝得多，说话时有点大舌头：“遇遇……你喝醉了没，写的什么啊？”

喝醉的人，更像是谢景非。

叶珈蓝刚这么想着，结果转头一看，她就对上唐遇的眼睛。

那人眼角微眯，眼底朦朦胧胧，醉意隐隐约约地漫出来。

就算没有醉得太厉害，也肯定是醉了。

叶珈蓝盯着他看了两秒，刚要给他倒一杯白水，手还没抬起来就又被他握住。

那张纸条被放到了她手心里，一寸一寸，像是在灼烧她的掌心肌肤。

叶珈蓝下意识攥紧，倒水的动作终止，几秒后，那人像以往课间睡觉一样趴在了桌子上。

谢景非还在旁边大舌头地解释：“遇遇喝不了酒，一杯就醉。”

叶珈蓝低头看了他一眼，然后倒了杯白开水晾在了旁边。

留着他醒了以后喝，省得胃里不舒服。

聚会到九点三十分结束。

剩下的三十分钟是打扫卫生的时间。

从八点左右一直到九点半，唐遇睡了一个半小时。

这一觉作用不小，叶珈蓝把他叫醒的时候，他酒劲儿基本已经解了大半。

全班上手，还不到十点就收拾完毕。

一行人浩浩荡荡跟着高一高二年级的学弟学妹们一起出了校门，然后各回各家。

校门口灯光明亮，路边停了一辆宾利。

谢景非没睡觉，加上喝得又多，胆子比清醒时大了起来，胳膊一抬就要搭到叶珈蓝肩膀上，只是还没碰上就被唐遇给扯了下来。

他的胳膊于是顺坡下搭到了唐遇的肩膀上："遇遇，我送你们回去吧。"

唐遇皱眉："不用。"

谢景非眨巴眨巴眼，又劝说几次无果之后，才一步三回头地走向那辆黑色宾利。

他是真的喝醉了，走的路线是S形，迈的步子是模特的猫步，走到车边的时候，还掰着车镜当门把手要开门。

叶珈蓝盯着那边刚笑了一声，手就被人轻轻握住。

不是第一次牵手，但是她心跳还是不可自抑地快了些。

他们的小区离学校实在太近，过了一个红绿灯之后很快就要到家。

距离小区门口不足十米的地方叶珈蓝停下，她把手从唐遇手里抽回来："你先等我一下。"

话音未落，她转身小跑着穿过马路，直直奔向对面的甜品店。

五分钟后再回来的时候，叶珈蓝手上多了一个蛋糕。

尺寸小，也就手掌那么大。

叶珈蓝把蛋糕递过来："还没过十二点。"

"不吃，"唐遇半低着头看她，唇角微扯笑了下，"你替我吃。"

叶珈蓝知道唐遇不爱吃这种东西，皱了下眉，当真拿了叉子吃了一口。

奶油味厚重，她刚抿了下唇角，就又听见问了句："礼物呢。"

叶珈蓝突然就想起来上午的那个吻。

蜻蜓点水般甚至不能算是吻的吻。

她脸一热。

今天明明只喝了一口酒，结果好像就这么上了头。

叶珈蓝强迫自己把注意力转移，她呼了口气，从书包里掏了一个纸盒出来："回家再拆。"

唐遇伸手去接，然后在刚要碰上那个盒子的时候，他手又突然往前，握住她的手腕把她往前带了下。

叶珈蓝左手拿着盒子，右手拿着蛋糕，还没太反应过来，少年脸低下来，吻就直直落在她的唇上。

这次不是嘴角。

他吻得细且密，甚至把她嘴角沾的那半点奶油也一起卷了过去。

甜得发腻。

但是他居然意外地觉得也能忍受。

这个时间点儿出来活动的年轻人多，有路过的人看见他们这样，还特别暧昧地吹了声口哨："现在的小弟弟小妹妹这么大胆吗？"

叶珈蓝反应不大灵敏的脸这才一下子红了起来。

唐遇的唇从她唇上移开，辗转到她的耳侧，然后轻轻咬住她的耳垂："想我吗？"

叶珈蓝微仰了仰头，头顶的星星被路灯光遮住，看不清，但是月亮又弯又亮。

她像是受了蛊惑，轻轻"嗯"了一声。

耳边上，那人似乎低低笑了声："我也想你。"

他声音不大，所以听起来格外缱绻。

叶珈蓝呼吸不太平稳，她看着头顶的夜空，只觉得星星一颗颗都亮了起来。

心脏跳动得剧烈又甜蜜，苏锦珂常说的一句话应景地在耳边荡了几声。

苏锦珂前几年是个标准的追星女孩，叶珈蓝跟她去了几次她偶像的演唱会。

每次演唱会现场，她最常喊的一句话就是：把命都给你。

叶珈蓝以前只觉得她浮夸，根本体会不了这种感觉。

但是今天，她好像突然就能理解了。

因为就在这一刻，她也想把命给眼前这个最干净温柔的少年。

校园部分完。

PART 5
我们昨天，吻过吧？

——你不知道我喜欢什么样的吗？

——你这样的。

31

想把命给唐遇的那个，是八年前的叶珈蓝。

而八年后的叶珈蓝，过往画面一帧帧闪过，她觉得自己像是做了一场梦。

梦里她和唐遇站在路灯下第一次接吻，姿势和表情青涩单纯，旁边偶尔有几个路过的社会青年驻足，口哨声阵阵。

蛋糕掉到了地上，装戒指的盒子也被捏得皱巴巴一团。

而此刻再一睁眼，她不得不从回忆中抽身而出——

KTV 走廊的灯光明亮，和初吻那晚昏昏暗暗却又缱绻万分的路灯光完全不同。

唐遇刚才也确实吻了她。

但是这个吻，也和第一次的纯情甜蜜完全不一样。

时间打马而过。

她从当初十八岁的青春少女，变成了一个二十七岁的大龄剩女。

叶珈蓝在这一刻才模模糊糊地意识到，她现在和二十六岁的唐遇，在 KTV 的走廊里。

跟前伸手就可以推开的那扇门内，他们医院神经内外科和精神科正在联谊聚餐。

她和唐遇已经分手了。

分手五年了。

一桩桩往事正在接连不断地往她脑袋里涌。

叶珈蓝攥紧了手指，指甲掐进食指的指腹，痛感传来，她才完全分得清回忆和现实。

跟前唐遇已经松开她的手，他往旁边的墙壁上轻轻靠了下，恢复了刚开始打电话的姿势。

几年过去，他身上少年时的青涩几乎褪得一干二净，眉眼好像更深邃了些，只有表情依旧，冷淡得有些疏离。

叶珈蓝偏着头看他，

唐遇这会儿微微低着头，额前短发遮住了小半的额头，他半闭着眼睛，不说话，也不转头看她。

叶珈蓝知道他不能喝酒。

今天醉酒后干的事，到了明天，可能被忘得一干二净。

说不出是庆幸还是郁闷。

叶珈蓝呼了口气，收回视线后，她转身重新去推包间的房门。

里头刚才要开门出来的小护士刚好又伸手试探性地开了下门，门拉开一条缝，两个人的视线撞在一起。

护士旁边被她叫过来壮胆的男医生“哎”了一声：“这不是能打开吗……都说了你想多了，还闹鬼，这么热闹的地方能闹鬼吗？”

男医生叹着气摇了摇头，又回到人堆里继续喝酒划拳去了。

小护士嘴巴噘得老高：“叶医生，你什么时候过来的啊？”

叶珈蓝情绪不大好，声音也低低的：“刚刚。”

“有没有看见不干净的东西啊？”

小护士伸手比画了下：“就是那种飘在空中的黑影啊什么的……”

她还沉浸在鬼神论中出不来。

叶珈蓝干巴巴地扯了下唇角，笑容发涩："没有。"

她把门推开些，从这个小护士旁边侧身进去。

身后门半掩上。

叶珈蓝听见小护士又模糊不清地跟门口的人问了句："唐，唐医生，你还好吗？"

之后的声音完全被包间里的音乐声遮盖下去，也不知道是唐遇的声音太小，还是他根本没回答。

叶珈蓝猜是后者。

他酒劲儿醒得快，但是醉着的时候，压根就不喜欢说话。

叶珈蓝脚步在门口停顿几秒，然后才又坐回许恋旁边。

她倒了整杯的白兰地，然后一颗一颗地往里面加冰块。

许恋靠近她，手里因为拿着麦克风，所以声音极大："弯弯，你怎么了啊？"

叶珈蓝不说话，端着酒杯一饮而尽。

冰凉微苦，咽下去之后，那股子辛辣又渐渐漫了上来。

她眼眶里的水汽也一下子漫了上来。

明明是同一种酒，但是喝在唐遇的嘴里和喝在她的嘴里好像就不一样。

那人的吻留在她嘴上的味道迟迟压不下去。

叶珈蓝又倒了一杯，再想喝下去的时候，许恋一把拉住她的手，她把酒杯从叶珈蓝手上拿下来："虽然明天你休假，但也不能这么喝啊。"

因为她刚才那一声放大了几倍的话，整个包间的人都看了过来。

男男女女对视几眼，连拳都不敢划了——

他们医院温柔漂亮的叶医生，嘴角抿直，眼角隐隐有了点点的湿润。

再划下去就有点分不清轻重了。

许恋离得近，所以看得也比别人清楚，她连忙放下话筒，抽了张纸巾给她擦眼泪：“弯弯，你到底怎么了啊？”

旁边的无关人士还在互相对视。

大眼瞪小眼半天，也没人能猜出个所以然来。

许恋想到她是因为接前几日的相亲对象电话出去的，小心翼翼地猜测道：“宁致说跟你不合适，不打算继续了？”

因为长相突出，许恋还记住了她相亲对象的名字。

叶珈蓝不说话。

许恋就以为她是默认了，抚了抚她的背安慰道：“没事弯弯，三条腿的蚂蚱不好找，两条腿的男人满街都是啊。”

她说着抬头看了眼包间里的男同事们：“你看隔壁科不都是男医生吗？”

隔壁科男医生们：“……”

叶珈蓝又拿了一个空杯子，她这次没喝酒，只倒了杯白水，捧在手里慢慢地喝了一口：“跟他没关系。”

刚说完，门又被推开。

叶珈蓝不由自主地抬了下眼。

不是唐遇。

刚才出门的小护士推门进来，见气氛不像刚才那么热闹，有些诧异地问：“咦，怎么回事啊？”

门口离她近的一个医生抬起下巴指了指叶珈蓝这边。

包厢没人出声。

但是小护士心里已经了然。

喝完第二口水后，叶珈蓝把杯子放回桌子上，她抬眼环顾了下四周："我没事，你们继续玩自己的就行。"

虽然是这么说，但是还是没人说话。

在场男性居多，好几个都是给叶珈蓝送过花的。

虽然每次都是被她拒绝。

但是叶珈蓝拒绝人也拒绝得有技巧，委婉得连那层窗户纸都不捅破。

大家都是同事，平时抬头不见低头见，起码给对方留了做朋友的余地，也不至于让别人尴尬。

叶珈蓝眼睫微垂，见还是没人动，干脆自己把刚才被人切掉的伴奏放了出来。

是一首情歌。

包厢里又立刻热闹起来。

叶珈蓝把话筒塞到许恋手里，她眨了眨眼："恋恋，我想听这首。"

许恋一看屏幕。

好家伙。

是刚才那俩女护士点过的《爱情买卖》，兜兜转转绕了一圈又绕到了这首上面。

许恋咳了一声，硬着头皮唱了起来。

叶珈蓝轻轻靠在沙发上，安安静静地听。

歌词她好像听不懂，只能零零星星听见几个情啊爱啊的字眼。

越听越难受。

叶珈蓝给苏锦珂发了条微信：【我们科今天和神外的聚餐。】

【有帅哥吗？】

【有。】

【留着介绍给我认识，爱你！】

叶珈蓝嘴角扯了下，然后打了几个字上去：【唐遇，你要吗？】

苏锦珂发了一长串的省略号过来。

她是真觉得不可置信，好一会儿才又问了句：【他去你们医院了？】

【嗯。】

苏锦珂不知道说什么了。

她目睹了叶珈蓝和唐遇从在一起到分手的过程。

分手五年，叶珈蓝从来没提过这个人。

苏锦珂问都不敢问，更别说在她面前提了，她对着手机屏幕叹了好几口气，最后才挤了一句话出来：【那你们今天见到……尴尬吗？】

当然不尴尬，因为：【他喝醉了。】

苏锦珂：【没酒后乱性吧？】

跟酒后乱性其实也没多大区别，都是喝醉了干了不该干的事。

叶珈蓝没再回。

她轻轻闭上眼睛，明明今天没怎么耗费体力，却累得像是要虚脱一样。

耳边嘈杂，叶珈蓝却睡意沉沉。

就快睡着的时候，旁边突然有人叫了她一声："叶医生？"

叶珈蓝眼睛微微睁开了一条缝。

那个小护士也不知道什么时候坐了过来，她咳了一声："我知道你今天为什么不开心了。"

叶珈蓝挑了下眉。

"我刚才在门口看到了唐医生……你刚才是不是跟他告白被拒绝了，所以才这样的啊？"

"叶医生，你动作也太快了吧。"

"唐医生还没正式入职呢，你就对他下手了啊？"

叶珈蓝嘴角扯了下，没说话。

她懒得解释。

这个小护士不知道的是，很久很久以前，是唐遇对她先告的白。

就在生日那晚吻过她以后，他吻落在她的耳侧，似亲似咬，他问：“喜欢我吗？”

叶珈蓝沉浸在刚和人亲密接触的羞涩中还没缓过来，闭紧了嘴巴不肯说话。

那人似乎也没等她答，压低了声音又说了几个字，两人距离近，他说话时呼吸的热气有一部分都钻到了她的耳道里，有些痒还有些麻。

他说：“我喜欢你。”

叶珈蓝周一早上八点到的科室。

办公室里空无一人，许恋去查房了还没回来。

叶珈蓝坐在椅子上翻了翻病历夹。

前面两页一页记录了前天新入住的病人，还有一页记录了因为记忆混乱昨天来看病的患者。

八点半，她把病历夹放到一边，准备去 301 看看小公主。

走到门口的时候她又停下。

神外的科室和精神科的科室离得实在太近了，基本走几步就能碰上。

叶珈蓝手都碰到了门把手，犹豫几秒，刚要收回来，科室的门就被敲响。

“小叶，你在不在啊？”

叶珈蓝听出这声音是神经外科的主任，年过半百，平时待他们这些晚辈相当亲和。

她连忙应了声，握紧门把开了门。

吴主任果然站在外面："小叶啊，给你介绍一下新同事。"

叶珈蓝视线还没转开，呼吸就先滞了下。

神经外科，新同事。

不用想也知道是谁。

叶珈蓝唇线微微抿直，好一会儿才轻轻扯了下："吴主任……"

她视线不敢偏开，就怕和那人撞在一起。

"不用害羞，"吴主任拍了拍她的肩膀，抬脚进来，"小唐也进来，你们两个年轻人认识认识。"

叶珈蓝："……"

唐遇还站在门外，吴主任话音落下，他才不咸不淡地回了句："我们昨天——"

吴主任已经走到了窗户旁边透气，他把窗户拉开大半："怎么，见过了？"

叶珈蓝视线还低着。

她看到唐遇的鞋。

依旧是万年不变的白鞋。

他倒是专一。

叶珈蓝视线落在上面半秒。

然后她听见唐遇"嗯"了一声。

下一秒，唐遇抬脚靠近她半步，他微微低头，用只有他们两个人听得到的声音说了句："吻过吧？"

32

吻过吧?

他用的是问句。

叶珈蓝呼吸一滞，视线不自觉往上抬了抬，她平视过去，正好能看到那人规整的白大褂领口，里头是同样白色的衬衣领口，扣子没系全，看着斯文又正经。

他当真是把白大褂穿出了医疗偶像剧里男医生的干净帅气来。

叶珈蓝视线就停在唐遇的领口，心跳还没缓过来，刚要矢口否认，就又听他轻声问："没吻过怎么不敢看我?"

"……"

果然是忘了。

他把昨天的吻忘了，倒是把以前的事记得清楚。

叶珈蓝本来就不是奔放的性子，和唐遇在一起那三年，和他接过吻以后至少是有两分钟不敢直视他的。

那人的眼睛生得漂亮，吻过人之后眼底炽色越发浓重。

叶珈蓝以往不敢看，她怕会把持不住。

但是这会儿，她不得不看。

唐遇的话都说到了这里，叶珈蓝下意识抬了下下巴，眼帘上掀看了他一眼。

身后吴主任转头看了眼他们："你们真的见过了?"

叶珈蓝连忙转了身，冲着吴主任笑了一下："前天聚餐的时候见过一面。"

她背对唐遇站着，头发简单地束在后面，又长又直。

他们在一起的时候，她头发还是短的。

短发好打理，叶珈蓝留了几年短发，一直到和唐遇分手，她才又把头发蓄了起来。

唐遇的视线微微低下，在她一头长发上停顿半秒，然后下移，掠过她纤细白皙的脖颈。

他嘴角扯了下，半点回忆不起前天晚上喝了酒之后的情节。

唐遇是真的断了片。

他以前什么酒量，现在就还是什么酒量。

谢景非说得也没错，唐遇体质天生就是这样，一杯醉两杯倒。

他平时也基本不碰酒。

有体质的原因，但更多的是职业要求。

他们当外科医生的，酒喝得多了可能影响手术时拿手术刀的稳准程度。

唐遇上一次喝酒，还是在和叶珈蓝分手的那天晚上。

距离现在已经过了整整五年。

那天他和谢景非喝了几瓶酒，一直睡到了第二天下午。

然后酒醒之后，他上了当天晚上飞美国的飞机。

从那天开始，叶珈蓝这个名字再也没在他嘴里提起过。

谢景非有次给他打电话，他知道唐遇对叶珈蓝念念不忘，忧心忡忡地要跟他汇报情况，结果“蓝姐”两个字刚出来，电话就被他给挂断了。

谢景非没说完的半句话是：蓝姐今天去相亲了。

唐遇不知道这事儿。

要是知道的话，肯定就不是现在回来了。

他视线停驻的地方，叶珈蓝往前走了走，她拿了两个一次性杯子倒了两杯水，然后放到了桌子上：“吴主任。”

吴主任从窗户旁边走过来。

叶珈蓝规培的时候还在他手底下待过些日子，他也不跟她客气，拿着纸杯直接把那杯水给干了，然后拿起另外一杯递给唐遇："还昨天——我看你是前天晚上喝多了，连聚餐的日子都记不清了。"

吴主任笑眯眯地拍了拍他的肩膀："我听小牛说你前天喝了酒，不是不能喝酒吗？喝酒是想干什么啊？"

他只是随口一问，但偏偏问到了关键点上。

唐遇那天晚上喝酒，是为了借着酒劲儿吻叶珈蓝的。

不过看叶珈蓝的反应，他好像是没吻上去。

唐遇低头看了眼那个纸杯。

杯子里的清水只盛了一半，他浅浅喝了一口，说得有些漫不经心："想试试能不能酒后乱性。"

叶珈蓝捏着杯子的手指猛地收紧，纸杯被捏得变形，里面的水漫出来流到手指上她才反应过来，她连忙抽了张纸巾擦了下手和桌子。

那边吴主任没注意到这边的情况，还笑哈哈地道了句："肯定乱不了，我年轻的时候跟你师母有一次晚上想着来个烛光晚餐浪漫一下，结果那天红酒喝多了，根本没有兴致，第二天你师母说我倒在床上就睡，跟猪一样叫都叫不醒……"

吴主任的妻子是叶珈蓝科室的主任，两人结婚二十几年，夫妻生活美满。

叶珈蓝光是听着这段话都觉得挺温馨，她弯了弯唇角，紧接着就听见唐遇说了句："确实乱不了。"

他把纸杯扔进垃圾桶，视线停在叶珈蓝脸上半秒，然后收回："吴老师，你十点好像有台胶质瘤切除的手术。"

吴主任被他一提醒，连忙抬手看了眼表。

时间差不多了，他又转头看了眼叶珈蓝：“小叶啊，你和小唐年纪差不多，多交流交流。”

说完根本等不及叶珈蓝的回应，他连忙出了门，去准备下一场手术了。

吴主任刚才明明也没说太多话，但是他一走，整个办公室就立刻安静下来。

办公室的门关上，空气仿佛也一下子滞闷起来。

叶珈蓝视线不知道往哪里搁，扫过一圈之后，干脆坐回椅子上，装模作样地又翻起病历来。

上头的字迹清清楚楚，都是她亲笔写上去的，但是这会儿她好像看不大明白了。

“拿反了。”

叶珈蓝一愣，连忙又把病历夹倒了过来。

刚倒过来，就听见那人似有若无轻笑了声。

叶珈蓝低头一看，字是倒过来的。

也就是说，她刚才拿的方向是正确的。

唐遇是故意的。

叶珈蓝皱了眉，她头要抬不抬，视线转了半圈，最后落在了科室门旁边的一盆绿植上：“唐医生，我要工作了。”

言下之意，你可以出去了。

唐遇不可能听不懂，但是他只无动于衷地“嗯”了一声：“叶医生，你平时跟别人说话也这样吗？”

叶珈蓝把病历正回来，她心虚异常：“……哪样？”

“不看他。”

“……”

那人本来站在距她有几米之隔的办公桌对面，话音一落，他抬脚走过来，然后停在她办公桌前。

他微微俯身，双手轻轻撑在桌面上：“叶医生，你这样让我觉得我们那晚做了什么。”

“没有。”

叶珈蓝这次否认得极快：“你想多了。”

唐遇手距离她的手不足十厘米，再近一点就能握住。

跟前男人离她虽然不算太近，但是共处一个办公室，连呼吸的空气可能都是互换过的。叶珈蓝慢悠悠吐了口气，这样下去，她病历一个字都看不下去了。

她抬眼，拿着笔的手搁到桌子上：“唐医生……”

话音戛然而止。

叶珈蓝小指和那人的小指碰到了一起。

她垂眸看了眼，半秒过后，她才触电一般收回来，赶客的话还没说出来，办公室的门被一推而开。

许恋查房回来，病历随意地往办公桌上一甩：“弯弯……”

她转头，这才看到办公室里多出来的另一个人。

那人单手撑在叶珈蓝的办公桌上，皱了眉转头看她。

许恋吞了口口水，嘴角僵硬地扯了扯，连忙低头整理了白大褂的衣领。

这一低头不要紧，她看到自己袖口上刚沾上了几滴血，是她半夜给一个把玻璃花瓶摔碎割伤的病人处理伤口时蹭上的，白大褂的扣子刚才也不知道被哪个发病的患者扯掉了一颗。

这个形象，出现在院草的面前实在不大美好。

许恋干脆放弃挣扎了，她轻叹了口气，然后抬头冲他友好又热情地笑了下：“唐医生，你好。”

唐遇前天晚上回得早，所以根本没来得及和精神科的同事认识。

他挑了下眉，又把头转过来看了眼叶珈蓝。

叶珈蓝习惯性地解释了句：“许恋。”

唐遇直起身：“你好。”

他向来有礼貌，但语气也是一向生人勿近的冷淡。

叶珈蓝低头翻了页病历，然后听见许恋又问了句：“唐医生，你是本地人吗？”

“嗯。”

“我听吴主任说，你是哥大毕业的啊？”

“嗯。”

“这几年都在国外吗？”

“嗯。”

许恋显然是对着帅哥异常兴奋，话匣子拉开就很难合上。

叶珈蓝皱了皱眉：“恋恋。”

她打断许恋：“唐医生还要去工作呢。”

许恋还没问尽兴，她话音一止，转头问唐遇：“是吗？”

唐遇看了叶珈蓝一眼，她正低着头分析病情，他“嗯”了声，对着许恋。

然后他放轻了声音又对着叶珈蓝说了句：“那我去工作了，叶医生。”

他尾音上挑，刻意咬重了“工作”两个字。

叶珈蓝捏紧了手里的笔，她深呼吸一口，半分钟后再抬头，跟前已经没了唐遇的人影。

许恋的视线还停在门口，“啊”了一声感叹道：“长得这么帅，怪不得你都跟他告白了……”

刚说完，她连忙发现错误似的用手捂住了嘴。

许恋那天是听见那个小护士跟她的谈话了。

不过顾及被人拒绝是个伤心事，所以她一直没问叶珈蓝，结果这么一感叹，突然就感叹漏了嘴。

许恋把头转回去：“你什么都没听见。”

叶珈蓝不说话。

许恋偷瞄她一眼，瞥见她唇角紧紧抿着，她又叹了口气：“弯弯，你也不要灰心……你看我们和唐医生办公室都离得这么近，以后机会多得是呢。”

她再接再厉：“近水楼台先得月知道吧？”

“神外的医生工作忙啊，忙起来一天都顾不上吃饭，胃也肯定好不到哪儿去……我们要循序渐进，抓住一个男人的心之前，首先要抓住他的胃。”

话音未止，叶珈蓝写字的手突然停下来。

33

还真被许恋说到了点子上。

唐遇现在有没有胃病她不知道，不过她知道他大学的时候饮食确实不太规律。

医院忙，在医学院也轻松不到哪去。

叶珈蓝这种还好点儿，虽然也学的临床，毕竟是主修精神科的，后期安排的实验也不算太多。

她吃饭的时间从来不缺，所以身体健康。

但是唐遇——

叶珈蓝和他在一起三年，大三学期末的时候分的手。

分手以后的前半年，两人桥归桥路归路，谁都没有打扰过谁。

半年后，大三寒假过完年后，叶珈蓝去生父叶景那里住了两周。

叶家定居纽约，邻居夫妻的女儿叫莫妮卡，是个和叶珈蓝差不多大的本地女孩子，金发碧眼，虽然语言不大通，但是和叶珈蓝相处得竟然意外地好。

从纽约回来的前一天晚上，叶珈蓝和莫妮卡去了一趟哥大校园。

那是她第一次去唐遇在的学校。

除了陌生还是陌生。

当晚九点钟，叶珈蓝在医学院实验楼外停下。

整个实验楼灯光明亮，像是哈佛的图书馆，日夜不分。

莫妮卡捧着一杯热奶茶，不解地看了眼实验楼，又看了眼叶珈蓝，操着一口不标准的汉语混着英语问她：“叶，你要等人吗？”

叶珈蓝摇头，但是也没继续往前走。

她猜唐遇在里面。

实验楼外面种了几棵树，每棵树底下都有一排石凳。

路灯光不暗，但是隔着层层枝叶打下来，石凳上头光影婆娑，几乎成了整个校园最暗的地方。

叶珈蓝盯着实验楼几秒，然后在石凳上坐了下来。

气温不算太低，但是毕竟夜晚，凳面冰凉，叶珈蓝穿的又不多，一件薄毛衣，外面连件大衣都没披。

莫妮卡又朝实验楼的门口看了眼：“叶，那你是打算和医学院的帅哥来段艳遇吗？”

叶珈蓝低头哈了口气，这次她点了头。

她是打算来段艳遇。

她和唐遇单方面的艳遇。

叶珈蓝静静地坐在树底下，眼睛一刻不离地盯着门口。

她从九点坐到了十一点多，然后她发现，石头真的是能焐热的。

叶珈蓝在石凳上坐了两个多小时。

她屁股底下的那一块都有了温度，但是那人还是没出来。

莫妮卡已经喝了三杯咖啡，哈欠还是在不停地打："叶，你确定要来艳遇吗？"

"你看这两个小时出来的那群男人，歪枣裂瓜的。"

她成语还用得不太好，伸手一握叶珈蓝的手，冰凉一片。

莫妮卡慌忙把她拽了起来："我们赶紧回去吧，你明天早上还要赶飞机，今天可别生病了。"

叶珈蓝等得灰心丧气，连脑袋转的速度都慢了不少。

她叹口气，用了几秒钟消化掉莫妮卡的话，然后觉得她的话非常有道理。

说不定唐遇今天根本不在实验室呢。

叶珈蓝搓了搓手指，把毛衣的袖子拽得老长，遮住了半截的手，刚要跟莫妮卡出学校，实验楼的门口就又出来两个人。

都是高个子的黑发男生。

叶珈蓝要转身的动作一下子僵住。

莫妮卡轻轻吹了声口哨："哇，艳遇真的来了。"

"叶，说不定他们和你都是中国的呢。"

叶珈蓝眨了眨眼。

刚才莫妮卡吹口哨的声音似乎被那边的人听见了，她看见唐遇旁边的人往这边看了眼。

叶珈蓝想，这应该是半年甚至以后很多年她和唐遇距离最近的一次。

就几米而已，双方谁再迈出几步就能走到一起。

那边的人说话不刻意压着声音的话，她这个位置甚至能听得一清二楚，然后她听见另一个人说了句：“遇，刚才有没有听到口哨声？”

唐遇那会儿就站在路灯光下最明亮的地方，他戴了眼镜，半低着头从烟盒里抽出了一根烟点上：“没有。”

唐遇高中的时候不喜欢戴眼镜。

他和叶珈蓝在一起三年，也从来没有碰过烟，唯一的一次，是在事后。

旁边莫妮卡忍不住又吹了声口哨：“抽烟的时候也太性感了吧！”

叶珈蓝没听见前半句，她就听见了一个“sexy”。

莫妮卡这声因为激动放大了半分，那边另一个人又戳了下唐遇：“好像又吹了一声。”

唐遇没说话，摁了烟扔进垃圾桶。

他对这种话题没有兴趣，转身迈出路灯底下。

那男生跟在他身后：“吃晚饭了没？”

叶珈蓝也下意识往前跟了半步，这半步一迈，她从树影底下走出来。

她想，如果这时候唐遇回一下头，就能清清楚楚地看见她。

但是他没有。

他背对着叶珈蓝走远，只淡淡丢了两个字出来：“忘了。”

他忘了吃晚饭了。

而且指不定忘了多少次了。

叶珈蓝知道学医的普遍累。

思绪一点点收回，叶珈蓝轻轻呼了口气，唐遇胃好不好，都已经跟她没有任何关系了。

他们现在，只是在同一家医院工作的同事。

她和唐遇，跟许恋甚至其他任何一个人跟唐遇，关系都是一样的。

远也远不到哪儿去，但是也再进不了一步了。

叶珈蓝晃了下头，不想再想这些有的没的，她重新分析起病历来。

到了中午近十二点的时候，叶珈蓝收到一条微信：【叶医生，今天有时间和我吃个饭吗？】

她的相亲对象，宁致。

叶珈蓝拒绝的话都打出去了，一条来自余秋华女士的微信又发了过来：【弯弯啊，小宁说今天中午想请你吃个饭，你就别在医院的食堂吃了。】

余秋华颇感欣慰：【难得有一个有后续的了，你先别这么快就拒绝人家。】

叶珈蓝又打开宁致的聊天框。

盯着他的头像看了半分多钟之后，她又把打好的草稿一个字一个字地删掉，换成了一个字：【好。】

宁致明显准备充足，几乎立刻就把地址发了过来。

是医院附近的一家特色茶楼，消费不低。

叶珈蓝：【随便吃点就行了。】

【随便吃不适合你。】

【那谢谢宁先生。】

【直接叫我宁致就行了。】

叶珈蓝看了眼时间：【好，我现在过去。】

消息一发过去，叶珈蓝就把白大褂脱掉挂在旁边的衣架上。

许恋"哎"了一声："去哪儿吃？"

"宁先生请客。"

她还是没能把称呼转换过来。

许恋眼睛立刻就放了光："怎么怎么，有情况吗？"

她和余秋华一样，对叶珈蓝的终身大事无比关心。

叶珈蓝："我是迫于我妈的淫威才过去的。"

她现在是真的没有心情谈恋爱。

但是余秋华说试试，她也就想着试试，反正再过段时间，宁致肯定也会发现他们两个不合适。

到时候还是皆大欢喜。

叶珈蓝拿了包湿纸巾装在包里，人都出了科室，又扒着门框把上半身探了进来："对了恋恋，上次聚餐花了多少钱？"

AA 制，这是聚餐的非明文规定。

许恋摆摆手："不用掏了。"

"你给我出了？"

"想得美，"许恋白她一眼，"唐医生出的 KTV 的钱。"

叶珈蓝皱了皱眉。

"唐医生说他请客，不用我们出钱了。"

"隔壁科的另一个男医生看见有人请了 KTV 的消费，他便请了那天晚上的饭钱。"

叶珈蓝："所以那天晚上在 KTV 花了多少钱？"

许恋比了两根手指给她。

"八百？"

"你不想想你喝的那瓶白兰地多少钱，"许恋轻哼了声，"八千。"

"……"

资本家还是那个资本家。

叶珈蓝也不 AA 了，把门带上去了约定的地方。

茶楼虽然开在了北城，但是它有一个极具迷惑性的名字，叫江南茶楼。

这里消费普遍偏高，成千上万都是常事。

叶珈蓝特地带了张银行卡过来。

到茶楼的时候是十二点一刻，宁致已经在窗口的地方找了位置坐下。

这个点儿的茶楼人满为患。

一楼的大堂都没剩下几张空桌子，宁致坐在对面给她倒了杯西湖龙井："二楼包厢要提前两天预定。"

叶珈蓝点了点头，接过茶杯："谢谢。"

服务员很快拿了菜单过来。

菜如其名，南方菜系居多。

叶珈蓝随便点了两道，然后把菜单递给宁致。

对面男人温文尔雅，说话的声音也温柔礼貌，叶珈蓝看了他一眼，然后又把视线收回，微垂着眼喝了口茶。

一楼人虽然多，但是并不显得嘈杂。

他们坐的位置靠近通往二楼的楼梯口，这边更安静，只有偶尔传来的高跟鞋上楼的声音。

叶珈蓝一杯茶喝完的时候，服务员上了第一道菜。

与此同时，踩楼梯发出的"噔噔"声传过来，虽然不大，但是很急。

叶珈蓝视线在那道菜上停了半秒，然后转头，往楼梯口的方向看去。

一个三四岁的小女孩从楼上跑下来，一股脑钻到了男人的怀里，张开两条小胳膊："抱抱。"

旁边女人笑了笑，无奈又宠溺："知道你忙，本来没打算叫你过来，但她非要跟你一起，不然不肯吃饭。"

男人背对叶珈蓝站着，趴到他肩头的小姑娘眨巴了下大眼睛，桃花眼眼尾挑得极漂亮。

像唐遇的眼睛。

叶珈蓝咬了下下唇。

她视线再一偏，又看向那个跟女人一起上楼的男人。

抱着那个小姑娘的男人，是唐遇。

叶珈蓝胸口憋了一口气，她又倒了杯茶水用力压下。

宁致笑着看她：“这么渴吗？”

叶珈蓝扯了扯唇，面不改色：“有点。”

她不再说话，盯着茶杯里清透浅绿的茶水看了眼，水面像是一块镜子，里头映出她的一张脸。

白，但是有点扭曲。

叶珈蓝突然想起刚才那个漂亮女人。

唐遇上了楼之后没立刻去包厢，他把肩头的小姑娘放到地上，半蹲着身柔声哄她：“乖，跟妈妈先进去。”

“那你呢？”小姑娘扁了扁嘴，“你不进去吗？”

唐遇起身，旁边女人立刻又把小姑娘抱了起来，她转头看他：“该吃饭了，你干什么去？”

“我去抽根烟。”

女人皱眉，抱着小女孩进包厢前提醒了句：“少抽点。”

“嗯。”

包厢门关上。

唐遇拿了支烟出来咬在嘴里，他转了下身，手肘轻打在了二楼的楼梯栏杆上。

从这个角度看过去，能完完整整地看到楼下的那对男女。

唐遇轻咬了下那支烟，没去拿打火机，而是拿了手机出来拨了通电话出去。

同一时间。

叶珈蓝手机铃声响了一下。

医院可能随时有情况，所以她休息的时候从来不静音。

是陌生的本地号码，叶珈蓝想着可能是某个患者，半分犹豫都没有就按了接听。

那头男声响起，带着半分鼻音，有些低还有些哑：“叶医生。”

叶珈蓝嘴巴张了张，还没来得及回应一声，就又听见那人慢悠悠吐了四个字：“师母找你。”

34

师母找她?

现在不是在医院，叶珈蓝想了两秒才想到师母指的应该是她们科室的主任。

神经外科吴主任的妻子，也姓吴，有的时候为了区分所以叫她小吴主任。

叶珈蓝去吴主任家里吃过几次饭，还和他们两个老来得子小名三桂的儿子见过几面，她和这家人关系近，所以今天上午吴主任进她们科室的时候才丝毫不见外。

小吴主任找她再正常不过

但是她们主任有她的手机号啊。

叶珈蓝想到这个，语气多了半分的不确定：“吴主任？”

那人“嗯”了声。

他就站在叶珈蓝的斜上方，但是她没抬头去寻，微微皱了眉：“现在吗？”

“现在。”

叶珈蓝更觉得诧异。

犹疑两秒，她还是问了出来：“吴主任为什么不直接打电话给我？”

这边唐遇站在楼上，他上半身微微前倾，手肘轻轻撑在栏杆上，之前嘴里咬着的那支烟被他拿下夹在了左手的两指间，依旧没点着。

他视线一低，看到叶珈蓝打电话的片刻工夫，她对面的男人给她把每道菜都夹了一点。

也不知道用的是哪一双筷子。

如果是他自己筷子的话，这样是不是也算间接接了吻。

唐遇眼神暗了暗，他舌尖轻点了下嘴角：“那你得去问她。”

叶珈蓝：“……”

这句话一出来，可信度瞬间就提升了几个度。

她慢吞吞“哦”了一声，低头看了眼盘子里堆成了一座小山的菜，把电话给挂了。

对面宁致开口问她：“怎么了？”

“不好意思宁先……”她想起宁致前不久说过直接叫他名字，话音僵硬地顿了下，“我们主任叫我回医院一趟。”

叶珈蓝是真觉得不好意思，愧疚和纠结都明晃晃表现在了脸上。

宁致早就做好了她中途被叫走的准备，也不恼，善解人意地笑了笑，他两手撑着托了下下巴，看了眼叶珈蓝盘子里的菜：“回去之前至少要尝几口菜吧？”

他语气和眼神都温和得让人没办法拒绝。

叶珈蓝今天本来就觉得不好意思，当即就夹了几筷子的菜进嘴，来不及细尝，她拿起放在旁边椅子上的包起身：“谢谢，下次我请你。”

她想表达的意思只是简单的不想欠他人情，这一桌子应该上千了，虽然不算大手笔，却也不是几十一百的小钱，不还回来她心里不舒服。

叶珈蓝说的时候没想太多，出了门的时候收到宁致微信才觉得有点不对劲儿。

他说：【我很期待你下次请我。】

叶珈蓝："……"

算了，下不为例。

唐遇不回来的时候她不想找男朋友，他回来了之后，叶珈蓝就更不想找男朋友了。

原因再简单不过，落差感一出来，她的心理找不到安慰。

这种心理也叫攀比心理。

只不过叶珈蓝攀比的对象，是几年前和唐遇在一起时候的她自己。

唐遇在楼上那个位置待了五分钟。

她看见叶珈蓝对着对面的男人笑得温柔，然后她拿起筷子，吃了男人夹给她的菜。

不止一口。

再然后，她拿着东西起身，她生得高高瘦瘦，手腕和腰肢细得仿佛一折就断。

直到她走出门口，唐遇才收回视线，直起身去了吸烟区。

吸烟区烟味刺鼻浓重。

唐遇以往不喜欢过来这种地方，所以在公共场合基本能不碰烟就不碰烟。

但是今天不行。

唐遇一想到叶珈蓝吃了别的男人夹的菜，可能真的和其他男人间接接了吻，他心里就有一股子火横冲直撞地往外挤。

他嫉妒得要死。

短短几分钟，唐遇抽了三支烟，那股子火还是没有压下去，唐慕白的电话已经打了过来：“你是抽烟去了，还是干什么去了？”

唐遇挂断电话，走出吸烟区。

进包厢的时候他身上的烟味不轻，里头的小姑娘一见他进来就往他怀里钻，小鼻子皱了又皱：“哥哥，你身上烟味好大。”

唐遇把她抱起来放在一边的沙发上，倒了一杯冰水喝了几口。

“抽了多少？”

“没多少。”

唐遇回国几天，唐慕白还是第一次跟他面对面交流。

唐慕白的眼睛跟唐遇的极像，只是笑起来的时候风流气更重：“就打算在华溪医院，不考虑别的了？”

华溪医院，是唐遇现在在的那一家医院。

“嗯。”

“理由呢？”

明知故问。

旁边陆以凝给女儿夹了一个流沙包，随口回了句：“不是说华溪神外国内最厉害吗？”

唐慕白似笑非笑，视线落在对面男人脸上：“只是因为这个？”

唐遇神色淡淡地又喝了口水：“不是。”

“那是为什么？”

唐遇皱了皱眉，他越问，叶珈蓝的脸越是在他跟前晃，她的嘴一张一合，本来该和他接吻的唇，吃下了别人夹的菜。

他把筷子放在一边，胃口全无，拿了烟盒又要出去。

唐慕白在身后问：“干什么去？”

唐遇脚步没停。“我回医院。”

叶珈蓝到医院的第一件事就是找她们主任。

主任办公室去了一趟之后，连病房她都走了几个，一个小护士告诉她主任这会儿不在医院。

再一问主任有没有找过她，小护士摇头："这个不知道。"

叶珈蓝又回了自己的科室。

许恋这会儿趴在办公桌上休息，她在办公室里待了几分钟，最后还是拿了手机出门，刚要找个打扰不到别人的地方打电话，迎面就看到小吴主任提了一个盒子走过来："哎小叶，正要找你呢。"

她把盒子递过来："家里今天包了粽子，你和小许两个人尝尝。"

叶珈蓝抿了下唇角："主任，您中午打电话叫我过来是因为这个吗？"

吴主任四十多岁，长得年轻而且和善，听到她的话一挑眉，半分犹豫都没有地否认道："我没打电话叫你过来啊！"

叶珈蓝："……"

所以说唐遇骗了她？

有那么几秒钟，叶珈蓝想找他当面质问，不过几秒后，她冷静下来，还是决定当作什么都没发生过。

还是不问的好。

她好不容易要开始把他当成普通同事对待了，这个时候去问，她怕会捅破了那层窗户纸。

叶珈蓝跟吴主任道了谢，拎着盒子进了屋。

整个下午风平浪静。

到了七点多钟，手机屏幕亮起，苏锦珂的电话打进来。

叶珈蓝去301病房陪云欢说了会儿话，看着她乖乖吃了药才出来，再一拿出手机，未接电话十几个。

她连忙给苏锦珂回过去。

苏锦珂晾了她几秒才接，她故作恼怒："叶珈蓝你真的是个渣男，居然不接我的电话。"

叶珈蓝懒得跟她瞎扯，但嘴角还是不自觉勾了起来："你回北城了？"

苏锦珂："可不是嘛！"

她前几天去了外地出差听讲座，今天才回来就打电话给叶珈蓝："弯弯，你是不是想死我了？"

叶珈蓝顺着她的话说："想死你了。"

她的科室就在前面，刚说完，然后在不远处看到了从隔壁出来的男人。

两人视线相对了一秒，她把视线收回来："灯红？"

灯红是本市的一个酒吧，不清净但是也不算太热闹，适合小聚闲聊。

唐遇看她一眼，两人擦肩而过，他又看见她笑了下，右颊的酒窝明显："好，晚上见。"

他扯了扯唇，眼底越发地沉，表情不大好。

但是叶珈蓝背对着他，没有注意到，她回科室脱了白大褂，然后愉快地去赴苏锦珂的约。

叶珈蓝到灯红的时候，苏锦珂已经给她点好了一杯鸡尾酒。

玻璃杯中的酒液是鲜红色的，在酒吧五颜六色灯光的映衬下显得暧昧血腥，叶珈蓝小口尝了下，味道居然意外地不错。

于是再喝第二口的时候，她放开了不少。

苏锦珂去拽她的手："这酒酒劲儿大，你慢点喝。"

叶珈蓝当真喝得慢了下来，一口一口地浅啜。

酒吧气氛不错，周围声音恰到好处，既不会让人觉得吵，又不会担心被人偷听说话，苏锦珂往这边凑了凑：“弯弯，你和唐遇……”

她以前不提是因为叶珈蓝不提。

但是自从上次叶珈蓝给她发消息之后，苏锦珂的好奇心就战胜了理智，她眼巴巴地看着叶珈蓝：“你们上次是不是真的酒后乱性了？”

酒劲儿上来，叶珈蓝眼神忽闪了下。

苏锦珂顿时了然。

她和叶珈蓝这种临床学科不一样，她学的是更职业性的应用心理学，加上本身就了解叶珈蓝，她一个眼神苏锦珂就能看出什么意思。

“亲了还是上了？”

叶珈蓝眼皮掀了掀，面无表情瞥她一眼：“他喝醉了。”

“啊？”

“想上也不行吧。”

“……”

叶珈蓝是有点醉了，不然也不可能什么话都往外冒。

苏锦珂盯着她看了几秒，还没笑出来，叶珈蓝眼睛眨了眨，嘴角就扁了起来。

她突然想起了中午的那个小女孩。

全脸她没看见，但是眼睛和唐遇的极像。

酒精麻痹之下的大脑早已神志不清，叶珈蓝这会儿完全把之前要把唐遇当普通同事的念头抛在了脑后，她揉了把脸，然后抬手又摸索到了酒杯，仰头把杯底的酒一饮而尽。

再想去倒酒，苏锦珂赶紧连她手带杯子一起拽了回来：“不能喝了。”

叶珈蓝抬手支了支下巴。

她脑袋轻晃了下，找回了半点理智：“珂珂，我今天和一个男人吃了饭。”

苏锦珂“啊”了一声：“相亲对象？”

“还没吃完……被叫走了。”

“被谁叫走了？”

叶珈蓝趴到吧台上：“一个……坏蛋。”

因为喝了酒，她舌头有点捋不太直，咬字轻而含糊。

苏锦珂没听明白：“哪个坏蛋啊？”

吧台是大理石的，冰冰凉凉，叶珈蓝半张脸都有些冰，她吸了吸鼻子：“他老婆孩子都有了，干吗还要掺和我和别的男人吃饭！”

苏锦珂附和，脑子还没转过来，就先“呸”了一声：“渣男！”

反应过来的时候，她才试探性地问了句：“弯弯，你说的是唐遇吗？”

叶珈蓝不吭声。

苏锦珂再想问，结果一抬头，叶珈蓝身后不知道什么时候站了个男人，不足两步。

不知道是不是听见了她们的话，男人微微拧着眉，眼底沉沉。

苏锦珂没喝多，她咽了咽口水：“唐，唐遇同学……”

唐遇抬脚走近半步，他微微俯身，刚要把叶珈蓝抱起来，就听见怀里的人小声嘀咕了句：“唐遇……哪个唐遇啊？”

35

苏锦珂一口口水卡在了嗓子眼里，她被噎得咳了一声，注意到唐遇眉头拧得越发紧了，忙不迭扯了下叶珈蓝的胳膊：“弯弯，你清醒一点……”

她偷瞄了一眼旁边的男人。

他跟几年前没太大变化，依旧干净清冷，唯一有变化的似乎就是那双眼睛，这会儿深得看不见底。

苏锦珂觉得他下一秒可能就要生气了。

吧台上可是摆着一堆鸡尾酒和空杯子呢。

不知道唐遇是不是也比以前暴躁了，他以前衿贵，但是不代表现在也这样。

苏锦珂被他吓得不轻，刚要往后挪半步退离到安全区域，唐遇就侧头看了她一眼："她住哪里？"

"啊……锦绣花园。"

距离华溪医院挺近，步行不超过十分钟。

唐遇没听过这个地方，但还是轻"嗯"了声。

他下颌线弧度崩得有些紧，眼睛微微眯了眯："具体的。"

"……"

……这是打算送叶珈蓝回家吗？

苏锦珂看了眼叶珈蓝，思考片刻后，她像是做了一个什么重大的决定一样，又报了一个具体的楼号和门牌号出来。

她还挺信任唐遇。

好歹认识了这么多年，觉得他是个正人君子，应该不会乘人之危对叶珈蓝做出什么下流的事来。

苏锦珂报完门牌号后还特地从叶珈蓝口袋里翻出一串钥匙："她家的钥匙。"

她卖人卖得十分彻底。

"谢谢。"

男人看她一眼，然后伸手接过，再一低头，叶珈蓝完全醉了过去，脸颊和耳朵都酡红一片。

她小巧的嘴巴微张着，是整张脸最红的地方，像是在似有若无地引诱着别人。

唐遇喉结轻轻滚了下。

他还真不是什么正人君子，如果不是在这种地方，他真的乘人之危了也不是没可能。

唐遇扯了扯唇，又把怀里的人搂了搂，抬脚走出灯红的门口。

他今天难得开了车过来，怕叶珈蓝在后座摔下来所以把她放在了副驾。

不出三分钟，他把车开进锦绣花园的时候，转了个弯的工夫，旁边女人软绵绵地就靠了过来。

她头发上依旧是以前常用的洗发水香，连身上沾的香薰味道都和以前重合起来。

唐遇呼吸微微重了下。

僵持半分钟后，他把叶珈蓝从车上抱了下来。

这个点儿还不晚，楼底下还有不少老太太聚在一起家长里短，热热闹闹。

唐遇按照苏锦珂给的地址找到单元楼，刚要抱她进去，后头就有人叫住他："哎，帅小伙，小叶这姑娘又喝醉了啊？"

她用的是"又"这个字。

跟他说话的是个老奶奶，嗓门不小，八卦道："你是第一个抱她回家的男孩子，是她男朋友吗？"

旁边依旧有老太太开始戴老花镜了，似乎把他当成了动物园的猴子，今天非要他给打量个遍。

"小伙子长得真好看，这丫头有福气啊。"

"就是，等有机会一定得让小叶跟我说说男朋友在哪儿找的……"

唐遇没说话，只唇角弯了弯，然后继续走进楼道，按了电梯上楼。

叶珈蓝家住在十三层，不高不低。

开了门之后，她依旧在男人怀里睡得香甜。

唐遇抬了下脚把门关上，视线在客厅里转了一圈之后，很快就找到她的卧室。

推门进去，里头的香味比她身上要重些，但是也不至于让人不舒服。

唐遇把她轻放在床上，刚直起身，苏锦珂的消息就发了过来。

是发到叶珈蓝手机上的：【到家了没？】

他拿出手机，十分吝啬地回了一个字：【嗯。】

苏锦珂没再发消息过来。

唐遇把手机扔在床尾，房间里没开大灯，床头的那盏台灯也开到最暗，寡淡的暖黄色光线下，叶珈蓝的鼻尖和额头上似乎覆了层浅浅的汗。

她大概是有点热，抬手去抓衬衣扣子，胡乱摸索居然也扯开了几颗。

衣领敞开，锁骨一览无余，隐隐约约还能看到她雪白的胸口。

唐遇视线停留几秒，然后去了洗手间，用热水湿了一条毛巾给她擦拭身体。

从脸到脖颈再到胸口，唐遇给她擦锁骨以下地方的时候，指尖有一下没一下地碰到她颈间肌肤，柔软滑腻。

他的动作顿住，眼神暗沉沉。

半分钟后，他把手收回来，继续给她擦手。

他眼底有炽热的欲色翻滚，但是手里的动作异常温柔，温柔到睡梦中的叶珈蓝都轻轻哼了一声，然后伸手抓住了他的手，小声嘟囔了句。

唐遇没听清。

俯身凑近她嘴边的时候，才听见她撒娇似的开口："姐，我要睡觉了，你不要给我擦了……"

叶珈蓝小的时候淘气，白天玩得太厉害，到了晚上，经常回家之后脸没洗就睡过去了。

姐姐余莹那会儿还在家里这边上中学，每次都用湿毛巾替她清洁。

她习惯了，所以在梦里也觉得这个人是余莹。

唐遇手被轻轻抓着，在听到这个称呼时，食指猝然动了一下。

叶珈蓝的脸近在咫尺，他一偏头，就能吻在她的脸上。

但是他没有。

唐遇维持这个姿势待了没几秒，他去浴室解决了一下生理需求。

再出来的时候，叶珈蓝翻了个身朝向另一边。

她身上的衣服凌乱，睡得不大舒服。

唐遇第一次来她家，但是和来过无数次没什么两样，轻而易举从衣柜里找了她的睡衣裤出来给她换上。

换衣服的时候，床头那盏最暗的灯也被他关上。

倒不是因为简单的非礼勿视。

纯粹是因为他怕控制不住自己。

唐遇对接吻和做爱都没瘾。

但是他对叶珈蓝有瘾。

房间瞬间暗下来，他借着外头照进来的月光勉强把她的衣服脱下来，黑暗中，女人肌肤似乎白到发光。

唐遇喉咙发紧，好一会儿才给她穿好睡衣裤。

上衣下摆要拽下来的时候，他不知道着了什么魔，左手握住了叶珈蓝还裸露在外的小半截细腰，可能用的力气大了，手底下的女人哼唧一声，眉头皱起，眼睛微微睁开一条缝。

两人视线对上，叶珈蓝鼻音厚重哼了两个字：“遇遇……”

没了下文。

她又翻了个身睡着了。

唐遇没听清，他只觉得口干舌燥。

哪里都热。

他今天送她回来，简直就是在折磨自己。

唐遇吐了口郁气，又去了一趟浴室。

一直折腾到十一点多，心口上的那团火才慢慢熄了下去。

满室黑暗，他去客厅倒了杯水喂给她，然后扯了把椅子坐下，趴在了床头握着叶珈蓝的手睡了一觉。

唐遇这两天睡的时间少之又少，睡眠质量也差，但是这一晚，他睡得异常踏实。

早上五点，唐遇醒过来的时候，手里还攥着女孩子纤细柔软的手。

他轻捏了下她的手指才松开，然后去了厨房煮粥。

叶珈蓝家里的厨房用具和食材齐全，粥熬好了之后就盛在保温壶里。

快六点的时候，外头天还没亮。

唐遇刚把保温壶放到餐桌上，手机就震动起来。

这个时间过早，除了医院的事，他想不到其他的。

果然，电话一接听，那头女声焦急：“唐医生，医院附近的路口发生了一起车祸，有三个伤者颅内出血，你能不能……”

“马上过去。”

唐遇按了按太阳穴，挂了电话的同一时刻出门。

叶珈蓝睡到了快七点。

她是在闹钟的叫魂声中醒过来的。

这一觉睡得极踏实，除了起床伸懒腰的时候，她觉得腰有点疼。

脸和脖子都被人擦得干干净净，半点汗味都没有，连睡衣都被人给换好了。

洗漱过后再出来，桌子上居然还放了煮好的粥。

叶珈蓝感动得差点哭出来，盛了一碗粥出来，往粥里加了一勺糖，怕不够甜，她又再加了一勺。

她就差痛哭流涕地给苏锦珂发消息了：【珂珂，你嫁给我吧。】

苏锦珂一脸蒙圈。

叶珈蓝：【不过你怎么会做饭了？】

发完消息，她吃了一口粥：【跟他煮的好像啊。】

不是粒粒分明那种白粥。

苏锦珂终于发了句：【谁啊。】

还能有谁，唐遇啊。

唐遇以前也不会做饭，高中的时候更是连火都没开过。

后来上了大学之后，也是因为叶珈蓝有一次生病，只想喝粥，别的什么都不想吃。

结果那两天连续下暴雨，出门都费劲。

唐遇顶着雨去给她买粥喝，虽然是开车去的，但还是被淋湿了不少。

从那以后，唐遇突然就开始学习做饭。

他聪明，学什么都是手到擒来，用了没多长时间就能做简单的三菜一汤了。

叶珈蓝颇有成就感。

毕竟这么一个十指不沾阳春水的小少爷，为了她洗手做羹汤了。

叶珈蓝光是想着就轻轻叹了口气，她敲了两个字：【唐遇。】

苏锦珂：“……”

……可不就是唐遇煮的嘛！

苏锦珂：【那个……弯弯……】

毕竟昨天把叶珈蓝卖了的人是她，她犹豫半天，把打好的字写了又删，删了又写，最后还没确认好最后一个版本，就看到叶珈蓝发过来的消息：【你还替我换了衣服啊？】

"……"

苏锦珂决定还是不说了。

没过两秒，叶珈蓝又问：【你是不是掐了我的腰？】

36

叶珈蓝是刚才从浴室洗漱出来，换衣服的时候注意到的。

她床的前方，衣柜的旁边竖了一面比她高几寸的镜子，是平时用来整理仪表用的。

结果今天随意瞥了一眼，她就看见腰上印了几个指痕。

因为睡了一晚的原因，指痕已经消下去很多，她腰细，而且肌肤白嫩，这会儿只剩了几点浅浅的红色，看起来多多少少有些触目惊心。

怪不得她今天早上觉得腰疼。

叶珈蓝吃完了粥，去厨房把碗给洗了，再一出来，苏锦珂还没回复她。

她发消息问她：【人呢，怎么不见了？】

苏锦珂：【还在……】

不仅还在，而且视线寸步不离手机屏幕。

她正在思考要不要告诉叶珈蓝事实的真相。

思前想后，苏锦珂先试探性地问了句：【对了弯弯，你确定唐遇结婚生子了吗？】

这个问题问得非常有技巧。

叶珈蓝立刻就忘了她腰被人用力掐过的事。

她一颗心像从高空被人抛下，不受控制地往下坠了坠，盯着后面几个字近半分钟，她才回了一个字：【嗯。】

百分之八十是确定的。

但是她没心情去打“百分之八十”那几个字。

苏锦珂郁闷地抓了抓头发。

叶珈蓝可能不知道，但是她心里是清楚的。

别说老婆孩子，唐遇这几年分明连个女朋友都没有过。

苏锦珂跟唐遇没有直接交集，但是她跟谢景非向来交集不少。

这两人以前走得就近，唐遇和叶珈蓝分手以后，这两个人每天都有了共同的烦恼。

一个不敢跟叶珈蓝提唐遇。

一个不敢跟唐遇提叶珈蓝。

于是变成了苏锦珂和谢景非两个人互相提。

一直提了几年，直到前些日子唐遇回国才终止。

所以苏锦珂是可以确定唐遇身边没有女人的。

但是她不知道该怎么跟叶珈蓝说，只掰了下手指头旁敲侧击地帮着唐遇辩解：【弯弯，你是不是想多了啊？】

叶珈蓝眉头皱了又皱：【算了，不管他结没结婚有没有孩子，反正都跟我没关系了。】

苏锦珂：“……”

怎么没关系了啊！

这不前一晚上还替她换了衣服煮了粥，还……掐了她的腰吗？

指不定还干了别的呢。

这么一想，唐遇正人君子的形象在苏锦珂心目当中摇摇欲坠。

叶珈蓝前一秒跟她说了“去上班，下班聊”，苏锦珂后一秒就骂了谢景非一顿：【法克！我真是看错唐遇了！】

于是过了几分钟，清晨起来上厕所的谢景非看到短信，蒙了。

叶珈蓝八点前到的医院。

日常查完房以后再回办公室已经是九点多，许恋在病房里安抚了会儿病人，比她晚了十几分钟才推门进来。

刚关上门，她就生无可恋地“啊”了一声：“弯弯，小公主今天不大对劲儿啊……”

叶珈蓝抬头看她：“怎么了？”

刚才查房的时候云欢还挺正常的。

没哭也没闹，头发打理得漂亮干净，病号服也穿得整整齐齐。

许恋一屁股坐下，把标着职位和姓名的工作牌往桌前推了推：“刚才你一走，她就开始换衣服化妆。”

“换什么衣服？”

“嗯……就跟上次跑医院外面那次穿的裙子差不多。”

“……”

那不是又得搞出什么乱子来。

叶珈蓝捏了捏额角起身：“我过去看看。”

住院部在另一栋楼上。

叶珈蓝过去的时候还下了一层楼，五分钟后，她停下，敲了敲301的房门。

敲完三声，里头人娇滴滴应了一声：“谁呀？”

叶珈蓝直接推门进去。

云欢正在照镜子，眼睛一抬看见她，眼神很明显地晃了下，手里的镜子差点被她扔出去："叶……叶医生，你怎么又过来了啊？"

她可是还记着上次脚抽筋的时候，叶珈蓝脸上的表情呢。

叶珈蓝温柔惯了，所以稍微有点不温柔就能被人轻易察觉出来。

她那天太不一样了。

沉默得有点冷漠。

云欢想着，叶医生可能是生她的气了，所以后面几天特别老实，一点乱子都没给她惹。

叶珈蓝瞥了一眼她的穿着打扮："打算去干什么？"

云欢不是强制性住院的患者，所以平常可以自由活动。

她支支吾吾半晌："去……去看医生啊……"

云欢扁了扁嘴，眼泪汪汪："叶医生，我病了……"

她对自己的认知还挺清楚。

叶珈蓝以为她说的是自己精神病这事儿，她轻轻叹了口气："以后会好的。"

云欢挤了几滴眼泪出来："叶医生，我真的病了，是身体不舒服……"

叶珈蓝这才反应过来，俯身摸了摸云欢的额头。

不烫。

温度正常。

所以："哪里不舒服？"

"疼……"

叶珈蓝耐心问："哪里疼？"

云欢眼睛转了转。

她听隔壁病友说医院来了个帅哥医生，但不知道是哪个科室的，只好笼统地答了句：“全身都疼。”

叶珈蓝：“……”

她算是看出来了。

这丫头换了一身漂亮衣裳，是打算借着装病去干点儿什么呢。

叶珈蓝把手收回来，直起身皮笑肉不笑地弯了弯唇：“那我们先去放射科拍个片子？”

云欢忙不迭摇头。

她不喜欢那种地方，去一次仿佛都能少一年的寿命。

“不是全身疼吗？”

云欢扁扁嘴，直到下唇都扁得完全看不见，她都没再吭声。

叶珈蓝见她这模样实在委屈，微微放软了语气：“说说这次又想去看哪个小哥哥？”

“就是医院新来了个医生哥哥嘛……我想去看看，说不定是我的王子呢。”

“……”

还真是她的王子。

叶珈蓝唇线微微抿直了些。

“叶医生，我不会捣乱的，你要是不放心可以跟我一起去。”

“你自己去吧。”叶珈蓝看她一眼，到底是松了口，“记得别惹事，知道隔壁病房的病人被打了几次镇定了吧？”

云欢点头如啄米：“叶医生，小哥哥是哪个科室的啊？”

告诉她就不用整个医院乱跑了。

叶珈蓝搁在白大褂口袋里的手微微握紧，声音压低：“神经外科。”

“你隔壁啊？”云欢几乎立刻兴奋起来，“叶医生，你认识吗？”

叶珈蓝面无表情地回：“不认识。”

回答云欢的那半秒，叶珈蓝想，一日之计在于晨这句话果然有道理。

她今天早上被唐遇的“妻女”影响的心情，到现在还没有恢复过来。

沉得发闷，和外头的天一个样子。

叶珈蓝呼了口气，走出病房回了科室。

精神科相对其他科室轻松不少。

叶珈蓝一个早上都没什么事，半工作半休息地一直到了十一点多，宁致的微信发了过来：【在忙吗？】

手机她在掌心轻转了转。

她掐着时间点儿，过了三分钟，她回了句：【还好。】

不冷漠也不亲近。

不想深度交往的异性，她向来是这个态度。

所以前面几个相亲对象，即使有不介意她精神科医生这种“奇葩”工作的，也被她的态度给击退，聊了几句就没了下文。

但是宁致不一样，他又问了句：【那就是有时间跟我聊几句的意思了？】

叶珈蓝往椅背上靠了靠，仰头盯了天花板几秒，“有时间”和“没时间”的天平摇晃几下，她打了几个字：【不好意思，有病人过来了。】

消息刚发过去，门就被敲了一下。

许恋趴在桌子上把门打开。

病人还真过来了。

云欢气鼓鼓地进来：“叶医生，有个女人抢在我前面了！”

“什么？”

云欢过去拉她：“刚才我刚上到这层楼，就看见一个女人敲了你隔壁的门进去了！”

叶珈蓝脑袋发蒙，没有立刻反应过来。

等回过神时，云欢已经把她拉出了办公室。

再往旁边走几步，一抬头，上头“神经外科”几个大字明晃清晰。

门口有女性香水的味道，浓郁呛鼻，掩盖了楼道里的消毒水和药物的味道。

叶珈蓝皱了皱眉。

门这会儿关着，她看不见里头的人。

云欢胆子大，这会儿已经抬手敲了敲门：“医生，我要看病！”

很快就有人给他过来开门。

是上次跟他们一起聚餐的某个男医生。

叶珈蓝僵硬地冲他点了点头：“她身体不大舒服。”

男医生了然，把门拉大让他们进去。

一进去消毒水味似乎更重了些，还隐隐约约带了些血腥味，瞅见叶珈蓝皱眉，男医生开口解释：“唐医生刚从手术室出来没多久……今天早上附近不是出车祸了吗。”

叶珈蓝点头。

“从六点多做到十点多，”男医生和她也共事几年了，虽然不是一个科室，但是见面次数不少，荤段子张口就来，“做爱都做不了这么长时间。”

叶珈蓝：“……”

她把手从云欢手里抽出来，示意她自己过去。

男医生现在挡在她跟前，她连声音都不敢出，迫不及待地想在唐遇发现她之前溜出去。

结果刚要转身，她就听见一个比云欢更娇滴滴的女声响起：“唐医生，我晚上睡不好，今天好像还有点发烧了，不信你摸摸……”

做作。

男医生憋笑憋了几秒，嗤了一声回去工作了。

他们科不比精神科，大大小小的工作一个接一个地来。

一分钟都耽误不得。

他这一走，叶珈蓝瞬间就暴露了。

她屏住呼吸，悄悄摸摸地往那边看了眼。

唐遇就坐在她正对面的办公桌后面，他低着头，戴了眼镜，在看病人拍的 CT 片子。

他拿着笔写了什么：“感冒去呼吸内科，睡眠不好去神经内科。”

对面坐着的女人不肯走。

唐遇头也不抬：“下一个。”

云欢就是下一个。

她连忙小声向叶珈蓝求救：“叶医生，神经外科是看什么病的啊？”

万一她说错了，岂不是和刚才那女人一个下场？

云欢吓得抖了一下，刚又扯了扯叶珈蓝的袖子，就听见她同样小声说了句：“癫痫。”

其他的像是开颅切瘤的放在云欢身上不大合适。

云欢：“……”

她觉得癫痫也不是太合适呢。

刚要自食其力百度一下她就知道，那女人轻轻“哎”了一声：“医生，你有女朋友了吗？”

她眼睛在唐遇压在片子上的左手看了一眼。

手指干净修长，没有戴戒指。

那她就当没有了。

女人倾了倾身，颇有女人味地撩了撩头发：“没有的话，医生喜欢什么样的？”

叶珈蓝皱眉。

办公室的味道已经完全被女人的香水味侵占，她刚要转身出去透透气，就被身后那人叫住：“叶珈蓝。”

他叫的是叶珈蓝。

不是叶医生。

叶珈蓝脚步一顿。

整个办公室的几个人视线全都落在了她的身上。

唐遇终于抬了下眼，他盯着她裸露出来的那半截脖颈，一字一顿：“你告诉她我喜欢什么样的。”

37

叶珈蓝没回头，她目视前方，视线刚好落在办公室的门上。

几个人的目光全集中到她身上，她身后的那一道尤其炙热。

叶珈蓝越来越搞不懂唐遇的意思。

他以前喜欢什么样的她还能勉强答出来，至于现在……她只想到了那天在茶楼看到的女人。

温柔和善，一颦一笑都是风情。

由不得她不多想。

实在是当时的气氛温馨得过了头，谁一眼看过去都会觉得像一家人。

叶珈蓝轻轻吞咽了下。

旁边云欢率先按捺不住，扯住她的袖子就问：“叶医生，你怎么不说话？”

她催促的意味十分明显。

叶珈蓝皱眉：“我也不知道。”

这声不大不小，语气也不温不火。

刚才那个女病人轻轻嗤了声：“唐医生，她说她不知道呢……”

她边说边又撩了撩头发，身上的香水味又随着这个动作散开不少，女人浑然不觉，单手撑住办公桌的桌面往唐遇跟前凑了凑：“唐医生，我爸妈给我买了两套房子，如果你和我在一起了，我把两套房子都转到你名下也可以。”

叶珈蓝：“……”

这是要包养唐遇吗?

这个想法刚成型，云欢就哼了声：“才两套你装什么大款！”

她也不等着从叶珈蓝嘴里套出话来了，眼神十分轻蔑地瞥了一眼那女人，然后从包里翻出了几张银行卡，一掌拍在了那女人压着的桌子旁边。

女人被她这突如其来的动作吓了一跳，脸色一白，手不自觉就往回缩了缩。

云欢捻了捻裙摆，视线一瞥向她的白马王子，声音登时又软了下来：“小哥哥，你跟我在一起吧，我家比她家有钱多了。”

她把银行卡往他跟前推了推：“钱都给你花！”

叶珈蓝觉得云欢痊愈之后可以进击娱乐圈。

脸说变就变，关键家里还有钱，完全捧得起她。

她回头看了眼，那两个女人已经完全把唐遇的身形给遮住，看不清他现在是什么表情。

倒是那两个女人，目光如狼似虎，几乎下一秒就会在办公室里打起来。

唐遇手指在一张片子上点了下，笔被他放到一边，他微抬了下眼：“说完了？”

两女对视一眼，没人出声。

“两套房子就想包养我？”

他眼神凉下来，连声音都透出了一股子不近人情的凉薄来：“做梦。”

那两人更不说话了。

叶珈蓝听他这么说，堵在胸口的那口气反倒顺了下去。

她最喜欢的就是唐遇这一点。

拒绝人的时候从来不留半分余地。

虽然他现在可能是为了别的女人拒绝的。

唐家有钱，叶珈蓝一早就知道。

关于唐遇的父亲，她来北城医科大上学之后，也曾经见过一次。

就见过那么一次。

后来没多久，两人就分了手。

北城毕竟是一线城市，人口千千万，同在北城，她和唐遇的父亲却一次都没再碰上过。

叶珈蓝轻轻叹了口气，视线转回来的时候，瞥见另一个男医生从厚厚的一沓病历里抬了下头：“我们唐医生家里有钱着呢……不如你们考虑考虑我，我一套房子就行……”

她没再继续往下听，抬脚出去。

半分钟后，叶珈蓝回到自己的科室。

办公室门一关，她就喷了满屋子的空气清新剂，这还不够，她呼吸几口之后，又拿了漱口水漱了几次口。

许恋目瞪口呆：“弯弯，你……你被病人强吻了？”

这么折腾下来，刚刚盘踞在鼻腔里的香水味总算淡了下来。

叶珈蓝一屁股坐下，舒服地呼了口气：“没有。”

许恋盯着她的唇看。

唇色很淡，唇部饱满。

看样子不像是被人蹂躏过的。

许恋也就没再继续这个话题：“去食堂吃饭吗？”

叶珈蓝看了眼表，正好到了饭点，她起身：“去。”

华溪医院的伙食在北城是出了名的好。

叶珈蓝还记得自己大四在另外一家医院实习了几个月，那家医院像是经费不足，土豆炖牛肉里土豆和牛肉的百分比大概是一千比一，西红柿鸡蛋汤里全是葱和西红柿。

她实习了几个月，从九十多斤瘦到了八十几斤。

余秋华看着心疼得不行，苦口婆心劝了她半天，说什么也不让她留在那家医院。

劝了等于没劝。

叶珈蓝本来就没想留在那家医院。

她从一开始就是奔着华溪来的。

苏锦珂刚知道的时候，曾经不止一次地问她为什么非华溪不可。

华溪医院是好，但是精神科比它强的光北城就有好几家，她完全有能力去更好的医院。

叶珈蓝当时只笑笑：“它家食堂饭菜好。”

是真是假只有她自己知道。

其实不是因为华溪的食堂好不好。

她是为了唐遇。

华溪是国内神经外科最强的一家医院，叶珈蓝当时来面试的时候就在想，如果有一天唐遇回国了，华溪肯定是他的不二之选。

时隔几年，他真的来了华溪。

叶珈蓝觉得自己的心理不大正常。

唐遇在国外的时候她总想着有一天见面；唐遇回来了就站在她跟前，她却分分秒秒都想躲着他。

想靠近，但是又必须远离。

尤其是上次在茶楼看到那三个和谐的身影之后。

叶珈蓝当时就在想，她这次是真的再也迈不出更近的一步了。

也挺好，绝了她的念想。

医院食堂的午饭丰盛，而且不限量。

叶珈蓝却吃得索然无味。

米饭和菜她就吃了几口，她细嚼慢咽，总共加起来可能还不足十口的饭，她硬是吃了足足一刻钟。

这工夫，坐在她对面的许恋已经吃了她三倍的饭菜。

末了两人一起去清理餐具，许恋因为吃得太撑，边跟她说话还边打了个嗝：“吃这么少饱了没？”

叶珈蓝“嗯”了声。

旁边有两个小护士在洗饭盆，水流声哗哗地响，两人怕对方听不清，刻意放开了嗓门说话。

“唐医生中午没来吃饭啊？”

“对啊，他早上就没时间吃饭吧？”

“我刚才去办公室送东西，看见他眼睛有点红。”

“废话，你大早上就在手术室里待半天眼睛能不红吗？”

“哇，好想亲亲他的眼睛。”

“……你是变态吗？”

两人吵吵闹闹地又走远。

叶珈蓝洗饭盆的手却僵了一瞬。

许恋察觉出她的不对劲儿：“怎么了？”

叶珈蓝低头把水龙头关上：“没事，我去趟洗手间，你自己先回去吧。”

“……噢。”

叶珈蓝没去洗手间，她在一楼的小花园里转了几圈。

下午十二点多，阳光正强，叶珈蓝迎着烈日在秋千上坐着，她仰头看着天空，然后视线一点点移到了太阳上。

就一秒，她眼睛被阳光刺得迅速闭上。

下一瞬，手机铃声响起。

她看也没看就滑到接听：“喂，你好。”

“叶医生。”

叶珈蓝眼睛瞬间又睁开。

她没出声。

“你不知道我喜欢什么样的吗？”

“……”

叶珈蓝掐了一把手心，立刻马上就把电话挂了。

唐遇就站在四楼办公室的窗边，低头就能看到那个小小的身影。

距离太远，他看不见她的表情。

唐遇盯着那道身影看了几秒，然后对着早已经被挂断通话的手机说了句：“你这样的。”

可惜她听不到。

手机从耳边拿下的时候，唐遇微微皱了眉。

胃疼。

翻来覆去地绞痛了几秒。

苏锦珂最近接了几个心理辅导。

她每天都忙得晕头转向，连叶珈蓝的感情生活都没空过问，更别说替唐遇澄清了。

这事儿自唐遇送叶珈蓝回家之后，苏锦珂一度把它抛到了脑后。

再想起来已经是周六的时候。

苏锦珂给叶珈蓝发了条消息：【弯弯，晚上有时间吗？】

叶珈蓝正在练瑜伽。

腰刚压下去，她头倒着看到了那行字，她单手支撑着，然后拿了另一只手给她回：【今天不行，我要去吴主任家吃晚饭。】

苏锦珂叹了口气，退而求其次：【明天呢？】

【OK。】

是真的OK。

叶珈蓝明天也休班。

整套瑜伽做完之后，叶珈蓝出了一身的汗。

去吴主任家之前，她又去浴室冲了个澡。

五点半的时候，叶珈蓝打车到了吴主任的小区。

小区同样在医院附近，是一处高档别墅区。

因为来过几次吴主任家，所以叶珈蓝对里面的构造轻车熟路。

从门口到她家，要走五分钟的路。

叶珈蓝进小区门口的时候看了眼时间，手机刚放回口袋里，走了没几步，一抬头，她就看见前面的台阶上站了个小女孩，手里还牵了一只灰白相见的苏牧。

她有点怕这种大型犬，尽管百度百科上说这种犬类生性温和。

叶珈蓝还是没敢多看，连带着那个女孩，她也只是浅浅瞥了一眼。

她打算快步从那一人一狗跟前过去。

刚经过她们旁边的时候，上衣衣摆突然就被拽住。

叶珈蓝吓了一跳。

她以为是被那只苏牧给咬了。

结果一回头，那个小姑娘正对着她吸了吸鼻子，一双水汪汪的大眼睛里盛满了泪，刚一眨眼就哭了出来："姐姐，我找不到家在哪儿了……"

叶珈蓝一怔。

这双眼睛，她前不久才见过。

是那天趴在唐遇肩膀上跟她撒娇的小姑娘。

叶珈蓝嘴角僵硬地一扯："你……你家人呢？"

"爸爸妈妈今天都不在家，我跟哥哥……"

还没说完，身后有男声响起，声音很淡，带了几分不易察觉的宠溺："唐安宁。"

叶珈蓝眼睫一垂。

果然，是姓唐的。

38

这一声"唐安宁"，像是坐实了叶珈蓝心中所想。

感性总是比理性先快一步，她手指下意识攥紧了些。

唐安宁还拉着她的衣摆没撒手，小姑娘的手刚刚有她手一半的大小，看着胖嘟嘟软乎乎的。

叶珈蓝嘴角动了动，刚想把衣服从她手里抽出来，那只狗就冲她吐了吐舌头。

像是她再动一下，它就立刻咬上来一样。

叶珈蓝动作顿时僵住，动也不敢动。

身后男人已经走近。

有烟味从她身后飘散开，一点点地涌进鼻腔，叶珈蓝闻不惯，抬手遮了遮鼻子。

唐遇嘴里咬着的烟点上还没几秒，他唇角一歪，抬手把烟拿下来，摁灭在了垃圾桶边上的熄烟凹槽里。

唐安宁立刻扑了过去，一把抱住男人的大腿，“呜呜”了两声，撒娇道：“我刚才找不到路了……”

看得出来，小姑娘很黏唐遇。

叶珈蓝没转头去看那两人的交流。

她的心思主要放在了这只苏牧上，苏牧是大型犬种，站起来的话说不定比她还高，轻而易举就能把她给扑倒。

最主要的是，唐安宁扑过去之后，把狗给扔下了。

现在这只狗正对着叶珈蓝流口水。

也不知道是因为天气热，还是想把她当成午餐享用馋得。

她猜两者都有。

叶珈蓝头皮发麻，试探性地往后挪了半步。

就挪了半步，那条苏牧就跃跃欲试地抬了抬前爪。

叶珈蓝瞬间又跟点了穴一样定在那里。

僵持半分钟之后，她刚求助似的望向那个水汪汪的小姑娘，那只狗就扑到了她的脚上。

它用力极轻，在叶珈蓝裙子下头裸露的小腿上轻蹭了蹭。

尽管看起来挺友好，半点攻击性都没有，但叶珈蓝还是吓得腿软。

她这次不是不敢动了，是完全没力气动了。

叶珈蓝甚至觉得自己马上就要一头栽下去，幸亏唐安宁发现得及时，抬手轻拍了下苏牧的脑袋：“雪糕，快点从姐姐身上下来！”

雪糕还在哈着舌头。

唐安宁见它不听话，扁着嘴去看了眼唐遇。

唐遇嘴里的烟味还没散开，他只看了一眼雪糕，然后视线上移，落在女人纤细的脚踝上，他抬手摸了下烟盒：“听话，起来。”

欺软怕硬的雪糕这才把身子从叶珈蓝脚上蹭下来。

它看起来委屈巴巴，连舌头都不吐了。

叶珈蓝没办法同情它。

因为唐遇刚才那句“听话”，以前经常对她说。

叶珈蓝体质不算差，但是基本一到冬天都会感冒，她最不能吃的就是苦。

单纯味觉上的苦。

偏偏有些药是没有糖衣的，每次她不想吃药，唐遇就会对她说这两个字。

他声音好听，声线一软下来，比糖衣要甜很多。

叶珈蓝数不清被他哄了多少次。

唐遇的大学在国外读的，有的时候碰上不在国内的时候，他就打电话哄她吃药。

不管他那里是早上还是半夜，每次都是等叶珈蓝药劲儿上来，睡熟了才挂断电话。

那时候叶珈蓝就在想，除了她，应该不会有人见到这么温柔的唐遇了。

现在一看，有没有人见到她不确定。

但是肯定有狗见到了。

唐遇刚才对着雪糕说话的语气，跟以前跟她说话一模一样。

叶珈蓝觉得自己现在还不如一条狗。

她心里一空，收回视线，不再看他们一大一小一狗，趁着雪糕老老实实地没再凑上来，刚抬脚要走，唐安宁就软声提醒她：“姐姐……你鞋带开了。”

叶珈蓝一低头。

应该是雪糕刚才爬上来的时候蹭到的，她左脚的鞋带果然开了。

她今天穿的裙子虽然不算短，但是长度也仅仅是及膝，这要是一蹲下去，十有八九是要走光的。

叶珈蓝和唐安宁对视一眼。

然后她对着那双和某人相似的眼睛，耳根一热。

刚想看看附近有没有能坐的地方方便她系鞋带，旁边那人就抬脚靠近了半步，他身上还残留着淡淡的烟味，和须后水的味道混合在一起，清淡冷冽，不难闻。

下一秒，叶珈蓝还没反应过来，唐遇就半蹲下身，钩起她松开的鞋带简单打了个结。

他的动作一气呵成，只几秒，他起身，抬手碰了碰雪糕的头："走了。"

叶珈蓝的视线还低着。

她看到唐遇去摸雪糕的那只左手，手指形状漂亮，无名指上多了一枚银色的戒指。

不是她送的那一枚。

叶珈蓝眼神轻轻一晃，眼眶热了一瞬，再用力一眨眼，眼底的湿润就这么被她眨了下去。

她呼了口气，直到那人走到几米开外，她才抬脚往吴主任的家走去。

因为是高档小区，所以植被都比普通小区茂盛。

虽然临近黄昏，但是太阳依旧有些晒人。

叶珈蓝一直走在树影里。

走了几十米她发现，她和唐遇的方向是一样的。

她看了眼阳光底下的那一大一小，唐安宁刚好在这时候回了下头，小姑娘调皮，先是冲她扮了个鬼脸，然后又抛了个飞吻过来。

叶珈蓝唇角弯了弯。

对方是个可爱的小孩子，她下意识也回了个飞吻，结果手刚贴了唇印伸出去，牵着唐安宁的唐遇就回了下头。

叶珈蓝："……"

她连忙又把视线偏开。

这边唐安宁蹦蹦跳跳，不肯好好走路："哥哥，你是不是喜欢那个姐姐啊？"

"什么？"

"我在你家看到过这个姐姐的照片。"

不然她也不可能上去就扯人家衣角。

唐安宁掰了掰短短的小手指："你刚才还给姐姐系鞋带了诶。"

"我爸爸只给我妈妈系鞋带的。"

唐安宁："但是姐姐好像不喜欢你诶。"

"……"

"哥哥，你好可怜啊。"

"……"

从小区门口到吴主任家，大概要走五百米。

叶珈蓝一路都没敢四处乱看。

到吴主任家门口的时候她才抬了下头，唐遇和唐安宁的身影已经看不见了。

吴主任家的别墅带了个小院子，里面种了不少花花草草，花期还没完全过去，这会儿满院子的芬芳。

院子的门开着，叶珈蓝进去之后才敲了敲房门。

三声过后，门很快打开。

里头站着一人一狗，不约而同地眨巴了下眼：“姐姐，你来找我玩吗？”

叶珈蓝确认自己没走错。

她愣了几秒，刚要再确认一遍，客厅里吴主任就喊了声：“小叶来了吧？宁宁这小丫头堵在门口干什么呢啊？”

叶珈蓝：“……”

她还不如走错了地方。

这样一来，不是意味着，她和唐遇要一起吃晚饭了？

虽然不只有他们两个人。

唐安宁已经听话地退了回去，她顺便扯走了雪糕：“姐姐你进来吧，雪糕不咬人的。”

叶珈蓝点点头，尽量扯了一个温柔和善的笑。

唐安宁：“他是男的，所以爱往女孩子跟前凑。”

“……”

叶珈蓝在玄关处换了拖鞋，然后进去。

客厅宽敞，放了一架钢琴。

吴主任站在跟前，戴着老花镜在翻谱子：“小唐啊，这个怎么弹来着？”

他在跟唐遇学琴。

叶珈蓝对乐理不太通，以前听唐遇弹琴，眼神也只跟着他在琴键上翻飞的手指移动。

一曲下来，叶珈蓝的评价也就几个字：好听，太好听了。

虽然听不出什么门道来，但是她还挺喜欢唐遇弹钢琴的样子。

他穿着白衬衣坐在钢琴前，坐姿笔直优雅。

光看背影就知道这人生得矜贵。

叶珈蓝几年没见过他这个样子了，神思一走，不由得多看了几眼。

她是被腿上突然蹭上来的雪糕吓回神的。

雪糕可怜巴巴地仰头望着她，两只前爪规规矩矩地趴在地上，不敢越雷池半步。

唐安宁拖了把矮凳坐在旁边，在钢琴声中小声问她："姐姐，我哥哥是不是长得很好看？"

叶珈蓝没听清。

她蹲下身把耳朵挪过去："什么？"

唐安宁抬手一指："他是不是长得很好看？"

叶珈蓝点头。

这是个不可否认的事实。

唐安宁笑眯眯："那你喜欢他吗？"

现在的小孩子一个个鬼灵精怪，叶珈蓝眨了下眼，没回答这个问题，起身前对她说了句："姐姐去厨房帮忙。"

其实按照她的年龄，唐安宁应该叫她阿姨了。

但是她既然愿意这么叫，叶珈蓝也就顺着杆子往下爬了。

毕竟姐姐这个词，听着比阿姨不是好一点半点。

叶珈蓝没在客厅多待，真的去了厨房帮小吴主任准备晚饭。

今天来了客人，吴主任家里准备了不少菜。

叶珈蓝负责洗菜。

刚把西红柿拿到水龙头底下去洗，小吴主任就凑了过来："小叶啊，你觉得小唐这个人怎么样啊？"

叶珈蓝手里的西红柿掉进盆里。

她连忙又捡起来："……挺好的。"

"你喜欢这种吗？"

叶珈蓝用力搓西红柿："吴主任……人家孩子都有了，不太好吧？”

“什么孩子？”

见她手里的西红柿快要被捏爆，吴主任连忙伸手夺过来：“谁说他有孩子了？”

“外头的不是吗？”

吴主任简直哭笑不得：“不是啊，那是他妹妹，他今天带一天而已。”

客厅里的钢琴声越来越不成调。

听着辣耳朵。

小吴主任一把甩了清洁球：“这个老头子弹的是什么鬼东西！”

她实在是听不下去了，擦干净手走出厨房。

她嗓门大，出门之后的喊声厨房里头还能听得一清二楚：“老吴你能不能好好和小唐学！”

这对夫妇的日常。

虽然吵闹，但是有种温馨的生活气息。

叶珈蓝笑了一下，也不知道是被气氛感染，还是单纯因为吴主任刚才给唐遇解释的那句话。

她捞了豆角继续洗。

叶珈蓝不着急，一根一根地洗，洗到第三根的时候，她听见厨房门被关上的声音。

她只以为是小吴主任受不了外头魔音的荼毒，关上门图清净，所以连头都没抬一下就说了句：“吴主任……”

刚说完，一只手伸过来，在水龙头下冲了冲，然后拿了根豆角，跟她一样不疾不徐地洗了起来。

那是一只男人的手。

叶珈蓝闭上嘴，往旁边挪了半步，不说话了。

唐遇的袖口挽上去了半截，他偏头看她一眼：“刚才你说的孩子都有了的人……是我？”

叶珈蓝愣了一秒，然后低头若无其事地继续洗菜：“嗯。”

她也想不出别人来。

唐遇把洗好的那根豆角扔进盆里，叶珈蓝刚要转身再离他远点，他就握住她的手腕往前一压，她的腰卡在了料理台的边缘，动弹不得。

叶珈蓝听见他轻轻吞咽的声音：“我就跟你睡过，哪儿来的孩子？”

39

两人间距离实在太近，既使有外头魔音的干扰，叶珈蓝依然把这两句话听得清清楚楚。

她目光微闪，两手搁在身侧，抓紧了料理台的边缘。

难以自抑的惊喜一起涌来，持续不到两秒，紧接着就是深深的无奈。

叶珈蓝当然无奈。

唐遇和她根本就回不到过去了。

叶珈蓝眼角微微发热，眼泪蓄在那里似乎在一点点侵蚀灼烧她的眼眶，她闭了闭眼睛，把脸偏向另一侧：“唐医生，你和谁睡过都跟我没关系。”

她抬起眼看他：“能先把我放开吗？”

唐遇唇线抿紧，一眨不眨地盯着她的眼睛看。

叶珈蓝的眼底黑沉沉，有清澈的水光在闪。

里面明明只映出了他一个人，却又把他推到了千里开外。

唐遇盯着她看了几秒，慢慢地竟扯出了个笑来。

下一秒，他松开捏着叶珈蓝的手。

叶珈蓝把头低下："今天的事我可以当作没发生过。"

她声音越来越低，说到最后自己都不想听见，但她偏偏又不得不说出口："我们还是当普通同事比较合适。"

唐遇一言不发，唇角扬起的弧度却越发明显了些，半晌，他意味不明地嗤了声，转身出了厨房。

叶珈蓝还低着头站在那里，直到又过了两三分钟，小吴主任终于叫停了外头的钢琴声进来，她才又慢吞吞地转身继续洗菜。

女人生性敏感心细，吴主任又是精神科主任，一眼就察觉出她的不对劲儿来。

联想起刚刚出去的面无表情的男人，吴主任越发觉得事情不妙。

她和老吴明明是看着这两个年轻人都不错，样貌人品也都搭，想试着促成一段姻缘的……

结果就过了这么几分钟，这两个人怎么就跟打过了一架一样。

作为主人，吴主任觉得自己有必要从中调解一下，于是她咳了几声，等叶珈蓝终于看她之后，她才悠悠开口："小叶啊，你跟小唐刚才闹什么不愉快了吗？"

叶珈蓝脸上的笑扯得艰涩无比："没有，吴主任。"

"有什么事千万别憋在心里……我跟老吴也是看着……"

吴主任叹了口气。

她还是觉得事情不应该朝着这个方向发展。

老吴当时利诱唐遇回国利诱了好几年。

钱人家不缺，经验在国外医院积累得也更快更好。

老吴各种理由都用遍了，最后干脆直接问他有什么东西是他没有的。

唐遇当时怎么回应的来着，想了几秒，然后说了句：“没有女朋友。”

老吴一听，又开心又郁闷。

开心的是医院从来不缺女医生女护士，光是从他手上带出来的没有一百也有几十。

郁闷的是他知道唐遇要求高，这几十个里头可能几个他都看不上。

老吴都把这几年入职的员工表拿出来了，一个一个看下去，看到叶珈蓝的时候他随口说了句：“你师母科室有个姑娘，前几年来的医院，这两年正好也一直在相亲……”

他都把名单翻到下一页了，结果沉默了半天的唐遇突然问了句：“谁？”

“姓叶。”

“叶什么？”

“啊……叶珈蓝。”

那头又是一阵沉默。

这次时间更长，老吴刚叹了口气，就听见那头人轻轻“嗯”了声：“谢谢吴老师。”

直到挂断电话，老吴都是蒙的。

旁听了整个过程的小吴主任一个抱枕砸过去：“小叶过几天还要去相亲呢，万一真相中了，你怎么跟小唐交代啊！”

老吴摸鼻子：“走一步算一步嘛……”

于是走着走着就走到了今天。

叶珈蓝相亲是没相中宁致，但是这对夫妻也没能把他们撮合上。

小吴主任叹了口气，抬手拍了拍叶珈蓝的肩膀：“你和小唐的私事，我和老吴不掺和。”

“谢谢吴主任。”

叶珈蓝低头浅浅地笑，眼泪却砸下来一滴，在盛满了水的盆里砸出了一个极小的水花。

稍纵即逝。

就像她从来没有流过泪一样。

因为中途闹了点不愉快，叶珈蓝吃晚饭的时候基本没怎么说话。

唐遇话更少，他坐在她的对面，视线一秒都没有移过来。

整顿晚饭下来，活跃气氛的只有唐安宁和雪糕。

一人一狗，勉强让这顿饭吃得不是那么别扭。

七点左右，吴主任突然接到了一通电话。

明显是要紧事，那头说了还没半分钟，他就拍了下唐遇的肩膀起身：“407 的病人突发脑出血，今天值班的两个医生犯胃病，小唐你跟我去医院一趟。”

话音落下，唐遇已经敛了眉。

他放下筷子，然后从口袋里拿出车钥匙，跟着吴主任出门之前，又回头看了眼背对着她坐的女人，话却是对着唐安宁说的：“宁宁，在奶奶家听话。”

说完他开门出去。

吴主任跟在后头恨铁不成钢地念叨：“都说了让他们不吃饭的时候少喝酒，胃病犯了吧！”

那两人的声音越来越小。

门砰的一声关上。

叶珈蓝看了眼对面那人的饭碗。

米饭只下去了一个尖，他刚才好像也没吃几口饭。

她手指攥紧了筷子，然后听见旁边唐安宁嘟囔了句：“哥哥饭又没吃完……”

叶珈蓝转头摸了摸她的头发：“哥哥经常不吃饭吗？”

小姑娘连着点了好几下头。

她坐在比她腿还高的椅子上，小脚丫一晃一晃的：“姐姐，你要是能每天给他做饭吃就好了。”

叶珈蓝笑笑，没说话。

“我哥哥可喜欢你了……”

旁边小吴主任被汤呛到，转头面色尴尬地咳了几下。

“他刚才吃饭的时候，一直在看你。”

唐安宁顿了顿：“用那种要吃了你的眼神。”

叶珈蓝：“……”

这不是喜欢她，这是想杀了她吧。

叶珈蓝在吴家待到了九点半，七点出去的那两人也没有回来。

唐安宁已经被吴主任哄着抱去了客房，这会儿客厅里安安静静，只有雪糕呼呼的喘气声。

叶珈蓝揉了揉眼睛，等吴主任关门出来之后才起身：“吴主任，那我先回去了。”

“都这么晚了，小叶……”

“没事，外边现在人正多呢。”

这话说得不假，北城这种一线城市，九点多钟，夜生活才刚刚开始。

她都这么说了，吴主任也不好再多挽留，叮嘱了几句注意安全之后，把她送到了门口。

叶珈蓝怕黑，所以不敢再往树影底下走。

她就沿着路灯走，走了还没几步，就接到苏锦珂的电话。

一接听，里头苏锦珂装模作样地呜咽了几声："呜呜呜，弯弯，我无家可归了。"

"你妈又逼你回家相亲了？"

"可不是嘛……我骗我妈说这几天出差，结果人家倒好，住到我租的公寓里去等我了！"

"现在在哪儿？"

"你家门口。"

"……"

叶珈蓝打车回的家。

小区不让出租车进去，叶珈蓝下车又走了半分多钟，一到楼下就看到苏锦珂红色的小轿车。

她过去敲了敲车窗："下车。"

苏锦珂等得都快睡着了，一边打哈欠一边开门下来："弯弯……"

"吃饭了没？"

"没有。"

叶珈蓝瞥她一眼："想吃什么？"

"随便随便，你做什么我都吃！"

苏锦珂锁上车门就扒了过来："弯弯，我有事跟你说……"

叶珈蓝觉得她应该没什么好事，但她还是点了点头，配合地问："什么事？"

"唐遇还没有老婆孩子。"

两人已经进了电梯。

叶珈蓝面不改色地按了楼层数："我知道了。"

"他跟你分手这几年，甚至都没有过女朋友！"

"……"

这个她也知道了。

叶珈蓝点了点头。

苏锦珂打量她几眼，见她排斥的心理不算重，还是没忍住开口问了句："你和唐遇当时到底为什么分手的？"

以前没问过是不想提起叶珈蓝的伤心事。

但是现在唐遇都回国了，两人抬头不见低头见，她也没必要藏着掖着了。

叶珈蓝盯着一节一节往上蹦的数字："你猜？"

"唐遇提的？"

不对啊，苏锦珂连忙摇了摇头："你提的吧？"

要是唐遇提的分手，一回国就跟什么事都没发生过一样跟她搂搂抱抱，还送她回家，那就不是一个"渣"字可以概括了。

果不其然，叶珈蓝点了点头。

电梯门刚好这时候打开。

苏锦珂跺了跺脚，楼道的声控灯亮起。

还没来得及再继续追问，叶珈蓝已经开了门进去："吃面行吗？"

"行。"

叶珈蓝进了厨房。

苏锦珂："……"

好不容易起了个头，结果就这么无疾而终。

苏锦珂一边想着待会儿怎么再把这个茬给接上，一边拿出手机，无聊地翻了一本言情小说。

累了一天，她的脑袋需要放松。

几分钟后，叶珈蓝端着面出来的时候，苏锦珂正从几十本里挑符合自己口味的书。

好不容易挑出来一本，她激动地把简介念了出来："他是桐城最金贵最有权势的男人，而她只是一个丢了水晶鞋的灰姑娘，一次意外，两人坠入爱河……”

叶珈蓝：“……”

她拿筷子敲了敲碗：“赶紧吃饭。”

苏锦珂“哦”了声，她的表情因为这个狗血剧情十分精彩，亢奋地边吃面还边在念：“就在两个人情到浓时，男主的妈妈突然出现在女主面前，甩下一百万的支票扔在女主脸上，‘一百万，离开我儿子！’……”

这句话的话音还没荡开，叶珈蓝握着筷子的手一松，筷子尖在碗上轻轻磕了一下。

不大不小的一声。

苏锦珂的吸引力瞬间被转移，她视线从手机屏幕上移开，然后落到叶珈蓝的脸上。

对面女人眼底空荡荡，脸色微微有些发白，牙齿不自觉地咬住下唇。

肯定不是被她刚才念的剧情吓到了。

苏锦珂一看她的表情，愣了半秒才咽了口口水：“我去……”

“弯弯，你跟唐遇分手的原因……不会这么狗血吧？”

苏锦珂知道唐遇母亲去世得早，所以直截了当地从唐遇父亲那里入了手：“他爸拿着支票找你，让你跟他分手的？”

太狗血了。

狗血，而且雷人。

苏锦珂不大敢相信。

叶珈蓝眼睫垂了垂，过往记忆一帧帧浮现，她扯了下嘴角：“我们分手前一天，他确实拿着支票来找我了。”

40

苏锦珂惊得嘴巴张大，刚放进嘴里的那口面还没来得及咬开，就又滑回了碗里。

她“啊”了一声，饭完全吃不下去了，干脆放下筷子，正襟危坐地盯着她看：“多少钱？”

“空白的。”

“让你自己填？”

叶珈蓝点了点头。

也就是从那天开始，她才知道，唐遇家里其实比她想象中的还要更富裕。

“然后呢？”

苏锦珂横想竖想都觉得应该没这么简单，她上半身前倾：“弯弯，你家里应该不缺钱吧？”

好说歹说，叶家虽然算不上豪门，但是也能算得上富足人家。

果然，叶珈蓝点了下头：“不缺啊。”

她往后靠了靠椅背，低头看着自己的手指，以及每根手指指尖上的指甲。

自从前几年有个医生被病人骚扰时还了次手，一不小心用指甲把病人的脸刮花了之后，她们科室就不让女医生留指甲了。

几毫米都不行，必须一周一剪。

叶珈蓝的指甲前几天才剪过，现在圆润整齐，没有任何攻击力。

她盯着自己的手看得失神，直到对面苏锦珂敲了下桌子，她才又把视线抬了起来："所以不是因为这个。"

苏锦珂认真观察她的表情，因为怕撕开她血淋淋的伤口，所以用了一种极其温柔又小心翼翼地语气问了句："那是因为什么？"

她平常催眠病人就是用这种语气。

问完之后，苏锦珂的注意力也没从她脸上转移开半分。

所以叶珈蓝微微地皱眉，嘴角不自觉地轻抿，以及抬手下意识遮眼睛的动作都被她看得清清楚楚。

到底是多年好友，苏锦珂叹了口气，也没再继续追着问："算了弯弯，这事儿以后再说吧。"

叶珈蓝对提分手原因这件事的抵触，从神情上都表现了出来。

苏锦珂看了眼表："时间不早了，先去休息吧。"

叶珈蓝长长地吐了口气，她从椅子上起身："吃完了碗先放着就行，我明天收拾。"

说完不再看苏锦珂复杂又无奈的眼神，她头也不回地进了卧室。

因为心情不大好，叶珈蓝这一晚的澡都洗得比平时时间长。

十点半的时候，她才从浴室出来。

外头苏锦珂敲了敲门："弯弯，睡了没？"

"还没呢。"

"睡不着？"苏锦珂要后悔死了，"要不我给你热杯牛奶安安神？"

叶珈蓝心底一软："我没事，马上就睡了。"

外头人这才放下心来，应了一声后，没了动静。

叶珈蓝拿毛巾擦了擦头发，然后扯开桌子旁边的椅子坐下。

拿出手机一看，微信消息多了几条。

有吴主任问她安全到家了没的，还有一条是宁致问她睡没睡的。

叶珈蓝回了前者。

至于后者，她看了眼时间，决定不回复。

这个时间点儿，不适合回这种消息。

同事群里今天消息也不少，叶珈蓝不怎么看，但她今天无聊，又实在没有困意，就随手点开看了眼。

这个微信群里的成员是他们整层楼的医生护士们，算下来也有几十个人。

叶珈蓝一边擦头发一边看里头的聊天内容。

明显是今天在值夜班的人起的头：【距离下班还有九个小时。】

【大半夜的，急救室还亮着灯呢。】

【神外谁进的手术室啊今天？】

【唐医生。】

【今天不是该你值班吗周医生？】

【别提了，晚上吃了几只小龙虾犯了肠胃炎，刚吊完水回来。】

立刻有个护士回应：【这个我可以证明，周医生和刘医生集体犯胃病，把唐医生给坑回来了。】

一个办公室的，其实也说不上坑不坑。

叶珈蓝把手机锁了屏，定好了闹铃随手放在桌子上。

唐遇七点多去的医院。

现在十点半多。

叶珈蓝呼了口气，强迫自己把心思从他身上收了回来。

北城已经入了秋，晚间气温低了不少。

叶珈蓝把门窗都关好，没办法光用毛巾把头发擦干，只能拿吹风机简单吹到了半干。

她头发长，吹了大概十几分钟。

夜已经很深了，但是叶珈蓝还是丝毫不觉得困。

她也没着急上床，趴在桌子上，从手机里找了个老电影看了起来。

电影播到一半的时候，关机提醒横在了屏幕上头。

十二点了。

又是新的一天。

叶珈蓝盯着提醒界面看了好一会儿，直到倒数只剩下了最后几秒，她才按了“取消”的选项。

关闭电影，她看见菜单页的日期。

9月27日00：01。

今天是余莹的生日。

叶珈蓝中午要陪余秋华吃饭，她揉了揉眼睛，拉开抽屉，拿出安眠药的药瓶看了眼。

这种药虽然总在抽屉里备着，但是叶珈蓝已经有几年没碰过了。

安眠药副作用大，而且依赖性强，她平时给病人开药的时候都会提醒不要常吃。

但叶珈蓝自己以前是吃过这种药的。

她刚和唐遇分手那会儿，连着几天失眠，好不容易睡着还成宿成宿地做噩梦，稍微有点风吹草动就容易从梦里惊醒。

叶珈蓝不敢告诉余秋华和苏锦珂，自己去医院挂了神经内科，拿了一瓶安眠药回来。

幸好那段时间学业比较重，吃了几天之后，她重心渐渐从失恋转移到了学习上头，也就没再碰过这东西。

是药三分毒。

何况是和精神神经大脑类相关的药。

叶珈蓝把药瓶的瓶盖拧开又合上，反复几次之后，她把药瓶又放回了抽屉里。

但是这次，她没有立刻把抽屉合上。

她的手从药瓶上移开，轻轻放到了旁边那一排礼品盒上。

盒子不大，一共五个。

上头写了数字，从 22 到 26。

有领带，有手表，还有袖口。

每个盒子里装的东西都不一样，唯一的共同点是，都是男士的。

这是分手以后，叶珈蓝给唐遇准备的生日礼物。

从二十二岁到二十六岁，她不在他身边的每一年。

二十一岁是个例外，这一年没有礼品盒。

但是叶珈蓝觉得，唐遇可能对那年的生日礼物永生难忘。

因为那年生日，叶珈蓝真的听了苏锦珂的话，把自己送给了他。

然后第二天，她跟唐遇提了分手。

叶珈蓝在床上辗转反侧，一直到凌晨一点多都没有睡着。

最后她还是去客厅热了杯牛奶，然后吃了一粒安眠药。

药效发作得快，也就十几分钟的时候，她抱着被子沉沉睡了过去。

但是这觉睡得不太踏实。

叶珈蓝做了一个梦。

梦里她和一个中年男人坐在咖啡厅里。

下午五点多，天气不大好，明明是六月份的夏天，外头天气阴沉得像是到了晚上，路灯还没有到亮起的时间点儿，黑漆漆一片。

咖啡厅里灯光明亮，但是冷。

冷到了骨子里。

叶珈蓝听到对面的男人起了开场白：“你是小遇的女朋友吧？”

“……”

“我是小遇的爸爸。”

“……”

后面的对话像是消了音，叶珈蓝听不到他的声音，只能看到他的嘴巴在动，然后动着动着，那张嘴突然变成了血盆大口，像是要把她吞得尸骨无存。

提前见了家长，叶珈蓝没有紧张没有无措。

她异常冷静，冷静到她清楚看见对面男人递了张支票过来："小姑娘，我说了这么多，你自己心里应该也清楚了，你跟唐遇不合适。"

见她不接，那男人又把支票放在桌子上，伸手推过来："就当是我对不起你们叶家。"

叶珈蓝甚至不知道自己怎么出的咖啡厅。

她只记得那天雨下得特别大，不宜外出。

但叶珈蓝还是在外面待了几个小时，一直到晚上九点多。

然后她喝了酒，吃了药。

再然后，她借着酒劲儿，到了唐遇住的酒店，把他给睡了。

她和唐遇在一起三年，双方有一个人把火点起来，其余发展都顺理成章。

叶珈蓝被他压到床上的时候还在想，如果她一直清醒不过来，多好。

那晚前戏漫长又短暂，身上那人进入的时候叶珈蓝疼得一口咬在了他的肩膀上。

然后眼睫一垂，她看到唐遇肩膀上的两三寸长的黑色线条。

是一个文身，没有完成的文身。

叶珈蓝记得夏至有次提到过这个文身。

它存在的原因是夏至想要，所以趁着主导唐遇身体的时候跑到了文身店；而没有完成的原因，和夏至那次偷偷去穿耳洞时情况一样。

文到一半，唐遇又回来了。

夏至当时叙述这件事时哀怨又无奈的语气仿佛还在耳边，叶珈蓝指甲掐进那个文身印记上，眼泪突然就掉了下来。

她眼泪掉得压抑，只有隐隐约约吸鼻子的声音。

唐遇还是发现不对劲儿，他动作停了下，偏头吻了吻她的耳垂发梢："疼吗？"

叶珈蓝眼泪掉得更欢，她也不说话，只一口咬在了他的肩膀上。

她当时就在想，最后一夜吗，起码要好好地记住他的样子，还有他身上的味道。

过了这一晚，他就不再是她的唐遇了。

叶珈蓝那天甚至不知道自己什么时候睡着的，只知道自己睡得不好，她喝了酒，头晕犯恶心，再睁开眼的时候外头天还没亮。

唐遇要赶早上飞纽约的飞机，也不知道是睡醒了起床还是根本就没睡，坐在床边的椅子上，随手翻了本杂志。

叶珈蓝趴在床上，大半张脸埋进了枕头里，她声音轻轻，但是又坚定无比。

她说："唐遇，我们分手吧。"

PART 6
我喜欢他很多年了

唐遇想要的，是叶珈蓝和他一起，清醒地坠入深渊。

41

“唐遇，我们分手吧。”

这话说完，满室静谧。

安静得就像她什么都没说过一样。

但是叶珈蓝知道唐遇听见了。

她背对他趴在床上，头都没转一下，所以看不见他的表情。

好半晌，两人都没开口。

就在叶珈蓝也怀疑自己说没说过这话的时候，她听见旁边打火机响起的声音。

唐遇点了一支烟。

因为是高级酒店，所以床头柜里的抽屉准备了烟。

叶珈蓝以前看到的时候还没在意，没成想到了今天，还真派上了用途。

烟味和白雾迅速散开，叶珈蓝脸即使埋在枕头里，还是不可避免地闻到了几缕刺鼻的味道。

她没伸手去捂鼻子，也没开口让唐遇灭了烟。

叶珈蓝从始至终没出过声，安安静静地等着唐遇说话。

大概又过了两三分钟，她听见唐遇说了句：“理由。”

叶珈蓝闷声：“我们不太合适。”

“看着我说。”

叶珈蓝浑身酸涩无力，脑袋涨疼，连眼睛都干涩得难受，她被子底下的手指一点点攥紧床单，然后转头看他：“我们不合适。”

那人烟还没抽完，他隔着朦胧的烟雾看过来，眼底的情绪也变得朦胧起来。

可能是男人的天性，对于抽烟和上床这种事有着与生俱来的天赋。

唐遇虽然拿烟的姿势不娴熟，但是不仔细看也看不出他是第一次抽烟。

他是真的听话。

叶珈蓝觉得烟味不好闻，抽烟这种事又害人害己不让他碰，他就真的从来也没碰过。

今天是例外。

叶珈蓝攥着床单的手指用力过度，像是马上要折断一样，指尖上的汗都把那小片床单浸得湿淋淋一片。

刚松开手，她就听见唐遇轻嗤了声："不合适你跟我上床？"

叶珈蓝头又转过去，眼泪打了半天转，她闷声反驳："我昨天喝醉了。"

她庆幸自己昨天真的喝了酒，所以还能勉强找个说得过去的理由。

唐遇这次没再出声。

他又点了一根烟，抽了没几口就摁灭在烟灰缸里。

他偏头看她，眼底浅浅的炽色还没散开，温柔又蛊惑。

唐遇那晚抽了三根烟。

三根烟都抽完之后，他声音已经有些哑，一字一顿地从嘴里咬出了那句回应："那就分手。"

他知道叶珈蓝为什么想分手。

因为就在几个小时前，白亦给他打了个电话。

只不过唐遇当时心思都在床上的叶珈蓝身上，没接到这通电话。

直到凌晨的时候结束，他给叶珈蓝清洗完身体之后，他才给白亦回了条消息。

时间不早，他怕打扰白亦休息。

结果白亦那天晚上值夜班，电话给他回过来的时候是三分钟后，他刚把一个骑在女同事头上的病人给拉下来注射了镇定：“喂，小遇？”

唐遇拿着手机去了阳台。

白亦也不等他回应，直接开门见山道：“你女朋友今天打电话找我。”

“找你干什么？”

“她问我认不认识余莹。”

“……”

唐遇没接话，捏着手机的手指用力，手背上隐隐约约可以看见不大清晰的血管纹路。

凌晨一点多，这座不夜城的路灯还都亮着。

他站在阳台上瞥见万家灯火，然后听见白亦那头翻动纸张的声音：“这名字我觉得有点眼熟啊，但是开始又实在没想起是谁来。你知道我也算是一个年轻有为又帅气的精神心理科的医生了，每年来找我看病的病人多了去了，翻了半天这些年的患者名单，然后翻到最开始几年的时候才翻了出来。我就说第一次见你女朋友怎么就觉得眼熟，她跟余莹简直是一个模子刻出来的。敢情是亲姐妹。”

唐遇盯着楼底下一个个闪烁不定的亮光，还是不说话。

白亦重新看了眼以前关于余莹的病情记录：“余莹本身就有轻度抑郁，小产后抑郁程度加深，吃药好像不大管用。”

“不过她在我这里看病看了没多久，后面就没再来过了。”

他试着打过几次她的手机号码，每次都是空号。

白亦本身就是大忙人，他也没多想，只当她换了一个主治，后来久而久之，他也就把这个人抛到了脑后。

直到叶珈蓝打电话跟他问起这个人，他重新翻了眼记录才想了起来。

“不过我记得你也认识一个叫余莹的，是不是一个啊？”

唐遇“嗯”了声。

白亦哽了一下。

这个名字不特殊，所以重名的概率不小，他就是随口一问，没想到就这么给对上了。

白亦：“那小遇……你知道她为什么抑郁吗？她来找我看病的时候状态不大好，我问有什么烦心事，她只说了感情不太顺利。”

但是怎么个不顺利法，白亦还没来得及了解，余莹就和他没了联系。

唐遇点了根烟，“因为徐震。”

徐震，唐遇父亲。

白亦差点惊掉下巴：“小遇……？”

“余莹姐是徐震前几年交往时间最长的那个女孩子。”

确实是女孩子，因为余莹那时候二十岁出头，比他也大不了几岁。

徐震本身就是风流的性子，唐蓉去世以后，他越发不知收敛，女人往家里带回了一个又一个。

余莹数不清是第几个。

她跟其他女人都不一样，温柔又干净，每天住在唐家的别墅里，安安静静地浇花做饭，想和爱人的孩子聊天拉近距离。

唐遇开始根本不愿意跟她说话。

他性子偏冷，谢景非有的时候跟他说话他都不想听。

更别说一个住在他家的，还算是一个陌生人的女人。

尽管如此，唐遇依旧保持着该有的礼貌，开始虽然不接话，但是每次都听她说完。

她说得杂。

说自己的家乡，说中学时候喜欢过的男孩子，说自己又乖又叛逆的妹妹。

时间久了，唐遇渐渐也能听得进去。

除了余莹的妹妹叫什么，他知道了很多关于她的生活习惯。

余莹住进唐家的时候已经怀了身孕。

但是徐震依旧不懂得收敛，在外面花天酒地，小三小四一个个往门口挑衅。

余莹是真的喜欢他。

徐震事业有成，又长得不错，看起来成熟稳重，最重要的是，他开始对余莹也是真的好。

余莹跳进他的圈套里，怎么都走不出来。

唐蓉和余秋华虽然是闺中密友，但是自唐蓉去世后，唐家就和叶家没了任何交集。

他之前压根不知道余莹这个人。

但是余莹知道他，她知道徐震和唐遇是她唐蓉阿姨的丈夫和孩子。

所以有天下午给花修剪枝叶的时候，她对着花骨朵跟唐遇说了句：“小遇，对不起。”

她那时候已经有了抑郁的征兆，没事就爱胡思乱想，什么错误都往自己身上揽。

后来说完对不起的第二天，余莹就因为失足，下楼的时候从二楼滚了下来。

她小产了，因为大出血在急救室抢救了几个小时。

好不容易救了回来，她的抑郁症又加重了不少，每天话都变得寥寥无几。

唐遇开始主动跟她说话，得到的回应少之又少。

后来也不知道是她突然开了窍还是怎么，突然跟他说想出去看看。

她要乘船，他就跟她一起乘船。

结果很不凑巧的，那天乘的船在大风大浪中沉海了。

唐遇幸存了下来。

而余莹，生不见人死不见尸。

事后有幸存者接受采访说："那小姑娘长得可漂亮了，说话温柔心地还善良，就是求生意识不太强。她把那个男孩子拖上来之后，没去抓救援人员的手，自己沉了下去。"

"那天是晚上，又是风又是雨的，后来也没能打捞上来。"

只不过唐遇不知道自己就是那个获救的小男孩。

沉船事件后，唐遇溺水发了几天高烧，醒过来的时候，他把关于余莹的记忆都给忘了。

医生说这是出于自我保护之下的选择性遗忘。

没必要太刻意地让他想起来。

所以从那以后，唐遇其实没从别人口中听过余莹的名字。

他是自己想起来余莹这个人的。

因为第二次救人溺水之后，夏至带着被他遗忘的那一部分记忆出现了。

夏至记得余莹，而且把自己当成了余莹最常说的妹妹。

所以她怕黑，又喜欢吃甜，到了南方出现的频率都比往常高。

只不过是叶珈蓝从来都没有往这方面想过。

为什么她穿了四个耳洞，夏至也就跑去打耳洞。

她在肩膀文了一只蝴蝶，夏至也就跑去了文身店。

唐遇为什么会来南城，为什么会对她不一样。

就连写日记的习惯都一样。

两个人都是两三句作为一篇。

叶珈蓝是每天一篇，夏至是每次来的时候都会写一篇。

叶珈蓝和夏至的生活习惯重合了这么多。

从来不是因为叶珈蓝以前和唐遇有什么交集，是因为她的姐姐余莹和唐遇有过交集。

好的坏的,影响到了唐遇心理,造成了让他形成人格障碍的交集。

而唐遇没把她和余莹联系在一起的原因，是因为他根本就不记得余莹了。

高考之后，白亦和另一个资历更深的医生给他催了三次眠，本来大一还是治不好的话，唐遇就得转院转专业。

然后第三次对他进行催眠的时候，可能真的是天时地利人和，那段被他选择性遗忘的记忆被引了出来。

后续治疗也算顺利。

药物服用加上心理辅导，夏至这个人格出现的次数越来越少，直到和主人格完全融合在了一起。

所以唐遇知道这件事的时间，比叶珈蓝早了整整两年。

他知道叶珈蓝早晚会知道,也做好了她知道会做出什么反应的准备。

唐遇把选择的权利给了叶珈蓝。

然后叶珈蓝选择了分手。

那就分手。

叶珈蓝醒的时候出了一身汗。

昨晚的那场梦异常真实，她全身都疼，尤其是两条腿软得不行，刚要起床就又脱力似的坐了回去。

外头天还没暗着，叶珈蓝看了眼时间，五点多。

安眠药的作用大幅度削减，她只睡了三四个小时。

叶珈蓝在床头坐了半天，回笼觉她是睡不了了，干脆直接进了浴室洗漱。

叶珈蓝上午去了趟医院，打算十一点再打车去余秋华那里。

母女俩前几年搬到了北城，但是住的地方不一样。

叶珈蓝住在距离医院近的闹市区，而余秋华年纪大了越发图个清静，在偏郊区的地方置了一处小公寓，又在附近开了家诊所。

每年收入可观，比在大医院当主任时清闲不少。

叶珈蓝在医院陪着许恋在病房走了一圈，十点多的时候两人回到办公室，许恋靠在门框上看她："我们叶医生真敬业，大周末的不该自己值班还来医院。"

叶珈蓝笑了一下，"这不是怕你累吗。"

"少来。"

许恋开了空调："不是说今天要回家吗？"

叶珈蓝嘴角的笑僵了僵，笑不出来了："我妈大清早地打电话跟我说，她叫了宁致去我家吃饭。"

要不她也不至于大早上有家不回，上赶着往医院跑。

她又不是当代活雷锋。

许恋扑哧笑了一声："那你打算在医院躲到什么时候？"

叶珈蓝看了眼表："过半个小时再去。"

她决定今天跟宁致说得清清楚楚明明白白——

她不想谈恋爱。

不想和他谈恋爱。

42

十一点整，在余秋华催促的电话打来几通之后，叶珈蓝不得不打开办公室的门出去。

最后一通电话里，余秋华女士下了最后通牒："十分钟以内赶紧处理完医院的事，你们科室就剩下你一个医生了吗，大周六轮休的时候还被叫去加班？"

叶珈蓝竟然无言以对。

余秋华多少能猜出来她现在还在医院的原因，语气也跟着严厉起来："现在立刻马上出门，小宁说他顺路，把你给捎回来。"

"……"

余秋华挂了电话。

叶珈蓝看了眼手机，电话挂断之后4G网畅通无阻，她很快收到宁致的微信消息：【我在医院门口等你，白色奥迪车。】

后面还发了串车牌号。

叶珈蓝正经过隔壁神经外科的科室，办公室门开着，里头一个女人背对她坐在椅子上，她声音不小，清脆动听："唐医生，我听说您今天早上就没吃什么东西……这是我自己做的，还希望您不要介意。"

似乎是怕对面男人误会，女孩子还特地解释了句："我是昨晚上脑出血患者的女儿，谢谢您大晚上还在手术室里忙活那么长时间……"

叶珈蓝往后退了半步，站定在门框后面。

这样就算里面有人转过头来看，也发现不了她。

里头男人声音不咸不淡："不用。"

"用的用的……唐医生，这饭是我的一点点心意，你就……"

唐遇抬眼看她，眉眼间染了半分的笑："昨天手术室里不止我一个医生。"

女孩子愣住了。

"主刀一个，麻醉一个，一助一个，二助三个，还有器械护士两个。"

唐遇已经又把视线低下去："心意我领了。"

"但是——"

他左手无名指轻轻抬了下，女孩子瞥见上头那枚银色戒指，连忙收回视线，她耳根一热："对，对不起唐医生，我不知道您结婚了。"

女孩子冲他鞠了个躬，一眼都不敢再看他，抱了餐盒就出来了。

差点就成第三者了。

呼。

女孩子呼了口气，她脸还有些热，抬手在耳边扇了又扇，以至于连门口站了个人都没注意到。

叶珈蓝在门口站了两分钟，把事情的始末都听得清清楚楚。

刚要抬脚离开，肩膀就被人拍了下。

男人的声音自身后响起："叶医生，你在我们办公室门口鬼鬼祟祟的干什么呢？"

"……"

来人是和唐遇一个科室的男医生。

叶珈蓝扯了下嘴角干笑一声："路过。"

她也不管这个男医生信不信她的话，没再多说，径自离开。

男医生盯着她的背影看了几秒，然后闪进办公室，一把带上门。

“唐医生，我刚才在门口看到叶医生了。”

唐遇写字的手顿了顿，然后才又落笔，若无其事地继续写。

“她来找你的？”

“没有。”

男医生刚从放射科回来，他把手里刚出来的片子递过去，眼神随意一瞥，就“诶”了声：“唐医生，你手上的戒指是怎么回事？”

“朋友送的。”

他本来没有戴戒指的习惯，不大方便。

因为上手术台的时候大多要把戒指摘下来。

但是自从前些日子那个女病人来办公室装病找他以后，唐遇就戴了个戒指。

这样一来，省了不少麻烦。

男医生端详几秒：“男朋友女朋友？”

“男朋友。”

“……”

男医生默默地站远了些。

他觉得自己可能不大安全。

唐遇余光瞥见男同事一脸惊悚的表情，他也不开口解释，只轻扯了下嘴角。

戒指确实是男朋友送的。

谢景非知道他追求者众多，所以以他丰富的经验，干脆买了个戒指给他，让他冒充有妇之夫。

至于女朋友送的，被他藏起来了。

因为之前上大学的时候有次做实验，唐遇把戒指摘下来的时候，差点被同组的组员拿错缝进兔子的胃里。

自那以后，唐遇就没戴过叶珈蓝送的那枚戒指。

因为怕弄丢。

医院大门口的路因为要经过救护车，所以旁边不让停车。

宁致的车停在了对面。

叶珈蓝穿过一条马路，对了一下车牌号之后，她开门上车。

安全带系上之后，她道谢："谢谢宁先生。"

"宁先生？"

"……"

叶珈蓝又忘了直呼其名这件事。

她有些抱歉地笑了笑："我记性不太好。"

宁致见她坐好，启动车子开口问她："要听歌吗？"

"不用了。"

叶珈蓝口味特殊，偏好国外轻柔的抒情音乐。

纯音乐最好。

苏锦珂在手机里特地给她建了一个歌单，歌单的名字就叫作：老年迪斯科。

陌生的车，半熟悉半陌生的男人。

叶珈蓝多少有点不习惯，她肩膀微绷，怎么都放松不下来。

宁致从后视镜里看眼她："今天上午很忙吗？"

"……还好。"

其实半点事儿都没有。

"病人多吗？"

"一般。"

其实一个来找她看病的都没有。

找许恋的倒是有一个，却是过度焦虑挂错了科的。

叶珈蓝在办公室里把前些日子没看完的老电影给看完了。

宁致又问："不会被病人欺负吧？"

"这种情况还是个别吧。"

"个别的意思就是有？"

叶珈蓝"嗯"了声，之前有个护士被一个病人当成鱿鱼咬了一口。

那个病人下口还挺重，小护士差点被他给破了相。

这种事叶珈蓝从来不敢告诉余秋华，她就怕余秋华想得太多整天担心她。

叶珈蓝又补了句："整体上还是挺安全的。"

"有攻击性的病人大多都会被隔离，再严重一点的可能直接送到精神病院了。"

宁致点点头："你被病人欺负过吗？"

"还没有。"

没有的原因，大概是她这几年才从各科室轮完，进精神科时间不算太久，所以还没机会碰上这种人。

迟早的事。

叶珈蓝连心理准备都做好了。

两人聊天内容中规中矩。

宁致刚想再说，叶珈蓝手机铃声就响了一下。

是一个患者的电话咨询。

她认真起来，戴了耳机，打开手机备忘录，一边和打电话过来的家属了解情况一边做记录。

等这通电话结束之后，宁致已经把车停到了余秋华的住处。

叶珈蓝微微松了口气，打开车门，然后等宁致找好停车位停好车之后，和他一起上了楼。

大概是宁致也来了的缘故，余秋华中午做了整桌的菜。

大鱼大肉上得齐全。

席间余秋华有一搭没一搭地和宁致聊，而叶珈蓝只负责解决大鱼大肉。

聊着聊着也不知道怎么就聊起了余莹，余秋华叹了口气，转头看向埋头苦吃的叶珈蓝：“要是你姐还在的话，孩子都会跑了。”

她知道余莹大学的时候交了一个男朋友，但不知道她的男朋友是谁。

余秋华又叹了口气，叶珈蓝微微皱眉：“妈——”

她眼神一抬，示意家里还有别人。

余秋华连忙笑了下，又把话题转了回去：“小宁啊，你觉得我们弯弯怎么样啊？”

宁致实话实说：“挺好的。”

不好的话他也不至于三番两次地主动找她。

叶珈蓝咬了咬筷子，她垂着眼，食之无味。

宁致为人处世都没得挑。

但就是有一点不好：和她不合适。

一顿饭吃到一点多，叶珈蓝本来要在厨房洗碗收拾，结果硬是被余秋华给推了出来：“你去跟小宁多待几分钟。”

“妈，我们两个不合适。”

“怎么不合适了？”

余秋华根本就听不进去她的话：“你别是还想着小遇那孩子吧？小遇好是好，但是你们两个分手这么多年了，人家孩子说不定都会打酱油了，你这傻丫头还指望着人家在原地等你啊？”

“你说你当时任性个什么劲儿，要死要活地要跟他分手？”

她对余莹和徐震的事情一无所知。

叶珈蓝叹了口气，然后下一秒，她就被余秋华关在了厨房外面。

于是叶珈蓝和宁致对着电视沉默了十几分钟。

一刻钟后，宁致接到了一通工作上的电话，先开车离开。

叶珈蓝又在家里睡了个午觉，三点多，她打车去了余莹在北城读的那所大学。

余莹学习好，读的大学是重点一本。

今天天气实在太热，又正好是上课的点儿，校园里走动的人不多，叶珈蓝直奔体育场的看台，找好了地方坐下之后，目不转睛地看向篮球场。

里头男生成群结队，挥汗如雨地在球场上奔跑着。

叶珈蓝看着看着，突然就想起自己第一次看唐遇打篮球时候的场景。

他长得好看，站在人群中一眼就能注意到，散场之后，他朝她走过来。

旁边女生屏气不敢出声，就叶珈蓝一人把水递了过去。

她喝过的水。

少年的身影似乎还在眼前，但是伸手一触，她抓了个空。

叶珈蓝双手环膝，整张脸都埋在了膝盖里。

她想起昨晚梦里和徐震见面时不完整的那段对话。

其实算不上对话，因为叶珈蓝全程没怎么出过声。

只有徐震自己一个人，不厌其烦又义正词严地在劝她："你姐没跟你说过他男朋友是谁吧？"

"……"

"你觉得她可能跟你和家人说吗？"

"……"

"和一个能当自己爸爸的人上了床还怀了孕，关键是这个人还是自己妈妈好友的老公，她自己也说不出口吧。"

"……"

“现在唐遇可能还不知道这些内幕，但是小姑娘，你想过没有，万一有一天他知道了，你想让他一辈子都活在对你们叶家的愧疚中吗？到时候他对你是愧疚还是爱，可能连你自己都说不好吧？唐遇年纪小不懂事，但是你应该拎得清吧？”

“我承认我渣，”徐震渣得彻底，而且坦然，他把支票递过来，“就当是我对不起你们叶家，这张支票就当作补偿吧。”

耳边吵闹声渐渐大了起来。

体育场里有班级来上体育课。

叶珈蓝这才回过神来，她手指忽地攥紧，指甲虽然短，但还是在腿上划了一道红印子。

她深呼吸几口，然后慢慢抬起头来。

女人整张脸像是刚从水里捞出来的一样，鬓角的头发湿答答地粘在脸上，她伸手抹了抹。

宁致的消息刚好这时候发过来：【回家了没？】

叶珈蓝一字一顿地敲：【我晚上请你吃饭吧，正好有话跟你说。】

【什么时候？】

【七点吧。】

现在才四点多钟，叶珈蓝还想在这边多坐会儿。

【好，】宁致应承得快，【我到时候去哪儿接你？】

【政法大学北门口。】

同一时间，谢景非环游欧洲刚刚回来，行李箱向来接机的司机一扔，直奔华溪医院。

他装模作样地敲了敲神经外科的房门：“唐医生，我要看病。”

唐遇瞥他一眼，没理他。

谢景非又自导自演了几句，最后一屁股坐到了唐遇的办公桌上：

“遇遇，我们待会儿去放松放松？”

隔壁桌的男医生吓得扶了扶眼镜。

……这个不会就是送唐医生戒指的男朋友吧？

唐遇没接他这话茬：“今天几号？”

“啊……27 号啊。”

唐遇抬了下眼：“跟我去一个地方。”

“去哪儿？”

唐遇把眼镜摘下，他抬手轻按了按眉心，眼底隐有疲惫之色：“政法大学。”

43

谢景非糊里糊涂地跟着唐遇来了政法大学。

作为一所重点大学，政法大学的教学楼安安静静，教室里的同学不是在上课就是在自习，楼道里偶尔有几个同学坐在台阶上背法律条文。

声音不大，像蚊子在绕。

谢景非完全不知道唐遇今天来这里干什么。

他一个医学高才生，来这种专攻法学的学校，在谢景非看来，除了浪费时间，还是浪费时间。

谢景非不好破坏这安静的氛围，但他又实在好奇，把声音压得低了又低：“遇遇，你干什么来了？”

谢景非这几年叫“遇遇”叫得越发熟练。

而唐遇本人，可能因为和夏至的人格融合的原因，居然也破天荒地没怎么纠正过他。

刚说完，下课铃声响起来。

刚刚经过的教室门立刻被人打开，里头学生鱼贯而出。

谢景非盯着几个人朝着洗手间的方向奔过去，试探性地问了句："有认识的人在政法读书？"

唐遇嗯了声。

确实有，不过那人很多年前就已经不在了。

今天是余莹的生日。

唐遇不是第一次来政法大学。

余莹刚住进唐家的时候心态还不错，她年纪轻，长得又漂亮，虽然安静但也阳光。

跟唐遇熟了一些之后，余莹带着唐遇来过一次政法大学。

那次来的就是这间教室。

教学楼虽然装修过几次，但是格局和位置没怎么变过，加上这边正对体育场的看台，所以唐遇记得挺清楚。

教室里上一波人还没走干净，下一波上课的已经开始往里挤占座位了。

等人都进去得差不多了，唐遇才从后门进去，然后坐到了最后一排，谢景非毕业几年，再坐到教室里总觉得不自然，他挪了挪屁股："遇遇，我们要在这里听课吗？"

"你是学医的，我是学媒体的，听这个不大合适吧？"

正说着，已经有讲师走上讲台，她打开多媒体屏幕，上头很快就出现了一个刑事诉讼的案例："下面我们开始上课。"

教室里顷刻安静下来。

为了避免待会儿被那个讲师注意到，谢景非闭紧了嘴不敢再说话，干脆趴在桌子上玩起了手机。

他玩得认真，刷完微博后又开始打游戏。

两节大课下来，谢景非玩得不亦乐乎，等下课铃打响的时候，他一转头，发现旁边的座位空了。

唐遇不见了。

谢景非立刻站起来，给唐遇发了条消息之后，随便抓了个女同学就问："同学，你看到我旁边坐着的那个和我一样好看的小哥哥了吗？"

女同学憋笑憋得厉害："刚才去厕所的时候看到他在走廊最东边的那个窗口抽烟来着。"

她纠正谢景非："我觉得他长得比你好看一点儿。"

就在刚刚，她还和舍友讨论他们两个来着。

她猜唐遇和谢景非是本校的研究生学长，刚想问问是哪个专业、研几的，就听那人道了谢之后跑出了教室。

谢景非飞奔到女生说的那个窗户旁边的时候，唐遇刚好熄了最后一支烟。

可能是开着窗户的原因，这边烟味不大重。

他垂着头把烟摁灭，然后扔进了垃圾桶："回去吧。"

谢景非点了支烟："人你找过了？"

谢景非以为唐遇从教室里出来的这段时间，是去找人了。

唐遇也不反驳，应了一声之后转身去按电梯。

谢景非："晚上去玩儿？"

"七点有台手术。"

"什么时候能完啊？"

"一天以内吧。"

"……"

唐遇已经进了电梯。

谢景非烟抽到一半，连忙灭了烟一起跟了进去。

他向来擅长活跃气氛，一瞥见唐遇手上戴了戒指，就又立刻起了个新的话题："遇遇，我送你的戒指你戴上了啊？"

电梯里其他人瞬间安静如鸡，盯着他们两个的眼神发生了质的变化，由最开始的惊艳变成了一种诡异的兴奋。

唐遇瞥了他一眼："闭嘴。"

谢景非果然乖乖闭了嘴。

他怕待会儿再不小心说错话会被唐遇把嘴给缝上，于是一个字都没敢乱说，老老实实跟他出了教学楼。

政法大学占地面积不小，从教学楼再到谢景非停车的那个门口，走了足足一刻钟还多。

终于上了车的时候，外头太阳已经落山。

谢景非转头看了眼副驾的男人："送你回医院？"

唐遇视线一低，落在方向盘正中央的车标上，谢景非恍然大悟："哦哦哦……遇哥的车啊……"

他怕唐遇开车累，所以来的时候主动请缨要当司机。

谢景非叹了口气："遇哥，果然我是最爱你的。"

他一个刚下飞机的人来给他开车，说不爱他都没人信，谢景非一时兴起，放了一首应景的歌——《最爱你的人是我》。

唐遇抬手遮了遮眼帘，脑袋微微有些重。

车子缓缓发动。

还没半分钟，又被谢景非紧急刹停，他拍了拍副驾驶的椅背："遇遇，遇遇，你看我是不是认错人了？"

谢景非咽了口口水，把车往前面又开了点："那不是蓝姐吗？"

"……"

唐遇手拿下，睁了下眼看过去。

他虽然看不大清那人的长相，但是也知道十有八九就是叶珈蓝。

他们在一起那么久，她走路什么姿势他都记得一清二楚。

唐遇皱了下眉。

紧接着谢景非的话让他眉毛皱得更深："我去，怎么还有个男人？"

知道唐遇看不清，谢景非干脆给他来了个现场语音解说："这个男人还给蓝姐开车门？"

"蓝姐居然还对他笑了……上车了，上车了！"

"他们走了！"

唐遇闭了闭眼："开车。"

谢景非瞬间热血沸腾："啊……跟着他们吗？"

"回医院。"

"……哦。"

宁致先前跟叶珈蓝说的那家餐厅是家法式餐厅。

餐厅环境不错，每一桌都布置得精致巧妙，颇有一种烛光晚餐的氛围。

叶珈蓝觉得她和宁致在这里吃饭不大合适。

但毕竟是自己请客，对方选的地点她不好拒绝，只能尽量选了气氛不那么暧昧的桌子坐下。

外面车水马龙，里头音乐轻缓。

一顿晚餐吃到将近九点。

因为两人都喝了酒没办法开车，餐厅距离叶珈蓝家也不远，步行回家也用不了多长时间。

宁致送她到楼下的时候，是在一刻钟后。

小区里灯光不算太亮，叶珈蓝道谢："谢谢。"

宁致笑笑，“不请我上去坐坐吗？”

他说得直白，但是语气并不让人觉得厌恶。

叶珈蓝也笑：“好。”

她正好有话跟他说。

毕竟自己一个人生活久了，防备意识不弱，叶珈蓝进电梯的时候还不忘给苏锦珂发了条消息：【半个小时后给我打个电话。】

倒不是信不过宁致，纯粹是习惯问题。

毕竟男人大都是靠下半身思考的动物，这句话不是完全没有道理的。

苏锦珂的消息很快回复过来：【没问题。】

电梯门合上，几十秒后，又打开。

叶珈蓝拿出钥匙开门：“随便坐。”

她打开冰箱，拿了两罐可乐出来，一瓶放在自己跟前，一瓶递给了宁致。

“谢谢。”

叶珈蓝笑笑，她也不打开那罐可乐，只双手轻轻捧在了手心：“宁先生。”

宁致挑眉。

冰可乐的凉度从掌心一点点传到指尖，直到整个手都变得冰凉，叶珈蓝酒劲儿醒了大半：“我们不大合适。”

宁致开始皱眉：“我哪里……”

“对不起，是我自己的问题。”

叶珈蓝直视他，眼神透彻干净：“我觉得我跟谁都不合适。”

“……”

“你值得更好的女孩子。”

宁致灌了半瓶可乐：“你有喜欢的人了？”

叶珈蓝没否认。

她低头看了眼可乐易拉罐，上头水珠很大一颗，从上头滑下，一直落到她的指缝：“我喜欢他很多年了。”

宁致深呼了口气：“告诉他了吗？”

叶珈蓝摇头：“不敢告诉。”

“……”

敢情还是一段旷日持久的暗恋。

宁致觉得自己从一开始就输得一败涂地。

“宁先生，我今天就是想跟你说明白，不要在我身上浪费时间了。我妈那里我也会说清楚，我保证她以后不会再去打扰到你的生活。”

叶珈蓝声音很轻：“对不起，本来应该早点说的。”

宁致摇头。

其实叶珈蓝对他的拒绝从一开始就很明显，只不过宁致觉得接触还少，只是时间没到而已。

“那你以后怎么办？一直不打算找男朋友了吗？”

“再说吧。”

忘不了唐遇之前，她找谁就是对谁不公平。

宁致叹了口气，把剩下的半罐可乐一饮而尽：“谢谢你。”

叶珈蓝抬了下眼，宁致自嘲一笑：“起码没把我当备胎对待。”

他起身，颇有君子风度：“坐也坐完了，早点休息，我先走了。”

这时候挽留的话都显得无力而且虚伪，叶珈蓝起身送他到门口。

电梯还是停在这层的，所以下楼键才按下，电梯门就很快打开，宁致抬脚进去，站定之后又冲她笑了一下：“不过我还是不太甘心啊叶医生，希望有机会能和你喜欢了很多年的男人见一面。”

话还没说完，电梯门缓缓合上。

宁致的话有半句关在了里面，叶珈蓝没听太清。

她盯着楼层数字一节节地下降,一直到停在了一楼,她才转身回了家。

而此刻，叶珈蓝喜欢了很多年的男人，就坐在她家楼下停着的黑色卡宴里。

唐遇在车上待了二十分钟了。

今天晚上的手术用时极短，七点开始，八点多就结束了。

因为病人颅内大出血，没有抢救过来。

一出手术室，唐遇就被吴主任勒令回家好好睡一觉，他眼底血丝显而易见，吴主任还特地给他多放了半天假：“明天下午之前，不要让我见到你。”

唐遇九点出的医院，然后直接开车到了叶珈蓝的小区。

他记性好，所以还记得她家住在哪里。

但他现在心情不大好。

因为他刚才把车停下的时候，看到一个男人跟叶珈蓝一起进去了。

唐遇刚来的时候，手上还带着淡淡的血液和消毒水的味道，这会儿过了十几分钟，他的指尖完全被一种厚重的烟味覆盖。

唐遇点了第五支烟。

抽到一半的时候，刚才那个男人出来了。

因为距离太远，他看不清男人的长相和表情，但是他能看出那人步子迈得大，而且快。

唐遇觉得，应该是轻快。

那男人在叶珈蓝家里待了十几分钟。

十几分钟能干什么？

聊天，拥抱，接吻……

速度再快一点直入主题的话，爱都能做完一次。

唐遇视线抬起，叶珈蓝家窗口的位置灯还亮着，他盯着看了几秒，夹着烟的手指一用力，那半截烟就折断在了他手里。

烟星还没灭，在他食指指腹重重烫了一下。

但是唐遇没太感觉到疼，他把烟蒂扔到烟灰缸里，在车里靠了半个小时，直到烟味渐渐散开，他才拿出手机拨了个电话出去。

他用的左手。

男人手指干净白皙，只不过虎口偏上的位置多了一道口子。

是晚上做手术时手术刀划破的，刀尖锋利，他的血和那个大出血的病人混在了一起。

但是现在他丝毫不觉得疼。

唐遇头微微抬起，盯住那盏还亮着的灯，下一秒，电话里传来女人的声音："喂……你是哪个唐医生？"

叶珈蓝喝醉了。

唐遇第一秒想的是，他和叶珈蓝的第一次，就是因为她喝醉了。

喝醉了，所以有胆子酒后乱性。

所以，她和刚才的男人，是不是也——

44

不能再继续往下想了。

唐遇的理智一点点地抽离，再多想一分一秒，他可能都会控制不住自己。

而此刻的楼上，叶珈蓝抱着一罐空了的啤酒瓶，轻轻打了个嗝，见没人说话又看了眼来电显示："唐医僧……诶，是唐僧吗？"

旁边散落了几个空的酒瓶，她喝得多，而且急，所以酒劲儿上头上得也快。

跟前的名字出现了重影，叶珈蓝说话时卷翘舌也开始分辨不清。

“你取经回来了吗？”

叶珈蓝又摸了灌啤酒过来，开罐之前还晃了几下，结果一打开，晃荡出的泡沫喷得满手满脸都是。

唐遇听她念叨半天，然后毫无征兆地，她就突然“啊”了一声。

电话被那头女人挂断。

唐遇拳头攥紧，再攥紧，直到左手的伤口又渗出来丝丝血迹才又松开。

下一秒，他打开车门下车，进了叶珈蓝住的那栋楼。

唐遇记得叶珈蓝家的门牌号，但是他没有她家钥匙。

他怕叶珈蓝喝醉了在家里出事，犹豫反悔的时间都没有，就伸手敲了敲房门。

里头没有动静。

唐遇敲了第二下。

还是没动静。

他再拿出手机给叶珈蓝打电话，这次响了几声也没接通。

唐遇给谢景非打了个电话：“把苏锦珂手机号给我。”

谢景非正在酒吧闹腾，音乐声震耳欲聋，他几乎是吼着报了一串数字。

刚吼完，电话被唐遇挂断。

他把苏锦珂的号码拨了出去，那头一接听，他就沉声开口：“我是唐遇。”

“啊……哦哦哦。”

苏锦珂停车不及时，差点一头撞在绿化带上。

“你有叶珈蓝家里的钥匙吗？”

“有，”苏锦珂心往上提了一下，“我现在到她家楼下了，马上就上去。”

她前不久应叶珈蓝的要求给她打了个电话。

结果她接倒是接了，就是说话颠三倒四，而且带着很重的鼻音。

苏锦珂放心不下，连忙开车过来看看她。

唐遇的电话挂断之后，苏锦珂快步进了电梯，在电梯里的那十几秒钟就把叶珈蓝家里的备用钥匙找了出来。

电梯门打开的时候，她一眼看见叶珈蓝家门口站着的男人。

他站得随意又笔直，听到动静才转头看她一眼：“她好像喝醉了。”

苏锦珂点点头，没时间说多余的话，连忙拿了钥匙开门进去。

客厅里光线极暗，只有玄关处亮着一盏灯。

苏锦珂轻车熟路地把灯打开。

光线一亮，地板上那摊不明液体无处遁形。

啤酒罐横七竖八地躺了好几个，整个客厅都充斥着一种淡淡的苦涩味道。

叶珈蓝不在客厅。

她的妈呀。

苏锦珂被这灾难现场吓了一跳，连忙奔去叶珈蓝的房间去找人：“弯弯？”

唐遇跟在她后面进来。

苏锦珂跑到床上翻被子，唐遇去了浴室。

浴室门一打开，他就看到衣冠不整地坐在浴缸里的人，安安静静地抱膝坐着，一动不动像是睡着了。

唐遇敲了下浴室的磨砂玻璃门：“这儿呢。”

苏锦珂连忙跑过来，从门口挤进去拍了拍叶珈蓝的脸：“弯弯？”

幸亏浴缸里没水，不然明天非感冒不可。

叶珈蓝眼睛张开了一条缝，盯着她看了几秒，然后小声呜咽了声："我要洗澡。"

"……"

苏锦珂转头看向门口唯一的男性。

不等她开口，唐遇就关了门出去。

浴室外的客厅一片狼藉。

唐遇找东西简单收拾了下，然后进厨房给叶珈蓝煮了一碗醒酒汤。

半小时后，苏锦珂总算给叶珈蓝洗完了澡。

后者半梦半醒，眼睛大多数时候是闭着的。她还算乖巧，不哭也不闹，所以这澡洗得也还算顺利。

苏锦珂给她套了一件睡裙，把她扶到床上躺下之后，拿了换下来的衣服扔进了洗衣机。

再从卧室出去的时候，客厅里已经干净了不少，窗户也被打开透风，里头酒味散开了不少。

苏锦珂拿了空气清新剂喷了几下。

她注意到厨房有动静，但是为了避免见面不知道说什么的尴尬，苏锦珂没过去看，她给谢景非发了条微信：【唐遇现在在弯弯家里，我是不是应该安静地离开？】

谢景非：【你有这个觉悟就好。】

"……"

话是这么说，但苏锦珂还是放心不下。

她得眼睁睁看着唐遇离开叶珈蓝家里，不然容易出事故。

苏锦珂又转头看了眼厨房的地方：【唐遇居然还会做饭？】

【你以为谁都像你？】

【呵呵，你会吗？】

谢景非不说话了。

苏锦珂跟他扯了几句皮，刚打开冰箱拿了罐酸奶出来，旁边的房门就被人打开，叶珈蓝整个人挂在了门框上："好饿啊……"

她眼神蒙胧，酒劲儿虽然还没过去，但是好像也有了点理智。

苏锦珂"啊"了一声："喝酸奶吗？"

"喝粥。"

"……"

她不会熬粥啊。

苏锦珂抓了抓头发，想着反正唐遇这会儿在厨房，干脆就厚着脸皮跑到了厨房门口："那个……唐遇同学，弯弯她说她想喝粥……"

也不知道叶珈蓝是什么时候过来的。

苏锦珂扒着左边的门框，她就扒着右边的门框，用力点了点头："我想喝粥……遇遇。"

苏锦珂："……"

她突然就搞不懂叶珈蓝这会儿是醉着还是清醒着了。

唐遇明显也没想到她会突然这么叫他，开火的动作顿了半秒，然后他偏头看过来。

他看的是苏锦珂。

"……"

巨型电灯泡苏锦珂默默地退了出去。

所幸叶珈蓝也没什么太特别的举动，苏锦珂坐在沙发扶手上盯着她的背影看了几秒，又给谢景非发了条消息：【弯弯和唐遇现在在独处，我是不是不该打扰他们？】

【是。】

【但是弯弯喝醉了啊。】

【喝醉了好啊！】

【？】

【我的意思是，喝醉了遇哥就更不可能跟她发生什么了，你知道遇遇不喜欢喝酒，他对着一个满口酒气的女人，亲都亲不下去口的。】

苏锦珂觉得有道理。

刚要放下心来喝自己的酸奶，厨房里就传来一声动静。

再一抬头，厨房门口早就没了叶珈蓝的人影。

苏锦珂酸奶都顾不上喝了，拔腿就跑过去看，叶珈蓝不知道什么时候挂在了唐遇的身上。

她喝了酒之后整个人都变得不大一样，手像是没有骨头一样，正在解男人衬衣的扣子。

“……弯弯？”

叶珈蓝像是没听见，半点反应都没有。

好不容易解开了一颗，要解下一颗的时候，她的手被人握住，唐遇眉目微敛，声音低下来：“别闹。”

苏锦珂看唐遇的表情，觉得他下一秒就会把叶珈蓝从厨房里丢出去。

但是他没有。

唐遇只是把她扯开了半分，转身把醒酒汤端了过来，“张嘴。”

叶珈蓝嘴角轻轻扁了下：“你喂我。”

“……”

苏锦珂觉得，她越来越像是一个电灯泡了。

而且她现在确定一定以及肯定，叶珈蓝明天醒了之后会恨不得弄死自己。

唐遇现在就想弄死她。

他喉结重重地滚了几下，耐着性子把碗递了过去，结果那女人刚喝了一口，就趁着他低头的工夫扬起脸，把嘴巴凑了过来。

苏锦珂再次默默退了出去，出去的同时还无比贴心地给他们关上了门。

厨房内外瞬间冰火两重天。

外头苏锦珂屏着呼吸听里头的动静，而厨房里头，唐遇的几颗扣子完全是被叶珈蓝扯掉的。

叶珈蓝手上指甲再短，但是用力的时候，还是在他脖颈上留下了几道印子。

她手腕细得像是一折即断。

唐遇没敢用力扯她，他身上出了不少汗，眉头越皱越紧，好不容易把她扯开些，才刚把那个碗放到料理台上，叶珈蓝就又贴了过来。

她这次贴得比刚才都要更紧。

因为没穿内衣，所以身体贴在他身上的时候，曲线柔软又曼妙。

唐遇觉得自己这会儿还能忍得住，自制力强得已经不像是个男人了。

他握住跟前女人纤细的腰肢，还没来得及有什么动作，叶珈蓝的手就从他的小腹向下，然后胡乱地开始扯他裤子的拉链。

唐遇也顾不得会不会弄疼她了，握住她的手腕不让她再动："叶珈蓝。"

叶珈蓝虽然醉了，但还是知道自己的名字，她"嗯"了一声，没被唐遇固定的那只手又伸过去摸索起来。

下一瞬，她的睡衣被撩起来。

叶珈蓝手上动作只僵了一瞬，就扬着声音"啊"了出来。

客厅里的苏锦珂吓得酸奶盒掉在脚边，她鞋都没顾得上穿就奔到厨房门口，刚握住门把手把门打开，就又被人从里面关上。

唐遇声音低低，明显压抑着什么："别进来。"

苏锦珂在外面绕了个小圈圈："唐唐唐……唐遇，弯，弯弯她今天喝多了，你不能强，强迫她……”

唐遇把叶珈蓝压在了厨房的门上，低头一看，身下的女人眉眼都皱着，眼泪都挤出来了几滴，他轻轻扯了下嘴角：“你确定是我强迫她？”

“……”

苏锦珂说不出话来了。

唐遇轻轻动了一下，里头又立刻传来女人婉转绵长的一声轻哼。

苏锦珂面红耳赤：“弯弯明天还要上班，你……你……”

“嗯，”里面男人声音低得有些发哑，“我尽量。”

45

尽量……尽量什么？

尽量让她明天早上能去上班，还是明天早上上不了班？

苏锦珂站在门外，明显是受了里头火热气氛的影响，她脸皮难得薄了一次，一直从脸红到了脖子根。

一门之隔，里头破碎的呻吟声断断续续从门缝中挤了出来，苏锦珂在外面走也不是留也不是。

她站了大概有半分钟，然后实在忍受不住，捂住耳朵溜去了客房。

砰的一下，所有声音都被她隔绝在了外面。

房间内安安静静，苏锦珂心想，明天可能将是最考验叶珈蓝心理承受能力的一天。

她不敢想象，也没法想象。

而客房外面，苏锦珂前脚刚走，厨房的门后脚就被打开。

唐遇抱着叶珈蓝出来，大步迈向卧室。

怀里女人眉头拧得紧紧，整张脸上红晕未褪，看着妩媚可爱，越发叫人怜惜。

但是唐遇没办法怜惜。

他今天是被欲望冲昏了头脑，眼神炙热，动作粗暴，身体压下之后，毫不犹豫地贯穿而入。

床头因剧烈运动磕碰在墙上发出细微的撞击声，像是一把催情利刃，一点点刺激着他的耳膜。

唐遇已经顾不上叶珈蓝明天早上要不要上班了。

理智被剥夺，他脑海里全是叶珈蓝刚才在他耳边说的话，她说："唐遇，怎么办啊……我还是很喜欢你。"

能怎么办？

他不也是喜欢她到非她不可的地步吗？

苏锦珂和谢景非，甚至包括叶珈蓝自己在内的三个人，全都以为他和叶珈蓝分手后就没有了任何交集。

但是唐遇知道根本不是这样。

他放不下，也没办法装作放下。

所以分手后第一个月，他就给叶珈蓝打了一通电话。

他号码所在区域是美国，怕叶珈蓝发现不对劲儿不肯接，唐遇还特地换了其他省份的号码打给她。

叶珈蓝果然接了，而且脾气很好地说了句"hello"。

唐遇当时呼吸微微一重，没出声。

叶珈蓝又看了眼来电显示，陌生的区域识别，陌生的电话号码，她用英语问了句"有什么事吗"，那头依旧没人回答。

她以为是诈骗电话，干脆利落地把电话给挂了。

但是挂断没多久，那个电话很快重新打过来。

叶珈蓝本来不打算再接的，结果那头的人实在有毅力，一次不接就打两次，两次不行就打三次，打到第四次的时候，她按了接听："这位朋友，国际长途很贵的，话费扣没了你给我充吗？"她本来想开始就骂他几句，然后大姐大一样挂断电话的。

但是她偏偏性子柔，长大了更是连句脏话都说不出口，憋了半天也只憋出来一句："Huck you！"

那头人隐隐约约笑了一声。

克制，而且温柔。

叶珈蓝没心思细听，懊恼之下，她一把挂断电话，并把那个号码拉进了黑名单。

几分钟后，她手机收到了移动营业厅的一条话费充值信息。

那人居然真的给她充了话费，而且是上千的起步价。

不过天上掉的馅饼，叶珈蓝到底没敢接。

第二天她就注销了那个手机号。

自此以后，叶珈蓝的电话唐遇再也没有打通过。

后来再知道她的新手机号码，是因为她有次喝醉了，稀里糊涂拨了唐遇以前用的手机号。

唐遇这种人是典型的资本家，话费存一次用几年，旧手机卡一直放在另一个手机里，每次都自动延续月租。

但他不常开机。

那次开机纯属偶然，唐遇本来是打算随便看两眼就关机的，结果就这么两眼，一个陌生号码打了进来。

唐遇没接。

但是也没立刻把手机关机。

等他洗漱完从洗手间出来，那个号码的未接来电已经有几十通了。

唐遇挑了挑眉。

然后铃声再响的时候，他把电话接了。

接了跟没接其实差不了多少，因为那头根本就没有声音。

唐遇开始以为是恶作剧，直到那头女孩子轻轻哼了一声。

就一声，他的动作就蓦地僵了一瞬。

下一秒，里头苏锦珂的声音传来：“弯弯，你怎么又喝酒了？”

“诶？喝醉了居然还能拨了一个陌生号码出去？”

她把手机从叶珈蓝手里拿过来：“不好意思打扰了，我朋友刚才喝醉乱按了一个号码，对不起对不起……”

连着道了几次歉之后，苏锦珂把电话挂断了。

唐遇还维持着之前的姿势没有动。

在他看来，叶珈蓝醉后的一声轻哼，都能要了他的命。

也是从那天开始，唐遇的旧手机再没有关过机。

叶珈蓝的电话也的确来过几次，每次都是喝醉了酒不说话，轻轻浅浅地对着听筒哼哼唧唧。

然后就像是唐遇单方面做了一场梦,梦醒后所有的一切又回归原点。

叶珈蓝完全不记得自己给他打过电话了。

这种情况一直持续到唐遇回国前不久，他最后一次接到叶珈蓝的电话。

当时是初春三月，北京时间晚上十二点多。

叶珈蓝那次也喝醉了，不省人事地对着电话说想他。

但酒醒以后，她很快又会把他抛之脑后，再对他闭口不提。

唐遇已经料到了起因经过和结果。

但是他想要的不是叶珈蓝酒后吐的真言。

唐遇想要的，是叶珈蓝和他一起，清醒地坠入深渊。

叶珈蓝第二天醒得挺早。

生物钟已经形成了，加上身体不大舒服，她六点多就摸到手机看了眼消息。

职业病的缘故，她一睁眼就下意识看有没有同事找她，住院部的患者有没有出什么岔子。

工作群里风平浪静。

叶珈蓝翻了个身。

动作幅度不大，但是异常不舒服。

腰像是被人掐断过一样，腿也像被用力掰开抻直了好久，浑身都难受。

像是透支身体运动过量了。

叶珈蓝记得自己昨天喝了不少酒，但是思前想后也没想起自己昨天干了什么。

总不能大半夜跑楼下跑圈去了啊？

叶珈蓝皱了皱眉，两手食指一抬，在太阳穴的部位轻轻揉了几下。

两秒后，她脑海中突然浮现自己强吻唐遇的画面。

叶珈蓝下意识吞了吞喉咙。

她左手按压了下酸疼的大腿，然后用了另外一只手发消息给苏锦珂：【珂珂，我昨晚做了个梦。】

苏锦珂回复得异常迅速：【啊？】

【你醒得好早啊。】

【……】

苏锦珂不是醒得早，她是根本没怎么睡。

开始的时候她还有睡觉的意思，结果这公寓的隔音效果没有想象中好，隔壁床晃荡的声音绵延不绝地传过来，把苏锦珂的睡意晃荡得烟消云散。

好不容易等隔壁消停下来，她又睡不着了。

苏锦珂翻来覆去大半个晚上，难得浅眠一次，被微信震动声一叫即醒。

她问叶珈蓝：【什么梦啊？】

【春梦。】

叶珈蓝：【我梦见我昨天喝醉了强吻了唐遇。】

苏锦珂：【你昨天是真的喝醉了。】

【但我没强吻唐遇吧？】

叶珈蓝活动了一下腰肢：【做梦做得我好累啊……跟真的一样。】

苏锦珂装起死来。

叶珈蓝在床上又躺了几分钟，苏锦珂的回复她没等到，刚掀了被子去拿衣服，房门就突然被人推开。

她动作一僵，然后抬眼，看到站在门口，盯着她裸露在外的光滑肩膀丝毫不避讳的男人。

这人好像是……

她春梦的，男主角。

46

叶珈蓝完全石化，衣服都忘了穿。

她怔怔和男人对视了半分多钟，最后还是唐遇先开的口：“醒了？”

“……”

声音真切，不是幻听。

叶珈蓝这才反应过来，连忙把被子拉起来遮住身体：“你……

你怎么在我家？”

唐遇推门进来。

他手里端了一碗粥，放到床头柜上的时候，浓浓的米香四溢出来，瞬间把满屋子淡不可闻的奇怪味道给掩盖下去。

叶珈蓝不自觉皱了皱鼻子。

唐遇没回答她那个问题，眼角微微一敛：“不是要去医院？”

言下之意：她该起床了。

叶珈蓝当然能明白他的意思。

但是唐遇就在她身边不足半米的地方站着，别说起床，就连把被子拉下去的勇气叶珈蓝都没有。

她攥着被子的手指一点点收紧，紧到指甲微微泛白的时候，手机屏幕亮了一下。

苏锦珂的回复刚好这时候发了过来：【弯弯，虽然我知道你可能不愿意接受，但是我还是要告诉你，你昨天……不仅强吻了唐遇……】

后面的话苏锦珂没说完。

不用她说完，叶珈蓝自己都知道是怎么回事了。

怪不得她今天全身都像散架了一样，原来不是她做春梦梦到了唐遇。

他的亲吻，他的拥抱，包括他毫不留情的侵占，所有的一切都是真实发生过的。

手机屏幕还亮着，叶珈蓝视线落在上头，她镇定了好一会儿，直到屏幕自然暗下去，她才又把视线收了回来。

唐遇的手指在柜面轻点了下，叶珈蓝没敢看他的眼睛，所以就盯着他的手指看了眼。

男人左手无名指上的戒指款式简单，但是看着明亮又晃眼。

几秒后，叶珈蓝盯着那枚戒指的视线开始发虚：“唐遇……”

唐遇侧眸看她。

叶珈蓝虽然没抬头，但是能感受到他认真炙热的视线。

她轻咬了下牙关：“昨晚的事……是因为我喝醉了。”

“所以？”

他接话接得漫不经心，但是眼神里的光已经渐渐凉了下来。

“所以，我们还是把昨天……”她实在有些难以说出口，顿了顿才又道，“给忘了吧。”

那人不回答。

安静了半晌，然后他轻嗤了一声。

叶珈蓝下意识抬头去看他的表情。

结果脸刚抬起来，唐遇就突然压低身子凑了过来。

他左手轻撑在了叶珈蓝的身侧，然后右手抬起，落在了叶珈蓝捏着被子的手上。

男人身上还残留着清淡的沐浴露味道，叶珈蓝轻颤了下，直觉他不会做出什么正常的事来。

果然，下一秒，唐遇撑在她身侧的手也抬了起来，一根根地把叶珈蓝的手指掰开。

他用力巧妙，不会让她感觉到疼，但是又能轻而易举地让她松开。

“你能忘吗？”

话音落下，唐遇把遮在她胸口上的被子拉了下来。

叶珈蓝身上还穿了一件睡衣，是吊带的，虽然穿着，但是春光依旧没遮住多少。

男人的手指就从她的锁骨向下，顺着她肩膀的弧度滑下来：“真的能忘？”

他意有所指。

叶珈蓝低头一看，然后看到自己锁骨下面的斑驳红痕。

触目惊心，全都是昨天晚上留下的印记。

叶珈蓝只看了一眼就把头偏过去，刚要回答，唐遇就同样偏了下头，他的吻落在叶珈蓝的耳垂上："但是我忘不了。"

"……"

吻停留一秒，叶珈蓝的脸又偏了下，她避开男人的吻："唐遇，我们还是冷静一下吧。"

她需要冷静，

需要一段足够的时间来思考他们的未来。

叶珈蓝呼了口气，又转头看了眼唐遇无名指上的戒指，她眼神微闪："你……"

"怎么了？"

唐遇视线一低，顺着她的目光看到谢景非送自己的那枚戒指。

他大概知道了叶珈蓝在意的是什么。

"我之前说过，我没有过别的女人。"

他慢慢站直身子，伸手摘下无名指上的戒指，然后轻轻放在了床头柜上："戒指是景非送的。"

意料之中也是意料之外的事。

叶珈蓝其实早就该知道的，唐遇应该没有女朋友。

因为如果有女朋友的话，他肯定不会对她做出这种事来。

唐遇性子虽然冷，但是肯定干不出这种渣男行径。

她"哦"了声，心跳明明还没平复下来，但是语调又奇迹般平静下来："我要穿衣服了。"

唐遇看她一眼，他眉头轻轻皱着，但是到底也没说出什么拒绝的话来，只轻轻"嗯"了声："记得吃早饭。"

他自己知道饮食不规律的危害，所以不希望叶珈蓝也养成这种不好的习惯。

唐遇没再看叶珈蓝，转身出门。

开门的时候，叶珈蓝突然又叫住他：“唐遇。”

男人站住，但是没回过头来。

“……没什么。”

“叶珈蓝。”

“……嗯？”

叶珈蓝怀疑唐遇下一秒也会说出一句“没什么”来，眼睛一眨不眨地盯着他的背影看。

看了几秒之后，唐遇突然就转头看了过来。

然后，他眼角一挑，嘴角一弯：“我等你。”

叶珈蓝觉得自己心都化了。

有那么几秒的时间，她觉得自己马上就想扑到他怀里，结果这念头还没坚定下来，那人已经出去关上了门。

房间安静下来。

叶珈蓝看了眼时间，六点半。

刚穿好了上衣，手机铃声就响了起来。

叶珈蓝正在穿裤子。

她身体不舒服，胳膊腿的都不大协调，裤子穿到一半就倒在床上去接电话。

里头年轻女声立刻传了过来：“叶医生，你赶紧过来吧，307有个病人今天不知道怎么回事，非闹着要跳楼！”

叶珈蓝一下子撑在床上爬了起来，结果刚坐到了床上，又不由自主地往床上倒了下去。

她急急嗯了声：“怎么回事，她昨天有哪里不对劲儿没？”

她记得307的病人是个四五十岁的阿姨，因为被丈夫家暴多年状态一直不大好，直到儿女都长大成人了才把她送到了医院来。

也不知道是纯粹为了治疗，还是嫌她累赘。

叶珈蓝都没时间洗漱，拿着手机风风火火地出了门，到了玄关随手换了双鞋，刚要开门出去，就听见唐遇问了句：“怎么了？”

“我们科室有个病人闹跳楼，我得过去看看。”

唐遇皱了眉，三两步走到了她的跟前，

“我送你过去。”

叶珈蓝没拒绝。

一是因为情况确实太紧急，二是因为即使作为普通同事，他送她过去也不是什么不能接受的事。

叶珈蓝还没这么矫情，应了一声之后轻声道谢：“谢谢。”

唐遇垂眸看她一眼。

叶珈蓝可能是第一次碰到这种事，脸色都有些发白，额头和鼻尖冒出了一层薄汗。

唐遇替她开了门：“患者什么病？”

他一出门，叶珈蓝立刻跟了上去：“精神分裂。”

叶珈蓝低头跟着他进电梯，拿出手机用微信问刚才给她打电话的护士：【现在什么情况？】

【刚才几个医生把她从窗口上拉了下来，但情况还是不太稳定。】

叮的一声，电梯门打开。

叶珈蓝敲了几个字：【我马上到。】

因为时间还早，上班族们大多还没开始工作，所以道路还算畅通。

从叶珈蓝家里到医院，开车过去只用了几分钟。

一到医院门口，车还没停稳，叶珈蓝就迅速把安全带解开，“谢谢”两个字说得十分敷衍，根本不等主驾的人听清，她已经开门下了车。

她个子高，腿也长，走起路来带出了一阵风，长头发在背后飘起来，她估计是嫌碍事，边扎头发边往医院里走。

还没半分钟，她的身影完全消失在视线里。

唐遇这才把视线收回来，把车开走，然后找了地方掉了个头。

307 病房的病人其实不能完全算是叶珈蓝的病人。

她入院三个多月，叶珈蓝只负责了她一个月，后两个月是由科室的另一个医生负责的。

之所以打电话给她，是因为那个医生请了年假去旅游了。

护士想起她负责过那个病人，应该多少比其他人要了解情况，所以才叫了她过来。

实在是没办法的事。

叶珈蓝坐电梯上楼，刚出楼梯，在走廊里急得团团转的护士就迎了上来："叶医生……"

"现在怎么样了？"

叶珈蓝刚要推门进去，就被小护士给拽住，"叶医生，病人刚才注射了异丙嗪，这会儿刚刚睡着。"

"打了几针？"

"两针。"

叶珈蓝嗯了声："那我先回办公室换件衣服。"

她转身就走。

护士赶紧又跟了上来："叶医生，刚才我想了一下，然后想起昨天下午病人家属来医院看过她。"

叶珈蓝微微皱眉："怎么回事？"

她昨天下午不在医院，所以根本不知道什么情况。

"他们说了什么我肯定不知道啊，但是家属走了之后，病人就一直安安静静的，连句话都不说……”

“嗯，”叶珈蓝顿了两秒，“等她醒了叫我一声，谢谢。”

说话间，两人到达精神科的楼层。

叶珈蓝按了下眉心，推开办公室的门进去。

许恋还没到。

办公室里安静而且滞闷。

叶珈蓝把窗户开到最大，她心静不下来，干脆打开手机随手点了歌单里的一首纯音乐放了起来。

早上不到七点钟，歌曲循环第二遍的时候，叶珈蓝趴在桌子上又睡着了。

睡了一个小时，她被许恋叫醒：“宝贝，该去查房了。”

叶珈蓝睡眼惺忪：“……哦。”

“昨天不是周日吗？怎么今天看起来这么没精神？”

“睡得有点晚了，”叶珈蓝去洗手池旁边用冷水洗了把脸，“恋恋，你昨天下午在医院吗？”

“在啊，怎么……”还没说完，许恋恍然大悟地“哦”了一声，“我刚才来的时候听到他们在议论 307 的那个阿姨了。”

“我昨天看见她儿媳妇过来医院了。”

“不过也就不到十分钟吧，她就走了。”

叶珈蓝点了点头。

她记得那个病人的症状，时而清醒时而糊涂，又时而疯癫。

反复无常，所以才叫作精神分裂。

她和唐遇以前的人格分裂虽然都属于精神类疾病，但是情况完全不一样。

许恋没过多在这个话题上耗费时间，她瞥了眼叶珈蓝睡觉时在眼角压出来的红印子：“你大早上被叫过来的？”

叶珈蓝有气无力的地点头。

她还是腰酸腿软，干什么都觉得提不起力气。

“吃饭了没？”

叶珈蓝摇头，她想起唐遇早上给她端进屋的那碗粥，然后轻轻叹了口气。

半秒后，她抬头看许恋：“我还没有洗脸刷牙。”

后者立刻浮夸地退开几步远：“去去去，嫌弃死你了。”

塑料姐妹情。

叶珈蓝微微扁了下嘴，她声音压低：“有人不嫌弃我就行了。”

许恋：“谁不嫌弃你？”

叶珈蓝装作没听见这个问题。

有人就是有人啊。

那人今天早上还亲她耳朵来着，即使知道她那时候还没有洗漱。

不能想。

叶珈蓝晃了晃脑袋，理了一下被压皱的白大褂袖子，然后拿了病历夹拉着许恋出了办公室。

叶珈蓝早上本来是没心情吃饭的。

查完房又被云欢缠了半个小时，饿劲儿也早过了，结果刚回办公室不久，门就被人敲了一下。

隔壁科室的男医生探头进来，“叶医生，我能进来吗？”

叶珈蓝点头。

男医生立刻推门进来，他咳了一声，然后十分郑重地把背在身后的保温盒递了过来：“叶医生，你早上还没有吃饭吧？”

许恋本来以为他找叶珈蓝是因为工作上的事，结果说了没几句，方向突然就变了。

她一脸茫然地抬了下头。

叶珈蓝同样一脸茫然，共事了几年，只要不是新入职的，医院的男医生基本都知道她什么情况。

这完完全全就是一个弯不下去的钉子，碰都碰不得。

已经很久没人给她送过花和早午饭之类的东西了。

叶珈蓝嘴角轻轻一抽："我……不用……"

那医生不管三七二十一，根本不等她说完，就把保温盒塞到了她的手里："叶医生，这可是唐医生特地给你准备的爱心早餐，你就吃了吧！"

许恋："……"

她是不是听错了什么？

图书在版编目（CIP）数据

第九行诗 / 时衿著. — 南昌 ： 百花洲文艺出版社，
2019.4
ISBN 978-7-5500-3177-7

Ⅰ. ①第… Ⅱ. ①时… Ⅲ. ①长篇小说－中国－当代
Ⅳ. ①I247.5

中国版本图书馆CIP数据核字(2018)第295233号

第九行诗

时衿　著

责任编辑	袁　蓉
美术编辑	仙　境
制　　作	鲤伴文化　魏　佳
出版发行	百花洲文艺出版社
地　　址	南昌市红谷滩新区世贸路898号博能中心I期A座20楼
邮　　编	330038
经　　销	全国新华书店
印　　刷	北京盛通印刷股份有限公司
开　　本	880mm×1230mm　1/32　　印张　21.5
版　　次	2019年6月第1版第1次印刷
字　　数	507 千字
书　　号	ISBN 978-7-5500-3177-7
定　　价	65.00元（上、下册）

赣版权登字05-2018-544

邮购联系　0791-86895108
网　　址　http://www.bhzwy.com

第九行诗

下

时衿 / 著

百花洲文艺出版社

PART 7
醋味太重

他声音越发地哑，像是从鼻子里哼出来的一样。

叶珈蓝的脖子像是被烫了一下，她下意识缩了下肩膀：“……你是哭了吗？”

47

许恋以为是自己的耳朵出了问题，下意识问了句："唐……医生？"

男医生立刻回："唐遇唐医生啊！"

"……"

感觉更像是许恋耳朵出了问题。

世界仿佛都变得玄幻起来，唐遇和叶珈蓝在她心目中的地位身份瞬间颠倒过来。

她眼中一直以来都是被人追求的高岭之花，突然变成了追求别人的二十四孝男友。

许恋无比震惊的视线从保温盒挪到叶珈蓝脸上。

叶珈蓝似乎也愣了一下，看了眼保温盒，又看了眼对面的男医生。

她眼神有点飘，看在男医生眼里，还以为她是在犹豫，他连忙再接再厉地又加了句："唐医生昨天手被手术刀划伤了还给你做饭，叶医生，你不会也跟外科医生一样铁石心肠吧？"

外科医生见惯生死，相比于她们这种科室的医生，总容易给别人一种铁石心肠的感觉。

男医生觉得叶珈蓝肯定不是这样。

她对谁都温柔，拒绝别人也都是温温柔柔的。

可能是因为对叶珈蓝的期望值太高，以至于等了半天没得到自己想象当中的回应，语气也跟着变得不确定了起来：“叶医生……？”

刚说完，叶珈蓝抬眼看了过来：“他手怎么了？”

“就是昨天晚上七点那台手术，唐医生是一助，手术的时候不小心把左手划破了……”男医生轻叹了口气，“虽然这对于外科医生是常事，但是我听吴主任说，唐医生以前很少会出这种问题。”

这人的每一个字都模模糊糊地落到她的耳朵里，但是组合起来又变得无比清晰。

叶珈蓝眼底有微不可察的慌乱闪过，声音都比平常颤了半分：“他人呢？”

今天早上的时候因为心里乱，叶珈蓝有意避开跟他在肢体和视线上的接触，所以根本没注意到他手上有没有伤口。

现在听男医生这么一说，她已经脑补出来了唐遇伤口的样子。

几厘米长，血肉外翻，横亘在掌心——

叶珈蓝不大敢想了。

她不太能见血，下意识闭了闭眼，声音更颤：“很严重吗？”

“还行吧，唐医生那反应一看就是习惯了，连眉毛都没皱一下……”

“他今天早上休班吗？”

“本来不是的……但是昨天吴主任觉得他状态不好，让他休息半天，”男医生说到了激动处，连音调都高了起来，“所以唐医生是特地为了给你送早餐才来医院的。”

“……”

“我看他今天状态也不是太好。”

见叶珈蓝看他，又连忙解释了句：“看着像是昨晚没睡好。”

叶珈蓝：“……”

她想着唐遇应该也睡不好。

神外的医生时间向来紧，他边说边看了眼表，然后再看一眼叶珈蓝手里的保温盒：“叶医生，马上有个预约的病人要过来了，我得先回去了，爱心早餐你记得吃。“

他着重强调了“爱心早餐”四个字。

说完也不等叶珈蓝回复，直接逃跑似的出了办公室。

门一关上，许恋就从椅子上站起凑了过来：“你跟唐医生到底是怎么回事？”

叶珈蓝还想着男医生那句“他状态不好”的话，迟钝了几秒才“啊”了一声：“什么？”

一看就是没认真听她说话。

许恋把保温盒从她手里拿过来放在桌子上：“他追你？”

叶珈蓝不说话。

许恋就当她是默认了，眼底的震惊显而易见：“他居然真的在追你？”

许恋：“我昨天还跟隔壁的护士说，唐医生这种高岭之花，只可远观不可亵玩——”

“亵玩？”

“……”许恋差点给她一拳，“我就是打个比方。”

叶珈蓝心思还没收回来，心不在焉地“哦”了一声：“然后呢？”

然后？

然后她今天就被打脸了。

许恋多少有点想不通，她看了眼放在桌子上的早餐，又看了眼叶珈蓝："他什么时候开始的？"

"……今天。"

昨晚有过一次意外之后，唐遇好像突然就把窗户纸捅破了。

叶珈蓝知道唐遇多多少少对她还有心思，但是这段时间一直朦朦胧胧的，她本来以为还要一直朦胧下去，直到昨晚。

叶珈蓝短时间内接受不了，他倒是坦然，居然连早餐都送到她的科室来了。

许恋不错眼珠地盯着她脸上的表情："你们昨天干了什么？"

她仔细回想刚才男医生说的话，想了几秒后，恍然大悟地"哦"了一声："我刚才听见他说唐医生看起来像昨晚没睡好——"

许恋觉得自己的第六感准到令人发指："是我想的那样吗？"

叶珈蓝点头："酒后乱性。"

她突然直白起来，许恋反倒觉得有点不适应了，被噎了几秒才轻轻咳了一声："哦……我估计隔壁那几个小姑娘肯定会后悔自己没喝个酒也乱一次性了。"

叶珈蓝扯了下唇，没回复。

她刚把保温盒的盖子打开，她放在旁边的手机屏幕就亮了一下。

是一条短信，备注唐医生。

叶珈蓝没有唐遇的微信号，分手以后，她就把他的所有联系方式都给删了。

至少从表面上看起来，她断得还算干净利落。

即使她放不下。

即使她删了之后还能清楚地记得他的所有联系方式。

手机屏幕上，那人只发了一句话：【吃了没？】

他问的是自己做的早饭。

叶珈蓝视线一偏，看到保温盒里的饭菜，有清粥，有小菜，还有一个煎蛋。

许恋自觉看别人消息不礼貌，连忙把头转过去，边往门外走边嘀咕了句："我去看看那个天天吃青菜的病人。"

办公室门很快被打开，然后再被关上。

叶珈蓝视线没偏开半分，她绕过办公桌坐回椅子上，隔了半分多钟才回复了句：【没有。】

【怎么了？】

【刚查完房回来。】

不等那边人回复，叶珈蓝立刻问了句：【你昨天手是不是受伤了？】

【嗯。】

【吴主任说你状态不好，为什么状态不好？】

她直觉昨天有什么不同寻常的事情发生过。

不然在唐遇身上，的确不太可能出现这种问题。

叶珈蓝大一做实验的时候，有同学抓个小白鼠都能被咬伤，被手术刀割伤被止血钳伤到的人更是数不胜数。

但是唐遇不一样，他心思细，专业能力又强，叶珈蓝从来没有哪一次听说他被手术刀伤到过。

一次都没有。

48

所以叶珈蓝才觉得不对劲儿。

但是她一时半会儿又想不出问题出在哪里，所以干脆直接问了当事人。

这么一问，工作和休息的区别一下子就出来了。

那人消息回得极快：【什么状态不好？】

【你不是把手划破了吗？】

【嗯。】

隔了两秒，唐遇又加了句：【正常。】

外科医生手上留了疤的比比皆是，他算例外中的例外，手指到现在都干干净净。

疤痕只留下了一个，半寸长短，还是沉船溺水那次被铁皮划伤留下的。

他一个男人，没有去疤的必要。

何况这个疤痕的来历特殊。

每次一看到，他就能想起余莹。

然后，他又会想起叶珈蓝。

所以他经常对着中指指腹上的那道疤出神，旁人看了也只当是他自恋，开始本来还有人想嘲笑，结果视线一低看到他的手，嘲讽的话就又都收了回去。

唐遇不是没碰到过这种情况，但他从来没解释过。

懒得解释，也没办法解释。

后来课程多了学业重了，再后来进了医院工作，属于自己的时间越来越少，他也就没再刻意留意过那道疤。

看到的时候就多看两眼。

看不到的时候也就当什么都没有发生过。

就像叶珈蓝这个人一样。

不用刻意去想，但是已经烙在了他心底最柔软的地方。

这个疤叶珈蓝知道。

所以唐遇说“正常”的时候，她第一个想到的就是那道疤。

叶珈蓝把字打了又删，删了又打，反复几次之后，她又一字一字原封不动地打了上去：【你昨天是不是去了政法大学？】

因为她刚刚突然想起来，昨天是余莹的生日。

唐遇现在不比以前，有了这段记忆之后，加上又在国内，他说不定真的去了政法大学。

果不其然，那人回复了一个字：【嗯。】

就是这么巧。

叶珈蓝试探性地说了句：【我昨天也去了。】

【我知道。】

叶珈蓝打好的字又全部删掉。

她觉得今天和唐遇说的话已经够多了，不符合他们两个现在暧昧又僵硬的关系，刚放下手机准备工作，就收到了一条消息：【不是问我昨天为什么状态不好吗？】

叶珈蓝手指一抖，还没想好该怎么回复，他就自问自答似的说了句：【因为看到你上了别的男人的车。】

这句话简简单单，连个表达他语气和情绪的标点符号都没有，但是叶珈蓝偏偏听出他藏在里面的郁气来。

叶珈蓝没回。

她揉了揉眼睛，然后翻开病历看了起来。

心神不宁，右眼皮跳得厉害。

第一个患者的病历记录刚刚看完，办公室的门就被推开，许恋气息微喘："弯弯，307 的病人醒了，把床头那个花瓶撞碎了想去拿碎玻璃片割手腕……"

话还没说完，叶珈蓝一个激灵，手机没拿，笔也忘了放下，抬脚就跑出了办公室，直奔住院部。

许恋没跟上她，电梯都坐得晚了一步。

她对着紧闭的电梯门叹了口气，刚才叶珈蓝出来的时候，她看到她放在桌子上的手机弹出了一条消息。

还是唐医生的备注，上头写了一句话：【我当时就在想，你们两个会在车上做什么。】

醋味太重。

许恋没忍住又叹了口气，电梯门再打开的时候，她没进去。

一个病人而已，她相信叶珈蓝能处理好。

叶珈蓝也觉得自己能处理好，但那是在进 307 之前。

等到了 307 病房以后，房门才一推开，血腥味混合着消毒水和酒精味道一起扑面而来，叶珈蓝不自觉就皱了皱眉头。

她没捂鼻子，进去的时候顺道把门又给关上了。

刚才应该是惹出了不小的动静，病房门口的走廊里已经有看热闹的病人聚了过来，这会儿还有人趴到了门上几十厘米高的玻璃窗口往里看。

叶珈蓝干脆把帘子给拉上。

病房内仿佛瞬间清静下来。

隔壁病床的病人刚刚被调到了别的病房，里头只有那个病人和三个护士。

其中一个护士正在打扫地上的玻璃碴子，花瓶里半枯的花四分五裂地躺在地上，一地的水渍，护士抬头看眼她，瞬间就松了口气：“叶医生……”

病人刚才下床时光着脚，这会儿脚掌血迹斑斑，另两个护士边给她清理伤口边叹气：“这几天清醒的时候倒是比以前长了不少……”

另一个护士接话：“还不如不清醒！”

可不是还不如不清醒吗。

不清醒的时候也最多是意淫自己是豪门阔太，有一双漂亮又孝顺的儿女，家里豪车几百辆，她甚至没进过厨房。

现实中缺乏的东西，她给自己创建了一个美好和谐的精神世界。

叶珈蓝走过去几步把垃圾桶踢到护士脚边：“打过异丙嗪了？”

“嗯，又打了一针。”

叶珈蓝终于认认真真看她一眼。

这是一个很普通的中年妇女，现在安静的样子和正常人甚至没有什么区别，只有眼神稍微呆滞了些。

相比之下，她发病的时候要更精神焕发。

叶珈蓝眨了眨眼：“通知家属了没？”

“刚，刚打电话了，没人接。”

“用哪个电话打的？”

“医院的。”

叶珈蓝摸了摸口袋，几下都没能摸出自己的手机，只能冲几个护士伸了下手：“谁的手机能借我用一下？”

立刻有个小护士递了手机过来。

病床旁边记录了家属的联系方式，叶珈蓝凑近，把那串电话号码输入进去。

电话拨出去以后，只响了两声，就被那边接听："喂？你是哪位？"

"我是曹金梅女士的医生。"

刚说完，那头立刻沉默下来。

"您是她的儿子吧？"

那头支支吾吾，没正面回答这个问题。

"她今天状态不太好，您能来医院看一下她吗？"

"我……"

男声还在犹豫，那头尖利的女声就穿了过来，那声音穿透性极强，以至于连旁边的小护士都听得清清楚楚："你什么你？你还真的想去医院看她吗？那个老不死的，死在医院不是更好！"

几个小护士全都怔住。

打扫碎玻璃的那个护士更是扫把都掉在了地上，只有叶珈蓝还算淡定。

她现在淡定，不是因为这件事给她的冲击力小，实在是因为她提前就想到了这种结果。

患有精神疾病的病人，如果不是先天性，那基本是因为后期经历过一些不好的、让人觉得难以承受的事情。

这个阿姨的症状，从一开始就幻想自己家财万贯，儿女双全又有个把她捧在手心里的老公。

可是现实呢？

她家徒四壁，老公是家暴她的赌徒，儿子也没什么作为。

和她幻想出来的世界截然相反。

叶珈蓝丝毫没有一猜即中的欣喜，她只觉得心灰意冷，冷到她声音都凉下来："我劝您还是过来一趟吧，你母亲状态非常不好，今天还没过一半，她已经闹过两次自杀了。"

说完不等对方开口，叶珈蓝挂断电话。

回头一看，那个阿姨目光似乎更呆滞了。

叶珈蓝越发地头疼，她环顾房间一圈，把能伤害到人的东西都收好之后，还不忘提醒几个小护士："别让她一个人待着。"

几人应声之后，叶珈蓝推门出去。

3 楼的病房她都绕过了一圈，确认没问题以后她才回了自己的办公室。

许恋正在接诊病人。

这次问诊的是个十几岁的男孩子，他妈妈正一边抹眼泪一边叙述他的症状："他前两年特别喜欢玩游戏，经常在网吧待几天几夜的，后来我和他爸想着给他买台电脑，说不定管用，结果买了之后他玩游戏的时间比以前更长了……

"后来孩子他爸一气之下把电脑给他砸了，他才终于老实了下来。"

能来这里看病的人怎么可能这么简单。

许恋记录了几句："然后呢？"

叶珈蓝瞥了她对面的两个人一眼，冲着女人点了下头，然后扯开椅子坐下。

那位妇人哭得更厉害："然后过了一段时间我们发现，他经常吃饭或者干别的时候说一句游戏里的话……"

他们起初也不懂，百度之后才知道是游戏里的。

这是典型的玩游戏玩出了魔怔。

许恋开了处方递给她："先去药房拿药，按要求服用，这段时间注意他的状态，注意多耐心地和他沟通，然后每周来医院复查一次。”

叶珈蓝拿过手机，替她强调了两个字：“耐心。”

她说完低头，看到唐遇发给她的那句话：【我当时就在想，你们两个会在车上做什么。】

再看收到这条消息的时间，四十分钟以前。

叶珈蓝愣了一下。

那边男人就像是算准了时间一样，又发了条消息过来：【昨晚手术结束的时候，我在你家楼下又看到你们一起上了楼。】

唐遇难得一次说这么多话。

叶珈蓝还没来得及感慨一下，就又看到紧接着发过来的下一条信息：【他在你家里待了十六分四十七秒。】

叶珈蓝心头一滞。

【我在想，是抱了吻了还是做了。】

叶珈蓝手指微抖，呼吸轻颤，三个字敲得却又迅速无比：【我没有！】

然后还没过两秒，那人电话打了过来。

49

几乎是下意识的，叶珈蓝就直接按了接听。

然后下一瞬，听筒里熟悉的男声一传过来，她就想到这个时间这个地点，根本不适合接听唐遇的电话。

前方不足五米的地方，病人家属还在拿着纸巾抹泪，她眼眶红红的，连眼角皱纹都显得深了不少。

女人哭起来的时候果然容易变老。

叶珈蓝轻轻呼了口气，她站起身来，准备出去接电话。

她的心思分散了些许到了病人身上，所以唐遇刚才的话她没听太清，叶珈蓝也没问，直到出了办公室把门带上她才轻轻“嗯”了一声。

表示她在听。

虽然内容她一个字都没有听见。

唐遇躺在床上半眯着眼睛休息，声音很轻，比平时懒散随意了很多，他问：“在工作？”

“嗯，刚才有个病人。”

也不算瞎说，刚才确实有个病人。

唐遇明显对有没有病人不感兴趣，只低低浅浅地轻哼了声：“你没有什么？”

他突然转移话题。

叶珈蓝愣了一下才反应过来，安静片刻才又重复了句：“什么都没有。”

没有亲吻，没有拥抱，没有任何肢体接触。

什么都没有。

唐遇安安静静地听，他呼吸声清浅平稳，不出声的时候更像是睡着了。

叶珈蓝在心里默默地计算时间。

到了第三十一秒的时候，她看了眼通话时间。

旁边有小护士经过，见她打电话都有眼力见儿地没有出声打扰，只点头示意一下，然后又飞快消失在她的视线范围之内。

唐遇不知是沉默还是睡着的半分多钟里，叶珈蓝慢吞吞地从精神科的门口走到了走廊的尽头。

她站在窗边，把窗户拉开了半截。

秋日凉风吹进来，把她的头发吹得微微扬起。

叶珈蓝被风呛得轻咳一声，声音还没完全散开，她就听见那头男声响起：“我知道。”

唐遇当然知道叶珈蓝和宁致之间什么都没有。

因为他吻她的时候，没在她的唇间尝到属于别人的味道，他要她的时候，这种感觉就更明显了些。

叶珈蓝像是第一次，生涩得有些过了头。

唐遇那晚的郁气就在那一秒，烟消云散。

他不是嫉妒别的男人和叶珈蓝上床。

他是嫉妒别的男人和她有任何越界的亲密接触。

唐遇不是一个偏执的人，只不过他仅有的偏执和占有欲，全都用在了叶珈蓝的身上。

男人唇角微微勾起，声音也染了半分低低的笑意：“不然你今天可能去不了医院。”

叶珈蓝把窗户猛地关上。

因为力道大速度快，带起来的风远远强过户外的自然风，叶珈蓝的半张脸都被吹得生疼，她慢悠悠转过身来，单手插进口袋里，到底是没忍住问了句：“这么在意吗？”

唐遇眼睛睁开。

叶珈蓝不在他跟前，但是他似乎又能想象到她的表情。

女人这会儿眉头微拧，眼睫低垂，插在口袋里的手指轻轻攥起来，耳根还隐隐有层薄薄的绯红色。

不是因为害羞，而是因为她在等待答案时不自觉表现出来的紧张。

唐遇喉结微滚，反问她：“如果我和别的女人上床，你不在意吗？”

“……”

叶珈蓝竟然无言以对。

当然在意。

但是叶珈蓝说不出口。

她现在和唐遇不清不楚不明不白，这种话过于暧昧了。

叶珈蓝手指攥了一下，又很快松开：“如果没有别的事——”

“回答我。”

叶珈蓝怔住，然后沉默。

也不知道过了多久，可能一分钟两分钟，可能更久，久到叶珈蓝肚子叫了一声。

昨晚和今早都没怎么吃东西，又喝了不少酒，虽然醒酒汤也喝过了，但是两者抵消得不多，她现在头不晕，但是肚子难受。

有反胃过后酸酸的气顺着喉咙往外冒，叶珈蓝连忙捂住嘴快步往厕所走。

她上班时只穿平底鞋，但是因为走得快，还是能听见脚步声。

唐遇微微皱眉，他起身拿了衣服穿：“怎么了？”

刚问完，电话里传来女人的干呕声。

她有意克制，声音不大，混合着水龙头里的流水声一起，听着越发地让人心疼。

叶珈蓝把电话从耳边拿下，右手捏着手机搭在洗手台的边沿，左手捂着肚子微微弯下腰。

唐遇后面的话她一个字都没听清。

她甚至不知道电话有没有被她刚才不小心挂断。

叶珈蓝吐得脸色发白，脸上出了一层汗，但是再一看洗手池，好像没吐出什么东西来。

不过吐了半天，肚子总算舒服了不少。

叶珈蓝用凉水洗了把脸，抽了几张纸巾随意擦拭几下，也不管擦没擦干就出了洗手间。

她这才想起看一眼手机。

正在通话中，唐遇的备注还在上头显示着。

叶珈蓝轻咳了一声。

那人这才开了口："不舒服？"

"嗯。"

叶珈蓝没否认。

"想吃什么？"

叶珈蓝这会儿浑身没多少力气，也不知道单纯是因为饿了还是吐得没了力气，说话时声音都轻声细语的，软绵绵一片："唐遇，你什么意思？"

唐遇已经拿了车钥匙出门。

他向来直白，能一句话说清楚的事一个字都懒得多用，他尾音清扬着"嗯"了声，像是思考了几秒："追你的意思。"

叶珈蓝没搭这一茬。

她半靠着墙壁往科室走，有匆忙经过的同事都不由得放慢步子问了句："叶医生，你还好吗？"

叶珈蓝点点头："我没事。"

"不舒服一定要去看医生啊，生病了就不好了！"

她还是点头："好。"

那个护士走后，叶珈蓝再一看手机，唐遇居然还没挂断。

他今天大概是太闲了。

听她干呕了半天不说，还把她和别的同事毫无营养的对话也一并听了下来。

叶珈蓝实在没什么力气，干脆就靠墙站定，休息几秒：“唐遇。”

“嗯？”

大概是有些神志不清，她盯着头顶的白炽灯问了句：“如果我真的和那个男人有过，你会怎么样？”

“不怎么样。”

他还能杀了他不成？

“但是叶珈蓝，”唐遇声音转低，像是梦中呓语，“能不能别对我这么狠？”

话音未落，电话被他挂断。

这大概是第一次，叶珈蓝在清醒的时候，被唐遇主动挂断电话。

连半点反应的时间都没有给她。

叶珈蓝半晌没回过神来。

视线范围之内，灯光一圈圈地放大，然后重叠起来变得模糊。

她突然想起大学那会儿，她刚学着给患者扎针的时候怎么都扎不好，舍友一个个都被她扎了个遍，最后一看见她就开始躲。

叶珈蓝也实在不好意思拿舍友再练手，但是不过关又不行，所以她开始拿好不容易回一次国的唐遇练起了手。

她害怕得手发抖，血管位置经常找不对，力道也控制不好，不是轻得扎不进去，就是重得让他皱眉。

扎到第六次的时候，唐遇倒吸了口凉气后抬眼看她：“下手这么狠，我是你男朋友还是仇人？”

“……”

叶珈蓝郁闷地看他一眼。

“过来。”

叶珈蓝边准备第七针边往那边挪了半步，刚找准位置扎进去，那人就钩住她的脖颈吻了下来。

然后，叶珈蓝居然奇迹般地扎准了。

就几秒，唐遇在她唇上轻咬了一口，就又把手收回来，他伸手把胳膊上针眼里渗出来的血迹揩去：“幸亏你不是外科。”

“什么意思？”

“不然早晚被你弄死。”

他还有后半句话没说。

被你弄死也愿意。

50

叶珈蓝闭紧了眼睛。

指尖似乎还残留着那人小臂上的温度，跟当初给唐遇扎针时状态差不太多，手指和眼睫都颤得不行。

叶珈蓝突然就不想睁开眼睛。

她轻轻靠在走廊墙壁上，也不知道过了几分钟，耳边有声音响起，每说一个字，声音就越清晰。

叶珈蓝以为是自己状态不好出现了幻觉，直到肩膀被人拍了一下：“叶医生——”

过来叫她的是科室里少有的一个男医生。

工作原因，两人平时接触不少，但他今天还是第一次看见叶珈蓝这样。

她眼眶微微泛红，眼睛睁开的时候里头水蒙蒙一汪，像是马上就能哭出来。

男医生不自觉放轻了声音：“307 的家属过来了。”

叶珈蓝抹了把眼睛，然后点了点头：“我去看看。”

刚才闭着眼的时候不觉得有什么，

现在再一睁眼，走廊头顶的光圈晕开，刺白晃眼。

消毒水的味道似乎也重了些，叶珈蓝深呼几口气，往那边走的时候又问了句一起跟过来的同事：“病人的儿子？”

“还有儿媳妇，叶医生，我跟你一起过去吧？”

“不用了，”叶珈蓝脚步加快，她侧眸看他一眼，“你去忙自己的，我自己去就可以。”

男医生皱眉，犹豫几秒之后，像是做了一个艰难的决定：“不行，还是我跟你一起去吧。”

刚说完，他凑近了些压低声音道：“叶医生，你不知道，她那个儿媳妇看起来可凶了，眉毛一竖，万一生起气来一个能打两个你……”

叶珈蓝：“……”

她还没见过那个病人的儿媳妇，这会儿听他这么一说，也不由得皱了下眉。

“我跟你过去看看吧，前几天还有病人家属冲到肿瘤科主任办公室砸东西了……”

他的意思叶珈蓝清楚。

主任办公室都有人去闹，更别说她一个手无缚鸡之力的女医生了。

叶珈蓝皱眉，也知道这种事经常发生。

她这次没再拒绝，只轻轻点了下头：“你今天上午事情不多吧？”

“不多不多，才送了一个患者出院。”

“痊愈了？”

“没有，转移到精神病院了。”

“……”

男医生话密，加上两人还算熟稔，有一句没一句地说着话，没几分钟就到了 307。

病房的门开着，但叶珈蓝还是敲了下门：“曹女士的家属对吗？”

病人第一天入院的时候，叶珈蓝是见过她家属一面的。

当时来的就是她的儿子，长得人高马大，看起来格外敦厚老实。

这会儿男人就站在病房里，比前几个月来的时候似乎沧桑了一些。

他绕着病床已经转了几分钟，直到听到有人说话才停下来，他转头看向门口，脸色不大好：“是是是……医生，我妈她……”

还没问完，旁边女人就咳了一声。

她也不说话，就沉着一张脸坐在那里，嘴角下耷，眼角皱纹很深。

叶珈蓝视线转开。

老人还躺在床上睡着，为了不吵醒她，叶珈蓝把声音放轻了些：“方便出来说话吗？”

女人立刻给男人使了个眼色。

男人欲言又止半晌，最后还是拖着步子出了病房。

叶珈蓝把门关上，她头还没转回来，隔着门上的玻璃窗看了里面一眼：“您母亲今天早上爬到了十七楼走廊的窗户上……”

她没把话说全。

但是男人已经明白她的意思。

这么大的事，发生的时候医院就第一时间给他打了电话。

叶珈蓝刚才给他打的那通，已经不知道是今天接到的第几通了。

男人摸了根烟出来，打火机还没找到，就又听见对面女人说了句：“不好意思，医院禁止吸烟。”

他只得把烟收了回去。

大概是无法发泄苦闷，他眉头皱得越发深，在病房门口焦躁地踱起步来。

叶珈蓝脸色还没恢复过来，但她眼神亮得吓人：“这位先生，您的妻子昨天好像来看过病人。”

她仔细盯着男人脸上的表情变化，他像是咬了牙，侧脸咬肌明显凸起半分，像是在忍耐着什么。

叶珈蓝声音微微一顿：“医院早上人少，要不是十七楼有个孕妇不舒服，可能根本没人发现您母亲要跳楼。”

她没力气，所以把每个字都说得极慢。

语速越慢，越像一把刀子，在男人的身上一刀刀地凌迟。

男人嘴巴张了张，刚要说话，病房门就突然被人打开，女人恨铁不成钢地瞪了眼男人，然后又看向叶珈蓝：“医生，我们把病人送到医院就是为了治病的，你们现在不仅没把我婆婆的病给治好，反倒把她治得要跳楼，你们的医院开着就是为了草菅人命的吗？”

叶珈蓝皱眉。

女人来势汹汹，当真应了同事那句“看着就很凶”。

她尚且还能沉得住气，但是一起跟过来的男同事看不过去了，语气也强硬起来：“这位女士你怎么说话的？精神类疾病是说能治好就能治好的吗？再说了，要不是因为你昨天来医院不知道跟病人说了什么鬼话，她现在能这样？”

女人哼了一声：“你们这是什么意思，我看我婆婆都不让看了是吗？你们医院是强盗吗？”

“你们医院治不好病人，还收这么高的住院治疗费用干什么？”

她抬手指了指自己老公：“你愣着干什么呢？还不替我说两句话？”

男人沉默不语。

叶珈蓝注意到，他已经第五次去摸装烟的口袋了。

明显是举棋不定。

事情的走向突然诡异起来。

突然闹自杀的精神病人，态度截然不同的夫妻两个人，以及女人出来后说的每一句话，都在往他们医院不干实事乱收费迫害病人方面引导。

叶珈蓝眉头皱了又皱，就走神几分钟的时间，这两人已经吵了起来——

女人指着男同事的鼻子骂医院，骂了几句嫌不过瘾，还要伸手去抓他的脸；后者反应敏捷，立刻利落地后退了几步：“嫌我们医院治得不好你们去别的医院啊，看看别的医院住院费多高效果怎么样——”

“去就去，”女人又扑上来，“先把我们这几个月交的钱还给我们！我婆婆要自杀的事儿也没完，责任都在你们身上，精神损失费也要赔偿我们！”

“大姐，你碰瓷也不是这么碰的吧？”

刚说完，他“啊”的一声，脸上被抓花了一道。

叶珈蓝也顾不得想这么多了，旁边看热闹的人已经越来越多，她抬手挡了下拿着手机要拍照的病人：“对不起，别录像，谢谢。”

这要是传到网上去，就算理在他们这边，指不定也会被带歪了风向。

叶珈蓝皱眉去拉那个还要往男医生脸上挠的女人，结果那人明显是对这种事十分有经验，抬起胳膊用力一扫，不仅轻而易举避开了她的手，还用力把她推到了一边。

女人力气本来就重，加上还在气头上，所以半点儿分寸都没有。

叶珈蓝被推得肩膀在墙壁上用力撞了一下，她今天没什么力气，这一下无疑是雪上加霜，全身像散架了一样，她贴着墙壁轻轻滑了下去。

头疼，肩膀疼，肚子也疼。

哪里都疼，叶珈蓝出了一身冷汗。

围着看热闹的人群越发热闹起来，叶珈蓝闭了闭眼，嘴巴微张着呼吸几口。

叶珈蓝听见男医生有些着急的声音传过来，但也只是能听见，他说了什么完全听不清。

她只觉得一阵天旋地转，好像有人把她抱了起来。

再然后，眼前一片黑暗，她完全没了意识。

唐遇是十一点多到的医院。

有个下午进行手术的病人出了点问题，他到住院部看完病人核对完信息，刚一走出去，就看见另一边聚了不少人。

一男一女正吵得不可开交。

他没打算多留，却在转身要下楼的时候看见了一张熟悉的脸。

那张脸在他眼底晃了不到半秒，就因为被那女人推了一把，转瞬消失在他的视线范围之内。

唐遇想都没想，抬脚就走了过去。

他腿长，步子迈得大，白大褂的衣角带起阵阵凉风，一起过来的护士忙跟上来："唐医生，你干什么去啊？"

他没回答。

走近了些就看到叶珈蓝捂着肚子坐在地上，她有些发抖，嘴唇咬得紧，脸上半点血色都看不到。

唐遇瞥了眼那明显呆滞的夫妻俩，然后半句话没说，抱起她就下了楼。

十一点半，叶珈蓝拧着眉闭着眼躺到了病床上。

肠胃科的医生是个年轻的男医生，他把点滴配好，然后把针插进她的手背："就是这几天天凉，加上饮食方面不大规律，肠胃有点痉挛，输几天液就好了。"

他看了眼唐遇："不过唐医生，为什么是你抱着叶医生过来的啊？"

唐遇没看他，他的视线还落在叶珈蓝的脸上。

女人脸色苍白，额头上的汗干了又湿，头发一缕缕地都粘在了上面，看起来脆弱不堪，像是一碰就碎。

"唐医生，你也喜欢叶医生吗？"

唐遇喉咙梗住，没接这话。

下一秒，他手机屏幕亮了一下。

唐慕白的消息发过来：【刚才找人帮忙问了一下，根据这几年体检的记录来看，身体还不错，不过——】

【说。】

【她流过产。】

51

可能是怕一两句话说不清楚，这句消息刚发过来，唐慕白的电话紧接着就打了过来。

唐遇的电话调的震动，一声声震得掌心发麻。

他瞥了眼还安静躺在病床上的叶珈蓝，然后跟病房里的另一个医生示意了一眼之后，拿起手机出了房间。

房门轻掩上，唐遇沿着走廊走了几步才按了接听。

唐慕白的声音很快传了过来："体检表是从你们医院体检部门问的，流产这事儿——"

他顿了顿，似乎是考虑到唐遇不好接受，简单组织了下语言："她之前是来我们医院做的手术。"

唐慕白知道这事儿纯属偶然。

他刚才下楼去拿叶珈蓝这几年体检表的时候碰到了一个妇产科的医生，女医生四十岁左右，刚给一个十七周的孕妇做完胎检出来，看见他手里拿的东西随意看了一眼。

就那么一眼，她刚收回的视线就又回到体检人的姓名和一寸照片上去："这个小姑娘我见过啊。"

唐慕白眉梢微挑。

不等他问，女医生已经又凑近了些，她像是又确认了一遍，然后很确定地点了点头："就是她。"

这姑娘长得漂亮，名字又不是满大街都会撞的名字，和其他来妇产科的女人区别不小。

不过女医生记住她的原因远远不止这个。

她记得叶珈蓝来做手术的时候年纪还不大，一看就还没出大学校园，她见怪不怪地递了张表格过去，然后简单问了几个她身体状况的问题。

小姑娘一张脸雪白，但是耳尖是红的。

她安静沉默，也拘谨得紧，明显是第一次来这种地方。

女医生叹了口气："你男朋友呢？怎么没陪你一起过来？"

叶珈蓝视线低下去，她双手轻放在小腹处，轻轻地上下抚摸两下："分手了。"

医生抬眼看她。

好好的一个小姑娘，就这么被渣男给抛弃了。

这姑娘看着实在讨人喜欢，就是坐在这种地方也足够叫人心疼，她的问题也比平时多了些："没做措施？"

叶珈蓝摇头："做了。"

整个晚上，她前半夜记忆是不大清晰的，但是清醒之后，她又确实在垃圾桶里看见了几个用过的避孕套。

应该是做了措施。

女医生又看了依旧拘谨地女孩子一眼："放轻松。"

叶珈蓝轻松不下来。

"我们预约个时间吧。"

"好。"

时间很快预约好，就在那周的周末。

结果到了周末，那小姑娘站在手术室门口，手指绞在一起，指尖泛白，手指关节处却是红的。

她很紧张。

来这种地方的人，只要不是来习惯的，每个人都紧张。

女医生拍了拍她的肩膀："不用担心，很快就好了。"

叶珈蓝如坠冰窖，她咬紧了嘴唇，跟着一个护士进去。

然后还不到五分钟，她又出来了。

医生和她撞了个正着，惊讶的表情都没掩饰好："怎么出来了？"

"对不起医生……我不做了。"

叶珈蓝也不多解释什么，交了钱，结果手术没做。

医生从业十几年，给过数以万计孩子生的希望，也抹杀过更多小生命存活的机会。

但她很少碰到这种进了手术室又跑出来的小姑娘。

科里当时的几个小姑娘那几天把这事儿当成茶余饭后的谈资，后来谈了没多久，叶珈蓝就又来了这家医院。

不过和上次有点区别。

上次是她自己来，这次是被别人送了进来。

因为过马路的时候有个老奶奶差点被车撞到，她伸手拉了一把，结果老奶奶体型过于庞大，一不小心就把她给撞倒了。

孕期前三个月本来就容易出问题，这么一推一撞，就算叶珈蓝第一次没能做完手术，这次也成功流了产。

也亏得她身体底子好，所以没留下什么后遗症。

叶珈蓝在医院里住了两天。

女医生去看她的时候，她正盯着天花板发呆。

她心想，这个傻丫头。

要为了渣男生孩子不够，还为了别人没了孩子。

她走到床边，轻拍了拍叶珈蓝搁在被子外的手："好好休息几天，孩子没了，也未必就不是好事……"

叶珈蓝还是盯着天花板，她不说话，像是根本没听见她说什么。

可是再仔细一看，女孩子眼角分明有行眼泪滑出来，虽然很快又没于发丝之间。

“今天还不能出院，要不叫你家里人过来一下吧？”

叶珈蓝这才出了声：“医生，这事能不能别告诉我爸妈？”

她不可能让父母知道，甚至连苏锦珂的电话都没有打。

医生了然地点头：“你男朋友呢？不打算来看看你吗？”

叶珈蓝摇头，“他在国外。”

“后悔吗？”

她还是摇头，闭上眼睛不再说话。

当然不后悔。

如果会后悔的话，她就不可能在做好了分手的决定之后，还把自己完完整整地交给他。

道理她听过太多了。

叶珈蓝知道这辈子在唐遇之后，她还会认识很多不同的男人。

甚至很多人都觉得她以后会和别的某个男人结婚生子，到时候会后悔早早地把自己交付了出去。

但是叶珈蓝不这么觉得。

毕竟唐遇只有一个。

即使不再是她的唐遇，也是世界上最好的唐遇。

女医生对唐慕白说了一刻钟的话，唐慕白用了三分钟的时间给唐遇转述了过去。

末了他安静两秒，问：“你和她发生过关系没？”

那头轻“嗯”一声。

“没做措施。”

“做了。”

“你都不问是不是你的？”

唐遇喉结轻滚吞咽了下：“没别的了吧？”

“怎么突然问起她的身体状况了？”

“她今天身体不舒服。”

他连“好像”这种词都没用，直接用了肯定句式。

唐慕白把体检表放在一边：“小遇，你想好了没？”

“想好了。”

“还想跟她在一起？”

“想。”

“如果她流掉的孩子不是你的呢？”

唐遇微低了下头，他看到自己白大褂的衣角，衣角上衣口袋里装了两支笔，他安静几秒，然后轻扯了嘴角：“无所谓。”

“挂了。”

说完不等唐慕白说话，唐遇直接挂断电话。

把手机装进口袋里的时候，再一抬头，不远处有两个人影正边探头探脑地往各病房看，边往这边走。

是刚才在三楼吵架的那对夫妻。

唐遇微微拧了眉。

那两人很快走过来，他们没往这边看，女人还在说着什么，男人的衣领突然就被人揪住，下一秒，有拳头砸到他的脸上。

男人后退半步，捂住脸愣了好几秒才想起看突袭他的人。

旁边的女人明显也受了不小的惊吓，哆嗦着手指指了半天，话也说得不大利索：“你你你……医生打人啦！”

唐遇没理会她，拎过男人的衣领刚要再砸下去，旁边经过的一个护士就跑了过来："唐医生，冷，冷静一点儿！"

他还冷静个屁。

唐遇脸上没什么表情，只是眼神越发地冷，这次拳头再要落下去，叫他冷静的换了人。

吴主任也不知道什么时候过来的，他咳了一声，难得这么严肃："唐医生，你跟我过来一下。"

唐遇皱了眉，手还没收回来。

旁边女人还在哭哭啼啼，大概是真害怕，声音都比先前小了不少。

见他不动，吴主任语气越发沉了些："快点跟我去办公室。"

他说着看了眼旁边聚过来的医生护士："都看什么呢，还不赶紧去干自己的！"

人群立刻作鸟兽散。

唐遇瞥了眼捂着大半张脸不敢出声的男人，手一松，面无表情地跟着吴主任上了楼。

吴主任沉着脸走了一路，不到办公室他不好说话，一路上所有人看着他的黑脸，连个敢跟他打招呼的都没有。

唐遇也不说话。

他走路没多大声音，脸上也事不关己般没什么表情。

经过的几个医生八卦的声音传过来——

"唐医生这是哪里惹到主任了吗？"

"不会吧，我记得主任很喜欢唐医生啊……"

"所以一看就是被他气得不轻啊！"

"说起来还没怎么见过吴主任脸这么臭呢……"

唐遇视线都没转一下。

前头吴主任已经把主任办公室的门推开："把门关上。"

唐遇跟进去，然后反手关了门。

吴主任盯着他的脸看：“说说刚才怎么回事。”

“就是您看到的那么回事。”

“我是问你为什么打人！”

吴主任越说声音越大，他连忙喝了口茶水降火气：“我刚才听说小叶被人推倒晕过去了，因为这个？”

唐遇和叶珈蓝之间不正常，他一早就开始留意了。

唐遇站在门口，他表情淡然，倒是不否认。

吴主任顿时就不知道怎么继续了，短暂的沉默后他把杯子搁在桌子上：“那也不能对病人动手啊！”

“这要是被别人看见照个照片放到网上，我看你是不想干了！”

吴主任确实喜欢唐遇。

就是因为太喜欢他，所以他今天才这么生气。

他今天这种打人的行为，完全是不计后果的莽撞行为。

吴主任疾言厉色，一张脸因为生气有些涨红，他拍了拍胸口顺气，也知道自己说的这些唐遇都懂，等稍微平静了些才又问：“小叶现在怎么样？”

“肠痉挛，现在在输液。”

“还没醒？”

“没有。”

“这两家属也真是的，怎么就在医院吵起来了？”

唐遇没说话。

“行吧，”吴主任气顺了不少，语气微缓道：“你待会儿跟那两人道个歉。”

唐遇道个歉，能和解最好和解一下。

毕竟医患关系紧张也不是一天两天了，能不出幺蛾子就不出幺蛾子。

大事化小，小事化了，这是他们做医生的不成文的准则。

吴主任想得简单，结果刚说完，就听见唐遇轻嗤了一声："也行。"

他还有后话。

吴主任还来不及松口气，就又听他道："他们得先给叶医生道歉。"

"……"

难度一下子就高了起来。

能和医生吵起来的病人家属，一般不会这么轻易地再跟人道歉。

"吴老师，没别的事我就先回去了。"

吴主任郁闷地直抓头顶上仅剩不多的头发："小唐啊……"

还没说完，门就被关上了。

唐遇真的回去了。

吴主任拔了根头发下来，又叫了精神科和叶珈蓝一起过去的医生过来——

他得了解了解情况。

叶珈蓝醒过来的时候，是中午一点多。

已经过了吃午饭的时间，但是病房里还飘着浓郁的饭香。

叶珈蓝仿佛听见了自己肚子叫的声音，刚要伸手去捂一下肚子，左手手背的针头就被牵扯到，她"啊"了一声，疼得皱紧了眉。

这么一折腾，对面办公桌上坐着的男医生注意到她，转头看过来："叶医生醒了啊？"

他立刻起身走过来："感觉怎么样？肠胃还有没有不舒服？"

男医生起身的时候，叶珈蓝注意到他放在桌子上的一个纸筒。

上头写了三个字：酸辣粉。

叶珈蓝咽了咽口水："还好……就是有点饿。"

"叶医生想吃什么，我叫他们从食堂里给你带回来。"

见她盯着自己的酸辣粉，男医生连忙摆了摆手："那个你就别想了，你这几天肠胃不好，不能吃凉的和辣的。"

"自己记得注意一点，对胃有刺激的食物最好都不要吃，还有那些膨化食品小零食啊……"

男医生还没念叨完，门突然被人打开。

这其实也算不上一个病房。

只是肠胃科其中的一个办公室，只不过里面添了两张病床和几张椅子，专门给输液但是不住院的病人准备的。

所以男医生才能在里面办公吃酸辣粉。

听到动静，他话音一顿，转头看向门口，愣了几秒才道："唐医生，你怎么来了啊？"

下一秒，男人提着一个打包的盒子进来。

男医生立刻明白了他的意思，他看了眼表，见时间还早，连忙端起自己的酸辣粉："突然想起我有事和老徐说，你们先聊……"

说完，他脚底抹油了一样，飞快地出了办公室。

叶珈蓝还没太反应过来，她盯着开了又合上的房门，然后看向唐遇，又问了他一个同样的问题："你怎么来了？"

唐遇走到床边，他把饭盒放到桌子上，低头解开袋子上的结，不答反问："饿了没？"

叶珈蓝很诚实地点头。

岂止是饿，简直快要饿死了。

"那怎么不吃早饭？"

“……我忘了。”

这个早上事情实在是太多了。

她连好好坐在办公室里待上几分钟的时间都没有。

唐遇看她一眼，然后把粥端过来，拿勺子盛了一口，尝过了温度之后才放到她嘴边：“许医生说你爱吃他们家的粥。”

他指的应该是许恋。

叶珈蓝：“……”

这叫什么……

打入敌人内部吗？

她走神的几秒，那人手里的勺子已经递过来，蹭过她的嘴角，然后不容拒绝地把粥喂了进去。

叶珈蓝也没在乎勺子有没有被他试用过，就着他的动作把一盆粥喝了大半。

肚子垫了不少，但好像还差了点什么。

叶珈蓝注意到旁边放着的鸡蛋，视线黏在上头，怎么都收不回来了。

唐遇嘴角轻扯了下，但是眼底半点笑意也没有。

从他一进来，叶珈蓝就注意到了不对劲儿。

这会儿更明显，她看见男人伸手拿过鸡蛋剥起了皮，他手指漂亮，左手食指下方果然还有一道伤口。

还没结痂，但是也没有血往外冒了。

叶珈蓝盯着他的手看，等他把鸡蛋递过来的时候才把视线转开。

男人的声音响起：“张嘴。”

叶珈蓝顺从地把嘴张开。

一颗鸡蛋她吃了五口，用了两分钟。

等完全把最后一口咽下之后，点滴正好也滴得差不多了。

唐遇看了眼瓶子里的液体，又过了几秒，他才单手轻按在针头上方的位置，然后快速利索地把针头抽了出来。

叶珈蓝甚至没感受到疼。

只有男人手指按在针眼地方的时候，那一处隐隐有些压迫感。

叶珈蓝掀了下眼皮，看向就坐在她对面不足半米的男人。

他今天整个人都不大正常。

唐遇平时虽然话也疏，但是也没像今天这样过。

叶珈蓝看得难受，没忍住问了句："你……怎么了啊？"

总不能是因为她今天晕倒的事吧？

叶珈蓝没由来地紧张起来，她脸上刚被粥的热气蒸腾得带了半分红晕，眼底朦胧，光一下一下地忽闪。

唐遇微微歪着头看她，他轻眨眼的动作似乎被放成慢动作，每一帧都清楚到极致。

叶珈蓝眼睛一眨不眨地盯着他右眼角下方的那颗小泪痣，心底一点点地软下去。

下一秒，她毫无征兆地被男人抱进怀里。

唐遇的下颌轻搭在她的肩膀上，搁在她腰间的手一点点地收紧，紧到她的呼吸都不大通畅。

叶珈蓝对着正对面的房门眨了眨眼。

她甚至还没反应过来，唐遇本来放在她后背的左手突然下移，然后掠过她的腰际，停在她的小腹下方，没再动。

安静片刻之后，叶珈蓝听到他问："流过产，是吗？"

叶珈蓝一怔。

全身血液像是凝固了一瞬，然后迅速倒流，她似乎还幻听到了血液流动的声音，哗哗声源源不断刺激她的鼓膜。

她没想到唐遇会知道这件事。

也没想到他是因为这件事不对劲儿。

叶珈蓝手指慢慢攥紧，眼睛才眨了一下，眼泪就涌了上来。

半晌，她听到自己异常平静的声音："是。"

腰上的那只胳膊又紧了些。

男人把脸深埋进她的颈窝中，他声音低，有些哑，还有些含糊不清："对不起，弯弯，对不起。"

叶珈蓝盯着门口，她眼泪一刻不间断地往下掉，但是声音居然连半点哽咽都没有："没关系，应该是意外。"

她没问唐遇那晚是不是做了措施。

因为她从一开始就觉得，唐遇肯定是做了的。

她从头到尾都相信他不会只顾自己连套都不戴。

所以没必要问。

但她还是微微屏住呼吸，等着唐遇解释一句。

然后他就真的解释了："我那次做措施了。"

只不过当时两个医学生都忘了，避孕套的避孕几率只有百分之八十五。

还有百分之十五的受孕概率他们没考虑到。

所以才说命运最会开玩笑。

最不该怀孕的人，偏偏一次就中了招。

叶珈蓝这几年刻意不去想这事儿。

时间久了，连她自己都快忘了的时候，却不知怎么被唐遇给知道了。

不过到了现在，他是怎么知道的都不重要了。

叶珈蓝也没过多纠结这个问题，她任由唐遇抱着她，他的呼吸声很轻，落在她耳边似有若无。

他就这么静静地抱着她，没说话，也没别的动作。

叶珈蓝的肩膀还微微绷着，也不知道过了多久，她的脖颈上突然感觉到一点湿润。

带着热烫的湿润。

叶珈蓝微微偏了下头："唐遇……"

"嗯。"

他声音越发地哑，像是从鼻子里哼出来的一样。

叶珈蓝的脖子像是被烫了一下，她下意识缩了下肩膀："……你是哭了吗？"

PART8

《征服男神那些年》

她整个人被腾空抱起来。

唐遇头再低下的时候，吻就不偏不倚落在了她的下巴上，然后再往下，到她脖颈处的时候，又把她放了下来。

52

她不敢相信，但是脖子上晕开的湿意让她不得不相信。

叶珈蓝没见过唐遇哭，但是她见过夏至哭。

她记得夏至那次哭的时候，她也是这么抱着她，很紧很用力，像是一松手她就会消失一样。

她同样看不到夏至的表情，但是她的声音又清晰地传到耳中。

夏至一遍遍说的，和今天唐遇跟她说的话，甚至没有多大差别。

她当时说的是：“对不起，姐姐，对不起……”

一遍又一遍。

声音越发地轻，渐渐地和唐遇重合在一起。

叶珈蓝想转头去看他，结果刚动了一下，就又被他抱得更紧。

唐遇的声音更轻，“别动。”

叶珈蓝听见了，于是就真的没再动。

她两只手还垂在身侧，隔了好几秒，她才慢吞吞地抬起手来，轻轻放在男人的背上。

她抱得小心翼翼，手还在微微发抖，因为觉得太不真实。

所有的一切就像是她以前做过的梦。

好像一用力就会扑了个空。

这次没能抱几分钟，房门被人敲响，刚才出去的男医生声音从门外传来：“唐医生，叶医生，那个……你们好了没？”

他的语气就像是他们在办公室里干什么见不得人的事了。

还是唐遇先反应过来，他揽着叶珈蓝腰的手松了松，脸也从她的颈窝间抬起来，他哑声回：“稍等。”

一门之隔，门内两人明明再正经不过。

门外男医生却根据这声音脑补出一场恶战来，他张大了嘴巴，连着“哦”了好几声之后才了然地道：“明白明白……”

叶珈蓝觉得他这话别有深意。

还没来得及仔细听，她就被人完全松开。

腰间似乎还停留着那人手掌滚烫的温度，叶珈蓝反应过来，手也猛地垂下来，刚要转头去看唐遇脸上的表情确认一下，眼睛就被他轻捂住。

眼前立刻漆黑一片。

叶珈蓝听不到声音，也看不到画面，她嘴角动了下，不自觉地出了声：“唐遇……”

唐遇这次没应。

两秒后，他把手拿开。

叶珈蓝再抬眼的时候，男人的神情已经完全恢复正常，除了眼角有些红以外，甚至根本看不出来哭过。

她盯着这张比几年前更好看的脸，视线半点都移不开。

直到敲门声又响起：“唐医生……有病人来挂急诊了……你们好了没？”

唐遇转头看了眼门口，然后又回过头来看叶珈蓝。

因为吃过了饭，也休息了一会儿，她的脸色已经比之前好了不少。

叶珈蓝眼睛很大，黑白分明，长长的睫毛上还挂着水珠，眼角的泪虽然已经干得差不多了，但是唐遇还是伸出手，轻轻蹭了下她的眼角："好了没？"

"……好了。"

搞得像是她不让他出去一样。

叶珈蓝嘴角轻撇了下，抹了下眼睛，然后掀开被子下床。

脚底发软，着地以后，她适应了几秒之后才又抬脚跟上去。

唐遇走在前面，才一开门，就对上正在往里头张望的男医生。

男医生刚才半点动静都没听到，还以为他们两个在里面亲热，本来还想看看热闹，结果被当事人给撞了个正着，他尴尬地摸了摸鼻子："这么快就好了啊？"

唐遇抬手按了按眉心，叶珈蓝就站在他身后十几厘米的地方，轻声道谢："谢谢。"

"不客气，不客气……大家都是同事嘛……"

男医生视线不动声色地在两人之间转了一个来回，转来转去也没发现谁脸上有办事过后的红晕来，他眼睛瞬间睁大了些，不等再说话，跟前的男人已经开了口："麻烦让一下。"

他一怔，然后立刻退开半步。

唐遇没再看他，抬脚出了办公室。

叶珈蓝又冲他点了下头："再见。"

男医生脸上的表情僵住。

还是病人催促了他一句他才想起来进去。

病房里还弥漫着清淡的米香，但是吃完的饭盒已经被收拾好拿走了，输液管被人扯下扔进了垃圾桶里，除了这些，跟他出门时没有任何差别。

半点别的迹象和味道都没有。

男医生非常不理解。

刚刚敲门的时候，唐遇“稍等”两个字明明是哑着声音说的，但是现在看来，根本不是餍足之后的沙哑。

所以这么好的机会……他们两个到底在里面干了什么？

男医生摇摇头，百思不得其解，觉得应该把这个问题归类为华溪医院十大未解之谜。

叶珈蓝跟唐遇一前一后回了各自的科室。

才刚一推开办公室的门，许恋就扑过来抱住她：“弯弯，你还好吧？”

“本来还好，但是现在要被勒死了。”

许恋立刻松开手。

她上下打量叶珈蓝一眼，然后又拉起她的手看。

叶珈蓝手背上贴的平口贴，中间还隐隐渗出小米粒大小的血迹，许恋盯着看了几秒：“你这几天到底怎么回事？”

“胃口不大好。”

叶珈蓝说的是实话。

许恋叹口气，抬着下巴点了点，示意她之前放在桌子上的饭盒：“唐医生做的爱心早餐你还没吃。”

“刚才吃过了。”

叶珈蓝边撕平口贴边往办公桌那边走。

饭盒还开着，这会儿已经完全凉透了，她把饭盒盖上：“午饭吃了没？”

“吃了，”许恋靠在门口看她，“别转移话题，你最近到底怎么回事？”

叶珈蓝刚坐下。

负责的患者近况记录还没翻开一页，她就抬头看许恋：“为情所困。”

她说得有模有样，一边说着一边叹气，连眉头都皱了起来。

许恋却不大相信，狐疑地盯着她问：“真的假的？”

叶珈蓝点头：“千真万确。”

“和宁致出问题了？”

“我们不合适，发展不下去。”

叶珈蓝对宁致实在是不上心。

许恋早就想到了这个结果：“那你为谁的情所困？”

“前男友啊。”

许恋：“……”

“你还有前男友？”

叶珈蓝抬眼看她，嘴角一扯：“不像吗？”

许恋果断摇头。

不仅不像，她看着还像是不喜欢男人的。

“什么时候谈的啊？”

“高三暑假。”

许恋吃了不小一惊。

一般高考完就搞在一起的两个人，基本上高三的时候就眉目传情许久有了征兆。许恋记得叶珈蓝是典型的学霸，看着根本不像是会干出这种事的人。

她惊得水都忘了喝，放下水杯凑过来："这么刺激？"

叶珈蓝："……"

她当时不但不觉得刺激，反而觉得顺理成章。

"异地恋？"

叶珈蓝点头，她终于翻开了患者的近况记录，一行字一行字地看下去。

许恋丝毫没有打扰到她工作的意识，还在接着问："什么时候分的手啊？"

"大三。"

"所以……他现在是想和你复合吗？"

"算是吧。"

叶珈蓝已经把第一个患者的记录看完了。

"到底是哪位大神，因为要和你复合，你就茶饭不思了？"

叶珈蓝拿着笔杆敲了下脑门："你认识。"

"啊？"

"唐遇。"

"啊！"

许恋眼睛瞬间睁大，一把扑到她的桌子上："真的？"

叶珈蓝点头。

许恋愣了几秒，几秒过后，她冲叶珈蓝比了个大拇指："牛叉。"

"……"

"弯弯，我觉得你不应该当医生。"

"为什么？"

"你应该去写书，书名就叫《征服男神那些年》。"

"……"

她觉得许恋才应该去写，脑补能力一绝。

叶珈蓝懒得再理她，低下头继续工作。

五分钟后，她做了一个决定。

虽然做出这个决定用的时间短，但是叶珈蓝觉得很有重大意义，她给苏锦珂发了条消息：【我想跟他试试。】

她以为苏锦珂理解她，所以宾语用了“他”代替。

结果半分钟后，苏锦珂的电话打过来，才一接通就劈头盖脸一阵乱猜：“你要跟那个叫宁致的试试？我去，弯弯你不是吧，昨天才和唐遇上过，今天就要和别的男人试试？是不是唐遇技术不行啊？你们以前分手不会也是因为他活不好吧？”

“不行不行，我得去问问谢景非……”

叶珈蓝一字一句地听完，等她说完最后一句话，她才轻咳了一声：“我什么时候说和宁致试了？”

“那你和谁？”

苏锦珂冥思两秒，有些不确定地问：“唐遇吗？”

“对。”

“……”

“怎么突然就……想和他再试试了啊？”

“因为——”叶珈蓝声音一顿。

因为她想起了夏至那次抱着她，哭着跟她说“对不起”，然后第二天，夏至就再也没有出现过。

她怕唐遇以后也不会在她面前出现了。

非常非常怕。

叶珈蓝声音轻轻哽咽了一下：“怕他不愿意等我了。”

也不知道中午闹腾的那两个病人家属是不是因为惹出事情消停了下来，叶珈蓝整个下午过得异常平静。

307 的病人没出问题，家属也没再过来闹腾。

下午下班的时候，叶珈蓝整个人都松了一口气。

刚收拾好东西准备走出办公室，余秋华的电话就打了进来。

她直入主题，听得出来不是很开心："弯弯，你和小宁是怎么回事？合着刚回家一起吃了顿饭，回去就一拍两散了？"

"妈，我们两个不合适，早散了对我们两个都好。"

"……"

那头沉默许久，声音才又传过来："闺女啊，你今年都二十七了，找个男朋友也得处一段时间吧，到时候再结婚也不早了。"

"你还是医生，空闲的时间少，到时候当大龄产妇对你和孩子都不好啊。"

叶珈蓝叹了口气："妈，我自己找吧。"

"你确定你自己能找？"

"在找了。"

"行吧，"余秋华明显是做了一番思想斗争，静了好一会儿才道，"希望你能在我还活着的时候把我女婿带回来看看。"

"……"

还不等她说什么，余秋华已经把电话给挂断了。

叶珈蓝捏了捏肩膀，她翻开微信群，从里头找到了一个纯白色的头像点开，然后申请添加联系人。

一分钟过去，那人没回。

两分钟过去，微信还是没有动静。

五分钟过去，叶珈蓝皱着眉把手机装进包里，起身出了科室。

连着好几天，叶珈蓝不仅没能把唐遇的微信加上，而且在医院都没碰上过他。

平常她有意避着的时候一天还能碰上一两次，这次不避着了，反倒一次都没碰上过。

像是真应了她之前的猜测。

这偶遇概率小得，像是唐遇从来没在这家医院出现过一样。

叶珈蓝内心越发地不安。

到了周六，叶珈蓝没忍住，敲了一行字给唐遇的手机号发了过去：【你什么意思？】

这次倒是有了反应。

叶珈蓝上午发的，他黄昏的时候才回了消息。

一个问号。

叶珈蓝眼泪都该出来了。

她好不容易鼓足了勇气不准备逃避了，结果这人反倒一下子冷漠了下来。

叶珈蓝把手机放在一边，没再说话。

五分钟后，手机铃声响起。

来电显示“唐医生”。

叶珈蓝的理智告诉自己不应该接，但是她的手已经控制不住地伸了过去，然后滑到接听。

那人的声音瞬间传过来，低低的，像是响在她的耳边：“怎么了？”

叶珈蓝不说话。

“叶医生？”

叶医生？

叶珈蓝心一下子沉了下去，干脆利落地挂断电话。

半分钟后，电话再次打进来。

叶珈蓝这次没接。

她就任由手机铃声响着，本来几年都没有过这些小情绪了，今天轻而易举就被唐遇挑拨了起来。

叶珈蓝都觉得自己无理取闹。

因为一个称呼，挂掉了同事的电话。

虽然这个同事是她的前男友。

手机铃声响了半分多钟，然后自动中断。

断了之后再响，响了再断。

反复几次之后，叶珈蓝还是接了电话，她这次先发制人："唐医生，你找我什么事？"

"确定不是你找我有事？"

"……"

好像确实是她先发的消息。

叶珈蓝嘴角微抿："我上午发错了消息。"

"嗯。"

叶珈蓝等了几秒，没听见他再说话，刚要把电话挂断的时候，就听见他问了句："生气了？"

"……"

就算生气她也不能说生气啊。

叶珈蓝没说话。

"弯弯？"

"……"

可能是因为没听到她的回应，那人声音低了又低，越发地暧昧：

“宝贝？”

“……”

叶珈蓝手机差点从手里掉下去。

唐遇以前是不常叫她“弯弯”的，他更喜欢连名带姓叫她“叶弯弯”。

至于“宝贝”两个字，叶珈蓝更是只在床上听到过两次。

他声音好听，干净温柔，在床上的时候又添了半分的性感。

现在清醒，那就添了一分的性感。

叶珈蓝被他叫得耳根发痒，刚下意识摸了摸耳朵，就听到听筒里传来另几道男声——

“唐医生在跟女朋友打电话啊？”

“唐医生什么时候有女朋友了啊？”

“你们不知道，唐医生前几天无名指上还戴了个戒指呢！无名指知道吧，那可是婚戒！”

“不过弯弯这名字，叶医生小名好像也叫弯弯吧？”

叶珈蓝：“……”

那头声音毫不间断，还隐隐约约有女声夹杂着传过来。

说的似乎是英语，叶珈蓝没听太清，刚集中了注意力去听那道女声，安静了有一会儿的男人就开了口：“我这几天在国外，有时差。”

“……哦。”

唐遇确实在国外。

这几天有神经外科的权威在国外有研讨会，他和几个年轻的男医生被吴主任安排过来出差学习。

唐遇知道吴主任的意思。

一部分是真的想让他学习，另一部分是怕这几天在医院会出问题。

毕竟就在前几天，他还对一个患者的家属动了手。

美国纽约的某家酒店，唐遇和其他几个同行的医生一起走出电梯："想我了？"

这话一出来，没过两秒，叶珈蓝又听到那个女声。

字正腔圆，这次是纯中文的两个字：唐遇。

这声音，有点儿耳熟。

叶珈蓝没仔细想，不自觉应了声"嗯"。

电话那头，那人似乎低低笑了声："我也想你。"

呸。

想她还不给她打电话？

不仅没给她电话，连她的微信都没给通过。

男人说的话都是屁话，叶珈蓝哼了声，挂断电话的时候嘴角还是微微扬了起来。

挂断电话半分钟后，她收到移动提示她话费余额的消息。

唐遇的消息就发了过来：【真的。】

叶珈蓝打了一个字上去，想了几秒后又删掉，把刚才想问的问题发了过去：【那你怎么不给我打电话？】

【在等你。】

他怕自己把叶珈蓝逼得太紧，所以这几天一直在克制着，不给她发消息，也不给她打电话。

至于微信，工作群用的是工作号，他这几天根本没登录。

【如果我不打给你呢？】

叶珈蓝又打出了一行"你是不是也不打算打给我了"，刚要发送出去，唐遇的消息就发了过来：【那我就打给你。】

唐遇这种心理，说得好听点叫执念。

说得不好听点，那就叫犯贱。

无所谓。

反正犯贱也不是一次两次了。

53

叶珈蓝不知道唐遇怎么想的，她就单纯觉得能让他说出这种话来，已经是挺不容易的一件事了。

她瞬间都把唐遇目前为止还没通过她微信请求的事给忘了，盯着最后那行字看了一遍又一遍。

到了最后，她连那几个字都快辨认不得了。

叶珈蓝这才把手机扔到一边，闭上眼睛一头倒在床上。

久违的甜蜜感。

和突然倒在柔软的大床中间的感觉一样，如坠云端。

美好得不真实。

叶珈蓝扯过了枕头抱在怀里，呼吸渐渐轻了下来。

而此刻的纽约某酒店内，一行人经过一楼大堂正要出门。

一个身形高挑妆容精致的女人紧紧跟在后头，她穿了近十厘米的高跟鞋，加上本身就长得高，往男人堆里一站，把其中几个男人的身高都压了下去。

她红唇微启，声音柔媚带喘：“唐遇，你什么时候来的啊？”

旁边立马有同事看了眼当事人：“唐医生，认识？”

唐遇脚步微顿，眉头皱了又皱，最后还是转头看了女人一眼。

他并不说话。

但是女人已经心满意足，丝毫不尴尬地自己接上了下句话："这么久没见了，晚上一起吃顿饭吧？"

女人长得十分漂亮，颜值高气质又好。

最关键的是，这是在国外偶遇到的国内同胞。

要是放在平时，几个年轻男医生早就插科打诨地凑热闹了。

但是现在不一样——他们刚才还亲耳听到唐医生和女朋友打电话了。

这时候要再瞎掺和，那就叫毁人姻缘。

一时间没人敢出声。

唐遇瞥了一眼红唇微弯的女人，他神色淡漠，只轻轻在她脸上掠过几秒，然后就把视线收了回来："没空。"

说完抬脚就走。

后面几个人连忙跟上。

其中一个长得不错的男医生还递了张名片过去："唐医生没空，但是我有空啊……"

付桐看都没看他一眼，踩着十厘米的高跟鞋就追了上去："唐遇，怎么说我们也是这么多年的老同学了，吃个饭的机会都不给吗？"

前面男人不语，脚步甚至都没有停顿一下，顺着旋转门出了酒店。

付桐追了几步又停下，她怔在那里，咬了咬牙，最后还是眼睁睁看着一行人上了车。

下一秒，车开走，连尾气都消散得极快。

旁边有另一道女声响起，开口就是一口标准的美式英语："付，怎么了？"

付桐紧咬的牙这才松了开来："没事，碰上了老同学。"

“只是老同学？”

女人神情略带揶揄，显然是发现了不同寻常之处。

付桐收回视线，她捏紧了手里刚才硬被那人塞进来的名片，低头看了一眼。

她没说话，只眼光越发沉了些。

叶珈蓝一觉睡到了晚上七点。

天早就黑了下来，她一睁眼，莫名有种不知今夕是何夕的错觉。

直到下一秒，微信提示音响了一下。

叶珈蓝没立刻起床，她把床头的台灯打开，然后才拿过手机看消息。

是苏锦珂发过来的一条链接。

光是标题就赚足了噱头：震惊！北城华溪医院三番两次出现医患矛盾，近日有知情人爆料称某科男医生暴打病人家属，打人原因竟是……

叶珈蓝愣了一下。

她脑袋空白一片，反应过来的时候，手指已经点在了链接上头。

不知道是网速慢还是什么原因，这条新闻加载了足足有半分钟，时间久到加载出来的时候，叶珈蓝指缝间都渗出来了一层汗。

标题下方就是一段几秒钟的小视频。

下面的文字写得绘声绘色，把打人男医生的暴躁和凶狠描述得有过之而无不及。

叶珈蓝不用点开视频看，光是看封面上静止的那个画面，就轻而易举地辨认出上头的人。

她手指越发地颤，呼吸也跟着重了几分。

那几行字和那个停止的画面越发地模糊，叶珈蓝没再敢多看一眼，连忙退了出来。

苏锦珂的消息刚好也发了过来：【虽然唐遇同学打人非常帅，但是这种新闻，肯定对他影响不小吧？】

她这问题问得毫无意义。

这种负面新闻发生在谁身上，都不是一件好事。

尤其唐遇刚来医院不久，尚处于一个上升期。

可是事实明明不是这样的。

叶珈蓝脑袋空了一瞬。

等完全消化了这件事之后，拿了件外套披上就出了家门。

叶珈蓝家离医院不远，但是她过去的时候还是打了辆出租车。

在车上的几分钟，她翻开微信群看了眼。

里头果然也正在讨论这件事，现在闹翻了天一样，消息一秒钟就能刷出来好几条。

叶珈蓝瞥见最近的几条，无一例外都是替唐遇说话的——

【我看那家人是想碰瓷想疯了，居然不知道从哪儿弄来了唐医生打人的视频！】

【他们把叶医生推倒的视频呢？我们干脆也去保安室调一下监控算了。】

【不过唐医生为什么会打人啊？】

【就打了一拳而已，居然被无良媒体夸张成了把他打得半死一样！】

【就是，而且根本不了解前因后果就乱写一通。】

……

不能再往下看了。

叶珈蓝抬手拍了下额头，强迫自己把视线从聊天界面上移开。

出租车司机这时候刚好把车停在路边：“姑娘，到了。”

叶珈蓝道谢，付了钱下车，快步往医院走去。

她们科室在四楼，叶珈蓝连电梯都没坐，爬上四楼只用了半分多种。

办公室的门一推开，许恋吓了一跳：“……弯弯，你怎么来了？”

刚问完，她就像是想起什么来了一样，恍然大悟地张了张嘴：“因为唐医生的事吧？”

叶珈蓝也没否认，“嗯”了声：“看到吴主任了没？”

“吴主任现在在手术室，还没出来呢。”

许恋一边说一边小心翼翼地打量叶珈蓝，在她看来，跟前女人除了脸色有些苍白之外，看不出什么异常来。

只有叶珈蓝知道，她的手心全是汗，只能紧紧攥着以寻找支撑感。

她有些脱力地往墙上一靠：“恋恋，你知道怎么回事吗？”

“好像是你那次晕倒……唐医生可能太心疼你了吧，所以就打了那个男的一拳。”

怕她担心，许恋还特地解释了句：“真的就打了一拳，当时周围也没什么人，本来还以为不会出什么乱子……”

越说越郁闷，许恋叹了口气：“我看他们这家人是想毁了唐医生吧？”

叶珈蓝没说话，双手捂住脸，然后紧贴着墙根，一点点滑下去蹲下。

手机安安静静。

铃声没再响起，她突然不敢想象唐遇知道的时候会是什么反应。

唐遇是因为她。

因为她，让自己站在了悬崖边上。

唐遇接通唐慕白电话的时候，是在一小时后。

中途权威专家在前面讲台上做研讨，他挂掉了几通。

直到到了中场休息，他才把电话给唐慕白给回了过去。

“看新闻了没？”

唐慕白声线极淡，语气稀松平常，但是唐遇知道他一般这么说话的时候，都只是暴风雨前的平静。

他把电脑的浏览器界面打开，上头的新闻还是国内时事新闻，所以他轻易看见上头的头条。

唐遇“嗯”了一声：“看见了。”

“小少爷，打人打得爽吗？”

“还行。”

唐慕白轻嗤一声：“有什么事不能等到出医院再说吗？你穿着白大褂在医院干出这种事的时候，想到后果了没？”

“想到了。”

那头沉默。

片刻后，男人到底是退了一步，开口：“行，我让寒声先帮忙把新闻撤下来。”

唐遇不置可否。

又过了半分钟，他才扯了下唇：“不用了。”

不等唐慕白再说话，唐遇把电话掐断：“挂了，小舅舅。”

电话挂断。

休息时间还没过，唐遇把浏览器关掉，然后打开微信看了一眼。

手机上这会儿登的微信是他的个人常用账号，里头的哥大同校交友群里已经有了不少消息。

点开一看，最上头的一条就是纪寒声的：【我叫人撤一下新闻？】

唐慕白：【不用了。】

纪寒声：【？】

唐慕白：【刚才给小遇打过电话了。】

傅晏：【转发过500属于造谣传谣，属于刑事犯罪，遇遇不要怕。】

唐遇没说话。

下一秒，那人又问了句：【你为什么打人家？】

唐慕白替他答了：【因为前女友。】

【……】

【不过话说回来，我还没见过遇遇的前女友。】

【跟他一家医院的，你正好有空去挂个科见见。】

【哪个科室的？】

【精神科。】

傅晏：【滚。】

几个人难得都不太忙，一聊就聊了半个小时。

聊到最后，新闻果然没撤，一直在各新闻网的头条上挂着。

从北京时间七点一直挂到了八点。

国内，华溪医院精神科办公室。

叶珈蓝每隔十分钟就要点进去看一眼，底下评论的人数越来越多，各人观点也五花八门。

上面点赞最多的一条是这么写的：【虽然这种AV画质也抵挡不了男主的帅，但是再帅也不能打人啊！】

后面也有几个理智的看客，不偏不向，中立地发表看法：【这种事基本会有反转，现在不清楚医生打人的具体原因，所以不站队，

等医院方面的回应。】

后面跟的几层楼也还算理智——

【对啊，说不定是那两个人碰瓷呢？】

【还是等回应吧，免得胡乱站队到时候打脸。】

【而且光看视频，也没新闻里写的拳打脚踢那样吧……】

叶珈蓝刷评论刷了几分钟，最后实在刷不出新鲜的内容来了才又把手机放下，去洗手池旁边，拧开水龙头，掬了捧冷水洗了把脸。

许恋今晚没班，但是她实在放心不下叶珈蓝，去食堂打了两份饭回来，准备在医院陪叶珈蓝待会儿。

“弯弯，先吃点饭吧。”

叶珈蓝没什么胃口，但是也知道自己的身体现在折腾不得，还是勉强吃了半份饭下去。

她已经有十分钟没有开口说话了。

许恋怕把她憋坏了，想办法给她转移注意力：“弯弯，你给我讲讲你和唐医生以前的事吧？”

她对他们不了解，但是光想想也知道，肯定会是一段难以忘记的感情。

不然也不可能过了这么多年，两个人还对彼此念念不忘。

叶珈蓝嘴角弯了下：“其实过程挺俗的。”

“我想听听。”

叶珈蓝知道许恋是为她好，她也不想让别人太担心自己，沉默几秒后，轻声开了口：“我和唐遇是高二那年暑假认识的，他当时刚从北城转到南方上学……”

她说话声音柔，语速又慢，一句话下来，许恋正好能消化完全。

叶珈蓝安安静静地讲，许恋就安安静静地听。

听她从高中讲到高考以后，从他们刚在一起讲到到了大学两个人都学了医，然后再从大学讲到了分手。

叶珈蓝全程语气都听不出什么大的起伏来，只是到了最后的时候声音才低了些。

许恋问："所以为什么这么喜欢还会分手？"

叶珈蓝轻轻摇头，摇着摇着，她慢慢用双手遮住脸，然后趴到了桌子上。

她哭的时候没有声音，但是肩膀一颤一颤的。

虽然幅度细微，但许恋还是能看得出来。

她轻叹口气，听了一场爱情故事之后，突然就懂了叶珈蓝这几年一直不想找男朋友，连宁致那种上等男人都看不上眼的原因了。

放在谁身上，之前经历过这么一场感情，可能短时间都不会从中抽身出来。

许恋抬手轻拍了拍她的背给她顺气，手刚放上去没几秒，旁边放着的手机铃声就骤然响起。

叶珈蓝还趴在桌子上，但是她能听出是自己的手机铃声，她声音还带着哭腔，鼻音厚重："恋恋，帮我接一下。"

许恋拿过手机，一看到来电显示，本来要拿到自己耳边接听的手顿住，一接听就立马把手机放到了叶珈蓝的耳边。

下一秒，叶珈蓝听到耳边男声响起："弯弯？"

许恋因为保持着给她拿手机的动作，即使无心听他们的对话，但还是能听得清清楚楚。

她心想，原来真的有人温柔起来是会让人沉沦的。

视线再一转，叶珈蓝的手已经从眼睛上拿开，她还是之前那个姿势趴着，两只眼睛又红又肿，双眼皮都快被哭没了。

然后许恋听见她轻轻应了一声。

“哭了？”

那头似乎根本不知道这边有个旁听的电灯泡。

叶珈蓝抽了张纸巾抹鼻子：“没有。”

鼻音太重，信了就有鬼了。

唐遇似乎笑了一下：“哭什么？”

明知故问。

她还能哭什么？

所有人都在担心他的职业生涯会不会受到影响，也只有他自己事不关己得跟什么都没发生过一样。

叶珈蓝又抽了张纸巾。

眼泪是止住了，但是鼻涕止不住了，一直在往下淌，她干脆直接把纸塞到了鼻孔里堵住。

这么一来，说话时鼻音就越发重了，像是含了什么东西一样不太清晰：“是不是因为我？”

那人没否认。

旁边隐隐有闲聊的男声透过听筒传过来，应该是和他一起出差的几个医生。

叶珈蓝抬了下眼，怕许恋给自己拿着手机的手抽筋，把手机从她手里接了回来，用口型给她道了句谢，微微直起上半身：“这件事最坏的结果是什么？”

“停职。”

唐遇连“吧”都没加。

叶珈蓝呼吸蓦地一滞。

出过这种事，在华溪医院被停职甚至辞退的医生，想在国内大医院再任职都是一件难事。

叶珈蓝没想到事情会这么严重，刚停下的眼泪又开始往下流，隔了好一会儿才问了句："万一真停职了……怎么办？"

那头突然沉默。

叶珈蓝心里越发地没底，她深呼了几口气，明明有很多话想跟他说，但是到了嘴边，又只剩下了一句："对不起……"

"对不起什么？"

"要不是因为我……"

"刚才不是问我，万一停职了怎么办吗？"

叶珈蓝一愣。

唐遇的话题转移得太快，等她反应过来的时候，还没来得及应一声，那人就说了句："要不，你养我？"

他只是一句玩笑话。

就算停职了，他也不至于让叶珈蓝养。

更何况，他根本停不了职。

他向来不做没有把握的事，

叶珈蓝不知道，但是他心里清楚。

前段时间那对夫妻狗急跳墙来医院闹的原因，是为了钱，但又不是为了钱。

他们十几岁才上初中的女儿，得了脑癌。

唐遇那天会动手，也不完全是因为叶珈蓝，还有一部分原因，单纯是看不惯他们这种赚快钱的方式。

只不过那百分百的原因里，叶珈蓝占了百分之九十五。

但是叶珈蓝不知道这些，她现在满心满眼地都是唐遇要被停职了，脑子乱嗡嗡一片，以至于根本没注意到他的语气，略微迟疑了几秒就道："那我要去考个心理咨询师的证书，不工作的时候就去给别人做咨询……"

唐遇这种人，一看就是穿金戴银的命，钱少了肯定养不了。

那人轻声问："怎么？"

"怕钱少了养不起你。"

话音落下，那人突然低低笑了一声。

叶珈蓝不出声了。

两边都不说话，安静了片刻后，她听见男人低而温柔的声音："我爱你。"

"……嗯？"

"永远爱你。"

叶珈蓝眼眶一热，眼泪还没掉下来，那边把电话给挂断了。

"……"

叶珈蓝在医院待到十点多。

八点半的时候，许恋接到了一通电话，叶珈蓝就没让她再陪自己一起等，让她先回去了。

十点出头，吴主任总算从手术室出来。

他身上的蓝色手术服还没脱，推了推眼镜，刚看见站在门口等的叶珈蓝就一愣："……小叶？"

"吴主任……"

叶珈蓝等他和同样等在门口的家属寒暄了几句之后，然后才跟着他往科室的方向走。

吴主任大概知道她是为什么等在这里的，他把口罩摘下来提在手上："因为小唐的事吧？"

叶珈蓝点头。

“这个小兔崽子，一点都不让人省心！”

吴主任虽然嘴上骂得不留情面，但还是叹了口气：“不过应该也不会有太大的问题，他们拿出去那几秒钟看不出半点前因后果的视频出去，我们也可以拿视频出去。”

“虽然多少会对小唐有影响，但是应该也不会太大。”

吴主任虽然这么说，但是叶珈蓝还是半点气不敢松，她沉默半晌，然后问了句：“吴主任，唐医生什么时候回来啊？”

“今天的飞机，”吴主任看了眼表，“明天到国内吧。”

叶珈蓝：“那最坏的结果，是停职吗？”

“停职？你听谁说的？”

吴主任狐疑地看她一眼：“你当咱们医院神外的医生多到数不过来是吗？做到像他这种一助的医生就是个小宝贝了，一般不出工作上的大失误是不会停职的。”

他越说越觉得不可思议：“顶多在评职称的时候受点影响，我们又不是完全没理，虽然现在医患关系复杂，我们做医生的处于劣势，但是也不能完全被那些撒泼的患者踩在脚底下吧？”

吴主任拍了拍叶珈蓝的肩膀：“小叶啊，你还是太年轻，我们医院合作的律师事务所也不是吃干饭的啊。”

“……”

所以，唐遇是在吓她？

叶珈蓝嘴角僵硬了一瞬，吴主任又看她一眼：“谁跟你说的会停职？”

“……您觉得呢？”

“反正不可能是唐遇，他又不是不懂这个。”

吴主任："他在国外的时候，这种事也不是没发生过，而且我记得他有个关系很好的学长，是在哥大学法律的。这种小事，退一万步讲，他也不至于停职啊。"

叶珈蓝："……"

唐遇其实没想故意骗叶珈蓝。

他也不想让叶珈蓝哭，更不想让她对自己愧疚。

但是他怕她再退缩。

所以他一步步地，把她逼到了一个再没有退路的地方。

然后第二天刚下飞机，唐遇就收到了一条短信：【Fuck you。】

54

内容简洁，是在十二个小时前发过来的。

唐遇甚至不用刻意去看联系人备注，就轻而易举地知道这条短信发自谁的手中。

他嘴角微微弯起，然后回复了两个字：【欢迎。】

叶珈蓝收到这条短信的时候，正在和对面坐着的病人家属了解情况。

手机震动了一下，屏幕亮起，但是她没转眸去看，只认认真真听家属说病人最近的异常："他这几天记忆力错乱，经常会说起前些年的事，昨天一直嘀咕着叫我和他爸爸不要吵架了……可是我们明明早就离婚了啊！"

“医生，你说这是什么事啊？”

叶珈蓝简单记录几句，然后抬眼看向对面坐得端正的男孩子：“从什么时候开始的？”

“大概两个月前吧。”

叶珈蓝：“最近身体怎么样？除了记忆力不好胡言乱语，还有什么其他症状吗？”

“恶心，隔几天就要抱着马桶吐一回……”

中年女人越说，叹气的声音就越重，到了最后，那声音绵长，持续了足足几秒。

叶珈蓝语气平静：“先去拍个脑部的CT吧。”

“医生，您这是什么意思？”

“前段时间有个症状类似的患者，开始也以为是精神出了问题，后来拍了片子检查之后，发现是大脑里长了东西……”

话还没说完，女人脸色煞白：“医生，你这是在咒我儿子吗？”

“……”

叶珈蓝脾气好，但是也不代表听到这种话还能心平气和，她用力咬住下唇，平静了几秒后才又弯了弯唇角：“您冷静一些，我也只是在说自己的猜测，具体情况也得到时候出了结果再说。”

她说着又把视线转到男孩子的脸上。

男生五官精致，长得十分清秀。

不管是大脑还是精神出了问题，叶珈蓝都觉得可惜，她叹了口气：“出门就是神经外科，拍片子也是为了您的儿子着想，药都是要对症——”

这句话还没说完，有人敲了下门：“妈，你们在里面吗？”

叶珈蓝看了眼对面坐着的两个人，小的那个脸上没什么表情，老的那一个即使在名贵化妆品的遮盖下，脸色依旧苍白。

她咳了一声清嗓子，扬声道："请进。"

下一秒，门被推开，外头的人一进来，叶珈蓝就怔住了。

她没想到会在这种情况下碰上熟人。

和她相比，那人显然对这场重逢没什么惊讶，他彬彬有礼地冲她点了点头："你好。"

叶珈蓝差点就忘了，季燃根本就不认识她。

她扯了下唇角："你好。"

季燃走过来摸了摸男孩的头，然后视线一抬，看向叶珈蓝："医生，我弟弟情况怎么样？"

不等叶珈蓝回答，女人已经接过了话茬，她声音明显发颤，气息不稳："医生说，可能……可能是脑袋里长了东西……"

她说着说着竟然开始抹起了眼泪。

"阿姨，您也不用太担心……"

叶珈蓝抬手蹭了下鼻尖，立刻抽了几张纸巾递过去，胳膊伸过来刚好碰到办公桌上的工作牌，上头的职称和名字被碰得倾斜。

季燃垂眸看过去，视线落在"叶珈蓝"三个字上几秒，然后转开落到她的脸上："南城一中的？"

叶珈蓝纸巾递过去，愣了一瞬才点了下头。

季燃张了张嘴，似乎还想再说什么，结果听见旁边女人的抽泣声，到底是没再接话，安抚性地拍了拍女人的肩膀："妈你别着急，我先去挂个专家号。"

说完又看了眼叶珈蓝，季燃抬脚出去。

这时的男人已经成熟不少，半点也看不出来多年以前，在鬼屋门口被夏至扯坏了衣服之后的气急败坏样了。

时间可真是个好东西，可以让所有人都变得面目全非。

叶珈蓝不由得盯着门口多看了几眼，还没把目光收回来，就听见近在咫尺的女声响起："医生，你是不是也看上我们家小燃了？"

"……没有啊。"

"如果我们家小磊没什么事……"女人又抽泣起来，"我回头肯定把小燃介绍给你。"

"……"

敢情她还成锦鲤了是吗？

叶珈蓝知道季燃现在出入各大知名明星的演唱会给他们伴奏，偶尔镜头也会扫到他，他人长得帅，渐渐地也就成了网络上小有名气的一个吉他手。

叶珈蓝看过他的视频。

虽然是苏锦珂强行让她看的，一边给她看，还不忘一边劝她："弯弯，要不你干脆还是去吃季燃的回头草吧，成了的话还能免费去蹭这种大牌的演唱会！"

她说得像是叶珈蓝想吃就能吃一样。

这不，今天一见，人家根本就不认识她。

不认识也好，省得见了面尴尬。

叶珈蓝看了眼愁眉苦脸的中年女人，她用的化妆品一看就是高质量的，抹了半天眼泪，到头来睫毛膏都没有花。

她呼了口气，隔了几秒才干巴巴地回了句："不用了，谢谢阿姨。"

女人心里装着事，听她这么说也只是心不在焉地点了点头，再也不肯说话了。

华溪医院的神外专家号出了名的难挂。

但也仅仅过了半个小时，季燃就挂好号带了那两个人出去。

许恋今天休班，办公室里很快又剩下叶珈蓝一个人。

她又工作了半个小时，一直到十一点多，她才想起看手机上收到的短信。

唐遇那两个字就在锁屏上显示得清清楚楚。

过了一个晚上，叶珈蓝盯着“欢迎”两字蒙了一瞬。

直到从发件箱里翻出自己昨晚给他发出去的那条短信才反应过来，叶珈蓝对着手机呸了一声，没再理他。

中午叶珈蓝和同事一起点了外卖。

十二点五十，叶珈蓝下楼取外卖回来的时候，和同楼层神外另一个主任办公室出来的男人撞了个正着。

她手里还提着两个袋子，因为走路有些着急，被男人撞得后退了半步。

季燃立刻伸手扶住她的胳膊：“不好意思撞到你了。”

叶珈蓝稳了稳步子：“没关系……”

顿了顿，她又看了眼季燃身后的主任办公室的标志：“你弟弟……”

“脑袋里长了个瘤……虽然不大，但是长的位置有些难办……”

叶珈蓝点了点头：“主任怎么说？”

“手术成功率大概有百分之五十，如果确定要手术的话必须在三天之内安排，不然瘤扩大的话成功率会降到百分之二十。”

叶珈蓝抿唇，一时之间不知道该说什么。

季燃看一眼她手里拎着的袋子，语气温和：“还没吃饭吗？”

叶珈蓝也顺着他的视线低头。

这一低头，她才注意到他手还扶着自己的胳膊，刚要后退半步拉开距离，隔壁的门打开，有人从里面出来：“他们一起说的时候我还不信，现在一看，吴主任真的是把女人当男人看，把男人当畜生看，我们刚下飞机多久啊就又被……”

“啊，叶医生？”

叶珈蓝朝着声源看过去。

说话的那位看见她，戴口罩的动作僵了一瞬：“男，男朋友吗？”

叶珈蓝呼吸一滞，下意识看向那医生旁边的男人。

男人戴了医用口罩，口罩上头还架了一副眼镜，眼镜再上头，男人清隽的眉皱起，他看了眼季燃放在她小臂上的手，然后又漫不经心地收回。

叶珈蓝反应过来，立刻后退了半步，把胳膊从季燃手里抽了回来。

下一秒，她听见唐遇淡声开口：“叶医生，你跟我来一下。”

55

他声音无波无澜，听不出半点起伏来。

叶珈蓝抬了眼看他，四目相对没几秒，唐医生把视线转开，又推门回了办公室。

另一个男医生跟了半步：“唐医生，我们……”

男人头也没回：“我过几分钟就到。”

男医生看他一眼，又看了叶珈蓝和季燃一眼，横竖搞不懂状况，只好把口罩戴好，冲门外的两人点了下头，先行离开了这是非之地。

叶珈蓝还站着没动。

她也不知道自己这时候该不该进去，犹豫的空当，季燃出声提醒她："刚才那位医生叫你应该是有事吧，赶紧进去吧。"

他看了眼还开着门的神外科室一，后半句话语速放缓："至于我们两个，以后还有时间。"

"啊？"

叶珈蓝没听明白。

"在北城碰上老同学也不容易，而且我弟弟今天就要办理住院，以后可能还有需要你帮忙的地方……先熟悉熟悉也好。"

"……"

季燃抬手看了眼腕表："我先去给我弟弟办理住院手续，晚点见。"

他说完抬脚就离开，半秒钟的反应时间都没给叶珈蓝。

直到整个走廊又恢复安静，再也听不到脚步声，她才后知后觉地转头看了一眼。

走廊里空荡荡的，一个人影都看不见，只有灯光打在地板上，晕开了层层模糊的光亮。

叶珈蓝再转头过来的时候，唐遇不知道什么时候站在了门口，他轻倚着门框，慢条斯理地抬手摘了口罩："怎么，不舍得了？"

叶珈蓝不说话。

唐遇站直身体，进去的时候又丢了两个字："进来。"

叶珈蓝突然就想起几个小时前的那条短信来。

迟疑几秒之后，她又怕唐遇找她是真的有正事，还是拖着步子跟他进了办公室。

唐遇站在靠近门口的办公桌边上，半低着头看了眼手机："门关上。"

"关门干什么？"

叶珈蓝实在不理解这种行为，话刚问出来，那人就放下手机，抬眸反问："你说干什么？"

唐遇抬脚走近，眉梢轻挑，眼底深深。

叶珈蓝直觉不会有什么好事，刚后退了半步，那人手伸过来，替她把门给关上了。

门板拍过去的时候，带起来的风把她耳边的发丝吹得飞扬起来。

叶珈蓝眼睛转了一下，心跳不由自主地快了一拍，刚要随便说点什么缓解现在不大正常的氛围，腰就突然被人掐住。

唐遇手稍微一用力就把她压在门上，他低下头，呼吸间全是叶珈蓝头发上的香味，他偏头，吻轻轻落在她的耳垂上："Fuck me？"

叶珈蓝愣了一下，反应过来之后瞬间血气上涌。

唐遇在国外生活了那么多年，不可能不知道这两个词的含义，但是他偏偏给曲解成了最直观的意思。

叶珈蓝耳根一热，下意识抬脚要去踩他的鞋，结果脚刚抬起来，那人就好像知道她要干什么一样，掐着她的腰往上提了提。

她整个人被腾空抱起来。

唐遇头再低下的时候，吻就不偏不倚落在了她的下巴上，然后再往下，到她脖颈处的时候，又把她放了下来。

叶珈蓝双脚终于碰到地，还没来得及呼一口气，耳垂就被人轻轻咬住："叫季燃是吗？"

"……嗯。"

也难得他还记得季燃的名字。

"他还想跟你熟悉熟悉。"唐遇轻嗤一声，"熟悉哪里？"

他搁在叶珈蓝腰上的手下移半分，挑开她的针织衫下摆探进去：

“这里？”

叶珈蓝怕痒，眉头微微皱起，但是发出的声音是带了半分笑意的。

男人手指继续往上：“还是——”

“唐遇。”叶珈蓝隔着衣服握住他的手，“这里是医院。”

唐遇的手果真没再动。

停了大概有十几秒，他的唇从叶珈蓝耳垂上移开，手也从叶珈蓝的衣服里拿了出来。

叶珈蓝还吊着一口气，怎么都呼不出来。

刚想转头看他一眼，针织上衣的衣摆就被推到了胸口的地方，她的半截腰全都暴露在空气中。

叶珈蓝眼眶瞬间撑大，还来不及说话，那人的吻已经铺天盖地地落了下来。

医院办公室，中午十二点多。

怎么看都不是一个合适的时间和地点。

叶珈蓝能感觉到他的指尖一点点地上移，像是带起了一把火，烧过之后留下了一层绯红色。

她刚伸手推了推他，背后靠着的门就被人敲响，女声隔着门板传进来削弱了不少，但是依旧清晰：“唐医生，你好了没？”

叶珈蓝瞬间全身僵硬下来。

唐遇头微微偏开，不咸不淡地应声：“嗯。”

门外再也没了声音。

叶珈蓝微微松了口气，紧绷的神经终于松懈下来半分。

唐遇垂眸看她。

女人脸色绯红，眼神迷离，但是显然神志还算清醒。

他能明显感受她剧烈的心跳，视线一低，她胸口起伏果然剧烈。

半晌，他突然轻轻笑了一声："吓死你。"

话音落下，唐遇把她上衣衣摆拉下，然后站直了身："一点一刻有台手术。"

他就是逗逗她。

本来上午刚到医院的时候想着亲一下就完事了，谁知道半路上杀出了一个季燃来。

有句话怎么说来着？

情敌见面本身就分外眼红。

何况季燃在叶珈蓝心目当中，还能算得上心头的一抹白月光。

唐遇脑子一热，没把她衣服脱了已经算克制了。

他把叶珈蓝被他弄乱的领口一点点地整理平整："中午记得吃饭。"

他说完已经收回手，拉着叶珈蓝的手腕把她拉开些，开门出了办公室。

叶珈蓝再转过身的时候，门已经又被他关上。

"你吃了没？"

她的声音也被关在了门内，那人没听见。

叶珈蓝中午吃得不多。

她肠胃还没恢复得太好，所以点的外卖也清汤寡水的，吃了几口就没了食欲，那一半还是硬塞进去的。

吃完饭后的几个小时，她嘴里的味道都寡淡得不行。

从一点多到四点多，叶珈蓝往嘴里塞了三颗糖。

五点多的时候，嘴里倒是不寡淡了，剩下的全是糖精的味道。

堆积到一起微微有些发涩。

叶珈蓝倒了一杯热水放在桌子上，水蒸气一点点升起，然后再散开。

她盯着看了几分钟，快下班的时候，办公室的门被敲响：“方便进来吗？”

叶珈蓝能听出这个声音。

就在几个小时前，这个声音还说要和她好好熟悉熟悉。

虽然叶珈蓝也不知道有什么好熟悉的，但是出于医生的职业本能，还是柔声应了句：“请进。”

门应声被人从外面打开。

季燃推门进来：“什么时候下班？”

叶珈蓝看了眼时间：“还有半个小时吧。”

周日的白班，没什么事的话可以早走几分钟。

顿了顿，叶珈蓝又问了句：“你弟弟已经安排好住院了吧？”

“嗯，后天手术。”

叶珈蓝实在不知道该接什么话，憋了几秒憋出来一句：“希望手术顺利。”

季燃笑了一下，视线又落到她桌子上印着名字的工作牌上：“你之前是高三一班的吧？”

“……嗯，对啊。”

季燃居然记得她。

这完全出乎她的意料。

叶珈蓝思前想后半分多种，也没想出自己和他有过什么交集。

好像是之前有一次季燃和别人打篮球的时候，差点把球砸到了她的身上，然后一群人跑过来道了歉。

剩下鬼屋那次，叶珈蓝和他压根没有正面交集。

高中也就这么两次。

大学两人不在一个学校，就更别提有什么交集了。

所以叶珈蓝还真吃了不小一惊。

可能是她表现得实在太明显，季燃没忍住笑了一下，解释道："年级第一，学校还有不知道你的吗？"

季燃自己是艺术生，学习每次除了吊车尾就是不及格，所以对这种每次考试都第一的学霸印象尤其深刻。

越是自己身上没有的，越会不由自主地关注更多。

和叶珈蓝当初关注季燃的原因差不太多。

因为季燃身上有她难以接触到的放纵和叛逆，所以叶珈蓝对他一直有种难以言明的好感。

这种好感，在她年轻的时候被归结为喜欢。

现在长大了，她知道压根算不上喜欢，顶多算是一种向往和崇拜。

但是叶珈蓝不知道，她崇拜季燃，季燃也同样崇拜着她，他唇角弯得弧度更大："我还记得每年开学典礼，你都是作为学生代表上台讲话。"

叶珈蓝垂了垂眼，有点不好意思。

季燃："你有次没拿到第一，我和朋友还在猜是为了什么。"

"……"

叶珈蓝还真不知道季燃以前这么关注她。

季燃怎么说也算得上她青春期的小半个男神，这些话要是放在以前说，说不定还真能促成一段姻缘。

但是放在现在，因为时机不对，叶珈蓝听得头皮微微有些发麻。

所幸季燃也不是一个没事干的闲人，又闲聊了几句就被一通电话给叫走了。

几年过去，他倒和之前女朋友遍地走的花花公子有了不小的差别，他看起来成熟稳重，说话时连少年时的那股子清冷劲儿都弱了不少。

临走时，季燃和叶珈蓝开口问微信号。

叶珈蓝思考了几秒，委婉地拒绝了。

五分钟后，她在季燃礼貌又不尴尬地离开后出了科室，然后在看到隔壁科室门口站着的女人时，她有那么一点点的后悔了。

应该把微信号给季燃的，她想。

呵呵。

56

叶珈蓝没想到会再遇上高中同桌。

就像付桐同样没想到会遇上她一样。

两人隔了几步远，叶珈蓝刚把门锁上，付桐就循声望了过来。

她明显也怔了一下，脸上的表情转换十分迅速，风情万种消失得一干二净，转眼就换上了一种冷淡的不屑。

这种表情叶珈蓝有几年没见过了，猛然看见还觉得有些陌生。

她用了几秒钟重新适应付桐的这种不屑，适应完毕以后，她冲她扯了下唇，准备抬脚走人。

反正她和付桐也没有什么可以交流的地方。

叶珈蓝懒得在她身上浪费一分一秒的时间，收回视线之后，刚要像陌生人一样从她身边经过，付桐半靠着的门突然被人从里打开。

她着了力在门上，这一下门开得猝不及防，付桐“啊”了一声，顺着惯性就往门内靠了过去。

叶珈蓝脚步就这么顿住，往门内瞥了一眼，正好瞥见刚从门把手上收回的那只手。

手指很漂亮，无名指上戴了一枚戒指。

叶珈蓝认出那是自己送给唐遇的第一份生日礼物。

而现在，这人要用戴着她送的戒指的手，去扶别的女人了。

叶珈蓝心里一梗，浑身都不舒服起来。

她紧盯着那只手的动作，每一瞬都像是被拉长成了慢动作，叶珈蓝心跳加快，但是呼吸又被她有意放缓。

唐遇却根本没看她。

他一门心思都放在了付桐身上——付桐身上的香水味太重，他微微皱了眉，抬手利落地把旁边站着的同事拽了过来。

男医生会意，眼疾手快地扶住了扑过来的付桐。

付桐还以为扶她的人是唐遇，越发地往那人身上蹭，蹭得血气方刚的男医生差点流鼻血："小……小姐，你可以先起来吗？"

这一说话，声音明显不对。

付桐身体一僵，连忙又站直了身体。

她平常和异性接触不少，所以还能面不改色地整理头发："不好意思啊医生，我刚才不是故意的。"

话是跟扶她的人说的，但是付桐的眼睛已经瞟向了旁边的男人。

男人眉目精致干净，皮肤偏白，比她交过的所有男朋友长得都好看。

付桐越发地心猿意马，冲他眨了下眼："唐……医生，下班了吗？"

唐遇敛眉，视线掠过她，看向了她的身后。

他"嗯"了一声。

"那有空一起吃个饭吗？"

他越过付桐走出办公室，声音冷得紧："没有。"

"我可是为了你特地从国外飞回来的……吃顿饭的时间都没有吗？"

旁边男医生仿佛发现了新大陆。

付桐的脸和身材都是一等一的好，光是站在那里都能吸引不少目光，再加上高跟鞋踩在地上发出的声响，这个点下班的医生们都看了过来。

叶珈蓝也目不转睛地看过来。

她倒要看看，唐遇会和她纠缠到什么时候。

旁边已经有人开始小声嘀咕："我猜唐医生会心软。"

"赌一次夜班，唐医生不会答应她！"

"我赌两次夜班，唐医生会停下来答应她。"

这对于医生来说，无疑是一场筹码诱人的豪赌，作为局外人的叶珈蓝他们都没放过，扯了她的胳膊小声问："叶医生，你也赌一下嘛……"

刚说完，本来往前走的唐遇突然停下。

扯着叶珈蓝袖子的医生立刻噤了声。

她是刚才赌两次夜班的那个，眼看胜利在望，还没来得及开心，那人后退半步，拽了叶珈蓝的手腕拉着她离开。

女医生抓了个空。

刚才还在豪赌的几个人顿时安静如鸡，眼睁睁看着那两人消失在楼道转角。

连付桐都没反应过来，不可置信地张了张嘴，然后抓住刚要离开的那位男医生："他们又和好了？"

"又？和好？"

男医生重复一遍，然后眼睛瞬间睁大："你是说唐医生和叶医生两个……怪不得我一直觉得他们两个不对劲儿……"

付桐咬咬牙，鞋跟用力踱在地板上。

男医生好心劝她："唐医生前几天还给叶医生做了爱心早餐，小姐，我觉得你还是换个人追吧……"

付桐没接这话，她脚底一松，在心里冷笑了一声。

话说得轻巧。

但其实哪有那么容易。

见过了更好的，谁还愿意去和一般的凑合过。

而付桐因为没得到过他，所以更觉得心痒得不行。

更何况，她也没比叶珈蓝差到哪儿去。

男人嘛，用点办法总能得手。

付桐扯了半分的笑出来："叶医生的联系方式可以给我一下吗？"

叶珈蓝本来是打算围观好戏的，结果稀里糊涂就被唐遇一路拽到了地下停车场。

车门打开，她被推上副驾之后，主驾很快也有人坐进来。

车内整洁干净，没有半点刺鼻难闻的味道。

旁边唐遇刚一上来，就接了一通电话。

通话时间不足两分钟。

叶珈蓝就趁着这空当走了两分钟的神，她甚至不知道唐遇什么时候挂的电话，直到那人突然倾身凑了过来，她才回过神来。

跟前的这张俊脸骤然放大，每一处都挑不出任何毛病来。

叶珈蓝即使对这张脸熟悉无比，但是每次近距离接触依旧会心跳加快，她抿了抿唇："干……干什么？"

两人距离实在太近，鼻尖对着鼻尖，再靠近两厘米就能吻上。

叶珈蓝眼睛一眨不敢眨，她甚至能清楚地看见男人眼底倒映出来的自己，一动不动不知所措。

唐遇本来是想给她系安全带的。

结果一接触到她的眼神，刚抬起的手又落下，捏着她的下巴就吻了下来。

这似乎是分手以后，叶珈蓝第一次在清醒的状态下和他接吻。

男人吻技一如既往地好，唇舌交缠，他攻城略地地侵占她口腔的每一寸。

叶珈蓝跟他恰恰相反。

她吻技一如既往地烂，烂到只过了半分多钟，叶珈蓝就被口水呛了一下，偏头咳了好几声。

车内安安静静，她的咳嗽声响了半分多钟。

男人的手搁在她的背上轻抚，叶珈蓝气好不容易顺了过来，耳垂上又被一片湿热覆盖。

叶珈蓝浑身一僵。

她的上衣下摆被唐遇有意无意地轻撩起来："本来打算把中午没干完的……"

叶珈蓝反应快，连忙伸手捂住了他的嘴。

唐遇轻眨了下眼，手松开她的衣服，转而捏住她的五指下移，然后在她指尖轻轻吻了一下："但是我晚上真的有事。"

他已经坐回主驾。

这次擦枪走火有些过了头，他心里烦躁得不行，降了车窗下来，从储物格里翻出了一盒烟。

叶珈蓝下意识问了句："什么事？"

“查岗啊？”

唐遇嘴角弯了下，就一下，他抽了支烟咬在嘴里：“回家陪唐安宁吃饭。”

叶珈蓝点了点头。

她不喜欢烟味，所以在唐遇点着烟之前，把自己的那侧车窗也给降了下来。

打火机还没响，叶珈蓝已经想象出了刺鼻的烟味，皱着鼻子一连咳嗽了好几声。

唐遇偏头看她：“我还没抽呢。”

“……”

叶珈蓝耳尖红了一点。

她看见唐遇把烟从嘴里拿了下来，折断之后扔进了车载烟灰缸里。

“直接跟我说就行。”

“跟你说你就不抽了？”

他又不是以前那个听她话的唐遇了。

叶珈蓝越想越觉得郁闷。

气还没叹出来，唐遇就“嗯”了一声，他侧眸看她，嗓音低哑温柔：“不然呢？”

PART9

哥哥带漂亮姐姐回来了！

“我也喜欢你。”

喜欢你很多年，而且——

“一直都喜欢你。”

57

不然呢。

还能上了她不成?

唐遇唇角扯了下，转过头来升上车窗，然后发动车子:“回家? ”

叶珈蓝心思还放在他那句“不然呢”上头，怔了一瞬才反应过来，微微弯着嘴角点了点头。

黑色轿车自地下停车场缓缓驶离。

叶珈蓝心里头藏着无数个问题，关于前阵子来医院闹的夫妻俩，关于今天突然出现的付桐。

但是从医院到她家也就几分钟的路，无论是问什么到时候都容易解释不清，她想了想，到底是没能问出来。

叶珈蓝也没有问出来的机会。

因为刚刚出了停车场，车还没开到路上去，前头就有个女人突然冲了过来。

所幸车速不快，刹车刹得又及时，所以那人才没被撞到。

叶珈蓝身体惯性前倾之后，又被安全带给拉了回来，她吓了一跳，皱着眉看了眼外头挡住路的女人。

这个女人，她有印象。

因为就在前几天，这女人还在激烈争吵中把她推倒在了地上。

叶珈蓝视线还落在外头。

这会儿那女人的老公已经上前要拉她回去，但是女人明显不肯走，一边伸手指着车一边不知道在说着什么。

前头有车挡着，后头过来的车开不过去，喇叭连着按了好几下。

那纠缠着的两个人丝毫没有要让开的意思。

叶珈蓝转头看了眼主驾上的男人，唐遇明显也认出了那两人，眉微微皱了起来。

她轻轻叹了口气，伸手去解安全带："我下去跟他们谈，你先回去吧。"

叶珈蓝动作快，安全带解开又收回也只用了几秒的时间。

她说完就要下车，开门的时候手腕却又被人握住："谈什么？"

"让他们不要在大街上挡路啊……"

叶珈蓝迅速瞥了眼车窗外头，因为这两个人异常的举动，已经开始有路人停下步子围观了起来，她咬了咬唇："这样对你影响不好。"

话音落下，她手腕微微用力，从唐遇手中挣脱出来，开门下了车。

那两人还在推推搡搡。

一个想要拉着另一个回去，另一个偏偏不肯回去。

那女人力气也是出奇地大，任男人怎么拽，始终纹丝不动。

直到听见车门打开的声音她才抬头看了一眼，这一看，她着实吃了一大惊。

毕竟上次把人家推晕了，虽然说也不是故意的，但女人良心上还是过意不去，嘴角抽了两下，连带着声音都跟着弱了下来："你你你……怎么是你啊叶医生？”

男人趁她愣怔的工夫，连忙把她拽回到了路边上。

女人声音于是又扬了起来：“哎你干什么呢？你是帮我还是帮着外人啊！”

叶珈蓝跟着走过去，然后回头冲车内的人使了个眼色，示意他赶紧趁这机会把车开走。

跟前女声高昂，男声低沉，像是在演奏一首聒噪的曲子，叶珈蓝捏了捏眉心：“这位大姐，你在停车场出口站着干什么？”

女人转头看过来：“我还能干什么！”

话刚出口，瞥见她这张脸之后，女人声音还是刻意压低了些：“我来找打人的那个医生啊！他不是上了新闻吗还，给我们一个合理的解决方案，我们要是满意了就去澄清解释！”

她说着瞥向后头那辆车：“他怎么不下来跟我们谈，让你一个姑娘过来？”

这车一看就得几百万，有钱人胆子就是小，女人嘀咕着呸了一声。

叶珈蓝心平气和地解释：“他有事，现在得回家一趟，你们跟我谈就行。”

“跟你？”女人狐疑地看她，“你们什么关系？”

“……”

这个问题有点难回答。

同事不像同事，恋人又不像恋人。

叶珈蓝眼睫垂了下，然后又抬起眼来：“我是他女朋友。”

她说这话的时候，像是掐准了时间一样，后面的车刚好开过他们身边。

车窗降下来，唐遇把这句话听得完整。

叶珈蓝说她是他女朋友。

唐遇嘴角弯了下，把车开到路边的紧急停车位停下，然后偏头看向车窗外面。

从这个位置看过去，正好对着那三个人，距离不远，他们的谈话内容虽然听不清，但是也能听得个大概。

他听见那女人问了句："真的假的？"

叶珈蓝点头："真的。"

"那你的话在他面前顶用吗？"

"应该……有吧。"

唐遇视线收回，他轻靠在椅背上，然后低低笑了声。

他突然想起昨晚电话里叶珈蓝那句"养他"。

就为了这几句话，别说停不了职，就算真停了，那也值了。

58

这边叶珈蓝压根不知道唐遇把车停在了一边。

她顶着女人质疑的眼光又重重点了下头："我刚才就是从他车上下来的，你应该也看见了。"

不等女人应声，她已经先开口问道："你们今天是特地来找唐医生的吧？"

唐医生？

哪有女朋友管男朋友叫医生的？

女人觉得哪里不大对劲儿，但是眼下情况由不得她多问，一把抓住了叶珈蓝的袖子就道：“既然你是他女朋友，那你也能替他赔偿我们吧？”

叶珈蓝皱眉：“什么赔偿？”

她转眸看向旁边的男人，他脸上连半点瘀青都没有，明显是早就好得差不多了：“赔偿医药费吗，医院检查开药的单子方便给我看一下吗？”

之前的视频叶珈蓝看了不下十次。

唐遇虽然确实动了手，但是根本没用多大力气，而且他是学医的，知道怎么避开关键位置。

小磕小碰的话，医药费也用不了多少钱，叶珈蓝把包打开，刚要拿几张红币出来，女人就嘲讽似的哼了声：“是赔偿精神损失费！”

叶珈蓝动作成功顿住。

隔了几秒，她才又原封不动地把钱放回去，然后拉上包链：“那您先说说多少钱？”

女人伸手出来，比了个手掌给她。

叶珈蓝：“五百？”

女人瞪她：“五万！”

简直是狮子大开口。

北城这种城市虽然物价偏高，华溪神外医生月薪也确实不低，这个数字还是大了。

非常大。

叶珈蓝嘴角弯了下，她把视线转开，看向背后的停车场出口，然后抬手指了指：“现在开过来的那辆车三百万，您要不去试试？”

女人愣了几秒，反应过来时指了指叶珈蓝：“你你你……你什么意思？”

女人的丈夫很快过来拉她：“快别说了，钱的事我们再想别的办法……”

“想什么想啊！都该没地方住了，你还能想出什么办法啊！”

女人声音大，而且还带着无理取闹的哭腔。

刚才好不容易散开的人群又停了下来看热闹，反应快得甚至有人拿起手机录起了视频。

叶珈蓝咳了声：“这位女士，您冷静一下。”

“我不冷静！反正我告诉你，三天之内我收不到这五万块，你男朋友就等着被起诉吧！”

女人因为被男人拉着，挣扎得衣服都有些凌乱，头发也像是没认真打理过，刚才吼过了一通，现在眼眶通红。

看起来狼狈不堪。

叶珈蓝刚要再说话，不远处就有人喊了一声：“大勇，婷婷刚才还问你们去哪儿了！”

这一声对女人来讲仿佛是一剂镇定，她瞬间冷静下来，收回指着叶珈蓝的手指，嘴角咧了一下才回过身去。

“王姐……你怎么带婷婷出来了啊？”

“婷婷在家里一直吐，我寻思着带她出来看看有没有想吃的东西。”

叫王姐的是个中年妇女，手里还牵着一个小女孩。

女孩长得漂亮干净，就是脸色苍白，眼神无光。

一听见这边女人的声音，她就扑了过来。

女人怕她跌倒，赶紧蹲下去接住她，她眼眶越发地红：“婷婷在家里有没有听阿姨的话啊？”

王姐叹了口气：“大勇、大勇媳妇儿啊，婷婷视力好像又……

她今天上厕所的时候，差点撞在门上……”

经她提醒，叶珈蓝才想起哪里不对劲儿来。

她把视线转到小女孩的眼睛上，她瞳孔失焦，无波无澜地看向前方。

她看不清自己。

或者，根本看不见。

呕吐，视力下降……而这家人急需用钱。

有什么东西似乎渐渐成型，叶珈蓝上前半步，开门见山地问了句："去医院检查过了没？"

女人抱着孩子点了点头："前几天去了一家小医院，医生说脑袋里长了恶性肿瘤，他让我们最后来大医院做手术……"

叶珈蓝伸手在小姑娘眼前晃了晃。

小姑娘眼睛弯了弯："姐姐，你是医生吗？"

叶珈蓝喉咙一哽，她呼了口气："再去做个详细的检查吧，主任现在还没下班。"

"可是……"

叶珈蓝知道这家人考虑的是什么，她深呼吸了一口："我带你们过去。"

说完转身就又往医院门口走去，她走得快，隔了几秒才听到后头的脚步声，女人声音随之传来："医生，你是治这种病的吗？"

"我不是，"叶珈蓝顿了顿，"我男朋友是。"

唐遇在车上围观了整场戏。

这场由激烈恢复到平静的戏落幕，一直到几人的身影完全消失在医院门口，他才把视线收了回来。

陆以凝的电话刚好在这时候打进来。

唐遇一接听，里头唐安宁软软糯糯的声音就传了过来："哥哥，你怎么还没过来啊？"

"刚才碰上了点儿事。"

下一秒，里头声音的主人换了："什么事啊？"

女声不解，猜测道："你又在医院把病人家属给打了？"

"没有。"

唐遇点了支烟："我晚点过去。"

"那你注意安全……"

"学姐——"

陆以凝是唐慕白的老婆，按照辈分，唐遇应该叫她小舅妈。

不过他们两个同校，学姐都叫了几年了，加上陆以凝觉得"小舅妈"这个称呼把她衬得像中年大妈，所以也没纠正过他。

这样一来，吹灰不费地把她和唐慕白的年龄差距从听觉方面拉了开来。

陆以凝不仅没纠正，反倒还乐在其中。

她笑眯眯地泡了壶茶："学弟你说。"

"晚上饭多做一个人的。"

"没问题。"

那边果断挂断电话。

陆以凝看了眼安静下来的手机，然后和唐安宁大眼瞪大眼几秒："哥哥刚才说了什么？"

"让妈妈多做一个人的晚饭。"

"多做谁的？"

"一个人的。"

“……”

叶珈蓝带着一家三口去挂了个号。

缴费的时候用的是她的银行卡，收钱的小姑娘看她一眼：“叶医生，是你亲戚吗？”

叶珈蓝摇头，收到票据后朝她道了声谢之后，跟那三人乘了电梯上楼。

四楼的神外科主任办公室门关着，叶珈蓝敲了几声之后，里头吴主任大喊一声：“进！”

叶珈蓝赶紧推门进去。

这一进去，她正好听见第八套广播体操的声音响起，吴主任背对着他们在做雏鹰起飞。

叶珈蓝咳了一声：“吴主任，有病人找您。”

吴主任的身形一僵，怔了几秒以后慌忙把声音掐断，他端起杯子喝了口水，转过身来的时候又是一派正经严肃的样子：“大的小的？”

他定睛一看，然后拖长调子“哦”了一声：“你们不是……”

叶珈蓝又咳嗽了一声。

吴主任这才收住话头：“哪位要看病？”

“那个小姑娘。”

叶珈蓝刚才问过大概情况，这会儿简单地把之前在别家医院的诊断结果转述了一下。

吴主任：“之前的CT片子带过来了没？”

女人立刻拿出手机：“我拍了下来。”

上头果然有一张大脑的黑白片子，叶珈蓝看不太懂，看了一眼就把视线移开。

吴主任推了推老花镜："什么时候拍的？"

"上周……"

"再去拍个颅脑 CT 吧，过了一周了，也不知道有没有……"

也不知道有没有恶化。

叶珈蓝又带着那小姑娘去拍了个脑部 CT。

折腾了近半个小时，她还没听到吴主任的结果分析，就被他给请了出来："小叶啊，你又不是我们科的，听也听不懂。"

"……"

叶珈蓝根本来不及反驳，门就在她面前关了个严实。

门内，吴主任低头看了眼手机，屏幕亮着，上头分明躺着一条消息——【吴老师，能让她出来了吗？】

唐遇发的。

他把叶珈蓝从她办公室里要了出去。

只不过叶珈蓝自己不知道。

她出医院的时候是七点多，外头天已经暗了下来。

秋季接近尾声，晚上空气越发地凉。

叶珈蓝把风衣的扣子一颗颗扣上，走了几步又停下来，她倒着走回路边的停车位，然后看了眼车标和车牌号。

车标低调，但是车牌号挺显眼，是唐遇今天开的车。

叶珈蓝去拉副驾驶的门，没拉开。

她只好开始敲车窗，三声过后，车窗才降下来。

叶珈蓝开门上去，她看了眼旁边的男人："怎么还没走？"

唐遇闭着眼靠在椅背上："等你。"

他声音轻，像是还没睡太醒。

“刚才睡着了啊？”

“……嗯。”

折腾了一晚上，一天都没怎么休息，刚才等着等着就睡着了。

叶珈蓝小声嘟囔了句：“几天没睡觉了啊？”

唐遇没说话。

叶珈蓝看了眼时间。

从她下车，再到又上了车，过去近一个小时，车里多了烟味。

“抽烟了？”

“嗯。”

唐遇供认不讳。

叶珈蓝撇了下嘴：“不是说不抽了吗？”

“不抽的话——”

唐遇掀了掀眼皮，偏头看她：“火灭不下去。”

他的语气意味不明。

叶珈蓝下意识垂了垂眼，视线刚要触及男人不可说的部位，眼睛就被他抬手遮住：“再看就又起来了。”

她立刻闭紧了眼睛。

等了几秒，唐遇把手收回去：“晚上去我家？”

“去你家……干什么？”

也不怪她想多，唐遇的语气听着就不大纯洁友好。

男人偏头看过来，唇角半勾，轻挑了下眉，明知道她误会了什么，偏偏语气暧昧恶劣得反问了句：“你想干什么？”

59

叶珈蓝张了张嘴，盯着他半分多钟后才把头给转了过来，她故作镇定地目视前方："我什么也不想干。"

外头路灯已经亮了起来，整座城市的色调都变得柔和起来，叶珈蓝盯着最近的那个路灯投下的阴影看了几秒，然后又把头转了回来。

叶珈蓝弯唇，反问道："你想干什么？"

唐遇也偏着头回视她，他眼神温柔，抬手轻碰了一下她的脸颊，轻声开口："见家长。"

去唐遇家里，总不可能是见她的家长。

但是见唐遇家长的话……叶珈蓝脑袋里立刻又跳出唐遇父亲徐震的脸来，她发自内心地有些抵触，收回了视线，手指微微蜷起，紧紧陷进皮质座椅里。

唐遇打量她一眼："怎么了？"

"没事。"

叶珈蓝抿了抿唇，她听见车子发动的声音，还是又转头看了他一眼："唐遇……"

唐遇没回头："嗯。"

"为什么突然要见你家人？"

"不是你说我是你男朋友的？"

"……"

叶珈蓝没想到刚才在外头搪塞那个女人的话被他听到了，这个时候也顾不得想这些，她低了低头：“我还没做好准备。”

“不用准备，”前头是十字路口，红绿灯的间隙，唐遇把车停下来，他终于看了眼叶珈蓝，“就是吃顿饭而已。”

他说得越轻松，叶珈蓝压在心里的那块那石头就越重。

徐震那次找她的场景仿佛在眼前重现，每个画面都清晰无比，叶珈蓝被压得喘不过气来。她下意识抬手摸了摸鼻子，来不及说什么拒绝的话，唐遇搁在储物格的手机就轻震了下。

叶珈蓝视线偏开，看向那个手机。

有电话打进来。

唐遇依旧目视前方，似乎半点注意力都没移开，他把手机递过来：“接一下。”

叶珈蓝“哦”了一声，看见上头的备注后接听了电话。

那头的人根本不等她开口，已经语速极快地说了起来：“前阵子那个来医院闹的夫妻俩你还记得吧？他们独生女脑袋里果然长了一个恶性肿瘤……不过小唐，你是怎么知道的？”

这是吴主任的声音，叶珈蓝听得出来。

她用了几秒钟把这句话消化了一遍，嘴角动了动：“吴主任。”

主驾驶上的男人挑了挑眉。

吴主任明显也愣了一下，连续几秒钟都没有动静，他看了眼拨出号码的备注，确定没错后才犹疑地问了句：“小叶？”

“吴主任，是我。”

“小唐在你旁边吗？”

“他在开车。”

“那行，跟你说一样。”

考虑到叶珈蓝不是他们科的专业人士，吴主任再开口时语速明显慢了不少："基本可以确诊为髓母细胞瘤，后颅窝肿瘤直径近四厘米，颅内压升高伴随肿瘤有转移，所以最近呕吐情况加重，视力也降得很快。"

叶珈蓝刚才开了免提，所以声音不小。

吴主任话刚说出来，唐遇就把车停到了路边。

叶珈蓝还没听太懂他的话，手机已经被人拿走，唐遇左手还放在方向盘上，右手拿着手机放在耳边上开口："吴老师。"

吴主任："……"

这接电话的声音转换得让他有点蒙，怔了几秒才"哦"了声："小唐，明天早上七点要开个会讨论一下手术和后续治疗方案。"

唐遇"嗯"了声。"不过……病人家属好像没有那么多钱，不知道能不能顺利进行手术……算了，先开个会商量一下吧。"

唐遇食指轻抬，在方向盘上轻点了下："好。"

吴主任那边把电话给挂断。

唐遇却没立刻重新发动车子，他往椅背上靠了下，抬手挡在了眼睛上。

叶珈蓝伸手过去拉他的手："累了？"

唐遇反握住她的手放在自己眼睛上："手术成功率不会太高。"

神经外科大手术的成功率本来就不算高，更何况就算手术顺利，后续治疗也可能出现各种各样的问题。

叶珈蓝虽然是外行，但是也知道唐遇这句话不假。

她盯着男人看了半晌，唐遇的眼睛被遮着，手指底下鼻梁高挺，薄唇弧度微微绷紧。

精致好看，但也隐隐透出了点疲惫来。

叶珈蓝语气放得越发地柔："我开车吧，你休息一会儿。"

唐遇还是没反应。

隔了几秒，他才又把叶珈蓝的手放了下来，伸过来摸了摸她的头发："会开吗？"

"当然会。"

虽然叶珈蓝的科四挂了三次，但是好歹拿下了证，也开过几年车了。

叶珈蓝解开安全带："地址告诉我，我导航开过去就可以。"

叶珈蓝不算路痴，加上导航准确，很顺利地就把车开到了目的地。

别墅小区的保安看见车牌号，很快就放了行。

叶珈蓝把车停到他家楼下的时候，瞥了眼副驾的男人，他这会儿闭着眼安安静静，即使已经睡着眉心还微微皱着。

她轻轻叹口气，抬手在他眉心轻点了下。

唐遇眉心拢得更紧。

下一秒，他睁开眼睛，先看了眼外头，然后又转头看了眼她："到了。"

唐遇解开安全带，下车后替她打开车门。

这边一看就是富人区，别墅成排，基本都是欧式建筑，光从外面来看就知道花费不少。

但是叶珈蓝没心思观赏，她有点紧张，紧张到鼻尖冒汗。

刚想着等会儿应该用什么表情面对徐震，手就被拉了起来，男人声音就响在耳边："想什么呢？"

"想你家人……"

叶珈蓝虽然已经在尽力控制了，但是不自觉流露出来的紧张还是出卖了她，唐遇抬手蹭了下她鼻尖上的汗："很紧张？"

“……还好。”

还好个屁。

叶珈蓝紧张得要死。

毕竟见了这一面之后，徐震可能会再拿出一张支票递过来，然后让她离开他的儿子。

但是唐遇可能根本不知道这些。

如果知道——

叶珈蓝转头，抬眼看了眼身旁的男人，她微微呼了口气。

算了，就试一次。

能不能走到最后也都是命。

叶珈蓝做好了心理准备，她尽量心平气和地被唐遇拉着进去，然后看着唐遇输入大门密码，刚一推门进去，客厅里电视机的声音就涌了过来。

播的应该是最近比较流行的动画片，里面人物声音被处理过，显得活泼可爱了不少。

叶珈蓝视线不自觉落到声音的源头，看了两秒后才又移开，她看到靠在沙发上翘着两只小脚丫的小姑娘。

唐安宁头也没回，声音奶声奶气的：“哥哥，你回来了呀？”

“嗯。”

叶珈蓝站在玄关处，伸手去拽唐遇的袖子：“用换鞋吗？”

唐遇转头看她，然后突然就勾起唇角笑了下：“随便。”

“……”

叶珈蓝看了眼前面光可鉴人的地板，声音越发小了：“鞋呢？”

没鞋她怎么换？

唐遇看了眼她的脚，然后拉开旁边鞋柜的门，拿了双一次性拖鞋，拆开包装，分好了左右放到了她脚边。

叶珈蓝立刻踩了上去。

刚要从玄关处铺着的地毯上下去，结果一抬眼，她看见了不知道什么时候站到了她旁边的唐安宁。

小姑娘抬着小脑袋看她，一双眼睛睁得大大的：“妈妈！”

“……”

为什么要对着她喊妈妈？

叶珈蓝和唐遇对视了一眼，还没来得及回应，厨房就传来一道女声：“怎么了？”

唐安宁扬声：“哥哥带那个漂亮姐姐回家了。”

厨房门口终于露出了一个脑袋，女人长发随意扎在了身后，皮肤白皙莹润，长得很漂亮。

应该就是唐安宁口中的妈妈。

叶珈蓝记得自己上次见她的时候还把她当成了唐遇的女朋友，她冲女人点头微笑了下：“你好。”

陆以凝“诶”了声：“你好。”

她也顾不得在厨房帮着阿姨做饭了，洗干净手就出了厨房，她视线落在叶珈蓝脸上，但话是对着唐遇说的：“终于见到本人了，真不容易。”

叶珈蓝被她看得有些虚，眼睫一垂，把整个一楼都快速扫了个遍。

这一楼除了母女俩，就只有厨房有动静。

但是徐震又不可能在厨房里。

叶珈蓝抬了抬眼，看向二楼的方向，刚看了一眼，手就被轻捏了下：“找谁呢？”

“没见过这么高级的别墅……随便看看。”

陆以凝扑哧一下笑出了声。

叶珈蓝："……"

像是怕她尴尬，陆以凝笑了那一下之后又立刻绷紧了脸："叫弯弯是吧，我也可以这么叫你吗？"

"……可以啊。"

"有什么忌口吗，我去厨房叫阿姨注意一下。"

叶珈蓝摇头。

陆以凝又看了她一眼。

这姑娘漂亮是挺漂亮，不过跟唐遇一比，好像还是有那么一点普通了，越是这样，陆以凝就越是佩服起她来，她把视线收回来："那你们先随便坐，唐安宁，你老实一点。"

陆以凝也没说几句话，为了给他们两个人留空间，又钻回了厨房。

没过几分钟，唐遇去了二楼的书房。

吴主任刚才把那个颅内肿瘤的小姑娘的结果发了过来，用电脑看得更清楚些。

客厅里于是只剩下叶珈蓝和唐安宁两个人。

唐安宁倒是意外地老实。

除了认真地看电视，就是抱着果盘吃水果。

小姑娘有礼貌，自己吃之前先叉了一片西瓜递到了叶珈蓝嘴边："姐姐你尝尝。"

叶珈蓝不好拒绝，配合地张开嘴。

然后预料之中的西瓜没有吃到，那片西瓜从牙签上脱落，砸到了叶珈蓝的衣服上。

她今天穿的米色针织衫，西瓜汁溅上去颜色不算太明显，但还是一眼就能看得出来。

唐安宁明显意识到自己闯了祸，赶紧甩着两条白白嫩嫩的小短腿去拿纸巾，一边拿一边奶声道歉："对不起啊姐姐，我不是故意的……"

"没关系，没关系……"

叶珈蓝接了纸巾擦了两下，纸巾湿了一块，但是毛衣上洇出来的那块没什么改善。

她正愁要不要去洗手间擦一下，刚听见动静的陆以凝就又从厨房探了出来："怎么了？"

注意到叶珈蓝的动作，陆以凝很快就明白发生了什么，她瞥了一眼唐安宁："跟姐姐道歉了没？"

唐安宁忙不迭地点头。

陆以凝轻拍了下她的小脑袋，不好意思地对叶珈蓝道："我前几天买了几件毛衣还没有穿过，标都没剪，拿过来你试一下，差不多的话就先将就一下，实在抱歉弄脏了你的衣服。"

叶珈蓝连忙摆手："没事，不用了。"

"还是去换一下吧，"陆以凝冲她笑了一下，"可以去书房换。"

叶珈蓝："……"

鉴于唐遇在书房，去书房换衣服的话容易出问题，叶珈蓝去洗手间换了衣服。

一脱一穿的事儿，来回也用不了几分钟。

叶珈蓝从洗手间出来的时候，一楼正好有人进来，然后她听见唐安宁喊了声"爸爸"。

她脚步微微一顿，没立刻下楼，趴在楼梯口的栏杆上往楼下看。

唐遇也不知道什么时候下的楼，这会儿背对着她坐在沙发上，还盯着面前的笔记本屏幕在浏览网页。

唐慕白坐下，递了杯水过来："几点回来的？"

"八点。"

"小遇。"

"嗯？"

"你今年二十六了吧？"

"怎么？"

这对话听着不大对劲儿。

叶珈蓝轻咽了口口水。

果然，她听见唐慕白说了句："该找女朋友了。"

唐遇懒得理他。

他在看儿童髓母细胞瘤手术成功的案例。

唐慕白也不等他说话，拉开茶几的抽屉，从里面拿了几张照片出来："这个跟你一个学校的，比你小两岁。"

唐遇"嗯"了声。

"这个是学舞蹈的，电影学院毕业的。"

"……"

唐慕白瞥他一眼，拿了最后一张照片出来："这个比你大三岁。"

刚从厨房出来的陆以凝："……"

这人什么时候转行当上相亲中介了？

唐慕白把照片随意扔在茶几上："唐遇。"

"干什么。"

"女大三，抱金砖。"

唐遇终于抬眼看他一眼。

"你不想抱吗？"

“你想？”

唐遇微微转开眼：“你老婆可在后面听着呢。”

“……”

唐慕白这才收了照片又放回去：“不想。”

因为中途出了个小插曲，叶珈蓝越发不知道该怎么下楼了。

她一直觉得唐慕白可能不太喜欢她。

加上这次他要给唐遇介绍女人，叶珈蓝的这个想法仿佛得到了印证，她直起身子往后退了几步。

刚退出底下那几个人的视线范围，她手机就震动了一下。

唐遇的消息发了过来：【怎么还不下来？】

【……不敢下去。】

【？】

【你舅舅不是要给你介绍女朋友吗？】

【……】

【我觉得他好像不太喜欢我。】

想想也是。

她都把唐遇给抛弃了，唐慕白要是还能喜欢她就怪了。

叶珈蓝叹了口气，半晌也没等到唐遇的回应。

刚打了个问号，还没发出去，耳边就有上楼的脚步声响起。

叶珈蓝抬眼一看，唐遇刚好迈上了最后一个台阶。

他抬脚走过来，不等她说话，扯住她的手腕一把把她拉到了书房：“换个衣服换这么久？”

叶珈蓝没答，她执着于刚才那个问题：“你小舅舅是不是不喜欢我啊？”

“他喜不喜欢你重要吗？”

叶珈蓝想了想，然后点头：“还挺重要的吧。”

毕竟是一家人。

虽然叶珈蓝没跟唐慕白接触过太多，但是也知道他和唐遇的感情很好。

唐遇点了点头：“我喜欢他就喜欢。”

“……”

这算什么回答。

叶珈蓝：“那你不喜欢抱金砖吗？”

唐遇垂眸睨她，他眼睛生得漂亮，水光潋滟，看着她的时候深邃又专注。

他盯着她看了几秒，然后突然弯唇笑了一下：“喜欢抱你。”

话音刚落，唐遇突然俯身抱住她。

他声音放轻：“他不知道我们在一起了。”

顿了几秒，她又轻轻一哂：“今天之前，我也不知道。”

要不是听见她亲口说了“男朋友”这三个字，唐遇自己也不确定。

他每一步都走得小心翼翼，生怕哪里会出错。

不能后退，但是也不敢前进。

叶珈蓝感觉到抱着自己的手渐渐收紧，她抬手回抱住他，声音柔软：“我也喜欢你。”

喜欢很多年，而且——

“一直都喜欢你。”

60

这大概是他们重逢以后，难得温情的时刻。

温情到叶珈蓝有些分不清梦境和现实。

她用力眨了眨眼，直到确定手里抓着的人是真实存在的，她才弯了弯唇。

下一秒，搂在她腰间的手微微松开。

那人指尖轻捏住她的下巴轻抬起，然后他低头，吻铺天盖地就落了下来。

叶珈蓝靠在墙壁上，头轻轻地后仰，刚配合地张了张嘴，旁边的门就被人扣响。

不长不短的三声，就真真切切响在耳边上。

叶珈蓝下巴还被唐遇捏着，动弹不得，只下意识转了转眼睛，然后她余光瞥见了一个人影。

那人就站在距离他们不足半米的地方，若无其事地看着他们两个亲热。

叶珈蓝还没干过这种事。

以前上大学的时候，她和唐遇晚上在树林的阴影底下接吻都觉得心惊肉跳，怕突然有人经过看到。

明明是情侣热恋期正常腻歪的动作，但是可能和性格有关，关上门什么事都没有，大庭广众之下就不行。

现在这人就站在旁边，像是有意欣赏他们两个接吻的画面，就轻倚在门框上，他低头看了眼腕表，也不出声提醒。

叶珈蓝反应过来，伸手去推压在自己身上的唐遇，把脸偏了开来。

新鲜的空气立刻钻进鼻子，然后进入胸腔。

叶珈蓝深呼吸几口，她耳根烧得通红，微微把眼睫垂了下来。

倚在门上的人终于开口问了句：“完了？”

唐遇没说话，他伸手抹了下叶珈蓝泛着水光的唇角，然后才侧眸看了男人一眼。

唐慕白不动声色地瞥了眼他怀里的女人：“吃饭了。”

唐遇“嗯”了声，刚要拉着叶珈蓝下楼，就又被身后男人叫住：“等下。”

叶珈蓝脚步停住。

唐慕白这声叫得及时，她刚好停在了他的身侧。

“我有话跟叶小姐说。”

难得他还记得她姓叶。

叶珈蓝抿了抿唇，把手从唐遇手里抽了回来：“唐遇，你先下去吧。”

“小舅舅——”

“放心，我不欺负女人。”

唐遇眉心皱得紧了又紧。

他看了眼叶珈蓝，后者冲他弯唇笑了下，用口型无声说了句“没事”之后，他才轻叹口气，抬脚出了书房。

脚步声渐远。

直到完全消失，唐慕白才抬了下手，随意地把房门轻掩上，走到书桌旁边坐下。

叶珈蓝也跟着往那边走了几步，她嘴巴张了张，一时竟也不知道该怎么开口。

安静不到半分钟，还是唐慕白先开的口："你们两个现在是什么意思？"

他长得和唐遇实在像，只是眼神比唐遇柔和几分："和好了？"

叶珈蓝点头："算是吧。"

虽然还有一些问题没有解决，但也算是和好了吧。

她总觉得不能再拖下去了。

"既然分手了，为什么要和好？"

叶珈蓝突然就被这个问题给问住了。

唐慕白视线没落在她身上，跟前的电脑屏幕开着，他随意输入了"华溪医生打人"几个字，然后点了回车。

网页上很快出来整页的新闻消息。

最近的一条还是两个小时前发布的。

看来还没得到任何控制。

唐慕白就看了两眼，然后他把视线收回，移到叶珈蓝的脸上。

女人漂亮归漂亮，但他还是想不通能让唐遇这么着迷的点在哪里。

他随手拿了旁边的一支笔，夹在两指间轻轻转了两圈，替她回答了："因为发现还喜欢他，非他不可？"

叶珈蓝也不跟他兜圈子，点头答："是。"

唐慕白看她半晌，然后突然扯了下唇："分手也是你提的吧？"

"……是。"

得了，选择权完全不在唐遇这里。

没出息。

唐慕白指间转笔的动作顿住，然后轻捏住笔杆扣在了桌面上。

叶珈蓝注意到，那是拿手术刀常用的姿势。

……该别是想把她解剖了吧？

她视线落在那人手中的笔上。

下一秒，她看见那只笔被轻放在桌子上：“唐遇的私生活我不管，他想和谁交往和谁结婚都随他的意愿，但是叶小姐——”

“二次伤害一般比第一次更严重，你懂我的意思吧？”

唐慕白已经站起身：“要不从现在就别开始，要不……”

“学长。”

叶珈蓝记得唐慕白和她一个学校。

她实在不知道怎么称呼他，和唐遇一样叫“小舅舅”不合适，所以她嘴一快，这两个字就直接出来了。

叶珈蓝看着他的眼神坚定了不少：“我今天会和唐遇过来，您就应该知道什么意思了。”

唐慕白被她叫得愣了一下。

就几秒，他就轻轻嗤了声：“希望你记住今天的话。”

“下去吃饭吧，”唐慕白把电脑合上，“不然唐遇该以为我欺负你了。”

唐慕白是没欺负她。

但叶珈蓝手心还是出了不少汗，她两只手都因为在书房的那几分钟攥得太紧，一直到吃完晚饭，她手都还有些没力气。

这顿饭吃得还算和谐。

唐遇和唐慕白话都不多，但是唐安宁比较闹腾，把气氛活跃起来不少。

吃完饭的时候近九点钟。

唐遇开车送叶珈蓝回家，把车停在她家楼下的时候，他才开口问了句：“我舅舅跟你说什么了？”

叶珈蓝本来正在解安全带，听见他的话手僵了一下，她转头看他："让我对你好一点。"

唐遇挑眉看她。

"真的。"

"那你怎么说？"

"我说好啊。"

叶珈蓝把安全带解开："我会对你好的。"

唐遇弯了下唇角，他也把安全带解开："不请我上去坐一下？"

叶珈蓝看了眼时间。

九点一刻。

还不算太晚，她点了点头，先一步拉开车门下车："十点以前从我家出来。"

唐遇眨了下眼，没说话。

叶珈蓝这几天比较忙，在医院的时间长，家里已经有几天没有好好收拾过了。

不过好在她平时整洁，家里不收拾也不算乱。

叶珈蓝开门进去，从鞋柜里翻了半天也没翻到一次拖鞋，她只得耸了耸肩："穿鞋进来吧。"

她把客厅的大灯打开，进去之后就直奔冰箱，拿了两罐冰可乐过来。

刚把其中一罐递过去，她就听见唐遇说了句："少喝凉的。"

"……"

叶珈蓝乖乖地把自己那瓶也推到了一边，没敢喝。

"饿吗？"

"……嗯？"

“看你晚上没怎么吃东西。”

“下午吃了不少水果。”

医生说肠胃不太好的话，要多吃水果。

自从她上次犯过肠痉挛之后，办公室就备了不少的水果，无聊的时候就吃。

下午的时候吃了太多，所以到了饭点就不太饿了。

唐遇视线掠过她平坦的肚子，然后再上移，落到她的脸上。

叶珈蓝注意到他的视线不大对劲儿，想了几秒打算先发制人：“坐也坐了，明天还要上班，你该回去……”

“做什么了？”

“……”

“你刚才不是说上来坐一下吗？”

“嗯，”唐遇低头，漫不经心地解开衬衣和袖口，“是做一下。”

他有意加重后面三个字。

叶珈蓝明白他的意思，立刻站了起来，刚要进屋就被他扯住手腕拽了回去。

男人手腕用力，把她翻了个身压在沙发上：“还没做，走什么？”

这个姿势被他压在身下，叶珈蓝一抬眼就能看到头顶的吊灯。

太亮了。

叶珈蓝下意识眯了眯眼。

这一眯眼的工夫，她不久前才刚刚换上的毛衣就被掀了起来，凉空气侵入，她不自觉往后缩了缩。

“干什么……”

刚说完，那人食指轻轻压在她的唇上：“别说话，就一次。”

“你……”

“说话的话，就两次。”

“……”

简直是霸王条款。

叶珈蓝完全处于劣势。

她当然不抵触和唐遇亲密，半推半就地任他脱了上衣，然后又落下半裙。

然后她被抱到了卧室的床上。

再然后，一片黑暗中，感官无比清晰，喘息声在静寂的房间里响起，一声接一声。

唐遇真的只要了她一次。

他自制力向来强，完事之后还抱着她去洗了澡。

两人赤身裸体亲密接触，但也没能碰撞出什么火花来。

被温水泡了近半个小时，叶珈蓝神经放松下来，差点在浴缸里睡过去。

最后被重新放回床上的时候，她意识才又清醒了些，身后床陷下去一侧，有只手臂横在她的腰间，把她往怀里抱了抱。

然后卧室的台灯被关上。

叶珈蓝眼睛睁开，看着窗外浓重的夜色，轻声开口：“唐遇。”

“嗯？”

男人声音极轻，调子拖得长了些，有餍足后的心满意足，还有不大明显的疲惫。

“你怎么都不问我为什么和你分手？”

“问过了。”

他确实问过了。

叶珈蓝当时随口就用了个借口搪塞，说他们不合适。

她的眼睛渐渐能适应黑暗，甚至能看到窗口白色的边框，她又问了句："那为什么不问哪里不合适？"

"哪里不合适？"

叶珈蓝在心里叹了口气，再开口的时候，声线淡开了些："你知道我有个姐姐吧？"

身后的男人睁开眼，一双眼睛幽深明亮。

他"嗯"了声。

叶珈蓝："我姐姐叫……"

"余莹。"

PART 10

微信备注：老公

他音调轻而含糊：“你知道包养什么意思吗？”

61

叶珈蓝一怔。

她确定自己以前没和唐遇说过余莹的事，这种事就是她心口上的一块疤，掀开一次就要疼一次。

除了每年余莹生日那天，更多的时候叶珈蓝和余秋华都选择性遗忘。

至于唐遇，在叶珈蓝的印象中，他是完全不记得关于余莹的记忆的。

她不太清楚唐遇双重人格的治疗过程，也不知道他早在几年前就记了起来，所以今天从他嘴里听到这个名字，还差点以为是自己听错了。

叶珈蓝呼吸停滞半秒，然后才又缓缓吐了口气。

背后男人把她圈在怀里，唇轻轻在她后颈吻了下，他眼睛完全睁开，也看向叶珈蓝看着的窗框。

“我记得她。”

叶珈蓝右手垂下，攥紧了身下压着的床单：“能和我说说她吗？”

自从余莹来北方上大学以后，就只有寒暑假才能回家，她平时又好学，假期回来也都比一般同学晚，在家待的时间基本超不过半个月。

叶珈蓝对她的了解也越来越少。

所以她知道余莹交了男朋友。

但是不知道她交的男朋友是谁。

唐遇闭了闭眼，轻声问她："想听什么？"

"讲讲她喜欢的人吧。"

余莹喜欢的人，也就是徐震。

这次身后的人却没再出声。

男人呼吸声浅浅，温温热热地撒在她的颈上，但是叶珈蓝丝毫感受不到暖意。

叶珈蓝抿了抿唇，先他一步开了口："你什么时候想起来的？"

"夏至走的时候。"

夏至走的时候，那也就是大一下学期，比叶珈蓝知道这事早了整整两年。

两年当中，他完全没有提过一个字。

"为什么不告诉我？"

"告诉你，"唐遇顿了下，他的唇偏了位置，落在叶珈蓝的颈窝处，女人身上还带着沐浴露的香味，他吻得小心翼翼，"然后等你跟我分手吗？"

叶珈蓝突然就说不出话来了。

她也不想分手。

但是前有唐遇的父亲徐震，后有她的母亲余秋华。

这两个人应该都不会支持他们两个的感情。

当然最最重要的一点是，叶珈蓝当时不知道唐遇记起了这事。

所以徐震问她万一有一天唐遇知道了这些事以后，对她一直愧疚怎么办的时候，叶珈蓝退缩了。

她选择了及时止损，在唐遇想起来之前。

直到今天，叶珈蓝才知道最晚知道真相的人是自己。

她一时间竟不知道该做何反应，抓着床单的手紧了又松，松开然后又抓紧，她深呼了口气，直直把一张脸埋进了枕头里。

能呼吸的气体越来越少，叶珈蓝反倒觉得舒服不少。

她憋了一口气，等枕头都被她的呼吸染上了温度，她被人按着肩膀把脸从枕头里转了过来。

唐遇手指在她肩上轻轻摩挲，声音越发地低："对不起。"

这种声音，叶珈蓝在什么时候听过呢?

在叶珈蓝那次晕倒，被唐遇知道她流过产的时候。

他还是对她愧疚了。

跟徐震说的一模一样。

叶珈蓝用力咬了下下唇，声音隐隐有些颤："唐遇，你是不是觉得对我很愧疚？"

或者说，叶珈蓝现在不确定他现在对她，到底是愧疚还是爱。

徐震的话仿佛还清晰地荡在她的耳边，她突然就怕听到答案。

但说出去的话就是泼出去的水，想收都收不回来。

叶珈蓝闭上眼，下巴在微微下压，就要碰到锁骨的时候，按在她肩膀上的那只手突然用力，然后把她转了个身。

下一秒，唐遇翻身压在她身上。

室内光线不充足，还是能勉强辨清他的五官和表情。

叶珈蓝视线落在他的脸上几秒，然后转开，移到头顶上方的天花板上。

唐遇抬手在她眼睛上轻碰了下："你觉得呢？"

叶珈蓝又慢吞吞把视线移了回来。

"我不知道。"

"爱啊，"唐遇目不转睛地看着她，片刻，他微低头，吻又落了下来，从她的额头到鼻尖，再到脸颊，掠过嘴巴直接吻在她的下巴上，"我只对你姐愧疚。"

虽然徐震的事跟他没多大关系，他犯下的错也没必要让唐遇背锅。

但是没办法，即使他再不愿意承认，在血缘和法律上他们都是父子。

就算不提父债子偿，但是干系还是脱不了的。

徐震犯下的错，毫无疑问地会影响到他。

叶珈蓝就是怕他心里那道坎过不去，所以快刀斩乱麻地提了分手。

分了手就一了百了了。

唐遇可能一辈子都想不起来余莹，就算想起来他们也分手了，不会再激起什么浪花。

顶多内疚郁闷几天，然后他的生活就会回到正轨。

但是从他回来那天，所有的情节还是偏移了原来的轨道。

叶珈蓝后悔了。

后悔那么干脆地和他分手了。

她没再逃避似的转移视线，眼睛一眨不眨地看着他的眼睛。

唐遇说爱她，那她就相信。

男人眼底有细碎的亮光，温柔又晃眼，叶珈蓝盯着这双眼看了半晌，然后突然伸手抱住他，也在他下巴上亲了下。

唐遇这会儿压在她的身上，肌肤相亲，叶珈蓝明显能感受到男人身上滚烫的温度，以及抵在她腿根某处的火热。

叶珈蓝腿一软，怕待会儿又不小心勾起了他身上的火，连忙又退了回来，一把推开他翻了个身，扯过了被子装睡。

唐遇的火已经被勾了起来。

他在床上平躺了半分多钟，虽然没碰到叶珈蓝，但是她身上的香味一点点地飘了过来，某一处的火怎么都灭不下去。

唐遇深呼了口气："叶珈蓝。"

叶珈蓝见他老实得不行，也没再故意装睡："……嗯？"

"我在国外这么多年，没有交过女朋友，没有和女人上过床，也没有碰过异性的手。"

"……哦。"

明明是温馨感人的时刻，叶珈蓝却觉得哪里有点不对劲儿。

身后的呼吸声靠近，然后她的睡衣被扯了下去："所以，你懂吗？"

"我不懂。"

叶珈蓝还没来得及拉着被子往前爬，就又被他箍住腰拽了回去："不懂我教你。"

"不用……"

话刚说出口，嘴就被人吻住。

那人手指一路点起了火，叶珈蓝脑袋也像是被烧了一把火，烧得她理智不大清醒，连推拒的动作都忘了做出来。

房间温度一点点地攀升。

唐遇难得放纵一次。

他刚才说的话其实半句不假，除了最后一句。

他是医生，难免会和异性有些肢体接触，不过他的学科比唐慕白好了很多，最多也就是碰到些无关痛痒的地方。

国外对爱和性向来开放，大学公寓里的几个舍友也不是没人带女朋友回去过。

一到晚上，各种声音连门板和墙壁都不能完全遮住。

唐遇是例外的那一个。

他无动于衷地听着那些亲热的声音，偶尔也会觉得是叶珈蓝欠了他的。

欠了他这么多次。

但是冷静下来，这个念头又很快被他抛到脑后。

就当是他一厢情愿。

一厢情愿地为她守身如玉这么多年。

叶珈蓝早上醒来的时候，床的另一侧已经空荡荡。

她伸手摸了摸那侧的床单，已经凉了。

叶珈蓝看了眼表，早上六点半。

外头天还没亮，但是微信上倒是有条新消息，点进去一看，备注就把她吓了一跳。

上头就两个字：老公。

老公？

叶珈蓝差点以为自己账号登录错了，反复确认没问题之后，她才又点开备注“老公”之人的资料看了一眼。

朋友圈空白，头像也是空白。

叶珈蓝试探性地发了句：【唐遇？】

那人回得倒快：【嗯。】

“……”

刚要去改备注，唐遇又发了一条过来：【不许改。】

“……”

他倒是了解她。

叶珈蓝看着这两个字鸡皮疙瘩都要起来了，她从床上爬起来：【这样被别人看到不太好。】

【怎么不好？】

【我们又没结婚。】

而且目前甚至根本没有结婚的计划。

一想到这个，叶珈蓝轻叹了口气。

余秋华现在是不知道余莹和徐震的破烂事，要是知道了，指不定会掀出什么惊涛骇浪呢。

叶珈蓝走了几秒钟的神。

几秒钟后，唐遇的微信消息发了过来：【怎么，人都给你上了，你还不打算对我负责？】

“……”

叶珈蓝刚滋生出来的伤感情绪就被一盆水迅速浇灭，她瞪了一眼手机屏幕，嘴角弯了下又迅速抿直。

她没再理唐遇，去了洗手间洗漱。

出来以后，换完衣服后叶珈蓝才又问了句：【你怎么走这么早？】

【开会。】

叶珈蓝看了眼时间。

不到九点，她打了几个字上去：【辛苦了。】

发过去之后不放心，她又问了句：【吃早饭了没？】

【没。】

那人越发地言简意赅。

叶珈蓝没再打扰他工作，简单扑了层水乳之后出了房间。

早上时间不充裕，叶珈蓝都没来得及做早饭。

她在医院附近的早点店买了两份早餐，一份拿到了自己的办公室，一份交给了和唐遇一个办公室的同事。

男医生看她的眼神已经不是简单的暧昧来形容了，他冲她十分猥琐地笑了笑，叶珈蓝扯唇，苍白无力地解释："……礼尚往来。"

刚说完，身后男声响起，似笑非笑："礼尚往来……是吗？"

62

叶珈蓝拎着袋子的手一松。

男医生完全把早餐接了过去，他暧昧不明地看了眼叶珈蓝，然后才又抬眼看向她身后的男人："这么快就开完会了？"

唐遇已经抬脚走了过来。

他身上的白大褂干净得不染纤尘，连袖口都是平平整整的，他微微把袖口挽起来些，轻"嗯"了一声。

男医生也没多问，他又笑眯眯看了眼叶珈蓝："叶医生，你刚才说礼尚往来是吧？"

"啊？"

男医生似乎怕她听不清，所以还特地低了下头，两人距离拉近了些，叶珈蓝一抬眼就看见他的脸被放大了些，她连忙后退了半步，后知后觉地应了一声："嗯。"

"那我明天给你送早餐的话，你后天是不是也要礼尚往来地给我送一次？"

他当然是随口说说。

现在这情况，不是瞎子都能看出这两人之间有猫腻，他又不是喜欢坏人姻缘从中横插一刀的人。

更何况按照这两人的择偶标准，他百分百插不进去。

男医生就是想看看叶珈蓝的反应。

结果只看到她眼光闪了下，还没说话，他就被人扯着领口推进了办公室里。

男人动作快，而且利落。

叶珈蓝只觉得眼前像是花了几秒，有什么东西模糊地闪过之后，那位八卦男医生被关进了办公室里。

唐遇手还搭在门把手上，他转头看了眼叶珈蓝："昨晚怎么不见你礼尚往来？"

"……"

和他比起来，叶珈蓝纯洁得简直像是一张白纸。

这方面的反射弧都比常人更长，她愣了一下才反应过来，瞪了唐遇一眼之后，转身回自己的办公室。

然后"砰"的一声，她把门关得震天响。

就在门旁边不足半米坐着的许恋被她吓了一跳："大早上的谁惹你生气了？"

叶珈蓝转头看了眼许恋，然后面不改色地扯了个谎："……有风，风吹的。"

"起风了吗？我来的时候外头还挺闷的。"

叶珈蓝笑了下，没再接话。

她平复了下心情，然后回到办公桌前继续工作："恋恋，你今天怎么这么早？"

“老家有个远房亲戚前几年得了精神分裂，打算今天来城里看看，我一大早就被我妈叫了起来。”

叶珈蓝端坐好，打开电脑导出几个病人的病情报告：“几点过来啊？”

许恋看表：“不堵车的话大概八点多到吧。”

叶珈蓝点了点头。

“弯弯。”

“嗯？”

“你今天有空没？”

叶珈蓝偏了偏脑袋，看向许恋：“想让我给你亲戚看病啊？”

“可不是嘛，”许恋叹了口气，“你也知道医院不允许我们科的医生给亲人朋友就诊。”

“看看情况吧。”

叶珈蓝实在不敢贸然答应下来，毕竟等着她的还有一堆事。

307的曹阿姨要去看一下，曹阿姨的孙女也不知道什么时候能住院治疗。

大大小小的都是事，堆在一起压得叶珈蓝有些烦。

她晃了晃脑袋，不再想这些烦心事，集中注意力看起病情报告来。

北城今早上还是堵车了，堵得几条路上的车都寸步难行。

许恋的远房亲戚意料之中地没有在八点多到达医院。

叶珈蓝也没刻意等他们，查完房以后又去307病房看了看曹阿姨。

曹阿姨没有家人在旁边照顾，平时也就负责这个病房的小护士帮忙照顾她，才几天不见，年过半百的女人好像就又瘦了一圈，连头发都似乎比前些日子花白不少。

叶珈蓝进去的时候，护士刚要从里面推门出来，一见她就弯唇笑了一下："叶医生，你来了啊？"

里头的人瘦骨嶙峋，手背上插了跟针管，输着液睡着了。

"刚睡着，"护士把门关上，"这两天没怎么好好吃饭，一直在输营养液。"

叶珈蓝隔着门上的玻璃又往里看了一眼。

护士叹了口气："叶医生……曹阿姨的住院费该交了，上次交的期限是到这周六的，眼看就没几天了。"

叶珈蓝也叹了口气："刘医生该回来了吧？"

刘医生就是负责曹阿姨的医生。

护士点头："今天下午就回来，前天跟刘医生说这事的时候，刘医生可高兴了。"

"高兴什么？"

"刘医生说，不交住院费就能赶出医院了，省得在她手上出什么事，到时候责任还有一部分归到她头上……"

叶珈蓝微微皱眉。

"叶医生，你也知道刘医生该评职称了，恨不得早点把这个烫手山芋给扔出去呢。"

叶珈蓝又瞥了眼里头病床上安安静静睡着的老人，长长地吐了口郁气："她这几天状态怎么样，除了不吃饭之外还有没有轻生的念头？"

"这倒没有。"

"那就好，药照常给她吃就行，"叶珈蓝转身就要离开，走了几步之后又猛然顿住，"小芸，曹阿姨的孙女生病了，平时跟她聊天的时候最好先避开这些。"

"好的，叶医生。"

叶珈蓝冲她笑了一下，然后去了别的病房。

叶珈蓝负责的病人不多，一圈都转下来之后还不到十一点。

她在自动售货机处买了罐可乐，拿在手里往办公室的方向走，走到距离精神科几米远的地方，他们办公室里的声音就已经远远传了出来——

“小恋啊，你同事什么时候回来啊？”

“能不能不收钱啊？不能的话能不能便宜点啊？”

叶珈蓝脚步放缓，走得越近脚步声就越轻。

里头男人嗓门不小：“能不能顺便查查你婶子身体有没有问题啊？这都好几年了还没怀上……”

叶珈蓝脚步顿住，她两手捧住那罐可乐。

自动售货机出来的听装饮料都是冰的，她右手抓了半天冰可乐，手指都冰得有些发僵。

可乐罐上水珠汇在一起，在她手指接触的地方流下来。

叶珈蓝手指挪了挪，刚要抬脚进去，旁边科室的门被打开。

男人从里面出来，看见她时脚步微微顿了下：“站外面干什么？”

叶珈蓝下意识要把那罐冰可乐背到身后，结果那人视线微微一低，动作比她快了些，一手捏住她的手腕，另一手把那罐可乐拿了过来。

“怎么又喝冰的？”唐遇抬眉看她。

“只有冰的了。”

“那就去喝热水。”

“……”

叶珈蓝嘴角撇了下，盯着他手里的可乐看了几秒，然后才不情不愿地应了声：“你干什么去？”

“昨晚上过来的那个小姑娘的家长带她来拿详细的书面病情报告，吴老师叫我过去。”

“那你还不赶紧过去……”

唐遇却站着没动，他空着的那只手碰了碰叶珈蓝的指尖：“还没回答我刚才的问题。”

刚才的问题……站外面干什么？

叶珈蓝脑子一抽，随口就扯了句出来：“等你啊。”

唐遇看着她的眼睛，几秒后，他突然低头，在叶珈蓝额头上亲了下：“走了。”

“……”

叶珈蓝看着男人渐行渐远的挺拔背影，心想，有句话果然没有说错。

恋爱中的人是没有智商的。

这句话不止对女人适用，对男人也同样适用。

她随口用来哄他的话——

唐遇居然信了。

叶珈蓝叹了口气，觉得既无奈又甜蜜。

她嘴角弯了下，然后又听到自己办公室里男人的声音，她指尖还沾着水珠，在白大褂衣角上随意擦干净之后，推门进去。

开门声响起的时候，男人声音骤然弱了不少。

叶珈蓝看见他转头看了眼她，然后又飞速转头看向许恋：“小恋啊，这是你的同事吧？”

许恋已经被他吵得一个头两个大，皱着眉“嗯”了一声。

“医生啊……”

男人上来就要握叶珈蓝的手：“你快给我媳妇看看病。”

叶珈蓝视线一转，看到那个呆呆地坐在椅子上的女人。

女人目光呆滞，落在某一点就不肯移开。

叶珈蓝过去坐下，拿出登记表来先让男人登记了身份信息。

这个病人病情不算特殊，就是精神疾病类最常见的精神分裂症。

看诊时间不长，十二点多的时候，叶珈蓝给她开了药：“看诊费就免了，药也都是开的性价比高的。”

开药一般关系到医师的提成，所以有的无良医师最喜欢开贵的药。

叶珈蓝不缺钱，也懒得干这种事，她把单子递过来：“刚才听您和许医生问孩子的事，您妻子现在的状况，我不建议要孩子，而且今天开的抗精神病药吃了也可能会导致胎儿畸形。”

她把诊断单也一并递过来。

上头不建议要孩子几个字被她用笔着重圈了出来。

“病人要坚持服药并定期复诊。”

叶珈蓝退出电脑界面：“您可以去药房拿药了。”

男人看她一眼，欲言又止半晌，最后还是拉了妻子一起出去。

门一关上，许恋就哀号一声：“刚才我跟他说不能要孩子，他还觉得是我骗他。我有什么可骗他的啊？就算有了健康的孩子，就他们家的状况也未必能把孩子养好吧？”

“所以说苦的还是孩子，”叶珈蓝起身，“去吃饭吗？”

刚说完，她的手机震动了下。

有条微信消息发了过来：【去吃饭吗？】

与此同时，许恋瞬间从椅子上起身，大喊一声：“去！吃他妈的！”

63

许恋明显是被刚才来的亲戚折腾得不轻，体力耗费不少，一听要吃饭整个人都亢奋了起来："我今天要点一份糖醋排骨、一份排骨汤，再来一份炸小排！"

门口盆栽旁边就放了一个电子秤，要是放在平时，叶珈蓝肯定会调侃她几句。

但是今天情况特殊。

叶珈蓝看了眼微信聊天界面，所以现在的情况，她是应该答应许恋，还是应该答应唐遇？

她更倾向于前者。

但是考虑到她和唐遇才和好没多久就拒绝他的话，多少有些不合适，叶珈蓝想了半分钟也没想出个合理的方案来。

许恋见她突然就没了动静，本来人已经走到了门口，这下又突然停下："弯弯？"

"……哦。"

叶珈蓝选择困难症也不是一天两天的了，干脆拉开抽屉，从里面拿了个一块钱的硬币出来。

"干什么？"许恋越发不解。

叶珈蓝随口瞎扯："不知道中午吃什么。"

许恋点点头，也不打扰她抛硬币，就着门框靠着站了起来。

她打开微信工作群看了眼，发了条消息问：【今天中午食堂有什么好吃的啊？】

【红烧肉红烧排骨小鸡炖蘑菇各种肉类……太多了，小许中午不知道吃什么了吧？】

【我知道吃什么啊，但是弯弯不知道吃什么，现在开始抛硬币了。】

叶珈蓝丝毫不知道工作群的动静，她闭了闭眼睛，把硬币握在手心里默念了几句。

正面就和唐遇吃，反面就和许恋吃。

做好准备之后一抛，落在掌心的时候一看，正面。

她对这个结果不大满意，于是又抛了一次。

还是正面。

叶珈蓝潜意识里就不想做一个重色轻友见色忘友的人，但她又得为拒绝唐遇找个合理的借口，所以两次不行，她就抛第三次。

许恋：【她已经抛了三次硬币了。】

【叶医生的硬币是多面体是吗，每一面写一道菜？】

【就正常的硬币啊。】

【这也太鬼畜了吧，两面的硬币她能抛出什么来啊？】

这人消息刚发出来，唐遇收到了一条消息：【不去了。】

隔了两秒，叶珈蓝嫌这三个字太僵硬，于是又打了两个字上去：【嘻嘻。】

发完消息之后，她把硬币放回抽屉："走吧。"

"想好吃什么了？"

"吃青菜。"

她抛了三次，三次全是正面，不配吃肉。

叶珈蓝已经走了过来，许恋捏着她的手腕上下摸了摸："都这么瘦了还吃青菜？"

许恋："弯弯，你知道女人瘦的时候最先瘦哪里吗？"

叶珈蓝开门，偏头看她一眼，她长得比许恋高一点，所以视线微微垂了些："胸？"

Bingo!

许恋刚要反问一句，就听叶珈蓝"哦"了句："没关系，我不喜欢大胸。"

说完不等许恋再说话，叶珈蓝抬脚走出办公室。

为了避免和唐遇撞个正着，叶珈蓝步子迈得挺快，许恋小跑了几步才追了上来："你喜不喜欢不重要，但是唐医生肯定喜欢胸大的……"

"……"

叶珈蓝不打算再继续这个话题。

她脚步没停，步子迈得越发快，结果才走出没几步，就听到许恋音量陡然转小："……唐医生。"

叶珈蓝："……"

这叫什么？

屋漏偏逢连夜雨。

叶珈蓝不得不停下来，她嘴角抽了抽，转过头一看，唐遇果然刚从办公室出来。

他看了眼许恋，然后才又看向叶珈蓝："去吃饭？"

许恋立刻捣蒜似的点了点头："打算和弯弯去食堂吃饭，唐医生，你要一起吗？"

"不了。"

要是唐遇跟他们两个一起吃饭，到时候电灯泡是唐遇还是许恋？

想想都觉得尴尬。

叶珈蓝刚松了一口气，就又听他说：“叶医生，吃完饭来我们办公室一趟。”

“……啊？”

“有事跟你说。”

“……”

“正事。”

“……好。”

许恋眼神在他们两个身上转了几个来回，怎么看都觉得不正常。

唐遇又偏头看她一眼：“我不喜欢胸大的。”

许恋：“……”

叶珈蓝脸一热，恨不得找个地缝钻进去。

明明这些话是许恋说出来的，但是再由唐遇嘴里过一遍，就像是公开处刑，把她弄得有些无地自容。

偏偏这人脸不红心不跳，看都没再看她们两个人一眼，先一步乘了电梯下了楼。

许恋后知后觉地吐了口气：“听力真好。”

叶珈蓝：“……”

叶珈蓝中午还是吃了一个鸡腿。

她饭量小，点的饭也比许恋少点，所以比她先几分钟吃完了餐盘里的饭。

许恋还坐在对面吃，叶珈蓝就拿出手机看了一眼。

微信上多了一条个人消息。

【抛了三次硬币的结果，就是不和我一起吃饭了？】

叶珈蓝回复得特别有诚意：【你问我之前，我先问了恋恋，把

她扔下不大好，毕竟没有男朋友的人都需要关爱。】

唐遇没再回复。

叶珈蓝虽然吃得不算多，但还是有点撑，她摸了摸肚子，又问了句：【你吃饭了没？】

【还没。】

【你想跟我说什么事啊？】

【吃完来我办公室。】

叶珈蓝干脆也不多问了，她把手机装回包里，直到对面的许恋一口口地把饭扒完，她才起身收拾了餐盘，又去窗口打了一份饭。

洗完餐具回办公室的时候是十分钟后。

许恋直接回了精神科，叶珈蓝看了眼表，然后敲了唐遇办公室的门。

里头男声应得快："进。"

门一推就开，叶珈蓝进去的时候，没看到办公室里的另一个医生，她视线在那张空桌子上扫了一眼，唐遇就轻描淡写地解释了句："有个病人出了点儿问题，他过去看看。"

叶珈蓝"嗯"了声。

视线刚收回来，唐遇食指就推着几张用回形针固定住的纸过来。

叶珈蓝过去接过来。

第一页是患者的体征信息，再往下翻就是几张脑部CT图，和一些文字的病情分析。

叶珈蓝看不大懂图，但是光看文字分析就知道病情严重。

她又把病历报告重新翻到了第一页，然后看到了患者的信息。

年龄十一岁，性别女。

不用唐遇说，叶珈蓝也知道这个人是谁。

她把那沓纸放回桌子上："安排住院了没？"

唐遇“嗯”了声：“今天上午十一点住的院。”

“那手术呢，安排了没？”

“安排的周四，家属还没签字。”

叶珈蓝视线从检查报告单移到唐遇脸上，“因为钱的事？”

“嗯。”

唐遇手指在报告单上轻点几下：“手术加上术后放疗化疗的费用，大概在十几万，还不包括住院和医药费用。”

“而且髓母细胞瘤是恶性肿瘤，预后不良，生存率很低。”

叶珈蓝手指收紧，把从食堂带回来装饭的袋子攥得有些紧：“有多低？”

“几个月。”

叶珈蓝虽然在医院工作有几年了，但是因为科室特殊的原因，还没怎么接触过这些死亡率高的疾病。

她向来觉得生命顽强，但是真接触到了才能真切地体会到生命的脆弱。

叶珈蓝吐了口浊气，手里的袋子把她手指勒得有些疼，她才想起自己手里还拎着东西，她把带回来的饭菜放到唐遇桌子上：“早饭吃了没？”

“吃了。”

叶珈蓝把饭盒盖子打开：“那个小姑娘在哪个病房？”

“409。”

唐遇瞥了眼饭盒：“不想吃。”

叶珈蓝把饭菜往他跟前推了推：“那也得吃。”

谁知道下一台手术什么时候来，他又得手术室里头待多少时间？

到处都是不确定。

外科医生本身就是一种吃了这顿没有下顿的奇怪生物。

叶珈蓝拿筷子夹了块肉递过去："快吃，吃完了我去409看看。"

唐遇抬眼看她，眉梢一扬，没张嘴。

叶珈蓝干脆倾身凑过去，左胳膊肘轻抵在了桌子上，这样手一伸，刚好把那块肉递到了他的嘴边。

两人视线相平，唐遇和她对视了半秒，然后视线一低。

叶珈蓝还没来得及顺着他的视线低头，就听他开口说了句："也不小。"

话音落下，叶珈蓝头也刚好低下。

不看不知道，一看把她自己都吓了一跳，这个姿势实在不太雅观，她胸口那片白皙露出来了一片。

叶珈蓝下意识手要去把衣服的领口给拉起来，刚伸过去就又觉得这个动作有点猥琐，干脆抬起左手挡住了男人的眼睛。

她上半身微微抬起来些："张嘴。"

唐遇这次总算听话地配合了一次。

下一秒，叶珈蓝刚把肉放进他嘴里，办公室的门就被人打开。

外头的人明显还用了不小的力气，开门的声音挺大，把叶珈蓝吓得手一抖，筷子差点从手里掉下来。

还没来得及回头看一眼，背后男声就响起来："不好意思，不好意思，我进来的不是时候，我什么都没看见……"

他说着像是马上就要退出去。

叶珈蓝动作僵了一瞬，然后立刻直起身子，她把筷子放到饭盒上："不用出去了，我已经好了……"

无论怎么说，该出去的人都应该是她。

叶珈蓝整理了一下衣领，转头冲男医生笑了一下："不好意思打扰了。”

说完也顾不得看男医生脸上五彩纷呈的表情，她从他身边出了门。

门一关上，男医生就“哇塞”了一句：“你对叶医生干了什么，她为什么要拉领口？”

唐遇瞥他一眼，没理他这茬。

什么叫他对叶医生干了什么……明明是叶医生对他干了什么。

上班时间勾引他。

当天下午下班以后，叶珈蓝才去了 409 一趟。

毕竟不是她负责的病人，上班时间去不大好，叶珈蓝从唐遇办公室出来之后纠结了几分钟，还是决定下班以后再过去。

下午六点四十分，外头天已经暗了下来。

已经是深秋，医院楼下的落叶铺了满地，这会儿在楼上还能看到楼下打扫卫生的清洁阿姨。

叶珈蓝到 409 门口的时候，病房门没关。

里头一共两个床位，一个头发花白得了血栓的爷爷，还有一个，就是今天上午入院的那个小姑娘。

叶珈蓝没立刻敲门进去。

从她这个角度看过去，刚好能看到小姑娘床边的女人，女人正拿着一本故事书在读，声音不大，隐约能听出些沙哑来。

叶珈蓝站了几秒，然后敲了敲门。

女人像是没听见这声音，还在翻故事书，刚要继续往下读，那小姑娘就伸手试探性地摸了摸女人的胳膊：“妈妈，有人敲门。”

见女人转头看过来，叶珈蓝这才推门进去。

女人明显没想到是她，愣了一下才站起身来：“医生……”

那小姑娘视力降得极快，现在已经看不清楚东西，连人影都辨得极其模糊："是上午的那个医生哥哥吗？"

"不是……"女人耐心解释，"这次是医生姐姐。"

小姑娘嘴角弯了弯："医生姐姐，你来和我玩吗？"

"对啊，"叶珈蓝走近，"有没有好好吃饭啊？"

"吃不下……"

女人叹了口气："吃了就吐……已经几天没好好吃过东西了。"

叶珈蓝低头，果然在小姑娘的手背上看到了几个针眼，应该是输营养液留下来的。

"姐姐，你给我读故事书好不好？"

"婷婷，姐姐很忙……"

叶珈蓝冲旁边女人点了下头，接过她手里的故事书，认认真真地读了起来。

中途只翻了一页书，不到十分钟，婷婷就睡了过去。

叶珈蓝把书放下，眼神示意了一下女人之后，先一步出了病房。

女人给小姑娘掖了掖被角，两分钟后才跟了出来。

病房外的走廊有几排座椅，叶珈蓝找了个地方坐下，女人就坐到她旁边。

两个人安安静静，叶珈蓝先开了口："不打算进行手术吗？"

"我们也想手术啊……可是能借钱的亲戚朋友都借遍了，现在打电话过去根本没人愿意接。医生，你也知道，我婆婆的病也花了不少钱了……现在家里能卖的也都卖了，根本拿不出这么多钱来。"

叶珈蓝低头，两手交叉握在一起："什么时候查出来生病的？"

"也没多长时间，"大概是这几天奔波得实在累了，女人精神不大好，前几天来医院闹时的飞扬跋扈全都没有了，整张脸看起来苍白又疲惫，“就是半个月前吧，婷婷说看不清东西，我和孩子她爸还以为她近视了，带她去配了副眼睛，后来没过几天她还说看不清东西，头疼，饭也吃不下几口，有次还晕倒了……我们这才害怕了，带她去医院做了个检查。”

“您那天来医院跟曹阿姨说了这事吧？”

“我是说了……但是我没怂恿她跳楼啊……”女人抹了抹眼睛，“我那天可能是说得有些过激了，但其实也不想她出什么事。”

“那唐医生打人的视频——”

“这也是实在没有办法了，”女人声音弱了又弱，头发散开，看着沧桑得紧，“你也知道，我们是真的太缺钱了，实在想不到别的办法了。”

“手术费用可以众筹的……”叶珈蓝顿了顿，然后抬头看她一眼，“他是个好医生。”

64

叶珈蓝没跟那个女人待太久。

跟女人简单解释了下众筹的注意事项和软件之后，两人又互加了微信，叶珈蓝就出了医院。

夜幕降临，北城深秋的夜晚凉气侵袭而来。

叶珈蓝拢了拢外套，今天没有霾，空气难得清新，她也没打车，步行回了家。

一千米左右的路程，走路也就十分钟左右。

叶珈蓝沿着路边的花坛往前走，一边走一边给唐遇发了条消息：

【今晚值班吗？】

消息发过去之后，直到到了家门口，叶珈蓝都没收到回复。

十有八九是在值班。

叶珈蓝开门进去，直奔厨房，煮面吃完已经是半个小时以后。

唐遇还是没回复。

叶珈蓝看了眼时间，又跑到厨房煮了碗面，额外煎了一个蛋装在保温盒里，又提着去了医院。

下班之后，她也算是个医生家属，是时候该尽一些作为家属的义务了。

因为怕时间太久面黏到一起，叶珈蓝去医院的时候刻意加快了步子，把走路的十分钟缩减到了一半。

刚走进医院，就和里面出来的人迎面撞上。

那女人走得急，差点撞在叶珈蓝肩膀上，幸亏她及时挪了半步才没撞在一起。

女人似乎是懒得开口，轻飘飘瞥她一眼，本来想要说什么，结果一看到叶珈蓝，到了嘴边的话又咽了下去："班长啊——"

她刻意把三个字都拖得很长："呦，这饭是自己吃还是给别人吃啊？"

叶珈蓝懒得理她，刚要从她身边过去，就又听她在身后笑了一声："别是给唐遇带的吧……唐遇吃过了哦。"

"……"

叶珈蓝脚步一顿，回头看她一眼："给谁带跟你有关系吗？"

"没事别老往医院跑。"

"你什么意思？"

付桐张了张嘴，还没说出下句话来，门外就有几道声音放大了几倍喊了起来："让一让让一让——"

她还没回头去看，胳膊就被人扯住往旁边拖了几步，叶珈蓝皱眉："医院地方有限，你老往医院跑挺挡路的。"

"……"

不等付桐发作，叶珈蓝松开她的胳膊，转身走了进去。

电梯里刚进去一批抬着担架的医生护士，叶珈蓝也没往里挤，直接走了楼梯上楼。

她不常运动，四楼走下来气息已经有些不匀。

叶珈蓝深呼几口气，抬手平复了下因为运动而有些急促的心跳，然后才走到唐遇办公室敲了下门。

里头很快有人回复："请进。"

一看措辞就不是唐遇说出来的。

叶珈蓝推门进去，果然没在正对面看到唐遇的人影，倒是门边上，另一个男医生从病历中抬了下头："叶医生啊……唐医生去查房了。"

"好的，谢谢。"

"叶医生，你也值班啊今天？"

"我今天不值班，"叶珈蓝抬手把手里的保温盒举了一下，反正男医生都知道他们两个什么情况了，她也就没再藏着掖着，笑了一下解释道，"这算是……探班？"

男医生扑哧一下笑了出来："羡慕死唐医生了。"

"叶医生，"男人眼睛一亮，"你不知道我们多羡慕唐医生。"

他们羡慕唐遇，许恋还羡慕她呢。

叶珈蓝也没多说，把保温盒放到唐遇的桌子上，随手扯了张椅子就坐了下来："牛医生，唐遇晚上吃饭了没啊？"

"没有，这不准备查完房再去吃呢吗。"

“刚才有别人来找他吗？”

“哇，叶医生，你这算是查岗吗？”

叶珈蓝抿唇一笑：“算吧。”

“就上次来医院那个美女，刚才来过一次，也是带了饭过来，不过唐医生跟她说吃过了，她只能提着饭回去了。”

叶珈蓝点点头，她趴到桌子上等人回来，随手翻了翻那一摞患者病历，看到那个小姑娘名字的时候才想起看了眼微信。

她手机里联系人不多，大多还都是同事。

当医生的一般都比较忙，这会儿朋友圈更新的动态不太多，所以点进去一看，没刷几条就看到了小姑娘母亲发的众筹分享。

叶珈蓝点进去，帮忙实名了一下，然后又去看了眼银行卡余额。

还有八千多。

她捐了五千块，然后又把这条动态转发到了自己的朋友圈：“牛医生。”

“啊？”

叶珈蓝看他也在看手机，所以很委婉地提醒了句：“你看看刚发的朋友圈。”

牛医生点进去，再看筹集金额：“就是那个髓母细胞瘤的小女孩吧？”

“对。”

牛医生捐了几百块钱：“唐医生今晚主要查的就是他们那个病房。”

叶珈蓝点点头，没再说话，她又把朋友圈刷了一遍。

刷到后面的时候，她看见余秋华分享了一篇文章——“单身女人二十岁以上应该相亲吗？”

……

她点开余秋华的聊天框，然后发了一条消息过去：【妈，一个好消息一个坏消息。】

【好消息。】

【我找到男朋友了。】

【好，坏消息就不用告诉我了，妈年纪大了，心脏受不住刺激。】

叶珈蓝手指一顿，到底是没把和唐遇复合的话发过去。

她一字一字地又把那句话删除，还没删完，余秋华就又问了句：【什么时候带回家看看？】

【过阵子吧，他最近太忙了。】

母女俩又聊了几句，八点半的时候，余秋华终止谈话：【不值夜班的时候早点休息，我要去看《婆媳战争》了。】

《婆媳战争》，八点档肥皂伦理剧。

叶珈蓝没再打扰她看电视，趴在桌子上休息了会儿。

过了大概一刻钟，叶珈蓝隐约听到了开门声。

她睡得不沉，但是一时半会儿也不想睁开眼睛，只眼皮轻颤了下。

唐遇本来进门的时候脸上没多大表情，一看到趴在他办公桌上睡着的叶珈蓝时，嘴角还是轻弯了下："她什么时候过来的？"

他把声音放得很轻，牛医生反应了一会儿才意识到他是在跟自己说话，看了眼表之后答："来了一个小时了吧。"

唐遇走到窗边，把白天开的那条缝关上，拿了自己的外套披在了叶珈蓝的肩上。

牛医生小声问他："那小姑娘情况怎么样？"

"不怎么样，几天没吃东西了，呕吐情况很严重。"

颅内压高，头疼得恨不得去撞墙，注射了复方甘油注射液才刚睡下。

唐遇把白大褂脱下来："手术可能要提前到周三。"

牛医生盯着他脱衣服的动作看了眼，由上到下，看到他的鞋时差点惊讶地叫出来，幸亏他及时注意到旁边还睡着的叶珈蓝，赶紧捂了下嘴："你的鞋怎么回事？谁敢踩我们洁癖医生的鞋？"

唐遇顺着他的视线低了下头。

刚才去查房的时候，那个小姑娘不小心踩的。

小姑娘年纪还太小，长得干干净净。

她踩到他鞋上的时候，唐遇第一个想到的居然是叶珈蓝小的时候也这么踩过他。

而且很凑巧的是，叶珈蓝那年刚好也十一岁。

一转眼就已经过了这么多年了。

从查房开始到结束，唐遇心里就像是堵了一团棉花，呼吸都有些不顺畅。

他心情阴郁了一路，然后一开门就看到了叶珈蓝。

她就趴在他平常工作的桌子上，睡得安稳，眉眼温柔。

唐遇心情突然就好了不少，她伸手摸了摸叶珈蓝的头发，低下头轻声在她耳边说："回家了。"

叶珈蓝没听见，睫毛动了动，半点反应也没有。

牛医生连忙把头转了过去，为了不吃狗粮，他强迫自己把注意力集中到工作上。

半分钟后，干扰他的罪魁祸首终于抱着另一个同伙出了办公室，牛医生吐了口气，拿出手机发了条朋友圈：【医生就不应该跟医生谈恋爱，秀恩爱的行为会严重干扰到其同事成为一名医术精湛的伟大医生！】

叶珈蓝第二天醒来的时候，是在陌生的床上。

窗帘是深色的，密不透光，整个房间可见度极其低下。

叶珈蓝差点以为自己还在梦里没有睡醒，又闭上眼睛，她这一觉睡得时间长，连胳膊都有些发麻，结果刚把胳膊从被子里伸展了下，就碰到了右手边的什么东西。

温热细腻，应该是个人。

叶珈蓝脑袋空白了一瞬，然后飞速运转起来。

她记得昨天晚上去了医院，在唐遇办公室里睡着了。

所以应该不会出现酒后乱性的情况。

叶珈蓝还没想明白是怎么回事，旁边那人一个翻身，把她整个人都抱在了怀里："醒了？"

"……嗯。"

听见唐遇声音的时候，叶珈蓝整个人都松了口气。

她肩膀放松下来，转了个身去拿手机。

一个晚上过去，谢天谢地没有未接来电。

微信消息倒是有两条，都是婷婷妈妈发过来的：【叶医生，钱筹够了，主任说把婷婷的手术时间提前到明天，太谢谢你了！】

【也替我谢谢你男朋友！】

叶珈蓝揉了揉眼睛，点开那条众筹动态一看，十五万果然已经全了。

她随手翻了下，然后看到捐款最多的那人，捐款数额十万元整。

叶珈蓝一惊，手肘向后轻戳了戳身后的男人："唐遇，你包养我吧。"

"嗯？"唐遇没太睡醒，但是也能听懂这句话的意思，他音调轻而含糊，“你知道包养什么意思吗？”

65

叶珈蓝当然知道包养什么意思。

她百度了一下这个词，然后一字一句地照着上头的解释念了起来：“包养即基于经济交易的交往关系，说得通俗一点就是为了钱形成交往关系，以金钱的给予和索要建立。”

这么一搜，还真跟她印象中的“包养”有了点差距。

唐遇轻“嗯”了声：“什么交易？”

“……”

当然是经济交易，不然还能是钱色肉体交易吗？

叶珈蓝拍了下男人横在她腰上的胳膊：“你想什么呢？”

“往下看。”

叶珈蓝手指于是继续往下滑。

不滑的时候她还觉得这个词还算正常，越滑越觉得这个词色情得不行，各种类似情妇、满足性欲需求的不和谐词汇都出来了。

叶珈蓝把界面关闭，然后看了眼时间。

早上六点钟。

她刚要闭上眼睛当没这一茬事发生过，身后男人就问了句：“看完了？”

“……”

叶珈蓝没吭声。

可能是睡眠不足的原因，唐遇也没再逗她，他半张脸都埋进她的后颈，手往上挪了挪：“几点了？”

“六点。”

叶珈蓝头往后转了下：“你不起床吗？”

按照唐遇平时的习惯，基本六点前就找不到人影了。

但是今天不仅还没起床，而且压根都没有要起床的趋势。

“今天下午和明天一天都有手术，吴主任给我休了半天假。”

他大概是真的累了，说话声音都不大，可能还有整晚没进水现在刚睡醒的原因，他嗓音微哑，叶珈蓝动了动：“喝水吗？”

“不喝，”他的手已经移到她胸口以下，微微用了力不让她再动，“别动了，陪我睡会儿。”

“哥哥，你不上班我得上班啊……”

“什么？”

“……”

叶珈蓝完全是受了苏锦珂的传染，苏锦珂对男性朋友表示无奈的时候就经常用这两个字，叶珈蓝早上头脑不清醒，居然也就脱口说了出来。

她抿了抿嘴，飞快地回：“没什么。”

在床上躺尸了几分钟，叶珈蓝好不容易等到身后的人呼吸平稳下来，刚要把他的手从自己身上拿开起床，手腕就被人反握住。

叶珈蓝动作一僵。

“叶弯弯。”

“……啊？”

“我觉得你在暗示我。”

“……”

“既然你这么想要，那我——”

“我不想……”

“但我想了。”

折腾了有一会儿，叶珈蓝早上上班差点迟到。

唐遇虽然上午休假，但是也就睡到八点多，洗漱完吃过饭之后，他给叶珈蓝发了条消息：【忙吗？】

叶珈蓝第一时间就看见了，但是她心里憋着一口气，没理他。

唐遇的消息也就没再发过来。

一直到中午快吃午饭的时候，叶珈蓝才回了一条消息给他：【刚忙完。】

其实她在科室里发呆了半个小时，然后觉得发呆是对生命的浪费，最后淘宝下单了几本心理咨询师专用书籍。

唐遇：【吃饭了没？】

【还没。】

【想吃什么？】

【我去食堂吃就行了。】

【好。】

叶珈蓝收拾了一下桌子上的东西，边收拾边问许恋：“恋恋，去吃饭吗？”

许恋一阵哀号：“我十二点半有个病人。”

“想吃什么我给你带回来。”

“肉，是肉就行了。”

叶珈蓝点点头，她已经走到了门口，干脆顺便在门边上放着的秤上称了称体重。

九十斤出头。

好像也没太瘦。

许恋抬眼一看，抓了个毛线球扔了过来："赶紧滚，不要在我面前晃了。"

叶珈蓝接过毛线球，翻来覆去看了几眼，然后放到了自己桌子上："送我了啊，谢了。"

"……滚蛋。"

这天风平浪静，叶珈蓝除了正常看诊看书之外，基本上没有别的事情可做。

下午三点前，唐遇进手术室前给她发了条消息。

到六点半的时候，叶珈蓝整理完病历和患者信息后，给他发消息问了句：【手术完了没？】

【刚做完。】

也不知道是叶珈蓝的问题还是唐遇的问题，他现在说的每一个字叶珈蓝都觉得不正常。

她盯着这三个字看了眼，然后问：【晚上一起吃饭吗？】

【值班。】

叶珈蓝已经习惯了他回消息的冷淡了，知道他忙，也没再多打扰他，拿过外套披上出了办公室。

许恋今晚值班，刚从住院部过来，看见她出来就扯住她胳膊说了句："刚才一个病人刚从手术室出来转到普通病房了，我路过的时候看到他的家属，长得还挺帅。"

许恋拍了拍左胸口："小鹿乱撞。"

叶珈蓝白她一眼："赶紧值你的班去吧。"

把许恋推进办公室，叶珈蓝走了几步之后才想起许恋说的是谁来。

病人今天手术，家属长得又好看……八成是前几天先来他们科看病的季燃。

叶珈蓝想了想，还是没去住院部看，直接下了楼。

但是今天意外地凑巧，刚走出楼梯口，她就和提着一袋子药要上楼的男人打了个照面。

叶珈蓝往旁边挪了挪，见季燃已经抬头看了过来，嘴角一扯："……嗨。"

季燃也是一愣，然后才笑了一下："下班了？"

叶珈蓝瞄了一眼他手里的药："手术还成功吧？"

刚才听许恋说的已经转到普通病房了，而且季燃现在还能笑得出来，想来应该也是没多大问题。

果不其然，季燃冲她点了下头："预后不错的话应该不会有什么问题。"

他视线落到她脸上："晚上有空没，一起吃个饭？"

叶珈蓝点头，然后又连忙摇头。

"那方便加一下微信吗？"

叶珈蓝还是摇头，她总归是觉得这样拒绝别人不大好，所以解释了句："那个……季燃同学，我有男朋友了。"

季燃挑了下眉。

"我的意思是我男朋友看见可能会吃醋。"

季燃眼底的光晃了晃，嘴角抿直然后又弯了下："男朋友也是医生吗？"

他就是随口一问，结果没想到叶珈蓝还真点了点头。

叶珈蓝回想了几秒，然后又加了句："就是今天给你弟弟做手术的一助。"

神外每天手术那么多，她之所以会这么确定唐遇是负责季燃弟弟手术的医生，完全是因为三点以前，唐遇给她发的那条消息——

【三点手术的患者姓季。】

叶珈蓝回了个“哦”字。

本来以为这个话题就这么结束了，结果那人又发了句：【好像跟你心上人一个姓。】

“……”

叶珈蓝没理他。

她现在这么一说，季燃倒是瞬间就想起来了。

弟弟情况虽然不算太差，但毕竟是大脑出了问题，不容乐观，进手术室之前季燃的神经一直处于紧绷状态，医生说的每一句话他都非常认真地在听。

那个男医生是话最少的，全程没说几句话，戴着口罩和眼镜，但是即使只露出来一双眼睛，依旧能看出是个很好看的男人。

而那个好看的男人，进手术室之前，意味不明地看了他一眼。

季燃当时就觉得他的眼神有点不对劲儿。

高冷得不大友好。

现在他知道他对他不友好的原因了，季燃自嘲似的轻扯了下嘴角：“他技术应该很好，我弟弟的手术比预期的成功很多。”

华溪医院的手术，不是特别困难的手术，一助动的手基本比主刀要多，所以季燃这么说也不奇怪。

叶珈蓝也笑了一下：“我们科的医生刚才还夸你长得帅来着。”

“有机会认识认识，”季燃也顺着她的话找了个台阶下，“那我先回病房了。”

他沿着楼梯上了楼。

叶珈蓝转了下头，视线跟着他的背影转了半圈，直到他的身影消失在了楼梯转角，叶珈蓝才把视线收了回来。

隔壁就是电梯门口，两个下来拿药的护士站在那里等电梯，边等边在吐槽今天碰上的奇葩事，个子高的那个声音不小："今天又来了个奇葩男人，说她老婆几年都没怀上，来检查一下，这一检查你猜检查出了什么？"

"什么啊？"

"她老婆前不久才怀过一次孕，但是流产了，他们家居然也没一个人知道，连她老婆自己都不知道，主任当时就觉得这个孕妇不大对劲儿……结果旁敲侧击试探了半天，才打探出来，那个女人精神不大正常，所以当时流产不知道怎么回事……哎，你说这样怎么要孩子啊？"

叶珈蓝本来是要走的，结果一听他们这么说，脚步顿了下，转身又上了楼。

她平时看完诊都有个习惯，病人的病历纸质保留一份，还有一份扫描到电脑上。

纸质的病历被她锁到了抽屉里，叶珈蓝回到科室以后也懒得再开，打开电脑翻了起来。

许恋出了个门的工夫，再回来一看，发现刚下班的叶珈蓝又回来了，她吓得手里的手抓饼差点掉在地上："弯弯……你怎么又回来了？"

"有点事，"叶珈蓝已经找到了患者信息，拿出手机输入了上头的联系方式之后就要出门，"我先去打个电话。"

刚一出门，那头就接听了："喂，谁啊？"

"您好，您是昨天来华溪精神科看病的病人家属吧？"

那人明显也听出了她的声音："怎么了啊？"

"先生，建议你们不要这时候要孩子。"

那头安静几秒，然后下一秒，劈头盖脸就骂起了人来。

66

男人嗓门本身就大，加上可能是被她气到了，声音又扬高了几分，虽然是隔着电磁波从听筒里传出来的，但又分明像是在她耳根子底下骂的。

叶珈蓝自觉地把手机拿远了些，抬手揉了揉耳朵。

如果这个时候，许恋推门出来，肯定能把她远房亲戚骂人的粗俗言论听得一清二楚。

叶珈蓝怕真被她撞上会尴尬，拿着手机往走廊东尽头的楼梯口走去。

这边经过的人不多，基本都是四楼的医生，现在饭点又过了，一路走过来，叶珈蓝也没碰上几个人。

她之所以要给许恋的亲戚打电话，不是因为未雨绸缪有预知能力，完全是因为刚才护士形容的夫妻和昨天来的那两个人相似度太高了。

现在再一结合这个男人的反应，叶珈蓝越发觉得就是他们。

她在楼梯口站了一会儿，等那头终于消停下来之后看了眼通话时间。

已经过去一分半了。

那个男人居然扯着嗓子泼妇一样号了近一分钟。

叶珈蓝对这类病人多少有些免疫了，她面无表情，连声音都没多大起伏，依旧温柔平和："许先生，你太太是不是已经怀孕了？"

"是又怎么样，跟你什么关系？"

男人刚低下去的音量又涨了上来："我告诉你啊，你不要随便管我们家的闲事！"

叶珈蓝还真不觉得她是在管闲事。

精神不正常的父母，就算能生出健全的孩子，也未必能照顾好孩子。

更何况孕期吃抗精神病类药物的话，确实有很大的可能会导致胎儿畸形。

"许先生，我昨天说的……"

"我管你昨天说了什么，我家三代单传，总不能到我这里断了吧？"

"……"

对方显然是对这个孩子有一种执念，无论她说什么，只要是对他们不利的他就听不进去，叶珈蓝只能绝了再继续劝说他的心思，她呼了口气："如果你们一定要这个孩子的话，记得定期胎监，尤其是三个月以后，胎检频率……"

"行了，"那人不等她说完就粗鲁地打断，"别再给我打电话了，再打电话给我小心我去你们医院投诉你。"

叶珈蓝手指微微收紧，食指在后壳上滑了一下，那男人好像又说了什么不好的话，但是叶珈蓝没听清。

下一秒，她的手机被人从身后拿走，男人的声音就自她斜后方响起："有病是吗？"

电话那头的男人一愣，过了好几秒才反应过来："你他妈谁啊，居然骂我？"

“信不信我现在就投诉你们？”

“现在就投诉，”唐遇眼神凉了又凉，声音越发地沉，“投诉电话用我告诉你吗？”

“……”

男人沉默几秒，骂了句“神经病”，悻悻地把电话给挂了。

叶珈蓝转头看他：“你什么时候来的？”

“刚才跟你后面过来的。”

“……”

她刚才耳边上光是那个男人的公鸭嗓，居然都没注意到身后跟了个人。

既然是跟着她过来的，电话内容不用说唐遇也听了个完完全全，叶珈蓝刚才被那男人骂的时候平静得不行，现在一见到这人反倒觉得委屈上了，她撇了撇嘴角：“你不是在值班吗？”

“待会儿去查房。”

“哦。”

唐遇垂眸看她。

女人眼眶虽然没红，但是眼底雾蒙蒙的，像是受了什么天大的委屈一样。

唐遇心底一软，嘴角轻轻扯了下：“就会对我硬气了是吧？”

刚才他站在后面听得清楚，那个男人滔滔不绝，要是站在叶珈蓝跟前的时候，唾沫星子肯定早就喷出来了，但是她居然半点反应都没有。

既不生气也不难过。

叶珈蓝瞪了他一眼：“我这是职业素养。”

要是她对病人也跟唐遇这么硬气，投诉信说不定都收到几百封了。

精神科跟外科不一样，外科注重技术，而精神科在某种程度上更偏向医生对患者的态度。

叶珈蓝本身脾气就不错，在精神科待了几年之后，更是变得心如止水，只要病人不是骑到她头上动手，她基本都不会有什么大的反应。

这次当然也不例外。

叶珈蓝眉梢一挑，伸出手去："手机给我。"

唐遇嘴角弯的弧度越发大，刚要把手机递给她，手机屏幕就亮了下，锁屏上出现一条微信消息。

看不到文字，只有一张图。

唐遇抿了下唇角，微微眯了眼睛才看清上头的备注，他又把手机收了回来："宁致，谁？"

叶珈蓝："……"

她没想到断了联系这么久以后，宁致会再给她发消息。

叶珈蓝咳了一声，视线转了开来，"就是上次的相亲对象。"

说完想到宁致找她可能有什么要紧事，叶珈蓝又把手抬了抬："手机给我。"

唐遇轻倚在楼梯口的墙壁上，眼睫一抬看她，然后也把手扬了起来："自己拿。"

幼稚。

叶珈蓝偏偏又拿他没办法，踮起脚凑过去拿手机。

唐遇个子高，叶珈蓝踮着脚伸着胳膊也只能碰到他的手腕。

她的上半身微向前倾，再想跳一下的时候，腰突然被他揽住，然后往前一按。

叶珈蓝整个人栽进男人怀里。

唐遇低头，吻还没落下来，叶珈蓝就把头偏到了左边。

然后他也跟着转了下头，叶珈蓝就又偏向右边。

“怎么了。”

叶珈蓝脸还偏着：“不怎么。”

一想到晚上唐遇回复他的寥寥几个字，她就觉得心里堵得慌。

叶珈蓝也不是无理取闹的人，本来以为他是因为值班忙所以才冷淡的，结果现在一看，他好像根本没什么事。

她在心里把唐遇骂了一顿，但是脸上还没什么表情，伸手推了推他：“你先放开我。”

话音刚落，男人指尖钩了她的下巴把她脸转了过去，低头吻了下来。

这人也不知道今天吃错了什么药。

现在还是在医院这种公共场合，他吻得深，根本不像平常那样浅尝辄止。

叶珈蓝甚至怀疑她的衣服下一秒就会被人扒了。

她刚往后缩了缩，就被抱着转了个身，唐遇的手顺着她的下巴往下，落在她的肩膀上，然后用力一推，把她推到了墙上。

叶珈蓝被吻得脑袋糨糊一片，完全不知道自己刚才生的什么气了。

因为有些缺氧，她像是眼花了一样，有点看不清眼前人的长相。

叶珈蓝用力眨了眨眼，也不知道过了多久才被松开，那人还轻抱着她，呼吸温热，一偏头全落在了她的脖颈：“生什么气？”

男人声音低低哑哑，温柔得像是浸了水。

叶珈蓝：“……”

对了，她差点忘了自己刚才是在生气的。

叶珈蓝鼻息间全是他身上的味道，干干净净，消毒水味道也不大明显。

她想了几秒，然后终于想出来了："你把手机给我，我给你找。"

唐遇这次没再逗她，直接把手机给了她。

叶珈蓝接过，然后刚一打开聊天界面，就又忘了找自己生气的原因，她先看到的是宁致发给自己的那张图片。

点开一看，是一张类似结婚请柬的图。

主角名字之一就是宁致。

叶珈蓝差点以为自己看错了，她和宁致有段时间没联系了，时间说长不长，说短也不算短，但是结婚的话好像还是有那么点快了。

她丝毫没掩饰自己的惊讶：【这么快就要结婚了啊？】

那头回复得也快：【对啊，你也知道我年纪不小了，该稳定下来了。】

叶珈蓝记得宁致比她大几岁，应该过了三十。

她没再多说，打了两个字过去：【恭喜。】

发完消息之后，叶珈蓝才想起正事来，刚打开和唐遇的聊天界面，男人就偏了偏头，轻轻吻在她的耳根，低声问："找到了没？"

叶珈蓝手一抖，然后一滑，看到他无比冷漠的几个字时，刚要出声，不远处就有脚步声和人声响起。

那声音越来越近，有两个女医生上到了这层楼，看见他们两个时声音又陡然收住，匆匆地过去了。

叶珈蓝："……"

那两个人的眼神，看起来无比邪恶。

好像他们刚才在这里做了什么见不得人的事情一样。

叶珈蓝也没多想，把手机递过去："你看看自己给我发消息的字数，一只手都能数过来。"

“……”

唐遇微微站直了身体，接过手机再往上一滑：“你都承认季燃是你心上人了，”他侧眸看她，“我看起来很大方吗？”

叶珈蓝摇头。

不，不仅不大方。

还非常小气。

PART 11
第一次吻你的地方

“养十个你都没问题，”唐遇摸了摸她的头，“所以你乖乖再睡一会儿。”

67

但好像还是哪里出了问题。

叶珈蓝看了眼带季燃名字的那条消息："我什么时候承认了？"

"不回消息，不是默认是什么？"

她明明是懒得理他，所以没有回消息，怎么到了唐遇这里，就莫名其妙地成了默认了？

叶珈蓝看他一眼："唐遇，你几岁了？"

唐遇垂眸睨她，没说话。

不说话叶珈蓝也知道。

二十六岁生日刚过不久。

叶珈蓝把手机拿回来，屏幕还没暗下去，她手指随意往下一翻，然后又看到宁致发给她的那句话。

他说他年纪也不小了。

叶珈蓝突然就想起再过不久，她就该二十七岁了，也到了该结婚的年纪了。

岁月不等人，叶珈蓝还没来得及感慨，就又被人轻拥住："吃晚饭了没？”

“还没呢，”经他这么一提醒，叶珈蓝才觉得肚子饿，她摸了摸已经瘪下去的肚子，“本来刚才要回去的。”

谁成想又碰上了这么一件破事。

“早点回家，记得吃晚饭。”

“知道了……”

话音刚落，叶珈蓝手心被塞进一串钥匙。唐遇手指微凉，钥匙比他手指更凉，叶珈蓝还没握紧，手指就被他一并握住：“去我家。”

叶珈蓝迟疑了几秒，还是没忍住出声叫他：“唐遇。”

“嗯？”

“你节制一下吧。”

唐遇嘴角一弯：“你想什么呢？”

听他这语气，倒像是她多想了一样。

叶珈蓝嘴角扁了扁，没等她再说话，唐遇就松开了她：“我得去查房了。”

“几点下班啊？”

“不出意外的话，大概十点多。”

叶珈蓝点了点头：“那你注意安全。”

“好，”男人低头在她嘴角亲了下，“乖乖在家等我。”

叶珈蓝没立刻去唐遇家。

她先回办公室跟许恋说了一下她亲戚的事，然后又回自己家里拿了套换洗的衣物，最后才去了唐遇家里。

医院事情大概不多，唐遇十点到的家。

叶珈蓝本来以为晚上又要折腾一阵子，结果那人安分得紧，半点过分的举动都没有，洗过了澡之后就抱着她老老实实地睡了觉。

第二天，婷婷的手术在上午十一点开始。

叶珈蓝下午去查房的时候，409 小姑娘的病房还空着。

她去吃晚饭前还特地经过了每个楼层的手术室，最后在二楼的手术室门外看见了婷婷的母亲。

女人这阵子折腾得狠了，一张脸苍白得有些病态，眼眶底下黑眼圈和眼袋尤其明显。叶珈蓝过去陪她坐了几分钟，然后才又被许恋拉去了食堂。

吃饭的十几分钟，叶珈蓝给唐遇发了几条消息。

意料之中没有任何回复。

叶珈蓝想了想，还是没给他带晚饭回去。

她又没带保温盒过来，这时候把饭带回去的话，等唐遇从手术室出来的时候，说不定饭菜都凉透了。

今天正好赶上她值夜班，从食堂回到办公室后，每隔半个小时她都要看一眼微信。

唐遇没回复她，群里倒是有几个人在说这台手术的事——

【已经有阵子没遇上过这么持久的手术了。】

【我下午在手术室里，五点多的时候那个小姑娘颅内大出血，我还以为马上就要记录死亡时间了，结果过了一会儿，心率和血压又开始平稳了。】

叶珈蓝没掺和他们的谈话。

她又看了眼时间，晚上八点十分。

刚好这时候，有个护士说了句：【吴主任从手术室出来了！】

就像是一声胜利的号角，叶珈蓝立刻从椅子上站了起来，椅子腿划在地板上发出的声音不小，许恋被吓了一跳，本来还在抖的腿一僵："弯弯，你要干什么？"

叶珈蓝这才意识到自己反应过激了，她嘴角扯了下："没事，坐的时间太久了腿麻，站起来活动活动。"

许恋狐疑地看她一眼。

"对了恋恋，你昨天跟你亲戚说了没？"

"说了啊，但是人家不听啊，搞得谁不想让他们要孩子一样……"许恋叹了口气，"算了弯弯，反正以后不管怎么样都跟你没关系，我们也不要掺和这种事了，别到时候偷不着狐狸还惹一身骚。"

许恋这话倒是没错。

医院里每天都会来新的病人，她也没时间管那么多，叶珈蓝点了点头："我前天听妇产科的说孕期好像9周了，下个月还是提醒他们来做个胎检吧。"

"提醒我肯定会提醒的，"许恋无可奈何地摊了摊手，"但是他们来不来我就不确定了。"

叶珈蓝没再继续这个话题，开门出去。

许恋在身后问："干什么去啊？"

"出去透透气。"

她直接下了楼，去了二楼的手术区。

先前手术室门前亮着的灯果然已经灭了，叶珈蓝站在楼梯口，看见几个医生护士从手术室里走出来。

等候在外的女人连忙迎了上去："主任……我们家婷婷……"

吴主任点了点头："手术还算成功，但是还要在加护病房观察几天。"

女人立刻激动地握住他的手："谢谢主任……"

她说着转了下头，眼泪已经顺着眼角流了下来："谢谢唐医生，你就是我们婷婷的救命恩人啊。”

吴主任咳了声：“您要是真这么想，还是帮我们唐医生澄清一下前阵子的打人事件吧。”

“没问题没问题，我们回头马上就跟媒体解释清楚，对不住唐医生了……”

耳边全是女人略显聒噪的声音。

唐遇太阳穴像是被根细针扎了进去，扎得他脑袋有些疼，他微微皱了眉，声音有些哑：“没关系。”

说完也不听女人再说什么，他扯下了手上的医用手套，转身走人。

叶珈蓝还站在楼梯口的地方，看见他过来也没动，只是视线一直随着他轻轻转。

唐遇经过她的时候脚步没停，直到走出去半步之后才转头看了她一眼，他眉眼微弯，弧度柔和：“等我啊？”

叶珈蓝眼眶一热，心底化成了一摊水，柔柔弱弱。

她点了点头。

唐遇唇角弯了弯，不过因为带着口罩的原因，叶珈蓝没看见。

他朝她勾了勾手指，然后抬脚上了楼。

唐遇步子迈得也不大，叶珈蓝正常速度就能跟上他。

走到神外科室一的时候他也没停下，只是一边扯了口罩一边继续往前走，一直走到了最西边的地方。

三楼西侧是给值夜班的医生准备的休息室，叶珈蓝平时不常过来，她跟着唐遇过去，一眼就看到了尽头一间值班室门口上贴了张纸，上头写了几个名字。

唐遇的在第二个。

他停下，然后从口袋里拿出钥匙。

叶珈蓝看着他手指捏着钥匙插进锁孔："想吃什么？"

唐遇偏头看她一眼，没说话，他推开门进去，叶珈蓝也跟着进去。

他的手还搭在门把手上，见她进去了才轻轻关上。

叶珈蓝转了转身，还没来得及问他话就突然被他抱住。

唐遇抱她抱得紧，这个姿势之下，叶珈蓝甚至能感受到她胸腔里的空气一点点地被推挤出来，刚要伸手推他，就突然发现男人抱着的手有些颤。

"怎么了啊，"叶珈蓝本来要去推他的手转为回抱住他："累吗？"

刚问出来叶珈蓝就觉得自己问的是废话。

从上午十一点到晚上八点，在手术室九个小时，不累就怪了。

让叶珈蓝在办公室坐上九个小时都觉得累，更别提在显微镜前面待这么长时间了。

唐遇也不说话，就紧紧抱着她。

"我听在手术室里的护士说，下午那个小姑娘心率停了一次。"

唐遇"嗯"了声。

其实不止一次。

九个小时下来，病危通知单下了不下五次，不过所幸最后结果还算不错。

"我们家遇遇真厉害。"

唐遇闭了闭眼，嘴角弯了下，然后又"嗯"了一声。

那个小姑娘跟叶珈蓝小时候实在太像了。

倒不是长得像，是性子像，看起来文文静静，其实骨子里又藏了那么一点的叛逆。

唐遇和她接触多，所以清清楚楚。

进手术室之前，那小姑娘还踩了他的鞋一脚，弯着眼睛笑眯眯：

“哥哥，这可能是我最后一次踩你了。”

手术过程不顺利，耗时也长。

唐遇到最后眼睛不舒服，头也疼。

全身哪里都不舒服。

人本来就是个奇怪的生物，生命顽强但也脆弱。

小姑娘每次心率停下的时候，唐遇都会想到叶珈蓝，想到她万一有一天也这样躺在手术台上……唐遇没敢再继续往下想。

叶珈蓝现在就在他怀里。

唐遇偏头轻轻吻了下她的额头：“弯弯，我们结婚吧。”

68

叶珈蓝愣了一下，几秒后才反应过来。

唐遇说结婚。

就在昨天，她收到宁致发的结婚请柬图时还想过这个问题，不过当时也只是想想，她也没开口提。

没想到就过了一天，这人做了个手术的工夫，就突然跟她说要结婚。

叶珈蓝嘴角翘了下，极轻极轻地笑了一声：“不结。”

“你都没拿钻戒跟我求婚，也没捧着九十九朵玫瑰单膝跪地，这么一句话就想让我嫁给你肯定是不可能的，”叶珈蓝越说越得寸进尺，“戒指我要鸽子蛋那么大的，鲜花要从荷兰空运过来……”

她的要求一条比一条高。

唐遇也不打断她，一条条地都记下，听她从戒指说到了婚纱的定制。

半分钟后，婚纱这一茬还没说完，叶珈蓝就顿住，她语调里的笑意渐渐收起来，温声叫他：“遇遇。”

“嗯。”

“你知道吗，我特别想明天就和你去民政局领证，”叶珈蓝眼睫垂了垂，声音也低了个度，“但是有些事情，还是应该让我妈先知道。”

她指的是余莹和徐震的事。

毕竟不是无关痛痒的小事，余秋华有立场知道这些。

“好，”唐遇手顺着叶珈蓝的腰往上，掠过她的肩膀，然后轻轻抚了下她的长发，“不着急。”

“我等你。”

唐遇是不着急。

但是叶珈蓝着急，她比唐遇大几个月，而且男人和女人在年龄上的定义也不一样。

二十六岁的单身男人叫单身贵族。

但是二十七岁的单身女人叫大龄剩女。

这个社会对女人越来越不公平。

自从唐遇提过了结婚以后，叶珈蓝一直在找时机把余莹的事跟余秋华和盘托出。但是她几次话到了嘴边，又生生给咽了回去。

余秋华好不容易对余莹的念想淡了些，她不大敢提。

越拖越不敢提。

到了十二月，从月初到月底，叶珈蓝把日历撕了二十几页，连第一步都还没迈出去。

连许恋都看出她不对劲儿来:“弯弯,你最近好像很喜欢撕日历。”

叶珈蓝嘴巴张了张,不知道怎么解释,只能随口扯了个理由:“这不是该年底了,算着什么时候放假呢。”

他们科室说放假就放假,基本假期被叫回来的次数少之又少。

她这么一提,许恋倒是也来了劲儿:“还有多久啊?”

叶珈蓝:“……”

她又翻了翻日历,半分钟后才答道:“二十五放假,现在还有一个月。”

许恋顿时像打了鸡血一样:“终于要解放了。”

叶珈蓝眉梢挑了挑,没再接话,拿过上次从许恋那里抢过来的毛线球织起围巾来。

一个月过去,她的围巾都织了过半了。

许恋一边拿着笔唰唰地写字,一边抽空抬眼看了她一眼:“给唐医生织的吗?”

“嗯……算是吧。”

“我觉得唐医生不像是会戴这种围巾的人。”

“没关系,”叶珈蓝头也没抬,手指来回穿梭的动作飞快,“他不要的话,我就给我弟弟。”

“……”

许恋一时间竟然不知道该说什么了。

叶珈蓝有个弟弟她是知道的,以前一起值晚班的时候,叶珈蓝还和远在美国的弟弟视频过,许恋见过两次。

少年虽然是混血儿,但是基本上遗传的是叶珈蓝父亲的中国人长相,浓眉大眼,很符合中国女孩子的审美。

姐弟俩虽然相处时间不长,但是感情非常好。

许恋嘴角一抽，隔了好一会儿，才吐了两个字出来："亲姐。"

整个下午都没有病人过来。

叶珈蓝查完了房之后就一直待在办公室里，除了织围巾就是看心理咨询师的书籍。半天下来，太阳快落山的时候，她给唐遇发了条短信：【唐医生，晚上有空一起吃饭吗？】

那人难得回复得快了一次：【想吃什么？】

【想吃牛排。】

【好。】

叶珈蓝看了眼时间。

五点半，还有一个小时就能下班了。

刚要把手机放到一边专心学习，那边就又发了条消息过来：【在干什么？】

【看书呢。】

【什么书？】

叶珈蓝算是看出来了，唐遇今天格外地闲。

平时她说八句也不见得会回复一句的人，今天反倒缠着她聊起了天。

叶珈蓝对着本厚厚的书拍了个照片过去。

唐遇：【心理咨询师？】

【这不是怕你被停职，我不兼职的话养不起你嘛，所以就买了书打算考个证。】

虽然最后的事实证明是她想多了，不过多一项本事总归比什么都不会强。

叶珈蓝觉得自己这种活到老学到老的精神非常可贵，她敲了两个字：【夸我。】

【真棒。】

叶珈蓝嘴角一抿，没忍住笑出了声。

许恋一脸惊诧地抬头看了她一眼。

叶珈蓝嘴角又抿直，她轻咳了声，面色正经地又问了句：【婷婷预后怎么样？】

【还不错，放疗三周了，比想象中的好很多。】

叶珈蓝这才放下心来。

婷婷的父母前阵子特地去报社做了个采访来澄清唐遇打人的视频，虽然各人言论还是褒贬不一，但是已经过了一个月，大多数人都把这事抛到了脑后。

先前不知道的人在网上刷到这条新闻的时候，也会自动关联上澄清的视频。

叶珈蓝凡事都爱往好的方面想。

折腾了一通下来，她反倒觉得医患关系其实没有想象中的那么紧张了。

婷婷的父母前几天还给神外的几个医生送了果篮。

叶珈蓝嘴角挽着，打了两个字发了过去：【真好。】

消息刚发过去，那边的人还没回复，旁边的许恋倒是先说了句："对了弯弯，我那个远房的叔叔今天来医院做胎检了。"

叶珈蓝"啊"了声："结果怎么样？胎儿还健康吗？"

"刚来没多会儿，不知道检查完了没。"

许恋无奈地耸了耸肩："我猜他们待会儿检查完肯定会来办公室找我的。"

"找你干吗？"

"找我请他们吃晚饭啊。"

许恋眉眼耷下来：“你不知道，他们都以为医生是高薪职业，一个月赚几万那种。”

叶珈蓝扯扯嘴角。

一般来说，医生的薪资跟医龄和各科的工作强度挂钩。

譬如唐遇的工资，比她要高不少。

叶珈蓝也耸了耸肩：“我要是一个月几万我还考什么心理咨询师。”

“得了吧，”许恋十分鄙视地瞥了她一眼，“叶·富二代·珈蓝。”

“……”

许恋之前的话只说对了一半。

对的那一半是她的叔叔确实来他们办公室了，错的那一半是男人找的不是许恋，而是叶珈蓝。

男人来势汹汹，就在叶珈蓝把书合上，准备去和唐遇吃饭的时候推门冲了进来。

他甚至连门都没敲，因为用的力气大，门板被他推得撞在墙上，“哐当”一声巨响。

叶珈蓝和许恋都被吓得不轻。

许恋直接从椅子上蹿了起来：“地震了吗？”

话刚说完，男人就大步迈了进来，他手里还攥着一张B超单，“砰”地一下拍在了叶珈蓝的桌子上：“医生说因为我老婆孕期吃了药，所以胎儿畸形了，你开的是什么药？”

叶珈蓝皱眉。

她心跳还没平缓下来，看了眼那张单子，还没站起来就又坐了回去：“我开的药单据上写得应该挺清楚了，你要是忘了的话我这里还有备份。”

男人瞪着她，因为生气鼻翼翕动得厉害。

像牛魔王。

叶珈蓝突然就有点佩服自己了，都这个时候了，她还有心情想这些有的没的。

“我当初应该跟你说得很清楚了，抗精神病药物可能会导致胎儿畸形，也建议你不要要孩子了，”叶珈蓝没看他，打开电脑翻出上个月记录的所有患者的病历扫描件，找到他们那份时点开，然后把电脑转到了他的那一边，“上面写得清清楚楚。”

“你既然知道这种药会导致胎儿畸形，为什么还要给我们开？”

这人的言论简直不可理喻。

叶珈蓝脾气再好也没忍住，嘲讽地轻扯了下唇：“我还告诉你不要这时候要孩子呢，你听了吗？”

“你——”

“行了，”许恋都觉得丢人，她把椅子用力提了下，然后再松开，“弯弯给你开药的时候压根不知道你老婆怀孕，我要是你，有这个工夫早就挂个号把孩子给打了！”

男人一听许恋这么说，脾气一起来，气急之下抓了叶珈蓝放在桌子上的笔筒就砸了过来。

叶珈蓝没想到他会动手，下意识往后缩了缩，嗓子像是有什么东西哽住一样，“啊”的声音极小极短促。

笔筒砸到了她的脚边，滚了好几圈也没见停。

“我好不容易才有了个孩子……”男人说着竟然像是要哭出来，笔筒被他砸完了，他就开始拿桌子上的书，冲着叶珈蓝的脸直接飞了过来。

叶珈蓝没来得及躲，愣了一下，还是被人扯到了怀里才反应过来。

男人身上味道清冽，叶珈蓝再熟悉不过。

她下意识抬手抓住那人的白大褂衣领，耳边牛医生的声音响起：“脑子有病吧你，我今天就给你治治……”

没几分钟，办公室又恢复安静。

叶珈蓝还埋在唐遇的怀里，还没来得及抬头，门口许恋就“啊”了一声：“弯弯……你妈妈来了。”

69

刚才有保安过来把人弄出去，许恋本来也跟着人群一起出去的。

毕竟里面这两人什么情况她心里也清楚，一直杵在这里当电灯泡总归不大好，何况被保安弄走的人还是她远房亲戚，于情于理都要跟过去看看。

只不过刚出办公室没多久，许恋就碰上了刚从楼梯口过来的余秋华。

许恋自然是认识余秋华的。

她和叶珈蓝关系不错，彼此都去对方家里吃过饭。

叶珈蓝刚工作那年，余秋华来医院的频率还挺高，总是怕女儿吃医院的食堂吃不惯，隔三岔五就要送一次饭过来。

后来叶珈蓝工作渐渐步入正轨，余秋华放下心来，也就很少再来医院了。

今天不知道怎么回事，居然连声招呼都没打就过来了。

许恋刚通知完叶珈蓝，余秋华的声音已经响起来：“刚才被保安带走的那个人怎么回事……”

下一秒，叶珈蓝还没来得及从唐遇怀里出来，余秋华话音一止，顿了两秒才又试探性地问了句：“……小遇？”

她已经几年没见过唐遇了，猛然碰上还以为是自己老花眼看错人了，心想着叶珈蓝别因为和唐遇分手了就找了个和他相似的男人恋爱，一口气刚往上提了半分，就听那人说了句：“余阿姨。”

余秋华当即就松了口气，她五官生得温和，笑起来的时候越发和蔼：“什么时候回来的啊？”

“回来几个月了。”

余秋华视线在他们两个人身上转了几个来回：“那你们……”

“妈，”叶珈蓝赶紧从男人怀里钻了出来，她刚才还被那个撒泼的病人吓得脸色发白。这会儿耳根又微微泛了红，她先唐遇一步解释道，“我们和好了。”

余秋华虽然惊讶，但是刚才看见他们两个人抱在一起，她就觉得十有八九是又在一起了。她张了张嘴，虽然叹了口气，但是听得出语气隐隐约约带了几分欣慰：“你这丫头，和小遇又在一起了怎么不告诉妈妈？”

她喜欢唐遇也不是一天两天了。

当时叶珈蓝分手时说两个人还年轻，性格不合适的时候，余秋华还觉得挺可惜的。

好好的一个准女婿，就这么跑了。

余秋华眼角一弯，眼尾的皱纹都像是发了光：“也不带回家吃顿饭。”

“他太忙了。”

这是真话，唐遇确实太忙了。

能准时吃饭都是难如登天的事，更别说抽时间去家里吃饭了。

余秋华眉开眼笑地走过来，把唐遇从头到脚都打量了一遍："比前几年长得更帅了。"

唐遇唇角轻勾笑了下，"阿姨好像更年轻了。"

叶珈蓝："……"

唐遇在余秋华面前向来是个挑不出任何毛病的三好青年，他骨子里的坏全都用在了叶珈蓝身上。

三言两语下去，余秋华被他说得眼角弯得能夹死一只苍蝇。

叶珈蓝嘴角动了动，盯着两人半分钟，最后还是把到了嘴边的"姐姐"两个字咽了回去。

今天气氛太和谐，不适合提这种让人沉闷的话题。

叶珈蓝轻轻叹了口气，然后有些郁闷地低了低头。

烦，烦得要死。

叶珈蓝咬了咬唇，因为用力过重，下唇血色尽失，牙齿刚松开嘴唇，那人就凑到她耳边轻声问了句："不疼吗？"

低头一撇，叶珈蓝刚才咬唇的力道像是在自虐。

唐遇伸手握了握她有些冰凉的手指："昨天晚上没疼够？"

叶珈蓝脸一热，伸手就用力拍掉了他的手。

余秋华越看这两人越满意，她是叶珈蓝亲妈，一点也不想打扰她和男朋友亲热："今天过来本来就是想逼你带我去见见男朋友的，既然现在见到了，妈也就不多待了，诊所现在还是邻居帮忙看着呢，弯弯，你待会儿和小遇记得吃饭，妈先回去了啊。"

叶珈蓝连忙又把头抬起来："妈，我送你下楼。"

"不用了……"

叶珈蓝却已经跟了出来。

“你就这么把小遇扔下了？”

“他工作还没忙完，估计还得十几分钟呢。”

余秋华又想起刚才那个人，边下楼边转头看了眼叶珈蓝：“弯弯，刚才那个人怎么回事，怎么还被保安带走了？”

“没事，就是一个病人家属。”

余秋华也不是没在医院工作过，即使叶珈蓝说得风轻云淡，她还是一眼就看出了端倪来，她把叶珈蓝往自己身边拉了拉：“医闹吧？”

叶珈蓝眼睛不由自主地睁大了些。

余秋华一副姜还是老的辣的样子冲她摇了摇头：“闺女啊，你还是太年轻了，以后碰上这种事千万不要跟他们讲道理，他们要是会跟你讲道理还会干出医闹这种事？以后他们一进来，你就直接打电话给保安室，一般医院事故出得多，所以保安还都挺干实事的。”

叶珈蓝点点头。

她脾气好，极少碰到这种病人家属，所以一着急都忘了叫保安。

余秋华：“再不济你喊一嗓子，你们这层楼男医生这么多，小遇也在这一层吧……叫一声他们就都过来了。”

叶珈蓝没搭话。

唐遇脾气算不得好，把他叫来的话说不定还会引发血光之灾。

他今天光抱着她没动手已经是难得一见的好脾气了，叶珈蓝还没忘记上次的事情呢。

余秋华传授完经验还不忘确认：“听明白了没？”

叶珈蓝只能点头：“明白了。”

“这行就是高危高压，既然决定干下去了就得好好干，但是也不能平白被人欺负是不？”

余秋华拍了拍她的肩膀：“行了，上去吧，等小遇有时间了一起回家吃饭。”

“好了妈，”叶珈蓝笑了下，“那你回去的时候注意安全。”

把余秋华送出医院之后，叶珈蓝没再上楼，直接去了一趟保安室。

许恋也在里面，一见她进去就把她又扯了出来：“弯弯，你怎么过来了？”

“我来看看。”

她隔着门窗往里望了一眼：“里面什么情况？”

“在登记信息呢，这种不听医生话的人还来什么医院啊，干脆就在家里自医行了。”许恋撇撇嘴，转了话题，“你妈走了？”

“刚走。”

“待会儿一起去吃饭？”

“……今天不行。”

许恋一看她的表情就知道怎么回事，冲她摆了摆手：“行了，你赶紧去吧。”

叶珈蓝安抚性地抱了抱她，也没在里面多待，刚一出门就发了条微信给唐遇：【好了没？】

【去取车。】

唐遇的车一般停在地下停车场，叶珈蓝反正自己待得无聊，干脆也乘电梯下了负二楼。

负二楼是医院职工专用停车场，这个时间点车不少，叶珈蓝找到第三排的时候才找到唐遇的车。

一辆黑色的卡宴。

这种车放在北城这种豪车遍地跑的城市，再普通不过。

叶珈蓝绕着车走了半圈，刚站定就被人从身后抱住。

男人下巴上有浅浅的胡碴冒出来，蹭在她的侧脸有些痒还有些麻："胆子怎么这么大？"

叶珈蓝偏头避了避，"怎么大了啊？"

"前阵子还有个女性在停车场被劫财劫色的新闻，没看过？"

叶珈蓝好像还真没看过。

她这几天被烦得没心思看别的，现在经唐遇这么一提，她浑身一个激灵，还没从惊吓中缓过来，就又听他轻声问："我是应该先劫财，还是先劫色呢？"

叶珈蓝差点翻个白眼。

她脚抬起，还没踩到唐遇的鞋上，那人就像是知道她要做什么一样，开了后座的车门直接把她推了进去。

叶珈蓝栽到后座上，刚要起身，就又被他压住。

她听到他说："钱我不缺。"

叶珈蓝连忙伸手捂住他的嘴："色你也不缺。"

她这个动作几乎是下意识做出来的，男人温热的鼻息全撒到她的手指上，有些痒还有些烫。

叶珈蓝觉得不舒服，刚要把手抽回来就又被攥住。

唐遇握着她的手放在嘴边，轻轻吻过她的指尖，眉梢一挑，眼底艳色浓重："怎么不缺了？"

"你别乱来，现在可是在停车场。"

叶珈蓝越说越觉得不对劲儿。

现在这个情况，好像唐遇是要强迫她的变态一样。

叶珈蓝自己都觉得羞耻。

刚好这时候不远处电梯门打开的提示音响了一下，唐遇松开她的手："等我几分钟。"

他说着就要起身，叶珈蓝连忙抓住他的手：“你干什么去？”

唐遇嘴角一弯，他笑起来好看，嘴角弧度柔和，但是眼底又分明带了些凉意。他伸出手指按了按叶珈蓝的下唇：“乖乖等我。”

70

说完也不等叶珈蓝再开口，唐遇把车钥匙塞到她手里，然后起身下了车。

叶珈蓝在后座躺了半分多钟，耳边的脚步声一点点减弱，直到完全听不见她才爬了起来，从后座转移到了副驾驶上去。

谁知道唐遇去干什么了。

为了防止待会儿唐遇回来兽性大发，叶珈蓝还考虑周全地把安全带给系上了。

叶珈蓝在车里玩了五分钟的手机。

五分钟后，主驾的车门被打开，男人裹挟着外头浅淡的凉意坐了进来。

叶珈蓝转头看他：“你到底干什么去了？”

“没干什么。”

唐遇嘴角轻勾了下：“活动了一下。”

叶珈蓝不知道他的“活动”指的什么，但是这会儿看他脸不红心不跳的，只觉得越发地狐疑。她的视线从他脸上定了两秒，然后一直往下，落到他握着方向盘的手指上。

男人手指干净白皙，沾了点红色的东西。

叶珈蓝皱眉，把安全带扯开凑近了些：“手怎么了？”

伸手一摸，是红色的黏稠状液体，叶珈蓝把沾上了液体的手指凑近鼻子闻了闻：“流血了？”

她眉头皱得越发深，一把抓住唐遇的右手，刚要拽过来看看是不是哪里受伤了，手就反被他握住，唐遇半笑不笑地看她：“没事。”

“我看看。”

叶珈蓝不大相信，再要伸另一只手过去的时候，唐遇就突然松了手。

下一秒，他倾身凑过来：“看什么？”

“看……你的手啊。”

不然她还能看什么。

“别看手了。”

唐遇上半身几乎已经压在了她的身上，手沿着她的左肩下移，到手腕的时候又松开，转而轻放在她的腰上：“看点儿别的。”

叶珈蓝没敢顺着他的话问。

唐遇的语气非常不正常，暧昧又充满了暗示性。

叶珈蓝只能强行打断这个话题：“你不是想去吃饭吗？”

“不想吃了。”

话音刚落，叶珈蓝听到了一声细微的“咔嗒”声。

她开始还没听出是什么来，直到身前的束缚感减轻，她才低头看了眼。

安全带被他解开了。

叶珈蓝眼睛不由自主睁大了些，还没搞懂他要做什么，男人已经坐直了身体，利落地开门下车。

不出几秒的工夫，叶珈蓝这边的车门也被打开。

“不吃饭了？”

“吃。”

唐遇眼睫一垂，遮住眼底涌上来的深色：“等会儿再吃。”

叶珈蓝现在倒是不饿，所以也没多想。

她整理了一下衣领，不等她自己下车，手腕就被人握住拽下了车。

叶珈蓝脚下踉跄了下，还没站稳脚，后座的车门又被拉开，她再次被推了进去。

到了这会儿，她要是不知道唐遇想干什么，那就是傻得直冒烟了。

叶珈蓝反应过来，脸一热，手下意识就去推他：“这里可是停车场，有监控的，你，你别乱来。”

“监控中午坏了，明天才会修。”

“……”

唐遇面不改色地把车门关上。

后座宽敞，但是他们两人这种姿势坐着的话，就显得逼仄了不少。

车里明明没开暖风，叶珈蓝鼻子上却已经开始冒汗，她连忙坐直了身子，往另一边车门挪了挪。

她余光瞥见唐遇把眼镜摘下，然后随手搁在了一边。

叶珈蓝又往门上贴了贴。

她手伸出去，刚要摸到把手去开车门，腰就被人扣住往那边揽了过去。

叶珈蓝一口气卡到了一半，没能呼出来。

惊呼声都没出来，她就被唐遇抱到了腿上，下一秒，男人炙热的吻落下来。

这个吻来得猝不及防。

不知道是不是她的心理作用，她总觉得车里的温度极度攀升。

短短几分钟过去，叶珈蓝就被吻得头昏脑涨，她双手有些无力地攀着男人的肩膀，呼吸断断续续，上气不接下气。

唐遇的手沿着她的面部轮廓细细勾勒下去，然后从衣领伸进去，干脆又直接半解半扯地把她的衬衣给脱了下来。

叶珈蓝简直绝望：“我等会儿还得去值班呢，你轻点……”

唐遇半低着头，轻“嗯”了声。

虽然应得挺真诚，但是他好像根本没听进去，撕扯的动作半点温柔都见不到。

叶珈蓝就怕自己的衣服全都交代在他手上，眼睛追着他的手看了几秒，他随手把她的衣服扔在旁边的座位上。

再然后，他手没立刻收回来，而是去开了前排两个座椅中间的储物格，拿了两个红红绿绿的安全套出来。

叶珈蓝愣了一下，然后下一秒，手指隔着衬衣紧紧抓着他的肩膀：“你车里为什么会有这种东西？”

“景非上次放的。”

“我不信。”

什么帽子都给谢景非扣。

这又不是谢景非的车，他在车里准备避孕套干什么？

叶珈蓝嘴角一撇：“变态。”

唐遇也不反驳，凑在她耳边，边吻边开了口：“我回国那天就准备好了。”

他慢条斯理地戴好，然后再慢条斯理地进入。

“准备随时……”

男人声音低低，因为情动染上了半分的沙哑：“吃了你。”

叶珈蓝当晚还是没能去值班，她打了个电话跟许恋说，打算跟她调一下班。

许恋只以为叶珈蓝是被她那个远房亲戚影响了心情，完全不想值班，她还内疚得不行，一个劲儿地让她好好休息，值班的事就不用担心了。

挂断电话的时候，叶珈蓝觉得自己不大地道。

她这算不算是利用许恋的善良了……叶珈蓝在床上滚了几圈，良心实在不安，又给许恋发了条微信：【恋恋，不用你替我值班了，跟下午的事没关系……我就是身体不大舒服。】

【不舒服？】

许恋的消息轰炸过来：【恶心反胃犯困？】

叶珈蓝无语。

照她这意思，还不如直接问她是不是有了。

叶珈蓝：【没怀孕。】

唐遇每次都会做措施，安全套避孕概率虽然不是百分之百，但是应该也不可能像第一次一样会意外中招。

那么小的概率，被她碰上一次都属于火星撞地球了。

许恋失望万分：【哦，那你好好休息。】

叶珈蓝应了句“好”之后，就没再继续和她聊天。

现在时间不晚，才九点多，唐遇也还在医院值班。

叶珈蓝躺着无聊，又从床上爬了起来，打开电脑做了几道心理咨询师二级的题。

也不知道做了多少道，叶珈蓝把笔记本丢在一边，又睡了过去。

这一觉睡得极累。

大概是因为白天见到了余秋华的原因，晚上做梦也梦到了她和余莹。

所有人都变成了青面獠牙的怪物朝她张开血盆大口，叶珈蓝猛然从梦中惊醒。

窗帘拉得紧实，看不到外面亮不亮。

叶珈蓝嗓子干涩，呼吸声很重。

也不知道她刚才是不是喊出了声音，正盯着头顶的天花板看，就听见旁边人问了句："做噩梦了？"

"……嗯。"

叶珈蓝翻了个身，窝进他怀里："唐遇，如果，我是说如果……我妈不同意我们在一起怎么办？"

唐遇伸手揽住她："不会的。"

"还有你爸……你爸肯定也不会同意的。"

唐遇听到这几个字时猛地睁开眼："他找过你？"

叶珈蓝没出声。

她到底是没把那张支票的事情告诉他。

但是架不住唐遇心思精细，她只说了这么一句，他就知道了大概经过。

他把叶珈蓝往怀里紧了紧："他不同意也没关系。"

"万一他因为这个要跟你断绝关系怎么办？"

唐遇和徐震早就跟断绝关系差不多了，虽然还有父子这层关系在，但是平时极少有往来。

他越发觉得叶珈蓝有意思，嘴角刚弯了下，就听她又说了句："那你是不是就没钱了？"

"……"

唐遇轻轻笑了声，"我是跟我妈姓唐的。"

"我知道。"

“唐家比较有钱。”

徐震当初是入赘唐家，所以唐遇才随了母姓。

叶珈蓝点点头，可能是刚做完噩梦，脑子还不够用，似懂非懂地点了点头。

“养十个你都没问题，”唐遇摸了摸她的头，“所以你乖乖再睡一会儿。”

叶珈蓝没再吭声，周遭安静下来，她又沉沉睡了过去。

连续几天，叶珈蓝每晚都会做不同的梦。

醒来以后她记不清内容是什么，但是也能猜出不是什么好梦，因为每次醒来都处在一种疲惫的状态。

她一直觉得徐震会再来找她，然后又甩来一张空白的支票。

叶珈蓝这几日一直在琢磨徐震第一次来找她的日期，翻来覆去看了几百遍，也没能研究出什么规律来。

她心神不宁了几日，尤其是到周五的时候，叶珈蓝右眼皮狂跳。

周五下午六点钟，叶珈蓝抬手按住右眼皮：“恋恋，右眼皮跳是好事还是坏事来着？”

“左眼皮跳福，右眼皮跳灾？”

许恋话刚说完，叶珈蓝放在桌子上的手机就震了起来。

拿过来一看，上头备注两个字：妈妈。

估计是问她和唐遇明天有没有空回家的。

叶珈蓝嘴角弯了下，眼底的光微微一亮，接听之后还没来得及说话，那头余秋华的声音就传了过来：“弯弯，你今晚回家一趟。”

“妈，我今晚值班……”

“那就请假，”余秋华强硬得不容她拒绝，“你自己一个人回来就行，不要叫唐遇。”

71

本来余秋华说第一句话的时候，叶珈蓝还没觉得什么。

这会儿第二句话一出来，她就立马发现了不对劲儿，呼吸滞了下，急急开口问道：“妈，有什么事吗……”

“你回来再说。”

那边余秋华声音平静，听不出多少多余的情绪。

话音落下，不等她再说话，余秋华已经把电话挂断。

叶珈蓝右眼皮又不受控制地跳了下。

许恋看她表情不对，小声关切地问了句：“怎么了，弯弯？”

“我妈叫我晚上回家一趟。”

“家里有事吗？”

叶珈蓝点点头：“我妈没跟我多说。”

她现在心思乱得不行，什么都不想干，但偏偏又得逼着自己去干点别的转移注意力。

越干越乱。

收拾东西的时候差点把杯子碰倒在地上，织围巾的时候针几次都戳到了手指，针尖虽然不算尖锐，但是猛地被戳到还是很疼。

几次之后，叶珈蓝被扎到的食指都有些红肿，她干脆也不硬转移注意力了，丢了毛线，捂住眼睛靠在了椅背上。

许恋看着她做了一系列动作，最后竟然安安静静地靠着椅子不肯说话了，她放心不下，过来摸了摸额头："没哪里不舒服吧？"

叶珈蓝摇头。

"你也别着急，既然你妈没叫你现在立刻回去，说明不是太着急的事……"

叶珈蓝还是摇头，她基本上知道余秋华叫她一个人回去是因为什么事了。

这事是不着急，却是一件无比重要的事。

但是许恋不懂。

叶珈蓝也没跟她多说，呼了口气才把手从眼睛上拿下来："恋恋，今明两天的晚班我们换一下吧。"

"没问题，你放心去就行了。"

叶珈蓝头微微低下，嘴角轻牵了下。

她不放心，根本放不下心。

叶珈蓝在医院度过了一个异常难挨的下午。

一到六点半，她就收拾好东西跟许恋打了声招呼下班了。

本来以为是办公室里空气不大流通所以闷，一出来才发现外面也是同样的闷。

比在办公室更恶劣一点，不仅闷，而且冷。

叶珈蓝站在街边等出租车，趁着这几分钟的工夫抬头看了眼，太阳早就看不见影子了，头顶天空阴沉沉的，大有风雪欲来的架势。

她再低头看了眼手机屏幕正中央的日期。

今年也马上要过去了。

北城入了冬之后，天气越发地干冷，这几天直接低到了零下十几度。

叶珈蓝手在外面放了没几分钟就冻得有些僵，她把手机放回口袋里，伸手搓了搓手指，刚好一辆出租车停下，她打开车门坐到了后排。

路上有点堵车，半小时后车停在余秋华的小区门口。

叶珈蓝付钱下车，进小区之前给余秋华发了条消息：【妈，我到家了。】

余秋华的消息马上就回复过来：【嗯，你先在家里待会儿，我马上从诊所回去。】

刚要把手机装回口袋里，微信又多了一条消息。

是唐遇发来的，就几个字——

【晚上想吃什么？】

他平时说话简单，发消息更简单，像是多打一个字就会浪费了他宝贵的时间一样。

叶珈蓝盯着这几个字看，嘴角弯了弯，眼眶却热了又热。

幸亏今天天冷，冷空气袭来，她眼眶稍微睁大了些，眼底的热意就被降了温。

因为冷，叶珈蓝打字打得极慢：【我晚上有事，你记得吃晚饭。】

隔了几秒，那头人应了句：【好。】

叶珈蓝这才收了手机，眨眨眼，快步走进小区。

家里平时就余秋华一个人住，所以面积不大，只有两室一厅外加厨房厕所。

叶珈蓝进屋之后先给自己倒了一杯满满的热水，她双手捧在手心里小口小口地喝，喝到一半的时候，门被人打开。

门口有动静传来，叶珈蓝转头看了眼：“妈。”

“嗯。”

余秋华叹了口气：“吃晚饭了没？”

“还没。”

“我给你煮碗面，先凑合吃一下吧。”

“不用了妈，”叶珈蓝把杯子从嘴边拿下，手指握紧了杯壁，“先说事吧。”

不说完事她也没心情吃东西。

余秋华看了她一眼，随后把拎回来的包随手搁在了玄关处的鞋柜上：“今天上午唐遇爸爸来找我了。”

“……”

叶珈蓝握着杯子的手收得越发紧，眼睛一眨不眨地看着余秋华。

“他跟我说了和你姐姐的事。”

过了大半天了，余秋华情绪早已经平静下来，她的表情甚至跟平时没多大区别，就是说话的语气太没有情绪：“弯弯，你是不是早就知道了？”

“……嗯。”

余秋华又叹了口长气。

意料之中的答案。

怪不得当时她和唐遇会分手，和好以后又迟迟不肯告诉她。

余秋华走过来，在另一面沙发上坐下：“你怎么想的？”

“妈……我知道是唐遇的爸爸间接害了我姐，但是这些都跟唐遇没关系……”

“怎么没关系？”

余秋华目光犀利地看过来：“我现在一想到唐遇，就会想到你姐姐。”

叶珈蓝低下头，盯着手里的杯子看了眼，里头的水纹一点点漾开，她的视线越发模糊。

余秋华见她不说话，也沉默下来。

两人相对而坐，也不知道过了多久，叶珈蓝才抬了下眼："妈，那你想让我怎么办？"

余秋华嘴巴动了动，竟然就真被她问住了。

她以前觉得叶珈蓝年纪不小了，应该早点结婚，但是现在结婚对象都有了，她又不希望她结了。

可是叶珈蓝现在已经成年了，她有决定自己未来的权利。

余秋华叹了口气："怎么办都得你决定，但是这段时间就先别带唐遇回家了……我现在没办法看到他。"

以前不知道这些事的时候，她只当唐遇是自己好友的孩子，加上他长得又好看，所以余秋华也是打心眼里喜欢他的。

不过现在一切都不一样了。

她虽然做不到一竿子就把唐遇的好全都打死，但是一时半会儿也接受不了他是害她女儿的男人的儿子这个事实。

余秋华疲惫地起身："如果你们要结婚的话，也暂时别让我知道了。"

叶珈蓝没再开口，她眼睫低垂着，好半晌才把杯子放到茶几上，起身出了家门。

走出小区的时候，外面天已经完全暗了下来。

路灯光线晦暗寡淡，可见度不高。

叶珈蓝给苏锦珂发了条消息：【珂珂，晚上有空没？】

一刻钟后，苏锦珂把车停下的时候，一眼就看到坐在公交牌底下石凳上的女人，正微低着头不知道在干什么。

苏锦珂连忙跑过去把她拉起来："姐姐，你坐在这里不嫌冰是吗？"

叶珈蓝抬了抬眼，不等她说完，扑过去一把抱住了她，开口的时候声音微微哽咽："珂珂……"

"怎么了啊？"

苏锦珂回抱住她："不舒服还是怎么？"

她本来以为叶珈蓝是和唐遇吵架了，可是再一看这地方，分明是余秋华的住处，苏锦珂试探性地问了句："跟你妈吵架了？"

叶珈蓝半真半假地应了声："嗯。"

"没事儿，亲母女哪有隔夜的仇啊，过几天就好了啊。"

苏锦珂伸手去摸叶珈蓝的手，摸到了一手的冰凉，连忙边说边把叶珈蓝塞进了车里。

叶珈蓝今晚情绪不好，被苏锦珂带到她家之后，从冰箱里拿了好几罐啤酒出来。

她喝得多，而且猛，还没半个小时就软成了一摊泥倒在沙发上。

手机铃声响起，还是苏锦珂替她接的电话："喂？"

那头的人轻而易举就听出接电话的人不对，静了几秒之后才说了句："我是唐遇。"

"我知道……"苏锦珂看了眼叶珈蓝，"弯弯喝醉了，现在接不了电话。"

她和唐遇没什么好说的，几句下去之后刚要挂断电话，手机就突然被叶珈蓝抢了过去，因为喝的酒实在太多，她话都说得不太清楚，卷翘音不分："遇遇……"

那头也不知道说了什么，叶珈蓝嘴角一扁，声音弱了好几个度："我好想你。"

苏锦珂目光一凝，怔了下。

以前叶珈蓝喝醉酒之后也会对着电话说这四个字，苏锦珂当时只当她是醉得不清醒了，没想到这四个字前面是有个特指名词的。

说完这四个字，她就又倒在沙发上，彻底睡了过去。

苏锦珂拿过电话的时候，那头的人还没挂断。

她低头瞥了眼抱着抱枕睡觉的叶珈蓝，尽量放轻了声音："唐遇，你一定要对弯弯好。"

那头沉默。

好半晌，男人才轻轻应了声："好。"

叶珈蓝第二天请了半天的假。

下午到了医院以后就研究起下一周的值班表来，她研究了整整半个小时，最后发了条微信问苏锦珂：【珂珂，下周有时间没？】

【周几？】

【整周。】

苏锦珂差点被她吓到：【你要干什么？】

【想回南城一趟，这几天心情不大好，打算去放松放松。】

【你怎么不跟唐遇一起去。】

【他没空。】

【……】

她就不该问，苏锦珂翻了翻日程表：【行吧，我把时间挪一下。】

叶珈蓝这才放下心来去找主任请了几天的假。

精神科的优势一下子就显露了出来，请假被批准的概率比其他科室高了不是一星半点儿。

叶珈蓝拿了假条回办公室，坐下之后一条条地整理病历，整理到一半以后，她抬头看了眼许恋："对了恋恋，你那个远房亲戚呢？"

"啊，他回老家了，"顿了几秒，许恋又加了句："前几天被人打了一顿，觉得在北城不安全。”

72

因为觉得在北城不太安全，所以就回了老家。

这个理由完全说得过去。

叶珈蓝点了点头：“什么时候的事？”

“就前几天，具体周几我也不记得了。”

“被谁打了啊？”

“他也不知道是谁……”

叶珈蓝觉得诧异：“白天？”

“傍晚吧，就在我们医院的地下停车场。”

“……”

毫无疑问，这是一个重要提示。

许恋说到这里，叶珈蓝心里基本猜出了个七七八八，但她还是旁敲侧击地问了句：“他没看见打他的长什么样吗？”

许恋像是想到了什么好笑的事情，“扑哧”一声笑了出来：“那人打他之前把他眼镜给摘了，他八百度近视，眼镜一摘就什么都看不见了，别说长什么样了，他连打他的是男是女都不知道。”

叶珈蓝嘴角扯了下。

怪不得唐遇那天手上沾了血，敢情是干坏事去了。

这次他倒是有了技巧，知道在没监控人又少的地方，叶珈蓝也不知道该说他智商高还是心思坏。她把视线收回来，继续整理病历资料：“严重吗？”

“不严重，就是外伤，养几天就好了。”

“那孩子……他们怎么办了？”

“回家前本来还不肯拿掉，我爸妈还有几个亲戚都轮流去劝了，人家就是不听，”许恋耸了耸肩，“可能是命吧，他老婆身体不好，本来就有习惯性流产，又是个精神有问题的，一个没看好，出去的时候被台阶绊了一下，孩子就这么掉了。”

许恋：“有句话怎么说来着，苍天有眼。”

虽然这话说着不好听，但是还挺有道理。

叶珈蓝笑笑，没接话。

许恋看她一眼，又道了句：“不过我还挺好奇打他的人是谁，这么厉害，打完人后半点证据都不留。”

叶珈蓝：“……”

她垂了下眼，给当事人发了条微信：【你前几天是不是干坏事去了？】

五点半。

叶珈蓝记得唐遇下午有台手术，这会儿应该还没做完，半小时过去也没回她消息。

半小时过去，她把病历整理得差不多了，关上电脑，然后又把桌子上放着的文件收好放进抽屉。

全都整理完毕之后，还没到下班时间。

叶珈蓝干脆一条条地给唐遇发起了消息——

【我明天跟珂珂回南城玩几天，不要想我。】

【不，记得想我。】

【我不在的日子，记得按时吃饭。】

【不工作的时候早点休息。】

【还有就是，不许看别的女人。】

发完之后，叶珈蓝从头看一遍，觉得不大对劲儿。

明明就是去放松几天，结果被她搞出了一种类似分手前的临别感言。

叶珈蓝手指按在最后一条的聊天框上，刚要把后面几句都撤回，唐遇的消息就回了过来：【来我办公室。】

【干什么？】

【过来就知道了。】

叶珈蓝没再多问，拿好手机起身："恋恋，我先回去了。"

"好，注意安全。"

叶珈蓝出门，走了几步之后停在隔壁科室门口。

门开着一条缝，从外头听不出里面的任何声音来。

叶珈蓝怕办公室里有别人，进去之前特地敲了下门，等里头传来一声"进"之后，她才把门完全推开。

办公室里就唐遇一个人。

他背靠着椅背，闭着眼，脸微仰对着头顶的灯，听见推门的声音才睁开眼转头看了眼。

叶珈蓝掩上门走过去："刚做完手术？"

"嗯。"

在手术室里待了大半天，唐遇眼睛有些疲劳，这会儿都觉得办公室的灯光有些刺目，他抬手遮了下："打算去几天？"

"请了一周的假，打算去个四五天吧。"

叶珈蓝走到他身后，抬手搁在男人太阳穴的地方，轻轻按了起来："我刚才跟你说的你记住了没？"

唐遇眉头渐渐松开，嘴角一勾："什么？"

"记得按时吃饭。"

唐遇轻哂一声："好。"

"注意多休息。"

"嗯，"唐遇眼睛微微睁开，眼底光亮乍现，"还有呢？"

"还有，"叶珈蓝顿了几秒，还是说了出来，"不许看别的女人。"

刚说完，她就听见男人轻哂了一声。

叶珈蓝手指一僵，还没来得及再继续给他按摩，那人靠着的转椅轻转了下，然后搂着她的腰把她抱到了腿上。

唐遇抬手拨开她耳边的发丝："这么不放心我，还去这么长时间？"

……这么长时间？

满打满算，最多也就一周。

到底是哪里多了。

叶珈蓝这种姿势坐在他腿上，唯恐一个不小心就跌了下去，她连忙抬起胳膊环住唐遇的脖子："我要去放松一下。"

唐遇脸微微侧开，眉梢一挑，眼底的光暗了暗。

叶珈蓝这几天的状态不大对，他看得出来。

而且他基本能猜出导致她状态不好的原因来。

除了余秋华，不会再有第二个人了。

唐遇唯一庆幸的是叶珈蓝在她面前还算正常，没有过分热情，也没有半分的冷淡。

就跟平时一样，好像这些外来阻力都不存在一样。

唐遇求之不得。

他拉起叶珈蓝的左手，一根根细细摩挲过她的手指，到无名指的时候，他拇指在她纤细的指节上轻轻碾过："明天到了记得给我打电话。"

"好。"

“每天都要给我打电话。”

叶珈蓝没忍住在他肩膀上轻掐了下：“你怎么不给我打？”

男人轻声笑，偏头在她侧脸上轻吻了下：“我今晚值夜班。”

“……哦。”

唐遇握着她的手指一根根掰开，从大拇指到小拇指，最后又从小拇指转回去，到中指的时候停下。

“按八天算的话，一晚三次……”

叶珈蓝本来嘴角还挂着笑，结果一听到他的话，立刻就抿直了嘴：“闭嘴。”

她从唐遇腿上跳下来：“流氓……我回家收拾东西了。”

叶珈蓝说完转身就走，唐遇唇角弯了下：“裙子。”

“……”

叶珈蓝把裙子拉下，整理好之后头也不回出了门口。

唐遇呼了口气。

刚才哪里算得上流氓，还有更流氓的，叶珈蓝没注意到。

他有反应了。

就因为刚才抱了她一下。

唐遇扯扯嘴角，抬手把衬衣领口扯开两颗，然后起身去了洗手间。

叶珈蓝和苏锦珂坐火车去的南城。

北城距离南城远，坐火车过去要一天一夜。

但是因为是过去放松的，她们两个也就没太赶，就当是欣赏沿路的风景了。

两个人都请了一周的假。

来回途中耗费两天的话，在南城的时间只剩下四天多。

四天时间，叶珈蓝和苏锦珂去了学校一趟，然后又去了以前家里住的地方。

两家人早在前两年搬到北方居住的时候就把在南城的房子卖了出去，现在再过去一看，早已经住上了新的人家。

第二天晚上的时候，叶珈蓝经过家附近的路灯，突然就想起她和唐遇第一次接吻就是在这个地方。

马路对面的蛋糕店还开着，规模比以前大了好几倍，这会儿灯火通明。

两人进去买蛋糕准备当作夜宵，苏锦珂中途碰上了一个同班同学，这会儿还在蛋糕店跟她叙旧。

叶珈蓝不认识那人，加上甜品店的音乐她不喜欢听，所以先一步出来了。她穿过一条马路，坐在了路灯底下的一排木椅子上。

路灯早已经不是以前那个路灯，灯光明亮了不少，暧昧的气氛大不如前。

叶珈蓝把装蛋糕的盒子放到一旁的椅子上，然后拿出手机给唐遇发了条微信：【你猜我在哪里？】

南方不比北方冷，温度虽然要高一些，但是空气湿冷，叶珈蓝把高领毛衣的领子往上扯了扯，然后拢了拢大衣。

唐遇这次回复得尤其快：【在哪里？】

【你猜嘛。】

【在我第一次吻你的地方。】

叶珈蓝觉得他简直神了，兴奋地戳键盘的时候还戳错了几个字：【你怎么知道？】

【猜的。】

【猜对了。】

叶珈蓝拿起手机对着对面的甜品店拍了张照片给他发过去：【这家店居然还开着。】

毕竟是女孩子，一回忆到美好的过往，话要比平时多出来不少，叶珈蓝手就没停下来过：【我那次还送了你戒指……我以前都没见过女生送男生戒指的。】

【那戒指花了我四千多呢，我把我爸给我的压岁钱都拿出来了一半。】

叶珈蓝把自己说得无比可怜。

说了一通之后，那头毫无反应。

叶珈蓝：【？】

还是没有反应。

【怎么不说话？】

叶珈蓝还以为唐遇是中途又被主任或者病人叫走了，刚打算放下手机过会儿再看消息的时候，手机震了一下。

唐遇的消息没发过来，苏锦珂的消息倒是发来了一条：【弯弯……我好像看见了一个熟人。】

叶珈蓝：【谁啊？】

【你站起来看。】

叶珈蓝不明所以地站起来。

苏锦珂在对面，所以她下意识就往对面看了眼，结果除了甜品店的灯根本看不到别的。

叶珈蓝又看了眼手机，还没来得及问她，就突然被人扯住胳膊转过了身去，下一秒，她被人抱了个严严实实。

男人身上还带着深冬的凉意，但是叶珈蓝觉得温暖得不行，她一愣，声音颤了下，眼泪差点掉下来：“……遇遇？”

这种感觉对于叶珈蓝来说，比他乡遇故知、久旱逢甘霖都好……比所有事都要好。

路灯光线明明比以前更亮了，杆子上也多了许多繁杂的花纹，除了这条路什么都跟以前不一样，但是叶珈蓝又分明有种时光倒流的错觉。

她伸手回抱住他："你怎么过来了？"

唐遇的吻落在她的头发上："想你啊。"

叶珈蓝把整张脸都埋进男人怀里："我的意思是，你今天不是要上班吗……"

还没说完，唐遇就"嗯"了一声："跟同事换了一天班。"

他连续两晚睡眠不足，刚才又坐了几个小时的飞机，抱着叶珈蓝就不想动。

唐遇不说话，也不乱动，就安安静静地抱着他。

叶珈蓝被他抱了几分钟后，才想起对面的苏锦珂来。

她耳根一热，虽然他们也没在大庭广众之下做什么出格的事，但是公然虐狗毕竟不大好，叶珈蓝推了推他："珂珂还在，你先放开我。"

话音刚落，都不用她重复第二遍，唐遇的手就应声松开。

男人站直了身体，他长得高，路灯光打过来，把他的身形勾勒出了亮亮的一圈。

他的手在叶珈蓝胳膊上停了几秒，然后，替她拢紧了大衣的领子。

唐遇动作细致温柔，半低着头，视线落在她的衣领上："冷吗？"

叶珈蓝摇头："不冷了。"

刚才被他抱了几分钟之后，现在就不觉得冷了。

耳边这时候刚好有脚步声响起，苏锦珂的声音传过来："真巧啊……”

唐遇偏头看她一眼。

苏锦珂声音一顿，抬头望了望天：“……今天天真冷。”

某人的眼神比天更冷。

她刚才在对面的甜品店门口的时候还不敢确定看见的是不是熟人，还没和叶珈蓝确定完，这俩人就抱在了一起，完全把她当成了空气。

不，比空气更可怕。

空气至少是真实存在的，他们直接当她不存在了。

苏锦珂觉得现在如果下场雨，那绝对是她心里的眼泪。

她今天，不仅要在外面受冻，还要被迫吃狗粮。

苏锦珂视线转来转去，从天上转到了地下，然后才又看了那两人一眼：“那个，你们继续？”

叶珈蓝瞪了她一眼：“回去吧。”

三人行，必有灯泡。

苏锦珂连忙摆手：“宾馆就在前面，我先回去了。”

“今晚月色这么好，你们两个多赏一会儿。”

“……”

苏锦珂说完，已经拉上围巾转了身。

她急于远离这个是非之地，所以步子迈得快，很快就到了前面一个路灯下面。

叶珈蓝转头看着她。

最近女孩子出事的多，她不大放心苏锦珂一个人回去。

宾馆确实就在前面一百来米的地方。

直到苏锦珂进了宾馆的大门，叶珈蓝才松了口气，她把头转了回来，然后在地上跺了跺脚：“你什么时候回去啊？”

“怎么，”唐遇反问，“我刚来，就开始催我回去了？”

叶珈蓝嘴角翘了翘。

她明明不是这个意思。

唐遇把她扎进毛衣领口的头发挑了出来：“弯弯。”

叶珈蓝抬眼，目光刚好和他的撞在一起。

男人眼神深邃专注，眼底星光点点，叶珈蓝突然就不想转开视线，怔怔回了声：“……嗯？”

她盯着唐遇看了半分钟，感觉到他的手从她肩膀的发丝上移开，落到她的后颈，然后往前一按。

他低头吻了下来。

叶珈蓝眨了眨眼，眼底似乎泛起了一层水雾。

同一个地方，同一个人。

时间一晃而过，原来竟然已经过了近十年了。

叶珈蓝闭上眼睛，踮起脚尖回吻他。

唇舌交缠，这个吻由深及浅，唐遇最后用舌尖细细地勾勒她的唇形，开口时声音微微有些迷糊，但是叶珈蓝还是听见了。

他说的是：我们结婚吧。

叶珈蓝眼睛这才睁开来，她这会儿几乎整个人挂在唐遇身上，盯着他的眼睛看了几秒，刚要说什么，唐遇本来搁在她腰上支撑她站着的手微微松开。

她连忙又扯住他的衣服。

唐遇从她唇上移开，又重复了一遍：“我们结婚吧。”

PART 12
叶·小骗子·珈蓝

叶珈蓝没后悔，但是唐遇后悔了，后悔那么干脆地答应了和她分手。

所以，他回来了，回到了她的身边。

73

叶珈蓝比谁都想答应，但是余秋华一天不同意，那个“好”字她就一天说不出口。

她嘴巴张了张，半晌也没发出声音来。

唐遇似乎也不介意，他半低着头，拉过她的手微微抬起，然后右手伸进口袋，拿了个蓝色的丝绒盒子出来。

叶珈蓝呼吸一滞。

她又不傻，一眼就知里面装的是什么。

叶珈蓝视线半分都移不开，眼睁睁地看着那人漂亮的手指优雅地打开盒子，然后拿了枚戒指出来。

戒指上的钻石不小，但也不算太大，在灯光的照射下亮得晃人眼睛。

唐遇轻轻分开她的手指，一点点地把那枚钻戒往她的无名指上推：“本来应该再正式一点儿……”

他抬眼看她，把戒指一推到底：“但我等不及了。”

“遇遇……”叶珈蓝手指动了动，“我妈……”

她顿了顿，还是没再瞒着他：“我妈前几天找我了。”

唐遇早就猜到了，他点了下头，等她继续说。

"我妈知道我姐的事了。"

剩下的话不用再多说，她知道唐遇会懂。

果不其然，唐遇点了点头："所以你又要跟我分一次手吗？"

他脸上表情淡然，语气也听不出什么起伏来，但是叶珈蓝怎么听怎么看都觉得是暴风雨前的宁静，她一着急，伸出手去主动抱他："我没有。"

"我妈不同意……"叶珈蓝声音开始哽咽，鼻音重了些，"我会让她同意的。"

"唐遇，你等我好不好？"

唐遇揽住她的腰："别哭了。"

怀里女人的肩膀轻颤，隐隐约约还有细微的抽泣声。

唐遇无奈地轻叹了口气："我等你。"

反正都已经等了这么多年了，也不差这一时半会儿。

以前他和叶珈蓝刚分手的时候，跟他关系近的基本都问过他为什么不找女朋友。

唐遇每次都不答。

久而久之，其他人也猜到了其中原因。

他是在等一个人。

等她后悔和他分手。

叶珈蓝没后悔。

但是他后悔了，后悔那么干脆地答应了和她分手。

所以，他回来了，回到了她的身边。

两人前一晚近十点才回的酒店。

与其说是酒店，还不如说是一家卫生还不错的小旅馆。

唐遇应该没住过这种地方，从一进门嫌弃的表情就没从脸上下去过。

不过时间不早了，他也没开口提重新找一家好的地方住，将就住了一晚。

宾馆的墙隔音效果不大好，半夜的时候隔壁一直吱呀吱呀在响，叶珈蓝又羞又热，翻来覆去半天也没睡着。

她索性滚到旁边男人的怀里："唐遇……"

唐遇声音不大："怎么了。"

叶珈蓝不信他没听见那种奇怪的声音，轻咳一声问了句："隔壁好像有声音。"

"什么声音？"

"……"

叶珈蓝不说话了。

唐遇也不再开口，手指挑开她的睡衣钻进去："想要？"

"没有。"

她的睡衣扣子已经被解开，唐遇轻声笑了下："小骗子。"

叶珈蓝呼吸不稳，但还记得问他正经的："你什么回医院啊？"

"明天。"

"上午还是下午？"

"上午。"

也就是说，他睡醒就要去机场。

"那你过来到底是干什么的？"

"我现在在干什么，你还不知道吗？"

"……"

叶珈蓝踢了他一脚："那你应该早点睡。"

男人声音越发地轻，喘息声微重，他声音发哑："做完就睡。"

叶珈蓝也不知道自己什么时候睡着的。

反正她第二天醒来，身边的床已经空了。

叶珈蓝手机上有条消息，是唐遇的，就五个字：【我先回去了。】

他来去匆匆，仿佛昨天的一切都没发生过，全是叶珈蓝臆想出来的一样，只有手上那枚戒指提醒着她所有的都是真实发生过的。

叶珈蓝回了条微信，然后收拾好东西，敲门声刚好响起。

她把头发随意扎起来，起身过去开门。

苏锦珂就在外面站着，她伸着脖子往里看了看："唐遇呢？"

叶珈蓝："走了。"

"这也太快了吧。"

叶珈蓝不置可否。

"所以他昨天到底是为什么来的？"

为什么来的……叶珈蓝抬起手指在苏锦珂跟前比了比："为了这个吧。"

74

叶珈蓝手上那枚钻戒的杀伤力实在太强。

苏锦珂平白无故就遭受了重击，接下来几天都没敢提唐遇这个人。

五天后，两人从南城火车站坐车返回北城。

上车的时候是傍晚，叶珈蓝一路睡了大半的车程，醒来的时候天刚蒙蒙亮。

车厢里其他乘客打鼾的声音此起彼伏，还有隐隐约约小声谈话的声音，夹杂在一起，叶珈蓝就再也睡不着了。

她打开手机看了眼时间。

早上六点多。

距离到北城还有大半天。

隔壁的苏锦珂还在睡着，叶珈蓝轻手轻脚地从包里翻出洗漱用品，去洗手间整理了一下。

回来以后叶珈蓝也没再躺下，拿出手机刷了刷微博，然后又看了眼微信群。

因为出来的意义就是放松，叶珈蓝这几天压根没怎么看过群里的消息，这次一看，倒是刷出不少的消息来。

大多是吐槽工作上碰上的奇葩患者和工作强度大的。

叶珈蓝翻了十来分钟，也没见唐遇在里面说过一句话。

七点半的时候，叶珈蓝给他发了条消息：【起床了没？】

那人回复得也快：【刚准备睡。】

不等她问，唐遇就自己解释了句：【昨晚路北区有一起车祸，受伤的人很多。】

叶珈蓝：【怎么回事啊？】

【这两天下雪，可见度低，路上的雪清扫得也不及时，已经出了几次事故了。】

叶珈蓝知道他又忙了一晚上，也不再打扰他消息，勒令威胁道：【赶紧关机睡觉。】

手机那头，唐遇嘴角牵了牵。

干他这行的，哪能随随便便就关机。

不过他也没多说别的，特别配合地应了声“好”之后。

叶珈蓝这才关了微信。

火车开到了华东地区，天气明媚，完全没有下雪的迹象，再打开天气预报一看，北城这几天果然连续降雪，包括今天也是中雪转大雪。

叶珈蓝光看上头的数字都觉得冷，连忙退了出来，抱着手机又躺下眯了一会儿。

火车开得还算稳，一到北方，外头就是一片雪白。

放眼望去，满眼都是皑皑白雪。

苏锦珂刚从洗手间洗漱完回来，她睡得不好，这会儿还打了个呵欠："雪这么大啊。"

叶珈蓝趴在窗户旁边，看着外面飞速掠过的雪景，"嗯"了声："真大。"

苏锦珂一屁股坐下，哀号道："早知道我就带件羽绒服了。"

叶珈蓝转头看她一眼："我带了两件。"

"……"

"真细心。"

叶珈蓝唇角一撇，笑眼弯弯："唐遇提醒我带的。"

"……"

苏锦珂觉得，她特地腾出时间陪叶珈蓝出来玩就是个错误，她抽了几张纸攒成团扔过去："闭嘴叶珈蓝，你是狗吗？"

"你是狗才对吧？"

"……滚蛋。"

因为天气不好，她们坐的这趟火车还晚点了一个小时。

到北城的时候已经接近下午三点。

一下火车，外面的冷空气直直吹过来，四面八方地从衣服的缝隙间往里钻。

叶珈蓝吸了吸鼻子，打了个喷嚏出来。

头顶的天空阴沉沉的，雪和霾都有，可见度确实不高。

刚出火车站，苏锦珂手机就来了一通电话，她哆嗦着手指头放在耳边接听。

那边也不知道说了什么，苏锦珂应了两声之后挂断电话，转头看向叶珈蓝："弯弯，我三点多有个高三生的心理辅导，现在得过去，你自己回去行吧？"

叶珈蓝点头："你赶紧过去吧。"

"记得打出租车，把车牌号和定位都发给我，"苏锦珂最近被频繁出的事故吓得不轻，叶珈蓝又长得漂亮，她不太放心得下，"到家以后记得给我发条微信。"

"行了，赶紧过去吧，"叶珈蓝看了眼前地上铺的一层雪，"你开车的时候注意安全，别太着急。"

苏锦珂拍了拍她的肩膀，这才小步蹭着下了台阶。

天气恶劣，即使在火车站，出租车也不大好打。

叶珈蓝站了有十来分钟，最后连手指头都冻得有些僵了才拦下了一辆出租车。

出租车司机是个中年男人，操着一口地道的北方口音："姑娘去哪里啊？"

叶珈蓝报了家里的地址。

报完之后，她给苏锦珂和唐遇都发了条实时定位。

前者给她回复了个 OK 的表情。

后者直接把电话给她打了过来，叶珈蓝坐在后座，一手插在羽绒服口袋里，一手拿着手机接听："今天休息吗？"

“嗯，晚上再去医院。”

唐遇声音有水声响起，几秒钟又停下：“我去接你？”

“不用了，我已经坐上出租车了。”

叶珈蓝说着轻叹了口气：“本来还打算回家经过医院的时候，去看看你……”

“别回家了，”男人轻声笑，“来我家。”

叶珈蓝低头看了眼左手上的戒指：“不去，我要回家睡觉。”

“来我家也能睡。”

“……”

去他家她还睡个屁。

叶珈蓝在火车上睡的时间虽然不算短，但是睡眠质量不大好，所以现在整个人都处在疲惫的状态。

她抬手按了按太阳穴，轻声抱怨：“坐火车好累啊。”

“来我家，我让你舒服。”

“你能不能正经点儿？”

“能啊，你来我家我就正经了。”

“……”

这人半句不离“来我家”三个字。

叶珈蓝嘴张了张，有句话就要脱口而出，一瞥见前面还有个司机师傅又生生咽了回来，她呼了口气：“我要挂了。”

“等等。”

叶珈蓝手指悬在挂断键上，没有落下去。

她等着唐遇继续说，结果过了半分多种，那边的人也没有声音。

叶珈蓝没忍住问了句：“怎么了？”

“跟我说会儿话。”

叶珈蓝皱了下眉，开始还没搞懂他的意思，反应了几秒才明白过来。

他大概是不放心她一个人坐车，所以才想听到她的声音。

叶珈蓝打开朋友圈，咳了一声清嗓子，一条一条地念了起来——

“今天来的病人阳……”

阳痿。

叶珈蓝顿了下，手指上滑了下，换了一条重新读：“又见证了一对情侣从吵得不可开交要分手到和好骂我乱掺和历史……”

她普通话标准，每句话的咬字都极清楚，读了几条之后，那人突然开口打断她：“弯弯。”

叶珈蓝话音一顿：“怎么了？”

“我想听——”

“听什么？”

男人声音渐渐低下来，暧昧又蛊惑：“听你叫床。”

“唰”的一下，叶珈蓝全身的血液都开始往脸上冲。

唐遇这话虽然不是在她耳边说的，甚至隔着电磁波从手机里传出来的时候味道都弱了几分，但是这丝毫不妨碍她脸红。

叶珈蓝庆幸自己耳朵好使，所以平时听筒音量调得不大，车里的其他人听不见，但她还是做贼心虚地捂了捂手机：“你能不能别——”

话还没说完，外面“砰”的一声巨响之后，前面司机突然来了个急刹车。

叶珈蓝甚至还没来得及抬眼看清前面的情况，身子就往前撞了过去。

虽然上车的时候系好了安全带，但是抵不过冲力太大，她一头撞向了前排座椅，痛感还没传来，她眼前一黑就晕了过去。

另一边，唐遇握着手机的手指一僵，嘴角的弧度倾了不到几秒就又被他抿直，几秒后，他才开口问了句：“弯弯？”

那边没人回他。

只有嘈杂的人声响起，证明这通电话还没有被挂断。

唐遇手指收紧，指骨微微泛白，因为用力过度，手背上的青筋清晰可见。

他面无表情地把电话挂断。

不出三秒，他手机又进来一通电话，刚一接听，里头的男声就传了过来：“唐医生你可算接电话了，刚才医院接到电话，附近的路段发生了一起追尾车祸，现在救护车已经过去了……”

不等那头说完，唐遇就应了句：“我马上过去。”

挂断电话一看微信，叶珈蓝分享的定位还在上头挂着。

位置刚好就在医院附近。

这种感觉，仿佛是身上的力气被一点点地抽走，房间里明明开足了暖气，但他居然觉得有点冷了。

如坠冰窟的冷。

唐遇用了最快的速度赶到了医院。

他无比冷静地换了无菌手术服，刚从科室出来，有个同事就迎面走了过来：“唐医生……”

唐遇戴上口罩，“情况怎么样？”

“严重的有六个人，三个骨折，三个颅骨碎裂，颅内大出血……”

男医生越说声音越小：“我刚才过来的时候，听见她们说叶医生也在里面……”

“手术室已经安排好了吗？”

“只有第三手术室是女病人，其他都是男病人……”

他说的已经够明显了。

唐遇眼神暗了暗，他“嗯”了声，抬脚下了楼。

第三手术室外的灯亮着。

唐遇到门口的时候，刚好和过来的吴主任撞上。

他脸上没什么表情，因为戴着口罩，他眼神显得更冷，吴主任一把拽住他：“小唐，你不能进去。”

唐遇微微皱眉。

吴主任过来的时候，已经听他们说了情况。

知道叶珈蓝也在这起车祸中受了伤，现在一看唐遇这样，已经猜到里面的人是叶珈蓝，他面色严肃：“以你现在的状态，别说进去给小叶手术，给谁手术都不合适。”

75

唐遇眉头拧得越发深。

他平时情绪极少外露这么明显，但是今天明明白白都表现在了脸上。

吴主任无论如何都不可能放心他这时候上手术台，他知道唐遇这时候心里不好受，微微放缓了语气道：“昨天就忙了一晚上，现在再去休息会儿。”

唐遇微垂了下眼睫：“让我来。”

“不行，”身边的医生护士一个个地往里面进，个个神色匆匆，吴主任瞪他一眼，“唐医生，你忘了医院的规定了吗？”

像是为了提醒他，吴主任特地强调了“医生”两个字。

唐遇没说话。

他当然没忘，医院规定了患者的大型手术现场不允许医生家属动刀，不仅不让碰刀，连手术室都被禁止进入。

吴主任叹了口气，他把口罩戴好：“你进去会影响我们，放心吧……我们肯定会尽全力的。”

“还有，”吴主任话音一顿，进手术室之前转头看了眼跟过来的一个护士，“把唐医生今天的手术全部撤掉，一台也不许留。”

说完不再看任何人一眼，他脚步匆匆地进了手术室。

手术门很快在跟前合上。

小护士看了眼还维持着原来的姿势站着的男人，咽了咽口水小声提醒道：“唐医生，你先去休息会儿吧……说不定睡一觉之后叶医生手术也做完了。”

唐遇掀起眼皮看她一眼，片刻后才扯了下唇：“你去忙吧。”

他现在根本没有心思休息。

小护士看他几眼，欲言又止了好一会儿，最后还是什么都没说，转身又去忙了。

今天患者不少，各科室的人都忙得像陀螺，根本没工夫浪费。

唐遇扯下口罩，先去把手术衣脱了才又回来。

每个手术室的门口都有病人家属坐在门外的座椅上等，唐遇没坐下，就站在第三手术室的门口，抬眼看着上头亮着的灯。

他表情平静，但是心跳很快。

唐遇闭了闭眼，往身后的墙上轻靠了下。

而此刻的手术室内，满脸是血的女人躺在手术台上。

吴主任叹了口气，拿好手术刀准备开颅的时候才敢多看了一眼，这一看，他不由得愣了一下：“怎么不是小叶？”

立刻有人接话：“没人说是叶医生啊……”

“那唐遇怎么回事？”

“唐医生可能弄错了吧，”年轻一些的器械护士接了腔，“叶医生没进手术室啊。”

“……”

吴主任松了口气：“该把他吓死了。”

他心理压力也相对减少了不少，下刀的动作行云流水，整个人都比刚才轻快了不少。

同一时间的普通病房里，之前跟唐遇说重伤患者中只有一个是女伤者的男医生对着病床上还在昏睡的女人睁大了眼睛，他反应了好一会儿，最后才伸手指了指床上的女人：“这，这个是叶医生，那手术室里的人是谁？”

“是其他车上的女司机啊。”全程安排叶珈蓝进病房的女医生道，“叶医生坐的车不是直接撞到那辆货车屁股上去的，所以受到的撞击不大，她当时又系着安全带，所以没太大问题。”

女医生把拍的片子往他这边递了递：“做过 CT 了，轻度外伤性蛛网膜下腔出血，完全可以靠药物治疗和自身恢复能力把血肿吸收干净。”

“……”

女医生说着看了眼呆若木鸡的男医生：“你怎么不说话了？”

男医生伸手挡了挡脸。

他根本说不出话了，正犹豫着要不要现在去跟唐遇澄清，门口就有人叫他：“沈医生，402 的病人出了点问题，你过去看看吧。”

手术室门口，唐遇还等在外面。

他中午没吃饭，刚准备随便吃点的时候就收到了叶珈蓝的出事的消息，急匆匆地就赶了过来，这会儿倒是不觉得饿，就是胃里翻滚得有些难受。

唐遇找了一排空座椅，坐在了整排椅子的一头，拿出手机看了一眼。

下午五点多。

时间一分一秒过去，手术室里连护士都没有出来过。

唐遇半低着头，眼眶微微有些发热。

他不敢想里面现在什么状况，手术进行得顺利与否。

所有与叶珈蓝有关的，他现在都不敢想。

唐遇抬手捂住眼睛，微扬起头，头顶的灯光从指缝间透进来，他唇角轻轻扯了下，刚又把头低下来，旁边的位置就有个人坐了下来。

他没转头去看，只垂眼看着自己左手无名指上的那枚戒指。

上次送叶珈蓝那只的情侣款。

他买的是婚戒，所以款式虽然差了不少，但是契合度高，一看就是一对。

还是旁边的女人先开的口："小遇。"

唐遇视线一凝，这才转头看了她一眼："余阿姨？"

余秋华刚才一接到医院的电话就过来了，办理完手续交完所有费用后，有个医生特别不好意思地告诉她唐遇还等在手术室外面。

而且看情况，他现在还不知道自己等错了人。

叶珈蓝情况虽然不严重，但是余秋华还是被吓得不轻。

打车过来的时候，她一颗心都揪了起来，像是被一只手给握住，然后攥得稀巴烂。

余秋华现在脸色都是白的，天气明明冷得不行，她额头却满是汗，直到现在，她还不敢松一口气，她伸手抚了抚心口的位置，深呼吸几口气之后才又开口：“你很喜欢弯弯吧？”

唐遇把头转回去，没回。

余秋华侧眸看过去，她对唐遇的记忆很大程度上还停留在几年以前，几年过后，他身上的张扬不再明显，看着比以前成熟了许多。

而在这一刻，她好像又看到了很多年前的唐遇。

唐遇的眼眶微微泛红，垂着眼一言不发。

他不答，但是余秋华已经知道了答案。

“弯弯姐姐的事，弯弯应该也跟你说过了吧？”

“嗯。”

余秋华又抬头看了眼手术室上的灯，还亮着，像是恶魔的颜色。

她想象了一下如果里面真的是叶珈蓝的话，那她现在估计已经不能坐在这里说话了。

余秋华又是庆幸又是后怕，语气也多了种劫后余生的动容：“我这几天想了很多。”

她话音一顿，思考下一句该怎么说出口。

唐遇还是默不作声。

他心思似乎根本不在这里，但是余秋华还是继续往下说了句：“一边觉得你父亲犯的错不应该牵扯到你身上，一边又觉得你们是父子，每次一看见你我就不可避免地会想起他，然后又想起莹莹……”

唐遇“嗯”了声，他嗓子有些干，所以说话的时候微微有些哑：“余莹姐的事我很抱歉。”

余秋华摇摇头。

该道歉的又哪里是他呢。

“所以前些日子的时候我跟弯弯说，我们都冷静冷静再做决定，”余秋华眼眶也一热，“本来还没决定好，但是弯弯今天……”

她深呼了口气，把那口气平复下去之后才又继续道：“莹莹虽然现在还没找到人，但是都这么多年过去了，实际上怎么样我自己心里也清楚。我就弯弯这么一个女儿了，她要是有个三长两短，我以后会后悔一辈子。”

越说越胆战心惊。

余秋华抹了抹眼泪：“你跟弯弯认识很多年了吧？”

唐遇“嗯”了声。

他这一生的三分之一，都有叶珈蓝的存在。

“也该结婚了吧。”

唐遇转头看她，他眼角微红，眼底水光层叠，眸光深得惊人。

余秋华勉强笑了下：“怎么不去看看弯弯？”

唐遇眼神瞬间就暗了下来，余秋华这次是真笑了出来：“你等了一个多小时，都不知道自己等错人了吗？”

76

旁边偶尔有医护人员匆匆经过，走廊里人声不大，但是脚步声明显。

一声一声，仿佛踩在了唐遇的心上，他心跳不可抑制地加快了些，下意识又转头看向紧闭的手术室门口。

他眼底的光闪了闪，没立刻说话。

余秋华觉得这孩子是太过紧张担心所以反应迟钝了，她又咳了一声："弯弯现在在普通病房，医生说是蛛网膜下腔出血。"

她虽然不是从事神经外科的，但是对这种简单性的名词还是有所了解的，安慰道："虽然还没清醒，但是不太严重，没有伤到颅骨，目前也没看出有脑震荡的迹象。"

快的话，明天就能清醒。

不过这话余秋华没说，唐遇就是学这个的，肯定一点即通。

果不其然，唐遇点了点头。

余秋华就坐在他旁边的椅子上，她甚至能听到他松了一口气的声音。

唐遇没立刻起身，他头微仰，往身后的墙壁上轻靠了靠，好一会儿，他才轻声说了句："余阿姨，我会好好爱她的。"

这一辈子都好好爱她。

余秋华眼眶一热，她连忙把头转过去，点点头道："你爸应该不会这么容易让你们在一起……以后尽量少带弯弯回家吧。"

徐震当时找她时说的话她记得清清楚楚。

他不同意唐遇和叶珈蓝在一起的原因无理又自私——只是单纯地因为叶珈蓝是余莹的妹妹，一看到她就会想到很多年前被自己间接害死了的余莹。

和余秋华差不多。

只不过余秋华不做贼心虚，想得也通透，所以即使现在心里还有点隔阂，已然不会再阻止他们在一起。

但是徐震就不一样了，他这人再渣，背负着一个花季少女的命，也没办法完全坦然。

所以他连看见叶珈蓝，都会觉得良心不安，像是余莹永远不肯放过他，时时刻刻来提醒他一样。

所以徐震为了不见到叶珈蓝，想尽办法不让唐遇和她在一起。

唐遇这边他根本搞不定，就只能从叶珈蓝这边入手。

有余莹这么个万能的理由，叶珈蓝果然很快就和唐遇分手了。

只不过他没想到的是，他们还能再复合，就在唐遇回国的两个月后。

这次徐震没找叶珈蓝，而是直到找了余秋华，借了她的手让他们再分开。

余秋华活了大半辈子，心里跟明镜一样，知道徐震找她的目的，也知道上一辈的事不应该影响到下一代，但她还是顺了他的意。

余莹的事就像是一根刺，哽在了余秋华的嗓子里，咽又咽不下去，拔也拔不出来，只能通过时间让它慢慢软化掉。

所幸的是，这根刺软化的时间很快。

可能也有今天这起车祸充当催化剂的作用，只用了几天时间，余秋华虽然没有完全释怀，但是至少不会像以前一样了。

余莹毕竟是过去式。

余秋华现在唯一能做的，而且应该能做的，就是让叶珈蓝快快乐乐的。

叶珈蓝太喜欢唐遇了，喜欢到跟别人连试都不想试。

余秋华这几天连诊所都没去，牌友叫她打牌都被她推拒了，就在家里翻看两个宝贝女儿以前拍的照片。

翻了几天，翻到叶珈蓝大学那年照片的时候，医院电话打来了。

然后她在手术室门口见到了这样的一个唐遇。

沉默，也脆弱的唐遇。

唐遇和叶珈蓝在一起的这几年也是她看着过来的，她心一软，本来还对他恨屋及乌的那点怨气也都散得一干二净。

余秋华折腾了几天，也觉得累，她抬手捏了下眼角：“小遇啊。”

“嗯，”唐遇应了声，“您说。”

“莹莹肯定很喜欢你。”

唐遇这次没再出声。

余莹是真的很喜欢他。

所以当时他们乘的那艘船出事故的时候，她自己没想活着回去，却拼着最后的力气把他救了上去。

余秋华转头看他：“莹莹肯定也想让你们两个好好的。”

她越说越觉得自己话多，但是偏偏又停不下来，像是一个即将把女儿嫁出去的人，不放心地叮嘱未来的女婿：“弯弯这孩子平时虽然温和，但其实也是有点小脾气的，以后她要是惹你不高兴了……”

“她没惹过我不高兴。”

叶珈蓝最让她不高兴的事，应该就是跟她分手。

其余的时候，只要叶珈蓝在他身边，他就不会觉得不高兴。

“以前她就跟我说过，小时候她怎么惹余莹姐不开心，余莹姐都不会对她发脾气，”唐遇已经起身，他冲余秋华礼貌地笑了下，“我也不会对她发脾气的。”

顿了几秒，他又纠正道：“我对她发不起来脾气。”

余秋华一愣，然后才慢慢笑了起来：“去看看弯弯吧，201 病房。”

唐遇进病房以后看了眼 CT 结果。

结果显示蛛网膜下腔血块不多，其他头部损伤也基本没有。

但是叶珈蓝第二天早上还没有醒过来。

沈医生觉得万分对不起唐遇，因为自己传播了谣言导致他在病房门口伤心欲绝了一个多小时，当天下午从手术室门口经过的医生护士们无一不驻足了几秒。

一是因为唐遇长得好看，还有一个原因，是他站在手术室门口等待的样子，让人看了心生不忍。

当天沈医生的朋友圈里基本被唐遇的照片刷了屏——

女医生们艳羡不已：【好羡慕叶医生啊，有个这么好的男朋友。】

男医生们就不一样了，他们脑回路清奇，而且出口简单粗暴：【唐医生太可怜了，好像被主人抛弃的小狗啊。】

沈医生晚上睡觉都没睡好，第二天主动帮唐遇值班，好让他专心在病房里陪女朋友。

中午的时候，他内心不安，还特地从食堂打好午饭送到了叶珈蓝的病房里。

男人下巴上已经有浅浅的青黑色胡碴冒出来，但是看起来倒也不邋遢，他依旧一副翩翩贵公子的样子，礼貌地对他道谢。

沈医生转头看了眼安安静静躺在床上的叶珈蓝："唐医生，你先去休息一下吧，叶医生说不定下午就醒了。"

唐遇没说话，只扯了下嘴角作为回应。

沈医生揽了两个人的活，也没时间在这边多待，没几分钟就出了病房。

门一关上，病房里又恢复安静。

唐遇伸手握住叶珈蓝放在被子外面的手，然后上半身前倾，小臂抵在床沿，拉起她的手轻轻吻了下。

五分钟后，唐遇把叶珈蓝的手放回被子里，又细致地把被子给她掖好之后，抬脚出门，回了神外的科室。

虽然上午有沈医生帮忙处理工作，但病历还是堆了十几张。

他在办公室里待了一个下午，把病历分析整理完之后，还接诊了两个病人。

吴主任考虑到他这两天的状态不好，所以干脆把他这周的手术都停了。

停了之后也没好到哪儿去，该忙依旧忙。

下午六点多的时候，办公室门被人敲响。

同办公室的牛医生正准备出去，顺手就把门打开了，一见到外面的人，他到了嘴边的“你好”两个字都没能说出来，“美女，又来找唐医生？”

唐遇皱了皱眉，他本来正盯着电脑屏幕看 CT 图，听他这么说才抬眼看了眼。

付桐就站在门口，她身形高挑，手里钩着脖子上的项链把玩了半秒：“朋友来医院体检，所以我顺路过来看看。”

唐遇收回视线，没理她。

牛医生见风向不对，赶紧溜了出来。

“唐遇，晚上有时间一起吃个饭吗？”

“没有，”唐遇扯了下唇，他把眼镜摘下，然后起身，“我有女朋友了。”

他说话不给人留情面，但是又不会显得太唐突：“付小姐，请你自重。”

付桐嘴角抽了抽，愣了好一会儿才又问道：“就当是老同学一起吃顿饭都不行吗？”

“不行，”唐遇从她身边经过，然后又把门拉开，“她会不高兴。”

说完也不理会付桐，他先一步出了门。

来都来了，好不容易没看到叶珈蓝和他在一起，付桐哪里肯放弃，立刻就跟了出来：“就吃顿饭，唐遇，我们这么多年同学了……”

唐遇身高腿长，步子迈得大，付桐边走边说有些累，她抿了抿嘴，干脆也不说了，默不作声跟着他一路去了住院部。

201 病房内，叶珈蓝已经醒了过来。

身边的小护士正开心地和她说着话："叶医生，你脑袋现在还疼不疼啊？"

叶珈蓝不敢摇头，梗着脖子说了句："还有点。"

小护士被她的动作逗得笑了一声，刚要再开口，门外走廊的女声就传了进来："喂，唐遇，你等一下……"

小护士口水一咽，刚才要说什么现在全都忘了。

叶珈蓝眉头皱了皱。

她记得这个声音，是付桐的。

果然，下一秒，那两人一前一后地出现在了病房门口。

叶珈蓝抬头一看，结果动作有些猛了，她眉头皱得更深。

她伤到了脑子，记忆多少有些混乱，只记得唐遇好像刚来医院不久，前不久还在 KTV 里吻了她。

再往后，她的记忆戛然而止，完全不记得自己和唐遇已经和好了。

叶珈蓝这会儿耳边都是付桐喊唐遇时腻歪得不正常的声音——

也就是说眼前这个男人，前脚刚吻过了她，后脚就和付桐搞在了一起。

她嘴角一撇，表情难看得不大明显。

呵呵。

这个渣男。

77

因为职业特殊，所以叶珈蓝只要不是特别不高兴，坏情绪基本都不会表现在脸上。

她忍了又忍，最后干脆眼不见心不烦地把头偏了过去，不去看那两个“狗男女”。

小护士离她近，刚才还见她弯唇笑，结果自从这两人一进来就抿起了嘴，还把头偏了过去。

想想也是，谁男朋友被别的女人用这种声音叫能高兴得起来。

小护士都看不过去，咳了一声，转头对莫名其妙跟进来的付桐道：“这位女士，医院不许大声喧哗，而且我们叶医生刚清醒，现在需要静养，请你安静一点。”

毕竟是在公共场合，付桐也不好不听工作人员的话。

她瞥了护士一眼，不情不愿地撇了下嘴角。

叶珈蓝耳根子这才清静下来，她刚才抬头那一下用力得有些过了头，所以这会儿脑袋还晕乎乎的。

刚才都想不起和唐遇和好了，现在就更想不起了。

她这会儿脑袋里除了小时候电视没信号时出现的雪花，就只有付桐那张扭曲的脸。

叶珈蓝抬手刚要按太阳穴，手腕就被人拉住：“别随便乱动。”

男人声音就响在她的头顶上头，低而轻，隐约夹杂了几分温柔和欣喜。

为什么欣喜？

因为付桐今天来找他了？

叶珈蓝悄悄翻了个白眼，把手腕从唐遇手里使劲儿抽了回来，义正词严地小声说了句：“王八蛋。”

护士：“……”

她还怀疑是自己耳朵出问题听错了，结果转头一看唐遇的表情，又默默把眼睛转了回来。

叶珈蓝一天没吃饭，全靠营养液维持体力，这会儿肚子空荡荡的，她心情更不好了，又加了一句：“你不要碰我。”

“……”

气氛僵硬下来。

付桐还站在一边看好戏。

护士眼睁睁看着她的眼神一点点转亮，笑得像是谋害白雪公主的恶毒后妈，她连忙打起圆场来：“唐医生，叶医生刚醒没多久，这会儿心情可能不是太好，而且脑袋可能也不大清醒……”

刚说完这句话，叶珈蓝就抬眼看她一眼：“不，我很清醒。”

护士：“……”

这圆场，她是打不下去了。

唐遇垂眸，盯着叶珈蓝看了几眼，刚伸手摸了摸她的额头，就被女人毫不留情地一掌拍了下来。

“啪”的一声，在安静的病房里异常扎耳。

付桐嘴角翘了又翘。

看来她今天真是来对了，正好碰上这两人吵架闹矛盾。

付桐扭了扭腰：“唐遇，我们去吃饭吧，班长不会介意的。”

她看出来叶珈蓝心情不好，所以干脆从她这里下手，让她恼羞成怒，然后一把把唐遇推到自己这边。

付桐如意算盘打得好，只不过说出来好一会儿，那人连看都没看她一眼，他抬手摸了摸叶珈蓝的头发:“心情不好，那就好好休息。”

叶珈蓝蔫了下来。

她嘴角还耷着，但是对着这么一张脸，半点儿脾气都发不出来了。

“晚上想吃什么？”

“……不吃。”

唐遇皱眉，就一秒，他又松开。

他知道付桐今天跟他一起过来，叶珈蓝可能不大高兴，但是转而一想，他们好不容易才又走到了一起，叶珈蓝应该不会这么不信任他。

怎么都说不通。

唐遇转头看向小护士：“没别的异常吗？”

护士“啊”了一声：“晚点会再做一次检查。”

“好。”

“记得吃晚饭，”唐遇起身，“乖乖的。”

叶珈蓝眼睛睁大，看着他走出病房，嘴角动了几下，那句“你生气了吗”也没有问出来。

她走神了好一会儿，直到病房门关上，护士的声音响起:“叶医生，你不要把那个女人放在心上，肯定是她缠着唐医生的。”

护士：“你没看她刚刚跟唐医生说话的时候，唐医生看都没看她一眼！”

“脸皮也太厚了，都不知道尴尬。”

护士的话好像有了回声，叶珈蓝没接话。

她脑仁越发地疼，想伸手去按但是又想起唐遇刚才那声“乖乖的”，她手抬起来又放下，到底没敢乱动。

检查是在晚上七点多做的。

这次除了脑部检查，还多了一个心理测试。

结果出来，护士第一时间去找了唐遇，因为一路小跑着过来，她气喘吁吁，上气不接下气：“唐……唐医生，叶医生……刚才检查了一下，因为脑袋里血块还没有消下去，所，所以她记性不大好，好像还有点错乱。”

唐遇本来还在写病历，听她这么一说，笔一顿：“所以——”

“所以……她好像以为现在是九月……后面的事没印象了。”

怪不得她看见他和付桐出现在一起会是那种表情。

小护士见他眉头又皱起来，连忙又安抚道：“不过唐医生你放心，主任说了，失忆只是暂时的……最晚等血肿吸收干净，叶珈蓝就能恢复正常了。”

唐遇呼了口气，几秒后，他才低低应了一声。

“那唐医生……我先回去了？”

“好，”唐遇又把笔拿起来，他表情不大好，“谢谢。”

因为受伤的原因，叶珈蓝越发容易困顿，这天早早就睡下了。

从晚上九点睡到第二天早上八点。

叶珈蓝睡得晕晕乎乎，在床上躺了一会儿才想起自己出了场车祸，她连忙坐起身来，因为大脑供血不足，晕眩感上来，她抬手捂了捂脑门。

等好一些之后，她第一时间就是给唐遇发消息，让他不要担心自己。

结果手机也拿起来了，微信的聊天界面也点出来了，叶珈蓝手指却停了下来。

她眼前毫无征兆地晃过昨天的画面——

唐遇和付桐不知道怎么一起出现在了病房，然后她莫名其妙就跟唐遇发了一通脾气。

他伸手摸她的额头，被她一记重重地打了下来。

唐遇跟她说话，她好像也没好好搭理他。

再仔细想想的话……她好像还骂了唐遇王八蛋。

“……”

她昨天到底是干了什么蠢事！

正不知道怎么办的时候，病房的门被推开，小护士本来还轻手轻脚的，结果一看她坐在床上，立刻就松了一口气，动作也放开了些：“叶医生，你醒了啊？”

叶珈蓝：“我昨天……”

“你昨天状态有点奇怪，跟唐医生发了一顿脾气……唐医生开始不知道你失忆，整个晚上心情好像都不大好，给人吊水扎针的时候，表情都把一个小姑娘给吓哭了……”小护士声音一顿，关切道，“叶医生，你现在感觉怎么样，有没有想起什么来？”

78

叶珈蓝的重点全放在了护士中间说的的那半句话上，其余的根本没有仔细听。

护士说唐遇开始不知道她失忆，所以整个晚上心情都不大好。

那她如果只过了一天就回复正常的话，唐遇说不定会以为她昨天是装的……他如果真的这么想，叶珈蓝估计没机会见到明天的太阳了。

一想到这个，她思索几秒，决定将错就错地再装几天。

决定下来之后，叶珈蓝果断摇了摇头：“想不起来……我脑袋有点疼。”

护士以为她是因为思考过度但是又什么都想不起来的过，连忙过来扶着她半靠到了墙壁上：“那就先别想了，主任说你的情况不严重，等脑袋里的血肿清除干净了，到时候就什么都想起来了。”

她说着转过身去，去给她配输液用的药水了。

叶珈蓝听见她轻轻叹了口气，小声嘟囔了句：“就是可怜了唐医生……”

他们这些医护人员也经常在没有病人的时候围在一起讨论八卦，叶珈蓝和唐遇的事一传十十传百，从一个简单的破镜重圆吃回头草，变成了一个无比凄美动人的爱情故事。

叶珈蓝有次听许恋跟自己转述的时候，还差点以为是很多年前那种青春疼痛类小说里的剧情。

后来情节再细化一些，渐渐地就能和她对上号了。

叶珈蓝还是觉得太夸张了。

但是她也不好回应这个护士，头一偏，全当作没听见。

小护士陪她待了一会儿，近中午的时候，给她吊完了瓶水之后就出去了。

不知道是脑袋真被撞坏了的原因，还是吊的药水里有镇定催眠的作用，护士出去没一会儿，叶珈蓝就有些昏昏欲睡。

也不知道过了多久，她还迷迷糊糊睡着的时候，病房门被人推开。

她脑袋重，有点意识，但是又睁不开眼睛来，只隐隐约约地听见两道刻意压低了的声音，来自一男一女——

“我听护士说小叶今天还是什么都没想起来，我昨天和老吴分析了一下，她这种情况除了颅内有血块的原因，还有一个原因就是她这几天精神压力可能比较大，也就是说她现在想不起来，也多少会有点儿心理方面的原因……不过话说回来，唐遇啊，你也别太着急，等过几天应该就会转好了。”

小吴主任尽量安抚他受伤的心灵：“其实想想也没太糟糕……至少小叶没把你忘了是吧？”

话是这么说，但是唐遇好不容易让叶珈蓝接受他的这几个月，全都不作数了。

八年抗战，好不容易赢了，结果又回到八年以前了。

小吴主任没再多说，她叹了口气：“你趁着午休这会儿陪陪她吧。”

唐遇应了一声。

吴主任为了给他们留空间，很快出了病房。

房门一关，瞬间就又安静下来。

叶珈蓝半梦半醒地翻了个身。

唐遇在床边坐下，他手指轻轻落在她脸上，没几秒，还在睡梦中的女人就皱了皱眉，不舒服地又把身子翻了过去。

这一翻身，她直接用背对着唐遇了。

被子被她折腾得掀开了一块，唐遇细致地替她掖好，手刚收回来，他的手机就亮了一下。

谢景非：【遇遇，我听珂珂说蓝姐失忆了，是不是真的啊？】

唐遇回了个字：【嗯。】

【回到了几个月前？忘了你们已经滚过床单和过好了？】

也就他能问出这种问题来。

唐遇懒得理他。

谢景非就权当他默认了，很快又发了几个字过来——

【你也太惨了吧。】

谢景非：【一夜回到解放前这种事是真实存在的吗？】

唐遇倒也不生气，就是懒得理他。

偏偏谢景非自己不肯停，消息一条接一条地发过来。

【你打算怎么办？万一蓝姐一时半会儿想不起来，你是不是得重新把她追回来？】

【我听珂珂说，蓝姐昨天给她打电话的时候，还说上次她那个相亲对象，有机会可以多接触接触。】

【她还说你是渣男。】

唐遇：“……”

谢景非：【蓝姐现在是不是都不让你接近她？】

唐遇想骂他一顿。

简直是哪壶不开提哪壶。

要是单纯的记不起来倒也好，关键按照昨天的情况，叶珈蓝不仅看都没看他一眼，还很抵触他碰她。

谢景非：【我给你出个主意吧。】

他终于回复了句：【说。】

【你可以装作夏至回来了，你现在虽然不好碰蓝姐，但是夏夏肯定可以啊。】

谢景非：【你到时候就装成夏至，约她去看场恐怖电影，蓝姐怕鬼是吧，到时候你就拉着她的手揽着她的肩……嘿嘿嘿。】

唐遇：【我有病是吧？】

还装成夏至的样子，叶珈蓝又不是不知道他的病早就好了。

唐遇根本没把谢景非的话当回事，又在病房里待了一会儿，快一点才回了办公室。

接下来两天，唐遇每天都是中午去看叶珈蓝。

她上午固定吊一瓶水，十一点半以后几乎就能睡着，然后睡到下午一点多。

唐遇别的时候也抽不出时间来，所以干脆就趁着她睡着的时候去病床旁陪她。

但是他不知道，自从第一天护士告诉叶珈蓝唐遇中午在他床边陪她以后，她中午就没睡过觉。

睡也睡不着，睁眼也不敢睁，叶珈蓝神经紧绷着装睡。

唐遇倒也安静，他大多数时候是安安静静地看病历，看完之后偶尔会摸一下她的手或者脸。

每到这时候，叶珈蓝手心就开始出汗，一颗心快要从胸口跳了出来。

到了周四，唐遇中午照常来了病房，叶珈蓝也照常躺在床上装睡。

一切步骤都跟前两天一样。

叶珈蓝呼吸放轻，好不容易熬到时间差不多，男人起身时轻微的窸窸窣窣声音响了一下，她刚要松口气，脸上一阵热气拂过。

下一秒，她的唇被一片温软覆盖。

男人吻得轻，温柔又小心翼翼，末了才凑在她耳边轻声说了句：“快点儿好啊……宝贝。”

叶珈蓝差点破功。

她耳根被热气染上了一片绯红，浑身都不舒服，像是过了一通电流之后，轻微的酥麻感从脚底升起，然后直冲脑门。

叶珈蓝强忍着才没睁开眼。

她就怕现在睁开眼的话，两人来一个四目相对，她就没出息地暴露了。

那就是铁证如山地装失忆了。

所幸唐遇也没在病房待太久，很快就接了通电话出了病房。

直到关门声响起，叶珈蓝才猛地睁开眼。

她刚才憋的那口气一下子全呼了出来，急促而热烈。

不能再继续装了，明天一定要装作自然而然地恢复了记忆。

叶珈蓝平复了几秒呼吸，然后才发了条消息给苏锦珂：【珂珂，下午有空没？】

【怎么啦宝贝？】

宝贝……

叶珈蓝浑身抖了下，一边掀开被子下了床，一边从淘宝上找了张图片发了过去：【帮我去这家实体店里买个东西吧。】

交代完之后，叶珈蓝打开病房门。

房间里太闷，她得去透透气。

结果刚一出门，她就被抱了个严严实实，清清朗朗的男声就在耳边响起："honey，你没事吧，有没有哪里不舒服，我都要担心死你了。"

话音刚落，她听到不远处有人叫了句"唐医生"。

叶珈蓝："……"

她现在回病房的话……还来不来得及？

79

显然是来不及的。

那人虽然没走过来，但是成功地被这对病房外亲热的男女吸引了注意力。

唐遇本来正要往其他病房去的，结果听见动静后脚步一顿，他转头看了过来。

刚才路过跟他打招呼的医生一看形势就不大对，冲他尴尬地笑了一下之后，迅速溜进了一间病房。

这边叶珈蓝还被紧抱在怀里，她脸一热，呼吸也不通畅，赶紧伸手推了推男生的胳膊："旭旭……你先放开我。"

她声音小，但叶明旭还是听得清清楚楚，他神色一变，连忙松开手，半弯着腰上上下下把她仔细打量了一遍："我是不是弄疼你了 Honey？"

唐遇："……"

这说的是什么话？

这种问题，唐遇也就能在床上才问得出来。

他微眯了下眼，脸色越发地不好。

叶珈蓝眼睛都不敢偏一下，但是挨不住唐遇的视线存在感太强，像是直直在她身上烙出了一个洞。

她连忙低下头："……没有。"

姐弟俩年纪差了七八岁，也不在一起生活，但是感情很好。

叶明旭现在青春洋溢，正是最好的年纪，他小心翼翼地探了探她的额头："我听珂姐说你撞坏了头，现在还疼不疼啊？"

叶珈蓝摇头："好多了。"

唐遇就站在距离他们不足三米的地方看着他们腻腻歪歪。

最可疑的是叶珈蓝居然还脸红了。

他知道叶珈蓝有个弟弟在国外，但是以前没机会见到，他这会儿又被嫉妒冲昏了头脑，根本没把这个"旭旭"和叶珈蓝跟他提过的"旭旭"对上号。

他神色冷下来。

敢情她就失忆几天，就已经找了个新欢？

而且这个新欢看起来年纪还不大，应该还没大学毕业。

唐遇嘴角扯了下，面无表情地敲了下跟前病房的门，然后推门进去。

叶珈蓝余光瞥见左手边没了人，整个人才放松下来。

她刚才已经把“旭旭”两个字提示给他了，唐遇那么聪明，肯定能听得出来。

虽然在唐遇眼里，不分男女，也不管对方是哥哥还是弟弟，他的醋罐子都能被踢翻，但是意义总归是不一样的。

知道叶明旭是她弟弟以后，他至少不会太吃醋。

叶珈蓝想象得万分美好，松了口气之后嘴角微微扬起半分：“旭旭，你怎么过来了？”

“我前几天打你电话没人接，就打给了珂姐……珂姐说你出了个小车祸，我吓坏了，赶紧定了机票回来了。”

叶明旭虽然在国外生活了二十年，但是平常也没少接触中国文化，中文说得还算标准，字音咬得也准确，就是口音还带着一种不大明显的别扭感。

叶珈蓝听得只想笑，眼看着他就要手舞足蹈地比画起来，赶紧把他胳膊给拽下来，“我没什么大事，你没跟爸说吧？”

“珂姐没让我说。”

叶珈蓝拍了拍他的肩膀：“办得漂亮。”

幸亏没和叶景说，要不肯定会耽误到他正常工作。

本来就没什么大事，老让叶景折腾来折腾去还担惊受怕多不好。

叶珈蓝刚要夸叶明旭一句，就又听到他说了句：“但我还是跟爸爸说了。”

“……”

“爸说等他这两天忙完手头的工作以后，回国一趟。”叶明旭想了想，几乎原封不动地把叶景的话转述了过来：“咳咳，反正这没良心的丫头过年肯定也不会过来看我。”

叶珈蓝：“……”

她抓了抓头发，不置可否。

自从当了医生之后，她去美国的次数就越发地少了。

上一次去纽约还是因为公事，只在家里住了两天就飞了回来。

叶珈蓝叹了口气，也觉得自己做得不大地道，她没再继续这个话题，边拉着叶明旭往楼梯口那边走边问了句：“就你一个人来的？”

“不是，莫妮卡姐姐来中国有事，我和她一起过来的。”

莫妮卡是叶珈蓝在美国的朋友，五官立体漂亮，个子高身材又好，毕业以后就进了一家公司当模特。

叶珈蓝挑了下眉：“她这段时间和中国有合作吗？”

“有家杂志社约她拍摄封面，她今天过去谈了。”

叶明旭越说越委屈：“honey，你怎么光问别人，你难道都不关心你可爱的弟弟吗？”

叶珈蓝无语。

“比如你亲爱的弟弟最近学习怎么样，有没有交女朋友……”

叶珈蓝笑了一下：“你交女朋友了？”

“……没有。”

意料之中的事。

要是叶明旭交了女朋友，绝对第一时间就跟她说了。

“亲爱的姐姐，你们医院这么多好看的小姐姐，你不打算介绍一个给你可爱的弟弟吗？”

叶珈蓝摊手：“你太小了，她们都比你大啊。”

“别以为我不知道，”男生重重地“哼”了声，“你还比我姐夫大呢！”

“……”

叶珈蓝愣了几秒：“什么你姐夫？”

“少跟我装，我这次过来还有个原因，就是想见见我姐夫。”

叶珈蓝：“……”

他姐夫……现在估计想杀了他的心都有了。

叶明旭对此一无所知，他还在美美地幻想：“珂姐说我姐夫长得帅，我为了见他，特地带了一套白色的西装……honey，你说我是不是很英明？”

他叫惯了叶珈蓝“honey”，倒是不太常叫“姐姐”。

都这么多年了，加上又是亲弟弟，叶珈蓝也懒得纠正了，她无奈地叹了口气：“旭旭……”

叶明旭根本不等她说完，就急急地开口问道：“所以 honey，你什么时候带我见见我 honey 的 honey 啊？”

“……”

弟弟好不容易来一趟，叶珈蓝又不可能连这个要求都不满足他。

更何况，叶珈蓝都被唐遇带回家见过家长了，唐遇却只见过余秋华。

于情于理来说都不大公平。

叶珈蓝点了下头：“爸什么时候过来啊？”

“我问问……”

叶明旭拿起手机一顿戳，几分钟后，他说了句：“后天。”

“那就后天吧。”

叶明旭没来过中国，对一切事物都充满了新鲜感。

因为是混血儿，他一张脸生得好看，眉眼深邃，但是又少年感满满，或多或少带了点异域风情，加上又是叶珈蓝的弟弟，很快就和几个医生护士打成了一片。

前几天叶珈蓝头疼，经不住吵闹，所以病房里一直安安静静。

这几日感觉好了不少，下午四点多又做了个 CT，血块基本已经清除干净了，她如果不剧烈运动的话，跟平常没太大差别。

不痛也不痒的，就是还有点嗜睡。

因为多了个叶明旭，病房里气氛比前几天活跃了不少。

叶珈蓝下午也就没睡觉。

有两个小护士在病房里跟叶明旭聊天，话里话外都在明示暗示地问他有没有女朋友，叶明旭摇头：“还没有。”

“想找什么样的啊叶弟弟？”

“找我 honey 这样的吧，温柔大方，长得还好看。”

“……”

叶珈蓝不参与他们的谈话，坐在床上默默地削了一个苹果。

她在病床上躺了几天，手脚都明显不如以前利落了，平时一分钟就能削好的苹果，这次她足足用了五分钟。

削完之后，她又切成小块，拿了牙签叉起一块递给了旁边的叶明旭。

叶明旭连忙接过，笑眯眯道：“谢谢 honey。”

病房外，唐遇路过的时候停了几秒，刚好看到叶珈蓝给那个男人递了块苹果。

旁边有两个经过的护士也停了下，小声谈论道——

“唐医生一个下午在住院部转了七八次了。”

“感动华溪十大人物哈哈哈哈哈哈……”

80

唐遇没听见。

听见的话，他的脸色会更不好。

唐遇沉着脸给谢景非发了条消息：【怎么装。】

谢景非刚打算午睡，看到这几个字时愣了半天，最后才不解地问了句：【你要装什么？】

【夏至。】

谢景非又是一愣。

几秒后，他的房间里爆发了一阵不可自抑的笑声。

唐遇等了一分钟没等到他回答，不耐烦地发了个问号过去。

谢景非连忙狗腿地打了段话：【之前不是跟你说了嘛，装成夏至约蓝姐去看恐怖电影。我看了一下，影院昨天刚上映了一部电影，叫《午夜来电》，你们可以去看这个。】

【我问的是怎么装。】

【这个……就是可爱一点儿，脸上表情丰富一点儿，然后说话字数长一点儿……基本就差不多了。】

“……”

唐遇几眼就把这段话掠过了一遍，他没再回谢景非，又抬头看了眼病房里。

病房门没关，他就站在外面，里面那女人居然半点反应都没有。

里头气氛越发和谐，男声在说话，还有笑嘻嘻的女声，而叶珈蓝，就负责低着头削苹果，偶尔会接半句话。

唐遇这次逗留了好一会儿，直到隔壁有护士叫了他一声，他才抬脚离开。

叶珈蓝是真的没注意到病房外有人。

病房里虽然不算吵闹，但是男女的声音掺杂在一起也不清净，何况削苹果的时候不能分心，不然很可能造成血光之灾，叶珈蓝连头都没抬一下，更别说转头去看门口了。

她要是知道唐遇站在外面，她肯定就不给叶明旭一直递苹果了。

毕竟火上浇油这种事，不太符合她的性格。

几个护士在病房里待了二十来分钟，后面要去看眼各自负责的病人才纷纷出了病房。

叶珈蓝削了三个苹果，最后一个直接自己咬了。

她靠坐在床头："旭旭，晚上想吃什么？"

"鱼香 rose。"

他想说的应该是鱼香肉丝，但是因为口音问题，意外地跟网络用语重合了。

叶珈蓝咬苹果的动作顿了下，她低头看了眼身上的病号服："点外卖行吗？"

"honey，你和我一起出去吃吧，我还想看看你们这里的夜景呢……"

叶明旭发动委屈撒娇技能，尾音拖长，眨巴着眼睛看起来委屈巴巴。

叶珈蓝把苹果放下，慢慢地把最后一口苹果咀嚼好，然后咽下："等会儿问问主任我现在能不能出去吧。"

她觉得自己是没什么问题了，毕竟从 CT 结果来看，蛛网膜下腔出血已经吸收得差不多了，基本再过两天就能出院了，但叶珈蓝经过这次之后，胆子越发地小了，还是不敢轻举妄动。

下午六点多的时候，吴主任特地抽了时间来看她。

叶珈蓝乖乖坐在床上，看着吴主任特别担惊受怕地问了句："吴主任，我可以去外面吃顿饭吗？"

"怎么啦，"吴主任推了推老花镜，低头看眼她的病历，"食堂的饭吃腻了啊？"

"不是……"叶珈蓝伸手指了指坐在椅子上玩平板的叶明旭，"我陪弟弟去吃。"

吴主任这才转头看了眼男生。

几秒后，他把病历合上，点点头："吃饭可以，但是最好不要在外面待太长时间，这几天天冷，你身体还没完全好，可别这时候着凉了。"

叶珈蓝忙不迭点头。

"行了，别点头这么快，好不容易出血该吸收干净了，别再被你晃出来。"

叶珈蓝知道吴主任是在开玩笑，唇角刚弯了下，吴主任话音就陡然一转："不过小叶——"

"吴主任您说。"

"你还没想起什么来吗？"吴主任又看了眼置身事外专心玩平板的叶明旭，"小唐今天心情比前几天还差。"

叶珈蓝没敢说话。

吴主任："他下午查房的时候整张脸都黑着，虽然他平时也没什么表情，但是今天……你懂吧。"

叶珈蓝抓了下头发。

“你还没想起来你们已经和好了吗？”

叶珈蓝完全不知道怎么回答。

吴主任也没催她的意思：“唉……不着急，就是……小叶，你不能对小唐太凶，你知道小唐这个人从小生活就优越，没吃过什么苦，所以承受能力肯定也不强。用你们年轻人的话来说，我的心是金刚心的话，那他的就是易碎品，得轻拿轻放……”

“……”

吴主任还有下一个病人，点到即止地说了几句就出去了。

刚才还沉浸在游戏世界的叶明旭早就把头抬了起来，一双大眼睛里闪烁着好奇的光芒：“姐。我姐夫还是玻璃心小公主吗？”

叶珈蓝一个枕头砸了过去：“瞎说什么呢。”

唐遇玻璃心她没发现，醋罐子倒是真的。

叶珈蓝扯了下嘴角：“叶明旭，你别高兴太早。”

叶明旭丝毫不以为意，嘿笑两声之后，他把平板一丢，起身出门：“honey，你换衣服吧，我先出去等你。”

因为怕着凉，叶珈蓝把自己裹得里三层外三层，围巾也围得严严实实，遮住了大半张脸。

姐弟俩去了医院附近的一家川菜馆，点菜的时候，叶珈蓝给苏锦珂发了条消息：【想吃什么？】

苏锦珂很快回了两个菜名。

叶明旭对川菜接触得不太多，所以基本都是叶珈蓝点的。

一刻钟后，开始上菜的时候，苏锦珂才姗姗来迟。

她先跟叶明旭打了个招呼，然后把一个礼品袋放到了叶珈蓝跟前的桌子上："又买戒指，合着这婚还得你求啊？"

叶珈蓝夹了一筷子菜："就是挺喜欢这个款式的……再说了，婚他已经求过了。"

叶明旭整张脸都快埋在了盘子里，但还不忘八卦，口齿不清地问她："姐，你们打算什么时候去领证啊？"

苏锦珂皮笑肉不笑："起码得等你姐恢复记忆以后吧。"

苏锦珂刻意咬重了"恢复记忆"几个字。

叶明旭眼睛瞬间睁大，不可置信地看了眼叶珈蓝："姐，你失忆了？"

"……"

叶珈蓝咳了一声，尴尬地转移话题："这家菜味道不错，你们多吃点。"

苏锦珂嗤笑，险些翻个白眼出来。

所幸叶明旭神经大条，见叶珈蓝健健康康，找不到不正常的地方，也就没追着继续问。

一顿饭吃完，已经过了晚上八点。

苏锦珂开车送他们回去。

她先顺路送了叶珈蓝回医院，然后才又开车送叶明旭去了他住的酒店。

叶珈蓝到医院的时候，还有五分钟八点半，她把围巾又拉到鼻子处，只露出来一双眼睛，急匆匆地穿过一楼前厅，直奔楼梯口。

二楼楼梯口站了个人。

叶珈蓝没多想，毕竟医院人多，任何地方任何时刻可能都有人站着，刚要往前走，胳膊就被人扯住拽了回来。

她后退了半步，还没抬头，就听到那人问了句："干什么去了？"

叶珈蓝有点心虚。

但是再仔细想想，她好像也没什么可心虚的，她抿了下唇，把脖子往围巾里更缩了缩："去吃饭了啊。"

唐遇皱眉："和谁吃的。"

"和……珂珂吃的。"

"还有呢？"

不等叶珈蓝再回答，他扯了下唇："还有中午那个男人？"

果然还是吃醋了。

叶珈蓝眨巴了下眼睛，然后诚实地点了点头。

她正犹豫着用不用明明白白地解释一句旭旭是她弟弟，还没犹豫完，唐遇突然抬手拉下她的围巾，然后，低头吻了下来。

PART 13

《请和我结婚》

叶珈蓝：“万人迷唐医生，大学收到过多少情书啊？”

81

叶珈蓝完全怔在那里。

她本来以为自己现在是“失忆”状态，和唐遇也不咸不淡几天了，他应该不会做出这种举动的。

但是现实狠狠给了她一巴掌。

叶珈蓝怔了好几秒，才反应过来，下意识就伸手去推他。

一是因为现在在医院的走廊，二是因为她以为唐遇在试探她是不是在装失忆，这么一想，叶珈蓝脸上的表情都慌了片刻。

她没由来地就有些心悸，双手用力，还没把人推开，唐遇就自己偏了下头。

他沉默着，叶珈蓝更不知道怎么开口。

过了大概一两分钟，她听见唐遇轻声说了两个字：“姐姐。”他语气柔和，和平时有点不一样。

叶珈蓝表情僵住，片刻后才诧异地发出了一个疑问词：“……啊？”她脑袋里有什么东西晃过，速度快到她根本抓不住。

唐遇居然叫她“姐姐”。

明明在一起之后，他几乎就没叫过她“姐姐”了。

叶珈蓝觉得哪里不对劲儿，思索几秒之后，她犹疑着把这两个字重复了一遍："……姐姐？"唐遇没立刻说话。

他还是半抱着她的姿势，下巴轻搭在了女人的肩膀上，稍微一侧头就会吻上她耳尖的距离，他张了张嘴，有些不知道怎么开口。

"姐姐"都叫出去了，箭在弦上，不得不发。

更何况他刚才吻叶珈蓝的时候，特别留意了她的表情，她先是愣住，反应过来以后立刻就要推开他，明显还是对他有所抵触。唐遇都做到了这个地步，已经没有别的退路了。

但是他对夏至的了解仅限于知道她爱写少女的小日记，其他的可能还不如谢景飞叶珈蓝这些旁观者了解得多。

尤其现在最主要的问题是，他要假装一个少女。

唐遇有点儿头疼，实在不知道开口说什么，干脆又软了调子重复了一遍"姐姐"两个字。

短短几秒钟，叶珈蓝脸上的表情变了又变。

开始她只是觉得有点不对劲儿，但是现在再一看，那就是太不对劲儿了。

唐遇刚才第一次叫她"姐姐"的时候，有那么几秒钟，她差点就以为是夏至又回来了。

结果第二声一出来，她就知道不是了。

叶珈蓝太了解唐遇了，知道他骨子里有种虽然不明显但又无论如何都磨不掉的傲气。

让他装成别人他都做不到，更别说装成一个和他大相径庭的女孩子了。

再加上他演技又不过关，所以稍微熟悉他的人一眼就能看出来不对劲儿。

叶珈蓝大概能猜到他这样的原因，大概是真的像吴主任说的一样，她这几天对唐遇太凶了，导致他不得不委曲求全，靠装成夏至的样子来接近她。

叶珈蓝自己都觉得自己过分。

但她这会儿恶作剧的心思上来，想做点儿更过分的事——

既然唐遇想演，那她就陪他演一会儿。

反正以唐遇的脾气，估计也演不了多长时间。

半个小时，最多一个小时。

明明是她惹他生气吃醋的，结果到头来还是他来哄她。

叶珈蓝头往墙壁那头偏了下，不动声色地弯了下唇角，语气依旧略带一问："夏……至？"

她给唐遇找了个台阶下。

果不其然，那人轻声"嗯"了一声。

叶珈蓝甚至都听到他松了一口气的声音，她嘴角牵的弧度更大，一本正经地问："你不是几年前就已经走了吗？"

唐遇也一本正经地胡说八道："没有走干净。"

"……"

叶珈蓝差点没绷住笑出来，她忍了又忍，尽量让自己的语气变得正常些："我记得医生入职体检的时候遇遇是正常的啊。"

唐遇不说话。

因为那声"遇遇"，他搂着叶珈蓝腰的手微微收紧了些。

好一会儿，他才又说了句："姐姐，你陪我去看电影吧。"

叶珈蓝仔细听了一下，唐遇和夏至说这两个字的时候感觉完全不一样。

虽然唐遇已经尽力向夏至靠拢，把声音放柔放软了，但还是不可避免地依旧有他自身的影子。

温温柔柔，但也有种夏至没有的清冽和性感。

叶珈蓝回味了几秒，直到那人松开她，她才蓦地反应过来，下意识问了句："什么电影？"

"去了就知道了。"

叶珈蓝："……"

这点倒是和夏至挺像。

叶珈蓝其实已经猜到了唐遇想带她看什么电影。

但是真到电影院的时候，即使她做好了心理准备，还是被宣传海报上的照片吓了一跳。

她胆子是真小，拽着唐遇的袖子不肯松开："遇……夏夏，我们看别的吧。"

陪他演戏没问题，但是也不能让自己在电影院里煎熬几个小时啊……叶珈蓝越想越怕，随手指了下《午夜电话》旁边的那个："去看那个吧。"

唐遇低头看了她一眼。

叶珈蓝这会儿脸色有点白，围巾被扯下来些，露在外面的鼻尖都渗出了一层细汗，她是真的被吓到了，抓着他袖子的手指骨节都泛出了白色。

唐遇心一软，抬手蹭了下叶珈蓝鼻尖的汗："吓死你。"

前台打的票已经出来了，售票员把票递过来，笑眯眯地打量了他们两眼："两位观影愉快。"

唐遇接过那两张票。

叶珈蓝还攥着他的袖子不肯放，暗示他重新买票。

唐遇拉起她的手："走了。"

"我不看这个。"

叶珈蓝越想越觉得郁闷。

唐遇明明知道她怕这些还带她看恐怖片……混蛋。

叶珈蓝打算后天不带他见家长了。

刚愤怒地做好决定，那人就把票塞到了她手里："不看这个……你打算看哪个？"

82

看哪个都比看这个强。

叶珈蓝依旧保持着愤怒，只不过可能因为五官长得实在太柔和，所以愤怒起来也看着没多大威慑力。

比起愤怒，她现在嘴角下倾，秀气的眉也皱得紧，脸上的表情更像是在委屈撒娇。

唐遇不动声色地扯了下唇："你想看哪个？"

叶珈蓝没说话，她低了下头，本着眼不见心不烦的原则，指尖用力正要把两张票据揉起来的时候，猛然就看到了上头电影的名字——《请和我结婚》。

叶珈蓝再一转头，看向贴着墙竖起的那一排宣传海报，挨着《午夜电话》的那一部电影就是这个。

她眉头松了一下，然后又微微皱了起来，她心情多云转晴，故作诧异地问了句："你不是要看恐怖片吗？"

"我什么时候说了？"

“……”

唐遇好像一开始说的是“到电影院就知道了”，只不过叶珈蓝潜意识里觉得他现在既然在装夏至，那应该也会和夏至一样专门挑恐怖片看。

叶珈蓝咳了一声，又低头看了眼那两张电影票：“我以为你要看的。”

唐遇垂眸睨她，眸光微微深了些。

本来按照谢景非给他制定的计划是应该看恐怖片的，到时候天时地利人和，气氛都不用刻意烘托，叶珈蓝肯定吓得往他怀里钻。

后来仔细一想，她胆子又实在太小了，看完这一场，估计要做几天的噩梦。

唐遇没狠下心来，所以就算叶珈蓝不说，他也打算买普通的片子看。

电影是八点四十分的。

检票口那边已经开始检票进场了，唐遇没再出声，他还记得自己现在是夏至的身份，多说一句可能就多暴露一点，拉起叶珈蓝的手默不作声地往检票口走。

去检票的时候他还在想，夏至有没有牵叶珈蓝手的习惯。

答案是没有。

夏至更喜欢拉叶珈蓝的袖子。

但是叶珈蓝也没出声，她半低着头，视线落在两个人牵在一起的手上，然后上移，看到男人微微抿起的嘴角。

唐遇从一开始就没忘记装夏至，但是从头到尾都装得不像。

他的演技太拙劣，拙劣到要是谢景非在现场，也能一眼就看出来。

但是情人眼里出西施这句话也不是说说的，叶珈蓝看着唐遇好看的侧脸，突然觉得这个夜晚都美好了起来。

她抿嘴笑了一下，刚好那人低头看了她一眼：“笑什么？”

叶珈蓝摇头，“就是想起了一个笑话。”

唐遇也没追着问是什么笑话，检完票之后，两人跟着人群一起进了放映厅。

到了年底，今天又是周五晚上，所以来看电影的人不少。

《请和我结婚》是一部爱情喜剧片，来看的基本都是年轻小情侣。

唐遇买的票在最后一排，放映厅不算大，所以即使靠后也能把字幕看得清清楚楚。

前面两排都是空的，两人所在的位置倒是落得个清闲。

整部电影笑点不算少，放映厅里基本每隔几分钟都要爆发出一阵笑声。

叶珈蓝也笑，不过她声音小，很快就被其他声音掩盖过去。

唐遇就坐在旁边，一个半小时的电影，他看着大屏幕的时间还没有看叶珈蓝的时间多。

幸亏叶珈蓝看得投入，看起来像是没注意到他的视线。

一个半小时下来，剧情高潮迭起，喜剧收尾的时候难免会来个让人感动泪流的小高潮。

最后是男主向女主求婚，然后一幕幕转换到以前两人经历的点点滴滴，放映厅里渐渐安静下来，有泪点低的女生已经开始抹眼泪了。

看到这里，叶珈蓝必须承认这的确是一部适合年轻情侣看的片子。

女生抹眼泪，男生就负责安慰女朋友，运气好的话还能来个亲亲抱抱举高高。

最前面几排的气氛都变了。

叶珈蓝泪点可能高了点，虽然也觉得感人，但是还没到让她潸然泪下的地步。

她还是原来的姿势坐在座位上，这时候前排观众的反应远比电影本身好看了，叶珈蓝看了几分钟，然后突然转头，恶作剧似的对旁边男人问了句："你怎么不哭？"

"……"

放映厅里安安静静，叶珈蓝的声音虽然不大，但他还是能听得清清楚楚。

唐遇差点以为自己听错了。

……他有什么好哭的。

叶珈蓝半真半假地又说了句："你以前和我看这种片子的时候，看到后面都会哭的。"

唐遇脸上没多大表情。

别说他刚才根本没看几眼这个电影，就是看了，让他一个男人哭也是绝对不可能的。

哦对，他现在不算是"男人"。

唐遇嘴角扯了下，权当自己没听清楚："你说什么？"

叶珈蓝轻咳了声清嗓子，刚张了张嘴要重复一遍，就想起了什么一样抬手朝他勾了勾手指："你靠近点。"

唐遇倾身凑过来。

下一秒，叶珈蓝抬了下头，在他唇角吻了下，她小声说："别演了。"

唐遇愣了下。

叶珈蓝又道："你演技好差啊。"

"……"

叶珈蓝回到座位上，目视前方看向大屏幕。

屏幕上已经开始播放片尾曲，叶珈蓝目不转睛地盯着一排排的演职员表刷过去，直到后面屏幕彻底黑下来，然后放映厅的灯被打开，她都没听到唐遇再说话。

观影的人陆续离场，叶珈蓝等了半分多钟，实在没忍住转头看了一眼。

唐遇刚好也在看他，他脸上表情很淡，看上去不大好。

叶珈蓝咽了口口水。

“什么时候知道的？”

“你一开始叫我姐姐的时候……”

唐遇：“……”

他看着她不说话，好一会儿起身，先一步出了放映厅。

叶珈蓝连忙小跑着跟上去，下意识就伸手去拽他的袖子：“唐遇……”

唐遇还是不说话，但是脚步明显慢了些。

叶珈蓝总算不用再小跑着跟着他，她声音低下来：“遇遇……”

她还知道把责任均摊一下：“谁让你假装夏至……我得配合你的表演啊是不是？”

唐遇：“……”

她的理由还是一如既往多得数不过来。

要不是叶珈蓝不让他碰她，他至于用上谢景非出的这个鬼法子？

唐遇眉梢微敛，本来不打算再继续说话，这会儿却又想起叶珈蓝刚才的一系列反应。他脚步顿住，转头看她：“你是不是想起什么来了？”

叶珈蓝低下头装了几秒钟的死，然后才微不可闻地“嗯”了一声。

“什么时候想起来的？”

唐遇的声音还算平静，但是叶珈蓝平静不下来，她不擅长撒谎，更何况是在自己喜欢的人面前撒谎，犹豫了几秒就诚实地说了出来：“前几天就想起来了。”

呵呵。

唐遇嘴角勾了下：“前几天是哪一天？”

叶珈蓝头低得更低，恨不得马上就埋到地底下去：“就……骂完你渣男的第二天。”

唐遇：“……”

他虽然多少觉得有点生气，但还是有理智的，更何况叶珈蓝现在低着头的样子像是犯了错等待受罚的小学生，他就算有气都半点发不出来。

唐遇都觉得自己没出息。

隔了几秒，他语气微微缓了些：“今天那个男人怎么回事？”

顿了顿，唐遇一字一顿道：“新欢？”

叶珈蓝连忙抬起头来。

头低得太过，刚才这一抬头又猛又快，脑供血有点不足，晕眩感维持了几秒，她闭了闭眼，腿有些发软，不自觉就往唐遇那边栽了下。

男人眼疾手快，立刻一手扶着她的胳膊，一手揽住她的腰。

他声音低低：“别想这时候勾引我。”

叶珈蓝：“……”

她反倒更往他怀里靠了，刚靠过去就想起他刚才的话，迟疑了几秒问道：“你是说旭旭吗？”

83

旭旭？

这个称呼怎么听怎么亲密，唐遇不喜欢。

叶珈蓝这么亲密叫他的时候都少，分手之后更是屈指可数，现在倒好，她张口闭口就管别的男人叫“旭旭”。

而且看她叫得无比熟练的样子，明显是经常这么叫。

男人眉头皱得越发紧，声音似乎也紧了些：“你叫他什么？”

“旭旭啊……”

顿了几秒，叶珈蓝恍然大悟似的又“哦”了声：“我弟弟。”

唐遇又问：“哪个弟弟？”

“……”

叶珈蓝觉得唐遇是被醋意冲昏了头脑。

她笑了一下，把他抱得更紧：“你猜。”

唐遇把她的手微微从腰上扯开：“我不猜。”

正说着，跟前的电梯门打开。

里头的人本来要出来，一见他们两个杵在外面，几乎是下意识就退了回去，里面乘客按着开门键：“那个……两位要进来吗？”

电影院在四楼。

两人来等电梯的时候，数字显示的还是在23层，中间免不了走走停停，叶珈蓝没想到会这么快到4层，经他这么一提醒，连忙把手收了回来。她往旁边挪了半步，然后走进电梯，冲一直帮忙按着电梯的陌生人道了谢。

唐遇很快也抬脚跟进来。

电梯里这会儿就只有他们两个人，叶珈蓝见没人往这边走，按了关门键。

等电梯门再合上，整间电梯里就只剩下左手边墙壁上的小屏幕播放广告的声音。

叶珈蓝看了眼广告，然后再转头，偷瞄了一眼站在右手边的男人。

唐遇正在低头看手机。

叶珈蓝视线落在他脸上几秒，刚要下移，就听他开口道：“别这么看我。”

唐遇抬了下眼。

叶珈蓝下意识就侧了下头，正前方电梯反光的两扇门中映出他们两个人的脸，清晰可见。

她等着唐遇继续往下说。

但是不等他再开口，电梯已经到了一层，门一打开，外面站了一堆的人。

叶珈蓝嘴角轻轻撇了下，她猜如果没有这群人，那唐遇的下一句话说不定会是“我好看吗”。

这个猜测根本无从证实。

唐遇收起手机，抬脚要出去，结果刚迈出去半步，在看到外面围了两三圈都等着进电梯的人群时又停下，牵了叶珈蓝的手一起出了电梯。

叶珈蓝安安静静地跟在他身后。

她正想着什么时候再把旭旭的事给解释清楚：“遇遇……”

刚一开口，话音还在空中荡着没落地，前面半步远的男人突然就停下，然后松开她的手。

叶珈蓝手上没了热源，顿时连安全感也没有了一样。

她以为唐遇这次是真的生气了，没由来地心一慌，张了张嘴想说句话，但是就在那一秒，嗓子像是被棉花堵住了一样发不出声音来。

叶珈蓝嘴巴微张，直到那人转过身来，她才勉强能发出声音来："旭旭他……"

是我弟弟。

但是根本不等她说完，唐遇一个眼神就扫了过来。

他眼神凉薄，但又分明带了半分的委屈和受伤。

叶珈蓝最见不得他这样，心软得一塌糊涂，然后她还没再开口，唐遇就把她的围巾拉到了鼻子处，然后又轻轻地拉紧。

唐遇淡声开口："别提他。"

叶珈蓝眨了眨眼，她没抬头，所以要看他眼睛的时候必须抬着眼。

这个角度看别人，很容易让对方觉得她楚楚可怜。

叶珈蓝好不容易心机了一回，为此还刻意把声音软了点："叶明旭啊，你忘了吗……他是我亲弟弟。"

唐遇："……"

他确实忘了，而且都过了一天了也没想起来。

吃醋果然使人智力低下。

唐遇今天就记住了那是一个男人，叶珈蓝还亲手给他削了苹果，至于别的，他根本没有心情去想。

他眼角微微眯了下，给叶珈蓝的围巾打好一个结之后，然后才收回手："弟弟也不行。"

他声音低而轻，眼睫微垂，视线刚好落在叶珈蓝米白色围巾上那个刚打好的结上，停顿好几秒，他才又抬眼看他。

"还有，"唐遇生了一双温柔无比的桃花眼，尤其这会儿他眼神专注，微微低下头和她平视，四目相对几秒钟，他扯唇笑了下来，“以后在外面的时候，别这么看我。”

他情绪转变得有些快，快到叶珈蓝始料未及，她不解地看他：“什么？”

“你知道的，我自制力很差。”

他又凑近了些，脸微微一侧，在她耳边轻声开口：“会很想要你。”

“……”

他声音不大，又是刻意凑在叶珈蓝耳边说的，所以根本不可能有其他人听到。

但是叶珈蓝还是不放心，她跟做贼一样，一双眼睛乱晃了一圈，确定没人往他们这边投来异样的眼光之后，她才伸手推了下他：“现在是在公共场合。”

言下之意，不能随便乱来。

唐遇知道她脸皮薄，也没敢乱来，经她这么轻轻一推就自觉退开了半步。

确定叶珈蓝被捂严实了之后，他才重新牵起她出了商场一楼。

已经晚上十点多，正是晚上繁华的时间段。

年关已近，街道上四处张灯结彩，虽然不能说亮如白昼，却也是一座实打实的不夜城。

叶珈蓝虽然穿得里三层外三层，但是一出门，还是被冷风吹得缩了一下。

她不自觉就开始往唐遇身上靠，一路上几乎是贴在他身上上的车。

唐遇被她蹭得难受，几次想把她拉开，但是一低头看见她冻得有些发红的耳朵尖，就又默默地把她的手往口袋里放了放。

过来的时候是叶珈蓝开的车，回去的时候唐遇直接上了主驾。

叶珈蓝跟在他后面，上车之后刚系好安全带，就听旁边男人问了句："送你回家？"

她手指扯了扯安全带，没点头也没摇头。

过了好几秒，她才面不改色地答："去你家吧。"

84

叶珈蓝觉得自己特别不容易。

再怎么说，她现在也算得上是一个病号，身体还没恢复太完全，但是这话一说出来，暗示意味已经非常明显。

叶珈蓝倒是不觉得自己美貌惊人，但是用来哄唐遇的话，应该半点问题都没有。

毕竟唐遇还真就吃这一套。

叶珈蓝自己在心里把结果都脑补好了，结果等了半分多钟，车子发动的声音响过了之后，唐遇转头看她一眼："你想干什么？"

明知故问。

叶珈蓝也不扭扭捏捏，直言不讳道："想看看你自制力有多差。"

唐遇还侧着头看她，好几秒，他才扯了下唇角。

车还停在商场的地下停车场里，旁边偶尔会有其他车开出去，只有他们这一辆，火都打着了好一会儿，但是始终没有什么动静。

唐遇脾气虽然不算好，但是和叶珈蓝还真没生过气。

今天是第一次。

叶珈蓝让他担心了这么久，还干脆装模作样地把他给忘了，晾了他整整四五天，说一点都不生气是不可能的。

尤其今天她那个莫名其妙地叫她“honey”的弟弟出来以后。

唐遇的气堆了几天，整个人烦得不行，结果刚才叶珈蓝一个主动的亲亲抱抱，他气又立马消了大半。

现在气倒是消下去了，但是火又起来了。

偏偏现在这个女人脑袋伤还没好全，根本碰不得。

叶珈蓝倒是好，越是碰不得，她越是明目张胆地勾引他。

唐遇身体里的那把火一点即燃，熊熊往上燃烧，叶珈蓝刚才又用那种看起来坚定又无辜的眼神看了他一眼，更是在这把火上浇了一盆的油。

越烧越旺。

唐遇下腹微微有些发热，他打开车窗，刚降下来一条缝，瞥了眼旁边还没从冷空气中缓过来的叶珈蓝，又把车窗给升了上去。

他随手打开储物格，想看看有没有能暂时帮他灭一下火的东西。

结果刚一打开，里头的东西就毫无遮挡地露了出来。

一盒烟，一个打火机，还有五颜六色的冈本。

他手指微微一顿，再一转头，叶珈蓝正缩着靠在车门上，别有深意地看着里头的东西。

“看什么？”

“怎么还有这么多，”叶珈蓝抬了下眼，眼底有惊诧，还有那么点的不怀好意和幸灾乐祸，“唐遇，你每天到底都在想什么？”

唐遇脸不红心不跳地又把储物格关上，反问：“那你每天都想干什么？”

他慢条斯理地解开安全带，然后又慢条斯理地倾身凑过来：“去我家吗？”

叶珈蓝更往车门上缩了缩。

她觉得唐遇应该没这么变态，会在车上干出这些事来。

结果这个念头刚出来，男人手指就落在她的唇上，微微用力压了一下，然后移开。

叶珈蓝张了张嘴，还没提醒他注意前面墙角上闪着红灯的摄像头，他的手指已经移开，沿着她脸颊的线条往上，然后在她额头上轻轻点了下：“不想要脑袋了是吗？”

叶珈蓝呼了口气，解释道：“吴主任说出血吸收得差不多了……”

唐遇和她眼对眼，两个人的鼻尖几乎碰上，他说话时呼出来的热气几乎全洒在了叶珈蓝的唇畔：“还说什么了？”

叶珈蓝想了一下：“不能着凉。”

“还有呢。”

“还有……”叶珈蓝摇了摇头，“没了。”

“那我告诉你。”

唐遇从她身边离开，坐回主驾驶上后重新系好安全带：“不能剧烈运动。”

“……”叶珈蓝不出声了。

“还要去我家吗？”

“……去。”

唐遇呼了口气。

他心口上的那团火还没压下去，刚才好不容易威胁了她两句，结果人家不肯听。

叶珈蓝今天要是真去他家的话，那今天晚上，不是叶珈蓝生不如死，那就是他生不如死。

唐遇觉得应该是后者。

他抿了下嘴角，强迫自己这会儿不把车窗降下来，深呼吸了几口之后放了句没有任何威慑力的话："你别后悔。"

说完发动车子，黑色轿车很快驶离停车场。

叶珈蓝不再说话。

她发现了，唐遇今天车开得尤其快，她以前坐公交车时彪悍的司机都不敢这么开。

叶珈蓝被吓得攥紧了安全带，手心都出了一层汗，车开出去没几秒，她就没忍住开了口："你慢点……要超速了。"

唐遇从后视镜里瞥她一眼。

刚才还一副慷慨赴死的坚定模样，现在被吓得呼吸都轻了不少，声音也在轻颤。

他把车速减缓了不少。

叶珈蓝撇了下嘴角，见车速恢复了正常才微微松开手，她转头看唐遇："遇遇，你生气了吗？"

唐遇没理她。

叶珈蓝一低头，看到他搁在方向盘上的手，手指应该是用力不小，手背上隐隐可以看到青筋凸起来。

看来气还没消。

叶珈蓝刚要主动谢罪，就听他问："想起来了怎么不告诉我？"

"当时刚骂完你渣男……第二天就想起来了，怕你觉得我是装的，那天护士又说你心情不好，就没敢告诉你。"

唐遇扯了下唇角："还有你不敢的？"

他这话怎么听怎么像是在讽刺她。

叶珈蓝也觉得自己过分了，尤其唐遇的玻璃心几乎人尽皆知，但是再回过头来想想，生活这么无聊，偶尔来点小情趣也不错。

她眼神晃了晃，心虚几秒后又坦然起来："这不也是增进感情的情趣吗……”

“你觉得这叫情趣？”

唐遇弯唇笑了下，越发觉得她强词夺理，但他偏偏又觉得她无理取闹得有点可爱。

前面是红绿灯路口，唐遇把车停下，转头看她：“按照你的意思，我那天是不是应该也答应和付桐吃晚饭？”

叶珈蓝眼睛一瞪，回复得干脆利落：“你敢！”

唐遇嘴角弯的弧度更大。

叶珈蓝是吃定了他不敢，所以才这么有恃无恐。

这么两句话的工夫，红绿灯转换，后面已经有车开始按喇叭催促了。

唐遇视线收回来，发动了车子之后才说了句：“我不敢。”

叶珈蓝嘴角牵了牵。

她向来最懂得见好就收，唐遇今天这么顺着她来，她也不想他还这么不上不下的，一点一点地解释道：“旭旭真的是我亲弟弟，一个爸生的那种，他从小生活在国外，爸妈都忙，也不经常管他，所以有的时候会比较黏我……我以为你对他有印象的。”

唐遇每个字都听得清清楚楚。

“吃醋了吗？”

他握着方向盘的手微微收紧，微不可闻地“嗯”了声。

虽然是预想中的结果，叶珈蓝还是没忍住笑了一声。

她脸上的笑意还没止住，唐遇就突然问了句：“美国？”

叶珈蓝一愣，反应过来之后点了点头。

意识到他在开车没法分散注意力之后，她又“嗯”了一声。

唐遇问的应该是叶家移民到了哪里。

以前在一起的时候，叶珈蓝倒也不是没有提过父亲那里，不过最多也只是用简单的“国外”两个字替代，她想着早晚是要见家长的，所以也没急那一时半会儿。

结果后来家长还没见到，他们两个就分手了。

叶珈蓝眼皮微微垂下来，在心里叹了口气。

唐遇声音淡淡：“美国哪里？”

“纽约。”

唐遇“嗯”了声：“去过那里吗？”

顿了几秒，他又加了句：“我们分手以后。”

叶珈蓝：“……”

她没想到唐遇的关注点在这里，愣了一下还是点了点头：“去过几次。”

去过几次，但是他毫不知情，所以连个偶遇的机会都没有，

唐遇都不知道，他在国外读书那几年，也和叶珈蓝有距离这么近的时候。

他眼神亮了又暗，闪烁几下之后他听见叶珈蓝轻声开口：“我爸后天来国内。”

唐遇猛地刹了车：“什么？”

“你和我一起去见他吧……我爸不常来国内的。”

唐遇紧盯着看了她几秒，然后才笑了下：“不打算藏着了？”

叶珈蓝撇了下嘴角，刚扬起来又抿了下去：“但是我爸不知道我姐的事……我妈那边……”

这种事情不能想。

越想越郁闷，叶珈蓝叹了口气：“我这几天给我妈打电话，都没敢再跟她提这事……”

她不提，余秋华也就没提。

叶珈蓝对她昏迷时手术外面余秋华松了口的事情一无所知。

“我该怎么跟我妈说啊……”

叶珈蓝转头看他：“遇遇，要不我们先去把证领了吧，领完证她就没办法不同意了。”

唐遇无奈道：“你妈已经同意了。”

“什么？”

“你前几天出了车祸，你妈来医院的时候和我说了几句，应该是想明白了，让我以后好好对你。”

他刻意省略了自己在手术室外面错等了两个小时的蠢事。

叶珈蓝仔细盯着他的表情，确定他不是在哄她之后才狠狠松了口气，她立刻拿出手机，刚要给余秋华打个电话肉麻一下，结果一看时间快十一点了，只能作罢。

她心口大石一落下，整个人都轻松不少，心情大好地唱起歌来：“今天是个好日子……”

唐遇瞥她一眼。

他不觉得是个好日子，毕竟他某一处的火还没消下来，今晚说不定又是个难眠之夜。

唐遇声音淡淡，但是隐隐有些发涩：“弯弯。”

叶珈蓝歌声骤停：“嗯。”

“我明天有台手术。”

“……哦。”

叶珈蓝完全没懂他的意思。

唐遇：“不能晚睡。”

“……哦。”

“所以，”他声音更哑，“你帮我。”

叶珈蓝心想，她又不是助睡眠的，更加不解：“帮你什么？”

唐遇没说话。

车已经开进他的小区门口，几分钟后，他把车停到了车库，他才转头看她。

车里没开灯，车外面灯光又暗淡，里面昏昏暗暗的，叶珈蓝只能勉强辨认出他的五官，连他什么时候把手伸了过来都不知道。

唐遇准确地握住她的手腕，然后拉过来，往下轻轻压了下。

叶珈蓝甚至能听到他微微带了喘的声音，干涩沙哑：“你说呢？”

“……流氓。”

“是我让你来我家的？”

“……”

叶珈蓝懒得跟他再说话，收回手就去解安全带，刚解开要开门下车，唐遇就又扯住她的手腕把她拉进怀里：“在车上吧。”

叶珈蓝一惊，眼睛睁大，好一会儿才哆嗦着嘴角问了句：“你你你……你是不是有什么怪癖？”

她记忆里，这应该不是唐遇第一次想在车上。

叶珈蓝的语气明显又露骨，惊讶之情毫不掩饰，唐遇掐了她的腰一把：“我要是有怪癖，你还能活到现在？”

“……”

好像有点道理。

“那你为什么要在车上？”

“我怕在床上控制不住……”叶珈蓝的手还被他拉着，下一秒，皮带扣打开的声音响了一下，唐遇在她耳垂上轻咬了下，“宝贝，动啊。”

叶珈蓝脸一热，低低骂了句："……不要脸。"

叶珈蓝第二天醒来的时候，整个人都不太舒服。

昨晚折腾的时间不长不短，唐遇是舒服了，她翻来覆去到半夜才在床上睡了过去。

因为睡得不好，眼底都出来一层青色。

叶珈蓝对着镜子看了几秒，然后才掬起把冷水洗了脸。

出来的时候，唐遇正在系扣子，叶珈蓝哀怨地瞥他一眼："我要回家一趟。"

唐遇这里，没有她的衣服，也没有她的化妆品。

叶珈蓝虽然不常化妆，但是今天熊猫眼实在厉害，不得不用遮瑕膏遮一下。

唐遇看她一眼，然后唇角一弯，笑了："没睡好？"

叶珈蓝瞪他："废话。"

话音落下，那人刚好扣好最后一颗扣子："要搬过来住吗？"

"不要。"

叶珈蓝拒绝得干脆利落。

她可不想每天都在辗转反侧中度过。

唐遇也不多说："我送你回去。"

叶珈蓝回家上了个妆，然后又换了一件新的毛衫。

她晚上没睡几个小时，早上怕困还特地泡了杯咖啡，好不容易挨到中午，刚想倒头补个觉，手机就震动了下。

叶珈蓝皱了皱眉，点开微信一看，是叶明旭的消息。

叶明旭：【姐，我睡醒了，我们去吃午饭吧！】

过了几秒：【我昨天在微博上搜了下，你们医院附近好像有一

家粤菜馆，我想去吃。honey，你带我去吃好不好？】

叶珈蓝揉了揉眼睛，然后应了下来。

想到叶明旭心心念念的“姐夫”，叶珈蓝还是给唐遇发了条消息：【我弟弟中午要去南粤吃饭，你去吗？】

【好。】

唐遇的消息回复得迅速：【但是我现在有个病人，可能晚点儿。】

【那我先过去？】

【注意安全。】

叶珈蓝没再回复，又拿出镜子补了妆之后，穿上外套出了门。

南粤离医院就几个路口，叶珈蓝解锁了辆自行车骑过去。

几分钟后，她定好了包厢，把房间号给唐遇和叶明旭一起发了过去。

发完之后，她又问和叶明旭一起来了国内的莫妮卡：【宝贝，有空过来吃个饭吗？】

【宝贝，不行啊，下午两点要拍封面，晚上吧，晚上我去你家睡。】

【我男朋友请客。】

【……】

莫妮卡想了几分钟，然后发了两个字过来：【地址。】

叶珈蓝把定位和房间号发了过去。

包厢里就她一个人，叶珈蓝先点了两道点心，准备边吃边等。

五分钟后，叶明旭第一个进来。

他大概是昨天打游戏打得太晚了，今天看起来还有点没睡醒的样子，比起昨天，他今天简直可以用不修边幅来形容，虽然没有胡子拉碴，但是头发微微蓬乱，衣服穿的也还是昨天那套。

叶珈蓝咳了声：“你的白西装呢？”

叶明旭坐下，一脸的理所当然："跟你吃饭，我还穿什么白西装啊……溅上油怎么见我姐夫？

叶珈蓝嘴角扯了下，没有残忍地提醒他一个事实。

叶明旭夹了块点心放进嘴里，刚嚼了嚼，还没咽下，门被人推开，金发碧眼的高个子女人一脸兴奋："宝贝儿，你的男朋友呢？"

"男朋友？"

叶明旭不知所措。

莫妮卡看他一眼，然后紧接着把整个包厢环顾了一遍："你姐说今天她男朋友请客，不然我干吗过来，陪你吃饭吗？"

叶明旭嘴里的糕点卡了一下，突然难以下咽。

他的头发！

还有他的白西装！

叶明旭腾地一下站起身："姐，我姐夫是不是还没过来？"

叶珈蓝点点头。

唐遇这会儿应该刚出医院，或者还没出医院。

叶明旭用手捯饬了下头发，拿起刚进来时脱的衣服就往身上披："我回去换上我的白西装……"

刚要往外走，包厢门再次被打开。

衣冠整齐长相精致的男人推门而入，叶明旭心里仿佛有千军万马奔腾而过，看清那男人的时候，他在心里默默地想，算了。

穿什么在这种人面前都白搭，完全逃不过当陪衬的命。

85

叶明旭瞬间心如死灰。

他刚才往身上披的外套还没整理好，领子往里折了一半，再加上凌乱不羁的头发丝，看起来越发地不修边幅。

可是明明不应该是这样的！

这和他想象中的会面没有半点重合之处，排场尽失，面子全无。

叶明旭又想到自己压箱底的那套白色西装——那可是他为了这次会面，特地花了大价钱找了知名设计师定制的，面料整齐没有褶皱，甚至连半根线条都找不到。

这么精致的一套衣服被他跨越了大半个地球带过来，结果根本没派上用场。

郁闷得不行。

年纪轻轻的叶明旭像小老头一样叹了口长气。

本来穿白西装都找不回面子了，现在更别说穿这件被压出了褶皱，像是从地摊上捡来的黑外套了。

叶明旭觉得自己不能再往下想了。

他和反手关上门的男人对视了两秒，还没来得及把他身上的家当评估一遍，叶珈蓝就咳了一声，介绍道："我弟弟。"

唐遇"嗯"了声，关好门后走过来。

叶珈蓝又指了指呆若木鸡的莫妮卡："我在国外的邻居和好朋友。"

唐遇弯唇笑了下，"你好。"

莫妮卡脑袋当机了两秒，反应过来以后才点了下头，她盯着唐遇看了又看："我们是不是在哪里见过啊？"

“哎我说姐姐，你这都是哪个年代的搭讪手法啦？”叶明旭抓了粒花生一抛，拿嘴接到之后用力嚼了嚼，“对我来说都没作用，更别说对一个有家室的……”

莫妮卡眼睛一瞪，冲他比了个抹脖子的手势。

她是真觉得唐遇眼熟。

她见过的好看男人也不是一个两个，暂时想不起来或者记忆混淆都有可能。

莫妮卡思考的这几秒，唐遇已经径直走到叶珈蓝旁边，把沾了外面寒气的大衣脱下放在一边，然后才在她右手边坐了下来。

他也看了莫妮卡一眼，然后轻摇了下头：“不好意思，我没什么印象。”

叶珈蓝转头，抬眼盯着他的侧脸。

他当然没印象，因为莫妮卡对他的眼熟，完全是单方面的。

不过也不怪莫妮卡，毕竟过了几年了，唐遇多多少少和上学时期有了变化。

莫妮卡第一次在哥大实验楼下见到他的时候，他周身还都带着一种骄矜和生人勿近的气质，现在一看，男人看起来成熟了很多，侧脸线条似乎都比以前温柔了不少。

连叶珈蓝都觉得不可思议。

她缺席了他生活的这几年，他好像变成了另外一个人。

另外一个更好的人。

莫妮卡不知道叶珈蓝这几秒就千回百转的心思，她只当是自己把唐遇和以前合作过的男模弄混淆了，也没过多纠结，推着叶明旭落座后，自己也跟着坐到了对面：“叶经常跟我提起你。”

唐遇轻靠在椅背上，长臂一抬，不轻不重地落在叶珈蓝的腰间，他来了点兴致，特别配合地问：“提我什么？”

叶珈蓝腰本来就敏感，更何况他手还不是老老实实待着，落在那里有一下没一下地轻点。她挪着臀部往椅子前面挪了挪，然后眼睛一抬，看着叶明旭一块块往嘴里塞着甜点。

他大概还顾念着自己的白西装，模样看起来委屈极了。

叶珈蓝扑哧一声就笑了出来。

在座的其他三人同时看过来，表情各异。

叶珈蓝端起杯子抿了口茶：“你们继续。”

莫妮卡狐疑地看她一眼，片刻后，她才又把视线收回来：“OK。”

话音一转，她思考了几秒，当真继续说了起来。

叶珈蓝以前没少跟她提起唐遇，大多数时候都是在夸他，当然也有极少数的情况下会骂他混蛋。

莫妮卡是混时尚圈的，知道怎么说话，在当事人面前就专门挑他爱听的说。

比如颜值高气质好，年轻有为，前途无量……短短几分钟，莫妮卡话匣子一打开，连珠炮似的抖出了一堆话来。

叶珈蓝这会儿已经两杯茶水下肚，她被莫妮卡这些言辞说得面红耳赤，甚至一度怀疑这些话是不是自己说过的。

大概意思差不多，但是好像被莫妮卡夸张了好几倍。

对面叶明旭早就从刚才被秒杀的郁闷情绪中走了出来，毕竟是个男孩子，他性格又开朗，三言两语就加入和莫妮卡的尬吹队伍当中。

于是偌大包间里的四个人，有两个正在转述她的尬吹语录。

两个都是能说的人，在对面口若悬河滔滔不绝。

当事人倒是淡定，见叶珈蓝杯子底空了，又漫不经心替她倒了一杯。

叶珈蓝顺着他骨节分明的手往上看，男人嘴角半勾，似笑非笑地看了她一眼。

那表情仿佛在说：看不出来我在你眼里这么好。

莫妮卡和叶明旭还在一唱一和，叶珈蓝被公开处刑，即使不是什么丢人的事儿，放在脸皮薄的她身上，也还是觉得不好意思。

正好刚刚喝了不少茶水肚子发涨，她寻了个理由就站起身来："我去趟洗手间。"

叶明旭看了眼她涨红的脸："honey，你害羞了啊？"

叶珈蓝没理她，扯了下唐遇的袖子，小声道："你起来，让我出去。"

刚说完，唐遇就站起身来，叶珈蓝从他身边经过的时候，头发和身上的味道飘了过来，很淡的香味。

他心神一漾，眼睫微垂，看到她透着红色的耳尖时本来想抬手去碰一下，结果一想到对面还有两个巨型灯泡，他手刚抬了下就又收了回来，转而把外套递给叶珈蓝："外面冷。"

叶珈蓝"嗯"了一声，胡乱地拢好大衣就出了包厢。

直到门重新关上，唐遇才坐下来，看见叶明旭跟到了门口的眼神时微微眯了眯眼。

叶明旭刚才那声honey，他怎么听怎么不舒服。

让他不舒服的人丝毫没有察觉，笑眯眯地又把视线转了回来："我们继续。"

刚才聊天时，他已经把唐遇从上到下打量了一遍。

手表是知名品牌的限量版，衣服是高级定制，连手上那枚戒指看起来都价值不菲。

好像比叶珈蓝跟他说过的更有钱。

又帅又有钱，还有气质。

叶明旭彻底服了，他又夹了块点心放进嘴里："姐夫……"

唐遇眉梢微挑，轻飘飘掠过去一眼，突然就觉得对面的小舅子顺眼了起来。

叶明旭："你英语真好。"

刚才莫妮卡全程英文交流，连语速都没刻意放慢，结果他居然一字不差地全听懂了。

莫妮卡也配合地竖了个大拇指，随口问道："大学是不是在国外读的啊？"

顿了半秒，她又问："要不就是以前在国外生活？"

还有一个可能，那就是单纯的学霸，外语学得太好。

莫妮卡还没来得及问出来，唐遇就应了一声："以前在国外生活，大学也是在美国读的。"

"方便问一下哪所大学吗？"

叶珈蓝以前没和她说过。

唐遇还没说话，叶明旭倒是激动地一拍桌子："这你就不知道了吧，哥大读的，学霸！"

莫妮卡："……"

她又看了眼唐遇，然后起身，退到几米远的地方："你……戴过眼镜吗？"

离得远了就越看越像，莫妮卡脑袋里闪过什么，恍然大悟似的拍了拍脑门："我就说怎么看你这么眼熟……有一年我和叶去你们学校的时候，在实验楼下看到过你！"

唐遇本来是想再把叶珈蓝的空杯子填满水，结果听她这么一说，手刚碰到茶壶就顿住了，他抬了下眼，眼底分明有惊诧闪过："什么时候？"

莫妮卡又慢悠悠地转回来："我想想……"

叶明旭也明显没想到莫妮卡真的见过唐遇，嘴巴张大，下巴几乎都快掉了下来。

这边莫妮卡想了足足半分钟，然后才"噢"了声："四五年前吧。"

叶明旭立刻接了句："我姐那时候单身啊。"

"对啊，所以你姐开始叫我陪她去哥大一趟，我以为她是约了人见面，结果那天晚上谁也没见到，我就跟叶在医学院实验楼底下干等了几个小时。大冬天啊，虽然也不算太冷，但是等那么久叶第二天又要赶飞机，我怕她受不住，刚劝她回去的时候，你就出来了。"

莫妮卡抬手指了指唐遇，像是突然想明白了什么："原来叶那时候就对你有意思了啊。"

对面两人表情出奇地一致，目瞪口呆不约而同嘹了声。

唐遇跟他们两个不一样，他倒没有目瞪口呆，只是微微抿了下唇，沉默不语。

美国的冬天什么样他也知道，就像莫妮卡说的那样，虽然不比北城温度低，但是在夜里吹了几个小时的冷风……唐遇甚至能想象到叶珈蓝在实验楼下瑟瑟发抖的模样。

他胸口像是堵了团棉花，抬手扯了下领口的扣子才觉得呼吸通畅了一些。

莫妮卡目睹了唐遇这几分钟内表情变化的全过程，她盯着男人的脸，手指把波浪卷发钩起了几圈："不过，叶是怎么追上你的啊？"

唐遇手指在桌子上轻扣了下："我追的她。"

"什么？"

唐遇抬眼，一字一顿地重复："唐遇追的叶珈蓝。"

这次，他干脆连名带姓叙述了一遍。

莫妮卡："你们很早以前就认识？"

"嗯。"

莫妮卡这会儿就算再怎么迟钝也明白了："你是她初恋啊？"

她也不是多八卦的人，没揪着这个问题去问他们两个的分手原因，只意味深长地点了下头："有缘万里来相会……"

叶明旭纠正道："是千里，姐姐。"

莫妮卡懒得理这个鸡蛋里挑骨头的人，她一个外国人，知道这个理已经算是不错了，趁着叶珈蓝不在，抓紧时间问了句要紧事："那个……唐医生。"

唐遇挑了下眉。

"你有没有哥哥弟弟啊？"

"……"

唐遇完全没想到她会问出这种问题，愣了下才道："没有。"

莫妮卡嘴角瞬间耷拉下来。

还没丧上几秒钟，包厢门就被人推开。

叶珈蓝推门走进来，她压根没想到，自己去了趟洗手间的工夫，包厢里气氛都变了。

莫妮卡一脸垂头丧气的模样，叶明旭咬着筷子眼巴巴地看着她。

而唐遇，微微皱了下眉，看起来也不像刚才出去的时候那样神采飞扬了。

……该不会是莫妮卡把她骂唐遇渣男王八蛋的话也给转述过去了吧？

叶珈蓝心下一慌，往这边走的时候步子都快了些，刚到桌边，就因为走得太急，左脚和右脚绊了一下，身子一歪，幸亏唐遇扶得及时才没有跌下去。

“你们……怎么都不说话了？”

从她一进门，气氛好像就一直处于一种诡异的状态，居然连叶明旭都安静地在咬筷子。

叶珈蓝越发搞不懂状况，她把矛头对准唐遇：“他们两个刚才跟你说了什么？”

唐遇没说话，手从她的袖子上下移，握住她有些冰的手：“外面冷不冷？”

叶珈蓝摇头，然后又点头：“有一点。”

外面虽然也开了暖气，但是比起里面基本相当于没开，不然她也不至于出去一会儿手就凉了。

唐遇把她整只手都握在了手心，他掌心干燥温热，只是轻轻拉着她甚至不需要说任何多余的话，叶珈蓝都觉得心满意足。

但这不代表她忘了刚才那一茬，坐下后又转头看向唐遇：“是不是说我坏话了？”

她眼神干净，黑白分明。

时间仿佛瞬间回到了很多年以前，叶珈蓝也经常这么看他。

唐遇心底越发柔软，想起莫妮卡刚才的话，他现在就只想疼她。

好好的，用尽全力地疼她。

男人喉结上下滚动了两下，拿起杯子，把茶杯里的水一口喝了下去。

叶珈蓝都来不及阻止，等他放下茶杯之后才反应了过来——那个杯子，是她的。

也不知道他是没注意到还是压根觉得无所谓，看都没看一眼杯沿上粘着的不完整的口红印，微微侧过头小声回她：“说你长得好看。”

呸。

叶珈蓝根本不信：“那你们为什么这种表情？”

两个人声音都不大，而且说话的时候为了让对方听见靠近了些，所以动作看起来暧昧又亲密。莫妮卡被突如其来的狗粮塞了满嘴，不满地咳了一声：“能不能关爱一下我们？”

话题就这么被转移开来。

唐遇今天看她的眼神不大对劲。

温柔得溺人，但是又带着一种想把她拆吃入腹的占有欲。

叶珈蓝如坐针毡地往旁边挪了挪，整顿饭下来，她在椅子上蹭了几个来回——蹭远就被唐遇拽回来，拽回来之后再蹭远，反反复复，她怀疑椅子都被她摩擦得光可鉴人了。

叶明旭看她来回乱动，隔着一张桌子也不知道她在干什么，一遍夹菜一边关切道：“姐，你哪里不舒服吗？”

其实他本来想问叶珈蓝是不是长痔疮了，但是考虑在饭桌上，这种言论一出来，绝对会被混合双打，临时才改了口。

叶珈蓝没再乱动，含含糊糊地应了声。

四个人饭桌礼仪良好，吃饭的时候基本没人说话，只有筷子碰在盘子上发出的声音和很轻的咀嚼声。

叶明旭和莫妮卡虽然没接触过粤菜，但是这一桌倒也合得上他们的口味。

酒足饭饱之后，叶明旭因为吃得太撑，捂着嘴打起了嗝。

唐遇吃得不多，中途还接了一通医院打来的电话。

这会儿刚刚吃完，他手机就又震动了起来。

叶明旭边打嗝边感叹：“姐夫是个大忙人啊……”

废话。

叶珈蓝给他示意了一个眼神，唐遇把手机拿出来的时候她看了眼来电显示。

没有备注，就是一串电话号码。

不像是医院那边打过来的。

再一看唐遇的表情，他眼睛微眯，然后毫不犹豫地按了挂断。

与此同时，他起身："我去结账。"

叶珈蓝也忙不迭跟着站了起来："正好我要去厕所，顺路。"

对面二人："……"

叶珈蓝倒不是真的想去厕所，她就是单纯觉得那通电话有点不对劲儿。

不像是诈骗电话，也不像是推销的，因为唐遇明显是认得这个号码。

叶珈蓝跟在他身后一起出门，包厢门刚关上，她就拽住唐遇的袖子："谁的电话啊？"

说曹操曹操就到。

刚问完，唐遇的手机就又震动起来。

他手机明明还在口袋里放着，但是叶珈蓝像是已经猜到了什么，脸色越发地古怪："女的？"

唐遇哭笑不得，摸了摸她的头发解释道："男的。"

"男的你这么藏着掖着的干什么？"

唐遇实在没办法，只好把手机从口袋里拿出来，这次没再挂断，直接按了接听。

里面男人的一声"喂"立马传了过来。

唐遇把电话拿远，低头在叶珈蓝脸上亲了一下："信了？"

"……信了。"

叶珈蓝没再往下听内容，指了指洗手间的方向之后，轻手轻脚就朝那边去了。

唐遇看着她一步步走远，然后，他嘴角弯起的弧度也一点点倾下来。

这个号码他当然认识。

虽然没存在通讯录里，但他还是一眼就看了出来。

是徐震的号码。

86

叶珈蓝只见过徐震一面，即使对人声再敏感，也没到光听一声“喂”就能分辨出是谁的程度。

她就是单纯觉得没那么简单，直到进了洗手间，还在想电话那头的人会是谁。

不是谢景非，也不是唐慕白。

叶珈蓝和唐遇交友圈重合得不多，尤其是大学以后，唐遇的朋友她基本就没几个认识，所以除了这两个，她一时间也没想出其他人来。

叶珈蓝在洗手间洗了两分钟的手，细致到水流在每根手指上都冲刷了好几遍，水龙头关闭的时候，她脑海里闪过了一个人。

从那通电话打过来的时候，唐遇的情绪就有了变化。

虽然变化不是很明显，但叶珈蓝毕竟是精神科医生，即使心理咨询师二级证还没考下来，对人的表情观察也比平常人要细微得多。

更何况，这个人还是她最了解的人。

所以应该不是朋友。

如果不是朋友……那基本就只剩下了一个人。

该来的迟早会来。

叶珈蓝表情淡下来，烘干手之后出了洗手间。

她心不在焉，经过包厢门口的时候还走过了几步，差点和迎面过来的人撞了个满怀。

男人身上清冽好闻，是她最熟悉的味道。

叶珈蓝双手刚顺势轻轻环抱住他的腰，头顶男声就响了起来：“怎么了？”

她随口扯了个理由：“困了。”

“嗯，”唐遇抬眼扫了眼跟前包厢门口上的标号，明显跟他们刚才吃饭那间不一样，叶珈蓝刚才一副心事重重的样子他也不是没看见，只不过也不想拆穿她，顺着她的话轻声道：“回医院还能睡一会儿。”

叶珈蓝点头，默不作声。

唐遇猜到她大概是知道了什么，抬手在她背上安抚性地拍了拍：“我有点事，一会儿自己回医院行吗？”

叶珈蓝还是点头。

她今天太安静了，唐遇倒是有点不适应。

他弯唇笑了下，微微拉开两人的距离，半低下头看她：“怎么不问我什么事？”

叶珈蓝瞬间被他问住，嘴角动了好几下也没想到合适的话来接，不过她也不理亏，抬手就在他胸口上打了下。

说得她跟老妈子一样。

叶珈蓝瞪了他一眼：“我先回去了，你早去早回。”

“好。”

唐遇盯着她几秒，看着叶珈蓝转过身，然后她抬脚要往回走的时候，他突然从身后抱住她：“这段时间跟其他医生调一下班吧。”

叶珈蓝脚步一顿：“干什么？”

“抽个空结婚。”

叶珈蓝嘴角撇了下，眼底的光却闪了几下，亮晶晶地有些晃眼。

她还没正面答应，那人又低低在耳边说：“然后度个蜜月。”

叶珈蓝嘴角彻底弯起来。

她没说话，从唐遇怀里钻出来，身后那人似乎低低笑了声。她没理，也没回头，快步回了包厢。

包厢里的那两个人还靠在椅子上，双双拿着手机在打游戏，一边打一边互怼。

叶珈蓝没关门，只屈指在门板上轻扣了下：“走了。”

“honey，你再等几分钟，打完这一局就行了！”

叶明旭说着还腾出了一只手，从桌子上抓了颗薄荷糖朝她抛了过来：“你先吃颗糖。”

叶珈蓝接住，靠在门框上低头把那颗糖翻了几遍，然后拆开放进嘴里：“你刚才在他面前怎么叫我的？”

“谁？”叶明旭还在打游戏，显然智力不够，反应了好一会儿才“哦”了声，“你说我姐夫啊……叫的 honey 吧……”

这次刚说完，还没两秒，他头就挨了一记拳头：“叶明旭你这个猪队友，又 game over 了吧！”

莫妮卡之前有一任男朋友是中国人，所以她多多少少也会点中文，这句话一用中文说出来，整句话的气场都强了不少。

叶明旭立马捂着脑门站起身来。

莫妮卡大概是真被这个猪队友气到不行，又回归到母语怼起他来："还姐夫……你刚才没看见你姐夫听你叫'honey'时候的眼神吧？"

叶珈蓝："……"

她也没看见，但是她能想象到。

莫妮卡一米七五的身高，又穿着高跟鞋，站起来跟叶明旭差不多高，抬手就能直接戳到他的额头："我看他想把你脑袋切开，然后看看是什么构造，居然敢当着他的面叫他的 honey honey。"

叶珈蓝听得心服口服，没忍住拍了拍手："精辟。"

叶明旭："……"

怪不得他觉得叫了 honey 之后，包间里的温度好像下降了呢。

叶明旭慌忙问："哈……姐，我姐夫是什么科的医生啊？"

"神经外科。"

"幸好……"

幸好不是脑科的。

叶明旭刚拍了拍胸口，就又听见叶珈蓝加了一句："开颅手术也做过不少。"

"……"

说完，见那两人都穿好了外套，叶珈蓝转身出门。

后面叶明旭紧跟着出来："姐……"

还没来得及把话说完，斜对面的包厢门打开，里面人出来的时候，叶珈蓝脚步顿住。

付桐被一个男人搂着走出来，跟她反应差不多，一看见她脸上的笑就有些绷不住。

叶珈蓝视线在她身上停留几秒，瞥了一眼那个还算英俊的中年男子一眼就收了回来，她没打算理他们，想直接走。

走出去还没两步，身后莫妮卡的声音响起：“冤家路窄。”

她来中国的第一个成语，贡献给了付桐。

两人明显是相看两相厌的关系，互相送了对方一个极为不友好的白眼。

叶珈蓝只得停下，转头去看那两人。

莫妮卡居高临下地睨了眼付桐：“看来有人狐狸精本性估计改不过来了……”

她也懒得再和这种人浪费口舌，翻了个白眼就冲他们走了过来。

等又走出去几步之后，叶明旭没沉住气转头看了眼，没看见那两人跟上来，才八卦地问道：“姐，你认识她啊？”

她这声“姐”没有特指，直接导致两人不约而同应了一声。

应完之后，两人又对视了眼，一脸的不可置信。

叶珈蓝先开的口：“你先说。”

莫妮卡丝毫不含糊，开门见山道：“我之前不是有个中国男朋友嘛……分手就是因为她。”

叶珈蓝只知道那一任是因为对方劈腿才分的手，倒是没有想到劈腿对象会是付桐。

所以说世界才奇妙。

过了几年，莫妮卡提起还是一脸愤懑，语速都快了不少：“那年就是中国留学生聚会，可能也有喝了酒的原因，反正他们两个滚到了一张床上。”

莫妮卡说着“啧”了声：“男人果然都是靠下半身思考的动物。”

叶明旭：“姐，你当着我的面说这种话真的好吗？”

“除了你。”

顿了顿，莫妮卡转头看向叶珈蓝，又补了一句：“还有你们家唐医生。”

叶珈蓝倒是没觉得她说错，但是受到质疑的叶明旭经她补了两句话之后，也心满意足起来。

没过几秒，莫妮卡又像是想起来了什么，一把揽住叶珈蓝的肩膀：“对了叶，那个女人跟你男朋友是一个大学的。”

叶珈蓝：“……”

那他们还真是有缘分了。

“奇怪了，学校里有你男朋友那么优质的校友，她是怎么忍住没下手的。”

“……”

呵呵。

指不定在大学里跟唐遇又告白了多少次呢。

那个男人居然半个字都没跟她提过。

叶珈蓝拿出手机，给唐遇发了条消息：【万人迷唐医生，大学收到过多少情书啊？】

唐遇收到这条消息的时候，正在推开咖啡厅的门。

立马有侍应生迎上来，听他说有人等他之后，点头微笑，带着他去了二楼。

这个点午饭时间还没过，所以咖啡厅人不多，尤其是二楼，无比清净。

唐遇只简单看了眼消息内容，直到在侍应生的引导下在角落的某一桌坐下后，他才回了消息过去：【你先说你收到多少。】

刚回过去，侍应生礼貌道：“二位慢用。”

唐遇看她一眼："谢谢。"

侍应生是个兼职的女大学生，和他对视一眼之后慌忙收回视线，快步下了楼。

脚步声散开之后，二楼又很快恢复清净。

唐遇等了半分钟的消息也没等到，他这才抬头看了对面的男人一眼："说吧。"

他语气和表情同样的淡，淡到徐震眼神也跟着淡了下来："你和……"

话没说完，唐遇眼底已经填了几分轻嘲："准备结婚了。"

"小遇……"

唐遇眼底嘲讽的意味更重。

他也不说话，就这么半笑不笑看着对面的男人。

徐震到了嘴边的话硬生生被他看得噎住，在喉咙里哽了好一会儿才叹了口气，"你们不合适。"

唐遇眼神没变，嘴角的弧度倒是勾了起来，他这次是真笑了出来："你有什么立场说我们不合适？"

徐震盯着这张脸，越发不知道该怎么开口。

唐遇虽然从小到大都算不上叛逆，但是压根就没听过他的话。

父子俩相处的时间也少之又少，唐遇年纪小的时候徐震不知道收敛，经常夜不归宿；长大了之后，不回家里的人变成了唐遇。

比起他家，唐遇更喜欢待在唐家。

相处时间不长，再加上唐蓉的缘故，两人感情也热络不起来。

徐震这段时间给唐遇打了几十次电话，他有意没接。

今天好不容易接一次，居然还是告诉他准备和那女人的妹妹结婚的消息。

徐震对唐遇多少是有愧的，所以在他面前总有种抬不起头的感觉，他声音都低下去不少，大有委曲求全的架势：“小遇，你是不是再考虑考虑……”

“觉得对不起余莹姐？”

徐震怔住。

唐遇上半身前倾了些：“所以也不想见到她？”

徐震眼神晃了晃，顿时失语一般没了声音。

“那好办，”唐遇抬手往咖啡杯里加了块方糖，“反正我也没打算带她见你。”

徐震放在桌子底下的手收紧了些，因为攥得太紧，控制不住地有些发抖。

那颗方糖已经没于咖啡里，很快消失不见，唐遇又加了一块：“你放心，有你的地方就不会有她。”

徐震撑大眼眶看他：“小遇，你这是什么意思？”

唐遇没看他，他的视线落在那颗渐渐融化的方糖上，似乎是根本没留意他的话，自顾自道：“她见到你也会不高兴。”

对面沉默下来。

唐遇也不再开口，直到看着第二颗糖融化至看不见，他才站起身来：“就说这么多吧，如果还不行——”

他把椅子拉开，因为没用多大的力气，所以声音也不大：“那就断吧。”

徐震以为他终于肯退了一步，还没来得及开心，紧接着就又听他淡声道：“你跟我。”

唐遇说得已经够清楚了。

徐震愣了好一会儿，反应过来之后还觉得是唐遇在开玩笑，扯了唇勉强地笑了下："小遇，这种事可不能随便开玩笑。"

"没开玩笑，"唐遇低头理了下袖口，他不是急性子的人，低着头的时候更显得随意而漫不经心，"虽然傅晏哥说法律里没有断绝父子关系这一项，但是试一试总没关系，万一有一天就成了呢？"

他极少在徐震面前说这么多话，说多了口渴，而且反感。

"还有，"唐遇抬眼看他，"别叫我小遇。"

徐震还沉浸在他刚才那句话里没回过神来，唐遇丝毫不在意，收回视线，抬脚经过他桌边的时候才停顿了两秒："您也配吗？"

他难得用一次敬语，还是在这种情况下。

说完不等他再开口，唐遇抬脚下了楼。

在唐遇眼里，亲近的称呼向来只有亲近的人才配得上用。

徐震不是。

以前不是，以后也永远不可能是。

他和唐遇之间，除了这层血缘关系的羁绊之外，再也没有别的关系了。

唐遇一路上头也没回一下，到了咖啡厅门口，他看了眼手机。

屏幕上头叶珈蓝的消息已经回复过来：【也就十几个吧。】

她说向她告白的十几个。

唐遇笑了下，也回复她：【我也是十几个。】

多公平。

叶珈蓝却不上他的当，立刻就质疑起来：【我不信。】

唐遇盯着几个字，沉入海底的一颗心突然上升，终于见到了阳光。

叶珈蓝当然不会信。

唐遇自己都不信。

真实的答案，连他自己都不知道了。

跟他表白过的女孩子不少，高的矮的胖的瘦的，国内的国外的，他记不得了。

那些无关紧要的人，他没数过，也没有心思去说。

与其问他，还不如问跟他同校的傅晏和纪寒声。

叶珈蓝那边没了动静。

唐遇开门上车，系好安全带之后才又问了她一句：【怎么想起问这个来了？】

【看见你的大学校友了。】

唐遇没猜到是付桐，问了句是谁之后就放下手机，发动车子开往医院。

十分钟后，唐遇把车停到医院地下停车场的时候，叶珈蓝回了句：【付桐小姐。】

唐遇："……"

他装作没有看到，锁了车之后乘电梯去四楼办公室。

碰巧赶上叶珈蓝下午没什么事，这会儿又不困了，所以完全没有一笔带过的意思，又发了一堆消息过来：【真想不到你和她大学也是校友。】

【她是不是又跟你告白过？】

【唐遇你不要不说话。】

【你还不理我是吗？】

【你以前从来没这样对我。】

……

唐遇没想到自己就是在电梯里碰上同事聊了几句的工夫，回到科室，打开手机一看，微信里全都是叶珈蓝的轰炸。

他发了一串省略号过去。

然后又加了三个字：【我没有。】

这回变成叶珈蓝不理他了。

唐遇以为她睡着了，也就没再发消息，关了和叶珈蓝的聊天界面。

办公室的另一个医生正在午休，趴在桌子上就睡着了，呼噜声打得震天响。

唐遇倒了杯水喝，喝到一半时，他打开微信群发了条消息：【@傅晏哥，你接过断绝亲子关系的案子没？】

隔了几分钟，那头的人回：【接过，不过这种案子法律基本不愿意受理，受理的最后也只能和解。】

傅晏：【断不了，我国法律没有这一项。】

唐遇之前跟他问过几句，所以这个答案也是意料之中的，他回了个“好”字，刚打算终止这次聊天，那人就又问了句：【想断绝父子关系？】

他也没避讳：【嗯。】

唐慕白：【他又怎么你了？】

唐遇：【不同意我们结婚。】

群里几个基本都知道原因，也没人搬到台面上来说。

半分钟后，傅晏：【渣男。】

刚发完没一会儿，唐慕白就意味不明地回了句：【傅律师，总被小姑娘们骂渣男，好不容易有机会骂别人一次渣男，爽吗？】

傅晏：【你比我能好到哪儿去。】

律师这个职业，最擅长杀人不见血。

唐慕白压根就不是他的对手，刚开场，找了个有病人的理由就撤了。

傅晏也不是闲人，聊了没几句，就被一通电话给叫走了。

中午近两点，午休时间，群里又恢复了安静。

唐遇也没打算再休息，打开电脑看了几张 CT 影像图。

两点钟整，同办公室医生的闹铃响起来。

还没持续两秒，就又被他关闭。

同一时间，隔壁科室的叶珈蓝也被闹铃吵醒，她倒是没关闹铃，揉了揉眼睛，清醒几秒之后看了眼手机。

唐遇的下面几条。

还有一条没有备注的短信：【晚上见个面吧。】

她正思考是谁的短信呢，结果下一秒，那人又发过来一条：【付桐。】

唐遇晚上要值班，但是叶珈蓝不用，调班从明天才开始。

从食堂给他打了晚饭之后，叶珈蓝还是去了付桐约她见面的地点。

付桐跟她不一样，喜欢动感和热闹，所以把会面地点定在了一家酒吧。

叶珈蓝近八点钟到的时候，付桐在的桌子上已经堆了好几个啤酒罐。

全是开的，有的喝得干干净净，还有的空了一半。

因为整个酒吧的空气质量都算不上好，所以反倒把付桐身上的酒味掩盖下去不少。

叶珈蓝坐到对面，直入主题：“你找我什么事？”

付桐窝在沙发里，像是根本没听见她的声音，半点反应都没有。

叶珈蓝只能提高音量又说了一遍。

对方这才抬头看她一眼，她脸颊微红，但眼神还是清醒的。

她应该还没喝醉。

叶珈蓝刚有这个判断，付桐就撑着沙发坐了起来：“你来了啊……”

她应该是也怕叶珈蓝听不清，特地靠近坐了些。

至少叶珈蓝是这么以为的。

直到她越靠越近，眼睛睁大，把叶珈蓝从头到脚仔仔细细打量了一遍：“还是看不出来你到底哪里别人比不上。”

叶珈蓝往后挪了些。

她不喜欢酒味，更不喜欢身上有酒味的付桐。

付桐丝毫不在意，上半身微微后仰，单手撑着桌子，还是目不转睛地盯着她看：“你知道莫妮卡为什么这么看不惯我吗？”

叶珈蓝不说话。

付桐也没想听她说，自顾自道：“因为我抢了她的男人。”

叶珈蓝嘴角一勾，嘲讽就这么溢了出来。

她知道莫妮卡的性格。

比起“被付桐抢了男人这个理由”，她觉得“不要别人碰过的男人”更符合莫妮卡这个人。

但是付桐显然没这么想，她还觉得是自己的魅力太大，说起来一副沾沾自喜的口吻：“其实我那次留学生聚会的时候，没想睡她男朋友……”

叶珈蓝面无表情地看她：“想睡我男朋友，是吗？”

付桐笑笑，没否认。

“你也知道，不管在国内多保守的人，到了国外都是一样开放。”

“那次聚会酒买得不少，可能还有人浑水摸鱼下了药吧……”

“叶珈蓝，你知道那杯下了药的酒被谁喝了吗？”

叶珈蓝没说话，手指一点点攥紧，五根手指的指甲都陷进了皮肉里，传来隐隐的疼。

“被唐遇喝了。”

付桐越说眼睛越亮，摇晃了下啤酒瓶，然后把剩下的半罐啤酒一饮而尽：“我当时以为我肯定能睡了他。”

叶珈蓝开了一罐啤酒。

“结果不知道他什么时候给一个学长打的电话，就快成了的时候，那个学长过来，坏了我的事……”

付桐叹了口气，似乎对这件半路杀出个程咬金的事耿耿于怀。

叶珈蓝手指在啤酒罐上轻轻蹭了下。

寒冬腊月，外头气温零下十几度，但是付桐点的酒是冰的。

付桐拿指甲轻刮了下脸颊：“真可惜啊……那个学长还是我追过的……”

这就是典型的吃着碗里的看着锅里的，恬不知耻。

叶珈蓝弯了下唇，然后捏住那罐冰啤酒，对着付桐的脸就泼了过去。

付桐根本没料到她会突然来这么一出，毫无提防的心思，被她猛地泼了个满头满脸。

啤酒泡沫起得快，消得也快。

付桐头上细小的气泡一个个地破开，她的脾气也一下子点燃了起来，尖叫着拨开头发：“你干什么啊？”

“既然这么喜欢抢别人男朋友，那就早应该做好被泼一脸水的准备。”

叶珈蓝站起身，刚要走就被付桐又扯住胳膊：“站住……啊嚏。”

叶珈蓝当真站了下来。

付桐手上大概也沾上了酒液，抓住她手腕的时候粘了一些冰凉的液体在上面，叶珈蓝皱了皱眉，把手抽回来，转过头去看她。

付桐头发湿答答地粘在头皮上，衣服上也浸了不少酒渍，浑身都散发着一种奇怪的味道，整个人看起来狼狈不堪。

她表情看起来更加阴郁，叶珈蓝怀疑她下一秒就要破口大骂，结果酝酿了半分多种，暴风雨前的平静过后，她看向她的身后："……学长？"

她眼神虚晃，明显有些手足无措。

叶珈蓝下意识转头看了眼。

经过刚才那一出，酒吧虽然热闹，但还是有几个人把注意力集中到了她们这一桌。

被付桐叫"学长"的那个男人轻倚着吧台，嘴里的烟抽得差不多了，被他随手丢在了一个空酒杯里。

然后，他抬脚走过来。

付桐抿了下嘴角："学长，你也在啊……"

"来谈事。"

男人意味深长地打量了她一眼，然后又似有若无地瞥了眼叶珈蓝："学妹，你工作室没人告诉你有几份合同出了问题，法院现在在查吗？"

"……什么问题？"

"税务和合同条款问题。"

付桐脸色一白："学长，你能帮……"

男人扯了下唇："不好意思，我没空。"

付桐脸色更白，也顾不得和叶珈蓝算账了，她甚至来不及把脑袋上的水擦干净，就急匆匆地出了酒吧。

叶珈蓝听得一脸蒙，但是也知道涉及税务问题的事不会是小事。

她倒是没心思幸灾乐祸，既然没她什么事了，叶珈蓝也没必要再在这里待下去，刚要也跟着出去，那男人就叫住她："叶……医生？"

87

叶珈蓝脚步一顿。

"聊几句？"

叶珈蓝脚步定在那里，抬都抬不起来。

她想说"不用了，没时间"，但是张了张嘴，就像是被人控制住一样，怎么都说不出口。

男人靠近了些："我就是她刚才说的那个学长。"

他刻意加重了学长两个字。

叶珈蓝不敢答应。

酒吧这种地方鱼龙混杂，谁知道这个人是好人坏人？

"不信的话可以问唐遇。"

傅晏觉得好笑，尽量让自己的语调正经严肃起来："就几分钟。"

叶珈蓝还是没拒绝傅晏。

她警惕性高，喝东西之前，先拍了张照片给唐遇发了过去：【认识吗？】

幸亏那人没在手术室，所以回复得还算及时：【认识。】

【你朋友？】

【嗯。】

隔了几秒，唐遇：【他跟你说的话都不能信。】

【哦……那他给的酒我能喝吗？】

傅晏已经把酒递了过来。

【能。】

【他不会对我图谋不轨吧？】

【……】

唐遇：【你想多了，他已经结婚了。】

别说结婚了，就算没结婚，傅晏也不可能对叶珈蓝图谋不轨。

叶珈蓝这才放下心来，抿了一口鸡尾酒。

傅晏目睹了她表情变化的全过程，点了根烟，然后侧头看了她一眼。

叶珈蓝已经把手机收了起来，先发制人问道："付桐刚才说的……"

男人点了下头："我把唐遇送到医院的。"

叶珈蓝也跟着点头："然后呢？"

"然后，洗了胃。"

叶珈蓝又喝了一口鸡尾酒。

傅晏考虑到对方是女孩子，又是唐遇的女朋友，所以给她点的酒精度数最低的酒，不容易上头。

他注意到叶珈蓝一直皱着眉，微微挑了下眉："介意我抽烟吗？"

叶珈蓝觉得点头不好，但是她确实介意，于是非常委婉地咳了声。

傅晏转头就把烟灭了。

"从那次以后，唐遇眼里除了学习好像就没别的了。"

"他以前虽然也好学，但是性质不一样，那次之后是不要命地学。"

"外科跟内科不一样，"傅晏微微眯了眯眼，"不然你以为，他年纪这么轻，是怎么做到一助的位置的？"

叶珈蓝咬着吸管没松。

傅晏把自己那杯酒喝干净："唐遇很喜欢你。"

"一直很喜欢你。"

叶珈蓝觉得自己喝醉了，所以都听出回音来了。

回音一直循环的同时，叶珈蓝想起唐遇刚才给自己发的消息——

傅晏说的话，她一句都不能信。

所以她现在……是信还是不信？

叶珈蓝没想出个所以然来，那人已经站起身来："我送你回去。"

"……不用。"

"放心，我是律师，知道性骚扰是违法犯罪行为。"

他这么一说，叶珈蓝倒是不好说什么了，点头道谢之后，跟着他一起出了酒吧。

叶珈蓝到家的时候不算晚。

回家的第一件事就是洗澡，洗完澡之后，她把书桌的抽屉拉开，然后从里面挑了一个包装完好的礼品盒，重新拆开，把前几天买的戒指装了进去。

叶珈蓝生物钟规律，第二天早上六点多钟就醒了过来。

昨天喝了一整杯酒居然也没觉得头疼，她摊成大字型躺在床上，没一会儿，放在床头的手机屏幕就亮了下。

有消息进来。

叶珈蓝拿过手机看了一眼。

是叶景的，大概是怕吵到她休息，所以没打电话，只是发了条微信告诉她下飞机了。

叶珈蓝立刻回了个电话过去。

只响了两声，那头宽厚的男声就响了起来："宝贝闺女，怎么醒这么早啊？不是被我吵醒的吧？”

叶珈蓝从床上爬起来：“没有啊，爸，我去机场接你吧？”

“不用，”那头立刻回绝道，“我打车去你弟弟订的酒店就行了，你再睡会儿。”

叶珈蓝想着叶景坐飞机时间不短，应该需要倒倒时差，也就没再打扰他休息，聊了几句就挂了电话。

整个早上，叶景和叶明旭都在酒店睡觉。

叶珈蓝照常工作。

十一点半多的时候，叶明旭的微信发了过来：【姐……姐夫中午有空吗？】

他对叶珈蓝的称呼改得艰难，但是起码还算成功。

叶珈蓝回复：【他上午的手术还没完，估计要到下午。你跟爸说一下，晚上吧。】

【没问题。】

这条消息过来没一会儿，叶明旭又问了句：【姐，你过来跟我们一起吃饭吧。】

叶珈蓝应了句，拿了外套出去。

她和叶景有段时间没见面，叶景又是典型的宠女儿，对着她嘘寒问暖家长里短了整个中午，直到快上班的时候才放她回了医院。

叶珈蓝心情舒畅，回科室路过隔壁的时候看了一眼，神外科室的门关着，不知道谁在里面。

她没去敲门，也没给唐遇发消息打扰他，回自己科室认真工作起来。

这段时间调班多，工作一点都不能堆积，必须快狠准地完成任务。

只有这样，她才能挤出时间，“抽空”去结婚度蜜月。

人只要一忙起来，时间过得向来快。

到了下班的时间点，还是经许恋提醒，叶珈蓝才反应过来的。

手机放在抽屉里，一下午没碰，消息多了几十条。

大部分都是叶明旭催她的，一个小时不下两条。

还有余秋华和叶景的。

唐遇的消息只占了三条，前两条是：【手术结束了。】

【我休息会儿。】

到了第三条，画风突变：【晚上记得叫我，honey。】

honey 个屁啊 honey。

绝对是和叶明旭学的。

叶珈蓝一通电话给唐遇拨了过去。

响了几声之后，那边才一接通，她又报复性地把电话给挂了。

叶珈蓝乐此不疲，把这个过程重复了几次。

两分钟后，办公室的门被敲响。

许恋第一时间开了门："您好，请问挂号……哦……唐医生。"

叶珈蓝手机甚至还没从耳边拿下来，听筒里的"嘟嘟"声甚至都没停下，电话那头的主人公就这么出现在了她跟前。

许恋视线在他们两个人身上逡巡几秒，然后才咳了声："弯弯，下班了已经。"

"啊……哦。"

叶珈蓝这才放下手机，把白大褂脱掉换上厚外套，拿了围巾走向门口。

唐遇已经换好了衣服，他站在门口，肩高腿长，自成一道风景。

叶珈蓝快步过去，扯了他的袖口出去："我爸来了。"

"你昨天说过。"

叶珈蓝抓他袖子的手越发地收紧："怎么办，我有点紧张……"

一见到人，她瞬间把刚才叫她“honey”报复抛到了脑后，脑袋里全是待会儿见到叶景时该怎么办。

明明是带唐遇见家长，结果紧张的人反倒成了她。

叶珈蓝都觉得不可思议，不可思议过后，她觉得自己没出息，攥着唐遇袖子的手也松了松。

唐遇跟在她身后，稍微一低头就凑在她耳边，轻声问：“我都没紧张，你紧张什么？”

“……”

还不是怕叶景对他不满意。

叶珈蓝无论如何都放不下心，过去的途中，不厌其烦地跟唐遇科普叶景的性格和兴趣爱好。

科普了一路，到家门口的时候，叶珈蓝自己都混乱了。

跟她相比，唐遇就无比淡定，开车的手自始至终没抖过。

他西装穿得挺括有型，体体面面，脸上没有半点因为紧张出的汗。

两人下车，进电梯的时候，叶珈蓝手心的汗都还没干。

她看了眼和自己截然相反的唐遇，郁闷地撇了下嘴角：“唐遇，你紧张过吗？”

“嗯。”

“什么时候？”

电梯楼层数字正一个一个地往上跳。

唐遇朝她勾了勾手指：“近点儿。”

叶珈蓝又是好奇又是期待，往他跟前凑了凑，唐遇也低了下头，两人间距离拉得更近，他喉结轻滚：“第一次的时候。”

“……”

叶珈蓝没想到是这个答案。

她耳根一热，但毕竟是自己挑起的这个话题，接不下去肯定有自己的问题，她只能硬着头皮问了句：“为什么？”

“不是说男人第一次容易早泄吗，”电梯停下，唐遇声音压得更低，“所以当时——很紧张，怕不能让你舒服……”

话音未落，电梯门打开。

叶珈蓝觉得他就是故意的，这人坏点子多，而且流氓耍得还很有文化。

她手肘支起，往他胳膊上戳过去：“唐遇，你要不要脸——”

因为气愤，这句话音调拔高，直把电梯门外的人给吓了一跳。

叶珈蓝看清那人时也吓了一跳，立马收回手站直身体：“爸……爸……”

唐遇嘴角弯起的弧度也滞了一瞬，顺着叶珈蓝的视线看过去，然后看到外面一个提着袋子准备放在门口的中年男人。

所幸他反应快，礼貌地冲男人点了下头：“叶叔叔，您好。”

男人面部轮廓大体上能看出叶珈蓝的影子，只不过岁月的痕迹要明显许多，他盯着他们两个看了半晌，然后才把垃圾袋放在门口：“你们两个在电梯里干了什么？”

叶珈蓝装傻：“就是坐电梯上楼啊……”

叶景拿了张纸巾擦手：“电梯里可是有监控的，你们以后注意点儿。”

“……”

他们两个明明清清白白，但是不知道为什么，到了旁人眼里，都觉得他们两个只要单独出现在一起，那就绝对会出某些不可描述的问题。

叶珈蓝觉得，这是区别对待。

她拉着唐遇走出电梯："爸，你怎么来这么早啊？"

"待着没事干，就先过来准备晚饭了。"

"旭旭呢？"

刚问完，叶明旭从门口探出头来："哈……嘿，姐。"

"等等……"叶珈蓝指了指门，"哪儿来的钥匙？"

"锦珂那丫头给的啊。"

叶景看了眼唐遇："叫唐遇是吧？"

唐遇对着叶景时，倒没"嗯"或者"哦"地敷衍了事。

几乎叶景有问，他就必答。

叶珈蓝本来担心他和叶家那俩父子交流会出问题，观察了一会儿，她发现自己完全是咸吃萝卜淡操心。

人家三个男同志相处得无比和谐，恨不得把她排除在外。

叶珈蓝在厨房里熬好了汤，端出来的时候，叶明旭正显摆他今天穿的白西装："姐夫，我今天的形象是不是比昨天好了很多？"

她对着客厅的灯翻了个白眼，然后继续回厨房盛菜。

她和唐遇到之前，叶景已经把菜做得差不多了。

三菜一汤。

两素一荤，营养均衡。

叶珈蓝把菜都装进盘子里，盛最后一道的时候，身后有脚步声响起，叶景开了水龙头洗水果："弯弯啊。"

"爸……"叶珈蓝把盘子放下，"正好我有话跟您说。"

"你姐的事吧？"

叶珈蓝猛地转头看她。

叶景还在心无旁骛地洗水果，头也没抬一下："我来的时候，你妈已经跟我说了。"

他做事细致，一盘水果反反复复洗了三遍，最后才控了水装到果盘里："你不用想那么多，我跟你妈活了大半辈子，早就想明白了。"

叶景说着看了眼厨房外的两人："唐遇人不错，最主要的是对你好，我跟你妈也放心。"

叶珈蓝心头暖烘烘的，连带着眼睛都跟着热了起来。

叶景又叹了口气："不过你们两个别总想着工作，不要像我跟你妈一样忽略了家庭。"

叶景向来爱讲大道理，叶珈蓝以往觉得翻来覆去也就那几句话，有的时候也会觉得他烦人，但是这会儿只觉得再动听不过。

"比起工作，生活和家庭更重要。"

"唐遇是外科医生吧，平常应该会很忙，弯弯啊……我们不能受委屈，但也不能让人家受委屈，是吧？"

叶景说着又叹了口气："不过我女儿又乖又聪明，不用我教也知道怎么做。"

叶珈蓝不作声，她微微低下头，眼底氤氲开潮气，一字一字地把每句话都记到了心里去。

唐遇这次家长会晤取得了空前绝后的成功。

叶景和叶明旭飞回纽约前，还特地叮嘱叶珈蓝好好对待唐遇。

这次见完家长后，叶珈蓝把唐遇的微信备注改成了"万人迷"。

可不是万人迷吗？

叶家父子才来几天，就迅速被他笼络走了两片冰心。

临近年关，加上叶珈蓝最近一直在调班，所以时间越发地紧。

到除夕前几天，医院开始陆续轮换班放假。

叶珈蓝和唐遇都排在了除夕以后，所以这段时间还要一天不落地上班和值班。

她担心唐遇身体吃不消，一得空就给他补身体，结果补着补着，吃不消的就变成了她自己。

叶珈蓝后悔万分，再也没敢听从苏锦珂的建议给他炖王八。

腊月二十八的时候，301 病房的小公主云欢入院十个月后，病情好转办了出院手续。

叶珈蓝作为负责她的医生，一路把她送到了一楼大厅。

云欢这几个月一直按时吃药，所以状态也比之前好了很多，看起来甚至不像是曾经患有精神疾病的患者。

叶珈蓝揽着她的肩膀叮嘱："每周要来医院复查一次，记得按时吃药，保持心情愉快，不开心的时候可以和我说说话。"

云欢点头如捣蒜。

捣了好几下之后，她可怜巴巴地眨了眨眼："叶医生……"

叶珈蓝："……"

看来精神类疾病得到了控制，但是她的表演性天分还是跟以前如出一辙。

云欢吸了吸鼻子，眼泪瞬间就滚了下来："我能最后见我的王子一面吗？"

叶珈蓝迟疑几秒，看她这么委屈也就没忍心拒绝，退了一步道："我问一下他有没有空。"

唐遇还真的有空。

不过空闲的时间不多。

五分钟后，电梯门打开，几个穿着白大褂的男医生从里面走出来。

云欢迅速辨认出来唐遇，张开双臂做了一个拥抱的姿势："唐……

唐医生，我能抱你一下吗？就一下……”

她大概是真的太欣赏唐遇的美色，导致这么久了依旧对他念念不忘。

叶珈蓝嘴角一扯：“欢欢……”

云欢还在眨眼睛。

叶珈蓝只能把视线又转到唐遇身上。

进退维谷。

唐遇不可能抱云欢，叶珈蓝也不想他抱她，但是——云欢的要求，她又实在狠不下心拒绝。

“唐医生……”

叶珈蓝刚说了三个字，还没跟他商量出对策来，她就被人拉到了一个怀抱里，男人声音很低很轻：“去抱她吧。”

“……”

这算什么？

间接拥抱吗？

叶珈蓝觉得自己脑袋短路了几秒，没能立刻反应过来。

唐遇的手微微松开，声音更轻，像是悄悄话：“傻了吗？”

叶珈蓝这才后知后觉地退开了半步。

周围一行人的视线都聚焦过来，暧昧不明，别有深意。

叶珈蓝还没来得及看清楚，一道身影就扑了过来，云欢紧紧抱住她：“勉强算是抱上我的王子了吧。”

“……”

“啊……叶医生，你身上的味道都变得好闻起来了呢。”

“……”

叶珈蓝想立刻把她甩开。

还没上手，云欢突然轻声叹了口气：“谢谢你啊叶医生。”

叶珈蓝手一僵。

“我知道我有精神病啊……我爸妈一开始就是把我送进精神病院的，后来来了华溪……”云欢声音一顿，“只有你把我当正常人。”

叶珈蓝喉咙一哽，长长地呼了口郁气：“你只是生病了而已。”

她轻拍了拍云欢的背：“一定要按时吃药。”

精神科医生最擅长的就是煽情，然后煽情煽到了关键时刻，云欢来了句：“要是唐医生正在拍我的背就好了。”

……

叶珈蓝默默地在心里咬牙切齿地说了几个字：做梦去吧。

他敢。

叶珈蓝和唐遇休假的日期排得是最晚的。

一个初五，一个初七。

初五还好说，还能赶上一个新年的尾巴；初七才放假，年都已经过完了。

不过好处也有，他们两个比别人多休了几个工作日。

初七那天，两人趁着民政局开始上班，赶着新年新气象去领了两本结婚证。

结婚证书颜色漂亮，叶珈蓝把它压在枕头底下睡了两天觉，每天晚上都会被美梦笑醒。

婚礼日期也很快定了下来，在西方情人节那天。

刚好是大年初十，大喜的日子。

唐遇和叶珈蓝都不喜欢太热闹，所以婚礼规模不大，只邀请了亲人和亲近的朋友。

满打满算也就几十个人，需要应酬的地方不多。

甚至可以说是少得可怜。

但即使是这样，叶珈蓝还是觉得累，又困又乏，怎么都提不起劲儿来。

婚礼当晚不到九点，她就有些撑不住，先回到房间休息了。

唐遇十点半回房间的时候，叶珈蓝躺在床上睡得正熟。

她那张脸生得温柔，但是睡姿却跟温柔丝毫搭不上边，睡裙都翻到了腿根处，露出大片白皙的肌肤。

唐遇松了松领口，然后坐怀不乱地把她的裙摆拉了下来。

叶珈蓝丝毫没有察觉，翻身的时候小声嘟囔了句："遇遇……关灯……"

唐遇把卧室的大灯关上，只留了一盏台灯。

橙黄色的光线寡淡晦暗，唐遇在床头坐下，食指细细地沿着女人温柔娴静的侧脸勾绘下去，一直到下颌锁骨，然后，他收回手指。

几分钟后，唐遇轻轻拉开床头柜的抽屉。

里头放的是叶珈蓝从她的小公寓里搬过来的"宝贝"。

抽屉一点点拉开，里面的礼品盒也一个个地暴露在眼前。

颜色清淡单一，但是包装得很细致。

每个盒子上都写了数字，以及他的名字。

唐遇指尖在其中一个盒子上落定，然后像是对待一件易碎品一样，轻轻拿出来，再小心翼翼地拆开。

盒子不多不少，数量正好是他们分开的那几年。

里面装的东西不尽相同，但也能看出来是花了心思的。

他这几年的生日，原来她都记得。

唐遇嘴角微微扬起来，一件件地把礼品盒拆开。

拆到最后一个的时候，里头多了样东西。

是一个深蓝色的丝绒盒子，打开一看，里头别着一对样式简单又别致的婚戒，是叶珈蓝一贯的风格。

唐遇视线从戒指上移开，落到礼品盒上写的数字：22。

他 22 岁生日那年的生日礼物。

法定结婚年龄的礼物，她在里面加了一对结婚戒指。

而丝绒盒子下面压着的那张卡片上，映着叶珈蓝一笔一画写上去的字迹——

【我爱你。

斗转星移，花开又败。

四季更迭，春风又度。

永远爱你。

爱你的热情与冷漠，

爱你的狂暴与温和。

爱你每一个拥抱我的温度，

爱你每一个走向我的姿势。

爱，每一个你。】

唐遇把卡片折起来，视线又重新落到叶珈蓝的脸上。

女人睡得正熟，呼吸声极轻，唐遇视线下移，落在她平坦的小腹上，停顿片刻后，他的眼神越发温柔，俯身在她脸上轻轻印了个吻：“我也是。我也永远爱你。”

全文完。

番 外

番外一：论人工呼吸的练习方法

叶珈蓝和唐遇刚在一起那会儿，是瞒着所有人的。

也不能算是瞒，只是没有跟别人主动提起过。

苏锦珂那边还好说，主要是余秋华女士这边，要是突然知道自己闺女和好友的儿子在自己眼皮子底下暗送秋波已久，才一高考完就勾搭在了一起，她估计会头顶冒烟，气得几天吃不下饭去。

所以叶珈蓝深思熟虑了一整晚之后，还是决定等进了大学再告诉她。

高考结束后，全国数百万的毕业生迎来几年来最漫长的一个假期。

唐遇是个例外。

因为要出国读书，又是医学相关的专业，八月初的时候他还要再参加一次考试。

这场考试比高考轻松不到哪儿去，叶珈蓝唯恐影响他学习，每天都控制自己少说话多看书，在唐遇面前能不发出声音就不发出声音来。

她本来就安静，尤其刻意控制的时候，整个人像是一团空气，没有多少存在感。

至少叶珈蓝是这么觉得的。

七月底，距离唐遇去考试只剩下几天时间，叶珈蓝越发地安静，能自己一个人坐在唐遇身边，一句话都不说地待上半天。

三十号这日，余秋华又是整天白班。

叶珈蓝吃过了早饭之后，带了一本从苏锦珂那里顺来的言情小说，拿上平板和耳机溜去了对门。

唐遇家门关着，她敲了几声，没人应。

叶珈蓝没再继续敲，单手抱着平板和书轻靠在门上，另一只手拿着手机看了眼时间，上午八点十五。

时间不算太早。

叶珈蓝给唐遇发了条消息：【醒了没？】

依旧没人回。

刚犹豫着是打个电话过去，还是再回自己家里坐一会儿，门突然被人从身后打开。

叶珈蓝刚才是靠着门站着的，虽然身体的重量没完全压在门上，但是支撑力消失的瞬间，她还是不受控制地往后栽了一下。

她毫无防备，一口气哽在了嗓子眼里没呼出来，不过退了半步之后也没跌倒，而是被人轻搂着腰往怀里带了带。

叶珈蓝怕痒，尤其那人搁在她腰上的手力度不重，指尖似乎还有意轻捏了下。

就那么几秒钟，叶珈蓝特别不解风情地想，幸好她腰上没有赘肉。

不然唐遇手里现在可能捏到了一团肉。

想想就让人无地自容。

这个念头涌上来好几秒，叶珈蓝才后知后觉地意识到两人间的距离过于近了。

虽然她和唐遇在一起有一段时间了，但是两个人都不是火热奔放的性子，所以亲密举动其实没做过多少。

叶珈蓝毕竟是女孩子，这种情况下哪还能做到面不改色，她耳根一热，牙齿打战，说话时还差点咬到自己的舌头："我已经站稳了……"

言下之意：你可以放手了。

那人不知道是压根没听懂她的弦外之音，还是听懂了没当回事，搁在她腰上的手不仅没松开，另一只胳膊还绕过她的身侧，彻彻底底把她搂进了怀里。

叶珈蓝个子不矮，但也只到了少年肩膀的地方。

她完全没料到唐遇会突然抱她，愣了下没反应过来，直到那人半湿短发上的水滴落到了她的耳郭，她才眨了眨眼，轻声开口：“唐遇……”

唐遇“嗯”了声，头一偏，在她颈间轻轻闻了一下：“很香。”

叶珈蓝耳根瞬间又热了一个度。

如果这时候在她面前放一面镜子，里面的她耳朵说不定已经红得冒了烟。

唐遇应该是刚洗过澡，头发还没干，身上的沐浴露香味浅淡，隔着衣服传过来，带了半点独属于少年的清爽。

这大概是叶珈蓝闻过的最好闻的味道，比她精挑细选了几个月的熏香还要好闻。

但现在不是比较哪种味道更好闻的时候。

唐遇要是再不放开她，叶珈蓝觉得自己说不定会被闷死他的怀里。

她吸了吸鼻子，然后伸手推了推他：“你松手……我快要喘不过气了。”

她这话说得半真半假。

唐遇嘴角扯了下，虽然没接话，搂着她的手却松了松。

叶珈蓝立刻从他怀里钻了出来，一抬眼，正看见少年嘴角轻勾，半笑不笑地看了她一眼。

她下意识摸了摸自己的耳朵。

很烫，和手指压根不是一个温度。

唐遇眼尾微扬起，意味不明："喘过气来了吗？"

叶珈蓝那口气还吊在嗓子眼里，不上不下的，听见他这句话时下意识点了点头。

就是因为平常亲密动作做得不多，所以这突如其来的一次才让她有些不适应，她脸很热，脑袋连续十几秒都是空的。

跟唐遇第一次吻她时差不多的反应。

紧张又激动，羞涩又欢喜。

她是真的喜欢唐遇，喜欢到他主动一次就不知道该做出什么反应。

唐遇半低着头看她："真喘过来了？"

叶珈蓝迟疑了下，还是点头。

虽然不算呼吸完全通畅，但是也没什么大问题。

刚点完头，叶珈蓝甚至还没搞懂唐遇的意思，少年突然俯身重又凑近她。

叶珈蓝不自觉往后退，还没半步，手腕突然被他拉住又拽了回来。

下一秒，唐遇还带着沐浴露味道的手抬起，轻轻捏住了她的鼻子："现在呢？"

"……"

叶珈蓝现在懂他的意思了。

她怀疑唐遇是想谋杀她。

叶珈蓝惊得嘴巴都忘了张开，没过两秒就觉得难受，她忙伸手去抓唐遇捏在她鼻子上试图让她"窒息"而亡的手，开口时声音都弱了不少："唐遇，我告诉你啊，杀人是犯法的……"

唐遇被她逗得笑了下，他眉眼都舒展开来，一张脸看起来越发地赏心悦目。

叶珈蓝眼睁睁看着这张赏心悦目的脸放大，再放大，然后，他松开手反握住她的手拉下去，低头吻了下来。

“轰”的一下，叶珈蓝整个人僵住。

全身的血液似乎都在这一秒疯了一样往脑袋上涌，她刚刚呼吸时有几秒是困难的，所以这一刻感官就越发地清晰，清晰地感受到少年的唇在她唇上轻轻辗转而过，然后像是在做人工呼吸一样，渡了一口空气进她嘴里。

叶珈蓝眨眨眼，还没缓过神来。

唐遇的脸这会儿近在咫尺，他皮肤白，即使呼吸相闻的距离，她也从他脸上看不出半点瑕疵来。

一样米养百样人，百朵桃花一树生。

前半句是他，后半句好像也是他。

他眼睫垂着，吻得认真而专注，知道叶珈蓝在走神，还抬手遮住了她的眼睛，他唇轻移开半寸，声音有些含糊不清：“专心。”

“……”

叶珈蓝即使视线被挡住，但还是专心不来。

她完全没有接吻的经验和技巧，但是这次意外地吻得顺畅而持久。

大概持续了一分多钟，叶珈蓝才开始觉得喘不过气，她顾不上那么多，一把推开了唐遇就偏过头去，捂着胸口深呼吸了几口。

再把脸转回来的时候，唐遇面色正常，半点呼吸不畅留下的红晕都没有。

他松开叶珈蓝的手：“练习一下。”

叶珈蓝没听懂，皱着眉问他：“练习什么？”

“人工呼吸。”

“……”

叶珈蓝觉得自己被唐遇摆了一道。

她倒没真生气，就是不太想跟唐遇说话。

这种情绪一直持续到下午，唐遇坐在书桌前翻医学书籍，她坐在床上翻言情小说。

苏锦珂纵横小说界多年，看的小说已经从懵懂的校园青春小说上升到了霸道总裁爱上我，和年龄层一起上升的，还有内容尺度的上升。

以前的校园小说太过青涩，男女主一般都是小心翼翼地暗恋，连牵手拥抱的情节都少有。

但是到了霸道总裁，里面最纯洁的尺度只是接吻。

通常男女主搂搂抱抱亲亲，翻不到一页就能滚到床上去。

叶珈蓝看得面红耳赤，她不比苏锦珂，这些东西没怎么接触过，这会儿一行字一行字地下来，她既羞愧又刺激。

心里明明想的是赶紧合上书，手上的动作却控制不住地继续往下翻。

叶珈蓝就在这种纠结的心情当中，把整本书看了三分之一，她看得专注而且津津有味，连唐遇什么时候走了过来都没注意到。

他脚步声很轻，从书桌到床边，几乎没发出什么声音。

所以直到叶珈蓝的书被一团黑影笼罩住，她才下意识抬了下眼。

两双漂亮的眼睛对视几秒，叶珈蓝反应过来刚要把书合上，那人反应却更快，先一步按在了还打开着的那一页上。

唐遇视线在叶珈蓝的脸上停留几秒，然后下移，落在那本小说上。

叶珈蓝跟着低了下头，顺着他的视线看了过去。

上头诸如“小妖精”“真拿你没办法”“撕咬着她的唇”之类令人羞耻的字眼映入眼帘，叶珈蓝脑袋一热，连忙伸手挡住了那一页：“别看了。”

这种感觉像是公开处刑，完全无法直视。

唐遇的视线改为落在她的手上，女孩子手指纤细白皙，因为还没太长开，所以看起来小小的一只，他眼皮轻抬，看向叶珈蓝：“喜欢这种？”

叶珈蓝看见他眼底似笑非笑的揶揄，她耳根越发地热，一把将他的手扯开。刚把书合上，下巴就被他轻抬起来，少年的吻轻柔落下，然后由浅及深。

说不定又是在练习人工呼吸。

还把她当小白兔实验上了，但是兔子急了还会咬人呢，叶珈蓝磨了磨牙，一口咬了下去。

她气急败坏，一时间没有控制好力道，可能是下嘴太重了，她听见唐遇低低闷哼了声，然后很快从她唇上移开，抬起食指摸了下下唇。

指尖有一抹殷红的血痕。

唐遇微微皱了眉，他舔了下唇，看着叶珈蓝的眼神越发沉，声音也跟着低了下来：“你果然喜欢这种。”

叶珈蓝：“……”

她怎么觉得，有哪里好像不太对。

番外二：唐·男朋友·遇

叶珈蓝是土生土长的南方人，刚到北方上大学的时候因为水土不服，大一开学时还食欲不振了好几周。

后来在北方时间久了，她才渐渐适应了北方的天气和温度。

北方夏季炎热，冬天干燥寒冷。

凛冽的寒风一吹，即使习惯了北方的气候，大二寒假回来的时候，叶珈蓝还是硬生生被风吹得受了风寒。

她虽然不是临床专业，但是基本的医疗知识还是要熟练掌握和运用的。

刚好那会儿她们专业的在学把输液针扎进手背静脉，叶珈蓝病得不算重，但是时间持久，所以自然而然沦为了舍友的练习对象。

她毕竟是女孩子，又在南方水乡长大，看起来娇娇弱弱的没什么攻击力，舍友虽然想练习，但也下不去重手。

饶是如此，叶珈蓝手背上还是多出了几个针眼。

输液见效快，到第三天的时候，叶珈蓝除了偶尔咳嗽几声，基本好得差不多了。

再次当成小白鼠被舍友扎偏了一针之后，叶珈蓝盯着自己手背上的针眼，郁闷又无奈地叹了口气，拿出手机看了眼时间。

她大致算了一下时差，确定了那边不是半夜之后，才发了条消息过去。

叶珈蓝：【遇遇，我生病了。】

她前几天病得头昏眼花的时候没敢和他说，怕他听出声音异常来，甚至连电话都没给他打过，一直声称课业多要去图书馆学习。

两个人昼夜颠倒，本来都清闲的时间就少，叶珈蓝这几天生病，两个人甚至连天都没聊几句。

聊天记录往前一翻，上次聊天还是在两天前。

叶珈蓝觉得自己真是个贴心的女朋友，因为怕男朋友担心，连生病都快好了才敢跟他提。

好不容易得空撒了个娇，结果那人还没理她。

等待的时间里，叶珈蓝从手机里刷了几道题，几分钟再打开微信的时候，唐遇的消息还没回复过来。

叶珈蓝：【在实验室吗？】

两个人专业虽然都是医学，但是相差甚远，大一的时候还好，到了大二差别就显现出来了，唐遇明显比她要忙。

而且忙得还不是一星半点。

不回消息或者晚回消息是常事，叶珈蓝也没太在意。她脑袋多少还有些晕，抬眼一看，吊瓶里的药水才下去没多少，全部输完估计还要过段时间。

困意袭来，叶珈蓝闭了闭眼，她老老实实把手搁在被子外面，没几分钟就迷迷糊糊地睡了过去。

叶珈蓝是被手背上隐隐的刺痛给弄醒的。

她这几天当了太久的小白鼠，如惊弓之鸟，稍微有点风吹草动就被吓得不轻，手刚被人轻轻碰了下，她就忍不住皱了眉。

这一觉睡得本身就不踏实，还不出半个小时，叶珈蓝就醒转了，掀开眼睛偏头望了过去。

她以为是自己的舍友。

毕竟作为医学生，扎针和拔针都需要练习。

叶珈蓝本来话都要说出来了，结果一看见坐在床边椅子上的那人，到了嘴边的话瞬间憋了回来。

少年半低着头，眼神专注认真，一手轻握她的手指，另一只手干脆利落地把针拔了下来，拇指随即轻按在了那个针眼上止血。

叶珈蓝愣了好几秒，刚才那几秒钟她甚至以为是自己出现了幻觉，直到手上真真切切的冰凉触感传来，她才用力眨了下眼："遇遇？"

唐遇把针头扯下扔进垃圾桶，抬眼看过来的时候眼神甚至称得上温柔："弄疼你了？"

叶珈蓝摇头："我以为是我舍友。"

顿了几秒，她才想起来正事："你怎么回来了？"

唐遇面不改色："想你了。"

当然不完全是因为这个原因。

叶珈蓝这几天对他肉眼可见的冷漠，以前她虽然也安静，但也没有出现过一整天都不理他这种情况。

事出反常必有妖。

唐遇直觉不对，所以趁着那边还没正式开学，干脆把实验室的作业往后推了几天，定了机票就飞了过来。

果不其然，刚才一下飞机就收到了她说自己病了的消息。

校医室就在女生宿舍楼下，唐遇本来只是打算进来看两眼，如果叶珈蓝不在的话再打电话给她。

倒也巧，他走进校医室的第一眼，就看见安安静静睡在病床的叶珈蓝。

她的睡姿十分乖巧，像是怕碰到手，所以两条胳膊都放在了被子外面，药水温度低，她的手又暴露在空气当中，也冰冰凉凉。

但是唐遇的手比她的还要凉。

叶珈蓝碰了碰他的手指，然后抬眼，闷声问他："什么时候到的？"

唐遇顺势捏住她的指尖，抬手放在唇边轻吻了下："刚才。"

"你导师知道你来吗？"

"不知道。"

唐遇摸了摸她的额头，温度正常，没发烧。

他根本没把叶珈蓝的顾虑当回事，替她拿了外套过来："晚上想吃什么？"

叶珈蓝嘴角一抿，刚才睡得虽然不踏实，但是精力恢复了不少，连苍白了几天的脸上都晕出了半点绯红，她眼睛发亮："遇遇。"

唐遇垂眸睨她。

叶珈蓝用这种眼神跟他说话的时候，基本都是在打坏主意。

果然，下一秒，叶珈蓝抓住他的手："你让我扎一下吧。"

唐遇眯了下眼睛："扎什么？"

叶珈蓝已经掀开被子下了床，因为是医学生，她跟校医室的阿姨很熟，很快就要来一个新开封的一次性针头，她抬手晃了下："一下就行。"

她这几天病着，请了几天的假，基本还没上过几次手。

叶珈蓝摩拳擦掌，已经拉过了唐遇的左手："我会轻点儿的。"

她先用棉球沾了酒精给他手背消了下毒，然后很认真地找到了血管，她表情认真，把眼睛凑得很近，然后针头刚慢慢地推进去，她就听见唐遇倒吸了口冷气的声音："错了。"

叶珈蓝赶紧把针拔了出来。

唐遇轻叹口气："再来一次。"

叶珈蓝眼睛一弯，又是一针下去，依旧没如愿扎进血管。

“继续。”

这个小白鼠当得十分称职，还知道主动要求以身试法。

第三次的时候，叶珈蓝手都不稳了，唐遇那只手生得好看，皮肤很细，那几个针眼就越发显得突兀。

叶珈蓝心一缩，深呼了口气之后才又扎了下去。

毫无疑问，又是扎偏了的一针。

唐遇伸出手指把手背上渗出来的血珠揩去，嘴角一扯笑了下：“叶珈蓝，我是你男朋友还是你仇人？”

叶珈蓝：“……”

唐遇这是赤裸裸的鄙视，叶珈蓝耳根一热，刚要把手收回去，手腕就被他握住，那人手指沿着她的手腕下移，微用了些力，带着她的手指把针扎了进去，

没有鼓包，没有出血，这次扎对了。

叶珈蓝还没来得及高兴，唐遇就把针拔了出来，他手指轻钩着她的下巴把脸抬起来，然后他低头，吻了下来。

叶珈蓝眼神晃了晃，反应过来才仰起脸，钩住他的脖子浅浅迎合了这个吻。

门口，出来准备给她拔针的校医室阿姨惊呆了：“……”

现在的年轻人啊……啧啧啧。

真是腻歪。

番外三：小包子成长日记

叶珈蓝和唐遇婚后第一年，就怀了一个宝宝。

她虽然还算不上大龄产妇，但是因为之前流过一次产，所以再有了身孕之后就尤其注意。

所幸精神科没那么忙，产假时间也相对宽松些，叶珈蓝顺顺利利地坐班坐到了放产假那日。

她身体还算不错，但是生产前孕吐严重，嗜睡还嗜辣。

叶珈蓝除了定期产检，没做过任何关于宝宝性别的测试，但她也知道“酸儿辣女”这句话，加上肚子里的宝宝又十分乖巧，安安静静的像是女孩子，她未雨绸缪，美滋滋地先买了几件女婴穿的用的物品。

所以后来孩子一生出来，医生告诉她是男孩的时候，叶珈蓝还觉得不可置信。

不可置信的同时，她内心深处又有股子隐隐的失落感。

叶珈蓝刚进医院的时候，轮转过各大科室，见过的小孩子无数，几年下来，她越发觉得娇滴滴的小姑娘更讨人欢心。

何况女儿是父母贴心的小棉袄，儿子呢……估计连副手套都算不上。

不过到底是自己身上掉下来的肉，叶珈蓝虽然喜欢软绵绵的小姑娘，但也没因为自家的是个男孩就冷落了他。

取名字的时候，叶珈蓝还特地找人算了生辰八字，又连着翻了几天的字典，最后才定下来名字，叫“唐黎”。

名字不算简单也不算复杂，和“棠梨”两个字还是谐音，听起来就甜。

都说女孩像爸爸，男孩像妈妈多一些，但是到了唐黎身上，就刚好反了过来。

他和小时候的唐遇，像是一个模子里刻出来的。

因着这个原因，叶珈蓝越看唐黎越喜欢。

儿子也听话，一直长到三岁多，也没出现半点熊孩子的征兆。

唐黎大多数时候也都是乖巧懂事的，按时去幼儿园，积极完成老师留的作业，回到家以后还会帮叶珈蓝捶背捏腿……

但是叶珈蓝总觉得有哪里不对劲儿。

直到小家伙四岁生日的时候，他闭着眼睛，对着蛋糕大声许了个愿：“我希望明天可以拉到妮妮同学的小手手！”

唐黎小朋友憋足了一口气，一举吹灭了蜡烛。

对面的叶珈蓝和唐遇对视一眼，眉心不约而同跳了下。

唐遇表情向来淡，这会儿也忍不住皱了皱眉，他似乎是颇为嫌弃这个没出息的儿子，连话都不愿意多说一句。

叶珈蓝在桌子底下拍了下他的手，桌子以上，她表情温柔，语气更是如水：“妮妮是谁啊？”

唐黎一边往嘴里塞蛋糕，一边奶声奶气含糊不清地道：“我同桌！”

叶珈蓝抿了下嘴角，试探性道：“宝贝儿喜欢她吗？”

如她所料，唐黎点头如捣蒜：“喜翻！”

一提起这个神秘的小女孩，唐黎立刻笑弯了眼：“妈妈，妮妮长得可好看了！”

叶珈蓝：“……”

毕竟是小孩子，虽然能听得懂大部分道理，但也没必要矫枉过正。

叶珈蓝叮嘱了唐黎几句未经人家小姑娘允许不能乱碰人家的手之后，也没太把这件事放在心上，只在当晚睡觉前，和唐遇又念叨了两句：“也不知道那个小姑娘到底长得有多好看……”

她伸手钩了一下唐遇的小指：“我们下次去接黎黎的时候看一下吧。

唐遇反握住他的手，抬手关掉床头台灯，手收回来的时候直接落在了叶珈蓝的衣领上：“肯定没你好看。”

一夜好梦。

到了第二天，叶珈蓝和唐遇刚好休班。

下午四点多的时候，叶珈蓝实在按捺不住自己的好奇心，拉着唐遇去了唐黎的幼儿园。

以往两个人都是只来一个人接孩子，赶上都要值班没空的时候，就让家里的保姆过来接，今天还是两个人第一次一起来。

叶珈蓝以为唐黎会欣喜若狂，她甚至把唐黎的表情都想象出来了，结果那小家伙出来的时候压根就没往这边看一眼。

“……”

她注意到了。

唐黎是跟着一个小姑娘一起出来的，那个小姑娘梳着两个羊角辫，穿了一件粉红色的公主裙，一笑两酒窝。

这应该就是那个久闻其名的“妮妮”本人了。

叶珈蓝冲那边摆了摆手，用来吸引自家儿子的注意。

结果半分钟过去，唐黎还是没往这边看。

唐遇嘴角一扯，半笑不笑地看了眼那两个小小的身影，然后偏头，在叶珈蓝耳边说了句：“你儿子。”

“不也是你儿子吗？”叶珈蓝瞪他一眼，“他肯定是跟你学的。”

她越想越觉得是唐遇的锅，说完之后咳了一声，见宝贝儿子始终对自己视而不见，干脆出声叫了他的名字：“黎黎？”

这一声过去，唐黎没听见，倒是把唐黎在幼儿园的老师给叫来了。

老师是个二十多岁的年轻女老师，长相亲和说话温柔，她先是看了眼唐遇，然后快速把视线转到了叶珈蓝的脸上：“唐黎妈妈，唐黎今天下午半天都不太愿意洗手……”

老师：“我问他为什么不洗手，他也不说，就一直在那里笑。”

叶珈蓝：“……”

她想象了一下唐黎呆坐在小板凳上一个人傻笑的画面，嘴角抽搐了下。

老师继续道：“您回家以后给他再仔细清洗一遍吧，小孩子一定要注意卫生的。”

叶珈蓝连忙应了下来。

她看着唐黎跟在妮妮屁股后头跑了好几分钟，直到小姑娘的家长过来把人接走，他才垂头丧气地往这边走了过来。

唐黎：“可以回家了。”

被冷落了半天的叶珈蓝和唐遇：“……”

小孩子忘性大，不出十分钟，才一到家，他就把妮妮给抛到了脑后。

叶珈蓝把唐黎带到洗手间给他洗手的时候，想起老师刚才说的话，随口问了句："刚才在学校的时候，为什么不愿意洗手啊？"

刚说完，唐黎瞬间把手从水龙头底下缩了回来，他"呀"了一声："差点忘了！"

叶珈蓝不解："忘了什么？"

唐黎笑眯眯："我今天拉到了妮妮的小手手，不能这么快洗手的。"

"……"

当晚，唐黎毫无疑问地被叶珈蓝和唐遇轮番进行了一番爱的教育。

他十分委屈，趴桌子上写作业的时候，嘴里还在不满地控诉——

"为什么爸爸妈妈就可以拉手手，我和妮妮就不行！"

"爸爸妈妈都是大坏蛋。"

"尤其是爸爸，他居然还当着我的面亲妈妈。"

"呜呜呜……"